SETH PATRICK

Reviver
Das Flüstern der Toten

Buch

Jonah Miller ist ein »Reviver«: Er kann mit den Toten Kontakt aufnehmen und sie für kurze Zeit wieder zum Leben erwecken, damit sie sich von ihren Familien verabschieden oder der Polizei mitteilen können, wer für ihren Tod verantwortlich ist. Seit der Journalist Daniel Harker vor zwölf Jahren die Aufmerksamkeit der Öffentlichkeit auf das Phänomen der »Reviver« lenkte, unterstützen einige von ihnen die Polizei bei Mordermittlungen. Das Wiederbeleben ist Jonah Millers ganzer Lebensinhalt, und er ist der Beste auf diesem Gebiet. Doch jede Wiederbelebung hinterlässt Spuren, und für Jonah wird es immer schwerer, seine Beziehungen zu den Lebenden aufrechtzuerhalten. Als er das Opfer eines brutalen Mordes wiederbelebt, bemerkt er, dass eine dunkle, Furcht einflößende Präsenz ihn vom Jenseits aus beobachtet. Etwas Böses, da ist er sich sicher, spricht durch die Tote zu ihm – auch wenn Jonahs Vorgesetzte, die die Wiederbelebungen beobachten, ihm später versichern, dass er sich alles eingebildet haben muss. Kurz darauf verschwindet der Journalist Daniel Harker – einige Wochen später wird seine Leiche gefunden. Nur Jonah besitzt die Fähigkeit, ihn wiederzubeleben und das Rätsel um Harkers Tod und die unheimliche Botschaft aus dem Jenseits zu lösen …

Autor

Seth Patrick wurde in Nordirland geboren und studierte in Oxford Mathematik. Als Spieleprogrammierer arbeitet er an der mehrfach preisgekrönten *Total War*-Serie mit. Seth Patrick lebt mit seiner Frau und seinen zwei kleinen Kindern in England. *Reviver – Das Flüstern der Toten* ist sein erster Roman.

SETH PATRICK

REVIVER

DAS FLÜSTERN DER TOTEN

THRILLER

Aus dem Englischen
von Kristof Kurz

blanvalet

Die Originalausgabe erschien 2013
unter dem Titel *Reviver* bei Macmillan, London

MIX
Papier aus verantwortungsvollen Quellen
FSC® C014496
FSC
www.fsc.org

Verlagsgruppe Random House FSC® N001967
Das FSC®-zertifizierte Papier *Holmen Book Cream*
für dieses Buch liefert Holmen Paper, Hallstavik, Schweden.

1. Auflage
Deutsche Erstausgabe September 2014
bei Blanvalet, einem Unternehmen der
Verlagsgruppe Random House GmbH, München

Umschlaggestaltung: Johannes Frick, Neusäß/Augsburg,
unter Verwendung von Motiven von Shutterstock
Redaktion: Sven-Eric Wehmeyer
Herstellung: sam
Satz: DTP Service Apel, Hannover
Druck und Bindung: GGP Media GmbH, Pößneck
Printed in Germany
ISBN: 978-3-442-38110-4

www.blanvalet.de

KAPITEL 1

Manchmal hasste Jonah Miller es, mit den Toten zu reden.

Der verstümmelte Leichnam der Frau lehnte an der gegenüberliegenden Wand des kleinen Büros. Der Mörder hatte sie von der Mitte des Raums dorthin gezerrt und vor die Wand gesetzt. Ihr Kopf war zur Seite gekippt.

Die Spurensicherung war bereits vor Ort gewesen. Jetzt war er an der Reihe. Die Techniker hatten es ziemlich eilig gehabt, wieder zu verschwinden, was Jonah gut verstehen konnte. Es war nicht gerade ein Vergnügen, dem Bericht einer Leiche über ihr eigenes Ableben zu lauschen.

Zum Schutz sowohl des Tatorts als auch seiner eigenen Kleidung trug er einen weißen forensischen Overall, dazu Handschuhe und Plastiküberzüge an den Füßen. Langsam holte er tief Luft und versuchte, den nur allzu vertrauten dumpfen Blutgeruch auszublenden.

Der Mörder hatte den großen Holzstuhl achtlos vor das Fenster geworfen, nachdem er die Frau damit zu Tode geprügelt hatte. Überall war Blut; es klebte in fächerartigen Mustern auf Wänden und Decke.

Die brutale Attacke hatte dem Körper der Frau große Schäden zugefügt. Die Knochen ihrer Gliedmaßen waren gebrochen, ihr Oberkörper war aufgerissen und deformiert, der Hinterkopf eingeschlagen. Der Hals hingegen wirkte unversehrt; auch die Lunge war – soweit Jonah es beurteilen konnte – intakt. Und nur darauf kam es an. Drei Kameras waren im Raum verteilt und warteten darauf, alles, was nun geschah, aufzuzeichnen. Deshalb musste die Aussage laut und deutlich zu hören sein.

Der zuständige Rechtsmediziner hatte den Körper nicht bewegt. Jede Manipulation des Leichnams erschwerte die Wiederbelebung und verminderte ihre Erfolgschancen. Der Todeszeitpunkt wurde auf einundzwanzig Uhr des vergangenen Abends geschätzt – also vor beinahe zwölf Stunden.

Ihr Name war Alice Decker. Die klinische Psychologin war in ihrem eigenen Büro ermordet worden. Ein Familienfoto in einem verbogenen Rahmen lag auf dem Boden; darauf lächelte ihm Alice Decker zusammen mit ihrem Ehemann und ihren beiden Töchtern im Teenageralter zu.

Behutsam trat Jonah um eines der dreibeinigen Kamerastative herum. Der Papieranzug raschelte, als er auf Zehenspitzen zwischen den Kabeln und Blutflecken hindurchschlüpfte. Er ging vor Alices Leichnam in die Hocke und legte den rechten Latexhandschuh ab. Direkter Körperkontakt war eine unangenehme Notwendigkeit.

»Bereit?«, fragte er und blickte in das Objektiv der nächstgelegenen Kamera. Durch das Headset, das er trug, hörte er eine knappe Bestätigung. Die Lichter der Kamera schalteten von Rot auf Grün – die Aufnahme hatte begonnen.

Jonah nahm die zerschmetterte Hand des Opfers in seine eigene. »Wiederbelebung von Alice Decker durch den zuständigen Reviver J.P. Miller«, verkündete er. Stumm filmten die Kameras, wie er sich konzentrierte. Mehrere Minuten vergingen. Er hatte die Augen geschlossen, und nichts in seiner Mimik verriet seine Anstrengung. Diesen Teil seiner Arbeit verabscheute er ganz besonders: den Sprung in den dunklen Abgrund, aus dem er die Toten zurückholte.

Bei einem gewaltsamen Todesfall war es noch schwieriger – und Jonah hatte ausschließlich mit gewaltsamen Todesfällen zu tun.

Das Ausmaß der Gewalt schränkte auch die Zeitspanne ein, die ihm zur Verfügung blieb. Wenn er Alice zurückbrachte, würde er schätzungsweise nur fünf Minuten für das Verhör haben, unter Umständen auch erheblich weniger. Sobald er alle wichtigen Informationen erhalten hatte, würde er sie unverzüglich gehen lassen. Nach dem Schock des gewaltsamen Todes und dem Frevel der Wiederbelebung war das das Mindeste, was er für sie tun konnte.

Er öffnete die Augen und atmete tief durch. Nach zwölf anstrengenden Minuten war er kurz davor, sie zurückzuholen. Das Schlimmste war vorüber. Jetzt musste er sich einen Augenblick sammeln, bevor er die letzte Hürde in Angriff nahm.

Ihre geöffneten Augenlider zuckten. Ein gutes Zeichen. Einen Moment lang verharrte sein Blick auf ihrem linken Auge, das bei dem Angriff verletzt worden und teilweise ausgelaufen war, sodass sich auf der Oberfläche des Augapfels leichte Runzeln gebildet hatten. Die Spitze des Knochenstücks, das die Wunde verursacht hatte, ragte aus der blutigen Masse um das Auge herum.

Ein Kopfhautlappen, der sich während der Attacke gelöst hatte, hing über Alices linkem Ohr. Die grässliche Wunde schillerte in den verschiedensten Farben – Weiß-, Grau- und Rottöne vermischten sich mit Alices blondem Haar. Der Hinterkopf hatte die schlimmsten Schäden davongetragen. Glücklicherweise lehnte er gegen die Wand und war somit nicht sichtbar.

Dann war Jonah bereit. Er schloss die Augen und fuhr mit der Wiederbelebung fort. Wenige Augenblicke später durchfuhr ein kurzes Zittern Alice Deckers Kehle. Ein paar Sekunden später hatte er sie.

»Sie ist hier«, sagte er.

Die Leiche holte Luft. Ein beunruhigendes feuchtes Rasseln drang aus ihrem Brustkorb, der sich aufgrund der vielen Verletzungen unregelmäßig hob. Jonah konnte die tiefen Risse im Fleisch auch durch die Kleidung hindurch deutlich erkennen. Unter dem zischenden Luftstrom, der in die Lunge der toten Frau gesogen wurde, war das leise Knacken von Knochen und Knorpeln zu hören. Ihre Stimmbänder bewegten sich und erzeugten ein sanftes Heulen.

Sobald sich ihre Lunge mit Luft gefüllt hatte, hielt sie inne.

»Mein Name ist Jonah Miller. Wissen Sie, wer Sie sind?« Jonah wartete angespannt ab. Es war keineswegs garantiert, dass er eine Antwort erhalten würde – hörbar oder nicht.

Sie stieß ein tiefes Seufzen aus. Das schreckliche Blubbern ihrer Lunge schien dagegen unangenehm laut.

Langsam bildete sie ein Wort. »Jaaaa …«, sagte sie. »Alice …«

Die Kameras zeichneten nur ein monotones Flüstern wie aus weiter Entfernung auf. Auf Jonah dagegen wirkte es, als würde die Tote erschreckend klar und deutlich direkt in sein Ohr sprechen. Und genauso deutlich nahm er auch ihre Emotionen wahr, las in ihr wie in einem offenen Buch. Bei Mordopfern war üblicherweise die blanke Wut das dominierende Gefühl. Sie waren wütend, weil sie tot waren. Wütend, weil man ihre Ruhe gestört hatte.

Jonah nahm ihre Hand und beugte sich vor. Er holte tief Luft und schaute ihr in die Augen. Natürlich konnten die Toten nichts mehr sehen, doch er wäre sich wie ein Feigling vorgekommen, wenn er den Blickkontakt vermieden hätte.

»Alice, Sie sind in Sicherheit«, sagte er mit ruhiger, warmer Stimme.

Alice atmete aus. Der Brustkorb senkte sich mit dem Knacken reißenden Gewebes. Dann holte sie erneut Luft.

»Nein ...«, sagte sie. Sie klang verzweifelt. Ein schlechtes Zeichen. Selbstmitleid half ihm nicht weiter – Empörung dagegen schon.

Er hielt inne. Ob sie sich ihrer Situation überhaupt bewusst war? Bei erwachsenen Mordopfern war das Leugnen des eigenen Todes kein ungewöhnliches Phänomen. Ihre Weigerung, diese Tatsache zu akzeptieren, konnte zu einem abrupten Ende der Wiederbelebung führen – üblicherweise durch einen plötzlichen unzusammenhängenden Redeschwall, gefolgt von ewigem Schweigen.

»Wissen Sie, wo Sie sind, Alice?«, fragte er.

»In meinem Büro.« Die Verwirrung in ihrer Stimme war nicht zu überhören. Sie wusste, was passiert war, und ihre Angst war nur zu verständlich.

»Bitte lassen Sie mich gehen«, sagte sie. Jonah hielt inne, als eine schmerzliche Erinnerung über ihn hereinbrach. Er hatte diese Worte oft genug gehört, doch sie brachten ihn immer wieder aus dem Konzept.

»Das werde ich. Zuvor muss ich Ihnen allerdings ein paar Fragen stellen. Was ist hier geschehen, Alice? Was ist mit Ihnen passiert?«

Alice atmete aus, sagte aber nichts. Wertvolle Sekunden verstrichen. Jonah konnte sich gut vorstellen, wie nervös das Zögern ihrer wichtigsten Zeugin die Beobachter machte. Die Zeit war knapp. Trotzdem durfte er die Geduld nicht verlieren. Endlich hob sich der Brustkorb, als sie wieder Luft holte.

»Bitte lassen Sie mich gehen«, sagte sie.

Jonah wägte seine Möglichkeiten vorsichtig ab und entschied sich für eine andere Vorgehensweise.

»Erzählen Sie mir, was hier passiert ist, Alice«, sagte er mit gebieterischer, kalter Stimme. »Dann lasse ich Sie gehen.«

Eine weitere Pause folgte.

»Wir wollen denjenigen zur Rechenschaft ziehen, der Ihnen das angetan hat. Doch dazu brauchen wir Ihre Hilfe.«

Immer noch keine Antwort. Er beschloss, ein gewisses Risiko einzugehen, indem er sie provozierte.

»Ist Ihnen denn völlig egal, was man Ihnen angetan hat?«

Er spürte, wie sich ihre Verzweiflung in Wut verwandelte, wie ihr Zorn wuchs.

»Ich war allein«, sagte sie. »Außer mir war niemand mehr im Gebäude. Ich habe gearbeitet. Die Tür ging auf.« Sie holte Luft und verstummte. Mit jedem Atemzug, jeder Pause wuchs das Risiko, dass sie für immer schwieg. Er musste dafür sorgen, dass sie weiterredete. Andererseits durfte er sie nicht zu sehr bedrängen. Er wartete einige Sekunden ab, bevor er seine nächste Frage stellte.

»Wann war das?«

»Um kurz nach elf. Ich habe ihn gefragt, was er hier zu suchen hat.«

»Wen haben Sie das gefragt, Alice?«

»Er hat gesagt, dass George ihn reingelassen hätte, aber George hatte schon vor Stunden Feierabend gemacht.«

»Wer war es, Alice?«

»Er hatte geweint, das konnte ich deutlich sehen. Seine Hand war blutverschmiert. Als er gemerkt hat, dass ich sie anstarrte, hat er sie hinter dem Rücken versteckt.«

»Wer war es, Alice?« Er musste so schnell wie möglich den Namen erfahren, bevor sie ihm entglitt. Die Details waren nebensächlich.

»Ich habe irgendwas über die Tür gesagt, um ihn abzulenken. Er drehte sich um, und da habe ich nach dem Telefon gegriffen. Ich wusste, dass ich in Gefahr war.«

Sie verstummte. Diesmal atmete sie nicht ein.

»Wer war es, Alice? Wie lautet sein *Name*?« Er hörte, wie einer der beobachtenden Polizeibeamten fluchte, und hätte am liebsten dasselbe getan. Wieder holte Alice Luft, diesmal noch tiefer. Jonah zuckte zusammen, als ihr Rücken dabei mehrere Zentimeter an der Wand entlangglitt.

Widerwillig näherte er sich ihr und legte den rechten Arm um sie. Er drückte sein Knie fest gegen ihre Beine, damit sie nicht an der Wand hinabrutschte. Dabei konnte er ihre Verletzungen in aller Deutlichkeit ertasten. Eine gebrochene Rippe bohrte sich schmerzhaft in seinen Unterarm. Als sie weitersprach, spürte er ihren Atem auf seinem Gesicht.

»Er hat meine Hand auf dem Hörer bemerkt. Er war schnell, hat sie gepackt. Dann hat er mir auf den Kopf geschlagen. Ich fiel um. Er hob mich auf – und schleuderte mich wieder auf den Boden. Er war so wütend. Bitte nicht, habe ich gesagt. *Bitte nicht.*« Dann wandte sie sich direkt an Jonah. »Bitte lassen Sie mich gehen.« Sie verstummte erneut.

»Wie lautet sein Name, Alice? *Der Name.*«

Jonah hielt den Atem an. Fünfzehn Sekunden vergingen, bis sie so plötzlich Luft holte, dass er erschrak. Er spürte, wie Muskeln rissen und Knochen aufeinanderschabten.

»Roach«, sagte sie mit schwächer werdender Stimme. Sie verlor die Konzentration, entglitt ihm allmählich. »Franklin Roach. Er hat den Stuhl aufgehoben und gegen meinen Kopf geschlagen. Er war so wütend.«

Schweigen. Seine Intuition verriet Jonah, dass er nicht mehr erfahren würde. Er wartete noch einen Augenblick, bevor er sich zu den Kameras umdrehte.

»Ich glaube, das war's.«

Er hörte eine kurze Bestätigung, dann schalteten die Kameras erneut von Grün auf Rot. Die Aufnahme war beendet.

Obwohl Alice verstummt war, war sie immer noch anwesend – sie würde erst frei sein, wenn er den Körperkontakt unterbrach, wenn er ihre Hand losließ.

»Wir werden ihn schnappen«, sagte er mit sanfter Stimme. »Ruhen Sie sich aus.« Er wollte sie gerade gehen lassen, als sie ein weiteres Mal mit angsterfüllter, panischer Stimme aufschrie.

»*Da ist etwas*«, sagte sie. »*Bitte lassen Sie mich gehen. Da kommt etwas auf mich zu.*«

Sie war verwirrt. Irgendwie war es ihr gelungen, sich wieder zu konzentrieren, und Jonah wollte sie nicht in diesem Zustand gehen lassen. Er wollte sie trösten. Ihre Angst war so groß, dass Jonah darum kämpfen musste, nicht selbst die Fassung zu verlieren. Jeder Reviver spürte die Emotionen der Wiederbelebten am eigenen Leib, und wenn diese Emotionen eine gewisse Stärke erreichten, konnten sie ihn förmlich überwältigen.

»Da ist nichts, Alice. Ruhen Sie sich aus. Es ist vorbei. Schlafen Sie.«

»Da kommt etwas … bitte, lassen Sie mich gehen!«

»Schon gut, Alice, schon gut. Sie sind in Sicherheit.«

»Ich kann es nicht sehen! Ich kann es nicht sehen!« Ihre Lippen bewegten sich kaum noch, ihre Stimme wurde leiser, doch Jonah kam es so vor, als würde sie schreien.

»Sie sind in Sicherheit, Alice. Bitte, Sie …«

»Es ist unter mir!« Sie war nur noch von schierer, alles verzehrender Angst erfüllt. Er erstarrte, verblüfft vom Ausmaß ihrer Furcht, die auch auf ihn übergriff. Unter ihm lauerte eine Dunkelheit, umkreiste ihn … »Bitte, bitte lassen Sie mich gehen! *Bitte,* es …«

Jonah ließ ihre Hand fallen und wich zurück. Er taumelte nach hinten, ohne sie aus den Augen zu lassen. Er hatte nichts getan, um sie derart zu verängstigen. Sie war einfach nur verwirrt gewesen; ihre Worte hatten keine Bedeutung. Er hätte sie sofort gehen lassen sollen.

Und doch hatte er nicht nur gezögert, um ihr den Abschied zu erleichtern. Er hatte tatsächlich etwas gespürt. Wieder drehte er sich zu den Kameras um.

»Haben Sie das aufgenommen?«, fragte er, ohne eine Antwort zu erhalten. Niemand hörte ihm zu. Dann wurde das rote Licht auf der Kamera schwächer und verlosch. Jonah sah es verwirrt an, als er eine Bewegung in der spiegelnden Linse bemerkte. Er drehte sich um. Alices Kopf, der während der Wiederbelebung schlaff auf der Seite gelegen hatte, zuckte und hob sich. Ihre Augen rollten herum und sahen ihm direkt ins Gesicht.

Es war nicht Alice. Jonah hatte keine Ahnung, was ihn da anstarrte.

»Wir sehen dich«, sagte es. Dann war es verschwunden.

KAPITEL 2

Um kurz nach halb zwei klopfte es an Daniel Harkers Tür.

Es war ein heißer, stickiger Nachmittag. Daniel war erst vor einer Stunde aufgestanden und nicht in Stimmung für Besuch. Er hatte die Autoreifen auf dem Kies und die Schritte gehört, die sich der Tür näherten. Als das Klopfen schließlich ertönte, hatte er bereits entschieden, es zu ignorieren.

Er saß allein in der Küche. Die Vorhänge waren noch zugezogen. Sein karges Mittagessen bestand lediglich aus trockenem Toast und Tomatensuppe. Mehr brachte er nicht hinunter. Er warf einen Blick auf die beiden leeren Weinflaschen im Spülbecken und schwor sich, in den nächsten Tagen die Finger vom Alkohol zu lassen. Oder zumindest bis heute Abend.

Er war sich durchaus bewusst, dass er zu viel trank. Ein jährlich wiederkehrendes Muster, sobald der verhasste Monat April anbrach. Wie immer um diese Zeit zog er sich zurück, redete mit niemandem mehr und versank in einer Depression, die ihn bis Ende Juni nicht verlassen würde.

Inzwischen war es Mitte Juni; seine Tochter Annabel – die in England als Journalistin arbeitete – wollte ihn zum Unabhängigkeitstag am vierten Juli besuchen kommen.

Es würde mindestens eine Woche dauern, bis er ausgenüchtert war und das Haus einigermaßen auf Vordermann gebracht hatte. Natürlich wusste sie von seinen Depressionen. Immerhin hatte sie dasselbe durchgemacht wie er, aber sie war noch jung gewesen. Inzwischen hatte sie gelernt, damit umzugehen.

Ihr jährlicher Besuch stellte einen Silberstreif am Horizont dar, dem Daniel entgegenfiebern konnte, denn er stellte das Ende seiner Trauerzeit dar – zumindest bis zum nächsten April. Ohne seine Tochter würde er vermutlich bis in alle Ewigkeit vor sich hin brüten. Er vermutete, dass ihr das ebenfalls bewusst war. Jedes Jahr gestand sie ihm genau diese Frist zu, und keinen Tag länger. Jedes Jahr seit dem Tod ihrer Mutter.

Er vermisste Robin. Gott, wie ihm seine Frau fehlte.

Sie war Grundschullehrerin gewesen, hatte ihre Arbeit geliebt und sich selbst dann nicht zur Ruhe gesetzt, als Daniel reich und berühmt geworden war.

»Wir müssen uns ums Geld keine Sorgen mehr machen«, hatte er ihr immer wieder gesagt. »Wir sollten einen draufmachen, sollten es genießen.« Robin hatte darauf stets eine einfache Antwort parat gehabt, die Daniel sofort verstummen ließ: Sie würde kündigen, wenn er aufhörte zu schreiben. Und *das* war überhaupt nicht in Frage gekommen.

Obwohl er nicht durch seine Romane so reich geworden war.

Nach seinem Abschluss in Englischer Literatur hatte er sich treiben lassen und einen einjährigen Journalismuskurs besucht. Einerseits hatte er keine Lust gehabt, sich eine Arbeit zu suchen, andererseits wollte er sich etwas dazuverdienen, während er an seinem ersten Roman schrieb.

Den Roman hatte er bald aufgegeben und den nächsten angefangen. In der Zwischenzeit arbeitete er für verschiedene Zeitungen und Zeitschriften. Durch seine Kompetenz und seine Hingabe verdiente er bald gutes Geld, seine Arbeit fand allerdings kaum Beachtung.

Seine Artikel waren flüssig und auf den Punkt geschrieben. Leider fehlten ihm nicht nur das Glück und die Weitsicht seiner Kollegen, ihm fehlte auch etwas weit Wichtigeres – die Bereitschaft, die Wahrheit zu verdrehen und zu verzerren, die Bereitschaft zur *Lüge*. Die Bereitschaft, ein kleines Körnchen Wahrheit ins Ungeheuerliche aufzublasen. Und so blieben nicht nur seine Artikel ziemlich unspektakulär, auch seine schriftstellerischen Ambitionen gerieten ins Stocken.

Bis er vor zwölf Jahren mit Eleanor Preston das Phänomen der Wiederbelebung entdeckte.

Ein Bekannter hatte ihn auf die Spur gebracht: Angeblich erleichterte ein betrügerisches Medium die Hinterbliebenen kürzlich Verstorbener um ihr Geld.

Die sechzigjährige Eleanor Preston hatte zwanzig Jahre lang in der Verwaltung eines Hospizes gearbeitet, bis sie auf das Betreiben einer gewissen Trudy Brewer hin gefeuert wurde. Trudy Brewers Onkel war in diesem Hospiz gestorben, und laut Brewer hatte Preston ihren Eltern für eine nicht unerhebliche Summe ihre Dienste angeboten. Auf den ersten Blick hatte Trudy Brewer einen negativen Eindruck auf Daniel gemacht. Ihr schien es in erster Linie ums Geld zu gehen; ihr Onkel und ihre Eltern waren recht wohlhabend. Daniel begriff sofort, dass man Eleanor Preston aus Trudy Brewers Erbmasse entlohnt hätte.

Als Daniel mit den Eltern sprach, schöpfte er noch keinen Verdacht. Sie machten nur vage Andeutungen darüber, welche Dienstleistung Eleanor Preston tatsächlich für sie erbracht hatte, versicherten ihm aber, dass sie kein Geld dafür verlangt hatte. Daniels Interesse ließ nach, als sich abzeichnete, dass hier keine reißerische Story zu holen – und zu verkaufen – war, doch da hatte er bereits einen Interviewtermin mit Eleanor Preston vereinbart, den er aus Höflichkeitsgründen nicht absagen wollte.

»Am Anfang wusste ich gar nicht, wie mir geschieht«, hatte Eleanor Preston gesagt. Sie hatten auf einer Bank gesessen, in einem Park, der fünf Minuten von ihrem Haus entfernt war. Die Sonne stand tief, die Novemberluft war kalt. Daniel wollte vor Einbruch der Dunkelheit zu Hause sein.

Eleanor Preston war leicht übergewichtig, lächelte stets und wirkte sehr liebenswürdig. Er hatte ein schlechtes Gewissen, weil er ihre Zeit verschwendete.

»Das war vor ungefähr einem Jahr«, fuhr sie fort. »Maggie war eine alleinstehende Frau. Dreiundsiebzig. Ihre Familie sorgte dafür, dass es ihr im Hospiz an nichts fehlte, kam sie aber nur selten besuchen. Damals unterhielt ich mich jede freie Minute mit all denjenigen Patienten, die sonst keine Ansprache hatten, und so verbrachte ich ein paar Wochen mit ihr. Wir wussten beide, dass nur ich für sie da sein würde, wenn ihr letztes Stündlein schlug. Ich rechnete damit, dass ihr noch zwei, drei Wochen blieben, als sie eines Tages zwischen der Morgenvisite und dem Frühstück ganz plötzlich verstarb. Nachdem man sie für tot erklärt hatte, durfte ich eine Weile bei ihr sitzen bleiben. Ich nahm ihre Hand und sagte ihr, wie leid es mir tat, dass ich mich nicht von ihr verabschiedet hatte. Ich weiß immer noch nicht, was als Nächstes geschah. Eigentlich verstehe ich es bis auf den heutigen Tag nicht.«

Daniel rutschte auf der Bank herum. Die Kälte kroch ihm in die Knochen, und er rieb sich die Hände. Als er Eleanor Prestons Blick bemerkte, gab er sich alle Mühe, nicht ungeduldig zu klingen. »Also haben Sie erst vor einem Jahr herausgefunden, dass Sie ein Medium sind?«

Eleanor lächelte. »Oh, ich bin kein Medium, Mr. Harker. Ehrlich gesagt weiß ich nicht, *was* ich bin. Seither habe ich fünf Familien in schweren Stunden zur Seite stehen dürfen. Ich nehme kein Geld dafür. Es war nur eine Frage der Zeit, bis alles herauskommt. Aber ein Medium bin ich nicht.«

Daniel fragte sie, was sie damit meinte, und Eleanor Preston erzählte ihm alles bis ins lächerlichste Detail. Die Toten redeten mit ihr, behauptete sie. Körperlich, indem sie ihre Körper und Münder bewegten. *Sie ist kein Medium,* dachte Daniel. *Noch nicht mal eine Hochstaplerin. Nur verrückt.* Obwohl ihm die Skepsis deutlich ins Gesicht geschrieben stand, fuhr Preston fort, wobei sie Daniel geduldig und leicht amüsiert beobachtete. Am nächsten Abend würde sie eine »Sitzung« abhalten. Die Familie hätte nichts dagegen, wenn er dabei wäre und alles aufzeichnete.

Sie glaubt das wirklich, dachte Daniel. Jetzt wollte er herausfinden, wie diese Frau trotz ihrer offensichtlichen Fähigkeit, rational zu denken, derart verblendet sein konnte. Vielleicht konnte er ja daraus eine Story machen.

Und so befand sich Daniel dreißig Stunden später mit Eleanor Preston in dem kleinen Nebenzimmer eines Bestattungsunternehmens. Ein toter Mann lag auf einem weißen Laken. Des Weiteren waren die Witwe und die Tochter des Verstorbenen anwesend. Sie begrüßten Daniel so herzlich, dass er errötete. Offenbar litten sie ebenso unter Wahnvorstellungen wie Eleanor Preston.

Man bot ihm einen Stuhl an, und er setzte sich. Fünfzehn Minuten später hatte er zum Glauben gefunden. Fünf Tage später erfuhr die Welt davon.

Wieder klopfte es an Daniels Tür. Warum zum Teufel mussten die Leute nur so verdammt hartnäckig sein? Momentan wollte er mit niemandem reden. In den letzten fünf Wochen hatte er nur zweimal das Haus verlassen, verzweifelt gegen seinen überwältigenden Drang nach Einsamkeit angekämpft, und für was? Der Mann, den er treffen wollte, war zu ihrem zweiten Gesprächstermin überhaupt nicht erschienen.

Wer da auch immer an der Tür war, konnte ihm auch eine Nachricht schreiben und ihn ansonsten verdammt nochmal in Ruhe lassen. Er stellte seinen Teller ins Spülbecken und machte sich an den Abwasch.

Über der Spüle hingen zwei gerahmte Zeitschriftencover an der Wand, die die großen Wendepunkte seines Lebens markierten. Zum einen die Ausgabe des *Time*-Magazins, in dem der leicht geänderte Artikel erschienen war, den er vor zwölf Jahren wie im Rausch geschrieben hatte. »Gespräche mit Toten«, lautete die Schlagzeile. Darunter stand sein Name.

Daneben hing das Cover seines ersten veröffentlichten Buchs, das ihn und Eleanor reich gemacht hatte. Zum Teil war es eine Biographie Eleanors, handelte jedoch im Wesentlichen von der Revival Baseline Research Group, einem Forschungsprojekt, das als Reaktion auf das immense öffentliche Interesse an diesem neuen Phänomen ins Leben gerufen worden war.

Er sah sich die Cover immer noch gerne an – er war stolz auf seine Arbeit, und dass die Reaktion der Öffentlichkeit darauf Faszination und nicht Furcht gewesen war.

Als er mit wachsendem Erstaunen an Eleanor Prestons Seite vor einem sprechenden Toten gestanden hatte, hatte er verzweifelt versucht herauszufinden, wie dieser Trick funktionierte. Doch irgendwann war die Wahrheit nicht zu leugnen, so erschütternd sie auch sein mochte: sein Zynismus verschwand mit jedem weiteren Wort, das über die toten Lippen kam. Zuerst hatte ihn die nackte Angst gepackt. Er wusste, dass es kein Trick war, und fürchtete sich vor dem, was als Nächstes kommen würde. Je länger Eleanor Preston mit dem Toten sprach, ihm mit sanfter Stimme Fragen stellte, desto mehr zerstreuten sich Daniels Befürchtungen. In einer friedlichen und beruhigenden Atmosphäre redete der Tote mit seiner Familie.

Es war eine sehr persönliche, liebevolle Unterhaltung. Der Mann sprach von seinen Erinnerungen, von den schönen Zeiten, die er erlebt hatte. Seine Frau und seine Tochter versprachen ihm, ihr Leben zu genießen und sich immer mit einem Lächeln an ihn zu erinnern. »Wir lieben dich«, versicherten sie ihm immer wieder unter Tränen. »Wir vermissen dich.«

Freudig verabschiedeten sie sich.

Daniel hatte in seinem Artikel genau diesen Augenblick thematisiert.

Die Welt reagierte darauf wie auf alle großen Wahrheiten: erst mit Hohn, dann mit Ablehnung und schließlich mit Akzeptanz. Das Gespött zog sich nach Erscheinen des Artikels tagelang hin, ebbte jedoch schneller ab, als Daniel erwartet hätte. Das Material, das er aufgezeichnet hatte, fing die ergreifende Stimmung jenes denkwürdigen Tages erstaunlich gut ein, und alle, die es zu Gesicht bekamen, konnten danach nicht mehr an eine Fälschung glauben. Diejenigen, die das Ganze für einen schlechten Scherz hielten, verloren zusehends an Boden. Als Eleanor Preston ihre Fähigkeiten unter Laborbedingungen demonstrierte, kam die Welt zu dem Schluss, dass das Phänomen der Wiederbelebung Wirklichkeit war.

Es folgten Wut und Angst. Viele betrachteten die Wiederbelebung als Teufelswerk, und auch Daniel blieb von dieser Empörung nicht verschont. Die Tatsache, dass er der Erste gewesen war, der darüber berichtet hatte, verlieh ihm eine gewisse Autorität, machte ihn aber auch zur Zielscheibe. Er erhielt Drohbriefe, -E-Mails und -anrufe; es war eine schwere Zeit. Eleanor erging es noch schlimmer, und Daniel verfolgte voller Mitgefühl, wie man sie an einen sicheren Ort brachte, nachdem ihr Haus einer Brandstiftung zum Opfer gefallen war.

Obwohl es ein Leichtes war, die Wiederbelebung zu verdammen, flaute der öffentliche Zorn bald ab. Was Daniels Meinung nach nicht zuletzt am versöhnlichen Ton seiner Artikel lag. Später konzentrierten sich andere Journalisten selbstverständlich auf die makabre Seite des Ganzen und schürten damit das Unbehagen der Öffentlichkeit. Daniel versuchte genau das Gegenteil. Das hier war etwas Neues, so hatte er schon in seinem ersten Artikel geschrieben. Etwas Neues, das sich zumindest in diesem einen Fall als segensreich herausgestellt hatte.

Und doch war er sich bewusst, dass der Hauptgrund für die abflauende Erregung der Öffentlichkeit ein einfacher und zutiefst menschlicher war. Die Wiederbelebung war der Beweis für eine Lebenskraft, die über den Tod hinaus wirkte. Die verschiedenen Religionen, die diesen Effekt bisher innerhalb ihrer Glaubenssysteme erklärt hatten, waren heilfroh, einen wissenschaftlich beobachtbaren Hinweis auf ein Leben nach dem Tod entdeckt zu haben.

Diejenigen, die die Wiederbelebung vehement ablehnten, waren in der Unterzahl. Die meisten wollten wissen, was sie zu bedeuten hatte.

Eleanor Preston weigerte sich, mit den Medien zu sprechen; Daniel bildete die einzige Ausnahme. Sie erlaubte ihm, ihre Biographie zu schreiben, und sie wollten sich die Einnahmen teilen. Sie plante, das Geld für eine gute Sache zu verwenden.

Die Regierung beauftragte einen Ermittlungsausschuss, der Eleanors Behauptungen überprüfen sollte. Sie war misstrauisch – schließlich hatte sie lediglich die Absicht, die wenigen verbliebenen Skeptiker von der Existenz der Wiederbelebung zu überzeugen, um danach das zu tun, was ihre eigentliche Berufung war: den Toten die Möglichkeit zu geben, sich von den Hinterbliebenen zu verabschieden, und den Angehörigen den Verlust zu erleichtern.

Sie erklärte sich nur unter bestimmten Bedingungen mit der Untersuchung einverstanden. Sie würde Wiederbelebungen lediglich für Trauernde abhalten. Die Regierungsbeamten mussten dem Rechnung tragen und sich zurückhaltend und respektvoll verhalten.

Sobald sich alle darauf geeinigt hatten, wurde die Revival Baseline Research Group ins Leben gerufen. Diese Organisation zur Erforschung des Wiederbelebungsphänomens wurde bald unter dem Namen Baseline bekannt. Interessierte Wissenschaftler gab es mehr als genug, und es flossen reichlich Mittel aus amerikanischen wie internationalen Fördertöpfen sowie von privaten Sponsoren.

Kurz darauf wurde der endgültige Beweis erbracht, dass die Wiederbelebung kein Schwindel war.

Eleanor war stets davon überzeugt gewesen, dass auch andere ihre Fähigkeit besaßen. Und sie sollte recht behalten. Immer mehr Menschen meldeten sich, die sich entweder in den Beschreibungen von Eleanors Gefühlswelt wiedererkannten oder eine gewisse Kälte verspürten, wenn sie andere

Menschen berührten – ein Phänomen, das in der Gemeinschaft der Reviver bald als »Hauch« bekannt wurde. Um die Forschungen voranzutreiben, hielt Baseline Ausschau nach anderen Revivern, die Eleanors Vorbehalte nicht teilten. Und obwohl die meisten bei einer tatsächlichen Wiederbelebung versagten, gelang es einigen wenigen doch.

Eleanor kündigte Baseline die Zusammenarbeit auf. Drei Monate, nachdem die Öffentlichkeit von der Wiederbelebung erfahren hatte, widmete sich die erste Reviverin wieder ihrer eigentlichen Tätigkeit. Nach dem überwältigenden Erfolg von Daniels Buch gründete sie mit ihrem Anteil der Tantiemen den ersten privaten Wiederbelebungsdienst und rief so eine Branche ins Leben, die bald allgemein verfügbare, wenn auch kostspielige Versicherungsleistungen anbot.

In der Zwischenzeit wartete die Weltöffentlichkeit gespannt auf die Ergebnisse der Baseline-Studie. Wo waren die universellen Wahrheiten? Was lag der Wiederbelebung zugrunde? Warum tauchten die Reviver gerade jetzt auf? Was hatte das alles zu bedeuten?

Sie wurde enttäuscht.

Natürlich gab es gewisse Fortschritte.

So stellten Eleanors gelungene Wiederbelebungen kein Maß für die Erfolgsquote dar. Die Wiederbelebung einer Person, die eines natürlichen Todes gestorben war, war weit einfacher zu bewerkstelligen als die eines Menschen, der einem Gewaltverbrechen zum Opfer gefallen war.

Außerdem wurde nicht einfach nur das Gehirn reaktiviert – schwere Schädelverletzungen erschwerten die Wiederbelebung, machten sie jedoch nicht unmöglich. Sobald die Wiederbelebung eingetreten war, konnten sich die Betreffenden ungeachtet der Schäden, die ihr Hirn davongetragen hatte, verständlich ausdrücken.

Erstaunlicherweise konnte man weder im Gehirn noch in den Muskeln, die die Lunge und Stimmbänder bewegten, elektrische Aktivität nachweisen. Die Ursache dieser Bewegungen blieb ein Rätsel.

Nach einem Jahr hatte Baseline zwölf Reviver in seinen Diensten und konzentrierte sich zunehmend auf die Funktionsweise einer erfolgreichen Wiederbelebung – wie man die Erfolgschancen vergrößerte, wie man die Dauer der Wiederbelebung verlängerte – und weniger darauf, was die Wiederbelebung eigentlich war.

Die Skeptiker schlossen sich nach und nach in einer Protestbewegung namens Afterlifers zusammen, großzügig finanziert von einem fragilen Bündnis aus verschiedensten religiösen Gruppierungen, die die Wiederbelebung als Leichenschändung und inakzeptable Störung der Totenruhe betrachteten. Doch so lautstark sie auch auftraten – ein Verbot der Wiederbelebung erreichten sie nicht. Die Protestaktionen der radikaleren Anhänger dieser Bewegung stießen auf das Unverständnis der Öffentlichkeit. Ihre Forderung nach einem Moratorium machte bald einer Diskussion darüber Platz, wie die Wiederbelebungsaktivitäten kontrolliert werden konnten, welche Rechte die Verstorbenen hatten und nach welchen Kriterien die Reviver erfasst werden und ihre Zulassung erhalten sollten.

Viele hielten Baseline deshalb für gescheitert. Trotz der steigenden Zahl von Revivern, die dieser Organisation angehörten – über hundert der geschätzten dreihundert Reviver weltweit –, kamen sie dem Geheimnis der Wiederbelebung keinen Schritt näher; es wurde kein Hinweis auf die Existenz einer wie auch immer gearteten Gottheit gefunden.

Baseline setzte seine Forschungen weitere fünf Jahre fort, bevor die Gruppe aufgelöst wurde. Die Fördermittel und

Sponsorengelder versiegten, als klar wurde, dass das Geheimnis nicht gelüftet werden konnte – inzwischen hatte man allgemein akzeptiert, dass die Wahrheit wohl nie ans Licht kommen würde. Viele Projekte wurden aufgegeben; die teilnehmenden Firmen zogen ihre Forschungsteams wieder ab. Nicht mehr die Suche nach ihrer Bedeutung, allein die praktische Anwendung der Wiederbelebung im forensischen und privaten Sektor schien profitversprechend.

Daniel, dessen Reichtum inzwischen seine kühnsten Träume überstieg, wagte einen Neuanfang. Er kaufte sich gemeinsam mit Robin sein Traumhaus und nahm einen neuen Roman in Angriff. Er bestand auf einem Pseudonym, da sich seine Kriminalromane aus eigener Kraft auf dem Markt behaupten sollten. Später – die forensische Wiederbelebung war inzwischen allgemein anerkannt – schrieb er unter seinem richtigen Namen eine Serie über reale Wiederbelebungsfälle, wobei er jeden Sensationalismus tunlichst vermied. Bei der unvermeidlichen Fernsehserie zu dieser Buchreihe fungierte er als ausführender Produzent, bis sich die Verantwortlichen für seinen Geschmack zu sehr von der Wahrheit entfernten.

Er war beschäftigt. Er war glücklich. Eine Zeit lang jedenfalls.

Er hörte ein Geräusch aus dem Flur – der Mann vor der Haustür rief seinen Namen –, gefolgt von einem weiteren ungeduldigen Klopfen. *Um Himmels willen, hinterlassen Sie mir eine Nachricht und gehen Sie,* dachte er und setzte sich wieder an den Küchentisch. Er fluchte leise, genervt von sich und seiner jährlich wiederkehrenden Eigenbrötlerei, von der er einfach nicht lassen konnte.

An der Wand zu seiner Linken hingen zwei gerahmte Fotografien. Die größere zeigte ihn, Robin und eine fünfzehnjährige Annabel am Strand von Myrtle Beach. Er hatte die Kamera gefährlich nahe am Rand eines Felsbrockens aufgestellt und war zu seiner Familie zurückgelaufen, bevor sich der Selbstauslöser aktiviert hatte. Es war sein Lieblingsfamilienfoto. Auf allen drei Gesichtern lag ein ungezwungenes, warmes Lächeln. Die Aufnahme war zwei Jahre nach seinem ersten Gespräch mit Eleanor Preston entstanden. Damals war gerade sein zweiter Krimi erschienen und hatte positive Kritiken geerntet.

Das war nun zehn Jahre her und die glücklichste Zeit seines Lebens gewesen. Vier Jahre später war Robin gestorben.

Er dachte daran, wie sie sich kennengelernt hatten, dachte an ihr Lächeln, als sie sich zum ersten Mal in die Augen gesehen hatten. Dachte an ihren sanften britischen Akzent, erworben durch eine Kindheit in Yorkshire im Norden und dann in Sussex im Süden Englands. Ein Akzent, den sie zeit ihres Lebens nicht abgelegt hatte.

»Du bist nach Amerika gekommen, um Englisch zu studieren? Warum denn das?«, hatte er sie gefragt. Sie war um die halbe Welt gereist, um einen Abschluss in Englischer Literatur zu machen. Seine Bemerkung war nicht abschätzig gemeint, doch das Lächeln verschwand.

Und da hatte er sich geschworen, alles in seiner Macht Stehende zu tun, um es zurück auf ihr Gesicht zu zaubern.

Drei Jahre später heirateten sie. Es war eine gute Ehe – trotz der Geldprobleme und Daniels Frustration angesichts seiner bis dato nicht gerade beeindruckenden Karriere. Sie waren beide Einzelkinder. Ihre Eltern waren gestorben, und sie hatten nur wenige nahe Verwandte, was die Zuneigung füreinander nur noch vergrößerte. Als Annabel geboren wurde, war Daniel überglücklich, obwohl es eine weitere finanzielle Belastung darstellte. Andererseits war er auch ängstlich – das Pech, das ihn nicht mehr heimgesucht hatte, seit er seine Frau kennengelernt hatte, würde irgendwann erneut zuschlagen. Doch als er stattdessen ein reicher Mann wurde, hielt er sein Glück für vollkommen.

Dann erlitt Robin an einem Tag im April aus heiterem Himmel während der Arbeit einen Zusammenbruch. Als Daniel im Krankenhaus ankam, war sie bereits einer Gehirnblutung erlegen.

Das brach ihm das Herz, und bis heute hatte er sich nicht davon erholt. Sie war Teil seiner selbst gewesen, Teil seines Wesens, und jetzt war sie nicht mehr. Jetzt, sechs Jahre später, war seine Trauer um Robin noch so lähmend und schmerzhaft wie an dem Tag ihres Todes.

Nur Annabel hatte dafür gesorgt, dass er den Lebenswillen nicht verlor. Sie hatte gerade ihr erstes Semester an einer Universität in England angetreten, als Robin starb. Sofort kehrte sie in die Staaten zurück und fand ihren Vater am Boden zerstört vor, ein Wrack, das kaum in der Lage war zu sprechen. Robin hatte sich für den Fall ihres Todes eine private Wiederbelebung gewünscht, doch als es dann so weit war, brachte es Daniel nicht über sich. Annabel hielt die Wiederbelebung ohne seine Anwesenheit ab. Er erwartete nicht, dass Annabel ihm dies jemals verzeihen würde; er konnte sich schließlich selbst nicht verzeihen. In den folgenden Wochen suhlte er sich in seinem Selbsthass – gefangen in seiner Verzweiflung zog er sich immer weiter aus seinem Leben und von seiner eigenen Tochter zurück.

Robin war die Stärkere in ihrer Beziehung gewesen, und Annabel hatte diese Stärke geerbt. Obwohl er kaum redete und ständig wütend war, ließ Annabel ihr Studium fünf Monate lang ruhen, um bei ihm sein zu können. Als er sich endlich wieder berappelte, hatte sich ihre Beziehung verändert – sie hatte Schaden genommen, doch Annabel ließ nicht zu, dass sie gänzlich in die Brüche ging. Obwohl er jedes Jahr aufs Neue in tiefer Trauer versank.

Der Monat April würde Annabel immer an den Tod ihrer Mutter erinnern – aber es war auch die Zeit, in der sich das Gemüt ihres Vaters verdunkelte und er sich zurückzog. Er wusste, dass er es ihr mit diesem Verhalten nur noch schwerer machte. Nichtsdestotrotz fiel er jedes Jahr um diese Zeit in ein tiefes Loch, sosehr er auch dagegen ankämpfte. Er konnte nicht mehr arbeiten und fing zum Ärger seiner Tochter an, zu viel zu trinken. Und doch kehrte sie stets zu ihm zurück.

Bald würde sie erneut vor seiner Tür stehen, ermahnte sich Daniel. Er musste seine Trauerperiode einmal mehr beenden und Robins Erinnerung in Ehren halten, anstatt seiner Verzweiflung nachzugeben.

Eine Jahr für Jahr mühsam gewonnene Erkenntnis, nach der er sich jedoch wie neugeboren fühlte. Annabel – seine kleine Annie – würde bald hier sein, und er würde mit ihr zusammen lachen, sich mit ihr versöhnen und wieder glücklich sein.

Erneut klopfte es. Er sah auf die Uhr. Wer da auch immer vor der Tür stand, versuchte es nun schon seit zehn Minuten. *Keine Versteckspiele mehr,* dachte er und stand auf.

Fest entschlossen, der Welt ins Gesicht zu sehen, ging Daniel Harker zur Tür und öffnete sie.

Sein Leichnam wurde fünfundzwanzig Tage später gefunden.

KAPITEL 3

Das Ostküstenbüro des Forensic Revival Service war in einem unauffälligen dreistöckigen Geschäftsgebäude südlich von Richmond im Bundesstaat Virginia untergebracht. Für gewöhnlich spazierten die Passanten daran vorbei, ohne weder dem Gebäude noch der unauffälligen Firmenplakette mit der Aufschrift »FRS (Mittlere Ostküste)« darauf Beachtung zu schenken.

Doch sowohl die Bewohner des Viertels als auch diejenigen, die im Umkreis arbeiteten, wussten sehr wohl, was dort vor sich ging. Die Eröffnung der Filiale war von einem gewissen Unbehagen begleitet gewesen. Im ersten Jahr war das Gebäude bevorzugtes Ziel der Afterlifer-Proteste gewesen, bis das rapide Wachstum des Forensic Revival Service zur Gründung weit prestigeträchtigerer Filialen in anderen Teilen des Landes geführt hatte. Nun, nach sieben Jahren, konnte man mit Stolz auf eine sozusagen lange Tradition zurückblicken.

Es war acht Uhr fünfzehn an einem sonnigen Montagmorgen; ein weiterer heißer Tag stand bevor. Jonah Miller hielt seine Zugangskarte vor das Lesegerät am Haupteingang, durchquerte die menschenleere Lobby und nahm die Treppe zum Großraumbüro im ersten Stock. An einem gewöhnlichen Arbeitstag waren hier dreißig Reviver und zweiundzwanzig andere Angestellte beschäftigt. So früh am Morgen war erst eine Handvoll von ihnen anwesend. Er ging zu seinem Schreibtisch, wobei er jedem, der ihn begrüßte, ein gezwungenes Lächeln schenkte.

Als er um sechs Uhr morgens aufgewacht war, hatte er sich wie erschlagen gefühlt und war sofort zur Arbeit gefahren, um sich um den Papierkram zu kümmern, der sich über Wochen auf seinem Schreibtisch angesammelt hatte. Er war todmüde. Nach einer weiteren Nacht voller unzusammenhängender Albträume fühlte sich sein Kopf an, als wäre er mit Kieselsteinen und Sand gefüllt.

Er starrte aus dem Fenster neben seinem Schreibtisch. Sein Blick wanderte zum Himmel hinauf, und er gab sich seinen Tagträumen hin. Die Wolken zu beobachten war schon immer seine bevorzugte Methode gewesen, der Realität zu entfliehen – ein angenehmer, sich stets verändernder Anblick *ohne Menschen*. Die Augen wieder zu senken und jene Menschen von einem Ort zum anderen hasten zu sehen, weckte nur schlimme Gedanken – zum Beispiel daran, wer sie waren und was ihnen bevorstand. Am Ende wartete auf sie alle der Tod.

Diese Morbidität ließ ihn schmunzeln, obwohl sie in der Branche, in der er arbeitete, nicht weiter verwunderlich war. Bei den meisten Personen, die er wiederbelebt hatte, hatte sich der Tod an einem ganz normalen Tag angeschlichen und an ihre Tür geklopft. Auf dem Weg zur Bäckerei an der Ecke, wo sie sich ihr Mittagessen kaufen wollten; im Auto während der morgendlichen Rushhour. Früher oder später schlug jedem die Stunde. Wer würde um sie trauern? Eine Mutter? Ein Vater? Eine Ehefrau? Ein Kind?

Und dann dachte er unwillkürlich: *Wer würde um ihn trauern?* Seine Freunde, sicher, aber wirkliche Trauer – völlige Verzweiflung, wie er sie sowohl beobachtet als auch am eigenen Leib erlebt hatte – empfanden nur Familienmitglieder, und eine Familie hatte er nicht mehr. Selbst mit seinem Stiefvater hatte er seit über acht Jahren nicht gesprochen.

Er versuchte, diese Gedanken aus seinem Kopf zu verscheuchen.

Alice Deckers Wiederbelebung hatte ihn so erschöpft, dass er selbst fünf Tage später kaum darüber hinweg war.

Man hatte ihm gesagt, dass es nur Einbildung gewesen war, doch so sehr er es auch versuchte, er konnte es nicht als Halluzination abtun. Das Ganze hatte ihn tief berührt und mit einer irrationalen Angst zurückgelassen – und dem Gefühl, beobachtet zu werden.

Eine Paranoia, die sich auch in seine Träume schlich. Die Albträume waren der reinste Horror gewesen. Alice Decker hatte mit hautlosem Gesicht in seinem Wohnzimmer gestanden und mit ihm gesprochen. Er hatte nichts verstanden, und – *Himmel!* – hatte er Angst gehabt. Bei Sonnenaufgang war er mit dem Gefühl aufgewacht, tagelang in diesem Traum gefangen gewesen zu sein.

Seitdem hatte ihn Alice Deckers höhnisch grinsendes Gesicht jede Nacht heimgesucht. Bis auf eine Ausnahme, als er vom Tod seiner Mutter geträumt hatte, tränenüberströmt in der Dunkelheit zu sich gekommen war und keinen Schlaf mehr hatte finden können.

Umso schlimmer war es, dass er sich niemandem, der bei Alice Deckers Wiederbelebung vor Ort gewesen war, anvertrauen wollte.

Er war vom Tatort verschwunden, ohne ein weiteres Wort mit den zuständigen Polizeibeamten oder mit J.J. Metah, dem diensthabenden FRS-Techniker, zu wechseln. Nur der Cop, der vor Alice Deckers Büro Wache stand, hatte ihn leichenblass davoneilen sehen.

Am nächsten Tag – einem Donnerstag – hatte Jonah J.J. aufgesucht in der Hoffnung, dass der Techniker wenigstens einen Teil dieses Vorfalls aufgezeichnet hatte.

»Hast du noch irgendwas mitbekommen, nachdem du die Kameras ausgeschaltet hast?«, fragte er so beiläufig wie möglich, während ihm das Herz bis zum Hals klopfte.

»Nein«, sagte J.J. »Wie auch? Die Liveübertragung war zu Ende. Ich hab das Material zur Übergabe an die Polizei vorbereitet. Wo bist du überhaupt so schnell hin? Als ich fertig war, warst du schon weg.«

»Ich … mir war nicht so gut«, sagte er und zwang sich zu einem Lächeln. »Ich musste an die frische Luft.«

Eigentlich hatte er zuerst mit Never Geary sprechen wollen, doch der war momentan auf einer Tagung in Vancouver und würde vor Dienstag nicht zurück sein.

Jonah hatte ihn am Nachmittag angerufen – entgegen seiner Vorsätze, seinen Freund nicht damit zu belasten. Trotzdem hatte er sich gefreut, Nevers vertrauten irischen Akzent zu hören.

Jonah erzählte ihm alles, was vorgefallen war.

»Sie werden behaupten, dass du überarbeitet bist«, stellte Never fest. Jonah hörte Stimmen im Hintergrund und vermutete, dass Never noch auf der Tagung war – bis in der Nähe Gläser klirrten.

»Bist du gerade in einer Bar?« Obwohl Never nicht sofort antwortete, hätte Jonah schwören können, sein Grinsen durch die Leitung zu *hören*.

»Schon möglich. Ich bin für heute fertig und treffe mich noch mit ein paar Leuten. Und lenk nicht ab – du *bist* überarbeitet. Das weißt du ganz genau.«

Jonah zögerte. Am liebsten hätte er Never zugestimmt und die ganze Sache vergessen, doch dafür waren die Zweifel, die an ihm nagten, zu stark. Er musste sie mit jemandem teilen. »Das ist ja der springende Punkt. Ich weiß es nicht.«

»Was sollte das sonst gewesen sein?«

Jonah wusste, dass es eine rhetorische Frage war, dachte jedoch trotzdem darüber nach. »Ich verdiene meinen Lebensunterhalt damit, dass ich mit den *Toten* rede, Never. Da gibt's viele Dinge, die wir noch nicht wissen.«

»Frag doch mal Jennifer.« Jennifer Early war die Psychologin des FRS. Eine vielbeschäftigte Frau.

»Ich will keine große Sache draus machen.«

»Rede mit ihr, Jonah. Versprich mir das.«

Jonah versprach es ihm.

Um neun Uhr war das Büro von hektischer Betriebsamkeit erfüllt. Wie an jedem Montag berichteten diejenigen, die am Wochenende Bereitschaftsdienst gehabt hatten, von den Wiederbelebungen, die sie durchgeführt hatten. Jonah hörte nur mit halbem Ohr zu. Wenn es etwas Wichtiges gab, würde er es beim Meeting um halb zehn von Sam Deering erfahren. In der Zwischenzeit schaffte er es, sich so weit auf den Papierkram zu konzentrieren, um die Stapel wenigstens ein bisschen schrumpfen zu lassen. Der Tratsch konnte warten.

»Morgen, Jonah.« Jonah sah auf und einem grinsenden Sam ins Gesicht. Als sie sich vor zwölf Jahren kennengelernt hatten, war Jonah ein verängstigter Vierzehnjähriger gewesen, und die Welt hatte erst sechs Monate zuvor von Eleanor Prestons Fähigkeiten erfahren. Sam war damals zweiundfünfzig gewesen, hatte aber viel jünger ausgesehen und vor Energie förmlich gesprüht. Diese Energie hatte er bis heute nicht verloren. Immerhin hatte der Zahn der Zeit nicht vor seinem Haupthaar haltgemacht.

Jonah grinste zurück. »Hey, Sam.«

»Wie geht's?« Sam wirkte ernst und besorgt, und die Frage war mehr als bloße Höflichkeit. Nachdem er mit Never telefoniert hatte, war Jonah schließlich zu Sam gegangen und hatte ihm alles erzählt. Sam hatte ihn sofort zur Psychologin geschickt; trotzdem spürte Jonah seine Enttäuschung und kannte auch den Grund dafür. Sie kannten sich seit einer Ewigkeit – seit Jonahs Mutter gestorben war und er unter traumatischen Umständen herausfinden musste, dass er ein Reviver war. Sam und Jonah waren gute Freunde, und doch hatte es vierundzwanzig Stunden und Nevers gutes Zureden gebraucht, bis sich Jonah ihm anvertraut hatte.

»Viel besser«, log Jonah, konnte aber nicht einschätzen, ob Sam ihm das auch abkaufte.

»Prima. Ich habe mich heute Morgen mit Jennifer unterhalten. Kommst du später mal in mein Büro?«

»Na klar«, sagte Jonah und lächelte, obwohl ihm nicht im Geringsten danach zumute war. Natürlich würden sie ihn für eine gewisse Zeit beurlauben. Eine Pause, damit er sich sammeln und neue Kraft schöpfen konnte – wieder mal.

Schon vor zwei Jahren hatte Jonah mit einem Burnout gekämpft. Die Überarbeitung hatte zu Stimmungsschwankungen und einem selbstzerstörerischen Verhalten geführt, das in einem Nervenzusammenbruch nach einer ziemlich heiklen Wiederbelebung gegipfelt hatte. Daraufhin hatte er zwei Monate pausiert – eine schwierige, fast schmerzhafte Erfahrung.

Wiederbelebungen waren Jonahs einziges Talent, und er hatte sich ihnen mit Haut und Haar verschrieben. Die Wiederbelebungen waren nicht nur sein Job. Sie waren *sein Leben*.

Um kurz nach halb zehn versammelte er sich mit den anderen vor Sams Büro. Sam stand in der Tür, hob die Hand und wartete, bis die Gespräche verstummt waren.

»Guten Morgen zusammen. Was für ein schöner Tag heute, und ein ruhiger dazu. Erst mal: Die Tagung in Vancouver war ein voller Erfolg. Glückwunsch an alle, die einen Vortrag gehalten haben. Wie ich sehe, sind die meisten schon zurück. Hoffentlich ist euer Kater einigermaßen erträglich.« Vereinzelt erhob sich Gelächter. Jonah sah, dass Pru Dryden verlegen lächelte und reumütig den Kopf schüttelte.

»Die meisten Vorträge wurden aufgezeichnet und sollten in den nächsten Tagen im Intranet zu finden sein«, fuhr Sam fort. »Never kommt wohl erst morgen …?« Er sah zu Jonah hinüber, der nickte. »Er wird euch sofort den Link schicken. Wie immer war am Wochenende viel los. Das Nordostbüro ist unterbesetzt, möglicherweise müssen wir aushelfen. An alle, die diese Woche Gerichtstermine haben: Versucht sie nach Möglichkeit zu verschieben. Wir können es uns nicht leisten, dass unsere Leute ständig im Zeugenstand rumhängen, wenn es dringendere Sachen zu tun gibt. Wir brauchen jeden, den wir irgendwie entbehren können. Und wie immer: Viel Glück.« Sams Blick wanderte zu Jonah hinüber. Er sah ihn fragend an und deutete mit dem Kopf in Richtung Bürotür.

Jonah nickte. Besser, sie brachten es so schnell wie möglich hinter sich. Er kämpfte sich durch den Strom der Menge, die wieder an ihre Schreibtische zurückkehrte. Gerade als er mit Sam reden wollte, kam ihm Hugo Adler, Sams Stellvertreter, zuvor und bombardierte seinen Vorgesetzten mit Budgetfragen.

»Geh schon mal vor, Jonah«, sagte Sam resigniert. »Ich komme in ein paar Minuten nach.«

Jonah setzte sich. Während er wartete, sah er sich in Sams Büro um. An den Wänden hingen Fotos, die Sams Karriere beim FRS dokumentierten. Jonah begriff, dass es damit bald vorbei war; Sam ging in zwei Wochen in den Ruhestand.

Er konnte sich das FRS ohne Sam Deering nicht vorstellen. Sam hatte die forensische Wiederbelebung sozusagen erfunden. Als die Wiederbelebung entdeckt worden war, hatte er für das rechtsmedizinische Labor des FBI in Quantico gearbeitet. Er war zu Baseline beordert worden – ursprünglich, um die dort eingesetzten Methoden zu beobachten und zu beurteilen. Kurze Zeit später hatte er das Potenzial erkannt und eine Gruppe von Wissenschaftlern um sich geschart, deren Herangehensweise sich von allen anderen deutlich unterschied. Anstatt die tiefere Bedeutung des Wiederbelebungs-Phänomens zu erkunden, hatten sie sich auf praktischere Dinge konzentriert.

Und wo die anderen Forschungsteams kaum vorankamen, machte Sam gewaltige Fortschritte, was die forensische Nutzung der Wiederbelebung anbelangte.

Durch lange harte Arbeit konnten zwei wichtige Ergebnisse gewonnen werden: eine wiederbelebte Person wusste nicht mehr oder weniger als zu Lebzeiten; außerdem hatten die Reviver ein deutliches Gespür für den emotionalen Zustand des Wiederbelebten. Sie konnten genau feststellen, ob die Person die Wahrheit sagte, log oder den Fragen auswich. Diese Tatsache war für die Entwicklung der forensischen Wiederbelebung von höchster Wichtigkeit.

Dass ein Opfer den Namen seines Mörders nicht nur laut aussprechen konnte, sondern die Wahrhaftigkeit dieser Information völlig außer Zweifel stand, stellte alle bisher dagewesenen Ermittlungsmethoden in den Schatten.

Obwohl es eine gewisse Zeit dauerte, bis durch Wiederbelebungen gewonnene Beweise allgemein akzeptiert wurden, verfolgten Sam und sein Team beharrlich ihr Ziel. Und ihre Arbeit zahlte sich letztendlich aus. Die Zahl der Reviver wuchs ständig, und damit auch die Realisierbarkeit von Sams ursprünglichem Vorhaben: die forensische Wiederbelebung als gängige Ermittlungspraxis zu etablieren.

Die erste kriminologische Untersuchung mithilfe dieser Technik war ein einfacher Mordfall. Das Opfer – das durch einen Stich ins Herz ums Leben gekommen war – gab schnell die Identität seines Mörders preis. Als dieser daraufhin mit den Videoaufnahmen des Leichnams konfrontiert wurde, der ihn sozusagen aus dem Grab heraus anklagte, gestand er sofort. Die Resonanz war gewaltig, die Medien forderten einen flächendeckenden Einsatz dieser Methode, und die Öffentlichkeit schien damit einverstanden.

Sam wurde beauftragt, in Quantico versuchsweise eine kleine Gruppe von Revivern zu diesem Zweck aufzustellen. Sam bezog zusammen mit fünf wissenschaftlichen Mitarbeitern, vier Technikern und den sechs besten Revivern, die er aus verschiedenen Baseline-Forschungsgruppen abwerben konnte, ein winziges Bürogebäude.

Nicht wenige rechneten damit, dass dieses Versuchsprojekt scheitern würde. Die Kriminellen würden dazulernen, behaupteten sie. Eine Wiederbelebung war nur möglich, wenn der Leichnam einigermaßen unversehrt war. Sie fürchteten, dass Enthauptungen bald an der Tagesordnung sein würden.

Diese Bedenkenträger hatten eines nicht verstanden: Der wahre Nutzen der Wiederbelebung lag nicht in der Überführung von Berufskriminellen. Diese Gruppe würde selbstverständlich Vorsichtsmaßnahmen ergreifen, aber das hatte sie schon immer getan. Selbst vor den forensischen Wiederbelebungen war den am schwierigsten aufzuklärenden Mordfällen eines gemeinsam: die Leichen wurden niemals gefunden.

Die Wiederbelebung konnte am besten in jenen Fällen eingesetzt werden, in denen der Mord kaum oder gar nicht geplant oder schlampig ausgeführt wurde. Wenn die Tat in aller Eile oder im Affekt begangen wurde, ungeschickt, schludrig oder allzu selbstsicher. Und dies traf auf die meisten Morde zu.

Natürlich versuchten mehrere Amateurkiller ihr Möglichstes, eine Wiederbelebung zu verhindern. Doch selbst wenn ihnen das gelang, sorgten die Komplikationen, die mit ihren oft grausigen Bemühungen einhergingen, für ihre Verhaftung.

Die Öffentlichkeit im Allgemeinen hatte kaum eine Vorstellung davon, was die Reviver tatsächlich leisten konnten. Immer mehr reißerische Romane und Fernsehserien opferten die Wahrheit zugunsten der Spannung, wie es auch bereits bei anderen forensischen Praktiken geschehen war. Das Resultat war, dass sich die öffentliche Meinung in zwei unversöhnliche Lager spaltete: man glaubte entweder, dass selbst die kleinste Verletzung des Leichnams eine Wiederbelebung verhinderte, oder dass selbst beträchtliche Verstümmelungen oder eine weit fortgeschrittene Verwesung sie nicht aufhalten konnte.

Das Versuchsprojekt jedenfalls war ein voller Erfolg. Sams Team wurde an ihre gegenwärtige Operationsbasis in Richmond verlegt – der Forensic Revival Service war geboren. Schon bald wurden Mordopfer aus dem ganzen Land zu ihnen gebracht, obwohl der Transport eines Leichnams die Wiederbelebungschancen um etwa 20 bis 30 Prozent verringerte.

Während Baseline seine Arbeit einstellte und schließlich aufgelöst wurde, wuchs der FRS in ungeahntem Tempo. Aus einem Büro wurden allein in den USA fünf. Aus fünf zwölf. Die Geschäftsleitung wurde in das weitaus größere Nordostbüro in Chicago verlegt. Sam Deering hatte kein Problem damit, seine hervorragende Arbeit in aller Ruhe im sogenannten Ostküstenbüro des FRS fortzusetzen.

»Tut mir leid, Jonah«, sagte Sam hinter seinem Rücken.

Jonah drehte sich um und lächelte Sam nervös an. »Probleme?«

»Budgetfragen. Die werde ich bestimmt nicht vermissen, wenn ich hier aufhöre.« Er setzte sich an seinen Schreibtisch, tippte auf der Tastatur herum, starrte auf den Monitor und holte schließlich seine Lesebrille heraus. »Jennifer hat gestern Abend ihren Bericht geschickt und ihn heute Morgen mit mir durchgesprochen. Bevor wir darüber reden, will ich dir zu dem Decker-Fall gratulieren. Das war eine harte Nuss, und ich hoffe, du weißt deine Leistung auch zu schätzen. Hast du nochmal was davon gehört?«

»Nur das, was in den Nachrichten kam«, sagte Jonah. »Sie haben nicht viel rausgelassen. Anscheinend wurde jemand festgenommen. Wahrscheinlich Roach. Seitdem herrscht Funkstille.«

»Ich hab mich umgehört – offenbar wollen sie in den nächsten Tagen ein paar weitere Infos bekannt geben, aber ich finde, dass du auch den Rest wissen solltest. Roach ist Bodybuilder, er betreibt seit Jahren Steroidmissbrauch. Das Zeug hat zu psychotischen Episoden geführt. Er hatte sie unter Kontrolle, bis ihn seine Frau verlassen und seinen kleinen Sohn mitgenommen hat. Er hatte das Sorgerecht an dem Jungen verloren. Alice Decker gehörte zu dem Beurteilungsgremium, das Roach für die Entscheidung verantwortlich gemacht hat. Als hätte er jemals auch nur den Hauch einer Chance auf das Sorgerecht gehabt. Ihre Beurteilung war verheerend. Roach knallte wieder durch und war auf Rache aus. Zwanzig Minuten, nachdem du seinen Namen aus ihr rausgekitzelt hast, stand die Polizei vor seiner Tür.«

»Er war zu Hause?«

»Nein.«

»War er hinter den anderen Gremiumsmitgliedern her?«

»Nein. Decker war aus dieser Gruppe sein erstes und einziges Opfer. Außerdem die einzige Frau, was kein Zufall gewesen sein dürfte. Sie haben ihn bei seiner Exfrau erwischt.«

Jonahs Miene verdüsterte sich. Ihm schwante nichts Gutes. »Scheiße.«

Sam bemerkte Jonahs Besorgnis. »Keine Angst, ihr ist nichts passiert. Sie war nicht zu Hause und kam erst eine Stunde später, nachdem die Beamten eintrafen. Roach ist durch die Hintertür eingedrungen und saß in ihrem Haus. Als sie ihn verhafteten, hatte er genug Pillen bei sich, um einen Elefanten zu töten. Das war kein Anstandsbesuch.«

Jonah schwieg.

»Du kannst stolz auf dich sein, Jonah. Die Erfolgschance für Decker lag bei etwa zehn Prozent. Selbst für dich ist das ziemlich eindrucksvoll.«

Jonah nickte halbherzig. Ein erfreuliches Ergebnis, doch er erwartete nichts anderes von sich. Er war einer der besten Reviver des Landes, besonders was schwierige Fälle anging, obwohl andere in bestimmten Bereichen weitaus fähiger waren: sie hatten ein angeborenes Gespür dafür, die richtigen Fragen zu stellen, die nötige Beharrlichkeit, um alle wichtigen Antworten zu erhalten oder machten vor Gericht eine bessere Figur. Er stellte immer dann die erste Wahl dar, wenn die Umstände eine erfolgreiche Wiederbelebung mehr als unwahrscheinlich machten oder ein anderer Reviver bereits gescheitert war. Gerade machte er sich jedoch in erster Linie über das Ergebnis von Jennifers Bericht Sorgen. »Okay, Sam. Wollen wir's hinter uns bringen?«

Sam seufzte. »Also gut. Jennifer bezweifelt, dass du das alles richtig verarbeiten kannst. Und ich teile diese Bedenken.«

Jonah wurde unruhig. »Sie hat behauptet, dass ich halluziniert hätte.«

»Hast du auch, Jonah. *Natürlich* hast du halluziniert. Das alles hast du doch schon einmal durchgemacht. Ich weiß nicht, wieso du dich dagegen sperrst …«

»Das war nicht dasselbe«, unterbrach Jonah. »Ich war bei klarem Verstand. Ich war weder bewusstlos noch hatte ich einen Blackout. Es ist wirklich passiert.«

»Jennifer hat gesagt, dass du seit der Wiederbelebung Schlafprobleme hast. Außerdem hast du angegeben, dass du dich beobachtet fühlst.«

»Ich habe nicht halluziniert«, beharrte Jonah. »Die Kameras waren abgeschaltet. Ich hab mir das nicht eingebildet. Ich habe mir *nichts davon* eingebildet.«

»Sonst hat aber niemand etwas gesehen.«

»Die Aufnahme wurde angehalten. Also gibt es auch kein Videomaterial.«

Sam überflog noch einmal Jennifers Bericht. »Nach dieser Sache von vor zwei Jahren haben wir dein Arbeitspensum reduziert, aber offenbar hat es sich im Laufe der Zeit wieder erhöht. Du hast in den letzten vier Monaten mehr Fälle bearbeitet, als es unsere Vorschriften erlauben. Du hast zu lange zu viel gearbeitet, ganz einfach. Du bist übermüdet, überarbeitet, und deine Burnout-Symptome sind nicht zu übersehen. Gerade du solltest diese Warnsignale richtig deuten können.«

Jonah starrte auf den Boden, damit er Sam nicht in die Augen sehen musste. Natürlich kannte er diese Signale, sie waren ihm sogar vor seiner letzten Krise nicht fremd gewesen. Die Wiederbelebungen konnten einen hohen Preis fordern, darüber war sich jeder Reviver im Klaren.

Von den Gefühlen und Erinnerungen eines Wiederbelebten überrollt zu werden hinterließ Spuren, die genau beobachtet werden mussten. Eleanor Preston beispielsweise hatte nur wenige der Symptome gezeigt, andererseits hatten die von ihr wiederbelebten Personen ausnahmslos ihr Ableben sowie ihre Wiederbelebung erwartet. Diejenigen jedoch, die durch einen Unfall oder einen Mord aus dem Leben schieden, waren völlig unvorbereitet, was es dem Reviver um einiges schwerer machte und zu völliger Erschöpfung sowie einem temporären Verlust der Wiederbelebungsfähigkeit führen konnte. Im schlimmsten Fall suchten diese übrig gebliebenen extremen Emotionen und Erinnerungen – auch als Residuum bezeichnet – den Reviver noch tagelang heim.

Daher waren regelmäßige Erholungspausen unverzichtbar. Die meisten Reviver mussten nach einer Wiederbelebung eine bestimmte Zeit warten, bevor sie sich an der nächsten versuchten. Wenn diese Ruhepause zu kurz war, waren auch die Erfolgschancen minimal. Bei einem durchschnittlichen Reviver regenerierte sich die Wiederbelebungsfähigkeit nach sechsunddreißig Stunden um 50 Prozent. Erst nach zweiundsiebzig Stunden hatte sie sich völlig normalisiert.

Bei einigen wenigen Revivern war die Wiederbelebungsfähigkeit schon früher wiederhergestellt. Jonah war diesbezüglich in seiner Abteilung der Schnellste – schon nach vierundzwanzig Stunden war er wieder voll auf der Höhe. Ein weiterer Grund, weshalb er so anfällig für Überarbeitung war.

Jonah sah zu Boden. »Es hat sich sehr real angefühlt.«

»Das ist ja der Witz daran, Jonah. So ist es immer. Viele deiner Kollegen haben Ähnliches berichtet. Hör auf, dir vorzumachen, das wären keine Halluzinationen gewesen. Das bringt gar nichts. Du hast das doch schon mal erlebt.«

»So noch nicht.« Aus Frustration sprach Jonah etwas lauter als nötig.

Sam machte eine kurze Pause. »Das mag ja sein, aber frag mal Pradesh. Oder Stacy. Die beiden hatten richtig Furcht einflößende …«

»Die beiden hatten einen Blackout«, fuhr Jonah dazwischen. »Dafür gibt es Zeugen, Sam.«

»Ich weiß. Trotzdem dachten sie, dass das, was sie sahen, real wäre. Darum geht's. Sprich mit ihnen. Und mach dir keine Sorgen. Solche Sachen können schon mal vorkommen. Das bedeutet nur, dass du eine Auszeit brauchst.«

Jonah rutschte auf seinem Stuhl herum. »Was meinst du damit?«

»Wir sind gerade unterbesetzt, also wirst du noch den Rest der Woche arbeiten müssen. Jason kommt am Dienstag aus dem Urlaub zurück, dann reden wir weiter. Du wirst dich die nächsten Tage um deinen Papierkram kümmern, verstanden? Wenn es unbedingt sein muss, kannst du ab Mittwoch einen unkomplizierten Fall übernehmen – aber nicht früher, sonst bringt mich Jennifer um, verstanden? Und dann nimmst du dir eine ganze Woche frei, keine Diskussion. Und du wirst auch nicht nur mal kurz vorbeischneien, um zu gucken, was wir so treiben. Ich kenne dich.«

Jonah verkniff sich eine Antwort und wandte den Blick ab.

»Und danach ...«, fuhr Sam fort, »na ja, du weißt ja, dass sich diese Gruppe aus San Diego angekündigt hat.« Jonah nickte. Fünf neue Reviver und ein Dutzend Techniker waren zu einer Fortbildung angemeldet. »Vielleicht solltest du dich um die kümmern und so wenige Wiederbelebungen wie möglich durchführen. Du wirst zwei Monate lang nach jeder Wiederbelebung mindestens eine Woche Pause machen, danach können wir allmählich dein Pensum erhöhen.«

Jonah war erschüttert.

»Tut mir leid«, fügte Sam hinzu. »Aber glaub mir, Jonah – dir fehlt nichts, was ein bisschen Ruhe nicht kurieren könnte.«

Jonah sah auf und seufzte resigniert. »Okay, Sam. Okay.«

Um kurz nach fünf, als der Feierabend bevorstand, ging er in die Teeküche, um sich einen Kaffee zu machen und etwas Zeit totzuschlagen. Noch vor der Tür hörte er Never Gearys Stimme. Wie sich herausstellte, unterhielt er sich gerade mit Sam Deering.

»Da ist er ja«, sagte Never und grinste breit. »Wie geht's?«

Jonah grinste zurück. »Was machst du denn hier? Ich dachte, du kommst erst morgen wieder rein.«

»Ich wollte nur kurz Hallo sagen.«

»Dann will ich euch nicht länger stören«, sagte Sam. »Never, wir reden morgen früh weiter. Okay?«

»Okay«, sagte Never. Sobald Sam verschwunden war, lächelte er Jonah verschwörerisch an. »Sam will, dass ich den Babysitter für dich spiele, bis du in den Urlaub gehst.«

»Er hat's dir erzählt?«

»Na klar. Also, wie geht's dir?«

»Ich bin gestresst und hundemüde.«

»Verständlich. War ja auch eine extreme Erfahrung, oder?«

»Es war anders als sonst, Never. Sam und Jennifer reden ständig von Überarbeitung und dass ich so was schon mal durchgemacht hätte. Aber das war eine ganz andere Nummer. Ich wünschte, du wärst dabei gewesen und nicht J.J.«

»J.J. versteht sein Handwerk«, sagte Never und hob eine Augenbraue.

»Du lässt die Kameras laufen. J.J. schaltet sie ab, sobald wir ein Ergebnis haben.«

Genau wie J.J. war auch Never Wiederbelebungstechniker und damit verantwortlich für die Bereitstellung und Wartung der benötigten Gerätschaften. Neben den drei Videokameras gehörten dazu auch zwei zusätzliche Audiospuren. Alle Daten wurden auf Memorystick und auf Festplatte gespeichert. Nur durch Redundanz und sorgfältige Planung ließen sich die technischen Probleme bei einer Wiederbelebung in Grenzen halten. Noch war es nicht zur Katastrophe gekommen – dank eines Systems, auf das Never zu Recht stolz war. Er war schließlich maßgeblich bei dessen Entwicklung beteiligt gewesen. Inzwischen hatte es sich nicht nur als landesweiter Standard etabliert, sondern wurde auch von vielen anderen forensischen Wiederbelebungsteams auf der ganzen Welt genutzt.

Ein Wiederbelebungstechniker musste über ganz bestimmte Eigenschaften verfügen. Er war gewissenhaft und präzise, selbstbewusst und erfinderisch und musste die Gegenwart der Reviver und den Anblick der Toten ertragen können. Als dienstältester Techniker wurden Never die prestigeträchtigsten und schwierigsten Fälle übertragen, was bedeutete, dass er häufig mit den drei besten Revivern zusammenarbeitete: Jason Shepperton, Pru Dryden und Jonah.

»Die Aufnahme wird beendet, sobald der leitende Beamte den Befehl dazu gibt«, sagte Never. »Die Polizisten können es meistens nicht abwarten, das Material in die Finger zu kriegen. Wenn er die Kamera hätte weiterlaufen lassen, wärst nur du zu sehen gewesen, wie du wegen nichts und wieder nichts völlig ausflippst.«

»Dann wüsste ich zumindest, dass sich das alles nur in meinem Kopf abgespielt hat. *Du* schaltest wenigstens die Kameras immer erst am Schluss ab. Ohne Ausnahme.« Er sah Never in die Augen.

»Stimmt«, sagte Never. »Macht der Gewohnheit.« Er konnte Jonahs durchdringendem Blick nicht ausweichen. »Schon gut, schon gut. Ich rede mit den anderen.«

Jonah nickte lächelnd. »Danke.«

»Also«, sagte Never und sah demonstrativ auf die Uhr. »Du hast noch eine halbe Stunde bis Feierabend. Ich werde schnell meine Mails checken und dann auf dich warten. Wir könnten uns ein Taxi teilen.«

Jonah kniff die Augen zusammen. Seine Wohnung war einen zehnminütigen Fußmarsch vom Büro entfernt. »Never, weshalb sollte ich ein Taxi nehmen?«

»Weil ich einen Drink brauche. Und du gleich mehrere.«

Never Geary wusste genau, dass die Überrumpelungstaktik die einzige Möglichkeit darstellte, Jonah zu einer auch nur entfernt sozialen Aktivität zu bewegen.

Als sie sich kennengelernt hatten, war Jonah neunzehn und Never ein fünfundzwanzigjähriger Hardware-Experte gewesen, der in der Datenwiederherstellungsabteilung im Spurensicherungslabor in Quantico arbeitete. Er ließ sich zu Sams Versuchsprojekt versetzen und begriff schnell, dass er hier eine Nische gefunden hatte. Obwohl er für Jonah so etwas wie einen älteren Bruder darstellte, waren die beiden schnell Freunde geworden.

Und inzwischen kannte Never seinen Freund sehr gut.

Deshalb lehnte er Jonahs Vorschlag, erst nach Hause zu fahren, um sich zu duschen und umzuziehen, rundheraus ab. Er wusste, dass das nur ein Vorwand war, um in seine Wohnung zurückzukehren und dann dort etwas zu trinken. So saßen sie jetzt zumindest in einer schummrigen Ecke in einer der wenigen Bars, die Jonah tolerierte, weil man dort einigermaßen gemütlich sitzen konnte und speziell am Montagabend nicht viel los war. Ein Ort, an dem man sich in aller Öffentlichkeit verstecken konnte. Genau die Art von Lokal, die Jonah bevorzugte.

Auf dem Heimflug heute Morgen hatte sich Never besorgt gefragt, was ihn erwarten würde. Jonah war ihm immer etwas fragil vorgekommen – ganz besonders nach seinem Nervenzusammenbruch. Hier, in der freien Wildbahn und weitab vom sicheren Hafen seiner Wohnung, war er still und in sich gekehrt. *Aber nicht mehr lange,* dachte Never, als er die erste Runde holte und mit dem Tablett zum Tisch zurückkehrte.

Jonah sah auf und hob eine Augenbraue, sobald er bemerkte, was auf dem Tablett stand: für jeden ein Pint Guinness und ihre Lieblingsdrinks – Whisky Sour für Never und ein Tequila-Shot für Jonah.

»Ich wollte mich eigentlich nicht betrinken«, sagte Jonah. »Schließlich müssen wir morgen arbeiten.«

»Wir betrinken uns ja auch nicht, wir entspannen. *Das da*«, sagte Never und hob seinen Sour, »ist gegen meinen Jetlag. Und *das*«, er deutete auf den Tequila, »ist gegen die verdammten Sorgenfalten auf deiner Stirn.«

Jonah zuckte mit den Achseln. Als er das Glas in die Hand

nahm, glaubte Never, den Anflug eines Lächelns auf seinem Gesicht erkennen zu können.

Schnell waren sie bei der zweiten Runde angelangt, und Never tischte wilde Kongressgeschichten auf.

»Pru war am ersten Abend fürchterlich besoffen«, sagte er. »Herr im Himmel, du hättest den Typen sehen sollen, mit dem sie abgezogen ist. Ein männliches Groupie.«

Reviver-Groupies waren ein ziemlich bizarrer Haufen. Sie suchten die körperliche Nähe zu den Revivern, da viele von ihnen extrem anfällig für den Hauch waren – und darum ging es letztendlich wohl auch.

Der Hauch – also jene Empfindung, die die meisten Nicht-Reviver verspürten, wenn sie einen Reviver berührten – konnte abhängig vom Reviver selbst und der Empfindlichkeit der berührten Person unterschiedliche Formen annehmen. Üblicherweise war es eine Kälte, als würde man die Hand in Eiswasser tauchen. Sie verschwand sofort wieder, sobald der Körperkontakt unterbrochen wurde. Im schlimmsten Fall konnten starke Schmerzen am ganzen Körper sowie ein Gefühl der Unreinheit und starke Angst die Folge sein.

Etwa die Hälfte der FRS-Mitarbeiter, die keine Reviver waren, spürte den Hauch überhaupt nicht. Unter ihnen war auch Never Geary. Was bedeutete, dass er den Hauch nicht aus unmittelbarer Erfahrung kannte. Jonah dagegen schon. Sowohl der Reviver als auch die Person, die er berührte, empfanden annähernd dasselbe. Manche Reviver trugen deshalb stets Handschuhe. Der Hauch, der von Jonah ausging, war allerdings ungewöhnlich stark und konnte nicht durch einfachen Baumwollstoff eingedämmt werden. Daher trug er immer Lederhandschuhe, wenn es die Umstände erlaubten, also bei kühlem Wetter und im Freien. Sonst empfand er die

Handschuhe als beengend und unangenehm heiß und bemühte sich stattdessen, besonders vorsichtig zu sein.

Bei der Vorstellung, dass sich jemand dem Hauch, wie schwach er auch sein mochte, freiwillig aussetzte, lief es Never kalt den Rücken hinunter. Prus Hauch war so stark, dass sie ihn nur unter immensem Alkoholeinfluss nicht mehr spürte. Jonah und Never konnten sich ungefähr vorstellen, wie betrunken sie gewesen sein musste.

Tagungen und Kongresse waren für Never nichts Besonderes – als Mitentwickler des Standardverfahrens zur Aufzeichnung einer Wiederbelebung nahm er an drei bis vier Veranstaltungen pro Jahr teil, Pru Dryden sogar noch öfter. Alles in allem war sie wohl die beste Reviverin des gesamten Teams. Sie besaß zwar nicht dieselbe intuitive Wiederbelebungsfähigkeit wie Jonah, war im Zeugenstand jedoch unerschütterlich und stellte während der Wiederbelebung die präziseren und raffinierteren Fragen.

Jonah vermied die Kongresse, so gut es ging, obwohl Never viel Zeit und Mühe darauf verwandte, ihn zur Teilnahme zu überreden. Seiner Meinung nach waren viele von Jonahs Problemen auf seinen eklatanten Sexmangel zurückzuführen. Die Tagungen stellten den idealen Nährboden für diese außerplanmäßige Aktivität dar, ganz besonders für Reviver, da sie den Hauch untereinander nicht verspürten. Und alle anderen fanden ziemlich schnell heraus, ob sie ihn empfanden oder nicht.

Außerdem hätte es Never ganz nützlich gefunden, Jonah in einer solchen Umgebung an seiner Seite zu wissen. Natürlich kam er selbst durch seinen irischen Akzent und das Dauergrinsen ab und an zum Zug, doch Jonah war auf der Attraktivitätsskala ein paar Stufen höher angesiedelt. Nicht, dass dieser sich dessen bewusst gewesen wäre. Er kümmerte sich weder um sein Aussehen noch um seine Klamotten und ließ sich das schwarze Haar so selten wie möglich schneiden, sodass seine Frisur ständig zwischen Bürstenhaarschnitt und verstrubbelter Mähne variierte. Egal – ihm stand beides ganz gut.

Das alles erzeugte eine Art Motten-und-Licht-Effekt, den Never nur zu gerne ausnutzte. Mehr als einmal hatte er mit einer attraktiven Frau angebandelt, die eigentlich Jonah hatte kennenlernen wollen, von dessen fast pathologischer Schüchternheit jedoch abgeschreckt wurde.

In diesem Jahr sollte das Internationale Forensische Wiederbelebungssymposium in Richmond stattfinden – zu Ehren von Sam Deering, der bald in den Ruhestand gehen würde. Jonah hatte zugestimmt, einen Vortrag zu halten, doch es war schon über ein Jahr her, dass ihn Never dazu hatte bringen können, weiter in unbekanntes Terrain vorzustoßen. Bei dem einzigen Rendezvous, das ihm Never damals verschafft hatte, hatte sich die betreffende Frau als äußerst kompliziert herausgestellt: verheiratet, verwirrt und hochgradig überspannt. Es hatte kein gutes Ende genommen. Never hielt es trotzdem für einen Erfolg. Wenigstens hatte es Jonah einen Tag lang geschafft, sich den Besenstiel aus dem Hintern zu ziehen und zu entspannen.

Sie plauderten wie die Waschweiber, bis Jonah gegen zehn Uhr erneut zu bedenken gab, dass sie morgen arbeiten mussten. Never hielt sein Versprechen und bestellte keine weitere Runde. Als sie nach Hause gingen, war Jonah guter Dinge und sich nicht im Mindesten bewusst, dass er zum ersten Mal seit fünf Tagen nicht an Alice Decker dachte.

KAPITEL 4

Der Mittwochmorgen war ungewöhnlich ruhig. Nachdem er unerwartet sehr erholsam geschlafen hatte, pflügte Jonah durch seinen Papierkram. Er war guter Laune – die Wiederbelebung von Alice Decker lag über eine Woche zurück, und die Ruhepause, die ihm Jennifer Early verordnet hatte, war somit vorüber.

Am Nachmittag war es mit der Ruhe vorbei.

Um kurz nach zwei steckte Sam den Kopf aus der Bürotür. »Pru, du bist an der Reihe«, rief er ihr durch das Büro zu. »Ein Verkehrsunfall in der Nähe von Greensboro. Lass dir von Never einen Techniker zuteilen und mach dich auf die Socken.«

Pru Dryden war neunundzwanzig Jahre alt. Ihre zierliche Gestalt und ihr attraktives Äußeres sorgten jedes Mal für verwirrte Blicke, als würde eine zauberhafte Wiederbelebungsfee am Tatort einschweben.

Sie stand von ihrem Schreibtisch auf und ging ohne große Begeisterung zu Sam hinüber. »Irgendwelche Einzelheiten?«

Sam reichte ihr einen Ausdruck des Anforderungsformulars. »Sieh's dir selbst an.«

Die Behörden baten um eine Vor-Ort-Wiederbelebung nach einem Verkehrsunfall. Ein weißer Lieferwagen hatte einen Familienwagen von der Straße gedrängt, sodass dieser gegen einen Baum gekracht war. Der Vater – der hinter dem

Steuer gesessen hatte – war auf der Stelle tot. Seine Frau hatte das Bewusstsein verloren und schwebte in Lebensgefahr. Ihre beiden jungen Söhne waren verletzt, würden jedoch überleben. In dem Lieferwagen hatten ein Mann und seine Freundin gesessen – unangenehme Zeitgenossen, deren Sorge in erster Linie dem Schaden an ihrem Fahrzeug galt. Der Mann hatte getrunken. Seine Version der Geschichte lautete, dass seine Partnerin am Steuer gesessen hätte und der Kleinwagen der Familie in einer Kurve zu weit auf ihre Fahrbahnseite geraten wäre, um ihm noch auszuweichen. Verkehrstote wurden nur selten wiederbelebt, doch in diesem Fall gab es keine weiteren Zeugen, die die Aussage der beiden hätten widerlegen können – allerdings bestand der dringende Verdacht, dass der Mann selbst am Steuer gesessen hatte.

Eine Aussage des verstorbenen Familienvaters konnte diese Angelegenheit wahrscheinlich klären. Seine schweren Verletzungen erforderten die Fähigkeiten eines sehr erfahrenen Revivers.

Pru senkte die Stimme. »Boss, ich hab seit heute Morgen Migräne, ehrlich. Ich glaube, das geht heute nicht.«

Sam sah sie an. »Du bist die Einzige, die das schaffen kann, Pru. Gib dein Bestes.«

Pru trottete zu Never hinüber. Dieser griff hinter sich und nahm eine orangefarbene Plastiktasche von einem Stapel. Diese Wiederbelebungssets enthielten mehrere nützliche Dinge – besonders die darin enthaltene Schutzkleidung und die Reinigungsmittel waren für jeden Reviver unverzichtbar. Alle Reviver hatten einen mehr oder weniger stark ausgeprägten Sauberkeitsfimmel. Was Never nur zu gut verstehen konnte, obwohl es bei manchen schon an eine Neurose grenzte: bis fast zum Nagelbett gestutzte Fingernägel, vom vielen Waschen rotgeschrubbte Hände.

Pru nahm die Tasche und schlang sie über die Schulter.

»Knifflige Geschichte, Pru«, sagte er.

»Was du nicht sagst.«

»Das wird schon«, sagte er. »Am besten nimmst du Ross mit. Er ist unten im Materiallager. Viel Spaß.«

Sie schnitt eine Grimasse. Auf dem Weg nach draußen kam sie an Jonah vorbei.

»Viel Glück«, sagte er, und sie nickte. Sie wirkte nervös, und er beneidete sie nicht um ihre Aufgabe. Trotz des traumatischen Ereignisses in seiner Vergangenheit übernahm er selbst gelegentlich Verkehrstote, obwohl sie diese Fälle nach Möglichkeit den anderen Revivern zuschanzten – er hatte den Tod seiner Mutter nie richtig verwunden, und jede Erinnerung daran konnte die Erfolgsaussichten der Wiederbelebung schmälern. Manchmal hatte er jedoch keine andere Wahl. Vor zwei Jahren hatte er eine nichtvokale Wiederbelebung durchgeführt, bei der er in ein verbogenes Autowrack greifen und die Schulter der Leiche hatte berühren müssen, ohne sie sehen zu können. Diese Wiederbelebung suchte ihn immer wieder heim. Sie war die einzige, bei der er den Leichnam nicht direkt vor Augen gehabt hatte.

Diese Wiederbelebung war ihm aber noch aus einem weiteren Grund im Gedächtnis geblieben – mit ihr hatte eine Entwicklung ihren Anfang genommen, die schließlich zu seinem Zusammenbruch geführt hatte. Die anderen dachten zwar, dass dieser hauptsächlich auf Überarbeitung zurückzuführen war, und er hatte ihnen nicht widersprochen. Die ganze Wahrheit allerdings behielt er lieber für sich.

Eine halbe Stunde später wurde eine weitere Vor-Ort-Wiederbelebung angefordert. Ein Pistolenschuss in den Hinterkopf; eine solche Verletzung stellte eine der größten Herausforderungen für einen Reviver dar.

Obwohl Jonah innerlich schon auf dem Sprung war, entschied sich Sam dafür, Tunde loszuschicken. Never warf auch ihm eine Tasche zu, wünschte ihm Glück und grinste, als er Jonah auf sich zukommen sah.

»Soll ich hier die ganze Woche lang rumsitzen und Däumchen drehen?«, fragte Jonah.

»Wenn du mit ›Däumchen drehen‹ den Papierkram auf deinem Schreibtisch meinst, über den du dich immer beschwerst, dann ja. Genau das ist der Plan.«

Mit diesem Plan war es am nächsten Morgen vorbei.

Wiederbelebungen hatten ihren Preis. Die Bestimmungen zur Arbeitszeitbegrenzung wurden beim FRS im Allgemeinen recht frei interpretiert – bis auf eine: Nach einer Wiederbelebung musste eine sechsunddreißigstündige Pause eingelegt werden, bevor man sich an die nächste machen konnte. Egal, wie schnell sich der Reviver wieder regenerierte – die 36-Stunden-Regel wurde strikt und ohne Ausnahme befolgt.

Der gestrige Tag hatte zwei der besten Reviver aus dem Spiel genommen. Jeden anspruchsvolleren Auftrag mussten entweder der frisch aus dem Urlaub zurückgekehrte Jason Shepperton oder, wenn es nicht anders ging, Jonah übernehmen.

In einer normalen Woche verlangten etwa zwei bis drei Fälle die Anwesenheit eines Spitzenrevivers. Rein statistisch gesehen hatten sie demnach einige ruhige Tage vor sich. Doch als sich Jonah um acht Uhr dreißig an seinen Schreibtisch setzte und von einem möglichen Mordfall hörte, wusste er sofort, dass Sam Deering Shepperton darauf ansetzen würde. Was Jonah nichts ausmachte – wenn es sich um einen Fall handelte, bei dem Shepperton die gleichen Erfolgsaussichten wie er hatte, war diese Entscheidung mehr als gerechtfertigt.

Andererseits verabscheute Jonah Sheppertons Arbeitsweise. Er nahm den Tod nicht ernst und behandelte die Opfer ohne den nötigen Respekt, Jonahs Meinung nach sogar mit Verachtung. Diese Respektlosigkeit war üblicherweise kaum zu bemerken, und Shepperton achtete genau darauf, niemals das Missfallen der Behörden zu erregen. Jonah hielt eine solche Einstellung dennoch für inakzeptabel.

Ob sich daraus ein Problem für Jason ergeben würde, hing von der Natur des Falls ab.

Der übernächtigte Never kam mit einer Tasse aus der Küche. Jonah fing ihn auf dem Weg zu seinem Schreibtisch ab, um ihn auszufragen.

»Ein neunjähriges Mädchen«, sagte Never. »Anscheinend ein Einbruch. Das Kind hat den Täter überrascht. Der Vater hat das sterbende Mädchen gegen vier Uhr gefunden.«

»Wie ist ihr Zustand?«

»Nicht ganz einwandfrei.« Never verzog das Gesicht. »Die Wiederbelebung sollte trotzdem klappen. Hier …« Er reichte Jonah mehrere Papiere: die E-Mail mit der Einsatzanforderung und einen vorläufigen Bericht über das Ausmaß der Verletzungen des Opfers.

Jonah überflog die Dokumente. Der Einbruch hatte in Manassas, einem Vorort von Washington, D.C., stattgefunden. Üblicherweise kümmerte sich das größere Nordostbüro um die Fälle in Washington, doch diese Zweigstelle war momentan noch überlasteter als Richmond. Außerdem schoben sie die komplizierteren Wiederbelebungen gerne an Richmond ab – das älteste FRS-Büro überhaupt konnte schließlich auf die erfahrensten Reviver des Landes zurückgreifen.

Das Mädchen hieß *Nikki Wood*. Eine kleinere Kopfverletzung. »Scheiße. Sie hatte wirklich Pech, an so was zu sterben. Aber wo liegt dann das Problem?«

»Der Vater steht auch unter Verdacht.«

Jonah atmete scharf ein.

»Der ermittelnde Detective heißt Bob Crenner«, sagte Never. »Ein guter Mann, ich hab schon mal mit ihm gearbeitet. Die Anforderung kommt von ihm. Wenn wir nicht sofort jemanden rüberschicken, wird Nordost in zwei Tagen eine interne Wiederbelebung vornehmen.«

Da Zeitpunkt und Häufigkeit der Wiederbelebungen nicht kalkulierbar waren, konnten aus Personalgründen unmöglich alle Fälle vor Ort bearbeitet werden. Deswegen verfügte jedes FRS-Büro über Wiederbelebungsräume, in denen die Prozedur in einem kontrollierten Umfeld stattfinden konnte – komplett ausgestattet mit Kühlkammern, in denen die Leichen aufbewahrt wurden, sowie einem Zuschauerraum. Es war eine zeitaufwändige Methode, die überdies die Wiederbelebungschance beeinträchtigte, doch oft gab es dazu keine Alternative.

»Und Sam schickt ausgerechnet Jason?«

»Sam kommt erst heute Nachmittag rein«, sagte Never. »Es ist eigentlich Hugos Entscheidung, aber der ist auch noch nicht da. Ich bin mir sicher, dass er Jason schicken wird. Außer Jason ist ja nur …«, er hielt inne. Erst jetzt hatte er Jonahs Tonfall bemerkt. »Außer Jason und dir hat er niemanden. Und dich wird er ganz bestimmt nicht hinschicken.«

Jonah sah sich im Büro um, in dem eine angenehme Atmosphäre aus morgendlichem Kaffeeduft und Tratsch herrschte. Er senkte verschwörerisch die Stimme. »Ist Shepperton schon da?«

»Nein.« Never runzelte die Stirn. »Aber er wird jeden

Augenblick hier sein.« Nach ein paar Augenblicken dämmerte es Never. »O nein«, sagte er und schüttelte den Kopf. »Kommt nicht in Frage.«

Jonah grinste. »Wenn Sam und Hugo nicht im Dienst sind, müssen der dienstälteste Reviver und Techniker entscheiden, oder? Also du und ich.«

»Ich habe die ausdrückliche Anweisung, uns von schwierigen Fällen fernzuhalten.«

»Es ist nur eine leichte Schädelverletzung. Nichts deutet auf unvorhergesehene Schwierigkeiten hin.«

»Nichts – bis auf die Tatsache, dass es sich um *ein neunjähriges Mädchen* handelt.«

»Hier geht's um eine Familie, die ihre Tochter verloren hat. Um ein Kind, das möglicherweise vom eigenen Vater umgebracht wurde. Um einen Vater unter Mordverdacht, der möglicherweise unschuldig ist. Willst du Shepperton auf so was loslassen?«

Obwohl Never ihren Kollegen nicht ganz so geringschätzte wie Jonah, war er oft genug als Techniker mit Shepperton im Einsatz gewesen. Er wusste, dass Feinsinnigkeit und Mitgefühl nicht zu den starken Seiten des Revivers zählten. Die Vorstellung, dass Shepperton mit dem Fall betraut wurde, bereitete ihm ebenso Bauchschmerzen wie Jonah.

Unentschlossen nahm er einen Schluck Kaffee. Dann sah er Jonah in die Augen. »Scheiß drauf«, sagte er. »Du hast gewonnen.«

Sie nahmen einen der sechs FRS-Dienstwagen. Never fuhr. Zwei Stunden später hatten sie den Tatort erreicht, eine lauschige Reihenhaussiedlung. Die Straße vor dem Einfamilienhaus war mit Fahrzeugen und einem gewaltigen weißen Spurensicherungszelt vollgestellt. Inzwischen hatte sich auch ein wütender Hugo Adler bei ihnen gemeldet, den Jonah jedoch erfolgreich hatte abwimmeln können.

Es war erst zehn Uhr morgens, und doch brannte die grelle Sonne unbarmherzig auf sie herunter.

Zu beiden Seiten wurden die Schaulustigen in ungefähr drei Häusern Abstand zum Tatort von Metallgittern und Absperrband zurückgehalten und von einer Handvoll junger Polizeibeamter in Uniform beaufsichtigt.

Jonah sah, wie die Menschen mit einer Mischung aus Angst und Neugier die Ermittler dabei beobachteten, wie sie in ihren Papierschutzanzügen den Garten durchkämmten. Dann drehte sich ein Kopf nach dem anderen zu dem dunkelgrünen Wagen um, auf dessen Fahrertür der »FRS«-Schriftzug in unauffälligen weißen Buchstaben angebracht war. Sofort ging ein Raunen durch die Menge. *Sie wissen es,* dachte Jonah. *Sie wissen, was ich tue. Was ich bin.*

Er starrte zurück. Der Ausdruck von Ehrfurcht und Angst auf ihren Gesichtern war ihm unerträglich. Ein Anblick, der sich im Laufe der Jahre kaum geändert hatte. Die öffentliche Meinung den Revivern gegenüber war zweigeteilt: Neugierde und Abscheu kämpften mit Pragmatismus. Aus nächster Nähe gewann stets das Unbehagen die Oberhand. Manchmal dachte er, dass es fast an ein Wunder grenzte, wie die Wiederbelebung angesichts der Ablehnung, die ihm mit schöner Regelmäßigkeit entgegenschlug, gesellschaftlich akzeptiert werden konnte. Wahrscheinlich war das in etlichen Lebensbereichen so. Die Menschen waren mit vielem einverstanden, solange es nicht in ihrer Nähe geschah.

Er sah zu Boden, um die neugierigen Blicke nicht erwidern zu müssen. In seinem Kopf hallten die Worte wider, die Alice Deckers Leichnam ausgestoßen hatte: »*Wir sehen dich.*«

Seine linke Hand umklammerte den Autositz. Er versuchte, ruhig zu atmen, spürte die aufsteigende Panik in seiner Brust. Diesmal trat sie früher und stärker ein als sonst, ausgelöst durch die Erinnerung an jene geflüsterten Worte. Er hörte, wie das Murmeln der Schaulustigen anschwoll.

Er schloss die Augen, konzentrierte sich auf seinen Atem, wollte den Lärm ausblenden, der ständig anzuwachsen schien, bis ein überwältigendes Dröhnen in seinem Kopf hämmerte, durch das nur drei Worte drangen: *»Wir sehen dich.«* Wenn er jetzt die Augen öffnete, würde er Alice Decker nur Zentimeter von seinem Gesicht entfernt vor der Fensterscheibe sehen – dessen war er sich gewiss. Sie würde ihn mit blutigen Zähnen angrinsen, ein Albtraum, der es irgendwie in die Realität geschafft hatte.

Eine Hand ergriff seine Schulter. Erschrocken fuhr er herum und blickte in Nevers besorgtes Gesicht. Jetzt erst wurde ihm klar, dass sie längst angehalten hatten.

»Alles in Ordnung?«, fragte Never.

»Zu viele Leute für meinen Geschmack«, sagte er. »Gehen wir rein.«

KAPITEL 5

Als sie sich dem Haus näherten, trat Detective Bob Crenner in einem Papierschutzanzug aus dem Spurensicherungszelt und hob die Hand zum Gruß. Die Sonne funkelte auf seiner geröteten Halbglatze. Er war ein übergewichtiger Mittvierziger mit einem ehrlichen Lächeln, was Jonahs Erfahrung nach keine Selbstverständlichkeit war. Schließlich war nicht jeder Cop begeistert von der Anwesenheit des FRS, selbst wenn er dringend darauf angewiesen war. Wie in jeder Berufsgruppe gab es auch unter den Gesetzeshütern einige, die mit den Afterlifers sympathisierten, besonders nachdem diese Organisation ihre Botschaften und Methoden abgemildert hatte. Viele Polizisten hielten die Wiederbelebung für ein notwendiges Übel, und es war nicht selten, dass sie ihrem Unbehagen und ihrer Ablehnung offen Ausdruck verliehen.

»Mr. Geary«, sagte Crenner fröhlich. »Und Jonah. Wir sind so gut wie fertig. Wie gefällt Ihnen unser Büro?« Er deutete auf das Zelt.

»Büro?«, sagte Never. »Wir haben uns schon gefragt, wie die Leiche vors Haus gekommen ist.«

»Keine Sorge, das CSI hat das Zelt nur aufgestellt, um nicht in der prallen Sonne sitzen zu müssen. Anscheinend funktioniert ihr Equipment in den heißen Spurensicherungsfahrzeugen nicht richtig. Viele schattige Plätzchen gibt's nicht in der Umgebung, also immer hereinspaziert.«

Jonah spähte durch den Zelteingang. Vor der Rückwand waren Gerätekisten aufgestapelt. Von den zahlreichen Personen im Inneren des Zelts trugen die meisten wie Bob Crenner einen Schutzanzug. Er nickte Crenner zu. »Ist ziemlich heiß in dem Ding, oder?«

»Ich hab jedenfalls nichts drunter an.«

»Gar nichts?«

»Na ja, eine Unterhose schon«, sagte Crenner mit verschmitztem Grinsen. Er führte sie in den angenehm kühlen Schatten. »Ray Johnson, seit sechs Monaten mein Partner«, sagte er und deutete auf einen jungen Schwarzen in der gegenüberliegenden Ecke des Zelts. »Er beaufsichtigt die Vorbereitungen. Ray!«, rief er.

Detective Ray Johnson sprach gerade mit einer jungen Frau, die als eine der wenigen weder Schutzanzug noch Uniform trug. Jonah vermutete, dass sie entweder ebenfalls Ermittlerin war oder zur Spurensicherung gehörte. Auf Crenners Ruf hin beendete Johnson seine Unterhaltung und kam zu ihnen herüber. Die junge Frau warf Jonah einen Blick zu und sah schnell wieder weg, nur um ihn kurz darauf erneut anzustarren. Sie lächelte, woraufhin ihr Jonah zur Begrüßung zunickte. Jonah spürte, wie er rot wurde, als sie sich umdrehte und das Zelt durch den Hintereingang verließ.

Johnson streckte Never die Hand hin. »Detective Ray Johnson. Never Geary, richtig? Sie sind der Wiederbelebungstechniker?«

»Mein Ruf eilt mir offenbar voraus«, sagte Never und schüttelte Johnsons Hand.

»Ich durfte Ihre Arbeit bei einem anderen Fall beobachten, aber da trug ich noch Uniform. Das ist überhaupt erst meine zweite Wiederbelebung seit der Beförderung.« Als er sich Jonah zuwandte, hatte er immer noch die Hand ausgestreckt, zog sie aber schnell wieder zurück. »Und Sie sind der Reviver?«

Weder Johnson noch Jonah trugen Handschuhe – eine Tatsache, deren sich Johnson offenbar gerade erst bewusst geworden war. Jonah fragte sich, ob der Detective so unachtsam gewesen war, bei seiner letzten Wiederbelebung die Hand des Revivers zu schütteln. Ein Fehler, den die Leute für gewöhnlich nicht wiederholten. »Jonah Miller«, antwortete er lächelnd.

»Ray, bring sie auf den neuesten Stand«, sagte Crenner. »Fennells Leute sind in ungefähr zehn Minuten mit dem Wohnzimmer fertig. Dann seid ihr dran.«

Johnson führte sie in eine Ecke. Dort setzten sie sich auf grüne Plastikstühle, die verdächtig nach Gartenmöbeln aussahen. Wahrscheinlich hatte man sie aus einem Nachbargarten konfisziert. Johnson beugte sich vor und senkte die Stimme.

»Das Opfer ist ein neunjähriges Mädchen namens Nikki Wood. Der Notruf ging um 3.50 Uhr nachts ein. Als der Rettungswagen ankam, konnte man keine Lebenszeichen mehr feststellen. Sie haben eine Dreiviertelstunde lang versucht, sie vor Ort wiederzubeleben. Um fünf Uhr wurde sie für tot erklärt. Laut dem vorläufigen Bericht des Gerichtsmediziners wurde sie nur Minuten, maximal eine Stunde vor ihrem Tod angegriffen. Die Kopfverletzung ist die offensichtliche Todesursache, obwohl die Mordwaffe noch nicht gefunden wurde. Sonst gibt es keine sichtbaren Wunden. Der Vater behauptet, dass er sie gefunden hat, nachdem er ein Geräusch im Erdgeschoss gehört hat. Er *behauptet*, dass er einen Einbrecher gesehen hätte.«

Jonah sah Never an und hob eine Augenbraue, sagte jedoch nichts. »Nikki war Schlafwandlerin«, fuhr Johnson fort.

»Ihr Vater vermutet, dass sie einen Einbrecher überrascht hat und niedergeschlagen wurde.«

»Während Sie den Vater verdächtigen«, sagte Jonah.

»Bob ist da anderer Meinung, aber … Stu Fennell, der Chef der Spurensicherung, ist auf ein paar Ungereimtheiten gestoßen. Er beschreibt das Ganze als ›inszeniert‹, und ich verstehe auch, warum. Es gibt Anzeichen eines Kampfes – ein Beistelltisch wurde umgeworfen, Zeitschriften liegen herum, aber alles wirkt sehr präzise, irgendwie arrangiert. Außerdem wirkt der Typ seltsam ruhig für jemanden, dessen Tochter ermordet wurde. Seine Aussage klang … nun ja, ein bisschen *einstudiert*. Zu akkurat. Für mich jedenfalls. Wie gesagt, Bob ist da anderer Ansicht.«

»Wurde denn etwas gestohlen?«, fragte Never.

»Mrs. Wood vermisst mehrere Juwelen. Familienerbstücke im Wert von etwa zwanzigtausend Dollar.«

Never pfiff beeindruckt durch die Zähne. »Immerhin ein ziemlich starkes Motiv für einen Einbruch.«

»Der Schmuck wurde in einem Kästchen unter einem Regalbrett aufbewahrt. Wenn der Täter davon wusste, hätte er das Kästchen einfach mitnehmen müssen. Sollte es allerdings wie ein Einbruch aussehen, musste er für etwas Durcheinander sorgen. Vielleicht wusste der Täter auch von den Juwelen. Das behauptet jedenfalls der Vater. Eine Scheibe in der Vordertür ist eingeschlagen. Aber da gibt's ein Problem …« Er beugte sich noch weiter vor. Jonah und Never taten es ihm gleich. »Die Scheibe wurde von innen zerschlagen. Also war es möglicherweise kein Einbruch. Womöglich haben sich Vater und Tochter gestritten, und irgendwie ist es aus dem Ruder gelaufen. Er kriegt die Panik, und ihm fällt als Erstes ein Einbruch ein, mit dem er alles vertuschen könnte. Wenn dem so ist, werden wir die Juwelen sicher ein paar Straßen weiter irgendwo in einem Müllcontainer finden. Oder sogar hier im Haus versteckt.«

»Aber Bob Crenner hat eine andere Theorie?«, fragte Never.

»Er glaubt, dass der Vater die Wahrheit sagt.«

»Warum hätte er sie umbringen sollen?«, fragte Jonah, obwohl er bereits ahnte, worauf Johnson hinauswollte.

»Es könnte auch ein Unfall gewesen sein, den er vertuschen will. Wir saugen uns das schließlich nicht aus den Fingern. Da gibt's eine Vorgeschichte. Vor zwei Jahren wurde Nikki mit einem gebrochenen Arm in die Notaufnahme eingeliefert. Angeblich ist sie beim Schlafwandeln gestürzt. Das Jugendamt hat sich eingeschaltet. Die Sache wurde nicht weiterverfolgt, aber es hat Spekulationen über körperliche Misshandlung, möglicherweise sogar sexuellen Missbrauch gegeben. Wenn ich wetten müsste, würde ich darauf setzen.« Johnson sah sich im Zelt um. Ein Cop duckte sich durch den Eingang. Er trug ein Tablett mit Papierbechern und Getränkedosen. »Endlich. Kann ich Ihnen etwas anbieten?«

Jonah verlangte trotz der Hitze einen Kaffee, Never entschied sich für eine Cola. Ray Johnson stand auf, um die Getränke zu holen.

»Das gefällt mir gar nicht«, sagte Jonah, sobald Johnson außer Hörweite war. »Wenn wir das Mädchen wirklich fragen sollen, ob es missbraucht wurde, ist das Ganze von vornherein hoffnungslos.« Selbst eine erfolgreiche Wiederbelebung war zum Scheitern verurteilt, wenn die Leiche nicht kooperierte. Es war eine Sache, sie zurückzuholen und trotz ihrer Verwirrung zum Reden zu bringen, mit einem Kind über etwas so Traumatisches wie sexuellen Missbrauch zu reden eine völlig andere. Oft war trotziges Schweigen die einzige Antwort.

Und falls die Anschuldigung ungerechtfertigt war, riskierte man, den Wiederbelebten zu verärgern, indem man sie überhaupt zur Sprache brachte.

»Sollte Johnson tatsächlich recht haben, wird sie kaum offen darüber reden. Höchstens andeutungsweise«, fuhr Jonah fort. Andeutungsweise und gereizt; wenn das tote Mädchen den Verdacht nicht ausdrücklich bestätigte, konnte er nur durch die gerichtliche Aussage des Revivers erhärtet werden. Und diese Vorstellung gefiel ihm ganz und gar nicht.

»Bob Crenner ist nicht auf den Kopf gefallen«, sagte Never und zuckte mit den Schultern. »Er wird nicht von dir verlangen, irgendwelche ungeschickten Fragen zu stellen. Wenn er von dieser Theorie nicht überzeugt ist, wird er das Thema wahrscheinlich gar nicht zur Sprache bringen.«

Ray Johnson kam mit den Getränken zurück, gab sie weiter und deutete mit dem Kopf in Richtung der kleinen Menge, die sich um das Tablett gebildet hatte.

»Sehen Sie das Schätzchen mit den Armreifen?«, fragte er. Er meinte die Frau, mit der er bei ihrer Ankunft gesprochen hatte. »Das ist Nala George, die Opferschutzbeamtin.« Jonah hatte die Vielzahl von Armreifen um ihr rechtes Handgelenk gar nicht bemerkt. Jetzt, da sie ihn nicht ansah, wagte er es, sie genauer in Augenschein zu nehmen. Wie alle Opferschutzbeamten trug sie keine Uniform, sondern stattdessen eine cremefarbene Jeans und ein weißes kurzärmliges Hemd, das einen faszinierenden Gegensatz zu ihrer schwarzen Haut bildete. Er konnte nicht erkennen, ob sie karibische oder polynesische Wurzeln hatte, aber egal, hübsch war sie allemal. Sie hatte ihn angelächelt, würde seine Berührung allerdings mit großer Wahrscheinlichkeit als abstoßend empfinden.

»Sie ist sauer, weil wir den Missbrauchsverdacht aufgebracht haben«, sagte Johnson.

»Wie hat sie's rausgefunden?«, fragte Never.

»Nun ja … ich hab sie gefragt, wie es dem Vater geht. Sie ist clever. Hat mich sofort durchschaut.«

Jonah ertappte sich dabei, wie er Nala George mit Sehnsucht und Bedauern anstarrte. Als sie sich umdrehte und seinen Blick bemerkte, lächelte sie, nickte ihm zu und verließ das Zelt. Jonah wirbelte herum. »Im Zweifel für den Angeklagten«, sagte er. »Wenn wir vorsichtig vorgehen, können wir es möglicherweise rausfinden, ohne ein Risiko einzugehen.«

»Zehn Dollar, dass ich richtigliege.«

Jonah funkelte den Polizisten böse an. »Das hier ist kein beschissenes Spiel.«

Ray Johnson machte große Augen. »Okay, sorry …« Er wandte sich Never zu. »Ich sehe mal nach, ob das Wohnzimmer schon freigegeben ist. Und dann finden wir's raus, wie Ihr Kumpel so schön sagte.«

»Wie wär's, wenn du die Leute, mit denen wir zusammenarbeiten müssen, nicht anpisst?«, bemerkte Never, als Johnson nach draußen geeilt war.

Jonah schüttelte den Kopf. »Der kann mich mal. Die müssten einfach nur mal ein bisschen unvoreingenommen an ihre Fälle rangehen. Stattdessen nehmen sie in Kauf, dass der Vater Wind von ihrer kleinen Theorie kriegt.«

»Da bin ich ganz deiner Meinung«, sagte Never. »Diese Nala George ist ziemlich süß, oder?«, fügte er hinzu, um das Thema zu wechseln.

»Wer?«

»Die Opferschutzbeamtin. Du bist wirklich leicht zu durchschauen, weißt du das?«

Jonah ignorierte die Stichelei. »Ja, sie ist süß. Und was für Chancen habe ich bei ihr?« Die Wahrscheinlichkeit, bei ihr zu landen, war genauso groß wie die, dass sie den Hauch nicht spürte.

»Überhaupt keine«, sagte Never. »Scheiße, ich wohl ebenfalls nicht. Also sind wir quitt.« Er hob die Coladose. »Cheers.«

Jonah stieß den Pappbecher dagegen. »Cheers«, sagte er.

Zwei Minuten später war Detective Johnson zurück und erteilte ihnen die Erlaubnis, mit den Vorbereitungen zu beginnen. Jonah und Never holten ihre Papierschutzanzüge und Latexhandschuhe heraus und legten sie schweigend und mit geübten Bewegungen an. Die Schuhüberzüge steckten sie in die Tasche. Sie würden sie erst überstreifen, wenn sie das Haus betraten. Während der Wiederbelebung würde Jonah nur an der linken Hand einen Handschuh tragen. Die rechte musste unbedeckt bleiben, um Kontakt zum Opfer herstellen zu können. Trotzdem wartete er, bis er im Haus war, bevor er den Handschuh wieder ablegte.

Jonah blieb sitzen und trank Kaffee, während Johnson Never zum Wagen begleitete. Sie holten zwei Gerätekoffer heraus und trugen sie ins Haus.

Never brauchte zwanzig Minuten, um die Ausrüstung aufzustellen und zu überprüfen. Jonah griff in den Papieranzug und zog eine kleine Plastikschachtel aus der Hosentasche, in der sich vier Blisterpackungen mit Tabletten befanden – ein notwendiges Übel für jeden Reviver. Neben einem Mittel gegen Brechreiz gehörten dazu auch ein speziell für Reviver entwickeltes Medikament namens BPV, das den Residuum-Effekt unterdrücken sollte, sowie das gute alte Aspirin. Er drückte jeweils eine der Pillen in seine Handfläche und starrte sie an.

Erbrechen in der Anfangsphase der Wiederbelebung war

ein nicht selten anzutreffendes und ziemlich lästiges Phänomen, das unter Umständen einen Abbruch zur Folge haben konnte. Die Mittel gegen Übelkeit und Brechreiz verminderten dieses Risiko, dafür musste er mehrere Stunden lang mit einem trockenen Mund und Unruhe kämpfen, den Nebenwirkungen dieses Medikamentencocktails. Das BPV bescherte ihm eine ganze Palette von Nebenwirkungen, darunter gelegentlich auch fiese Kopfschmerzen. Deshalb nahm er vorsichtshalber das Aspirin dazu.

Er warf die Tabletten in den Mund, spülte sie mit Kaffee hinunter und wartete darauf, dass die Wirkung einsetzte. Er vermied sorgsam jeden Augenkontakt, damit er mit niemandem kommunizieren musste. Das war eben sein persönlicher Vorbereitungsritus, wie er sich gerne einredete – er musste sich konzentrieren, durfte nicht abgelenkt werden. Dabei war die Schüchternheit Teil seiner einzelgängerischen Natur.

Es stellte ihn vor gewisse Schwierigkeiten, einfach so dazusitzen, von wildfremden Menschen umgeben, die genau wussten, was er tat und wer er war. Hier war es zwar nicht so schlimm wie vor Gericht, doch selbst die Menschen, die von Berufs wegen bei einer Vor-Ort-Wiederbelebung zugegen waren, konnten dem Reviver mit Argwohn begegnen.

Langsam begannen die Tabletten zu wirken. Schon spürte er den leichten Schwindel, den das BPV gelegentlich hervorrief.

»Alles klar?«

Er schreckte auf und sah Nala George, die Opferschutzbeamtin. Sie deutete mit dem Kinn auf den leeren Stuhl neben Jonah.

»Nur zu«, sagte er automatisch, ohne ihr in die Augen zu sehen. Sie setzte sich.

»Ich habe nach Ihnen gesucht. In diesem Schutzanzug hab ich Sie gar nicht erkannt. Hat man Ihnen schon mitgeteilt, dass die Angehörigen dabei sein wollen?«

Jonah sah sie misstrauisch an. Die Hinterbliebenen konnten einen Antrag auf Anwesenheit während der Wiederbelebung stellen, worauf sie jedoch in 80 Prozent der Fälle verzichteten. Die Entscheidung über ihre Teilnahme lag beim zuständigen Reviver. Jonah verstand ihren Wunsch, Abschied zu nehmen, und versuchte immer, ihm nachzukommen, obwohl es eine zusätzliche Komplikation darstellte.

»Sie wollen dabei sein?«

Nala George nickte. »Genau. Wie ich sehe, kennt Ihre Begeisterung darüber keine Grenzen, oder?«

»Tut mir leid.« Er verzog das Gesicht. Anscheinend war er wirklich leicht zu durchschauen. »Ich werde mich zusammenreißen. Sind sie sich da auch sicher?«

»Sie waren schon einmal auf einer privaten Wiederbelebung. Nikkis Großmutter ist letztes Jahr verstorben. Nikki war ebenfalls anwesend. Sie hat sogar den Wunsch geäußert, ebenfalls auf diese Weise Abschied nehmen zu dürfen, wenn ihr etwas zustoßen sollte.«

Er dachte einen Augenblick über diese schwierige Situation nach und beschloss dann, ehrlich zu sein. Er senkte die Stimme. »Sie wissen, dass der Vater ebenfalls unter Verdacht steht?«

Nala zog eine Grimasse und schüttelte den Kopf. »Ich weiß. Das ist blühender Blödsinn. Wenn der Verdacht erst einmal im Raum steht, wird man diesen Mann wie ein Monster behandeln. Man denkt immer gleich das Schlimmste von seinen Mitmenschen.«

Jonah nickte. Stets das Schlimmste anzunehmen war nur zu verständlich, wenn man jeden Tag mit Gewaltopfern –

und Tätern – konfrontiert wurde. »Wie dem auch sei, es besteht durchaus die Möglichkeit, dass sich einige Fragen um dieses Thema drehen werden, also wäre es mir lieber, wenn die Familie nicht anwesend wäre.« Ihre Enttäuschung war nicht zu übersehen. Sie öffnete den Mund, um zu protestieren, und er hob eine Hand, um sie davon abzuhalten. »Das Mädchen ist noch jung und hat kaum Verletzungen. Die Wahrscheinlichkeit ist groß, dass sie bei klarem Verstand sein und die Fragen präzise beantworten wird. Solange der Vater nichts zu befürchten hat …«

»Hat er nicht«, warf Nala ungeduldig ein.

Jonah nickte entschuldigend. »Unter dieser Voraussetzung und wenn Nikki noch anwesend ist, werde ich Bescheid geben, dass die Familie dazukommen kann. Einverstanden?«

»Da muss ich nachfragen.«

»Aber bitte bedenken Sie, dass ich für nichts garantieren kann. Außerdem wird die Spurensicherung darauf bestehen, dass der Tatort nicht verunreinigt wird, also halten Sie bitte Schutzkleidung bereit. Sobald ich das Zeichen gebe, müssen sie schnell ins Haus kommen. Sie haben unter Umständen nicht viel Zeit.«

»Alles klar.«

»Wenn die Familie einverstanden ist, würde ich gerne vorher mit ihr sprechen.«

Nala George lächelte Jonah an. »Vielen Dank«, sagte sie und legte ihre Hand auf seine Schulter.

»Gerne«, antwortete er und sah auf den Boden. Durch den Papieranzug und die Kleidung darunter konnte sie den Hauch nicht spüren, doch Jonah war sich eindeutig bewusst, dass er fast unmerklich vorhanden war. Als sie verschwunden war, spürte er, wie er sich entspannte. Wie vermutet würde er nicht die geringste Chance bei ihr haben. *Schade,* dachte er. *Ich mag ihre Augen.*

Nala George machte sich auf die Suche nach den Eltern, um sie zu fragen, ob sie mit ihrer toten Tochter sprechen wollten.

Never hatte Schwierigkeiten mit der dritten Kamera. Sie war in einer Ecke des Raumes direkt gegenüber der Eingangstür aufgestellt, um eine Totale der Szenerie einzufangen, und hätte eigentlich die geringsten Probleme machen sollen, doch eine Testaufnahme hatte ergeben, dass das Signal sehr schwach war. Die Wiederbelebung würde vom Esszimmer nebenan aus beobachtet werden, daher hatte er die kürzesten Kabel verwendet, die ihm zur Verfügung standen. Eine Signalstörung auf eine derart geringe Distanz deutete zwangsläufig auf einen Materialfehler hin, weswegen er das Kabel gegen ein längeres eingetauscht hatte. Mit dem Ergebnis, dass sich nun fünf zusätzliche Kabelmeter neben seinem Überwachungsmonitor schlängelten. Sobald er den goldenen Stecker mit der Kamera verbunden hatte, bemerkte er, dass ein sichtlich nervöser Detective Johnson in der Tür stand.

»Bin fast fertig«, sagte Never, den Johnsons Ungeduld insgeheim amüsierte. Entweder konnte er es kaum erwarten, mit der Wiederbelebung zu beginnen und die Ermittlungen fortzusetzen, oder ihm war in Gegenwart einer Leiche einfach unwohl. Im letzteren Fall würde er sich wohl daran gewöhnen müssen, wenn er weiter gemeinsam mit Crenner Mordfälle bearbeiten wollte.

Bei diesem Gedanken wurde sich Never wieder bewusst, dass er *tatsächlich* einen Leichnam vor sich hatte. Obwohl die Kameras auf den toten Körper gerichtet waren und er die letzten zehn Minuten damit verbracht hatte, die Livebilder und Aufnahmen zu überprüfen, hatte er ihn einfach ausgeblendet. Für ihn war die Leiche nichts weiter als ein Bild auf einem Monitor gewesen.

Als er den Raum zum ersten Mal betreten hatte, hatte er sich einen Augenblick Zeit genommen, um das Kind zu betrachten und den Anblick zu verarbeiten. Kinderleichen waren besonders schwer zu verkraften. Was zum Teil an ihrer Unschuld und Jugend lag. Aber er war nicht so naiv, das für den einzigen Grund zu halten. Hinzu kam ihre *Seltenheit.* Ohne Zweifel hätte er sich, genug tote Kinder vorausgesetzt, längst daran gewöhnt, genau wie er sich an den Anblick toter Erwachsener gewöhnt hatte. Deshalb registrierte er auch dankbar, dass ihm Nikki Woods Leiche Tränen in die Augen trieb. *Noch bin ich nicht völlig abgestumpft,* dachte er.

Nachdem er die Kamera angeschlossen hatte, trat er vorsichtig einen Schritt zurück und betrachtete erneut den Leichnam. Nikki Woods Körper lag vor einem hellbeigen Sofa – genau so, wie sie die Sanitäter zurückgelassen hatten. Auf dem Rücken, die Arme schlaff an den Seiten, das Pyjamaoberteil hochgeschoben. Ihre Augen waren geschlossen. Eine kleine dunkle Blutlache hatte sich um ihren Kopf herum auf dem hellen Teppich ausgebreitet.

Sie war seit sieben Stunden tot. Allmählich setzte die Totenstarre ein, was der Wiederbelebung jedoch keinen Abbruch tat. Die Mächte, die dabei wirkten, waren stark genug, um die Muskelfasern zu bewegen, die sich in der Starre zusammengezogen hatten, ohne die Muskelstruktur selbst in Mitleidenschaft zu ziehen. Erst wenn die Totenstarre zu weit fortgeschritten war, verursachte die Bewegung Gewebeschäden, die unter Umständen auch die Stimmbänder in Mitleidenschaft zogen sowie die Arbeit des Rechtsmediziners zusätzlich erschwerten. Somit hatte man die Wahl, entweder abzuwarten, bis die Starre sich löste – was weitere zwölf Stunden oder länger dauerte –, oder die Muskeln durch eine Reihe von Enzyminjektionen zu lockern.

Keine dieser Alternativen war optimal. Wenn man zu lange wartete, verringerte man die Wiederbelebungswahrscheinlichkeit. Außerdem musste die Leiche kühl gelagert werden, um die Verwesung zu verlangsamen. Dies konnte entweder mittels Kühlsystemen vor Ort oder durch den Abtransport der Leiche geschehen – was die Wiederbelebung erneut erschwerte. Die Enzyminjektionen waren der Albtraum eines jeden Gerichtsmediziners. In Jonahs Tasche befanden sich solche Enzyme, und er hatte die Befugnis, sich über die Bedenken der Gerichtsmediziner hinwegzusetzen, obwohl diese Lösung den letzten Ausweg darstellte und regelmäßig zu Spannungen zwischen den Abteilungen führte. In diesem Fall fungierte Sally Griggs vom Nordostbüro als Verbindungsstelle zwischen FRS und der Pathologie. Noch hatte es keine Unregelmäßigkeiten gegeben. Never konnte sich allerdings die Strafpredigt vorstellen, die sie zu erwarten hatte, wenn Jonah sie tatsächlich wegen einer Enzyminjektion anrufen musste. Eine unschöne Angelegenheit.

Eine Bewegung in Nevers Augenwinkeln, gefolgt von einem höflichen Räuspern, riss ihn aus seinen Gedanken. Die Zeit drängte.

»Mal sehen, ob es jetzt funktioniert«, sagte Never und ging zur Wohnzimmertür. »Dann kommt noch der Abschlusstest.«

»Wie lange wird das dauern?«, fragte Johnson.

»Nicht mehr lange. Sie können schon mal Jonah und Ihren Boss holen.« Während er sprach, ging ein Polizist an der Tür vorbei. »Sollten die nicht draußen warten? Wir können keine Störungen gebrauchen.«

Johnson nickte. »Ich werde alle aus dem Haus schicken, die nicht an der Wiederbelebung teilnehmen werden.«

»Wieso? Wer kommt denn noch?«

Johnson lächelte reumütig. »Das ist Bobs Entscheidung. Anscheinend wollen alle hier zusehen. Wir könnten glatt Eintrittskarten verkaufen.«

Johnson verschwand, und Never kehrte in den anderen Raum zurück. Nachdem er überprüft hatte, ob die Signalstörung behoben war, betrachtete er Nikki Woods Leiche, dachte an Jonah und machte sich Sorgen um seinen Freund. Die Befragung würde nicht einfach werden. Zumindest sollte die Wiederbelebung an sich kein Problem darstellen.

Aber war es wirklich so einfach? Wie konnte es kein Problem darstellen, ein Kind wiederzubeleben?

Kaum zwei Minuten später stand Nala George wieder im Zelt. Jonah spürte, wie sich das durch die Medikamente hervorgerufene Schwindelgefühl allmählich legte.

Wortlos sah er sie an. Sie beantwortete seine unausgesprochene Frage mit einem Nicken: Die Eltern waren einverstanden. Er stand auf und folgte ihr.

Als er aus dem Schatten trat, musste er die Augen zusammenkneifen. Die Sonne brannte unbarmherzig auf seine Gesichtshaut, die durch eine weitere Nebenwirkung des BPV noch lichtempfindlicher war als sonst. Dann traf ihn die Hitze, und einen Augenblick lang bedauerte er es, nicht wie Bob Crenner seine Kleidung unter dem Anzug abgelegt zu haben. Ein Gedanke, den er sofort wieder verwarf – bei einer Wiederbelebung fühlte er sich sowieso schon verletzlich und nackt genug.

Sie erreichten das Absperrband rund um den unmittelbaren Tatort. Da die Straße in dieser Richtung in eine Sackgasse führte, befanden sich hier kaum Schaulustige. Die meisten Gaffer auf der anderen Seite stammten anscheinend aus der unmittelbaren Nachbarschaft. Sie duckten sich unter dem Band hindurch. Ein Cop schob eine Metallbarriere zur Seite, um sie durchzulassen.

»Julie und Graham«, sagte Nala mit leiser Stimme. »Sie sind bei einer Nachbarin namens Dawn Hannick untergekommen. Nummer dreißig, gleich da vorne.«

Fünf Häuser weiter stand eine einsame Polizistin vor dem Gartentor. Als sie an ihr vorbeigingen, nickte Nala ihr zu.

Nala klopfte an der Vordertür. Eine müde aussehende Frau öffnete ihnen.

»Dawn«, sagte Nala. Dawn Hannick drehte sich wortlos um und ging ins Haus. Nala und Jonah folgten ihr. Jonah schloss die Tür hinter sich.

Julie und Graham Wood saßen am Küchentisch. Sie sahen auf, verstört und scheinbar völlig neben sich. Jonah bezweifelte, ob sie die Konsequenzen ihres Anliegens wirklich begriffen hatten. Er musste sich vollständig auf das Urteil der Opferschutzbeamtin verlassen und die Eltern während der Wiederbelebung genau im Auge behalten – falls es überhaupt möglich war, sie dazuzuholen.

Dawn Hannick fing an, sich mit dem Abwasch zu beschäftigen. Sie war eine argwöhnische, hagere Frau, schätzungsweise Mitte sechzig und damit deutlich älter als ihre Nachbarn, die die fünfzig wohl noch nicht überschritten hatten. Andererseits konnte dieser Eindruck angesichts der Belastungen, denen sie ausgesetzt waren, auch täuschen.

Eine Wiederbelebung vor den Angehörigen war üblicherweise schwieriger durchzuführen, aber auch lohnender – und der Beweis dafür, dass nicht allein das Geld die Reviver in die private Wiederbelebungsbranche trieb. Der Gerechtigkeit Genüge zu tun gab Jonah das befriedigende Gefühl, gebraucht zu werden und seine Fähigkeit sinnvoll einzusetzen; daher war es für forensische Reviver nicht ungewöhnlich, die Arbeit ihrer privaten Kollegen herabzusetzen. In Wirklichkeit gab es natürlich viel mehr Todesfälle pro Jahr, als Jonah und seine Kollegen untersuchten. Der Großteil dieser Todesfälle kam unerwartet und erschütterte die Hinterbliebenen zutiefst.

Eine private Wiederbelebung konnte der Trauerbewältigung dienen. Eine entsprechende Versicherung garantierte jedoch keineswegs eine erfolgreiche Wiederbelebung, sondern nur den Versuch zu einer bestimmten Erfolgsquote. Diese wurde bestimmt, indem man die Anzahl und die Fähigkeiten der Reviver mit der Zahl der Todesfälle verrechnete. Natürlich konnten sich nur die Reichen die besten der besten leisten. Die billigsten Versicherungsanbieter hatten Reviver unter Vertrag, deren Erfolgsquote lediglich bei zehn Prozent in unkomplizierten Fällen lag. Dagegen mussten selbst die schlechtesten forensischen Reviver ein D3-Rating und eine Erfolgsquote von mindestens 85 Prozent vorweisen.

Immer wieder wechselten forensische Reviver in den privaten Sektor. Für diejenigen, die es satthatten, ständig alle nur erdenklichen Arten von gewaltsamen Todesfällen zu Gesicht zu bekommen, stellte dies eine verlockende Alternative dar. In vielerlei Hinsicht war die private Wiederbelebung ein stressfreieres und weniger belastendes Tätigkeitsfeld. Trotzdem teilte Jonah die Verachtung nicht, die viele seiner Kollegen für diese Arbeit empfanden. Für ihn war es nur zu verständlich, dass die bessere Bezahlung und die günstigeren Arbeitsbedingungen eine große Versuchung darstellten, aber ihm war auch klar, dass es den privaten Revivern nicht nur um mehr Geld oder weniger psychische Belastung ging.

Mehr als einmal war er versucht gewesen, das gute Gefühl, der Gerechtigkeit Genüge zu tun, gegen die Befriedigung einzutauschen, den Verwandten einen versöhnlichen Abschied zu ermöglichen – wie es auch Eleanor Prestons Berufung gewesen war. Und manchmal gelang es ihm sogar, beides miteinander zu verbinden.

Nala ging zu dem Ehepaar hinüber und setzte sich an den Tisch. Beide hatten gerötete Augen und wirkten unglaublich erschöpft, als ob der Tod ihrer Tochter auch einen physischen Tribut von ihnen gefordert hätte. Julie Wood trug einen Morgenmantel über einem Nachthemd und Sandalen, Graham ein altes T-Shirt, Jogginghose und Turnschuhe.

Jonah blieb unbehaglich neben Nala stehen, um seinen Schutzanzug nicht zu kontaminieren.

»Das hier ist Jonah. Er ist der zuständige Reviver.« Nalas Stimme war sanft und einfühlsam. Julie Wood ergriff als Erste das Wort, indem sie sich direkt an Jonah wandte.

»Vielen Dank, dass Sie uns mit unserer Tochter reden lassen. Wir wollen uns nur von ihr verabschieden.« Ihre Stimme klang flach und resigniert. Graham Wood nickte nur stumm. Er wirkte völlig verzweifelt.

Jonah ging in die Hocke, um auf Augenhöhe mit ihnen sprechen zu können. »Ich werde Nikki zuerst befragen. So lange müssen Sie noch hier warten. Es ist schwer abzuschätzen, wie lange die Wiederbelebung dauern wird, aber sobald ich meine Fragen gestellt habe und der Meinung bin, dass Nikki in der richtigen Verfassung ist, werde ich Sie rufen lassen. Fassen Sie sich kurz und seien Sie vorsichtig. Nikki wird Sie nicht hören können, deshalb werde ich Ihre Fragen an sie weitergeben. Sie können entweder vom Raum nebenan aus zusehen oder direkt ins Wohnzimmer kommen. Wissen Sie schon, was Ihnen lieber wäre?«

Das Paar sah sich kurz an und nickte sich dann zu.

»Wir wären gerne bei ihr, wenn das möglich ist«, sagte Julie Graham und trocknete ihre Augen mit einem Taschentuch.

»Also gut. Sie werden ebenfalls Schutzanzüge tragen müssen. Bitte fassen Sie nichts an und passen Sie auf die Kameras und Kabel auf. Überlegen Sie sich im Voraus, was Sie ihr sagen wollen. Je einfacher und kürzer Ihre Botschaft ist, desto besser. Sobald Sie fertig sind, sagen Sie ihr Gute Nacht. Es ist ihnen lieber, wenn man ›Gute Nacht‹ sagt statt ›Lebewohl‹. Bitte verlassen Sie den Raum, wenn ich es Ihnen sage. Haben Sie alles verstanden?« Sie nickten. »Ich weise Sie nochmal darauf hin, dass es sehr schwer für Sie sein wird. Sollten Sie glauben, dass Sie nicht in der Lage dazu sind, sagen Sie sofort Nala Bescheid. Es gibt keinen Grund, sich dafür zu schämen. Sie müssen sich außerdem im Klaren darüber sein, dass eine große Wahrscheinlichkeit besteht, dass die Wiederbelebung endet, bevor ich meine Fragen gestellt habe. Wenn ich das absehen kann, werde ich ihr eine Botschaft zukommen lassen. Überlegen Sie sich bitte, was ich …«

»Sagen Sie ihr, dass wir sie lieben«, unterbrach ihn Julie Wood mit Tränen in den Augen.

Jonah nickte. Es war immer dieselbe Botschaft. Aber was gab es am Ende auch anderes zu sagen?

KAPITEL 6

Never hatte die Überwachungsgeräte in einer Ecke des Esszimmers aufgestellt. Er konnte alles mithilfe eines Laptops kontrollieren, und für alle Fälle hatte er einen zweiten Rechner hochgefahren, auf den er jederzeit umschalten konnte. Auf beiden Computermonitoren war dasselbe Bild zu sehen: eine Reihe von Fenstern mit der Liveübertragung der Kameraaufnahmen. Von dem Fenster in der Bildschirmmitte starrte ihm Nikki Woods noch regloses Gesicht entgegen.

Er hatte die Laptops auf einem kleinen tragbaren Tisch aufgebaut. Never saß auf einem Campinghocker davor – im Laufe der Jahre hatte er sich so daran gewöhnt, dass er ihm bequemer vorkam als jeder andere Stuhl.

»Schöner Hocker«, sagte Bob Crenner, der gerade den Raum betrat.

Mit einem Grinsen deutete Never auf einen der Gerätekoffer, die er gemeinsam mit Johnson aus dem Auto geholt hatte. »Ich hab noch einen übrig, wenn Sie möchten.«

»Danke, ich stehe lieber.«

»Wie Sie meinen. Detective Johnson hat angedeutet, dass wir Publikum bekommen«, sagte Never und sah sich in dem verdächtig leeren Raum um.

»Was die Leute wollen und was wir ihnen erlauben sind zwei verschiedene Dinge. Vorerst wird nur die Minimalbesetzung anwesend sein: der diensthabende Beamte und der Wiederbelebungskoordinationsbeamte, sonst niemand.« Also nur Crenner und Johnson. »Es sei denn, Jonah lässt weitere Zuschauer zu. Haben Sie was von ihm gehört?«

Er nickte. Jonah hatte kurz den Kopf zur Tür hereingesteckt, um ihm genau das mitzuteilen. Never war von dieser zusätzlichen Komplikation nicht unbedingt begeistert, was er sich aber Bob Crenner gegenüber nicht anmerken lassen wollte. »Alles klar, kein Problem.« War es üblicherweise auch nicht. Never wurde immer unwillkürlich nervös, sobald Angehörige anwesend waren. Ganz besonders dann, wenn sie auf seinen Kabeln herumtrampelten. Obwohl noch niemand darübergestolpert war oder eine Kamera umgestoßen hatte, war er nach wie vor jedes Mal beunruhigt.

Nachdem er ihn darüber informiert hatte, dass die Eltern hinzustoßen würden, war Jonah verschwunden, um sich geistig auf die Wiederbelebung vorzubereiten. Never kannte das bereits – in diesen Momenten wurde Jonah leicht panisch und musste sich manchmal trotz der Tabletten übergeben. *Wie Lampenfieber,* dachte Never. Wahrscheinlich war das sogar ein ganz nützlicher Effekt. Immerhin entleerte er so seinen Magen vor und nicht während der Wiederbelebung.

Detective Johnson betrat kurz darauf den Raum, gefolgt von einem blassen und nervösen Jonah.

»Wie geht's?«, fragte Never.

»Ich bin bereit«, sagte Jonah. »Die Eltern warten mit Nala George im Spurensicherungszelt.«

Johnson wedelte mit dem Funkgerät in seiner Hand. »Ich werde ihr Bescheid geben, dass Jonah jetzt anfängt.«

»Okay«, sagte Crenner und wandte sich Jonah zu. »Sobald Sie sie zurückgeholt haben, müssen wir sofort ihre Aussage aufnehmen. Erst die üblichen Fragen, dann improvisieren wir. Allerdings gibt es da ein Problem …«

Jonah nickte. »Der Missbrauchsverdacht? Ray hat das bereits erwähnt. Er hat mir auch gesagt, dass Sie seine Vermutung nicht teilen.«

»Nein, aber der Verdacht steht nun mal im Raum, und es gibt genug Hinweise, um ihn ernst zu nehmen. Daran kann ich nichts ändern. Gehen Sie vorsichtig vor.«

»Das werde ich.«

»Viel Glück, Jonah. Sind Sie bereit, Never?«

»Einen Moment noch.«

Jonah, Crenner und Johnson starrten schweigend auf die Bildschirme auf Nevers Tisch. Das tote Kind starrte zurück. Bis auf das Geräusch von Nevers Fingern auf der Laptoptastatur war nichts zu hören. Endlich verstummte das Klicken.

»Ich wäre so weit«, sagte Never.

Jonahs Headset lag auf Nevers Tisch. Jonah nahm es ohne ein weiteres Wort auf, verließ den Raum und schloss die Tür hinter sich. Einen Augenblick später war er auf der Kamera zu sehen, die die Totale des Raumes filmte. Er schloss auch die Wohnzimmertür, trat vorsichtig zu Nikki Woods Leiche hinüber und ging davor in die Knie.

Er dachte an ihre Eltern und zog das Pyjamaoberteil zu. Die Sanitäter hatten beim Öffnen einige Knöpfe abgerissen, aber es hielt gottlob trotzdem.

Mit geübten Bewegungen fuhr er mit der Hand über ihren Hals, um einzuschätzen, wie weit die Totenstarre fortgeschritten war. Sie hatte bereits eingesetzt, würde jedoch kein Problem darstellen. Er zog den Handschuh von seiner rechten Hand, legte das Headset an und blickte in die Kamera vor sich. Das Adrenalin in seinen Adern verursachte ihm

Übelkeit und Panik. Er holte ein paarmal tief Luft, bis er sich wieder einigermaßen beruhigt hatte.

»Bereit«, sagte er. Das rote Licht an der Kamera färbte sich grün. »Wiederbelebung von Nikki Wood durch den zuständigen Reviver J.P. Miller.«

Jonah verlagerte sein Gewicht. Das linke Knie auf dem Teppich tat langsam weh, deshalb entschloss er sich, die Position zu ändern. Das rechte Knie blieb, wo es war, dafür stellte er den linken Fuß auf den Boden. Das war besser; so konnte er schneller reagieren.

Oder *weglaufen*.

Dieser Gedanke ließ ihn bitter lächeln. Es war seine erste Wiederbelebung seit Alice Decker. Vielleicht war eine solche Reaktion ganz natürlich.

Er hatte bei seinem Treffen mit der FRS-Psychologin laut darüber nachgedacht, wie er seinen nächsten Fall angehen sollte; ob er erneut diese Angst spüren und in einem heiklen Moment einfach feige die Flucht ergreifen würde. Jetzt, als er die Hand des toten Mädchens hielt, war die Stunde der Wahrheit gekommen. Einerseits wollte er glauben, dass das Wesen, das durch Alice Deckers Leichnam mit ihm gesprochen hatte, lediglich eine Halluzination gewesen war. Andererseits beruhigte er sich damit, dass Never Zeuge sein würde, sollte diese Wesenheit zurückkehren. Ein schwacher Trost möglicherweise, aber genug, um nicht das Handtuch zu werfen.

Er entspannte sich und verlagerte erneut sein Gewicht.

Zunächst betrachtete er den Leichnam, studierte das Gesicht. Die Verletzung war nicht sichtbar. Nur der Blutfleck auf dem Teppich unter ihrem Kopf deutete darauf hin. Ihre Augen waren geöffnet, ihre Miene völlig leer. Er besah sich ihr dunkelbraunes, kurzgeschnittenes Haar.

An den Wänden hingen mehrere Familienfotos. Eines zeigte die Eltern allein, eines mit Nikki, ihrem einzigen Kind. Auf einem war nur Nikki in Schuluniform mit längeren Haaren, einem breiten Lächeln und vor Leben sprühenden Augen zu sehen. Er wandte sich wieder den toten Augen neben sich zu. Dieses Leben musste er wiederfinden, wo auch immer es jetzt war.

Er atmete langsamer und schloss die Augen. Während er sich konzentrierte, verstummten nach und nach die Umgebungsgeräusche.

Was er als Nächstes tat, war für ihn ganz einfach und natürlich; er suchte nach den Toten in der Luft, die ihn umgab, oder in einem weiten, unbekannten Raum jenseits der sichtbaren Welt. Was wiederum die Frage aufwarf, wie dieser Raum beschaffen war und was genau er da tat. Eine Frage, auf die er keine Antwort hatte. Letzten Endes konnte er nur nach ihnen rufen und sie zurückholen.

Er spürte sie und spannte sich an, als er nach vorne gerissen, von einem Strudel verschluckt wurde. Er war jetzt im Inneren des Leichnams, spürte jeden Teil davon. War sich der ersten Zeichen des schleichenden Verfalls bewusst, die seit dem Tod eingetreten waren, spürte das kleine Blutgerinnsel im Gehirn, das schließlich zum Tod geführt hatte.

Das war die erste Stufe der Wiederbelebung: die *Umkehr*. Er spürte die Auswirkungen der Gewalt, die zum Tod des Opfers geführt hatten, spürte den darauffolgenden Verfall. Er war ihnen ganz nahe, war vom Tod umgeben. Um weitermachen zu können, musste er sich ihm ausliefern. Er musste sich von ihm ausfüllen, von ihm verschlingen lassen. Sobald sie zurückkamen, verschwanden Tod und Verletzung aus seinem Geist. Je schwieriger die Wiederbelebung – je verstümmelter der Leichnam, je fortgeschrittener die Verwesung – war, umso länger dauerte es, umso anstrengender und brutaler wurde es.

Er streckte sich irgendwie in der Dunkelheit aus. Rollte so lange herum, bis er es bequemer hatte. Er spürte den Leichnam nun wie seinen eigenen Körper – als ob er selbst tot auf diesem Teppich liegen würde. Der fast unmerkliche Todesgeruch verschwand, der Zersetzungsprozess kehrte sich allmählich um, die ersten Anzeichen der Verwesung verschwanden, die Muskeln wurden von neuer Kraft erfüllt. Er spürte, wie sich das Blutgerinnsel auflöste, das Gewebe wieder zusammenfügte und sich die Haut um die Wunde schloss.

Nach weniger als zehn Minuten war die Umkehr komplett. Jetzt wartete er auf die zweite Stufe: die *Welle*.

Die Welle brach in jenem Augenblick über ihn herein, der der Wiederkehr der Toten unmittelbar vorausging – eine Flut von Bildern, Tönen und Gefühlen. Als würden sie ihr *ganzes Leben* herausschreien. Er hatte keine Kontrolle darüber; jetzt musste er es ertragen, wie grässlich es auch sein mochte. Wenn er sich jetzt übergab oder den Vorgang abbrach, war er gezwungen, die Prozedur wieder ganz von vorne zu beginnen.

Nach einem ersten fehlgeschlagenen Versuch war der Zeitfaktor von entscheidender Bedeutung. Der Reviver war geschwächt, sodass die Wahrscheinlichkeit für ein Gelingen des zweiten Versuchs noch geringer war. Außerdem musste dieser zweite Versuch innerhalb von zwei Stunden stattfinden, idealerweise mit einem anderen Reviver. Wenn diese Frist verstrichen war, war das Vorhaben genauso unmöglich wie der Versuch, jemanden ein zweites Mal wiederzubeleben.

Die Welle machte Jonah jedes Mal Angst. Der Reviver

wusste niemals im Voraus, was ihn erwartete. Alles hing von den Verstorbenen ab. Ihre Empörung, ihre Überraschung, ihre Wut und ihre Furcht konnten die Welle auf unvorhergesehene Weise verstärken. In diesem Stadium konnte ihn die scheinbar einfachste Wiederbelebung in ein Chaos aus viel zu vielen, viel zu schnell vorbeiziehenden Bildern stürzen. Und dabei musste er ständig dazu bereit sein, sofort mit dem Toten zu sprechen, sobald die Welle abebbte.

Ein Bild erschien: der helle Himmel eines lange vergangenen Sommers. Gespannt wartete Jonah ab, wohin ihn die Welle trug. Ein weiteres Bild tauchte auf: hohes Gras auf Sandboden, der intensive Geruch des Meeres.

Die Gefühle überrollten ihn mit aller Macht. Zunächst Schmerz; dann Ärger, der von Trauer verdrängt wurde. Verwirrung. Die Welle wuchs, Bilder, Geräusche und Emotionen drangen hochkomprimiert auf ihn ein. Sein Magen drehte sich, während er mit rasender Geschwindigkeit durch den Verstand des Kindes raste. *Nicht so schlimm,* dachte und hoffte er, *dieses Mal ist es nicht so schlimm.* Er hielt stand, als die Welle ihren Höhepunkt erreichte und danach abfiel.

Ihm fiel auf, dass er die ganze Zeit über die Luft angehalten hatte. Er atmete aus und tief ein.

Als er die Augen öffnete, kniete er wieder über dem Leichnam von Nikki Wood. Es war vollbracht.

»Sie ist hier«, sprach er in die Kamera. Nikkis Leiche atmete leise – weit weniger dramatisch als Alice Decker, nur mit einer Reihe leiser, gurgelnder Geräusche. Jonah spürte, dass nichts *anderes* bei ihr war – keine geheimnisvolle Präsenz. Schnell verscheuchte er diesen Gedanken. Dann konnte er mit seiner Arbeit fortfahren.

»Nikki, mein Name ist Jonah Miller. Kannst du mich hören?«

Sofort antwortete eine herzzerreißend sanfte Stimme. »Ja.«

»Weißt du, wo du bist?«

»Ich bin gestorben.« Nikkis Offenheit brachte Jonah einen Augenblick lang aus der Fassung. Kinder akzeptierten die Wahrheit schneller als Erwachsene, begriffen die Situation fast sofort – ohne die Tatsachen zu leugnen oder nicht wahrhaben zu wollen.

»Das stimmt, Nikki. Ich muss dir ein paar Fragen darüber stellen, wie du gestorben bist. Verstehst du?«

»Wie bei Oma Mo.« Das war offenbar die Großmutter, an deren Wiederbelebung sie ihren Eltern zufolge teilgenommen hatte.

»Genau, Nikki. Wie bei Oma Mo. Darf ich dir ein paar Fragen stellen?«

»Ja. Ist Mom hier?«

»Du kannst mit ihr reden, nachdem du die Fragen beantwortet hast. Versprochen.« Ein Versprechen, das er womöglich nicht halten konnte.

»Okay.«

Er spürte ihre Enttäuschung. »Erzähl mir, was passiert ist. Warum bist du die Treppe runtergegangen?«

»Ich habe geschlafen. Ich bin wohl wieder schlafgewandelt. Ich hasse es, ich will das nicht tun …« Sie verstummte. Jonah wartete zehn Sekunden.

»Nikki?«, fragte er knapp. Nikkis Brust hob sich fast sofort.

»Als ich aufgewacht bin, war ich im Wohnzimmer. Ein Mann hat die Schubladen der Kommode durchwühlt. Es war dunkel, und er hatte eine Taschenlampe. Er hat nicht mal nachgesehen, was drin war. Er hat bloß die Schubladen aufgezogen und die Sachen auf den Boden geworfen. Und dann hat er die Schubladen umgedreht und auch auf den Boden geworfen. Eine nach der anderen. Ich hatte Angst. Er war ganz still, und ich hab gar nicht verstanden, was er da macht. Da wollte ich abhauen.«

Sie verstummte. Jonah spürte ihre Angst. Angst vor dem, was als Nächstes geschehen war.

Er fragte nach, wobei er einen freundlichen und doch bestimmten Ton anschlug. »Erzähl weiter, Nikki. Bitte.« Einige Sekunden vergingen, bevor sie wieder Luft holte.

»Er hat mich gehört. Ich wusste nicht, was ich tun sollte. Er hat mich mit der Taschenlampe angeleuchtet und gesagt, dass er meine Eltern umbringt, wenn ich nicht still bin. Er hat mir gesagt, ich soll mich in die Ecke stellen und mich umdrehen. Das hab ich gemacht. Ich hab gehört, wie er noch eine Schublade rausgezogen hat. Ich hab geweint. Ich wollte ja leise sein, aber ich hab geguckt. Er hat die Schmuckschatulle von meiner Mom gefunden. Die durfte er nicht haben. Die hat Oma Mo gehört.«

Wieder verstummte sie.

»Das machst du sehr gut, Nikki. Wir sind fast fertig.«

»Ich hab gesagt, dass er sie zurückstellen soll, dass er sie nicht haben darf. ›Sei still‹, hat er gesagt. Ich hab geweint. Er hat gesagt, dass ich damit aufhören soll, und da musste ich nur noch mehr weinen. Er ist auf mich zugekommen, und ich hatte Angst und wollte losrennen. Er hat mich gepackt, und ich wollte schreien, aber da war seine Hand auf meinem Mund. Ich hab ihn getreten, und da hat er mich gegen die Wand geworfen. Ich bin ganz fest mit dem Kopf dagegen gestoßen.«

Jonah hörte, wie Crenner Ray Johnson etwas zuflüsterte: »Es gibt keine Tatwaffe. Wir müssen die Wände absuchen.«

»Mein Kopf hat wehgetan, und dann war alles still«, fuhr Nikki fort. »Ich war so müde, da bin ich zum Sofa gegangen und hab mich hingesetzt. Er hat mich beobachtet. Er hat mir gesagt, dass ich sitzen bleiben und die Augen zumachen und still sein soll, sonst tut er mir nochmal weh. Ich konnte sowieso nichts sagen. Er hat hinter mir noch mehr Schubladen aufgemacht und ausgeleert. Ich hab gehört, wie er rausgegangen ist. Als ich aufstehen wollte, bin ich hingefallen. Ich hab ganz still dagelegen, und dann ist er zurückgekommen.«

»Fragen Sie sie, wie lange er weg war«, sagte Bob Crenner. Jonah gab die Frage an Nikki weiter.

»Ein paar Minuten. Er hat mich mit der Lampe angeleuchtet. Hat mich gefragt, ob ich ihn hören kann. Er war ganz aufgeregt, ich glaube, er hat gar nicht gewusst, dass ich mir richtig wehgetan hab. Er hat geflucht wie verrückt. Da hab ich schon kaum mehr Luft bekommen. Er hatte Angst. Dann ist er gegangen, aber da hat er die Schatulle vergessen und ist nochmal zurückgekommen und hat mich angeguckt. Er ist zur Vordertür, glaub ich. Ich hab Krach und Lärm gehört. Die Tür ging auf.«

Wieder hielt sie inne. Zehn Sekunden vergingen.

»Nikki?« Nichts. Jonah wartete.

»Ist sie noch da?«, fragte Crenner besorgt. »Wir brauchen eine Beschreibung des Mannes. Ist sie weg?« Jonah schüttelte vor der Kamera den Kopf. Sie war noch da, ihre Präsenz war stark. Sie ruhte sich nur aus. Jonah wusste genau, wann er Druck machen und wann er ihr eine Pause gönnen musste. Er wartete ein wenig ab, bevor er weitersprach.

»Was ist dann passiert, Nikki?«

»Ich hab eine Stimme gehört. Meinen Dad.«

»Fragen Sie sie, von wo die Stimme kam«, schlug Crenner vor. Jonah verstand, worauf er hinauswollte, und gehorchte.

»Von oben auf der Treppe. Ich hab die Schlafzimmertür gehört, und dann ist der Mann nach draußen gerannt und hat die Haustür hinter sich zugeworfen. Dad ist schnell die Treppe runtergerannt, und ich hatte Angst, dass der Mann zurückkommt und ihm auch wehtut. ›Ist hier jemand?‹, hat er gerufen, und er war wütend und hatte Angst. Er ist stehen geblieben und hat nochmal gerufen. Wahrscheinlich wollte er den Mann verjagen, aber der war ja schon lange weg. Dad hat das Licht angemacht, und Mom hat gefragt, was los ist. Er hat nicht geantwortet, sondern mich nur angesehen. Er hat Oma Mos Gehstock vor sich gehalten, als er reinkam. Er hat mich gesehen, und ich wollte ihm sagen, dass der Mann weg ist und dass alles okay ist, obwohl ich mich *gar nicht* okay gefühlt hab. Er hat geweint. Er hat Mom angeschrien. Er hat mir gesagt, ich soll nicht ohnmächtig werden, aber dann wurde alles dunkel. Da bin ich gestorben, glaub ich.«

Jonah sah in eine Kamera und nickte entschlossen. Sie sprach ganz zweifellos die Wahrheit, und alles wurde aufgezeichnet. Erleichterung überkam ihn.

»Gut gemacht«, sagte Never über Funk.

»Ja, gute Arbeit«, sagte Crenner. »Sehen wir mal, ob wir noch mehr kriegen. Eine Beschreibung des Mannes. Alles, woran sie sich erinnern kann.«

Was sie erfahren hatten, reichte, um den Vater zu entlasten, und Jonah fragte sich, wie lange Crenner die Befragung noch fortsetzen wollte. Nikkis Präsenz war zwar stark, aber ihre Zeit lief ab. Nur zu gerne hätte er das Mädchen mit seinen Eltern sprechen lassen – und die Eltern mit ihr.

»Noch ein paar Fragen, Nikki. Dann kannst du mit deinen Eltern reden, okay?« Er hoffte, mit dieser Bemerkung

Crenner zur Besinnung zu bringen, bevor er dem Kind die letzte Gelegenheit nahm, seinen Eltern zu sagen, wie sehr es sie liebte.

»Okay.«

Crenner gab ihm die Fragen vor. »Erst die Kleidung. Dann die Stimme. Dann alles andere, an das sie sich erinnern kann«, sagte er.

»Nikki, weißt du noch, was der Mann anhatte?«, fragte Jonah.

»Jeans, glaub ich. Eine braune Jacke. Aber es war so dunkel, und er hatte ja die Taschenlampe. Ich hab nur seine Beine und Füße gesehen. Ich glaub, er hatte schwarze Handschuhe an. Und einen Schal ums Gesicht.«

»Kannst du den Schal beschreiben, oder sein Gesicht?«

»Nicht so richtig. Ich hab nichts gesehen. Vielleicht hatte er eine Mütze auf. Es war so dunkel. Wo ist meine Mom?« Nikki Wood wurde zusehends ungeduldiger und ängstlicher, als befürchte sie, dass Jonah sie angelogen hatte und ihre Mutter überhaupt nicht anwesend war.

»Sie kommt gleich, Nikki. Dein Dad auch.« Er sah in die Kamera und nickte. Hoffentlich hatten sie diesen Wink verstanden. Er hörte, wie Crenner über Funk mit Johnson sprach.

»Okay, okay. Schick sie rein. Jonah, wir brauchen noch mehr. Alles, was Sie in Erfahrung bringen können. Was ist mit seiner Stimme?«

»Nikki«, sagte Jonah, »nur noch ein paar letzte Fragen. Deine Eltern sind schon unterwegs. Was hatte der Mann für eine Stimme? Hatte er einen Akzent? Irgendwas?«

»Seine Stimme war tief, aber das konnte er nicht so gut.«

Jonah dachte einen Augenblick darüber nach, was sie damit meinte. »Hat er seine Stimme verstellt?«

»Ja. Als er zum ersten Mal was gesagt hat, hat es sich ganz normal angehört, und dann war seine Stimme plötzlich ganz tief.«

»Hast du die Stimme am Anfang erkannt?«

»Nein.« Die Zeit lief ab.

»Die Eltern kommen jetzt rein«, sagte Crenner. »Fragen Sie sie, ob sie was Ungewöhnliches bemerkt hat. Irgendwas. Danach lasse ich Ihnen freie Hand. Holen Sie alles aus ihr raus, was Sie kriegen können.«

»Eins noch, Nikki. Weißt du etwas anderes, irgendwas, das uns hilft, ihn zu erwischen?«

Nikki schwieg fast zwanzig Sekunden lang. Jonah wurde nervös. Er hörte, wie sich die Vordertür öffnete und Nikkis Eltern gemeinsam mit Nala George das Haus betraten. Sie unterhielten sich mit gedämpften Stimmen.

»Er hatte Husten«, sagte Nikki. »Er hat ständig gehustet.« Wieder verstummte sie. Jonah wartete einen Augenblick ab. Crenner fluchte frustriert. Jonah war ebenfalls enttäuscht, obwohl ihm sein Instinkt verriet, dass sie nicht mehr zu sagen hatte. Und er vertraute seinem Instinkt. Mehr würden sie nicht erfahren.

Jonah sah in die Kamera.

»Das ist alles«, sagte er niedergeschlagen. »Sie ist noch hier, aber nicht mehr lange.«

Nach einer kurzen Pause stellte er den Eltern die Frage, die er ihnen laut Vorschrift stellen musste. »Sind Sie willens und bereit, mit Ihrer Tochter zu sprechen?«

»O bitte, ja. O Gott, ja«, sagte Nikkis Vater.

Jonah lächelte Nikki an. »Deine Eltern sind jetzt hier. Willst du mit ihnen reden?« Auch von ihrer Seite musste er eine Bestätigung einholen.

»Ja«, sagte Nikki. »Vielen Dank.«

Sobald die Eltern den Raum verlassen hatten, ließ Jonah das Mädchen gehen. Sie war zufrieden und bereit – so entließ Jonah die Verstorbenen am liebsten. Sobald sie frei war, fiel eine ungeheure Last von seinen Schultern. Er richtete sich zitternd auf. Seine Schwäche war sicherlich auf den Schlafmangel in letzter Zeit zurückzuführen. Er ging in die Hocke und konzentrierte sich auf seinen Atem. Zur Erschöpfung kam nun Übelkeit. Er spürte die Vorboten heftiger Kopfschmerzen und hoffte, dass er keinen Migräneanfall bekam. Dann stand er wieder auf und taumelte in den Flur. Die Eltern unterhielten sich vor der Haustür mit Crenner. Johnson stand hinter Never im Wohnzimmer und kam in den Flur, sobald er Jonahs blasses Gesicht sah.

»Sie sehen ja fürchterlich aus.«

»Ich brauche dringend ein Klo. Oder einen Eimer.«

»Hier lang.« Johnson schob Jonah aus dem Haus.

Die Menge hatte sich etwas zerstreut, doch die Männer, die das Haus verließen, weckten erneut das Interesse der Schaulustigen. Johnson führte Jonah zwei Häuser weiter, wo ein älteres Ehepaar in der Eingangstür stand.

»Er muss mal auf die Toilette«, sagte er, als sie näher kamen. Die beiden warfen einen Blick auf Jonah und traten schnell beiseite.

Sobald er die Toilettenschüssel vor sich hatte, übergab er sich heftig, spie Galle und Kaffee. Johnson verließ den Raum und schloss die Tür hinter sich.

Jonah würgte noch einige Minuten lang, dann streifte er den Handschuh von seiner linken Hand, stopfte ihn in die Tasche, drehte den Kaltwasserhahn auf und wusch sich das Gesicht.

Er sah in den Spiegel, und einen Augenblick lang war er von seinem eigenen Anblick überrascht. Verwirrt öffnete er die Tür – außer Atem, aber mit etwas mehr Farbe im Gesicht.

»Ich muss an die frische Luft«, sagte er und ging gemeinsam mit Johnson nach draußen, nachdem er sich bei den Bewohnern des Hauses bedankt hatte. Nala George stand mit besorgter Miene vor dem Gartentor. Als er sie erreicht hatte, gaben seine Beine erneut unter ihm nach, und er musste in die Hocke gehen und behutsam Luft holen.

»Tut mir leid«, sagte er. »Manchmal kommt's am Ende ziemlich dick.« *Aber nicht so dick,* dachte er.

»Vergessen Sie's«, sagte Johnson. »Das war großartig.«

»Dass ich gekotzt habe?«

Ray Johnson lachte. »Was Sie getan haben. Sie haben sie zurückgeholt und ihren Vater entlastet. Ich glaube, ich muss mich bei Ihnen entschuldigen.«

»Da haben Sie verdammt recht«, sagte Nala George mit Wut in den Augen, die sich jedoch schnell verflüchtigte, sobald sie sich Jonah zuwandte. »Vielen Dank.«

Jonah sah auf. »Klar. Mehr haben wir leider nicht in Erfahrung bringen können. Ein Mann, der größer als Nikki ist, Husten hat und seine Stimme nicht verstellen kann. Fall gelöst.« Er richtete sich auf, wobei er sich am Ziegelwerk der Gartenmauer festhielt. »Hätte besser laufen können.«

»Sie haben trotzdem ganze Arbeit geleistet«, sagte Johnson.

»Nicht gut genug. Nettes Mädchen.« Plötzlich fühlte sich irgendetwas in seinem Kopf seltsam an, etwas, das er nicht recht zu fassen bekam. Er rieb sich das Gesicht, stöhnte leise und sank an der Wand hinunter, bis er wieder auf dem Boden saß.

»Soll ich Never holen?«, fragte Johnson.

»Eine Minute, das geht gleich vorbei. Sollten Sie nicht …«

Er verstummte, als das Bild von hohem Gras auf Sand in seinem Kopf erschien. Er roch das Meer. Genau wie bei der Welle, die ihn erfasst hatte, während er Nikki zurückgeholt hatte. Die Sinneseindrücke überwältigten ihn förmlich: das Meer bei Ebbe hinter einem flachen Sandstrand. Eine Stimme rief einen Namen.

Nikki.

Er drehte sich um und sah, wie eine alte Frau langsam auf die Stelle zukam, auf der er im Sand saß.

Oma Mo, dachte Jonah automatisch. Dass er sie sofort wiedererkannte, verwunderte ihn.

Er stöhnte auf.

Obwohl er den Residuum-Effekt schon seit längerem nicht mehr erlebt hatte, fühlte sich das hier verdammt ähnlich an. Tote, unwillkommene und unvertraute Erinnerungen. Überreste der Bilder und Empfindungen, mit denen ihn die Welle bombardiert hatte.

Ich brauche stärkere Pillen, dachte er. »Alles klar?«, fragte Nala George noch einmal.

Jonah sah auf und versuchte, seine Verwirrung zu verbergen. »Ich bin einfach nur müde.« Er musste dringend mit Never sprechen – der Residuum-Effekt war viel zu schnell eingetreten. Seiner Erfahrung nach setzte er frühestens nach einem Tag ein und war dann auch nicht mehr als eine lästige, aber harmlose mentale Diashow.

Und da war noch etwas anderes, etwas, das er nicht richtig zu fassen bekam. Wie in weiter Ferne. Unscharf.

Er war zurück am Meer, an demselben Ort wie zuvor. Die Großmutter jetzt ganz nahe.

»Wie geht's deinem Bein, Oma?«

»Ist noch dran, Kleines«, sagte sie. Die Vertrautheit dieser Worte verwirrte ihn, genau wie die Wärme in der Stimme

der alten Frau. Als er die Augen wieder öffnete, verspürte er fast so etwas wie einen Verlust.

Die Kopfschmerzen wurden schlimmer. *Das ist nur Einbildung,* ermahnte er sich. *Nur Erinnerungen.*

Er stand auf und lehnte sich mit dem ganzen Gewicht auf die Gartenmauer. Diese unvorhergesehene Komplikation machte ihn zornig. Eine Wut, die Sam Deering sicher teilen und an Jonah und Never auslassen würde. *Hab ich euch nicht gesagt, ihr sollt verdammt nochmal halblang machen?*

Sobald Julie und Graham Wood vor das Haus getreten waren, hatte sich erneut eine Menschenmenge versammelt. Jonahs Bedürfnis, mit Never zu sprechen, war sogar stärker als seine Abneigung davor, sich durch die Menge drängen zu müssen. Sein Freund war sicher noch im Haus und verstaute die Ausrüstung. Jonah huschte durch eine Lücke in der Metallabsperrung.

»Hey, langsam … Sie sollten sich noch ein bisschen ausruhen«, sagte Johnson, der Mühe hatte, mit ihm Schritt zu halten. Nala George folgte ihnen auf dem Fuße.

»Ich muss mit Never reden«, keuchte Jonah und duckte sich unter dem Absperrband hindurch. Julie und Graham Wood unterhielten sich auf der Straße mit Crenner. Sie wirkten erleichtert und weniger angespannt – ganz klar der therapeutische Effekt der Wiederbelebung.

Bei ihrem Anblick stieg tiefe Panik in Jonah auf, eine Reaktion, die ihm völlig unverständlich war. Als er an ihnen vorbeigehen wollte, hielt Julie Wood ihn auf.

»Ich wollte Ihnen noch persönlich danken«, sagte sie leise.

Jonah nickte. »Danke, ich muss …«

Er trat um sie herum und stand vor ihrem Mann, der ihm seine Hand hinhielt.

»Das geht nicht, tut mir leid«, sagte Jonah und hob abwehrend die eigenen Hände.

»Ich will nur, dass Sie wissen«, sagte Graham Wood mit zitternder Stimme, »wie dankbar wir Ihnen sind.«

Jonah war unfähig, sich zu konzentrieren, wollte unbedingt weitergehen, spürte, dass ihm – aus welchem Grund auch immer – die Zeit davonlief. »Tut mir leid«, sagte er. »Ich muss ins Haus zurück.«

Nach dem nächsten Schritt hörte er ein Geräusch. Er blieb stehen und lauschte. Es war wichtig, wenn er auch nicht wusste, weshalb. Julie und Graham starrten ihn an.

»Wo ist Never?«, fragte Jonah mit schwächer werdender Stimme und sah sich um, ohne etwas zu erkennen. Er taumelte, ging für einen Augenblick in die Hocke und richtete sich dann wieder auf.

Johnson und Nala sahen sich an.

»Ich hole Never«, sagte Johnson und rannte davon.

»Was ist mit ihm? Können wir helfen?«, fragte Julie Wood.

»Keine Ahnung«, sagte Nala.

Jonah starrte die Menschen hinter der Absperrung an. Er ging auf sie zu. Das leise Flüstern verstummte bei seinem seltsamen Anblick. Nala trat vor und griff nach seinem Arm. Erneut spürte er die Ahnung des Hauchs.

»Jonah, kommen Sie doch mit ins Zelt. Sie müssen sich hinsetzen.« Er riss sich von ihr los. Die Menge schwieg, und Jonah spürte, dass alle Augen auf ihn gerichtet waren.

Die Verwunderung beruhte auf Gegenseitigkeit. Er hatte den Drang, einem Geräusch zu folgen, das er überhaupt nicht mehr wahrnahm. Bis auf entfernten Verkehrslärm hörte er gar nichts. Erneut überkam ihn dieses Gefühl des Losgelöstseins – als würde er sich selbst beobachten.

Dann hörte er es. Ein Räuspern. Ein *Husten*, das also hatte Nikki Wood höchstwahrscheinlich gemeint. Es klang vertraut und ganz nahe. Er trat nach links und wartete. Dann hörte er es wieder. Noch näher. Die Gesichter vor ihm wirkten äußerst beunruhigt.

Er spürte eine andere Hand auf der Schulter. Never sah ihn besorgt an.

»Komm rein, Jonah«, sagte er. »Bitte komm ins Haus.«

Jonah schüttelte den Kopf. Das Gefühl der Distanziertheit legte sich einen Augenblick, sodass er sich zu Never vorbeugen konnte. »Da ist … da ist was in meinem Kopf, Never«, flüsterte er.

Wieder das Geräusch. Jonah wirbelte herum, woraufhin ihm einen Moment lang furchtbar schwindlig wurde. Dann sah er den Mann, in den hinteren Reihen, fast verdeckt von einer Gruppe von Müttern mit Babys. Jonah legte seine Hände auf die Metallabsperrung. Er ignorierte Nevers Protest, schwang sich hinüber und landete auf der anderen Seite auf dem Boden.

Die Frauen starrten ihn ängstlich an, als er sich an ihnen vorbeidrängte.

Er ging auf den einsamen Mann zu, der ihn misstrauisch ansah. Jonah richtete den Blick auf den Boden. Der Mann trug abgewetzte, alte, zerrissene Turnschuhe. Jonah betrachtete sie, ohne zu wissen, weshalb. Die ersten beiden Buchstaben des Reebok-Logos hatten sich von der Seite des linken Schuhs gelöst. Er erinnerte sich an Nikkis Worte während der Wiederbelebung: *Ich hab nur seine Beine und Füße gesehen.*

Sie hatte die Schuhe nicht beschrieben, und doch erkannte er sie.

Du, dachte er. *Du.*

Schon war Never an seiner Seite. Jonah wandte sich ihm zu. »Die Schuhe, Never«, sagte er. »Er ist es. Es sind dieselben Schuhe.«

Jonah drehte sich wieder zu dem Mann um und sah ihm in die Augen, erkannte Angst und Schock in seinem Blick sowie einen gewissen Trotz, und sobald Jonah diesen Trotz bemerkte, spürte er, wie die Wut in ihm hochkochte, ein ohnmächtiger Zorn, der wie aus dem Nichts kam und ihn erschreckte.

Jonah war schwindlig. Er hörte seine eigene unsichere und leise Stimme wie aus weiter Entfernung. »Du hast mich umgebracht«, sagte er zu dem Mann, dessen Angst daraufhin spürbar größer wurde. Er trat einen Schritt zurück. Jonah bemerkte, dass er kurz davor war, die Flucht zu ergreifen. »Du hast mich *umgebracht*«, wiederholte Jonah laut.

Amüsiert beobachtete die Menge sowohl den Reviver im Papieranzug als auch den Mann, den er anklagte.

Der Mann drehte sich um und rannte los. Jonah war schneller, sprang auf ihn zu. Dabei verlor er jedoch die Orientierung, kam sich wie ein Beobachter vor, als ob jemand anderes die Kontrolle übernommen hätte. Er hörte sich immer wieder schreien, spürte, wie seine Hand etwas packte, fühlte den Hauch und begriff, dass seine Finger die Kehle des Mannes umklammert hielten.

Arme griffen nach ihm, er erkannte die Menschen, die nach ihm riefen – Johnson, Nala George, Never, Geary, Crenner.

Graham Wood, Julie Wood. *Dad,* hörte er in seinem Kopf. *Mom.*

Sie zerrten ihn von dem Mann herunter und hielten ihn fest, bis seine Wut abgeklungen war. Die Welt um ihn herum wurde dunkler, Lichter, Farben und Töne verblassten. Doch kurz zuvor sah er noch einmal den erschütterten Graham Wood dicht vor sich.

»Tut mir leid«, hörte Jonah seine eigene Stimme, obwohl nicht er es war, der sprach. »Er war's, Dad. Er war's. Er hat mich umgebracht.« Dann wurde ihm schwarz vor Augen.

KAPITEL 7

»Waren Sie schon mal in den Staaten?«

Annabel Harker runzelte die Stirn und fluchte leise. Sie hatte aus dem Flugzeugfenster gesehen und beobachtet, wie die Mechaniker ihrer Arbeit nachgingen und die Verlader hin und her liefen. Das Letzte, wonach ihr der Sinn stand, war eine Unterhaltung.

Sie hatte den ersten Flug von London Heathrow genommen und würde um dreizehn Uhr auf dem Washington Dulles International landen. Aufgrund der Zeitverschiebung von fünf Stunden würde ihr Körper der Meinung sein, dass es sechs Uhr abends war. Eigentlich hatte sie sich in ihre übliche Flugroutine versenken wollen: friedlich dasitzen, vielleicht ein bisschen arbeiten und nach Möglichkeit nicht einnicken. So konnte sie noch etwas Zeit mit ihrem Dad verbringen, der sie vom Flughafen abholen wollte, bevor sie in ihr altes Bett mit dem vergilbten Leonardo-DiCaprio-Poster darüber fiel.

Doch damit schien es vorerst nichts zu werden.

Sie verwandelte das Stirnrunzeln in ein künstliches Lächeln, bevor sie sich umdrehte. Der Mann im übernächsten Sitz war Ende vierzig, sah aber viel älter aus. Er hatte den Gangplatz in Annabels Reihe eingenommen und sofort angefangen zu plappern. Sie saß neben dem Fenster. Der Sitz zwischen ihnen war leer.

Jedes Mal, wenn er den Mund aufmachte, antwortete Annabel so freundlich wie möglich und hoffte, dass er den Wink mit dem Zaunpfahl endlich verstand. Wenn er so weitermachte, musste sie wohl deutlicher werden. Das alte Problem. Die Höflichkeit hatte sie von ihrer Mutter geerbt, ein Charakterzug, der ihr in ihrem Beruf als Journalistin manchmal eher hinderlich war. Außerdem war sie genau wie ihre Mutter ziemlich groß und attraktiv – was ständig die Aufmerksamkeit derjenigen Arschlöcher erregte, die sich nur verpissten, wenn man ihnen das klipp und klar ins Gesicht sagte.

»Ich bin dort geboren und aufgewachsen«, antwortete sie. »Mit achtzehn habe ich das Land verlassen.«

»Und Sie haben gar keinen Akzent? So lange kann das doch noch nicht her sein!«

Annabel verzog bei dieser Bemerkung das Gesicht. »Sieben Jahre«, sagte sie.

»Jetzt, wo ich es weiß, kann ich es ein bisschen in Ihrer Stimme hören. Wie lange haben Sie gebraucht, bis Sie sich den Akzent abgewöhnt hatten?«

»Nicht lange«, sagte Annabel. Sie täuschte ein Gähnen vor und schloss die Augen, als wollte sie ein Nickerchen machen, was den Mann endlich zum Schweigen brachte.

Tatsächlich hatte sie nur eine Woche gebraucht, um ihren Akzent abzulegen. Annabel war von zu Hause ausgezogen, hatte sich auf dem University College in London eingeschrieben und sich schon bald genau wie ihre Mutter angehört, die nie ihren angenehmen britischen Akzent verloren hatte. Annabel war damit aufgewachsen, daher war es keine große Überraschung, dass sie ihn so schnell und fast instinktiv annehmen konnte. Als sie das erste Mal wieder nach Hause geflogen war, hatte sie für die Dauer ihres Aufenthaltes auf den Virginia-Akzent ihrer Kindheit umgeschaltet. Ein Jahr später war der britische Akzent fest in ihr verankert und unterschied sich so sehr von dem ihrer Mutter, dass sie ihn mit Fug und Recht als ihren eigenen bezeichnen konnte.

Jetzt kehrte sie in die USA zurück und würde sich für die nächste Zeit wohl wieder amerikanisieren lassen. Ihre Kollegen würden sie deshalb aufziehen, aber das war ihr egal. Wenn sie mit ihrem Vater sprach, wollte sie so amerikanisch wie möglich klingen, damit ihn ihre Stimme nicht an ihre Mutter erinnerte und ihn jedes Wort aus ihrem Mund an seinen Verlust erinnerte. Andererseits war sie sich darüber im Klaren, dass ihr Akzent nicht die einzige Erinnerung an seine verstorbene Frau war – obwohl sie das dunkelbraune Haar ihres Vaters und nicht das rotblonde ihrer Mutter geerbt hatte, war ihr Gesicht dem ihren doch recht ähnlich.

Das vergaß sie niemals, wenn sie ihn besuchte. Sie liebte ihren Vater so sehr, dass es ihr jedes Jahr schwerer fiel, wieder abzureisen und ihn mit seinem Kummer allein zu lassen, aber er bestand darauf – er wollte allein sein, selbst damit fertigwerden. In den ersten Tagen nach ihrer Ankunft fühlte sie sich zwangsläufig unbehaglich, bis er sich ihr langsam öffnete und sie ihm seine in ihren Augen egoistische Eigenbrötlerei verziehen hatte.

Vor zwölf Tagen hatte sie mit ihm telefoniert und vor zehn Tagen eine E-Mail erhalten, in der er die Ankunftszeit ihres Fluges bestätigte. »Danke Annie XXX«, hatte er geschrieben, und seitdem hatte sie nichts mehr von ihm gehört. Bei ihren letzten Unterhaltungen hatten sie nicht viel gesprochen, doch immerhin hatte Annabel den Eindruck gewonnen, dass ihr Vater die jährliche Depression überwunden hatte und sich auf ihre Ankunft freute. Sie hatten über seinen neuesten Roman und die damit verbundenen Probleme gesprochen, wobei er sich allerdings ziemlich vage ausgedrückt hatte. Er redete nicht gern über laufende Projekte. Außerdem arbeitete er an einem Sachbuch. Er hatte versprochen, ihr bald mehr darüber zu erzählen.

Sie hatte den Tag über neun Mal bei ihm angerufen, dann war sie zum Flughafen gefahren; zum letzten Mal hatte sie es eine Stunde vor Abflug bei ihm versucht, aber genau wie zuvor nur die knappe Nachricht des Anrufbeantworters gehört.

Anscheinend war er doch noch nicht völlig über dem Berg. Mit jedem unbeantworteten Anruf wuchs ihre Besorgnis.

Um dreizehn Uhr fünfzehn landete sie in Dulles. Der Flug hatte sie völlig erschöpft.

Während sie auf ihr Gepäck wartete, nahm sie das Handy heraus, schaltete es ein und ließ sich mit dem lokalen Netz verbinden. Dann wählte sie sofort die Handynummer ihres Vaters. Eine Stimme vom Band sagte ihr, dass das Handy ausgeschaltet war. Sie rief auf dem Festnetz an und hörte dieselbe Ansage, die sie heute schon so oft gehört hatte: »Hi, Daniel hier, bitte hinterlassen Sie eine Nachricht.«

»Hi, ich bin's, Annabel. Ich bin gelandet. Geh ran, Dad.« Nichts. »Mach schon … Dad?« Ihre Stimme verhärtete sich. »Ich will mal schwer hoffen, dass du bereits unterwegs bist.« Sie legte auf und seufzte.

Sobald sie ihre Koffer in Empfang genommen hatte, setzte sie sich in die Wartehalle und versetzte sich mit einer Cola einen Koffein- und Zuckerschock.

In der nächsten halben Stunde versuchte sie es fünf weitere Male. Fünf weitere Variationen von »Hi, hier ist Annabel, ich bin am Flughafen. Geh ran.«

Sie wartete weitere dreißig Minuten, dann rief sie erneut

an, wobei sie versuchte, nicht allzu wütend zu klingen. »Dad, ich werde mir jetzt einen Wagen mieten und zu dir fahren. Ich bin in ein paar Stunden bei dir.«

Sie war so müde und erschlagen, dass sie sich nur mit Mühe auf die nächstliegenden Aufgaben konzentrieren konnte. Immerhin stellten sie eine willkommene, wenn auch nur kurzzeitige Ablenkung dar. Viel zu schnell hatte sie sich an den kleinen Renault mit dem Steuer auf der linken Seite gewöhnt. Viel zu schnell hatte sie die US 29 erreicht, auf der sie sich praktisch nicht mehr verfahren konnte. Nach zwei Stunden gemächlicher Fahrt würde sie vor dem Haus ihres Vaters in einem Vorort von Charlottesville stehen. Jetzt blieb ihr nichts mehr, womit sie sich beschäftigen konnte.

»Scheiße, Annie«, sagte sie laut. In den letzten sieben Jahren hatte es nur ein Mal eine ähnliche Situation gegeben. Vor drei Jahren war sie voller Aufregung und Vorfreude nach Amerika geflogen. Da hatte sie gerade eine Stelle als Juniorredakteurin bei der *Metro* ergattert, einer großen Londoner Gratis-Tageszeitung. Bei ihrer Ankunft hatte sie ihn betrunken vorgefunden, da er sie erst zwei Tage später erwartet hatte. Es war ihm sehr peinlich gewesen, dass er die Zeit vergessen hatte. Sie hatte ihn angeschrien, gnadenlos ihren Frust und ihre Besorgnis an ihm ausgelassen. Erst am Ende ihres Aufenthalts waren die Dinge zwischen ihnen einigermaßen ins Lot gekommen. Die Vorstellung, das alles noch einmal durchzumachen, war nicht besonders erhebend.

Ein Lastwagen wechselte ohne Vorwarnung auf ihre Spur und riss sie aus ihren Gedanken. Sie wich ihm aus und hämmerte dabei auf die Hupe.

Dabei herrschte auf dem Highway kaum Verkehr. Sie blieb fast durchgehend auf der Überholspur und erreichte ohne weitere Verzögerungen Charlottesville.

Die Reise war eine seltsame Kombination aus dem Vertrauten und dem Unbekannten. Sie hatte immer darauf bestanden, dass er sie vom Flughafen abholte. So konnten sie sich schon während der Fahrt gegenseitig das Neueste erzählen. Außerdem war er so gezwungen, nüchtern zu bleiben und das Haus wahrscheinlich länger zu verlassen als in den vergangenen paar Monaten zusammengenommen.

»Bin fast zu Hause«, sagte sie. *Schon komisch,* dachte sie, *dass es sofort wieder mein »Zuhause« ist, sobald ich in der Nähe bin.*

Ihre Eltern hatten das Haus gekauft, als ihnen das Buch ihres Vaters mit dem Titel *Der erste Reviver* mehr Geld einbrachte, als sie je zuvor gehabt hatten. Das Anwesen befand sich am Südrand des Shenandoah-Nationalparks, den ihre Mutter so geliebt hatte. Bei ihr war das Haus Liebe auf den ersten Blick gewesen. Auch der damals fünfzehnjährigen Annabel hatte es gefallen. Ein altes, charmantes Gebäude auf fast fünf Hektar Grundstück. Eines daran hatte wiederum ihrem Vater auf Anhieb zugesagt: die Abgeschiedenheit.

Das Haus lag mitten im Nirgendwo. Das nächste Gebäude war ein Bauernhof, den man erst nach einem halbstündigen Fußmarsch erreichte und der vor vier Jahren den Besitzer gewechselt hatte. Mit verschrobenem Stolz hatte ihr Vater behauptet, die neuen Eigentümer immer noch nicht kennengelernt zu haben.

Jetzt hatte sie Charlottesville hinter sich gelassen. Hinter der nächsten Biegung verschwand die schmale Straße fast vollständig im Gebüsch. Äste und große Büsche überwucherten die Fahrbahn ungefähr auf Höhe der hier hindurchfahrenden Lastwagen – wobei sie hoffte, dass ihr jetzt keiner entgegenkam, während sie durch den von einzelnen Sonnenstrahlen durchbrochenen Blättertunnel fuhr. Sie ärgerte sich über ihre Wut, ohne die sie ihre Umgebung zweifellos sehr genossen hätte.

Dann bog sie in den Privatweg, der zum Haus führte. Als das Gebäude zwischen den alten Eichen auftauchte, die die Auffahrt säumten, bemerkte sie überrascht, dass es ihr die Kehle zuschnürte. Plötzlich spürte sie etwas anderes, etwas, das ihre Wut nur überlagert hatte und jetzt so stark wurde, dass sie es nicht länger ignorieren konnte.

Angst.

Nein, dachte sie. *Bitte nicht. Nicht jetzt.*

Sie bremste scharf, rannte zur Tür und klingelte. Nachdem sie bis zehn gezählt hatte, klingelte sie erneut. Sie rief. Schließlich lief sie um das Haus herum und spähte durch die Fenster. Nichts.

Der Ersatzschlüssel lag unter einem großen Blumentopf neben dem Hintereingang. Sie lief wieder nach vorne und sperrte auf.

»Dad?«, rief sie ängstlich. *»Dad?«* Es war nichts zu hören. Sie ließ die Haustür sperrangelweit offen, riss die Wohnzimmertür auf und bereitete sich auf das Schlimmste vor – schlagartig von der konkreten, bestimmten Angst gepackt, ihn starr und kalt und mutterseelenallein vorzufinden. Das Wohnzimmer war leer. In der Küche waren nur sauberes Geschirr und leere Weinflaschen auf dem Abtropfgestell. Sie öffnete den Kühlschrank. Vergammelte Salatblätter, verdorbene Milch. Beim Geruch der sauren Milch fiel ihr ein, dass sie keinen Gestank im Haus bemerkt hatte. Allein bei der Vorstellung drehte sich ihr der Magen um.

Weiter, sagte sie sich, ging erst ins Esszimmer und dann in den Billardsalon, wo neben dem Pooltisch ein riesiger Fernseher stand, auf dem sie mit ihrem Vater Videospiele gespielt hatte. Wenn sie ihn dazu überreden hatte können.

Dann nach oben. In ihr altes, beruhigend farbenfrohes Kinderzimmer mit den elf Jahre alten Postern. Beide Gästeschlafzimmer waren leer. Im Badezimmer herrschte genau wie in den bewohnten Räumen im Erdgeschoss das reinste Chaos. Putzen und Staubsaugen hätten hier sicher nicht geschadet. Auf so gut wie jeder Oberfläche lag eine Staubschicht.

Endlich stand sie vor der Tür zum Schlafzimmer ihrer Eltern. Sie atmete tief durch, griff nach der Klinke und drückte sie herunter. Das Bett war zerwühlt, der Wäschekorb in der Ecke quoll über. Hier war niemand – weder wach noch schlafend. »Wo zum Teufel bist du?«, sagte sie.

Nur im Arbeitszimmer hatte sie noch nicht nachgesehen. Dort stand auch der Computer. Daniel Harker besaß keinen Laptop – er bevorzugte es, an sein Büro gefesselt zu sein, anstatt die Welt zu seinem Arbeitsplatz zu machen. Das konnte Annabel durchaus nachvollziehen, denn für sie war der Arbeitstag keineswegs beendet, sobald sie die Redaktion verließ. Sie war ständig im Dienst, was ihr üblicherweise als Freiheit erschien, manchmal aber auch ziemlich lästig sein konnte.

Annabell hoffte, dass sie wenigstens im Computer ein paar Namen und Telefonnummern finden würde, die sie anrufen konnte. Doch zuvor musste sie sicherstellen, dass sie nichts Offenkundiges übersehen hatte. Vielleicht hatte irgendwo eine Notiz für sie geklebt und war auf den Boden gefallen. Womöglich würde sie auch in seinen Mails einen Hinweis auf seinen Verbleib finden.

Sie ging ins Arbeitszimmer und beugte sich unter den schmucklosen Fichtenholzschreibtisch, auf dem der Monitor und die Tastatur standen. Sie streckte den Finger aus, um den Computer einzuschalten, und hielt verwirrt inne. Der

Computer war nicht mehr da. Nur lose Kabel und Druckstellen auf dem Teppich.

Der Schreibtisch selbst war bis auf den Monitor und eine Lampe leer, was ihrem Vater so gar nicht ähnlich sah. Dann fiel ihr auf, dass die Korkpinnwand hinter dem Schreibtisch, auf der üblicherweise eine Unmenge von Zetteln hing – die Arbeitsnotizen ihres Vaters –, bis auf ein paar Reißnägel komplett abgeräumt war.

Sie öffnete die Schubladen. In einer stapelten sich mehrere Packungen Druckerpapier. Die anderen waren leer. Irgendjemand hatte den Schreibtisch ausgeräumt. Die Angst, die in ihrer Brust rumorte, verwandelte sich allmählich in Panik. Irgendetwas stimmte hier nicht, und irgendwie hatte sie das schon seit Stunden geahnt.

Ruf die Polizei, sagte sie sich, doch das hätte bedeutet, der Angst nachzugeben. *Ruf erst jemand anderen an. Seine Bekannten. Vielleicht wissen die ja, wo er steckt.*

Sie ging nach unten und nahm das Telefon aus der Ladestation. Es blinkte, was den Eingang neuer Nachrichten anzeigte. Kurzzeitig hegte sie den absurden Gedanken, dass eine davon von ihrem Vater sein könnte. Sie drückte auf dem Apparat herum, bis es ihr endlich gelang, die Nachrichten abzuspielen, ohne sie zu löschen.

Vierzehn Anrufe. Alle von ihr selbst. Sie ging auf und ab, als sie ihrer eigenen Stimme lauschte – erst in ruhigem Ton, dann immer ärgerlicher, schließlich wütend.

Nichts Neues.

Fluchend warf sie das Telefon auf den Küchentisch. Erschreckt musste sie mit ansehen, wie es über die Tischplatte glitt, auf der anderen Seite herunterrutschte und auf den Boden fiel. Es sprang auf, und die Batterie fiel heraus. Sie legte die Hand auf den Mund, kniete sich hin und hob das

Gerät auf. Es funktionierte noch. Angeknackst, aber funktionstüchtig.

Annabel spürte, wie die Kraft sie verließ. Sie legte das misshandelte Telefon auf die Station zurück und ließ sich auf einen der vier Küchenstühle fallen. Ihr war schwindlig, und sie schloss einen Moment lang die Augen und atmete tief durch. Ihr war, als befände sie sich in freiem Fall. Durch das Adrenalin in ihrem Körper verschwammen ihre Hände und der Boden vor ihren Augen. Ihr wurde noch schwindliger. Erneut griff sie nach dem Telefon, ließ es aber schnell wieder los, als wäre es glühend heiß. Wenn sie jetzt die Polizei anrief, würde sie sich der Realität beugen müssen.

Wo war er nur?

Dann fiel ihr das Auto ein, und sie rannte aus der Vordertür. Sie hatte keine Schlüssel für die Doppelgarage, doch zwischen einem Weißdornbusch und einer Stechpalme befand sich ein kleines Fenster. Sie quetschte sich durch das Gebüsch, ohne auf die Kratzer zu achten, die sie sich dabei einhandelte. Schließlich hatte sie das Fenster erreicht und spähte in die Garage. Unter einer Plane konnte sie den einzigen Luxus erkennen, den sich ihre Mutter je gegönnt hatte: einen roten Porsche Boxster. Dad hatte ihn behalten, obwohl er ihn nie fuhr. Er war immer für vernünftige Autos gewesen. Doch der Platz, an dem sein Volvo hätte stehen sollen, war leer.

Plötzlich hatte sie das Bild des verbeulten, ausgebrannten Wagens vor Augen. *Jetzt mach mal einen Punkt,* ermahnte sie sich. Immerhin hatte sie auch die Nervenstärke ihrer Mutter geerbt. Sie würde jetzt auf keinen Fall zusammenbrechen. *Wo du auch hingefahren bist,* dachte sie, *was auch immer dich in die Flucht getrieben hat: Ich hoffe, dass es dir gut geht. Gut genug, dass ich dich anschreien und dich einen egoistischen alten*

Sack nennen kann, bevor du mich umarmst und dich bei mir entschuldigst. Gut genug, dass ich dir verzeihen kann.

Sie ging zurück ins Haus und brauchte vier lange Minuten, um sich wieder zu beruhigen. Sobald sie die Tränen unterdrückt hatte, fiel ihr auf, wie durstig sie war. Sie ging in die Küche und nahm ein Glas vom sauberen Geschirrstapel neben der Spüle. Während sie es mit Wasser füllte, bemerkte sie etwas und erstarrte.

Auf dem Fensterbrett vor dem Spülbecken lag zwischen einem Topf mit vertrocknetem Basilikum und einem Weihnachtskaktus der Ehering ihres Vaters. Er hatte ihn beim Abspülen abgenommen und nicht wieder angelegt.

Ohne den Ring wäre er nirgendwohin gegangen. Sie wusste noch, wie er ihn einmal im Jahr nach dem Tod ihrer Mutter verloren hatte. Obwohl er ihn nur wenig später im Handschuhfach seines Wagens wiederfinden sollte, hatte ihn selbst dieser kurzzeitige Verlust an den Rand der Verzweiflung gebracht. Seitdem legte er ihn nur ab, wenn er den Abwasch machte oder duschte.

Er hätte ihn niemals einfach so hier liegen lassen. Annabel hob ihn mit zitternden Fingern auf. Er hätte ihn mitgenommen, egal, wohin er gegangen wäre.

»O Gott, Daddy. *Wo bist du nur?*«, sagte sie, bevor die Tränen sie schließlich doch übermannten.

KAPITEL 8

»Hey, endlich sind Sie aufgewacht«, sagte eine Stimme.

Jonah drehte verwirrt den Kopf nach rechts. Wo war er? Die Stimme gehörte einer lächelnden Krankenschwester. Er sah sich um. Ein Zimmer in einer Privatklinik. Hinter den halbgeschlossenen Lamellen des Rollos vor dem einzigen Fenster konnte er Bewegungen ausmachen. Er hatte das starke Gefühl eines Déjà-vu, konnte es aber nicht einordnen. Zum letzten Mal war er nach seinem Nervenzusammenbruch im Krankenhaus gewesen, doch das war nicht die Erinnerung, nach der er suchte.

Die Schwester nahm seine Patientenakte vom Fuß des Bettes und schrieb etwas hinein. »Wie geht es Ihnen?«, fragte sie, ohne aufzusehen.

Jonah musste sich räuspern, bevor er antworten konnte. »Ich weiß nicht.« Was war das Letzte, woran er sich erinnern konnte? Das einzige Bild, das ihm in den Sinn kam, war ein Strand unter einem blauen Himmel. »Was ist passiert? Wieso bin ich hier?«

Die Schwester sah ihn freundlich an, wich der Frage aber aus. »Ich werde Dr. Connelly Bescheid geben. Er wird sich so schnell wie möglich um Sie kümmern. Haben Sie Hunger?«

Jonah fiel plötzlich ein, dass er sich in einer fremden Toilette übergeben hatte. »Nein«, sagte er, während er versuchte, diese unangenehme Erinnerung nicht wieder entwischen zu lassen. Sie festzuhalten, sie zu präzisieren. Herauszufinden, was geschehen war.

Die Schwester nickte und steckte die Akte zurück. »Okay. Klingeln Sie, wenn Sie etwas brauchen.«

Sobald sie verschwunden war, wollte Jonah sich aufsetzen. Dabei bemerkte er ein Ziehen in seinem Arm. Ein Tropf. Schockiert bemerkte er, dass sie ihm auch einen Katheter gelegt hatten.

Er dachte scharf nach, und Stück für Stück fielen ihm die Details der Wiederbelebung von Nikki Wood ein – unvollständig, aber doch klar genug, dass er begriff, wie tief er in der Scheiße steckte. Er kam sich unglaublich dämlich vor. War er tatsächlich auf diesen Mann losgegangen? Was war nur in ihn gefahren?

Ein Residuum. Es war der Residuum-Effekt, der ihn so verwirrte. Und noch etwas anderes, etwas Wichtiges, dessen er einfach nicht habhaft werden konnte.

»Scheiße«, sagte er. Erst die Wahnvorstellungen und Halluzinationen bei Alice Deckers Wiederbelebung. Und jetzt hatten ihn ein harmloser Residuum-Effekt und ein Anfall von Paranoia dazu gebracht, einen unbescholtenen Bürger anzugreifen. Sam würde ihn mit Sicherheit suspendieren, bis er sich wieder im Griff hatte.

Er seufzte.

Erneut stellte sich dieses Déjà-vu-Gefühl ein, und er versuchte verzweifelt, sich einen Reim darauf zu machen. Dann fiel es ihm wie Schuppen von den Augen: Nach dem Tod seiner Mutter war er ebenfalls allein in einem Krankenzimmer aufgewacht. Vierzehn Jahre alt, durch den Unfall traumatisiert und völlig desorientiert. Die erste Person, die er damals zu Gesicht bekommen hatte, war sein Stiefvater gewesen. Als er hereingekommen war, war die Erinnerung über Jonah hereingebrochen und hatte Angst und Panik in ihm ausgelöst.

Als er sich das alles ins Gedächtnis rief, lief es ihm kalt den Rücken hinunter. Es waren schlimme Zeiten gewesen. Die schlimmsten. Einen Augenblick lang rechnete er tatsächlich damit, seinen Stiefvater gleich durch die Tür kommen zu sehen, mit einer Mischung aus Pflichtbewusstsein und Abscheu auf dem harten Gesicht und der unterdrückten Wut im Bauch, mit der Jonah vier weitere Jahre hatte leben müssen.

Damals hatte ihn am nächsten Tag ein weiterer Mann besucht, ein Mann, den Jonah auf Anhieb sympathisch fand; das erste nette Gesicht, das er seit dem Aufwachen sah, die ersten Augen, die ihn ohne Missbilligung oder Furcht angeblickt hatten.

»Jonah, ich bin Dr. Sam Deering«, hatte der Mann sich vorgestellt. »Ich will mich mit dir unterhalten.« Dr. Deering hatte nervös gewirkt. Viel später hatte ihm Sam gestanden, dass sich jeder andere leitende Baseline-Forscher um die undankbare Aufgabe gedrückt hatte, mit diesem Jungen zu reden. Sam war der einzige, der sich ein Herz gefasst hatte, so unangenehm es auch sein mochte.

»Ich habe noch ein paar Leute mitgebracht«, sagte Dr. Deering. »Bist du einverstanden, dass sie reinkommen?«

Jonah nickte, woraufhin Dr. Deering ein Zeichen gab. Ein auf derbe Art attraktiver Mann mit einem irgendwie seltsamen Lächeln betrat das Zimmer. Ihm folgte eine junge Frau mit kurzen rotbraunen Haaren und Augen, die ihn sofort in ihren Bann zogen.

»Das hier sind Will Barlow und Tess Neil«, sagte Dr. Deering. »Sie sind beide Reviver. Jonah, du hast doch von der Wiederbelebung gehört, nicht wahr?«

Jonah sah ihn an und hob eine Augenbraue. Jeder Mensch auf der Welt hatte davon gehört, und Jonah hatte die letzten vierundzwanzig Stunden an nichts anderes gedacht. Er lächelte die Reviver nervös an. Tess Neil erwiderte das Lächeln – Will Barlow nur halbherzig.

»Darf ich dir die Hand geben?«, fragte Barlow. Jonah wusste damals noch nichts von dem Hauch, nicht wirklich – er hatte darüber in Zeitungsartikeln gelesen und stellte sich ein angenehmes Gefühl, vielleicht ein Kitzeln, darunter vor. Schon bald würde er eines Besseren belehrt werden und jeden Körperkontakt nach Möglichkeit vermeiden. Jetzt jedoch ergriff er belustigt und ohne zu zögern Will Barlows Hand. Selbstverständlich war von Reviver zu Reviver kein Hauch zu spüren. Dafür eine andere Empfindung. Ein seltsames Gefühl des Wiedererkennens.

Will Barlow sah Dr. Deering an und nickte. »Äußerst stark«, sagte er.

Der vierzehnjährige Jonah hatte Will Barlow angestarrt und sich gefragt, weshalb er ihn nicht mochte. Lag es an Barlows unaufrichtigem Lächeln? Nein, dachte er. An dem arroganten Blick in seinen Augen. Arrogant, und mehr noch: grausam.

Dann hatte sich Jonah Tess Neil zugewandt, die ihn immer noch anlächelte, und zum ersten Mal seit dem Tod seiner Mutter wieder Hoffnung geschöpft.

Ein schlaksiger Arzt betrat den Raum. Er schloss die Tür hinter sich und nahm Jonahs Akte vom Bettgestell.

»Hallo, Jonah«, sagte er. »Ich bin Dr. Connelly. Schön, Sie bei uns zu haben. Leider bin ich nicht befugt, im Detail über Ihren Zustand zu sprechen. Dr. Deering wird das übernehmen. Er ist schon auf dem Weg.« Connelly warf einen Blick auf die Krankenakte, dann sah er wieder auf. »Ich glaube, den Tropf brauchen wir nicht mehr.«

Jonahs Blick fiel auf die – unbehandschuhten – Hände des Arztes, was Connelly nicht entging. »Keine Sorge, Jonah. Wir haben ziemlich schnell rausgefunden, wer dafür empfänglich ist und wer nicht. Für den … Hauch, so heißt es doch, oder?« Jonah nickte, woraufhin Connelly lächelte. »Außerdem braucht man manchmal ein bisschen Fingerspitzengefühl«, sagte er, als er die Nadel entfernte.

»Und den Katheter, bitte«, sagte Jonah. »Solange ich ihn nicht bemerkte, war er kein Problem. Jetzt fühlt er sich sehr seltsam an.«

Der Arzt lächelte erneut, während er ein Heftpflaster auf den Einstich in Jonahs Arm klebte. »Kann ich mir vorstellen. Wenn ich hier fertig bin, werde ich eine Schwester rufen.«

Seit er aufgewacht war, brannte Jonah eine einzige Frage auf den Lippen: »Wie lange bin ich schon hier?« *Wie lange muss man bewusstlos sein, damit man einen Tropf und einen Katheter verpasst bekommt?*

Dr. Connellys Lächeln verschwand. »Wie geht es Ihnen? Sind Sie ausgeruht?«

»Um ehrlich zu sein: Ja. Ich fühle mich ein bisschen gerädert, aber sonst geht's mir gut.«

»Sehr schön. Sie waren zwei Tage lang bewusstlos. Als Sie eingeliefert wurden, dachten wir schon, Sie lägen im Koma. Es war Gott sei Dank nur die Erschöpfung. Ich habe noch nie jemanden so tief schlafen sehen.« Connelly beugte sich vor und grinste. »Sie waren sehr müde.«

Jonah lachte nervös. »Müde. Genau.« Offenbar wusste der Arzt von nichts. Dass er einen Mann tätlich angegriffen hatte zum Beispiel. »Also ist heute … äh … Montag?«

»Sonntag. Die Schwester hat mir gesagt, dass Sie keinen

Hunger haben. Mir wäre es allerdings lieber, wenn Sie etwas essen würden. Es gibt keine Gründe, die dagegen-, aber viele, die dafürsprechen. Kann ich Sie dazu überreden?« Jonah wollte bereits erneut ablehnen, als sich sein Magen mit einem lauten Knurren meldete. »Sehr gut. Ich lasse Ihnen etwas bringen. Dr. Deering wird bald hier sein.« Und damit überließ er Jonah seinen Grübeleien.

Diese Grübeleien führten ihn in seine Vergangenheit zurück – zu jenem Zeitpunkt, als er endlich Baseline beigetreten war. Nachdem er Sam kennengelernt hatte, durfte er das Forschungszentrum alle paar Monate besuchen, wenn auch nur zu Therapiesitzungen. Er musste eine zweistündige Fahrt auf sich nehmen, bis er die Ansammlung heruntergekommener Gebäude erreichte, in denen Baseline residierte. Eine bizarre, vollständig in trostlosem Grau gehaltene Mischung aus Bruchbuden und Neubauten, die so gar nicht zu der höheren Bestimmung dieses Ortes passte – herauszufinden, worum es sich bei der Wiederbelebung handelte und ob es ein Leben nach dem Tod gab. Jonah hatte Edelstahl und Glas erwartet, nicht bröckeligen, langweiligen Beton.

Bei diesen Besuchen lernte Jonah keine weiteren Reviver kennen. Damals steckte die Forschung noch in den Kinderschuhen. Seine Klassenkameraden distanzierten sich von ihm, obwohl niemand so genau wusste, was bei dem Unfall eigentlich passiert war. Die anderen Kinder spürten einfach, dass er sich verändert hatte. Der Hauch wurde stärker. Er vermied nach Möglichkeit jeglichen Körperkontakt, was ihm zunehmend leichter fiel.

Im Monat vor seinem siebzehnten Geburtstag wurde ihm das Angebot unterbreitet, als Reviver für Baseline zu arbeiten. Die erste, unbeabsichtigte Wiederbelebung seiner Mutter hatte sich so tief in sein Gedächtnis eingegraben, dass er Angst davor hatte, diese Erfahrung zu wiederholen. Andererseits wollte er mehr über diese seltsame Magie erfahren, diese rätselhafte Totenbeschwörung. Er wollte wissen, was er war, und wenn es keine andere Möglichkeit gab, um es herauszufinden, dann sollte es eben so sein.

An diesem Morgen wurde Jonah den anderen Revivern vorgestellt. Er war so überwältigt, dass so viele Menschen seine Hand schüttelten und ehrlich erfreut schienen, ihn kennenzulernen, dass er mitten in der Begrüßung in Tränen ausbrach, sich die Hände vors Gesicht hielt und nicht aufhören konnte zu weinen, bis sich jemand ein Herz fasste und ihn aus dem Raum und an einen ruhigen Ort führte.

Dort nahm er die Hände vom Gesicht, wischte sich die Tränen aus den Augen und fand sich in einer kleinen Küche wieder: Wasserkocher, Spülbecken, Mikrowelle, ein paar Stühle. Jemand drückte ihm ein Taschentuch in die Hand, und er schnäuzte sich.

»Na komm«, sagte eine Frauenstimme. »Lass nur alles raus, dann geht's dir besser.«

Jonah sah auf. »Ich bin so viele Menschen auf einmal nicht gewohnt«, sagte er und fing mitten im Satz an zu stottern, als er sie wiedererkannte. Es war Tess Neil, die er seit seinem Krankenhausaufenthalt nicht mehr gesehen hatte.

Tess nickte und lächelte, und Jonah lächelte zurück und bemerkte, wie schön sie war und wie viel älter als er, vielleicht schon Mitte zwanzig. Die unvermeidlichen Gedanken eines sechzehnjährigen Jungen erfüllten seinen Kopf und drohten jede Vernunft zu ersticken, obwohl er sie mit aller Macht zurückdrängte.

»Ich bin Tess. Wir haben uns schon mal gesehen.« Sie hielt ihm die Hand hin.

Jonah schüttelte sie. »Ich erinnere mich.« Ihre Berührung war warm, und da war wieder dieses Gefühl des Wiedererkennens, wie bei Will Barlow. Am deutlichsten spürte er jedoch ein Knistern, das nichts mit Wiederbelebungen oder Revivern zu tun hatte.

Und ertappte sich dabei, wie er auf ihre Lippen starrte.

Sie kicherte – nicht bösartig, wie er hoffte –, ließ seine Hand los und führte ihn zu einem Stuhl. »Kaffee?«

Jonah nickte, schniefte und wischte sich die Tränen von den Wangen. »Zwei Stück Zucker«, sagte er.

»Übrigens, wir alle wissen, wer du bist. Wir kennen deine … Geschichte.« Jonah riss ängstlich die Augen auf. »Keine Sorge. Ich will dir keine Angst machen. Du bist hier unter Freunden. Es wird dir gefallen.«

»Hoffentlich.« Er schnäuzte sich noch einmal.

Tess kam mit zwei Tassen auf ihn zu und reichte ihm eine davon. Dann setzte sie sich neben ihn. Er konnte ihr dezentes, aber absolut atemberaubendes Parfüm riechen.

»Das Taschentuch darfst du behalten«, sagte Tess. Jonah lachte und fühlte sich gleich besser. »Glaubst du, dass du bereit für das hier bist?«

»Ich war jetzt lange genug in Therapie«, sagte Jonah. »Ich glaube schon, dass ich bereit bin. Na ja, wenn ich nicht gerade zu heulen anfange …« Mit einem nervösen Lächeln nippte er an seinem Kaffee. »Das Komische ist, dass ich das hier wirklich wollte. Ich hab jede Woche geschrieben oder angerufen. Und jetzt ist es so weit, und ich weiß gar nicht, wie ich mich fühlen soll. Ich wollte hier sein, damit ich irgendwo *hingehöre*. Das klingt ziemlich dämlich, oder?«

»Überhaupt nicht.«

Wieder lächelte er sie verlegen an. »Wie hast du angefangen? Wie sind sie auf dich gekommen?«

»Die meisten stoßen wohl zufällig darauf«, sagte sie. »Ich wusste, dass ich ein Reviver bin, nachdem ich das Buch über Eleanor Preston gelesen hatte. Mir ist aufgefallen, dass ich mich mit ein paar Sachen identifizieren konnte, sie irgendwie besser nachvollziehen konnte als die anderen. Ich habe mich gemeldet, weil ich wusste, was ich bin. Viele Leute waren nur wegen der Kohle hier, die man in diesem Geschäft verdienen kann. Einer nach dem anderen wurde getestet und ist durchgefallen. Bis nur noch ich übrig war.«

Jonah war völlig von ihr verzaubert. Wieder starrte er auf ihren Mund. Er wollte sie küssen und kam sich deshalb wie ein Idiot vor. Er versuchte, sich abzuregen, sich auf andere Gedanken zu bringen.

»Sie haben mich in einen Raum geführt«, sagte Tess. »Will hat den Eingangstest durchgeführt, den Hauch-Test. Er ist ein netter Kerl, der beste Reviver, den wir hier haben. Dummerweise ist er sich dessen sehr wohl bewusst.« Sie lachte. Jonah hätte am liebsten vergessen, dass sie Will Barlow einen »netten Kerl« genannt hatte. Er erinnerte sich noch gut an seine erste instinktive Reaktion auf ihn. »An diesem Morgen hatten alle anderen vor mir den Hauch gespürt. Als ich dran war, hat Will nur gesagt: ›Ja, du bist eine von uns.‹ Bevor er mir überhaupt die Hand gab. Einfach so, ohne Diskussion. Ich habe noch nie jemanden getroffen, der es so schnell merkt. Wir haben uns die Hand gegeben, und … na ja. Da wusste ich es mit Sicherheit.«

Jonah lächelte und nickte. Er putzte sich noch einmal die Nase, peinlich berührt von dem lauten Geräusch und dem tropfnassen Taschentuch. »Hattest du Angst?«, fragte er.

»Ist ja keine Schande.«

Jonah nickte schweigend. Er spürte, wie ihm erneut Tränen in die Augen stiegen.

Tess Neil legte ihm den Arm um die Schultern. »Das wird schon, Jonah. Wir passen auf dich auf.«

Und dann strahlte sie übers ganze Gesicht, und die Wärme ihres Lächelns durchflutete ihn, half ihm durch den Tag und durch die Woche, während er aufmerksam zuhörte und beobachtete, wie die Toten für eine kurze Zeit zum Leben erwachten.

Und erfuhr, was er war.

Als Jonah gerade mit dem Essen fertig war, das Dr. Connelly ihm hatte bringen lassen, traf endlich Sam Deering ein.

»Hey«, sagte Sam. In seinem breiten Grinsen lag ehrliche Erleichterung.

Jonah sah mit einem Mund voller Nachspeise auf. Schnell schluckte er. »Eiscreme mit Keksteigstückchen, Sam. Genau das Richtige nach einem Beinahekoma.«

Sam zog einen Stuhl vor das Bett und setzte sich. »Wie geht's dir?«

»Tut mir leid. Ich hab's vermasselt.«

Sam runzelte die Stirn. »Da hast du verdammt recht. Ziemlich unverschämt von dir, dass du den Fall nach meiner Standpauke überhaupt angenommen hast. Das war völlig unnötig. Jason hätte das übernehmen können. Den restlichen Tag über war's völlig ruhig.«

»Ich hoffe, du hast Never nicht zu hart rangenommen. Ich hab ihn dazu angestiftet.«

»Er hat mich enttäuscht, Jonah. Ich habe ihn genau aus diesem Grund gebeten, auf dich aufzupassen. Ich kenne dich.« Er tippte gegen Jonahs Arm. »Du weißt nicht, was gut für dich ist.«

Jonah senkte die Stimme. »Der Mann, auf den ich losgegangen bin … ist er, äh, wird er Anzeige erstatten oder so?«

Sam wandte sich ab, bevor er antwortete. »Nachdem sie dich von ihm runtergezerrt hatten, hat Bob Crenner ein paar Worte mit ihm gewechselt.«

»Um ihm die Anzeige auszureden?«

»Nein. Um mit ihm über Nikki Wood zu sprechen. Was weißt du noch, Jonah? Woran kannst du dich erinnern?«

»Es ist alles so verschwommen … nur Bruchstücke.« Er dachte einen Moment lang nach – da war noch mehr, aber er konnte es einfach nicht greifen. »Es war ein Residuum-Effekt, glaube ich. Der hat mich irgendwie … überwältigt.«

»Es war zu früh für ein Residuum, Jonah. Du hattest die Wiederbelebung gerade erst beendet.«

»Was war es dann?«

»Angeblich hast du seine Schuhe wiedererkannt. Das hast du jedenfalls die ganze Zeit über geschrien. Weißt du noch, wieso du sie wiedererkannt hast?«

»Ich kann mich nicht erinnern. Nicht richtig. Es war genau wie ein Residuum, Sam. Es hat mich übermannt …« Er dachte kurz nach. »Aber das erklärt nicht, wieso ich auf ihn losgegangen bin.«

»Es war wie bei Alice Decker, Jonah. Burnout-Symptome. Halluzinationen, starke Erschöpfung. Wer weiß, was dir in diesem Augenblick durch den Kopf ging.«

»Also verzichtet der Mann auf eine Anzeige?«

Sam schüttelte den Kopf. »Bob hatte da so eine Ahnung. Er hat sich den Mann zur Brust genommen und auch seine Schuhe untersuchen lassen. Und dabei wurden Glassplitter gefunden, die zu denen am Tatort passten.«

Jonah machte große Augen. »Und?«

»Der Typ hat gestanden. Hat Crenner zu den Juwelen geführt, die er gestohlen hat.«

Jonah schwirrte der Kopf. »Was hat das zu bedeuten?«

»Dass du in der Welle wahrscheinlich seine Schuhe gesehen hast, mehr nicht.«

Dann fiel Jonah etwas anderes ein. »Nikki hat sein Gesicht nicht gesehen und auch während der Wiederbelebung seine Schuhe nicht erwähnt. Das war eine Residuum-Erinnerung, Sam. Was sollte es sonst sein?« Es wurde immer schlimmer.

»Ich habe noch nie erlebt, dass sich ein Residuum so schnell gebildet hätte.«

Jonah sah eine monatelange Suspendierung, eine psychologische Beurteilung und möglicherweise mehrere Tests zur Anpassung seiner Medikation vor sich. »Ich habe die Schuhe erkannt«, sagte er. Jetzt fielen ihm weitere Details ein. »Erst den Husten und dann die Schuhe. Aber das war nicht nur eine Erinnerung, Sam. Das war viel intensiver, wie ein …«

Nun erinnerte er sich glasklar daran, wie es gewesen war, wie es sich angefühlt hatte, als er den Mann attackiert hatte. Jonah sah Sam in die Augen und dachte an dieses seltsame Empfinden, außerhalb seines Körpers zu stehen und sich selbst zu beobachten. An seine Gewissheit, dass Nikki Wood in ihm geblieben war. Nicht nur durch ihre Erinnerungen oder bestimmte Bilder, wie es bei einem Residuum der Fall war. Sie war *tatsächlich* zugegen gewesen, schlimmer noch – sie hatte die Kontrolle übernommen. *Sie hat die Schuhe vergessen,* dachte er. *Sie hat sich erst daran erinnert, als sie sie wiedergesehen hat.*

»Jonah?« Kurzzeitig erkannte Jonah etwas in Sams Miene, das ihm Anlass zur Besorgnis gab. Er hatte schon jetzt mit ziemlicher Sicherheit mehrere Wochen ohne Wiederbelebungen vor sich. Wie lange würde er wohl warten müssen, wenn er Sam die Wahrheit sagte?

Würde er überhaupt jemals wieder arbeiten dürfen?

»Ich glaube, ich muss nochmal mit Jennifer Early sprechen.«

»Ruh dich aus, nimm dir so viel Zeit, wie du brauchst, um auf andere Gedanken zu kommen. Du bleibst bis morgen hier, dann wirst du zwei Wochen Urlaub machen. Ich habe dir für Freitag einen Termin bei Stephanie Graves besorgt. Sie kennt sich am besten mit dem Residuum-Effekt aus. Sollte auch nur die geringste Chance bestehen, dass das ein Residuum war, müssen wir uns das genauer ansehen.«

Stephanie Graves war die Chefärztin bei Baseline gewesen. Als Baseline dichtgemacht hatte, hatte sie den Forschungsauftrag einer Universität angenommen. Es kam nur sehr selten vor, dass Angestellte der FRS an sie überwiesen wurden.

»Sie ist nicht billig«, sagte Jonah grinsend.

»Aber sie wird sich gut um dich kümmern. Ihr kannst du anvertrauen, was du mir nicht verraten willst.«

Jonah errötete. Sam hatte ihn durchschaut.

»Du wirst keine Wiederbelebungen durchführen, solange sie nicht ihr Okay gibt«, fuhr Sam fort. »Ich habe noch eineinhalb Wochen bis zum Ruhestand, und ich will nicht, dass du danach Hugo so lange bearbeitest, bis er dir ohne Stephanies Einverständnis eine Wiederbelebung erlaubt.«

»Sam, ich …«

»Keine Diskussion, Jonah. Du hast heute ja wohl eindeutig bewiesen, dass du nicht auf dich selbst aufpassen kannst. Wie gesagt, eine Nacht bleibst du noch hier. Never weiß nicht, dass du aufgewacht bist, sonst wäre er bestimmt vor mir hier gewesen. Er kann dich morgen abholen und nach Hause bringen.«

»Ich kann's kaum erwarten«, erwiderte Jonah. »Sam?«, fügte er hinzu.

»Ja?«

Einerseits wollte er ihm die Wahrheit sagen, weil er Angst hatte. Angst davor, dass nicht er es gewesen war, der den Mann angefallen hatte, sondern Nikki Wood. Jonah hatte nur untätig zusehen können.

»Ach, nichts«, sagte er nur. Sam würde das Ganze als Halluzination oder Wahnvorstellung abtun. Aber Jonah wusste, dass mehr dahintersteckte.

Nachdem Sam gegangen war, lehnte sich Jonah zurück und dachte über die andere Wahnvorstellung nach, die ihn in letzter Zeit heimgesucht hatte: bei der Wiederbelebung von Alice Decker. Was mochte es *damit* auf sich haben?

KAPITEL 9

Am nächsten Morgen wurde er von einem hartnäckigen Piepen geweckt, das sich in seinen Verstand bohrte, noch bevor ihn der Schlaf völlig verlassen hatte. Hohe, kurze und sehr vertraute Töne. Er öffnete die Augen.

»Wird auch verdammt nochmal Zeit«, sagte Never zu seiner Linken. Jonah wandte den Kopf. Never bediente gerade eine tragbare Spielkonsole, die Quelle der Piepgeräusche. Er pausierte das Spiel mit einem Tastendruck, dann sah er auf und grinste, als er Jonahs verschlafenes Gesicht bemerkte. Never griff an die Seite, zog eine Miniaturausgabe der amerikanischen Flagge hervor und wedelte damit herum. »Fröhlichen vierten Juli. Wie geht's uns denn heute Morgen?«

Jonah setzte sich auf und dachte ernsthaft über diese Frage nach. »Ganz gut, glaube ich. Vielleicht verliere ich den Verstand, aber sonst ist alles in Ordnung. Was hat Sam dir erzählt?«

»Dass Bob und Ray ihren Täter gefasst haben. Er hat gesagt, dass du wohl irgendwas in der Welle gesehen hast und den Typen dadurch identifizieren konntest. Die Belastung durch die Wiederbelebung und die ständige Überarbeitung haben zu deinem kleinen Aussetzer geführt. Klingt doch logisch.«

»Ich habe nicht …«, fing Jonah an, unterbrach sich jedoch, um Never nicht zu brüskieren. »Ja, wahrscheinlich.

Sam hat mich für zwei Wochen suspendiert. Keine Wiederbelebungen mehr, solange Stephanie Graves nicht ihr Okay gibt.«

Als Never den Namen hörte, hob er die Augenbrauen. »Verstehe«, murmelte er.

»Das wird schon wieder«, sagte Jonah, der sich plötzlich unbehaglich fühlte. Ein sprachloser Never Geary war in höchstem Maße beunruhigend. Never war sich also über den Ernst der Lage im Klaren. »Ich möchte lieber nicht darüber reden.«

»Wie du meinst, Kumpel«, sagte Never. »Hör mal, äh … Bob Crenner hat uns übermorgen Abend zu einem Drink eingeladen, falls du dann schon fit genug bist. Wir treffen uns auf halbem Wege in Stafford, in der Kneipe von diesem Excop. Crenner will die Aufklärung des Falls feiern, aber nur, wenn du auch anwesend bist.«

Jonah verzog das Gesicht. »Das ist keine so gute Idee.«

»Ach, jetzt hab dich nicht so. Einen Drink darfst du dir genehmigen. Ich habe mich erkundigt.«

»Du hast dich erkundigt?«

»Um deinen Ausflüchten vorzubeugen. Der Arzt sagt, dass es dir guttun würde, mal rauszukommen. Ein Drink, maximal zwei. Ich fahre.«

»Die werden über den Fall reden, Never. Das will ich nicht.«

»Das heißt also Ja. Du darfst heute Mittag hier raus.« Er wedelte wieder mit der Flagge und reichte sie Jonah. »Für den Fall, dass du unbedingt die Unabhängigkeit feiern willst.«

»Ich will jetzt erst mal nach Hause, meine Ruhe und unter die Dusche. Feier du für mich.«

»Ich werde mein Bestes geben. Aber wir müssen noch eine Stunde rumkriegen. Wie wär's mit einem Spielchen?« Er griff in eine Tasche und holte eine zweite Konsole heraus. Jonahs Konsole.

»Du warst in meiner Wohnung?«

»Richtig«, sagte Never. »Übrigens, der Katze geht's prima.«

Jonah fluchte. Er hatte seinen Kater Marmite ganz vergessen. Sam hatte ihn ihm geschenkt, als er sich vor zwei Jahren von seinem Zusammenbruch erholte. Den Namen hatte sich Never ausgedacht. Als Jonah die Katze gesehen hatte, hatte er sie rundheraus abgelehnt. Deshalb hatte sie Never Marmite genannt: »Am Anfang hasst du es, doch irgendwann kannst du gar nicht mehr genug davon kriegen«, hatte er gesagt. Jonah hatte »Marmite« erst googeln müssen, um herauszufinden, dass es sich um einen gewöhnungsbedürftigen Brotaufstrich aus Hefeextrakt handelte.

Der Gedanke, der ganz offensichtlich hinter diesem Geschenk gestanden hatte, war ihm dennoch zuwider gewesen – sie wollten ihm eine Beschäftigung und etwas Verantwortung geben und dadurch verhindern, dass er noch einmal eine derartige Belastung auf sich nahm. Nichtsdestotrotz hatte er Marmite tatsächlich liebgewonnen. Was unter anderem daran lag, dass er Never am ersten Tag auf den Schoß gekackt hatte.

»Deine Milch war auch abgelaufen«, fuhr Never fort. »Außerdem war das Geschirr in der Spüle wegen der Hitze schon mit einem hübschen Schimmelpelz bewachsen. Ich hätte ja den Abwasch gemacht, aber ich musste eine Tasche suchen und dir ein paar Klamotten einpacken. Also«, sagte er und warf seinem Freund die Konsole zu. »Was spielen wir?«

Jonah musste zugeben, dass er gute Laune hatte, als er in die Sonne trat und eine angenehm frische Brise die Hitze etwas linderte. Die Ruhe war bitter nötig gewesen. Jetzt war er voller Energie.

Trotzdem wollte er allein sein. Never verstand das und rief ihm ein Taxi, nicht ohne Jonah das Versprechen abzuringen, ihn später am Tag anzurufen.

Auf dem Weg zu seiner Wohnung fuhr das Taxi am FRS-Gebäude vorbei. Sein Apartment war nur einen zehnminütigen Fußmarsch davon entfernt. Die Nähe war einer der Gründe, warum er genau dort wohnte. Der andere war das hohe Maß an Privatsphäre, das er im obersten Stock des sechsstöckigen Mietshauses genoss. Er hatte ruhige Nachbarn und niemanden über sich.

Er stieg die Treppe hinauf. Seine Wohnung war verdächtig sauber.

Der Abwasch war gemacht, und im Kühlschrank stand frische Milch. »Never Geary, manchmal überraschst du mich«, murmelte er grinsend.

Er warf die Tasche auf das Sofa neben seine schlafende Katze, schaltete den Fernseher ein und zappte durch die Sondersendungen zum Unabhängigkeitstag, um sich abzulenken.

Jonah und Never kamen zwanzig Minuten zu spät in der kleinen Bar in Stafford an. Bob Crenner hatte sie Never zufolge einzig aus dem Grund ausgesucht, weil er einen der Inhaber kannte, einen ehemaligen Detective aus Philadelphia, der die Angewohnheit hatte, anderen Gesetzeshütern großzügig Drinks zu spendieren, wenn er selbst einen in der Krone hatte. Jonah sah sich um und war zufrieden. Es war ziemlich ruhig.

Dann bemerkte er Bob Crenner und sieben andere Gäste. Auch Nala George saß am anderen Ende der beiden zusammengeschobenen Tische. Crenner nickte ihm zur Begrüßung zu. Jonah winkte und deutete auf die Bar.

»Ich geh schon«, sagte Never. »Setz dich einfach.« Ein unmissverständliches Funkeln in seinen Augen verriet Jonah, dass er nur scherzte. Er wusste schließlich besser als jeder andere, dass sich Jonah alleine im Zentrum der Aufmerksamkeit nicht gerade wohl gefühlt hätte.

»Ich komme mit.«

Als sie bestellten, verkündete der Barkeeper, dass alle Drinks auf Bob Crenner gingen. Sie setzten sich auf die freien Plätze neben Crenner und Ray Johnson am Ende des Tisches neben der Bar.

»Jonah!«, sagte Crenner. »Schön, dass Sie vorbeischauen.«

»Na ja, Never hat gesagt, dass Sie ohne mich nicht feiern würden.«

Ein verschmitztes Lächeln kroch über Crenners Gesicht. »Und hier sind Sie!« Er hob das Glas und die Stimme. »Alle mal herhören! Auf Jonah! Saubere Arbeit. Cheers!«

Die anderen hoben ihre Gläser. Jonah errötete. Sein Lächeln gefror, und er war erleichtert, als die Unterhaltungen bald wieder fortgesetzt wurden.

Bob Crenner stieß mit Jonah an. »Wir haben uns schon Sorgen gemacht«, sagte er. »Ich dachte mir, ein Drink ist das Mindeste, was wir für Sie tun können.«

»Aber nicht doch, Bob. Harmlose Passanten zu würgen gehört zum Service. Zum Glück hat's den richtigen erwischt.«

Bob lächelte. »Das war kein Glück.« Er senkte die Stimme. »Passiert Ihnen so etwas öfter?«

Jonah verzog das Gesicht. »Für mich war das das erste Mal. Dafür bin ich jetzt auch fürs Nächste suspendiert. Überarbeitung.«

»Ja«, warf Ray Johnson ein. »Wem sagen Sie das.«

»Das ist nicht dasselbe, Ray«, sagte Bob.

Jonah nahm einen Schluck. »Ich bin Ihnen zu Dank verpflichtet. Wenn Sie ihn nicht verhört hätten ...«

»... dann hätten wir ihn laufen lassen müssen, und Sie hätten jetzt eine Anzeige wegen Körperverletzung am Hals.« Jonah nickte mit einem nervösen Lachen. Bob lachte ebenfalls. »Gehört zum Service. Aber ich kann Sie beruhigen, ich bin kein Hellseher. Sie hätten mal sein Gesicht sehen sollen, als wir Sie von ihm runterzerrten. Der Typ hätte am liebsten an Ort und Stelle ausgepackt. Der war das personifizierte schlechte Gewissen. Er hatte geplant, die Juwelen zu stehlen und alles wie einen Einbruch aussehen zu lassen. Er wollte die Bude so leise verwüsten wie möglich.«

Ray Johnson erzählte eifrig weiter: »Die Sache mit Nikki war ein Unfall. Er hat gar nicht bemerkt, wie schwer sie verletzt war. Erst als er wieder abgehauen ist. Er hat die Scheibe eingeschlagen, um die Alarmanlage auszulösen. Was für eine Schande. Ein kleines Mädchen musste sterben, nur weil sich das Arschloch so dämlich anstellt.« Ray hielt inne und schüttelte den Kopf. »Bob hat ihm erzählt, dass allein die Glassplitter an seinen Schuhen ausreichen würden, um ihn zu überführen, aber der Typ dachte, sein Name wäre bei der Wiederbelebung gefallen. ›Kein Kommentar‹, haben wir gesagt. Wir wollten ihm weismachen, dass das seine letzte Chance wäre, alles zu gestehen. Er hat angebissen.«

Jonah dachte an Nikki. An die Sinnlosigkeit des Ganzen. Ihr Tod war dem tragischen Irrtum eines Trottels geschuldet, der sich verraten hatte, um ihr zu helfen, als bereits alles zu spät gewesen war.

»Kannte er die Familie?«, fragte Never.

»Er wohnt in derselben Straße«, sagte Bob. »Also hatte er sie zumindest schon mal gesehen.«

Jonah lauschte konzentriert nach einem Hinweis auf Nikki Woods Präsenz in seinem Kopf. Nichts. Er sah Bob an. »Wie lautet die Anklage?«

»Mord. Die Verteidigung wird wohl auf Totschlag plädieren.«

Die vier Männer dachten schweigend darüber nach.

»Immerhin«, sagte Bob. »Cheers.« Er hob das Glas.

Jonah nippte an seinem Drink und hörte zu, wie Bob und seine Kollegen von früheren Fällen erzählten. Er war heilfroh, dass sie nicht mehr über Nikki Wood sprachen.

Als er von einem Toilettenbesuch zurückkehrte, wartete Never mit einer Cola in der einen und einem Bier in der anderen Hand an der Bar auf ihn.

»Du fährst«, sagte Jonah.

»Das ist für dich«, sagte Never und reichte ihm das Bier. »Schön, dich mal lächeln zu sehen. Das darf heute Abend ruhig mal so bleiben. Wo du doch sonst so eine Spaßbremse bist.«

Jonah nahm das Bier entgegen. »Was wohl mein Arzt dazu sagen würde?«

»Genau dasselbe: dass du eine Spaßbremse bist. Ach ja, Jonah … ist dir aufgefallen, dass die bezaubernde Miss George auch hier ist?«

Jonah verstand den Hinweis und schüttelte den Kopf. »Nein. Ich habe den Hauch gespürt, als sie mir letzte Woche die Hand auf die Schulter gelegt hat, obwohl ich ein Hemd und den Schutzanzug anhatte. Sie hat nichts gemerkt, aber ich schon. Ohne Klamotten wäre der Hauch ziemlich heftig.«

»Tut mir leid. Ähem … wäre es dann okay für dich, wenn ich …?«

»Nur zu, versuch dein Glück.«

Grinsend klopfte Never Jonah auf den Rücken. »Du bist ein wahrer Freund.«

Jonah erwiderte nichts darauf. *Du auch.*

Sie setzten sich wieder. Ray Johnson deutete auf Nevers Cola. »Sie fahren?«, fragte er.

Never lachte, als er Rays Orangensaft bemerkte. »Da wären wir ja schon zu zweit. Ich sitze schon den ganzen Tag hinterm Steuer. Ein Einsatz in Elizabeth City. Fünf Stunden Fahrt und zwei Stunden vor Ort. Angeblich Selbstmord. So ein alter Geldsack hat sich mitten im Wald aufgehängt.«

»Und? War's Selbstmord?«, fragte Ray. Eine Wiederbelebung wurde bei ungefähr einem von acht Selbstmorden durchgeführt. Einerseits, um einen etwaigen Mord auszuschließen, und andererseits, um dem Selbstmörder eine Lektion zu erteilen.

»Und wie«, sagte Never und sah ihn müde an. »Der Typ war stocksauer, dass wir ihn zurückgeholt haben, und nicht besonders kooperativ. Aber es war definitiv Selbstmord.«

»Himmel«, sagte Ray. »Ihr Typen müsst ja Geschichten auf Lager haben.«

»Nikki Wood war Ihre zweite Wiederbelebung, oder?«, fragte Never.

Ray nickte. »Meine zweite als Detective. Meine dritte überhaupt. Ungefähr ein Jahr vor meiner Beförderung hab ich eine Leiche gefunden, die jemand in aller Eile in der Nähe des Motts-Run-Reservoirs entsorgt hatte. Die Täter hatten angefangen, sie dort zu enthaupten, wurden aber gestört. Überall war Blut. Ich hab geholfen, den Tatort zu sichern, bis die Schlaumeier in Zivil ankamen.« Die anderen Detectives am Tisch stöhnten auf. »Dabei konnte ich ein bisschen mit der Verbindungsbeamtin plaudern, die die Abteilung für forensische Wiederbelebung geschickt hatte, um sich das Ganze mal anzusehen. Die Beamtin sagte, dass eine Wiederbelebung eher unwahrscheinlich wäre, und sie lag richtig. Ich hab zugesehen. Es war eine richtige Sauerei und reine Zeitverschwendung. Die Täter hatten sie trotzdem bald geschnappt. Die waren so drauf fixiert gewesen, dem Opfer den *Kopf* abzusäbeln, dass sie seine Taschen nicht durchsucht haben. Da war noch der Führerschein drin.« Er wartete, bis das Gelächter verstummt war. »Vier Tage später hatten sie die Typen. Bei der Schweinerei, die sie veranstaltet hatten, konnte man sie sofort überführen: Blutspuren im Auto, auf ihren Klamotten, überall. Selbst die, die sich für ganz schlau halten, machen Fehler. Gott sei Dank.«

Nala George nickte Jonah und Never über den Tisch hinweg zu. »Wir haben aus dem Nähkästchen geplaudert, jetzt seid ihr dran. Was war euer seltsamster Fall?«

Jonah und Never sahen sich an. »Was meinst du?«, fragte Jonah, um Never den Schwarzen Peter zuzuschieben.

»Scheiße, Mann. Du hast bei Baseline gearbeitet, stimmt's? Da sind doch ziemlich bizarre Sachen passiert, oder?«

Die anderen waren von Jonahs Baseline-Vergangenheit schwer beeindruckt, und er hatte genug Alkohol im Blut, um tatsächlich einen Schwank zum Besten zu geben. Was sollte er ihnen erzählen? Jonah konnte sich an so manche Wiederbelebung nur allzu gut erinnern, nicht zuletzt an das verbeulte Autowrack, in das er den Arm gesteckt hatte, ohne das Opfer überhaupt zu sehen. Diese Geschichte war viel zu brutal, er brauchte eine andere. »Okay, okay. Du hast gesagt, dass sie in deinem Fall den Kopf halb abgehackt hätten. Früher, als wir noch keine Ahnung von der ganzen Sache hatten, mussten wir mit den Leichen vorliebnehmen, die uns zugeschickt wurden. Sobald sich die forensische Wiederbelebung etabliert hatte, haben sie *alles Mögliche* ausprobiert. Ich hab's mal mit einem *Kopf* versucht. Heute ist natürlich allgemein bekannt, dass bei einer Enthauptung eine Wiederbelebung völlig ausgeschlossen ist. Keiner weiß, wieso, aber es weiß ja auch niemand, was die Wiederbelebung überhaupt darstellen soll. Damals wollten sie eben rausfinden, wie weit man gehen kann. Sie hatten verschiedene Leichen, bei denen das Gewebe zwischen Kopf und Rumpf Schäden unterschiedlichen Ausmaßes davongetragen hatte. Irgendwie hat es sie wohl interessiert, wo man die Grenze ziehen muss. Also hatte ich einen Kopf vor mir. Nur den Kopf.« Er nahm einen Schluck und beobachtete die entsetzten Gesichter. »Ich saß da und streckte den Arm aus. Was sollte ich tun? Ihn am Ohr packen? Ich hab die Hand auf die Wange gelegt und angefangen. Volle Konzentration.« Er senkte die Stimme und versuchte, so ernst wie möglich dreinzublicken. Die anderen hörten auf zu grinsen und lauschten gespannt. »Alles war ruhig, alle sahen gespannt zu, ob sich die Augen in dem Kopf öffneten. Und fünf Minuten später …«

Er ließ sie ein paar Sekunden zappeln.

»Was ist passiert?«, fragte Nala.

»Musste ich lachen. Das war richtig ansteckend. Bald lagen alle, die dabei waren, vor Lachen am Boden. Experiment beendet.«

Ray wurde mitten in einem Lachanfall plötzlich ernst und runzelte die Stirn. »Das ist doch krank«, sagte er. Dann wieherte er wieder los.

»Wie Never gesagt hat. Bei Baseline sind ein paar bizarre Sachen passiert.«

»Noch eine!«, rief Ray.

Jonah leerte sein Bier und hielt das leere Glas hoch. »Eine Geschichte für ein Bier«, sagte er.

»Na schön«, sagte Ray.

»Ich muss euch warnen«, sagte Never. »Normalerweise kriegt er das Maul nicht auf, aber wenn er mal ein paar Gläschen zu viel intus hat, kann ihn keiner mehr stoppen.«

Während Ray an die Bar ging, überlegte sich Jonah die nächste Geschichte. Er entschied sich für die Wiederbelebung von Lyssa Underwood, einem weiteren grenzwertigen Baseline-Experiment. Mit einem frischen Bier in der Hand legte er los: »Ich wurde kurzfristig zu einem Fall hinzugezogen, über den ich nicht das Geringste wusste. Das war damals nicht ungewöhnlich. Bei Baseline arbeitete keiner der Reviver nur an einem bestimmten Projekt, deshalb konnte es passieren, dass man zu den irrsten Sachen beordert wurde. Als ich ankam, war niemand von den üblichen Kollegen anwesend, und die unbekannten Gesichter machten mich nervös. Dann hab ich die Leiche gesehen. Eine junge Frau, vielleicht Ende zwanzig. Das war selten bei Baseline, normalerweise waren es ältere Menschen, Todkranke, die ihren Körper im Austausch für eine bessere medizinische Behandlung in ihren letzten Wochen oder gegen Geld für ihre Familien der Forschung gespendet hatten. Aber diese Leiche und das ganze Drumherum haben mir wirklich Angst eingejagt.

Der Leichnam lag auf einem ganz normalen Seziertisch. Auf der einen Seite stand ein Apparat, so ähnlich wie eine Dialysemaschine. Durchsichtige, hellgrüne und blaue Flüssigkeiten flossen durch rotierende Pumpen und waren durch Schläuche an mehreren Stellen mit dem Leichnam verbunden – am Hals, an den Armen, an der Brust. Die Maschine brummte ganz leise und mechanisch, und da war noch ein anderes Geräusch, das hat mich fast ausflippen lassen. Ein regelmäßiges, rhythmisches Klopfen.

Die Maschine hatte einen Puls.

Sie sagten mir, dass sie damit den Verwesungsprozess aufhalten, die Totenstarre eindämmen und die Wiederbelebungswahrscheinlichkeit erhöhen wollten. Sie pumpten das Blut aus ihr raus und die synthetische Ersatzflüssigkeit in sie rein. Bisher waren sie damit erfolglos gewesen, aber da hatten sie es ja auch ohne mich versucht.« Jonah grinste und erntete ein unbehagliches Lachen. »Und schon ging's los. Am Anfang war es ziemlich schwierig. Dann hatte ich den Dreh raus, und es war ganz leicht. Als wenn man plötzlich merkt, dass man an einer Tür zieht, auf der *Drücken* steht.«

Er dachte an den Augenblick zurück, in dem er Lyssa Underwood gespürt hatte. Wie aus weiter Entfernung, was ihm seltsam vorgekommen war. »Sie hatten mir die Fragen aufgeschrieben. Der Wissenschaftler rief eine Nummer auf, und ich las die entsprechende Frage vor. Sie war von vornherein völlig verwirrt, und ich spürte die fürchterliche Einsamkeit, die sie empfand. Frage eins, sagten sie, und ich erkundigte mich nach ihrem Namen. Sie antwortete: *Die Städte brennen.* Frage zwei war die nach ihrem Geburtstag. *Der Schatten fällt auf uns,* antwortete sie.

Bei jeder Frage sagte sie dasselbe. ›Die Städte brennen‹, ›Der Schatten fällt auf uns‹. Ich spürte, dass sie weder log noch auswich, sondern nur extrem durcheinander war. Dann wollte ich von ihr wissen, ob ihr klar war, was gerade passierte, aber die Wissenschaftler sagten, ich sollte bei den Fragen bleiben, die sie vorbereitet hatten.

An die letzte Frage erinnere ich mich noch ganz genau. Was soll das denn jetzt, hab ich mir gedacht. Die Frage lautete: Warum haben Sie Angst? Eine Weile sagte sie gar nichts, dann kam die Antwort: *Die Städte brennen. Der Schatten ist da. Alles stirbt.* Danach beendeten sie die Wiederbelebung. Sie waren so schlau wie ich.«

»Was zum Teufel ist da passiert?«, fragte Nala. Jonah sah sie an und bemerkte, wie verstört sie war.

»Manchmal sind sie verwirrt, wenn sie zurückkommen. Inzwischen bin ich dran gewöhnt. Wie gesagt, bei Baseline waren die Testobjekte meist ältere Patienten, die sich vor ihrem Tod auf die Wiederbelebung vorbereitet hatten. Aber diese Frau war überhaupt nicht vorbereitet. Irgendwie haben die Konservierungsmaßnahmen die Wiederbelebung erschwert. Sie war nicht einfach nur verwirrt. Ihre Antworten ergaben überhaupt keinen Sinn. Ich weiß nicht, ob sie dieses Projekt weiterverfolgt haben. Um es mal so zu sagen: Euch ist sicher schon aufgefallen, dass wir solche Konservierungsmethoden nicht mehr anwenden. Ich weiß noch genau, wie einsam sie war. Einsam und völlig verängstigt.«

Er sah sich am Tisch um. Alle schienen sich so unbehaglich wie er selbst zu fühlen. Jetzt bereute er, diese Geschichte zum Besten gegeben zu haben. Er hatte sich dafür entschieden, weil ihm diese Wiederbelebung am meisten Angst von allen gemacht hatte. Das war ein Fehler gewesen – das Ganze war zu ernst, zu düster und nicht die Lagerfeuer-Gruselstory, die sie erwartet hatten. Die Zeit bei Baseline war nicht einfach für ihn gewesen, und viele der Auseinandersetzungen und Kontroversen hätte er am liebsten vergessen. Ein Fehler.

Er sah Never an. »Du bist dran«, sagte er. »Vielleicht was Lustigeres?«

»Eins nach dem anderen«, ging Ray dazwischen. »Woher kommt eigentlich der Name Never? *Niemals?* Ist das was Irisches?«

Darüber mussten Jonah und Never schmunzeln.

»Das bedeutet, wie oft er den Mund halten kann«, sagte Jonah. »Niemals.«

»Sei *ruhig*«, sagte Never. »Hört nicht auf ihn. Das bedeutet, wie oft mein Werkzeug versagt.« Ray und Nala sahen sich an und brachen in Gelächter aus. »So war das nicht gemeint«, schob Never beleidigt hinterher und sah sich hilfesuchend nach Jonah um.

Jonah zuckte grinsend mit den Schultern. Obwohl Never ein Dutzend Erklärungen für seinen Namen aus dem Hut zaubern konnte, kannte Jonah die Wahrheit. In den Gründungstagen des FRS war er noch der gute alte Rob Geary gewesen. Das Forschungsteam, dem er angehört hatte, sollte eine zuverlässige Aufnahmetechnik für Wiederbelebungen entwickeln. Als Fehlertoleranz war eine Rate von einem Fehlschlag bei tausend Wiederbelebungen festgesetzt worden. Rob Geary hatte sich so vehement dafür eingesetzt, dass die Ausrüstung »niemals« versagen durfte, dass der Name hängengeblieben war.

»Erzähl uns was Lustiges, Never«, sagte Jonah, und Never spulte einige seiner Lieblingsschwänke herunter.

Weitere Geschichten machten die Runde. Never setzte sich zu Nala, die vom Thema offensichtlich fasziniert war und mehr hören wollte. Jonah hörte den anderen aufmerksam zu, behielt dabei seinen Freund im Auge und wünschte ihm Glück, während dieser sich bemühte, Nala gleichermaßen zum Lachen zu bringen als auch zu schockieren.

Um halb elf stand Ray auf. »Tut mir leid, Leute, aber ich muss morgen früh raus.«

Alle am Tisch stöhnten auf, und diejenigen, die bei Ray mitfuhren, packten ihre Sachen zusammen, unter ihnen auch Nala George. Never sah Jonah an und zuckte mit den Schultern. Jonah hob fragend die Augenbrauen, woraufhin Never kurz den Kopf schüttelte. *Keine Chance.*

Nala stand auf und ging um den Tisch herum. Sie blieb

vor Jonah stehen und ging in die Hocke. Jonah verspannte sich.

»Ich wollte mich nochmal bedanken«, sagte sie. »Wie du mit den Eltern umgegangen bist … das wird ihnen helfen, alles zu verarbeiten.« Sie nickte in Richtung Never. »Er hat mir erzählt, wie einige deiner Kollegen die Sache angepackt hätten. Da will ich gar nicht drüber nachdenken. Wie dem auch sei: Vielen Dank.«

Jonah vermutete, dass Never über Jason Shepperton gesprochen hatte – hoffentlich, ohne dessen Namen zu erwähnen. Er öffnete den Mund, um zu antworten, und war so darauf konzentriert, die richtigen Worte zu finden, dass es ihn völlig unvorbereitet traf.

Zu spät sah Never, was gleich passieren würde. »Nicht …!«, rief er und hob die Hand.

Doch da hatte sich Nala bereits vorgebeugt, um Jonah einen Kuss auf die Wange zu geben.

Einen freundschaftlichen Kuss, einen Kuss der Dankbarkeit. Der Hauch, den Jonah verspürte, kam unmittelbar und heftig: eine unerträgliche Kälte, das Mal des Todes. Er riss den Kopf zurück und wandte sich ab. Nala starrte ihn mit vor Schreck geweiteten Augen an. Sie hatte so etwas noch nie erlebt und deshalb weitaus stärker gespürt als Jonah.

»O Himmel«, sagte sie. »Ich … ich wusste nicht …« Sie rieb sich die Lippen. Der Schock stand deutlich in ihren Augen. Jonah verzog das Gesicht, als sie aufstand und zitternd zurücktrat.

Sie hatte es nicht gewusst. Manche Menschen wussten es nicht. Begriffen nicht, dass der Hauch nicht nur dann auftrat, wenn man einem Reviver die Hand schüttelte, sondern ihn überhaupt berührte. Unterschätzten, wie grässlich und brutal der Hauch sein konnte.

Jonah starrte in seinen Drink, weil er nicht wusste, wo er sonst hätte hinsehen sollen. Er war sich deutlich bewusst, dass alle am Tisch verstummt waren. Schließlich stand er auf und ging zum Ausgang, ohne Never, der ihm hinterherrief, zu beachten.

»Herr im Himmel.« Never seufzte. Er packte Ray am Arm und nickte in Richtung Nala, die in einem Stuhl zusammengesackt war, auf den Boden starrte und sich alle paar Sekunden fest über die Lippen rieb. »Bleiben Sie noch auf einen Drink, Ray. Sie kann jedenfalls einen gebrauchen.« Er wandte sich Bob Crenner zu. »Tja, Bob, ich muss los.«

»Ist mit ihm alles in Ordnung?«, fragte Bob und warf einen Blick zur Tür, die sich hinter Jonah schloss.

»Er wird's überleben«, sagte Never. »Berufsrisiko.« Er rannte aus der Bar und erwartete beinahe, Jonah die Straße hinunterlaufen zu sehen. Doch stattdessen wartete dieser direkt vor ihm. Er war so angespannt, dass er beinahe zitterte.

Schweigend fuhren sie nach Hause. Als Never vor Jonahs Mietshaus anhielt, legte er eine Hand auf Jonahs Schulter.

»Es ist nicht deine Schuld«, sagte er. Keine Antwort. »Es ist nicht deine Schuld«, wiederholte er.

Jonah sah langsam auf. »Ich geh dann mal.« Am liebsten wäre er losgerannt, um sich so schnell wie möglich in seiner Wohnung zu verstecken und die Tür hinter sich zu verrammeln. Er konnte sich nur mit Mühe davon abhalten.

»Sieh mich an«, sagte Never. »Sieh mich an und sag mir, dass alles in Ordnung ist.«

Jonah hörte die Besorgnis in seiner Stimme. Er sah Never an. »Alles in Ordnung. Wirklich, es ist alles in Ordnung. Ich ruf dich morgen an.«

»Abgemacht. Aber vormittags, sonst komme ich vorbei und sehe persönlich nach dem Rechten.«

Jonah lächelte bitter und stieg aus. Er fröstelte trotz der heißen Sommernacht. Dann knöpfte er sich die Jacke zu und eilte in seine Wohnung hinauf.

Jonah öffnete den Kühlschrank und wollte gerade nach einem Bier greifen, als ihm einfiel, dass er keines im Haus hatte. Er fluchte – er hatte in der Bar schon vier gehabt, wollte jedoch nicht mit dem Trinken aufhören. Er überdachte die Alternativen. Wodka, Jack Daniel's oder die Flasche Wein, die ihm Sam zum Geburtstag geschenkt hatte.

Er nahm sich ein Glas und mischte sich einen steifen Jack mit Cola, dann ging er ins Wohnzimmer, schaltete den Fernseher ein und zappte, bis er einen alten Boris-Karloff-Streifen entdeckte.

Doch so leicht war er nicht abzulenken. Er grübelte über den Abend nach. Warum hatte er sich nur für die Underwood-Geschichte entschieden?

Bei dieser Wiederbelebung waren ausnahmslos ihm unbekannte Personen zugegen gewesen – bis auf eine unangenehme Ausnahme. Inmitten der fremden Forschergruppe hatte ihm Will Barlow sein falsches Grinsen gezeigt. Im hinteren Teil des Raums hatte ein Mann in dunklem Anzug gestanden, der sowohl gelangweilt als auch streng gewirkt hatte, ein Mann, den er schon einmal irgendwo gesehen hatte, den er aber wie die anderen nicht kannte.

Man erklärte Jonah, dass er einspringen musste, weil Barlow gerade eine Ruhepause einlegen musste und der Ersatzreviver die Grippe hatte. Jonah las die wenigen Informationen durch, die ihm ausgehändigt wurden. Lyssa Underwood. Neunundzwanzig. Kardioembolie; sie hatte aufgrund einer Vorerkrankung zu einer gefährdeten Risikogruppe gehört.

»Welche Schwierigkeiten sind bei der Wiederbelebung aufgetreten?«, fragte Jonah.

»Der Konservierungsprozess macht den Beginn der Umkehr so gut wie unmöglich«, sagte Barlow. »Wir kommen nicht weiter, und solange wir nicht rausfinden, wieso, wissen wir nicht, wie wir vorgehen sollen. Du musst uns ganz genau beschreiben, auf welche Probleme du stößt.«

Jonah begann mit dem Wiederbelebungsversuch. Sofort spürte er einen Widerstand, konnte ihn aber nicht richtig einordnen. Fünf Minuten später bemerkte er einen resignierten Ausdruck auf dem Gesicht des Mannes im schwarzen Anzug. Barlow dagegen trug eine selbstzufriedene *Ich wusste, dass er versagt*-Miene zur Schau.

Dann kapierte er. Er verstand das Problem, weil er schon einmal so etwas erlebt hatte.

Sie ist noch nicht lange genug tot, dachte er. *Sie ist noch zu frisch.* Deshalb war es so schwierig, deshalb hatten sie keinen Erfolg gehabt. Sie hatten sie zu gut konserviert, und die einzige Person, der es jemals gelungen war, einen Leichnam so schnell zurückzubringen, war …

Das war kein Zufall. Deshalb war er also hier. Die Grippe des anderen Revivers war nur ein Vorwand. Genau wie Will Barlows Ruhepause.

Sie hatten Jonah wegen seiner Mutter gerufen. *Zu frisch.*

Die meisten Reviver konnten erst eine Stunde nach dem Tod etwas ausrichten. Das offizielle, unter Laborbedingungen gemessene Minimum betrug etwas unter fünfzehn Minuten. Doch an jenem schrecklichen Tag hatte es Jonah in weniger als vier Minuten geschafft, wenn man den Augenzeugen Glauben schenken wollte.

Will Barlow war darüber mit Sicherheit informiert, und jetzt wollten sie ihn also dazu bringen, es zu wiederholen.

In der Hoffnung, dass sie die Probleme mit ihren Konservierungsmethoden in den Griff bekamen. In der Hoffnung, dass ihnen Jonah den Weg zum Erfolg weisen würde.

Einerseits hätte er am liebsten alles hingeworfen und ihnen gesagt, dass sie sich ihr Experiment sonst wohin stecken konnten. Andererseits – angefeuert womöglich durch Will Barlows hämisches Grinsen – wollte er das Unmögliche möglich machen.

Danach verlangte Barlow einen ausführlichen Bericht. Jonah erklärte ihnen, was sie falsch gemacht hatten.

Wie lange lag diese Wiederbelebung zurück? Ungefähr acht Jahre. Sie hatte in seinem letzten Jahr bei Baseline stattgefunden, bevor er zur FRS gewechselt war. Er war damals achtzehn gewesen. Es schien eine Ewigkeit her zu sein.

Seitdem war so viel passiert. Er hatte seine Berufung gefunden – und den ersten guten Freund seit seinem achten Lebensjahr. Der Vorfall mit Nala George war allerdings eine unwillkommene Erinnerung daran, was alles *nicht* passiert war.

Marmite hüpfte auf seinen Schoß und streckte sich. Karloff erweckte inmitten eines Bambuswalds torkelnde Zombies zu untotem Leben.

Jonah trank weiter.

Es dauerte nicht lange, da tauchte auch die Erinnerung an den verbogenen Metallhaufen vor seinem geistigen Auge auf; die Wiederbelebung eines Toten, den er noch nicht mal hatte *sehen* können. Daran dachte er fast zwanghaft, wenn er betrunken oder niedergeschlagen war.

Irgendein Idiot hatte eines Nachts die Kontrolle über seinen Sportwagen verloren, war auf die Gegenfahrbahn geraten, gegen einen Kombi geprallt, in dem eine Familie saß, und schließlich in den Stützpfeiler einer Überführung gekracht. Im Kombi hatten sich neben den Eltern zwei Kinder – sechs und zwei Jahre alt – befunden. Das Auto war in Flammen aufgegangen, und die umstehenden Zeugen hatten die Insassen noch minutenlang schreien hören. Das Feuer war zu stark gewesen, um sie retten zu können.

Als Eigentümer und wahrscheinlicher Fahrer des verunglückten Sportwagens stellte sich ein gewisser Dominic Pritchard heraus. Doch wer auch immer in diesem Fahrzeug gesessen hatte, war mit Sicherheit tot. Ein abgetrennter rechter Arm lag auf dem Asphalt. Tote Augen starrten die Rettungskräfte, die das Wrack mit einer Taschenlampe beleuchteten, durch ein Loch im verbogenen Metall an, das blutverschmierte Gesicht allerdings war nicht zu identifizieren. Pritchard jedenfalls war schon öfter wegen Alkoholeinflusses am Steuer und Geschwindigkeitsübertretungen aufgefallen.

Die Zeugenaussagen widersprachen sich. Ein Mann, der vor Pritchard gefahren und das Ganze im Rückspiegel beobachtet hatte, behauptete, dass ein dritter Wagen Pritchard möglicherweise geschnitten hätte.

Daraufhin wurde ein Antrag auf Wiederbelebung des toten Familienvaters gestellt. Jonah versuchte es vergeblich. Nach einer Enthauptung war ein Feuer die wahrscheinlichste Ursache, die eine Wiederbelebung unmöglich machte. Obwohl der Mann von allen Insassen die geringsten Brandwunden aufwies, war der Gewebeschaden einfach zu groß. Während des Wiederbelebungsversuchs war seine Hand noch so heiß, dass Jonahs eigene schmerzte.

Also blieb nur der Fahrer des Sportwagens.

Die Sanitäter und Feuerwehrleute waren schlau genug gewesen, den Körper für genau diesen Fall im Autowrack zu belassen. Die schweren Verletzungen erschwerten den Wiederbelebungsvorgang, doch eine Bergung des Leichnams hätte ihn von vornherein zum Scheitern verurteilt.

Es war ein seltsames Szenario. Eine einzelne Kamera war auf die starrenden Augen gerichtet, da der Tote aus keinem anderen Winkel heraus gefilmt werden konnte. Jonah stellte sich vorsichtig zwischen die scharfkantigen Metallteile und schob den Arm so weit in das Wrack, bis er die Schulter der Leiche berührte.

Ein schnellerer Tod, dachte Jonah, im Vergleich zu dem qualvollen Ende in den Flammen, das die Familie gefunden hatte. Er war relativ problemlos zurückzuholen, und Jonahs erste Aufgabe war es, die Identität des Mannes zu bestimmen. Als feststand, dass es sich um Dominic Pritchard handelte, fragte Jonah, ob ein weiterer Wagen in den Unfall involviert gewesen war. Pritchard schluckte den Köder sofort und behauptete, dass tatsächlich ein drittes Auto an der Karambolage schuld sei. Jonah spürte eindeutig, dass Pritchard log, und wies ihn darauf hin, dass er sich genauso gut die Wahrheit von der Seele reden könnte. Pritchard weigerte sich, und der Fall war abgeschlossen.

Was als Nächstes geschah, würde sich Jonah niemals vergeben können.

Der zuständige Polizeibeamte unterzeichnete die Wiederbelebungsprotokolle, doch Pritchard war immer noch anwesend. Wütend versuchte er Jonah zu provozieren, nannte ihn einen Leichenfledderer und Lügner. Jonah wollte ihn freilassen, überlegte es sich dann jedoch anders und bat den Polizisten und den Wiederbelebungstechniker, ein paar Minuten allein bei dem Leichnam bleiben zu dürfen. Sie waren einverstanden, da sie der Meinung waren, dass er ihn bereits freigelassen hätte und die Wiederbelebung beendet wäre. War sie aber nicht.

Das Auto der Familie war etwa zehn Meter entfernt. Wenn sich Jonah umdrehte, konnte er in die verkohlten Gesichter blicken. Er hatte sie aus der Nähe gesehen, und sie würden ihn für den Rest seines Lebens verfolgen. Nein, er war noch nicht fertig. Er hatte diesem Mann noch etwas zu sagen.

Seine Hand schmerzte von der Berührung des Vaters. Obwohl man das verbrannte Fleisch seiner Hand gelöscht hatte, war sie immer noch heiß gewesen. Jonah nahm nicht an, dass er davon Brandblasen zurückbehalten würde, doch der Schmerz diente ihm als ständige Mahnung.

Als Erinnerung daran, was der Mann vor ihm angerichtet hatte.

Niemand war in Hörweite. Jonah war völlig ungestört.

Pritchard war nach seinem letzten Wutausbruch, nachdem Jonah ihn erneut als Lügner bezeichnet und die Wiederbelebung offiziell für beendet erklärt hatte, verstummt. *Er versucht, irgendwie seinen Frieden mit der Situation zu machen,* dachte Jonah, *weil ihm seine Lage allmählich bewusst wird und er erkennt, welch sinnloses Leid er hervorgerufen hat.*

»Du bist tot, Pritchard«, sagte Jonah mit leiser, fester Stimme. Selbst wenn jemand neben ihm gestanden hätte, hätte er wohl kaum ein Wort verstanden. Pritchard dagegen hörte ihn sehr deutlich. »Und du hast eine Familie mit in den Tod gerissen.«

Jonah erhielt keine Antwort, spürte aber, wie Pritchard versuchte, die Verantwortung von sich zu schieben. Er wollte diesem Kerl zeigen, was er angerichtet hatte. Und zwar so, dass dieser sich nicht dagegen wehren konnte.

Er dachte an seinen Stiefvater, einen weiteren Mann, der seine Verantwortung nicht hatte akzeptieren wollen und stattdessen Jonah beschuldigt und ihm die Schändung des Leichnams seiner Mutter vorgeworfen hatte.

»Es war ein Unfall«, sagte Pritchard. Er wurde allmählich schwächer, doch es war sein Selbstmitleid und nicht das schlechte Gewissen, das ihm die Kraft raubte.

»Hast du getrunken, Pritchard?«

»Nein.« Lüge.

»Du hast so etwas schon einmal gemacht.«

»So etwas noch nicht.«

»Hast du Kinder?«

Keine Antwort. Dafür spürte Jonah eine schreckliche Angst. »Ich habe sie schon länger nicht mehr gesehen. Ich … ich bin …«

Jonah dachte an die verkohlten Körper auf der Rückbank des Kombis. Der sechsjährige Junge hatte kaum noch Ähnlichkeit mit einem menschlichen Wesen. Eine Gesichtshälfte des zweijährigen Kindes war von den Flammen verschont geblieben. Es hatte den rechten Arm gehoben, um sich vor dem Feuer zu schützen.

Er spürte, wie Pritchard im Geiste zusammenfuhr.

Also dachte Jonah erneut an das jüngere Kind, versuchte es sich so deutlich wie möglich vorzustellen, worauf Pritchard sehr heftig reagierte.

»Bitte … nicht …«

Jonah kochte vor Wut. Er ließ die in ihrem Blechkäfig brennende und schreiende Familie vor seinem geistigen Auge erscheinen, stellte sich die beiden Kinder vor, wie sie unter unaussprechlichen Qualen um sich schlugen. Dann beschwor er Pritchard selbst herauf, der lachend am Steuer saß und sich nicht im Geringsten darum scherte.

Pritchard versuchte, sich den Bildern zu entziehen, flehte um Gnade. Jonah spürte Scham hinter der Angst. Nur einen Anflug. Endlich schien Pritchard zu kapieren.

Jetzt, da Jonahs Wut ein Ziel hatte, wurde sie noch stärker.

Er ließ jeden nur vorstellbaren Schrecken in sich aufsteigen – wiederholte den Tod der Eltern und ihrer Kinder wieder und wieder, unterlegt mit den schwärzesten Gedanken, den düstersten Bildern, die ihm bei seinen vielen Wiederbelebungen untergekommen waren.

Teilnahmslos lauschte er Pritchards Schreien.

Erst als Pritchard erneut schwächer wurde, begriff Jonah, was er hier tat. Angewidert ließ er von ihm ab.

Jonah ließ ihn frei, trat zurück und übergab sich hinter dem Auto.

Diese Wiederbelebung vor zwei Jahren war der wahre Grund für seinen Nervenzusammenbruch gewesen. Er hatte niemandem davon erzählt, noch nicht einmal Never, sondern alles auf den Burnout und die Überarbeitung geschoben. Vielleicht erklärten diese Faktoren auch seinen damaligen Geisteszustand. Er war nicht er selbst gewesen.

Wollte er damit etwa sein schlechtes Gewissen beruhigen? Natürlich konnte er dem Stress und der Erschöpfung die Schuld geben – und der Tatsache, dass ihn Pritchard an seinen Stiefvater erinnert hatte.

Doch es war immer noch Jonah gewesen, der Pritchards Schulter berührt hatte. Er allein hatte sich dazu entschieden, den Toten zu quälen und zu terrorisieren.

Seit seinem ersten Tag als Reviver war er stets bestrebt gewesen, Gutes mit den Wiederbelebungen zu bewirken. Es stand ihm nicht zu, sich zum Richter der Verstorbenen aufzuspielen. Es widerte ihn an, wenn er sah, mit welch geringem Respekt manche seiner Kollegen mit den Toten umsprangen und die Opfer mit derselben Herzlosigkeit behandelten wie ihre Mörder.

In wenigen Wochen würde er eine Rede auf dem Internationalen Symposium für Forensische Wiederbelebung halten. Er wollte sie unter das Motto »Respekt vor den Toten« stellen und beweisen, dass Reviver, die bei einer Wiederbelebung eine aggressive Haltung einnahmen, auf lange Sicht weniger Erfolge erzielten als diejenigen, die den Verstorbenen mit Achtung begegneten.

Dabei ging es in erster Linie um Kontrolle, dachte Jonah. Damit verhielt es sich so ähnlich wie mit dem emotionalen Feedback – der Reviver verspürte die Emotionen des Verstorbenen, verstärkte sie und gab sie zurück, bis die Wiederbelebung beendet war. Deshalb durfte ein Reviver niemals die Fassung verlieren und musste sich genau überlegen, mit welcher Strategie er die benötigten Informationen in Erfahrung bringen wollte.

Für Vergeltung war da kein Platz. Bei Pritchard hatte er sich einen Fehltritt erlaubt, hatte sich auf unverzeihliche Weise gehen lassen. In denjenigen Bundesstaaten, in denen die Todesstrafe verhängt wurde, unterzog man die Hingerichteten ausnahmslos einer Wiederbelebung. Einerseits, um eine vollständige und detaillierte Aussage der von ihnen begangenen Verbrechen zu erhalten. Andererseits um festzustellen, ob der Todeskandidat noch weiterer Verbrechen schuldig war, die er nicht gestanden hatte. Und natürlich stellte man auch die Schuldfrage – über 75 Prozent waren tatsächlich schuldig, eine Zahl, die manche Gouverneure allen Ernstes als sehr hoch einstuften. In diesen Fällen mussten die Reviver trotz der oftmals grässlichen Verbrechen und reuelosen Täter die Fassung bewahren.

Die meisten Fallbeispiele, die er während seines Vortrags präsentieren wollte, stammten von hingerichteten Schwerverbrechern. Auch hier, wo der Drang nach Vergeltung möglicherweise sogar gerechtfertigt sein konnte, war er der Ergebnisfindung abträglich.

Jonah selbst hatte noch nie eine Wiederbelebung an einem Hingerichteten vorgenommen. Wenn es jemals dazu kam, hoffte er, seine Professionalität wahren zu können.

Diese Professionalität bedeutete ihm nämlich sehr viel. Besonders jetzt, da ihm Dominic Pritchards Schreie wieder in den Ohren hallten.

KAPITEL 10

Um dreizehn Uhr dreißig am nächsten Tag rief Never an. Nach dem fünften Klingeln meldete sich die Mailbox, und Never wollte gerade eine Nachricht hinterlassen, als Jonah abhob und mit heiserer Stimme antwortete.

»Hallo, Never.«

»Du wolltest mich doch anrufen.«

»Du hast mich geweckt.«

»Alles klar bei dir?«

Jonah setzte sich auf. »Alles prima.« Er war viel zu verkatert, um klar zu sein, aber danach hatte sich Never schließlich nicht erkundigt.

»Du klingst nicht so toll. Hast du etwa zu Hause weitergetrunken?«

»Eine halbe Flasche Bourbon. Ich bin also noch *nicht ganz* auf der Höhe.«

»So kann man sich natürlich auch entspannen. Sag das bloß nicht deinem Arzt.«

»Scheiße.« Jonah rieb sich mit dem Handrücken über die Augen. »Das bleibt unter uns, ja?« Er dachte kurz nach. »Hast du was von Nala gehört? Wie hat sie es verkraftet?«

»Ray Johnson hat mir eine Mail geschrieben. Sie hat sich ein paar hinter die Binde gekippt, dann hat er sie nach Hause gebracht. Der geht's den Umständen entsprechend gut.«

Den Umständen entsprechend. Noch ein paar Tage, und sie würde wieder ganz die Alte sein.

»Du hast morgen einen Termin bei Stephanie Graves in Baltimore, oder?«, fragte Never. »Soll ich mitkommen? Ich kann dich fahren, wenn du willst. Sam gibt mir bestimmt so lange frei.«

»Danke, aber das mache ich lieber alleine. Bis morgen bin ich wieder fit. Und heute Abend werde ich keine Dummheiten machen, versprochen.«

»Hör mal, ist wirklich alles in Ordnung? Ich hab mir gestern Sorgen gemacht.«

Jonah überlegte einen Augenblick. »Verstehe. Diese Decker-Wiederbelebung hängt mir noch nach, und die Sache mit Nikki Wood auch. Keine Sorge, da komm ich schon drüber weg. Bestimmt geht's mir besser, wenn ich mit Graves gesprochen habe.«

»Und was machst du mit dem Rest deines Zwangsurlaubs?«

»Lesen, Filme gucken, Videospiele spielen. Essen. Trinken. Hin und wieder ein Bad nehmen.« *Klingt eigentlich gar nicht so schlecht,* dachte er.

»Schon kapiert. Keine Plaudereien mit den Toten also?«

»Das könnt ihr für mich übernehmen. Ich will selbst mit den *Lebenden* nur das Nötigste plaudern.«

»Das hast du dir auch verdient«, sagte Never. »Dienstagabend ist Sams Pensionsfeier. Ein bisschen Konversation wirst du also noch betreiben müssen, bevor du vollends zum Einsiedler wirst.«

»Ich werde kommen«, sagte Jonah. Wohl oder übel würde er sich kurz blicken lassen müssen. Aber nicht lange. *Einsiedler.* Auch das klang gar nicht so schlecht.

»Starren Sie einfach nur auf das Kreuz, Jonah. Entspannen Sie sich.«

Er war von vier Tonnen Metall und Plastik umgeben und wurde mit einer Kombination aus Röntgenstrahlen und ultrastarken, hochfrequenten Magnetfeldern bombardiert. Das schnelle Rattern der Maschine dröhnte schmerzhaft in seinen Ohren. *Entspannen? Kein Problem,* dachte er.

Er lag flach auf einer kaum gepolsterten Metallplatte. Sein Schädel wurde von einem engen Kinnriemen gehalten. Als er die Bahre zum ersten Mal gesehen hatte, auf die er sich legen sollte, war ihm unwillkürlich ein Seziertisch in den Sinn gekommen. Nachdem sie ihn dann festgezurrt und in das enge Herz des Diagnosegeräts geschoben hatten, dachte er an einen Sarg.

»Immer auf das Kreuz sehen, Jonah«, sagte Dr. Stephanie Graves. Sie wollte ihn beruhigen. Direkt über Jonahs Gesicht befand sich ein kleiner Bildschirm, auf dem ein Pluszeichen eingeblendet war. Er starrte darauf.

Als Jonah bei Baseline angefangen hatte, hatte er Stephanie Graves häufig getroffen. Damals hatte sie die Physiologie der Reviver untersucht, um bei ihnen gemeinsame biometrische Eigenschaften festzustellen und die Gründe für die psychischen und körperlichen Erschöpfungszustände nach einer Wiederbelebung zu erforschen. Sie und Sam waren eine Zeit lang ziemlich enge Freunde gewesen. Jonah wusste, dass diese Freundschaft irgendwann abrupt geendet hatte, den Gerüchten um eine Affäre hatte er allerdings keinen Glauben geschenkt. Als Baseline fünf Jahre später aufgelöst wurde, hatte Stephanie Graves eine Stelle an der Johns-Hopkins-Universität angenommen. Sie war immer noch auf Wiederbelebungsforschung spezialisiert, und aufgrund ihrer Erfahrungen bezüglich der langfristigen gesundheitlichen Risiken dieses Berufsstandes war sie die erste Adresse für jene im Privatsektor tätigen Reviver, die sich ihre aufwändigen Diagnoseverfahren leisten konnten.

Und jetzt lag er hier und stierte auf das Kreuz.

»Okay, Jonah. Erschrecken Sie nicht, wenn sich das Bild auf dem Monitor in rascher Folge ändert. Bitte sehen Sie weiter auf das Kreuz. Melden Sie sich, falls Ihnen schlecht wird.«

»Okay.«

Der Bildschirm zeigte nacheinander verschiedene Farben, die sich mit steigender Geschwindigkeit abwechselten. Dann veränderten sich die einzelnen Quadranten des Kreuzes unabhängig voneinander. Er starrte darauf und wurde zunehmend orientierungsloser. Sein Geist war völlig leer, er konnte sich auf nichts konzentrieren. Die Farben wechselten immer schneller, und bald fühlte er sich wie in freiem Fall. Sein Magen schlug Purzelbäume.

»Mir ist schlecht«, sagte er und schloss die Augen. Das Gefühl, ins Leere zu fallen, war unerträglich. Er biss die Zähne zusammen, bis es vorbei war. Als er die Augen wieder öffnete, war der Bildschirm über ihm schwarz.

»Wir holen Sie sofort da raus, Jonah«, sagte Graves. Eine Minute später war er aus dem Gerät befreit und ließ sich den Kinnriemen abnehmen. Jonah setzte sich auf und schnappte dankbar nach Luft. Graves kam lächelnd auf ihn zu. »Gut gemacht«, sagte sie. »Ruhen Sie sich ein paar Minuten aus, dann geht's weiter.«

Jonah verzog das Gesicht.

Nach weiteren vierzig Minuten durfte er das Gerät endlich verlassen. Jonah wurde in ein Sprechzimmer geführt, wo er wartete, bis Dr. Graves die Daten analysiert hatte.

Als sie schließlich eintrat, strahlte sie übers ganze Gesicht. »Sie sind gesund«, sagte sie. »Oder werden es zumindest bald sein.«

»Haben Sie was gefunden?«

»Kann man noch nicht sagen.«

»Wonach haben Sie denn gesucht, Stephanie?«

Das Lächeln erlosch. »Das ist noch kaum erforscht, wir haben da nur so eine Vermutung. Ich habe nach den Anzeichen eines Residuums gesucht. Residuen entstehen durch Überarbeitung und ein halbes Dutzend anderer stressbedingter Faktoren, aber es handelt sich dabei fast immer um recht simple Empfindungen – Bilder, Gerüche. Erinnerungen an Dinge, bei denen Sie nicht persönlich anwesend waren. Eine Theorie lautet, dass Sie ihnen während der Welle ausgesetzt sind, das ist allerdings noch längst nicht bewiesen. Wenn das Residuum allerdings überhandnimmt, wird es ernst.«

»Ernst?«

»Ja. Die bei einem Wiederbelebungs-Burnout entstehenden Wahnvorstellungen können sich mit dem Residuum verbinden. Dann kommen Sie sich vor, als würden Sie neben sich stehen, als wären Sie nur Beobachter.«

»Als würde man nur zusehen? Als hörte man jemanden laut denken?«

Stephanie nickte. »Richtig. Haben Sie so etwas erlebt? Haben Sie die Kontrolle über Ihren Körper verloren?«

»Ja. Sam wollte ich es nicht erzählen, aber das macht mir große Sorgen.«

»Dabei hat Sam genau das vermutet. Deshalb hat er Sie ja auch zu mir geschickt. Deshalb und wegen der Wiederbelebung von Alice Decker letzte Woche.«

»Er hat Ihnen davon erzählt?«

»Natürlich. Eine Halluzination wie aus dem Lehrbuch. Das ist nur ein leichtes Symptom, das Sie nicht weiter beunruhigen sollte. Was nach der Wiederbelebung von Nikki Woods passiert ist, gibt mir viel mehr Grund zur Sorge. Besonders die dissoziative Wahrnehmungsstörung. Das war nicht real, Jonah, obwohl solche Halluzinationen ziemlich echt wirken können. Das Gehirn weiß, dass es sich nicht um seine eigenen Erinnerungen handelt. In gewisser Weise stößt es sie ab oder isoliert sie. Und dann könnte der Betreffende unter Umständen …« Sie suchte nach Worten.

»Den Verstand verlieren?«, scherzte Jonah und bereute es sofort. Seine Sorglosigkeit war nur Fassade. Was Stephanie da gesagt hatte, hatte ihm große Angst eingejagt. Jetzt versuchte er, gute Miene zum bösen Spiel zu machen.

Stephanie sah so finster drein, wie er sich fühlte. »Die Perspektive verlieren. Was noch viel schlimmere Dinge auslösen könnte.«

»Also glauben Sie mir? Dass es sich angefühlt hat, als würde ich Nikki beobachten?«

»Absolut. Aber ich habe auch eine gute Nachricht für Sie. Aufgrund der von mir beobachteten Fälle konnte ich klare Indikatoren identifizieren. Nach diesen Indikatoren haben wir gerade gesucht, doch bei Ihnen war nichts zu finden. Was das auch immer ausgelöst hat, jetzt ist es nicht mehr da. Weg.«

»Soll das heißen, ich kann wieder arbeiten?«

Stephanie lachte. »Sam hat mich vorgewarnt, dass Sie das fragen würden. Nein. Das alles ist nur das Resultat Ihrer Überarbeitung. Sie brauchen Ruhe. Sam besteht darauf, dass Sie noch eine Woche frei nehmen, und ich bin da ganz seiner Meinung. Danach können Sie wieder an die Arbeit gehen, aber nicht ohne ausreichende Erholungspausen. Außerdem müssen wir ihre Wiederbelebungsmedikation neu einstellen. Ich würde vorschlagen, die BPV-Dosis zu erhöhen. Das hilft immer.«

Jonah runzelte die Stirn. »Mehr BPV?«

Dr. Graves legte den Kopf leicht schief. »Ich habe vielleicht zehn solcher Fälle im Jahr, Jonah. Alles private Reviver, die es mit der Angst kriegen, sich aber keine Untersuchung leisten können. Die Hälfte bildet sich alles nur ein. Die andere kommt gut mit einer erhöhten BPV-Dosis klar und kann sogar mehr Wiederbelebungen durchführen als vorher. Es ist FRS-Vorschrift, das BPV bei jedem noch so unbedeutenden Hinweis auf ein Residuum zu erhöhen. Was auch gut funktioniert. Sie sind mein erster FRS-Fall in drei Jahren. Sam wollte einfach sichergehen. Normalerweise ist ein Scan rausgeworfenes Geld, wenn das Resultat bereits feststeht. Obwohl ich die Daten natürlich für meine Forschung gebrauchen kann. Laut Ihrer Krankenakte liegt Ihre gegenwärtige Dosis weit über dem Durchschnitt.«

»Ich hatte ein paar … Probleme. Vor zwei Jahren. Danach wurde das BPV neu eingestellt.«

»Ihr Arbeitspensum haben Sie trotzdem nicht gesenkt, nehme ich an?« Sie schüttelte den Kopf. »So etwas darf nicht passieren. Das hätte das FRS nicht zulassen dürfen. Der Großteil meiner Patienten sind äußerst talentierte Reviver, die zu kurze Erholungsphasen einlegen.«

»Ich werde versuchen, mich zu bessern«, sagte er, obwohl er immerhin freiwillig so viel gearbeitet hatte.

»Ich weiß, dass eine forensische Wiederbelebung zusätzlichen Stress bedeutet, Jonah. Ich kann Ihnen nur empfehlen, in den privaten Sektor zu wechseln. Vielleicht erst mal für ein Jahr. Da haben Sie leichtere Fälle, und Sie müssen für dasselbe Geld weniger arbeiten.«

Jonah zuckte lächelnd mit den Achseln. »Das habe ich auch schon gehört. Ich habe sogar schon darüber nachgedacht, aber ich glaube, die freie Marktwirtschaft ist nichts für mich.«

»Ich werde Ihnen mehr BPV verschreiben, trotzdem müssen Sie auf sich achtgeben. Am besten wäre es, wenn Sie insgesamt weniger Medikamente nähmen und gelegentlich eine Einnahmepause einlegten. Das funktioniert jedoch nur mit ausreichenden Erholungsphasen. Ich rate Ihnen zu einer fünfzigprozentigen BPV-Erhöhung. Bei einer solchen Dosis werden Sie praktisch gezwungen, sich zu erholen und weniger Wiederbelebungen durchzuführen. In sechs Monaten sehen wir uns wieder.«

»Ich werde doch wieder gesund, nicht wahr?« Er war beunruhigt. Angesichts der absolut überwältigenden Erfahrung dieser »dissoziativen Wahrnehmungsstörung«, bei der er seinen eigenen Körper von außen beobachtet hatte, reichte ihm diese simple Beschwichtigung nicht.

»Das wird schon. Versprochen.« Graves sah ihn argwöhnisch an. Offenbar stand ihm seine Unsicherheit ins Gesicht geschrieben. Sie seufzte. »Also gut, Jonah. Wir sind fertig, aber bevor Sie gehen, möchte ich Ihnen noch zeigen, an was ich gerade arbeite.«

Sie führte ihn in einen kleinen Kontrollraum und setzte ihn vor drei nebeneinander aufgereihte Bildschirme. Dann nahm sie einen kleinen Gegenstand aus der Tasche.

»Darauf«, sagte sie und hielt einen Memorystick in die Höhe, »befinden sich die Ergebnisse der Forschungen, die ich seit sechs Jahren über den Residuum-Effekt anstelle. Ich schreibe einen Artikel darüber und will ihn noch in diesem Jahr veröffentlichen. Die letzten drei Jahre waren wirklich hochinteressant. So lange haben wir nämlich das neue Diagnosegerät.« Sie steckte den Stick in einen USB-Anschluss an dem PC unter ihrem Schreibtisch. »Die wichtigsten Daten stammen von den Magnetresonanztomographiescans der Reviver, die unter dem Residuum-Effekt leiden. Ich habe natürlich auch andere Versuche durchgeführt. Am interessantesten waren die Wiederbelebungsscans – also die Messung der Gehirnaktivität eines Revivers während einer Wiederbelebung. Das haben wir schon damals bei Baseline gemacht. Vielleicht haben Sie ja schon mal etwas Ähnliches gesehen, aber dieses Gerät liefert eine höhere Auflösung und viel feinere Daten. Damals bei Baseline stießen wir auf keine nennenswerten Ergebnisse. Einen Scan bei einem Reviver durchzuführen, der gerade eine Wiederbelebung vornimmt, ist nicht nur unangenehm, sondern auch sehr aufwändig. Daher hatte auch niemand so richtig Lust, in dieser Richtung weiter zu forschen. Die akademische Wissenschaft interessiert sich heutzutage überhaupt nicht mehr dafür. Die Ausrüstung, die sich die privaten Forschungseinrichtungen leisten können, übertrifft meine bei weitem, und meine Ausrüstung wiederum ist besser als der Krempel, den wir vor zehn Jahren hatten. Wenn sie auf diesem Gebiet weiterarbeiten würden, wären sie schon längst weiter als ich. Manchmal denke ich, ich hätte die Jobangebote von Andreas Biotech oder von den anderen Sponsoren von Baseline annehmen sollen.«

»Wieso haben Sie abgelehnt?«

»Wahrscheinlich, weil sie alle Forschungsergebnisse so lange wie möglich für sich behalten. Wie Sie schon sagten, Jonah: die freie Marktwirtschaft ist nicht jedermanns Sache. Hier, sehen Sie sich das mal an.« Auf dem Monitor vor ihm war der Querschnitt eines Gehirns zu erkennen. Im Abstand von wenigen Sekunden huschte ein vom Zentrum ausgehender blauer Schein über das Bild. »Das hier war noch relativ einfach zu messen. Es handelt sich um den Hauch. Ein Reviver berührt immer wieder die Hand eines Mitarbeiters, der für den Hauch besonders empfänglich ist. Da.« Graves deutete auf die Bildmitte. »Die linke Amygdala. Der Hauch nimmt dort seinen Ursprung und breitet sich aus. Üblicherweise entspricht seine Stärke den Fähigkeiten des Revivers, aber es gibt auch exzellente Reviver, die lediglich einen kaum spürbaren Hauch hervorrufen, und weniger fähige Reviver, deren Hauch ziemlich stark ist. Noch haben wir keine Ahnung, wieso das so ist.«

»Wenn wir seinen Ursprungsort kennen, warum können wir den Hauch dann nicht gezielt abstellen?«

»Zumindest können wir die Signalübertragung stören. Wussten Sie, dass Alkoholkonsum den Hauch beeinflusst?«

Jonah nickte grinsend. »*Starker* Alkoholkonsum.«

»Das Gleiche gilt für alles andere, das wir versucht haben. Ich habe bei Baseline mit dem Forschungsteam von Andreas Biotech zusammengearbeitet, das auch BPV entwickelt hat. BPV stört die Signale hier und im Hippocampus. Es basiert auf Medikamenten gegen Posttraumatische Belastungsstörungen, die die Firma ebenfalls entwickelt hat. Unsere Vermutung war, dass ein Residuum denselben Mechanismen gehorcht wie eine PTBS. BPV ist hochwirksam, aber die Signale, die der Hauch erzeugt, sind noch stärker. Eine Medikamentendosis, die hoch genug wäre, um den Hauch komplett zu unterdrücken, würde den Reviver in einen unzurechnungsfähigen Amnesiekranken verwandeln.« Sie grinste. »Genau wie übermäßiger Alkoholkonsum.«

Sie holte die nächste Sequenz auf den Bildschirm. »Das hier ist die Darstellung einer vollständigen Wiederbelebung.« Jonah beobachtete fasziniert das Video. »Bis jetzt konnte ich nur vier davon aufnehmen. Vier in drei Jahren. In diesem

Fall war die Welle sehr heftig.« Eine orangerote Woge breitete sich vom gleichen Zentrum wie in der Sequenz zuvor aus und überschwemmte etwa zwanzig Sekunden lang den kompletten Scan.

»Himmel«, sagte Jonah.

»Obwohl die Welle sehr viel schneller abläuft, hat auch sie ihren Ursprung in der Amygdala. Sie breitet sich aus und erzeugt eine Kaskade an Gehirnaktivitäten. Sehen Sie sich mal an, was unmittelbar zuvor passiert. Ich filtere die stärkeren Signale heraus und …«

Diesmal bemerkte Jonah etwas, bevor die Welle explodierte: einen plötzlichen, kurzlebigen blauen Schimmer um den Gehirnrand, der sich kurz vor dem Ausbruch der Welle um ihr Zentrum zusammenzog.

»Ein sehr schwaches Signal«, sagte Graves. »Nicht mal das EEG kann es von den Störsignalen unterscheiden. Bis vor kurzem wussten wir nichts von seiner Existenz.«

»Und was hat das zu bedeuten?«

»Womöglich gar nichts. Doch es ist bei jeder Wiederbelebung zu beobachten. Wir nennen es das GS-Signal. Vielleicht können wir es irgendwann zurückverfolgen, herausfinden, wodurch es ausgelöst wird. Auf jeden Fall ist es eine neue Entwicklung, und in der Wiederbelebungsforschung gab es schon seit einer *Ewigkeit* keine neuen Entwicklungen mehr. Wir hoffen, dass wir damit ein paar Fördergelder einheimsen können und die anderen Forschungsgruppen die Herausforderung annehmen.«

»Was ist das?«, fragte Jonah. Während ihres Vortrags war das Video weitergelaufen – eine weitere Sequenz mit einem rotorangen Zentrum und ihrer Wiederholung, in der die stärksten Signale herausgefiltert wurden.

»Hier befinden wir uns in der Befragungsphase der Wiederbelebung. Die rot dargestellte Aktivität entspricht der auditiven Verarbeitung der Worte des Toten. Sehen Sie, wie das Signal von beiden Ohren völlig symmetrisch zum Hörverarbeitungszentrum verläuft? Das Interessante dabei ist jedoch, dass der betreffende Reviver auf dem linken Ohr taub ist – und trotzdem gibt es keinen Unterschied bei der Wahrnehmung oder Verarbeitung der akustischen Reize. Wir wissen, dass das Vermögen eines tauben Revivers, den Toten zu verstehen, von der Ursache und dem Ausmaß der Taubheit abhängig ist. Doch um den Ursprung genau feststellen zu können, reicht dieser Scanner leider auch nicht aus. Sehen Sie hier …« Im Video war ein schwacher blauer Schimmer zu beiden Seiten in der Nähe der Ohren zu sehen – dünne Fäden, die sich wie ein mäanderndes Flusssystem ins Gehirn ausbreiteten. »Wieder dieses GS-Signal. Ausschlaggebend ist, dass es auftritt, bevor die Leiche spricht, bevor irgendwas zu hören ist. Wie das sogenannte Bereitschaftspotenzial – eine Gehirnaktivität, die eintritt, kurz bevor wir uns bewusst zu einer Handlung entscheiden. Hier beträgt die Verzögerung nur wenige Hundertstelsekunden. Das kann man nicht wahrnehmen, aber messen. Kurz gesagt: der Reviver hört die Worte, *bevor sie ausgesprochen werden.* Dasselbe lässt sich auch bei einer nichtvokalen Wiederbelebung beobachten. Was darauf schließen lässt, dass die Signale vom oder auch *durch* den Reviver in den Leichnam geleitet werden.«

Jonah nickte, bevor ihm eine Frage einfiel: »Wofür steht ›GS‹?«

Dr. Graves lächelte verlegen. »Das war die erste Bezeichnung, die mir einfiel. Wahrscheinlich ändere ich den Namen noch, bevor ich meinen Artikel veröffentliche. Na ja … ich konnte einem klein bisschen Dramatik nicht wiederstehen. GS steht für *Geisterspuren*.«

Jonah lief es kalt den Rücken hinunter. »Und wonach genau haben Sie in meinen Scans gesucht?«

Sie klickte sich zur entsprechenden Videodatei. »Alle Patienten mit Residuum-Effekt, die ich mit diesem Gerät untersucht habe, wiesen bei einer standardmäßigen visuellen Überstimulierung – wie Sie sie gerade erlebt haben – ähnliche Gehirnaktivität auf. Diese Aktivität entspricht den GS-Signalen, was Länge und Muster angeht, ist aber bedeutend einfacher zu messen. Sobald sich das Residuum zurückbildet, lässt auch diese Aktivität nach. Die Stärke des Residuum-Effekts lässt sich direkt an diesen Aktivitäten ablesen. Irgendetwas, das während der Wiederbelebung geschieht, vielleicht auch der damit verbundene Stress für den Reviver, sorgt dafür, dass das Gehirn weiterhin diese Signale produziert und damit diese ungewöhnlichen Aktivitäten anstößt. Was wiederum unweigerlich den normalen Denkprozess stört.«

»Und bei mir ist diese Aktivität nicht vorhanden?«

»Überhaupt nicht, Jonah. Und wenn Sie meinem Rat folgen, wird das auch so bleiben.« Sie stand auf. »Fahren Sie nach Hause und ruhen Sie sich aus.«

»Sam feiert am Dienstag seine Abschiedsparty«, sagte Jonah. »Kommen Sie auch?«

»Ich habe zu viel zu tun, Jonah.« Er sah das Bedauern in ihren Augen. Zum ersten Mal kam Jonah der Verdacht, dass die Gerüchte über ihre Affäre womöglich doch nicht völlig unbegründet waren. »Richten Sie ihm meine besten Wünsche aus«, fügte Stephanie Graves nach kurzem Zögern hinzu.

»Wird gemacht«, sagte Jonah.

Leichten Schrittes ging er zu seinem Auto. Dr. Graves konnte er vertrauen. Wenn sie sagte, dass der Vorfall mit Alice Decker nur eine Halluzination gewesen war, dann stimmte das auch. Wenn sie sagte, dass er bald wieder auf dem Damm sein würde, dann war dem auch so. Jetzt musste er das alles nur noch tatsächlich glauben, und dazu brauchte er Zeit. Im Augenblick jedenfalls war er zuversichtlich.

Bis er sich an die *Geisterspuren* und die plötzliche Kälte erinnerte, die er verspürt hatte, als er den Begriff zum ersten Mal gehört hatte. *Nein,* dachte er. *Das sind nur Worte. Davor muss man keine Angst haben.*

Bald würde er das alles hinter sich haben, die Überarbeitung und die damit einhergehenden Komplikationen.

Und Alice Decker würde der Vergangenheit angehören.

KAPITEL 11

Annabel Harker wartete in der Dämmerung, saß im Schaukelstuhl ihres Vaters vor dem Telefon, das sich beharrlich weigerte zu klingeln.

Sie war vor einer Woche angekommen und inzwischen mit ihren Kräften am Ende. Irgendwann verwandelte sich selbst die stärkste Furcht in eine lähmende Taubheit.

Auf dem kleinen Tisch neben ihr stand eine verlockende Flasche Brandy, doch sie widerstand der Versuchung.

Sie spürte es in ihren Knochen und in ihrem Blut: Neue Nachrichten würden keine guten sein.

Der Anruf bei der Polizei war fast surreal gewesen. Sie hatte ihren Vater beschrieben und die Situation erklärt. Noch während sie redete, kam sie sich unglaublich dämlich vor. Sie hätte abwarten sollen. Bestimmt gab es für alles eine ebenso einfache wie offensichtliche Erklärung, die sie irgendwie übersehen hatte.

Sie beantwortete jede Frage des Beamten nach bestem Wissen und Gewissen.

»Ist in letzter Zeit etwas Ungewöhnliches vorgefallen, Miss Harker? Womit verdient Ihr Vater seinen Lebensunterhalt?«

»Er ist Schriftsteller.«

Sie hörte ein erstauntes Atemholen.

»*Der* Daniel Harker?«

»Ja«, antwortete sie gedankenverloren. *Ist in letzter Zeit etwas Ungewöhnliches vorgefallen?* Woher sollte sie das wissen? Ihr Vater schottete sich jedes Jahr um diese Zeit von der Außenwelt ab, schloss sie aus seinem Leben aus. Jedes Jahr aufs Neue war er wie ein Fremder für sie.

»In welcher geistigen Verfassung war Ihr Vater, Miss Harker? Wäre es möglich, dass er sich etwas angetan hat?«

Sie erstarrte.

Und dachte an die Zeit ungefähr ein Jahr nach dem Tod ihrer Mutter. Damals war Daniels Stimmung auf dem Tiefpunkt gewesen. Sie war von Mitte April bis Mitte Juni bei ihm geblieben, aus Angst, er könnte sich etwas antun – durch seinen exzessiven Alkoholkonsum oder mithilfe einer Rasierklinge.

»Du solltest nach Hause fahren«, hatte er eines Abends gesagt. »Mir geht's besser. Viel besser.«

»Noch nicht.«

»Wie lange willst du denn noch bleiben?«

»Bis ich mir sicher sein kann, dass du keine Dummheiten machst.«

Ihr Vater hatte sie traurig und stolz und reumütig zugleich angesehen. Dann hatte er sie umarmt. »Das könnte ich dir niemals antun, mein Schatz.«

Sie hatten sich eine Weile in den Armen gehalten. »Außerdem müsste ich danach deiner Mutter unter die Augen treten.«

Das war wohl als Scherz gemeint gewesen. Annabel wusste, dass ihr Vater nicht an ein Jenseits glaubte – zumindest nicht an eines, in dem er seine Frau wiedersehen würde. Was bezüglich des Mannes, der Eleanor Prestons Fähigkeiten entdeckt hatte, eine große Ironie darstellte.

»Miss Harker?«

Die Stimme am Telefon riss sie aus ihren Gedanken.

»Tut mir leid …«

»Ich weiß, dass das eine unangenehme Frage ist, aber ich muss sie leider stellen. Haben Sie Grund zur Annahme, dass sich Ihr Vater etwas angetan haben könnte?«

Nein, dachte sie. *Natürlich nicht.*

»Schon möglich«, sagte sie. »Er litt des Öfteren unter Depressionen.« Sie spürte, wie ihre Wangen brannten. Es laut auszusprechen fühlte sich wie Verrat an. Die Polizei *überhaupt* verständigt zu haben kam ihr wie Verrat vor. Der Notruf war eine selbsterfüllende Prophezeiung. »Da ist noch etwas, das Sie wissen sollten.«

Ihr Vater hatte zahlreiche Morddrohungen der Afterlifers erhalten. Darüber wussten die Behörden bereits Bescheid – auch über diese eine Drohung, die tatsächlich wahrgemacht worden war. Man versicherte ihr, dass ein Zusammenhang zwischen den Afterlifers und dem Verschwinden ihres Vaters höchst unwahrscheinlich war. Eine fast automatische Beschwichtigung; Annabel erkannte schon am Tonfall, dass die Polizei diese Möglichkeit durchaus in Betracht zog.

Plötzlich hatte sie das Bild eines schreienden Mannes vor Augen. Er lag vor dem Haus und war von der Hüfte abwärts mit Blut beschmiert. An einer Hand hatte er statt fünf Fingern nur noch blutige Stümpfe.

Die Afterlifers hatten im Laufe der Zeit wohl oder übel einen gemäßigteren Ton anschlagen müssen – schließlich stand die Öffentlichkeit den Wiederbelebungen zunehmend aufgeschlossener gegenüber. Am Anfang jedoch hatten sie regen Zulauf von Leuten bekommen, die extreme Standpunkte vertraten und die Wiederbelebungen um jeden Preis aufhalten wollten. Vor neun Jahren hatte Daniel eine Reihe von Drohbriefen sowie die Aufforderung erhalten, sich öffentlich von den Wiederbelebungen zu distanzieren. Daniel hatte die Drohungen nicht weiter beachtet, die Polizei das Ganze heruntergespielt. Bis die Briefbombe explodierte. Annabel war gerade zu Hause gewesen. Sie hatte als Erste den leisen Knall von draußen gehört, gefolgt von Schmerzensschreien. Als sie die Tür öffnete, sah sie einen jungen Paketboten auf dem Boden liegen. Sie hatte das Blut angestarrt, während ihr Vater ihm zu Hilfe geeilt war.

Die nächsten acht Monate waren die längsten ihres Lebens gewesen. Ihr Vater hatte Leibwächter angeheuert, die sie so lange begleiteten, bis keine weiteren Drohungen mehr eingingen. Selbst in der Schule hatte sie jedes Mal Angst gehabt, wenn sie ihren Spind geöffnet oder das Schulgebäude verlassen hatte.

Annabel fragte sich, ob die Afterlifers ein weiteres Mal zugeschlagen hatten. Im Geiste sah sie wieder den schreienden Mann vor sich – doch diesmal hatte er das Gesicht ihres Vaters.

An diesem Abend leerte sie den verbliebenen Alkohol, bis sie sturzbetrunken war, was sie am nächsten Morgen unter Tränen bereute. Dass sie verzweifelt und verkatert im Stuhl ihres Vaters aufwachte, wie er selbst es jedes Jahr um diese Zeit getan hatte, verstörte sie zutiefst.

Das Schlimmste war die Einsamkeit. Sie musste mit jemandem reden, doch wen sollte sie anrufen? Außer ihrem Vater hatte sie keine Familie. Obwohl sie mit einigen Kollegen Freundschaft geschlossen hatte, traute sie sich nicht, sie anzurufen. Keiner von ihnen stand ihr nahe genug, um diese Last mit ihr zu teilen. Mehr als Verlegenheit, Anteilnahme und tröstende Worte konnte sie nicht von ihnen erwarten. *Schlechter als nichts*, dachte sie.

Vor neun Wochen hätte sie ihren damaligen Freund angerufen. Die Beziehung hatte rekordverdächtige vier Monate gehalten, bevor sie so schnell in die Brüche gegangen war, dass ihr immer noch der Kopf schwirrte. Je mehr sie trank, umso größer wurde die Gefahr, dass sie tatsächlich seine Nummer wählte.

Als sie am nächsten Morgen ihre Tränen trocknete, dachte sie über ihre verkorksten Beziehungen nach. Und über die viele Zeit, in der sie sich Sorgen um ihren Vater gemacht hatte, die sie damit verbracht hatte, sich jedes Jahr aufs Neue emotional fertigmachen zu lassen. Dafür hasste sie ihn.

Es war ein interessantes Paradox: Jedes Mal, wenn sie eine Beziehung beendete, war sie erleichtert – und zwar deshalb, weil sich ihre Eltern so sehr geliebt hatten. Es war diese unbedingte Liebe gewesen, die ihren Vater in so tiefe Verzweiflung gestürzt hatte, in eine so allumfassende Trauer, dass er sie selbst nach Jahren nicht hatte überwinden können.

Liebe verwandelte sich unweigerlich in Trauer. War es da so verwunderlich, dass sie erleichtert war, wenn sie keine Liebe fand?

Verkatert wartete sie auf den Anruf der Polizei, unfähig, an diesem Tag irgendetwas zu unternehmen. Ihr Verstand kehrte immer wieder zum selben Gedanken zurück: *Ich war nicht hier. Ich war nicht hier, um ihm zu helfen.*

Sie überlegte, ob sie den restlichen Alkohol in die Spüle leeren sollte, entschied sich dann jedoch dafür, die Flaschen einfach außer Sichtweite zu stellen. Schließlich – so ihre Überlegung – konnte sie sie unter Umständen noch gut gebrauchen.

Am nächsten Nachmittag standen zwei Detectives vor der Tür. Obwohl es immer noch ziemlich warm und feucht war, wirkte alles seltsam farblos. Die beiden Beamten waren müde und genervt.

»Hallo, Miss Harker«, sagte der ältere der beiden, ein grauer Mann in grauem Anzug. Selbst die Polizei ist farblos, dachte Annabel. »Ich bin Detective Harrington. Das hier ist Detective Weathers.« Seine Kollegin war bis auf einen Hauch von Lippenstift ebenso blass wie er selbst. Sie nickte, als er ihren Namen nannte.

Annabel blieb zögernd in der Tür stehen. Sollte sie sie hereinbitten? Man hatte ihr heute Morgen telefonisch mitgeteilt, dass sie kämen. Aber wenn sie sie jetzt ins Haus ließ, warf sie damit auch den letzten Rest Realitätsflucht über Bord. Und das war gefährlich – so gefährlich wie einen Vampir über die Türschwelle zu bitten.

»Gibt es etwas Neues?«, fragte sie. »Am Telefon wollte man mir nichts verraten.«

»Ja. Dürfen wir …?«, fragte Harrington. Annabel öffnete die Tür und führte sie ins Wohnzimmer.

»Ah!«, sagte Weathers zu Harrington. »Hier ist es etwas kühler, Gott sei Dank.« Sie sah Annabel an. »Die Klimaanlage im Wagen hat den Geist aufgegeben. Bitte entschuldigen Sie, wenn wir etwas verschwitzt sind.«

Annabel registrierte erfreut, dass sie unwillkürlich lächelte. »Schwitzen Sie ruhig«, sagte sie. »Aber raus mit der Sprache.«

Die Beamten setzten sich und warfen sich einen Blick zu. »Es gibt in der Tat Neuigkeiten, Miss Harker«, sagte Harrington.

»Bitte, nennen Sie mich Annabel.«

Harrington nickte. »Annabel. Offenbar wurde Geld vom Konto Ihres Vaters abgehoben. Einmal am Geldautomaten einer Tankstelle in Greensboro, North Carolina. Fünfhundert Dollar, und zwar vor sechs Tagen um 11.23 Uhr. Dann zwei Tage später in Atlanta. Sonst gab es keine Aktivitäten, auch die Kreditkarte wurde nicht benutzt. Nur diese zwei Abhebungen.« Harrington verstummte, um sich zu sammeln. Als er seiner Kollegin einen weiteren vielsagenden Blick zuwarf, stellte es Annabel die Nackenhaare auf. »Auf den Aufnahmen der Überwachungskamera der Tankstelle ist deutlich der Wagen Ihres Vaters zu erkennen.«

Damit zog Weathers eine Fotografie mit einem Standbild der Videoaufnahme heraus. Es zeigte den Vorplatz der Tankstelle mit zwei Lieferwägen und einem silbernen Volvo. Auf einem weiteren Bild war das vergrößerte, deutlich lesbare Nummernschild zu erkennen.

»Also haben Sie ihn gefunden?«, fragte Annabel mit zitternder Stimme.

Weathers holte ein weiteres Foto mit einem Standbild von der Kamera im Tankstellenshop und reichte es Annabel. »Offenbar war außer diesem Mann niemand im Wagen«, sagte Weathers.

Ein großer dürrer Mann in einem einfachen weißen T-Shirt und Jeans mit schütterem Haar, irgendwo zwischen zwanzig und vierzig, der mitten in der Nacht eine Sonnenbrille trug.

»Wer ist das?«, fragte Annabel.

Weathers verzog keine Miene, doch Annabel bemerkte seine Enttäuschung.

»Sie erkennen ihn nicht?«, fragte Harrington. »Möglicherweise ein Freund Ihres Vaters?«

Annabel sah sich ein weiteres Mal das Bild an. »Ich habe ihn noch nie gesehen.« Sie war ratlos. »Was soll das? Was geht hier vor?«

»Annabel, Ihr Vater ist ein sehr reicher Mann«, sagte Harrington, und der Boden schien sich unter Annabel aufzutun.

Noch vor siebzehn Uhr war ein Spurensicherungsteam zur Stelle. Annabel beobachtete sie genau und war sich bewusst, dass sie sie höchstwahrscheinlich verfluchten, weil sie überall im Haus gewesen und möglicherweise wichtige Spuren zerstört hatte. Doch bei ihrer Ankunft hatte sie keine Anzeichen eines Kampfes bemerkt, nichts, was darauf hindeutete, dass ihr Vater überfallen und verschleppt worden war. *Entführung* – das kam ihr immer noch völlig unwirklich vor. Dazu brauchte es kein Motiv bis auf die blanke Geldgier.

Da keine Lösegeldforderung eingegangen war, ging die Polizei von der Annahme aus, dass Daniel gezwungen wurde, persönlich seine Konten leerzuräumen, obwohl in den letzten Tagen keine Abhebungen stattgefunden hatten. Hatte ihr Vater tatsächlich – wie die Ermittler vermuteten – sein Geld in Offshore-Funds oder auf Privatkonten mit Tageslimit angelegt, würde sich die Entführung in die Länge ziehen. Die Beamten klangen für Annabels Geschmack eine Spur zu selbstsicher. Weder sie noch der Finanzberater ihres Vaters wussten von solchen Konten. Die Polizei beharrte trotzdem auf dieser Möglichkeit. Dann begriff sie, dass das das einzige Szenario war, bei dem ein glückliches Ende nicht von vornherein ausgeschlossen war. Natürlich beharrten sie darauf.

Um zweiundzwanzig Uhr war sie wieder allein. Vorher hatte man ihr noch eingeschärft, dass sie die Geschichte während der Dauer der Ermittlungen für sich behalten musste. Selbstverständlich würde man sie über jede neue Entwicklung informieren.

Aus welchem Grund er entführt worden war, wo immer

er sich auch befand, ihr Vater war gewiss einsam und verängstigt. Selbst wenn er mit heiler Haut zurückkam, würde er ein anderer sein.

Sie holte sich eine der Flaschen, die sie tags zuvor versteckt hatte, und zog sich, umgeben von den Geistern ihrer Familie, damit zurück. Die Tage vergingen, und sie nahm sich ein Beispiel an ihrem Vater und kontaktierte niemanden. Wenn das Telefon klingelte, war es jedes Mal die Polizei, die ihr mitteilte, dass es nichts Neues gab.

Nein, etwas hatte sich geändert: Sie hatte die Hoffnung verloren. Mit jedem weiteren Tag verringerte sich die Wahrscheinlichkeit, dass es ein gutes Ende nahm. Sie bat die Polizei, erst wieder anzurufen, wenn es tatsächlich etwas zu berichten gab.

Und so saß Annabel acht Tage, nachdem sie England verlassen hatte, in einem allmählich dunkler werdenden Haus und starrte auf ein Telefon, das einfach nicht klingeln wollte.

Doch das würde es bald tun.

KAPITEL 12

An Sam Deerings letztem Tag beim FRS saß Never am Schreibtisch und schrieb den ersten von drei internen Berichten, die er vor Feierabend fertigstellen musste. Immerhin konnte er sich auf Sams Abschiedsparty freuen.

Sam war den ganzen Tag zunehmend aufgeregt durch das Büro getigert und hatte sich fast verzweifelt nach noch unerledigten Aufgaben umgesehen. Jetzt kam er auf Never zu.

»Hast du kurz Zeit?«, fragte er.

»Klar.«

»Ich werde die Materialanforderung unterschreiben, die du mir letzten Monat geschickt hast.«

»Die, bei der ich mir keine Hoffnungen machen sollte?«

»Genau die. Ein Abschiedsgeschenk. Willst du den Krempel noch?«

»Machst du Witze?«, sagte Never. »Natürlich.« Sam nickte und grinste, doch Never entging nicht, wie müde er wirkte. »Alles klar?«

»Ich hab noch, Moment …«, er sah auf die Uhr. »Nicht mal mehr zwei Stunden, dann übernimmt Hugo das Kommando, und ich bin im Ruhestand. Und zur Untätigkeit verdammt.«

»Mach dir keine Sorgen, Sam. In ein paar Wochen findet das Symposium statt, und das ist bestimmt nicht die einzige Aktivität, die du geplant hast, oder?«

Sam lächelte. »Ja … aber eine gelegentliche Tagung ist einfach kein richtiger Ersatz für die Arbeit hier. Helen wird das übrigens gar nicht gefallen. Sie rechnet damit, dass ihr Ehemann ab heute ein Müßiggänger ist.«

Sie schwiegen einen Augenblick. Die Atmosphäre zwischen ihnen war seit der Wiederbelebung von Nikki Wood etwas unterkühlt gewesen, aber heute war anscheinend wieder alles beim Alten.

»Hör mal, Sam …«, fing er an, doch Sam kam ihm zuvor.

»Mir tut's auch leid, Never. Ich hab mir Vorwürfe gemacht und an dir ausgelassen. Wir waren beide viel zu gut zu dem Jungen.« Sam runzelte die Stirn. »Scheiße, was rede ich da? Junge? Jonah ist ein erwachsener Mann, aber ich behandle ihn immer noch wie ein Kind. Das ist mein Problem: Ich lasse ihm viel zu oft seinen Willen. Und du auch.«

»Ja … stimmt.«

»Pass gut auf ihn auf, Never.«

»Ich werde mein Möglichstes tun. Im Vertrauen?«

Sam hob eine Augenbraue. »Ja?«

»Ich bin froh, dass Jonah diesen Fall übernommen hat und nicht Jason Shepperton.« Er zuckte mit den Schultern. »Ist nur meine Meinung.«

Sam beugte sich vor und senkte die Stimme. »Weißt du was, Never? Das geht mir ganz genauso.«

Während Sam in sein Büro zurückkehrte, hörte Never, wie jemand am Büroeingang seinen Namen rief. Er drehte sich um und sah J.J. auf sich zukommen.

J.J. war am vergangenen Abend aus Seattle zurückgekehrt, wo er zwei Wochen lang einen Lehrgang für die neuangestellten Techniker der Westküstenbüros abgehalten hatte. Never hatte ihn seit der Decker-Wiederbelebung, bei der J.J.

die Technik übernommen hatte, nicht mehr gesehen, und heute Morgen waren sie so in Eile gewesen, dass J.J. Never nur kurz von seiner Reise nach Seattle hatte berichten können, bevor er zu einer Vor-Ort-Wiederbelebung aufgebrochen war.

»Hi, J.J.«, sagte Never. »Wie war's?«

J.J. zuckte mit den Achseln. »Das Übliche. Nichts Interessantes.« Er hielt inne. »Hey, Never, ich weiß, das ist nicht so eilig, aber …«

»Schieß los.«

»Ich hab deine Mail gelesen. Wegen der Decker-Wiederbelebung.«

»Ach, die. Ich dachte nur, wir sollten standardmäßig die Aufzeichnung so lange weiterlaufen lassen, bis wir das Equipment abbauen. Wir können der Polizei die Daten übermitteln, ohne die Aufnahme zu unterbrechen. Technisch gesehen ist das kein Problem. Das war übrigens keine Kritik, nur ein Vorschlag.«

J.J. nickte. »Als ich die Mail gelesen habe, ist mir wieder eingefallen, dass das System kurz nach der Wiederbelebung ausgefallen ist. Wollte ich dir eigentlich schon damals sagen, aber ich bin nicht mehr dazu gekommen. Tut mir leid.«

»Ein Stromausfall?« Never war in seiner Ehre gekränkt. Es war sein System, und er hatte es so redundant angelegt, dass man schon eine Atombombe werfen musste, um es lahmzulegen.

»Ja. Ich hab's erst bemerkt, als ich den Kram zusammengepackt habe. Es gab keine Warnmeldung oder so.«

»Die Kamera ist einfach so ausgefallen?«

J.J. schüttelte den Kopf. »Nicht nur eine Kamera. Alle drei.«

Einen Augenblick lang konnte Never seinen Ohren nicht

trauen. So etwas war schlichtweg unmöglich. »Warst du dabei, als sie ausgefallen sind?«

»Nein. Ich habe mit den Beamten geplaudert und ihnen ihre Kopie gezogen. Hab ich dabei glatt übersehen. Du weißt ja, wie's läuft. Sobald die Wiederbelebung vorbei ist, ist auch die Aufzeichnung beendet.«

»Es hätte doch ein Warnsignal geben müssen.«

»Ich weiß. Gab's aber nicht.«

»Das heißt, dass alle Reservebatterien ausgefallen sind und *gleichzeitig* das Warnsystem defekt war?« Materialfehler kamen oft genug vor, wie Never wusste, ein solcher Zufall jedoch … plötzlich fiel ihm etwas ein, das ihm das Blut in den Adern gefrieren ließ.

»Kann gar nicht anders sein. Als ich die Dinger abbauen wollte, hab ich bemerkt, dass die Hauptkamera keinen Saft mehr hatte. Die anderen beiden waren auch ausgefallen. Ich wollte die Kamera, die die Totale gefilmt hat, aus- und wieder einschalten. Bevor ich dort war, gingen alle drei von selbst an. Ich habe sie überprüft, sobald ich zurück im Büro war, und keinen Fehler gefunden. *Nirgendwo.* Ist mir ein Rätsel.«

Never schwieg. Er spürte, wie er Gänsehaut bekam.

»Ich hab in Seattle drüber nachgegrübelt«, fuhr J.J. fort. »Die Teppiche in dem Büro waren statisch aufgeladen. Das ist mir beim Aufbau aufgefallen.« Er beugte sich vor. »Ich glaube, das könnte das Problem sein«, flüsterte er. »Müssen wir mal überprüfen.«

»Genau. Statische Aufladung.« Never unterdrückte ein Zittern. »Hör mal, J.J., tu mir einen Gefallen und behalt das für dich. Zumindest, bis wir Genaueres wissen. Bis jetzt hat alles einwandfrei funktioniert, obwohl manche Systeme erst seit ein paar Monaten in Betrieb sind.« Sie hatten vor einem halben Jahr das Fabrikat der Notfallgeneratoren gewechselt. *Vielleicht liegt's daran,* dachte er, bezweifelte es aber stark.

»Keine Sorge, ich sage nichts. Dann werd ich mal einen Testplan zusammenschreiben.«

»Danke, J.J. Gute Arbeit. Wir fangen nächste Woche damit an, okay?«

Sobald J.J. gegangen war, grübelte Never über statische Aufladung und den Ausfall der Kameras während der Wiederbelebung von Alice Decker nach. Er dachte an ihr Gesicht auf dem Bildschirm und an Jonah, der berichtet hatte, wie sich nach der Wiederbelebung ihr Kopf gehoben und sie ihn bösartig und hämisch angestarrt hatte. Und diesmal konnte er das Zittern nicht unterdrücken.

Als der Feierabend kam, war Sam spurlos verschwunden. Ohne ein Opfer für eine rührselige Abschiedszeremonie – was, wie Never vermutete, genau der Grund für Sams Abwesenheit war – siedelte die Belegschaft geschlossen in eine Sportbar in der Nähe über, um sich dort auf die große Party vorzubereiten. So lange mussten die Glückwünsche eben warten.

Um nicht den langen Weg nach Hause und wieder zurück fahren zu müssen, hatte Never bereits zur Arbeit seine – wie er meinte – besten Klamotten getragen, obwohl niemandem der Unterschied aufgefallen war.

Er ging zu Jonahs Wohnung hinüber. Seitdem Stephanie Graves die frohe Botschaft verkündet hatte, war Jonah so guter Dinge gewesen, dass Never es beinahe aufgegeben hatte, sich Sorgen um ihn zu machen.

»Ich dachte, ich schau mal vorbei«, sagte er, als ihm Jonah die Tür öffnete. »Wir können ja gemeinsam zur Party fahren. Uns ein Taxi teilen.«

Jonah grinste. »Damit ich auch ja nicht absage?«

»Oh, du hättest auf keinen Fall abgesagt«, sagte Never, setzte sich neben den dösenden Marmite auf das Sofa und kraulte den Nacken des Katers. »Du wärst nur so spät wie möglich aufgetaucht.«

»Was soll ich sagen? Mein Kater hängt an mir. Er vermisst mich, wenn ich nicht da bin.«

»So verbringst du also deine Freizeit? Du verwöhnst deinen Kater?«

»Genau. Und ich denke nach.«

»Klingt ja interessant«, sagte Never. »Worüber?«

»Über mein Leben.«

»Jetzt wird's wirklich interessant. Schon zu irgendwelchen Ergebnissen gekommen?«

»Graves hat gesagt, dass ich mir das alles nur eingebildet hätte, Never. Und ich will ihr glauben, mehr als alles andere. Trotzdem frage ich mich, ob ich das nur glauben will, weil ich nichts anderes *kann*, verstehst du? Dieser Job ist mein Leben. Wenn ich mir nicht einreden kann, dass ich mir die Sache mit Decker nur eingebildet habe, was soll dann aus mir werden? Wenn ich wirklich überzeugt von dem bin, was ich gesehen habe, bedeutet das, dass *da draußen* irgendetwas ist.«

Jonah senkte den Kopf. Never dachte an das, was J.J. ihm erzählt hatte, und war froh, dass Jonah ihn nicht ansah. Nicht dass Jonah die Besorgnis in seinem Blick bemerkte. Dann verfluchte er sich für seine Naivität – das war exakt jener idiotische Aberglaube, den er bei den anderen immer belächelte. Seinen Freund in seinen Zweifeln zu bestärken war das Schlimmste, was er ihm antun konnte.

»Ach was, Jonah. Graves hat recht, und das weißt du genau. Du liebst deine Arbeit, weil du *gut* darin bist. Mensch, denk doch mal an Nikki Wood. Du hast solche Fälle schon dutzendweise gelöst. Du kannst wirklich etwas bewirken.«

Jonah sah auf. »Vielleicht ist das ja das Problem. Wenn ich keinen einzelnen Fall abgeben kann, obwohl mir das nicht guttut ... bin ich ganz schnell wieder überarbeitet. Graves hat gesagt, dass ich mich im Privatsektor umsehen sollte. Das wäre eine Möglichkeit, mich endlich mal zu entspannen. Abzuschalten und mich auszukurieren. Ich habe natürlich gesagt, dass das gar nicht in Frage kommt, aber so langsam glaube ich, dass mir keine andere Wahl mehr bleibt, als den FRS zu verlassen. Nächste Woche arbeite ich wieder. Mal sehen, wie es mir dabei geht.«

Never beobachtete Jonah im darauffolgenden Schweigen sehr genau, versuchte herauszufinden, ob er tatsächlich meinte, was er da sagte. Was er sah, gefiel ihm gar nicht. »Scheiße, Mann«, sagte er, um seine Bedenken zu zerstreuen. »Vielleicht hast du recht. Dann respektiere ich deine Entscheidung, aber darüber reden wir ein andermal, okay? Wenn wir uns anstrengen, könnten wir uns heute Abend sogar amüsieren. Ich hoffe, das Vieh hier kommt alleine klar.«

»Also gut«, sagte Jonah. »Ich muss mich nur noch kurz umziehen.«

Sie waren gerade beim zweiten Drink des Abends angelangt, als Hugo Adler um Schweigen bat. Sam war es sichtlich peinlich, im Zentrum der Aufmerksamkeit zu stehen. So betreten hatte ihn Never Geary noch nie erlebt; sein Gesicht wurde von Sekunde zu Sekunde röter, als mehr und mehr Menschen näher traten und ihm seine Aufmerksamkeit schenkten.

Bei Hugos Abschiedsrede, die in von Herzen kommendem Applaus endete, errötete er noch tiefer. Das Klatschen wurde immer lauter, und Sam traten Tränen in die Augen. Dann wurden die Geschenke überreicht.

Zunächst eine beeindruckende Auswahl an Weinen. Nichts übermäßig Teures, nur ein halbes Dutzend Flaschen, die edel genug waren, um Sam davon abzuhalten, sie gleich auf der Stelle zu öffnen.

»Wir haben Helen gefragt«, sagte Hugo, während Sam jede Flasche genau inspizierte. »Sie hat uns gesagt, dass du dir eigentlich einen Weinkeller einrichten willst, aber der Versuchung nicht widerstehen kannst, deine Neuerwerbungen sofort auszutrinken. Deshalb haben wir dir ein paar Weine besorgt, die so gut sind, dass du es bestimmt nicht wagst, sie zu öffnen.«

»Ich weiß nicht – das ist doch Folter, oder?«, flüsterte Never Jonah zu. Sams Lächeln nach zu urteilen schien ihm das Präsent allerdings zu gefallen.

Danach folgte ein etwas persönlicheres Geschenk: das gerahmte Foto des ursprünglichen FRS-Teams kurz nach dem Bezug des Büros in Richmond. Sam sah sehr schnittig aus; Never grinste aus der mittleren Reihe. Jonah war auch darauf. Er war gerade erst zum Team gestoßen und wirkte erschreckend jung.

Sam nahm sich die Zeit, das Foto genau zu betrachten. Dann wurden die Rufe nach einer Rede immer lauter, und Sam verzog das Gesicht. Er nickte mit feuchten Augen. »Was soll ich denn sagen, das ihr nicht schon wisst? Es war mir eine Ehre, ich bin stolz auf euch und werde euch vermissen. Mein letzter Auftrag als euer Boss lautet: Amüsiert euch!«

Jede einzelne Unterhaltung an diesem Abend schien sich um die gute alte FRS-Zeit und schlussendlich um Sam zu drehen. Kein Wunder, dachte Jonah. Sam hatte die FRS gegründet und aufgebaut. Sie war in mehr als nur einer Hinsicht sein Baby, und für viele Angestellte war Sam über die Jahre hinweg zu so etwas wie einer Vaterfigur geworden. Ganz besonders für Jonah, den der Tod seiner Mutter zur Waise gemacht hatte und der in diesem prinzipientreuen Mann einen Freund gefunden hatte. Sam war ein Mann, der für Ehre und Gerechtigkeit kämpfte. Ein Mann, den Jonah stolz machen wollte.

Sam saß an einem Tisch in der Ecke. Auf der einen Seite saß seine Frau Helen, auf der anderen Robert Thorne, der Leiter des Hauptbüros in Chicago. Rein theoretisch erwies Thorne Sam durch seine Anwesenheit eine große Ehre. Praktisch war er ein humorloser Bürokrat, und Sams Gesichtsausdruck sprach Bände.

»Thorne hat ihn festgenagelt«, sagte Jonah.

»Hält ihm wahrscheinlich vor, wie teuer der Abend ist«, sagte Never. »Sieh dir Sam doch mal an. Jedes Mal, wenn Thorne den Mund aufmacht, zuckt er fast zusammen …«

Sie beobachteten, wie Sam kurz mit Helen redete und dann jemandem die Hand gab, der vor seinem Tisch aufgetaucht war. Thorne sagte etwas, und Sams gequälter Gesichtsausdruck war selbst auf die Entfernung deutlich zu erkennen.

»Retten wir ihn«, sagte Jonah.

»Gute Idee«, sagte Never. »Liegt ja auf dem Weg zur Bar.«

Sie nahmen ihre Gläser und gingen hinüber.

»Verzeihung«, sagte Never. »Bitte entschuldigen Sie, Mr. Thorne – Sam, könnten wir mal kurz mit dir reden?«

Sam wandte sich Thorne zu. »Macht es dir was aus, Robert?« Thornes versteinerte Miene bejahte dies deutlich, doch natürlich zwang er sich zu einem wohl einstudierten Lächeln und schüttelte den Kopf.

»Aber woher denn, Sam. Das hier ist deine Feier. Wir sollten sowieso nicht über die Arbeit reden.« Thorne lachte so künstlich, dass Jonah die Haare zu Berge standen. Cecily Hunter, die Leiterin des FRS-Nordostbüros, saß zu Thornes Linken. Etwas verzweifelt musste sie mit ansehen, wie Sam davonspazierte und Thorne sich ihr zuwandte.

»Gibt es wirklich was zu besprechen, oder wolltet ihr mich nur vor dem Langeweiler retten?«, fragte Sam, sobald sie außer Thornes Hörweite waren.

»Rettungsmission«, sagte Jonah.

»Wir müssen dich dringend zur Bar bringen«, sagte Never. »Dich abzufüllen hat heute höchste Priorität, Sam.«

»Einen Drink könnte ich gut gebrauchen. Ich musste eine Viertelstunde lang über Budgetfragen diskutieren. Ich weiß nicht, ob er mich dafür bestraft, dass ich in Ruhestand gehe, oder mir den Abschied leichter machen will.«

»Wahrscheinlich wird er bald vor deiner Tür stehen.«

Sam lachte. »Nächste Woche bin ich mit Helen auf den Florida Keys. Und wisst ihr was? Ich glaube, ich habe ganz vergessen, jemandem zu sagen, wie ich dort zu erreichen bin. Da wird wohl Hugo in den sauren Apfel beißen müssen.«

Während Never auf die Bar zuging, hielt Sam Jonah zurück. »Ich hatte heute noch keine Gelegenheit, mit dir zu reden, Jonah. Geht's dir besser?«

Überrascht bemerkte Jonah, dass er sich in der Tat blendend fühlte. Seine gute Laune war wohl der Vorstellung geschuldet, den FRS bald zu verlassen. Allein der Gedanke daran ließ ihn freier atmen, wie auch immer seine Entscheidung letzten Endes ausfallen würde. Aber das musste er Sam nicht unbedingt auf die Nase binden. »So allmählich.«

»Irgendwie ist es auch meine Schuld, dass du so überarbeitet bist. Stephanie Graves hat mir eine Mail geschrieben. Sie war nicht gerade begeistert davon, wie wir dich hier behandeln.«

»Mach dir um mich keine Sorgen, Sam. Wie geht's *dir*?«

»Ehrlich gesagt habe ich mich vor dem heutigen Tag gefürchtet. Aber jetzt … geht's mir eigentlich ganz gut. Wahnsinn, wie viele alte Bekannte aufgetaucht sind. Manche habe ich schon eine Ewigkeit nicht mehr gesehen. Jetzt muss ich mir nur noch Thorne den restlichen Abend vom Hals halten und darf nicht darüber nachdenken, was der ganze Spaß kostet.«

Als Sam und Jonah die Bar erreichten, bemerkten sie, dass Never mit offenem Mund auf etwas hinter ihnen starrte. Jonah sah ihn amüsiert an.

Sam warf einen Blick über die Schulter. »Ist das die Möglichkeit«, sagte er mit einem Lachen in der Stimme. »Hab ich's nicht gesagt – lauter alte Bekannte.«

Jonah drehte sich um und sah, wie sie in die Mitte des Raumes schwebte und alle männlichen und auch viele weibliche Blicke auf sich zog. Sie war hochgewachsen und schlank, mit perfekten Kurven, schulterlangem kastanienbraunen Haar und einem dünnen Cocktailkleid, das ihr eine fast ätherische Aura zu verleihen schien.

Sam winkte. Die Frau erwiderte seinen Gruß und kam auf sie zu.

»Kennst du die?«, fragte Never, als er das Wiedererkennen in Jonahs Blick bemerkte. Dann kniff er die Augen zusammen. »Ist das etwa …«

»O ja, das ist sie«, antwortete Jonah. Mehr als einmal hatte er Never von seiner alten Flamme bei Baseline erzählt. Sie winkte und lächelte wieder. Er musste einfach zurücklächeln, und dieses Lächeln wurde breiter und breiter, bis er sich wie ein Idiot vorkam. Never war ebenfalls hin und weg, aber das war ihm egal.

Tess Neil. Als Teenager war er hoffnungslos in sie verschossen gewesen, so sehr, dass er all ihre Unzulänglichkeiten einfach ausgeblendet hatte. Die Schwärmerei hatte ihren Höhepunkt in einem kurzen Kuss bei ihrer letzten Begegnung gefunden. Damals war er neunzehn und sie fünfundzwanzig gewesen. Jetzt schien sie ihm um ein Vielfaches attraktiver. Er hätte sie am liebsten geküsst, bevor sie den Mund aufmachte und den Zauber brach.

Er ging ihr entgegen. Sobald sie etwa einen Meter voneinander entfernt waren, lächelten sie sich an. Sie kam näher. So nahe, dass er ihre leise, vertrauliche Stimme selbst über den Lärm im Saal ganz deutlich verstehen konnte.

»Hi, Jonah«, sagte sie. Die Worte waren wie Fingerspitzen, die über seine Augenbrauen strichen. Er fühlte sich nackt und verwundbar und sehr gut dabei.

»Hi, Tess«, sagte er.

KAPITEL 13

Tess Neils Fähigkeiten reichten fast an die von Jonah Miller heran. Sie war als K4 eingestuft, Jonah als K3. Vor neun Jahren, als er regelmäßig eine von sechs Wochen bei Baseline verbrachte, hatte er von ihr geträumt, hatte sie begehrt. Immerhin war er gerade siebzehn geworden, und Tess war wunderschön. Er war ihr von Anfang an verfallen.

Trotzdem hatte er sich mit freundschaftlichen Umarmungen und harmlosem Geplänkel zufriedengeben müssen. Für die Forschungsteams – Tess eingeschlossen – war er so etwas wie ein kleiner Bruder, ein Maskottchen.

Außerdem war Tess damals bereits vergeben gewesen – an den überaus charmanten, intelligenten und manipulativen Will Barlow. Letzteren Charakterzug schien außer Jonah jedoch niemand zu bemerken, und jeder, dem er sich diesbezüglich anvertraute, rechtfertigte ihre Beziehung mit Tess' ebenfalls etwas schwieriger Persönlichkeit.

Dennoch fand sie stets Zeit für Jonah. Sie waren an seinem ersten Tag Freunde geworden, als Jonah nicht mehr aufhören konnte zu weinen und Tess ihm geholfen hatte. Sooft er bei Baseline war, spielte sie in der Mittagspause im Freizeitraum Billard mit ihm. Jonah unterhielt sich mit ihr, vertraute sich ihr an. Sie hörte ihm zu, obwohl es ihm nicht gelang, sie zu durchschauen – in der Gegenwart anderer schien sie eine völlig andere Person zu sein, besonders wenn Barlow in der Nähe war. Dann gab sie sich unnahbar und zynisch und behandelte Jonah, als wäre er Luft. Sobald er in einem Gespräch unter vier Augen versuchte, mehr über sie zu erfahren, gab sie sich bedeckt und war kurz angebunden.

Diese Rätselhaftigkeit konnte einen hoffnungslos verliebten jungen Mann allerdings nicht beirren. In den seltenen Momenten, in denen sie sich ihm öffnete, glaubte er, die wahre Tess vor sich zu haben. Und irgendwann würde sie sicherlich für ihn dasselbe empfinden wie er für sie.

Die Zahl der Reviver und die Bandbreite der Forschungsbereiche stiegen. Alle bei Baseline waren schwer beschäftigt, und Jonah sah Tess immer seltener. Die meiste Zeit arbeitete er für Sam, der in Zusammenarbeit mit dem FBI forensische Ermittlungsprojekte durchführte. Tess war hauptsächlich für die großen Baseline-Sponsoren wie Andreas Biotech tätig.

Dann tauchten die ersten richtigen Probleme auf.

Die Arbeit der Wissenschaftler bei Baseline war stark vom Zufall abhängig; die verfügbaren Leichen wurden demjenigen Team zugeteilt, das den dringendsten Bedarf hatte, was dazu führte, dass manche Bereiche vernachlässigt wurden, weil das Forschungsmaterial fehlte. Dies führte unweigerlich zu Frustrationen.

Als Sam Deering bei Baseline anfing, hatte er sich zunächst darum gekümmert, die Richtlinien für die sogenannte »Probandenakquisition« zu verbessern. Bis dato hatte man der Versuchung, den Leichenmangel durch alternative Beschaffungsmethoden zu beheben, widerstanden, doch Sam begriff, dass es nur eine Frage der Zeit war, bis man auf andere Quellen zurückgreifen würde.

Nichtidentifizierte Leichen. Obdachlose. Alleinstehende. Leichen aus Ländern, in denen die Ärmsten der Armen nach Kräften ausgebeutet wurden. Den bisherigen freiwilligen Spendern wurden hohe Summen bezahlt, was einem Missbrauch Tür und Tor öffnete und möglicherweise sogar zu Morden führen würde. Genau wie bei den Leichenräubern des neunzehnten Jahrhunderts.

Ein wasserdichtes Dokumentationssystem sollte diese Auswüchse verhindern. Die Herkunft eines jeden Leichnams musste lückenlos nachzuverfolgen sein. Zufallskontrollen sorgten dafür, dass diese Bestimmungen auch eingehalten wurden.

Doch kein System ist unfehlbar.

Bald schon kursierten Gerüchte, dass mindestens ein Baseline-Forschungsteam das System überlistet und Dokumente gefälscht hatte. Etwa zur selben Zeit fand die Wiederbelebung von Lyssa Underwood statt, und so entschied sich Jonah, mit Sam darüber zu sprechen. Die Beklemmung, die er während dieser ausgesprochen bizarren Veranstaltung empfunden hatte, rührte nicht zuletzt daher, dass der Leichnam so verwirrt und orientierungslos gewesen war. Derartiges hatte Jonah bisher noch nicht erlebt. Jeder, der Baseline seinen Körper spendete, musste sich vor seinem Tod einem Vorbereitungsprozess unterziehen. Alle Verstorbenen, die Jonah wiederbelebt hatte, waren sich im Klaren darüber gewesen, was mit ihnen geschah.

Alle – bis auf Lyssa Underwood.

Vielleicht bestand ein weiterer Grund für Jonah, Sam nach dieser Wiederbelebung aufzusuchen, in der Tatsache, dass er Will Barlow nicht leiden konnte. Andererseits war Lyssas Verstand dermaßen durcheinander gewesen, dass er sich ernsthafte Sorgen machte.

»Jonah, ich kann dir leider nichts Genaueres verraten«, hatte Sam gesagt. »Dein Einsatz erfolgte im Einklang mit den Baseline-Standardvorschriften. In dieser Hinsicht gab es keine Unregelmäßigkeiten. Aber ich habe die Gerüchte auch gehört, und jetzt habe ich endlich etwas Konkretes an der Hand, dem ich nachgehen kann. Ich werde mich darum kümmern.«

Die Gerüchte gelangten niemals an die Öffentlichkeit. Keiner bei Baseline hatte Interesse daran, seine schmutzige Wäsche vor aller Augen zu waschen – nicht, wenn diese schwerwiegenden Vorwürfe allein auf wilden Spekulationen basierten.

Schließlich wurden einige kleinere Unregelmäßigkeiten im Dokumentationssystem zugegeben. Eine Woche später verließ das betreffende Forschungsteam Baseline, was mit einer Umstrukturierung der Forschungsprioritäten erklärt wurde. Offiziell wurde jeder Zusammenhang mit den gefälschten Dokumenten dementiert.

Will Barlow kehrte Baseline ebenfalls den Rücken. Angeblich heuerte er als privater Reviver an. Doch allen war klar, dass sich das Forschungsteam – woran und für wen es auch immer gearbeitet hatte – einfach nur an einen anderen Ort verlagert hatte.

Tess war wütend, und man ging selbstverständlich davon aus, dass sie mehr wusste, als sie zugab. Sie weigerte sich, Fragen zu beantworten. Bei den wenigen Gelegenheiten, bei denen sie auf Will zu sprechen kamen, wirkte Tess aufrichtig enttäuscht. Sie bandelte mit einem Techniker an, eine stürmische Beziehung, die mehr oder weniger andauerte, solange sie bei Baseline beschäftigt war.

Nicht lange nach Barlows Ausscheiden verließ auch Sam Baseline, um den Vorläufer der FRS in Quantico zu gründen. Jonah war geblieben – nicht zuletzt wegen Tess. Einen Monat nach seinem neunzehnten Geburtstag eröffnete ihm Tess, dass sie eine Stelle als Privatreviverin in Kanada angenommen hatte. Sie wünschte ihm viel Glück und schenkte ihm einen einzigen, sehr leidenschaftlichen Kuss. Sie sah sich noch einmal um und warf dem Teenager ein letztes Lächeln zu, bevor sie aus seinem Leben verschwand.

Neun Wochen später ließ sich Jonah vom FRS anstellen – genau zu dem Zeitpunkt, an dem das Büro in Richmond eröffnet wurde.

Er hatte sie seit sieben Jahren nicht gesehen, und jetzt stand sie vor ihm. Er hatte keine Ahnung, was sie in der Zwischenzeit getan hatte. Sie dagegen hatte offenbar mitbekommen, dass er zum FRS gewechselt war. Sie war im Vorteil. Wie immer.

»Überraschung«, sagte sie und nahm seine Hand. Jonah war völlig unvorbereitet für den Effekt, den die Berührung auf ihn hatte. Ihm war schwindlig, und er brachte kein Wort heraus.

»Meine Güte«, sagte Sam. »Schön, dich zu sehen, Tess.«

»Hi, Sam«, sagte sie.

»Nachdem du bei Baseline gekündigt hast, habe ich dich aus den Augen verloren«, sagte Sam. »Ich hatte ja immer die Hoffnung, dich eines Tages zum FRS locken zu können. Wie ist es dir ergangen?«

»Gut.«

»Hast du Will nochmal gesehen?«

Tess schüttelte den Kopf. »Nein. Hast du etwas von ihm gehört?«

»Kein Sterbenswörtchen«, sagte Sam. »Also, was hast du so getrieben?«

»Private Wiederbelebungen«, sagte sie. »Keine große Herausforderung, aber gut bezahlt.«

Sam sah sie bewundernd an. Jonah tat es ihm gleich, bemerkte ihr extravagantes Outfit. Hauchdünne weiße Handschuhe. Eine unauffällige, zweifellos jedoch teure Halskette.

»Das sieht man«, sagte Sam. »Du siehst gut aus.«

»Du auch«, sagte Tess, dann wandte sie sich Jonah zu. »Und du auch.«

Jonah errötete.

Plötzlich erregte etwas Sams Aufmerksamkeit. »Oh, Helen braucht mich. War schön, dich wiederzusehen, Tess. Wir reden später noch. Mal sehen, ob ich dich nicht doch dazu überreden kann, dem öffentlichen Dienst den Vorzug vor dem schnöden Mammon zu geben.«

Tess lächelte. »Da wirst du dich anstrengen müssen, Sam. Viel Glück.«

Sam nickte und ging zu Helen hinüber.

Jonah deutete auf Never. »Tess Neil, das ist Never Geary. Er ist Wiederbelebungstechniker.«

»Ich habe viel von Ihnen gehört, Tess«, sagte Never und streckte die Hand aus.

Tess schüttelte sie argwöhnisch. »Nicht nur Schlechtes, hoffe ich.«

»Aber nein«, sagte Never. »Auch ein paar gute Sachen.« Diese Bemerkung handelte ihm einen finsteren Blick von Jonah ein, bis Never schelmisch grinste.

»Darf ich Jonah einen Augenblick entführen?«, fragte sie. »Wir haben ziemlich viel aufzuholen.«

»Geht nur«, sagte Never. »Bis später.«

Jonah und Tess entschieden sich für einen ruhigen Ecktisch abseits des Getümmels. Tess nahm ihre Handschuhe ab und legte sie vor sich hin. Er nahm ihr gegenüber Platz.

Sie hob eine Augenbraue. »Wieso sitzt du so weit weg?«

»Damit ich dich besser sehen kann«, antwortete er und

spürte, wie er wieder rot wurde. »Erzähl mir, was du so gemacht hast. Und wieso du heute hier bist.«

Tess nippte an ihrem Drink – ihre Unterlippe klebte für einen winzigen Augenblick am Glas. Jonah war sich bewusst, dass er auf ihren Mund starrte, aber er konnte nicht anders.

»Um mich von Sam zu verabschieden«, sagte sie.

Jonah schüttelte den Kopf. »Einfach so, aus heiterem Himmel? Wie hast du davon erfahren?«

»Ich hab's läuten hören. Trotzdem – ich gebe gerne zu, dass es noch einen weiteren Grund gibt. Ich wollte dich wiedersehen.« Tess sprach jetzt leiser. »Das will ich schon seit sieben Jahren, Jonah.«

Diese Antwort verblüffte ihn. »Du hättest dich jederzeit melden können.«

Tess zuckte mit den Achseln. »Schon möglich.«

Er sah sie einen Augenblick lang misstrauisch an. »Also, was hast du gemacht?«, fragte er.

»Du zuerst.«

»FRS.«

»Sieben Jahre lang? Sonst nichts?«

»Genau.«

»Und sonst so, Jonah? Große Eroberungen? Heiße Affären? Abenteuer?«

Er schüttelte den Kopf. »Die Morde und Tragödien der anderen Leute genügen mir völlig.«

Tess legte in gespieltem Mitleid den Kopf schief. »Ein Jammer. Bist du glücklich?«

Diese Frage traf ihn völlig unvorbereitet. »Glücklich? Manchmal.«

»Weißt du, ich dachte immer, du würdest richtig aufblühen. Dass du ein schönes Leben haben würdest.«

»Mir geht's ja auch nicht so schlecht.«

»Du bist einsam.«

Das traf es auf den Punkt. Er dachte daran, wie entsetzt ihn Nala George angestarrt hatte, und sah zu Boden. »Manchmal«, sagte er und nahm einen Schluck. »Was ist mit dir? Hast du wirklich nichts mehr von Will gehört?« *Grundgütiger,* dachte er. *Sie wird rot.* Er konnte sich nicht erinnern, sie schon einmal in Verlegenheit gebracht zu haben.

»Okay, ich geb's zu. Vor ein paar Jahren hatte ich Kontakt mit ihm.«

»Hast du jemals rausgefunden, was er da getrieben hat? An welchem Projekt er gearbeitet hat?«

Sie schüttelte den Kopf. »Nein. Er hat mir ja noch nicht einmal verraten, was er vorhatte, nachdem er Baseline verließ. Er wirkte jedenfalls ganz glücklich.«

»Mann, du warst stinksauer, als das alles den Bach runterging.«

Tess sah zur Decke auf und seufzte. »Das ist lange her, aber ja. Ich war stinksauer. Damals war ich auch noch ein bisschen temperamentvoller.«

Jonah hob die Augenbrauen. »Und jetzt nicht mehr?«

Sie lachte. »Ich habe mich verändert, Jonah. Das würdest du nicht für möglich halten. Ich glaube … ich glaube, du wärst stolz auf mich.«

Jetzt musste Jonah lachen. »Also dürfen wir dich bald beim FRS begrüßen, ja?« Er wollte einen Witz machen, bemerkte dann jedoch das Bedauern in ihrem Blick.

»Dafür bin ich nicht geschaffen, Jonah. Ich führe private Wiederbelebungen für einen der exklusivsten Dienstleister überhaupt durch. Hierzulande und international. Viel Geld. Luxus. Es gibt nicht viele, die dir eine erfolgreiche Wiederbelebung garantieren, wenn die Bedingungen stimmen. Da solltest du mal drüber nachdenken.«

»Das höre ich in letzter Zeit ständig.«

»Und, kannst du es dir vorstellen?«

»Vor einer Woche hätte ich noch Nein gesagt, aber mein Job ist ziemlich hart. Ich arbeite zu viel. Du darfst niemandem verraten, dass ich ernsthaft darüber nachdenke.«

Jonah glaubte zu erkennen, dass sie überrascht, ja sogar enttäuscht war. »Na ja, wenn du dich verkaufen willst, dann wenigstens an eine der *exklusiveren* Firmen. Mach doch zur Abwechslung mal *so richtig* Kohle.«

»Wenn ich die Forensik aufgebe, dann nicht des Geldes wegen. Es gibt viele ganz normale Leute, die teure Versicherungen bezahlen und nur lausige Erfolgsquoten dafür erhalten. Diese Quoten würde ich gerne etwas erhöhen.«

Sie kicherte. »Ich war gespannt, ob du dich nach all der Zeit verändert hast.«

»Und, wie lautet dein Fazit?«

»Du bist immer noch ganz der Alte.«

»Ist das gut oder schlecht?«

»Gut.« Tess schenkte ihm ein warmes, ehrliches Lächeln ohne jede Künstlichkeit. Jetzt endlich erkannte er die Frau, in die er damals so verschossen gewesen war. »Ich wünschte, du wärst nicht so ein Einzelgänger geworden, aber du bist immer noch süß. Und du hast deine Ehre behalten. Rührend.« Sie beugte sich über den Tisch und legte ihre rechte Hand auf sein linkes Knie. Die Berührung war himmlisch. »Und sehr attraktiv«, flüsterte sie übermütig. »Du warst schon immer ein Idealist. Wieso sitzt du so weit weg?«

»Was?«

»Komm, setz dich neben mich.«

Jonah fühlte sich unbehaglich. Er nahm einen Schluck und sah sich um. Sie saßen in einer einigermaßen dunklen Ecke. Never war nirgendwo zu sehen.

»Aber nur«, sagte er, »wenn du mir eine Frage beantwortest.«

»Schieß los.«

»Warum hast du mich an deinem letzten Tag geküsst?«

Tess wandte sich für einen Augenblick ab. »Weil ich es wollte.«

»Du musst doch gewusst haben, was ich für dich empfand. Du hast gewusst, dass mich das in den Wahnsinn treiben würde.«

»Ich bin weggegangen. Das war die letzte Chance. Du warst kein Kind mehr, Jonah.«

Er schüttelte den Kopf. »Doch, Tess. Genau das war ich. Ein Kind, mit dem du dir die Zeit vertrieben hast. Wieso? Um dich abzulenken? Um mich um den Finger zu wickeln, so wie Will dich um den Finger gewickelt hat?«

Sie wurde ernst. »Sag so etwas nicht. So war es nicht.«

»Sondern?«

»In deiner Gegenwart war ich ein besserer Mensch.« Sie hielt inne und suchte nach Worten. »Ohne diesen ganzen anderen Scheiß war ich ein besserer Mensch. Und das *wollte* ich unbedingt. Du hast dafür gesorgt, dass ich es wollte.«

»Warum hast du dich dann nicht gemeldet? Du hattest sieben Jahre lang Zeit dazu.«

Tess holte tief Luft. »Jonah, wir sind einfach zu verschieden. Das hätte nicht funktioniert. Ich hätte dich zu einem Wrack gemacht und selbst wie eine Schlampe dagestanden. Das wollte ich vermeiden. Verflucht, Jonah. Dass ich ein besserer Mensch werden *wollte,* heißt nicht, dass ich das auch geschafft habe.«

Es war hoffnungslos. Sie hatte recht – wie immer –, aber es war trotzdem hart, es aus ihrem Mund zu hören. »Weshalb bist du dann hier?«

»Weil ich das Land verlasse und nie wieder zurückkehre. Das hier ist wirklich die letzte Chance.«

»Warum?«

Tess schüttelte den Kopf. »Kein Kommentar.« Sie tippte auf den Platz zu ihrer Linken. »Setz dich neben mich.«

Was Jonah auch tat, ohne sein Misstrauen abzulegen. *Kein Kommentar.* Sie war ihm nach wie vor ein Rätsel. Erst als er neben ihr saß, kapierte er, was sie eben gesagt hatte. »Wieso die letzte Chance?«

Sie rutschte auf ihn zu, bis ihre Gesichter nur Zentimeter voneinander entfernt waren. Er betrachtete sie. Ihre Augen, ihre Haut, das spielerische Lächeln brannten sich tief in sein Gedächtnis ein. Seine Alarmglocken mochten noch so laut klingeln – er war verloren.

»Ich will noch einen Kuss«, sagte sie leise. Er spürte ihren heißen Atem auf seinen Lippen, der Duft von Tequila und Zitrone mischte sich mit ihrem Parfüm. Er kam sich wie ein Reh vor, das in die Scheinwerfer eines näher kommenden Wagens starrte. Sie streifte seine Lippen mit den ihren. Sie fühlte sich so gut an, so voll und lebendig. Der Drang, sie zu küssen, war so stark, dass er sich von ihr abwandte. Er hatte das Gefühl zu ertrinken.

Die Enttäuschung in ihren Augen mischte sich mit Besorgnis. »Jonah?«, fragte sie.

Er leerte seinen Drink in einem Zug. Dann fing er schnell an zu reden, als wollte er das, was gerade passiert war, einfach hinfortplaudern. »Das ist alles ziemlich viel auf einmal«, sagte er. »Ich brauche was zu trinken. Nochmal dasselbe für dich?«

Tess Neil nickte niedergeschlagen. »Tut mir leid, Jonah. Ich …«, begann sie, doch Jonah hob die Hand.

»Schon gut. Bleib, wo du bist. Ich bin gleich wieder da.«

Die Bar war überfüllt. Er war erleichtert, dass er anstehen musste und Zeit hatte, um sich zu überlegen, ob das, was er vorhatte, in einer Katastrophe enden würde oder nicht. Da legte sich eine Hand auf seine Schulter.

»Wie läuft's?«, fragte Never.

»Ich weiß nicht so recht. Und bei dir?«

»Ich hab ein paar Leute kennengelernt.« Er deutete auf eine Gruppe, die an einem Tisch neben der Bar saß. »Thorne hat seine Kollegen aus Chicago mitgebracht, und vom Nordostbüro sind auch ein paar da. Sind alle ganz nett.« Er senkte die Stimme. »Ich glaube, die Brünette steht auf mich.«

Jonah sah sich um. Als er den Kopf wandte, lächelte die Frau ihnen zu. »Süß. Trink nicht zu viel, ja?«

»Sag das denen. Die haben sich schon durch die halbe Cocktailkarte gearbeitet. Jetzt sag schon – wie läuft's?«

»Es ist … verwirrend«, sagte Jonah, während ihn Never prüfend musterte.

»Sie will nur deinen Körper«, verkündete Never. Jonah nickte grinsend. Never grinste zurück.

»Ich bin völlig fertig«, sagte Jonah. Langsam ging ihm Nevers gute Laune auf die Nerven. »Jetzt mal im Ernst, ich überblicke gar nichts mehr. Ich habe sie sieben Jahre lang nicht gesehen, und plötzlich taucht sie auf und macht mich an? Ich weiß nicht, was ich davon halten soll.«

»Weshalb ist sie überhaupt hier?«

»Um sich zu verabschieden. Sie verlässt das Land. Für immer.«

»Aha! Das erklärt alles. Sie will eine Abschiedsnummer.«

Jonah funkelte ihn an. »Bitte. Ich weiß wirklich nicht mehr weiter.«

»Tut mir leid.« Er zuckte mit den Schultern. »Sie will sich von dir verabschieden. Mit Sex.«

»Sieht so aus.«

»Und du hältst dich zurück, weil …«

»Weil ich nicht weiß, worauf das hinausläuft.«

»Hör mal, du bist seit deiner Teenagerzeit in diese Frau verknallt, oder?« Er wartete, bis Jonah bestätigend nickte. »Wenn du eine Frau vergessen willst, ist es am besten, wenn du sie vögelst.«

»Was soll denn *das* für eine Logik sein?«

»Vertrau mir. Wenn du die Frau, in die du verschossen bist, nicht vögelst, kommst du nie drüber weg. So ist es leichter für dich, mit deinen Gefühlen ins Reine zu kommen. Und außerdem – *springt noch eine Nummer dabei raus.* Kapiert?«

»Nein.«

»Am nächsten Morgen ist es für sie entweder vorbei oder die große Liebe. Es sei denn … Scheiße. Es sei denn, du bist dir selbst unsicher. Bist du dir unsicher?«

Jonah sah zu Boden. »Ich will nur keinen Fehler machen.«

Never legte den Arm um Jonahs Schultern und seufzte. »Ich kann dir da auch keinen Rat geben, Kumpel. Wenn du nicht weißt, wie du dich danach fühlen wirst, musst du vorsichtig sein. Sollte sie die Wahrheit sagen und tatsächlich auf Nimmerwiedersehen verschwinden, kriegst du so eine Gelegenheit nie wieder. Wenn du schon einen Fehler machst, dann richtig.«

Jonah sah ihn zehn geschlagene Sekunden lang verblüfft an. Schließlich lenkte er ein. »Okay. Diese Logik ist unfehlbar.«

»Allerdings. Willst du was zu trinken?«

»Ja.«

»Mal sehen, was sich da machen lässt.« Er lehnte sich

auf die Theke. »Ivan!«, rief er und wiederholte den Namen weitere sechs Mal, bis der Barkeeper schließlich zu ihm herüberkam.

»Du bist wirklich ein hartnäckiger Hurensohn«, sagte der Barkeeper, der gleichzeitig amüsiert und genervt wirkte.

»Tut mir leid, Ivan«, sagte Never. »Aber mein Kumpel hier hat eine schöne Frau am Start und braucht dringend was zu trinken.«

Ivan sah Never einen Augenblick finster an, dann hellte sich seine Miene auf. »Also ein *Notfall*, sagt das doch gleich.« Er wandte sich Jonah zu. »Was darf's denn sein?«

Mit einem Glas in jeder Hand kehrte Jonah zu Tess zurück. Er ging einen Umweg, um sie unbemerkt beobachten zu können. Sie hatte die Hände auf den Tisch gelegt und starrte nachdenklich darauf. Als er näher kam, schloss sie die Augen. Der melancholische Ausdruck in ihrem Gesicht machte ihm Sorgen.

»Hey«, sagte er und stellte den Drink vor ihr auf den Tisch.

Sie lächelte, konnte die Besorgnis in ihren Augen jedoch nicht völlig verbergen.

»Was ist denn?«, fragte Jonah. »Hast du Ärger, Tess? Verlässt du deshalb das Land?«

»Aber nein, Jonah. Diese Entscheidung war wahrscheinlich die beste meines Lebens. Ich wurde nur gerade etwas nostalgisch. Das vorhin war ehrlich gemeint – du hast wirklich dafür gesorgt, dass ich ein besserer Mensch werden wollte. Du bist mir wichtig, und ich will, dass du das weißt.«

Sie nahm seine Hand und sah ihn mit einer Intensität an, die ihn völlig überwältigte.

Er öffnete den Mund, um etwas zu sagen. Er fühlte sich

staubtrocken an. »Tess …«, begann er, als sein Argwohn wieder die Oberhand gewann. »Was wird das hier?«

»Dieses Kapitel ist noch nicht abgeschlossen.«

Erneut öffnete er den Mund, doch sie legte einen Finger auf seine Lippen. Dann küsste sie ihn leidenschaftlich und langsam. Er erwiderte ihren Kuss.

Danach sahen sie sich eine Minute lang schweigend an. Tess lächelte ihn mit der Offenheit an, die er immer an ihr geliebt hatte. Alle Reserviertheit war wie weggeblasen.

Jonah hatte sich entschieden. Er hob sein Glas und leerte es. »Gehen wir«, sagte er.

Never Geary stand an der Bar und beobachtete, wie sein Freund von dannen zog. Auch er hob das Glas. »Viel Glück«, flüsterte er.

Auf dem Weg zu seiner Wohnung saßen Jonah und Tess schweigend auf der Rückbank des Taxis. Tess hatte ihren Kopf auf seine Brust gelegt.

Nach der zwanzigminütigen Fahrt stieg Jonah aus und zog eine lachende Tess aus dem Wagen. Sie liefen so schnell sie konnten die Treppe zu seinem Apartment hinauf. Er wollte gerade den Schlüssel ins Schloss stecken, als er sich zu ihr umdrehte.

»Weißt du, wie lange ich darauf gewartet habe?«, fragte er. Tess antwortete, indem sie ihn an sich zog und küsste.

Jonah sperrte auf. Sie taumelten in die Wohnung und ließen die Hüllen fallen, noch bevor die Tür hinter ihnen ins Schloss gefallen war. Kichernd zogen sie sich bis auf die Unterwäsche aus. Als Jonah seine Boxershorts ablegen wollte, hielt Tess seine Hand fest und schüttelte den Kopf.

»Erst im Bett«, sagte sie. Jonah bekam einen Lachanfall, der ihm auf der Stelle peinlich war, doch Tess lächelte ihn herzlich an. »Lassen wir uns Zeit«, sagte sie. Damit war Jonah durchaus einverstanden und ging in Richtung Schlafzimmer. Tess wollte ihm folgen, hielt aber inne, als sie ein Geräusch aus der Küche hörte. Marmite miaute. Tess war hin und weg.

»Du hast eine Katze?«

Er nickte, amüsiert darüber, dass Tess so leicht abzulenken war. Marmite saß direkt vor der Küchentür und beobachtete sie. Dann miaute er noch einmal. Sie beugte sich vor und hob ihn auf.

»Wie heißt sie?«

»Er«, berichtigte Jonah. »Marmite. Seine Krallen müssten mal wieder geschnitten werden. Außerdem ist er ziemlich verspielt, also pass auf.« Sie streichelte das Tier und redete in Babysprache auf es ein. Jonah seufzte. Er kam sich etwas vernachlässigt vor, fand das Ganze aber auch lustig. *Ist wahrscheinlich ganz gut so,* dachte er, während er zum Kühlschrank ging. Es sollte schließlich nicht zu schnell vorbei sein. Eine kleine Pause kam ihm ganz gelegen. »Willst du was essen? Oder was trinken?«

Tess sah auf. »Ein Glas Wein …« Jetzt wirkte sie beinahe schuldbewusst. »Hoppla. Ich wurde irgendwie abgelenkt.«

»Du bist wirklich leicht abzulenken«, sagte er. Tess schüttelte lachend den Kopf.

»Tut mir leid. Bei Katzen werd' ich einfach schwach. Als ich fünf Jahre alt war, hatte ich einen kleinen schwarzen Kater. Hat immer auf den Teppich gepinkelt. Einen Monat später ist er verschwunden. Mein Dad hat behauptet, dass er weggelaufen wäre.«

Jonah wusste, dass Tess' Dad zu verbaler, wenn nicht sogar zu körperlicher Gewalt geneigt hatte. Er hatte ihr das Leben zur Hölle gemacht.

»Wie sich herausstellte, hat er das Kätzchen verkauft«, sagte sie. »Das hab ich erst nach seinem Tod herausgefunden.« Sie kraulte Marmites Kopf. »Ich weiß nicht mal mehr, wie der Kater hieß. Schlimm, oder? Darf ich ihn füttern?«

Jonah griff nach dem Trockenfutter, überlegte es sich aber anders und leerte eine Thunfischdose in eine Schüssel, die er ihr reichte. Marmite drückte sich an Tess' nacktes Bein. Ungeduldig wartete er, bis sie die Schüssel vor ihm abstellte. Dann machte er sich über den Fisch her.

»Er hat so ähnliche Tischmanieren wie du«, sagte sie. »Nur isst er etwas langsamer.«

Jonah grinste. »Du solltest mal Never sehen.«

Sie schüttelte den Kopf. »Dafür ist es leider zu spät.«

Jonah sah ehrliches Bedauern in ihrer Miene. »Du willst also wirklich das Land verlassen«, sagte er. »Und ich werde dich nie mehr wiedersehen.« Sie nickte stumm. »Ohne jede Erklärung.«

Tess schüttelte den Kopf und wandte sich wieder Marmite zu. Im hellen Küchenlicht bemerkte Jonah eine fast zehn Zentimeter lange Narbe unter dem Haaransatz direkt über ihrem linken Ohr. Sie bemerkte seinen Blick und verdeckte die Narbe unwillkürlich mit der Hand. Er streckte den Arm aus und streichelte die Narbe. »Eine Operation?«, fragte er besorgt. »Ist das der Grund?«

»Nur ein kleiner Tumor. Gutartig. Ich will nicht drüber reden, aber es ist nicht so schlimm, wie es sich anhört. Und nein, das ist auch nicht der Grund für meine Abreise, obwohl sich seit der Operation viel verändert hat. Sie hat mich dazu gebracht, darüber nachzudenken, was ich wirklich will.« Sie sah ihn ein paar Sekunden an, dann grinste sie boshaft. »Oder wen ich will …« Sie nahm einen großen Schluck Wein und stellte das Glas ab. »Schlafzimmer. Sofort.«

Er führte sie hinein. Gott sei Dank hatte er einigermaßen aufgeräumt und das Bett vor nicht mal einer Woche bezogen. »Moment«, sagte er, als ihm die Kondompackung einfiel, die er aus dem Automaten auf der Toilette der Bar gezogen hatte und die noch in seiner Jacke steckte. Als er zurückkam, lag sie nackt auf seinem Bett. Er starrte sie überwältigt an. Sie lächelte spöttisch.

»Was ist?«, fragte sie.

Ich weiß nicht, warum du hier bist, dachte er. *Vielleicht ist das ein Fehler.*

»Alles in bester Ordnung«, sagte er und schloss die Tür.

Er wachte auf und wusste sofort, dass sie nicht mehr da war. Er roch ihren Duft in dem Kissen neben ihm. Die Nacht war lang und perfekt gewesen. Sie hatten gespielt und gevögelt, gekuschelt und gestreichelt, ohne Scheu, ohne Hintergedanken. Er schloss die Augen und stellte sich ihre Haut vor, ihre sanften Kurven, wie es sich angefühlt hatte, neben und in ihr zu sein, sie von Kopf bis Fuß zu berühren und jeden Quadratzentimeter zu genießen. Er dachte an ihren Mund, wie er ihn küsste und leckte, wie sich dieser Mund um seinen geschlossen hatte und dann zu seinem Hals gewandert war.

Er öffnete die Augen wieder. Einen Augenblick lang hoffte er, sie wäre noch in der Wohnung, in der Küche vielleicht. Er stand auf und ging hinüber, aber da war nur Marmite, der aus seiner Wasserschüssel trank. Neben der Spüle stand eine zweite geleerte Thunfischdose. Sie war immerhin so lange geblieben, um den Kater zu füttern.

Neben der Dose lag ein gefalteter Zettel aus einem Block, auf dem er üblicherweise seine Einkaufslisten notierte. Bevor er ihn las, suchte er seine Unterwäsche und Jeans im Wohnzimmer und zog sich an. Dann setzte er sich einige Minuten lang auf die Couch. Er hätte sich gerne von ihr verabschiedet. Wenigstens das.

Er sah auf die Uhr – Viertel nach elf. Er hatte gut und lange geschlafen. Wahrscheinlich war sie schon vor Stunden gegangen.

Als er bereit war, ging er in die Küche und las ihre Nachricht.

Jonah, stand da. *Ich musste los. Ich wollte dich nicht aufwecken. Du hast so friedlich geschlafen, da wollte ich dich nicht stören. Viel Glück und alles Gute. Tess.*

Niedergeschlagen ließ sich Jonah auf einen Küchenstuhl fallen. Marmite strich gegen sein Bein.

»Na, wenigstens hat sie sich von dir verabschiedet.« Der Kater miaute und sah ihn mit zusammengekniffenen Augen an. »Immerhin.« Dann fing er an zu weinen.

Unter der Dusche dachte er an Tess. Das Wasser spülte die Tränen aus seinen Augen, Tränen, die er zu lange zurückgehalten hatte. Er fühlte sich gereinigt.

Warum hatte sie ihn noch einmal sehen wollen? Ein unabgeschlossenes Kapitel. Ein offenes Ende.

Du bist mir wichtig, und ich will, dass du das weißt. Hatte sie das ernst gemeint?

Irgendwie hatte sie sich verändert, er konnte es nur nicht richtig benennen. Früher hatte sie oft verloren gewirkt. Orientierungslos. Aber gestern Nacht …?

Er überlegte, bis es ihm einfiel. Sie war konzentriert gewesen. Ihrer Sache sicher. Genau. Welche Operation wohl diese Narbe über ihrem Ohr hinterlassen hatte? Nichts Ernstes, hatte sie gesagt, doch das glaubte er ihr nicht. Obwohl er keine Ahnung hatte, warum sie das Land verlassen musste, ahnte er, dass die Narbe irgendwie damit zusammenhing.

Wie dem auch sei – offenbar wusste sie nun, wo sie hingehörte. Er wünschte ihr alles Gute.

In den schwierigen Jahren nach dem Tod seiner Mutter und der Entdeckung seiner Fähigkeiten war Tess Neil ein wichtiger Teil seines Lebens gewesen. Die Hoffnung, Tess wiederzusehen, hatte seitdem eine offene Tür für ihn dargestellt – eine offene Tür und in gewisser Weise auch eine offene Wunde.

Diese Tür war jetzt geschlossen. Und mit Glück würde sich auch die Wunde schließen und verheilen.

KAPITEL 14

In dieser Nacht träumte Jonah von seiner Mutter.

Es begann wie immer. Er starrte in den Himmel, beobachtete die Wolken. Sein Rückzugsort.

»Jonah?« Die Stimme seiner Mutter, die auf dem Beifahrersitz saß, holte ihn in die Realität zurück. Wie oft sie wohl schon seinen Namen gerufen hatte?

»Deine Mutter hat dich gefragt, ob du heute Abend etwas unternehmen willst.« Wenn sein Stiefvater Stephen mit ihm sprach, dann immer mit dieser seltsam tonlosen Stimme. Um Claires willen bemühten sie sich, einigermaßen miteinander auszukommen, doch ihre Unterhaltungen waren stets unterkühlt. Jonah bezweifelte nicht, dass sich seine Mutter dessen durchaus bewusst war.

David Miller, Jonahs richtiger Vater, war Architekt gewesen. Er war vor vier Jahren durch einen Stromschlag auf einer Baustelle gestorben. Eine außergerichtliche Einigung nahm Jonah und seiner Mutter für die nächsten zehn Jahre alle finanziellen Sorgen.

Damals war Jonah zehn Jahre alt gewesen. Er hatte im Stillen getrauert, seine Freunde nicht mehr gesehen und sich zurückgezogen. Das sorglose Kind, das er gewesen war, war verschwunden. Er verbrachte so viel Zeit wie möglich mit seiner Mutter und bekam Angst, wenn sie nicht bei ihm war. Angst, sie ebenfalls zu verlieren.

Stephen Brinley war der Finanzberater, den Claire Miller nach der Einigung mit Davids Firma angeheuert hatte. Er war charmant, gutaussehend und verdiente so viel, dass Claires Vermögen keine Rolle mehr spielte. Jonah war schlau genug, um im Voraus zu wissen, dass er jedem, der versuchte, den Platz seines Vaters einzunehmen, mit Ablehnung gegenüberstehen würde. Stephens Verhalten hatte allerdings dafür gesorgt, dass aus der Ablehnung schnell Hass wurde.

Für Stephen war Jonah ein stetiges Ärgernis, seine Anwesenheit ein Übel, das er in Kauf nehmen musste. Während er seiner Mutter den Hof machte, unternahmen sie nur selten etwas zu dritt, obwohl Claire ihrem Sohn immer wieder versicherte, dass sie ohne seine Zustimmung keine Beziehung eingehen würde.

Jonah war nicht entgangen, wie viel glücklicher seine Mutter jetzt wirkte – und sei es auf Kosten seiner eigenen Zufriedenheit. Er saß in der Zwickmühle. Trotz seiner offenen Ablehnung schien seine Mutter immer weniger auf seine Meinung zu geben, je stärker sie von Stephen abhängig wurde. Schon bald schien sie sich eine Zukunft ohne ihn nicht mehr vorstellen zu können.

Jonah begriff, dass er dabei war, sie völlig zu verlieren. Das durfte nicht geschehen, und er sah nur eine Möglichkeit, dies zu verhindern. Er verhielt sich so, wie Stephen es von ihm erwartete, indem er ihm so wenig wie möglich in die Quere kam, nur das Nötigste sagte und so seiner Mutter gegenüber tat, als sei er glücklich. Das klappte leider viel zu gut – an Heiligabend verkündeten seine Mutter und Stephen, dass sie heiraten wollten.

Er zog sich mehr und mehr zurück, was seine Mutter in ihrem Freudentaumel gar nicht bemerkte. Sobald der heikle Hochzeitstag vorüber war und der Alltag einkehrte, hatte er keinen Grund mehr, die Fassade aufrechtzuerhalten. Jonahs spärliche Anwesenheit zu Hause und sein offensichtlicher Erfolg in der Schule – er hatte nie Ärger und tat genau das, was man von ihm erwartete – hatten zur Folge, dass sich Stephen nicht von ihm bedroht fühlte.

Jonah war nur bei den seltenen Gelegenheiten glücklich, an denen Stephen lange genug außer Haus war, dass seine Mutter wieder sie selbst wurde und aus dem Schatten ihres übermächtigen Ehemanns trat.

Und jetzt saß Jonah im Auto und konnte sich auf eine dieser Gelegenheiten freuen. Sie waren auf dem Weg zum Flughafen, da sein Stiefvater für zwei Wochen auf Geschäftsreise nach Europa musste. Seine Mutter hatte darauf bestanden, dass Jonah mitkam, um sich von ihm zu verabschieden. Sie hatte das fast krankhafte Bedürfnis, die Illusion einer heilen Familie aufrechtzuerhalten, weshalb sie auch eine rührselige Abschiedsszene erwartete. Es wurde ziemlich schnell sehr emotional, wenn auch anders als gedacht. Stephen konnte seinen Pass nicht finden und machte alle anderen, nur nicht sich selbst dafür verantwortlich. Der außergewöhnlich starke Verkehr machte ihn noch wütender, sodass er bei Rot über die Ampeln fuhr und alle Geschwindigkeitsbegrenzungen missachtete.

»Deine Mutter hat gefragt, ob du heute Abend etwas unternehmen willst. Hörst du nicht?« Stephen klang ungeduldig. Jonah antwortete in sanftem Ton direkt seiner Mutter.

»Vielleicht können wir ins Kino gehen?«

»Das wäre schön«, antwortete sie.

»Vergiss nicht, wenn ich ankomme, ist es hier ungefähr neun Uhr«, sagte Stephen. »Damit du auch zu Hause bist, wenn ich anrufe.«

»Nein, dann ist es wohl schon gegen elf«, berichtigte ihn seine Mutter. »Bis dahin sind wir längst daheim.«

Im Laufe dieser Diskussion war Stephen immer näher auf den Vordermann aufgefahren, sodass der Abstand zwischen den beiden Fahrzeugen nur wenige Meter betrug – bei einer Geschwindigkeit von fast hundert Sachen. Er beschleunigte und überholte, wobei der Gegenverkehr beunruhigend knapp an ihnen vorbeirauschte.

»Fahr doch langsamer, Schatz«, sagte seine Mutter. »Das schaffen wir schon rechtzeitig.«

»Wir brauchen noch eine Viertelstunde bis zum Flughafen«, gab Stephen gereizt zurück. »Und ich muss in zwanzig Minuten einchecken. Wenn du also nicht zufällig eine Zeitmaschine dabeihast, dann lass mich bitte in Ruhe fahren, ja?«

Während er sprach, überholte er mitten in einer Kurve einen Lastwagen und übersah dabei einen entgegenkommenden Bus.

Jonahs Mutter schrie auf. Stephen riss das Lenkrad herum und versuchte, wieder auf die rechte Spur zu wechseln, obwohl er noch nicht an dem Lkw vorbei war. Er konnte nicht mehr ausweichen und trat auf die Bremse. Das Auto geriet ins Schlingern, wirbelte herum und wurde vom Bus erfasst.

»Nein«, sagte Claire mit verschwindend leiser Stimme, als das große Fahrzeug in die Beifahrerseite krachte.

Pulsierender Schmerz, ein grässliches reißendes Gefühl und ein ohrenbetäubender Lärm, gefolgt von Dunkelheit.

In der Finsternis roch Jonah Benzin und heißes Metall. Er hatte einen Augenblick lang das Bewusstsein verloren. Die Welt stand still, dafür drehte sich sein Kopf. Er öffnete vorsichtig die Augen, konnte jedoch nicht erkennen, wo er sich befand. Er bewegte die Hände, hielt sie sich vors Gesicht und starrte darauf, bis er die Blutflecken deutlich erkennen konnte. Er sah sich um. Seine Mutter saß auf dem Beifahrersitz und hatte das Gesicht dem leeren Fahrersitz zugewandt.

»Mom?«, sagte er mit krächzender Stimme. »Mom?« Sie antwortete nicht. Er löste den Sicherheitsgurt und spürte einen sengenden Schmerz dort, wo er sich in seine Haut geschnitten hatte. Seine Beine schienen meilenweit von ihm entfernt zu sein. Er bewegte sie vorsichtig und beugte sich vor, wobei er das Stechen in seiner Brust ignorierte.

Sie hatte die Augen geschlossen. »Mom?« Wo war sein Stiefvater? Durch die zersplitterte Windschutzscheibe konnte er nichts erkennen. Er musste so schnell wie möglich aus dem Auto. Die hintere Beifahrertür klemmte. Er rutschte über den Sitz zur gegenüberliegenden Seite, wo sich die Tür mühelos öffnen ließ. Jonah stieg aus. Als er sich aufrichtete, wurde ihm übel. Das Auto stand in einem schlammigen Acker. Es war durch eine Reihe junger Bäume gekracht und zehn Meter tief einen Abhang hinuntergerollt. Oben an der Straße standen mehrere Leute, die auf ihn deuteten und ihm etwas zuriefen. Er sah sich um. Drei Männer und eine Frau waren die Straße entlanggelaufen, bis sie eine sichere Abstiegsmöglichkeit gefunden hatten.

Stephen taumelte in etwa zehn Metern Entfernung über den unebenen Boden und winkte ihnen zu. Jonah umrundete das Auto, riss die Beifahrertür auf. Es war ein erschreckender Anblick. Ihre Kopfseite war völlig mit Blut bedeckt. Er kniete sich neben sie und nahm ihre Hand. Sie war warm.

»Mom?« Er drehte sich zu den herbeieilenden Helfern um. *»Bitte!«*, rief er. *»Hierher, bitte!«* Er weinte. Sie kamen nur langsam voran, da ihre Füße immer wieder im Matsch versanken.

Jonah legte seinen Kopf in den Schoß seiner Mutter und schluchzte. »Alles wird gut. Alles wird gut. Gleich kommt Hilfe, Mom. Halt durch. Halt durch.« Er umklammerte sie, so fest er konnte. Er durfte sie nicht verlieren. Seine Stimme versagte. Er fühlte sich wie ein dreijähriges Kind. »Bitte verlass mich nicht. Bitte verlass mich nicht.«

Ein Bild tauchte in seinem Kopf auf: Sein richtiger Vater schaltete die Christbaumbeleuchtung ein und lächelte.

»Bitte verlass mich nicht …«, sagte er mit versagender Stimme. Er spürte ein kurzes Durcheinander aus Lichtern und Geräuschen, auf das er sich keinen Reim machen konnte.

Dann spürte er etwas. Drei Sekunden später fing seine Mutter an zu sprechen.

»Jonah?« Ihre Stimme klang seltsam – weit entfernt, undeutlich und unsicher. Verblüfft hielt er inne. Er wagte es nicht, sie anzusehen. Doch tief im Inneren wusste er ganz genau, was hier geschah. Eleanor Prestons Geschichte war ein halbes Jahr vorher an die Öffentlichkeit gedrungen, und er hatte sie mit Faszination gelesen, ohne sich ihrer Bedeutung für sein zukünftiges Leben bewusst sein zu können. Jetzt, als er die Hand seiner Mutter hielt, begriff er es mit demjenigen Teil seines Verstandes, der sich nicht mehr an die Hoffnung klammerte, dass seine Mutter noch am Leben war.

»Mom?« Er hob den Kopf, und sein Lächeln verschwand. Ihre Augen waren leblos, ihr Gesicht wie versteinert. Irgendetwas lief hier völlig falsch. Doch er wünschte sich so sehr, sie lebendig zu sehen, dass er alle Zweifel beiseiteschob. »Mom?«

Er hörte die Stimmen der herannahenden Helfer.

»Bitte, bitte lass mich gehen«, sagte seine Mutter.

Er starrte sie an.

»Jonah, bitte lass mich gehen.«

Plötzlich verstand er, und die Erkenntnis traf ihn wie ein Hammerschlag. »Ich weiß nicht, wie«, sagte er.

Die Helfer hatten das Auto erreicht. »Lassen Sie mich durch«, sagte eine Frau. »Ich bin Ärztin. Lassen Sie mich …« Sie hielt inne und riss die Augen auf.

»Bitte lass mich gehen«, sagte seine Mutter. Jonah hörte ein Geräusch hinter sich. Ein Mann fluchte ungläubig. Die Ärztin sah Jonah entgeistert an. Es hatte ihr die Sprache verschlagen, also ergriff Jonah das Wort.

»Sie wird wieder gesund«, sagte er. »Sie …«

»Mein Gott. Was tust du da?«

Jonah wirbelte herum. Stephen stützte sich auf einen anderen Mann, hielt sich den Kopf und beobachtete ihn schockiert und wütend. *»Was zum Teufel machst du da?«*

»Sie wird wieder gesund«, sagte Jonah durch die Tränen und zwang sich zu einem zitternden Lächeln. Stephen beobachtete entsetzt, wie der Leichnam seiner Frau *redete*.

»Bitte, Jonah. Lass mich gehen.«

Diese Worte rissen Stephen aus seiner Lähmung. Er ging auf Jonah los und riss ihn mit sich in den Schlamm, sodass dieser die Hand seiner Mutter losließ und der Kontakt unterbrochen wurde. Er spürte, wie sie ihn verließ, und war gleichzeitig erleichtert und am Boden zerstört. Schluchzend hielt Stephen seine Frau in den Armen. Die anderen starrten Jonah mit einer Mischung aus Furcht, Verwirrung und Entsetzen an.

Jonah Miller sah zum Himmel auf, versuchte, sich in den Wolken zu verlieren. Doch diesmal konnte er sich nicht vor der Welt verstecken.

Die einzige Person, die er liebte – und die einzige, die ihn geliebt hatte – war tot. Er war mutterseelenallein.

Jonah wachte vor Morgengrauen auf, und einen Augenblick lang war die Trauer so stark wie vor zwölf Jahren. Er nahm die kleine Ringschatulle aus der untersten Schublade seiner Schlafzimmerkommode, die er drei Monate nach ihrem Tod im Keller in einem Karton voller Krimskrams gefunden hatte. Manchmal hatte ihm seine Mutter Sachen daraus gezeigt. Stephen Brinley schien offenbar kein Interesse an ihren Erinnerungsstücken zu haben. Jonah hatte sich nach dem Unfall die Andenken angesehen, seine Eltern betrauert und dabei die Ringschatulle entdeckt und mitgenommen, damit Stephen sie nicht in die Finger bekam.

Jetzt öffnete er sie und nahm den ersten Ehering seiner Mutter heraus, den sie erst an dem Tag abgelegt hatte, an dem sie Jonah eröffnet hatte, dass sie wieder heiraten würde. Daneben lag der Ehering seines Vaters. Sie hatte sie zusammen aufbewahrt. Außerdem war ein weiterer Gegenstand in der Schachtel – ein Zettel, den Jonah so oft gelesen hatte, dass er nur noch hauchdünn war. Es war eine Nachricht in der Handschrift seiner Mutter an seinen Vater. Er ließ den Zettel an Ort und Stelle, da er befürchtete, ihn durch ein weiteres Auffalten zu zerstören.

Ich vermisse dich, stand darauf.

Jonah steckte die Ringe zurück und schloss die Schatulle.

KAPITEL 15

Vier Tage später wurde Annabel Harker um elf Uhr vormittags von einem Klopfen an der Tür geweckt. Sie hatte in ihrem eigenen Bett geschlafen, ohne sich vorher auszuziehen. Bei der Erinnerung daran fluchte sie. Sie hatte noch spätabends eine Lebensmittelbestellung aufgegeben, da ihr allein die Vorstellung, ein Geschäft zu betreten, zuwider war, sie aber trotzdem etwas essen musste. Zu diesem Zweck hatte sie zum ersten Mal seit ihrer Ankunft ihren Laptop in Betrieb genommen. Das WLAN-Passwort ihres Vaters hatte sich seit ihrem letzten Besuch nicht geändert.

Sie hatte einen Wochenvorrat an Mikrowellengerichten, Milch und Frühstücksflocken bestellt. Mit einem gemurmelten Dank trug sie die Tüten ins Haus und schloss die Tür.

Sobald sie alles ausgepackt hatte, machte sie sich eine Schale Cornflakes. Als sie an der Arbeitsfläche stand, landeten ein paar Spritzer Milch neben der Schale. Sie schnappte sich ein Küchentuch, wischte sie auf und bemerkte, dass sie dabei einen sauberen Fleck auf der langsam immer staubiger werdenden Arbeitsfläche hinterlassen hatte. Abwesend und verloren starrte sie darauf, dann putzte sie weiter, bis sich irgendein innerer Widerstand löste und sie sich jede sichtbare Oberfläche vornahm, bis alles blitzte und blinkte und sie sich besser fühlte.

Unverzüglich suchte sie nach dem Staubsauger und arbeitete sich Raum für Raum durch das Haus, wobei sie zunehmend aufgeregter und gutgelaunter wurde, obwohl ihr genau bewusst war, dass ihr Verhalten an Hysterie grenzte.

In ihrem ehemaligen Kinderzimmer riss sie die Laken vom Bett und hob den kleinen Klamottenhaufen auf, den sie auf dem Boden davor hinterlassen hatte.

Als sie das Schlafzimmer ihres Vaters erreichte, war sie außer Atem und wurde von Verzweiflung gepackt. Sie schaffte es noch, das Bett abzuziehen, dann fiel sie auf die Knie und ließ den sich über die Tage aufgestauten Emotionen wild schluchzend freien Lauf.

Sobald sie die Fassung wiedererlangt hatte, sah sie es.

Es hatte unter der Matratze ihres Vaters geklemmt und war heruntergefallen, als sie das Laken entfernt hatte. Ein Notizbuch. Jenes Notizbuch, das ihr Vater immer bei sich trug oder unter dem Bett versteckte, um es vor den neugierigen Blicken seiner Frau und seiner Tochter zu verbergen – selbst wenn diese neugierigen Augen entweder lange tot oder weit entfernt waren.

Annabel griff danach und blätterte darin herum. Notizen für einen neuen Roman, was sie an dem Namen eines Privatdetektivs erkannte, der bereits im vorangegangenen Buch aufgetreten war. Sie blätterte weiter. Etwa vierzig Seiten voller Notizen später erreichte sie die letzten Einträge.

Die sich deutlich vom Rest unterschieden. Eine Seite war mit einem Durcheinander aus Abkürzungen und hastig hingeschmierten Phrasen, Fragezeichen, Pfeilen und dicken Unterstreichungen bedeckt, die nicht den geringsten Sinn ergaben. Inmitten der Kritzeleien befand sich ein Datum – drei Wochen vor dem Verschwinden ihres Vaters. Daneben standen die Initialen *T.Y.* und das von einem Kreis umgebene Wort *UNITY*.

Auf der nächsten Seite stand ein weiteres Datum. Drei Tage vor seinem Verschwinden. Dazu die Worte: *T.Y. NICHT ERSCHIENEN.*

Ihr Vater hatte erwähnt, dass er an einem Sachbuch schrieb. Das hier waren ganz offensichtlich seine Aufzeichnungen dazu.

Wahrscheinlich waren die Einträge völlig harmlos und hatten nichts zu bedeuten. Doch dass die Datumsangaben so nahe bei seinem Verschwinden lagen, warf ein ganz neues Licht auf die Sache. Sie versuchte zunächst verzweifelt, daraus einen unverfänglichen Grund für seine Abwesenheit abzuleiten, bis sie sich ermahnte, sich nicht durch falsche Hoffnungen zu quälen.

Nein. Sie musste dieses Gekrakel entschlüsseln und die Polizei benachrichtigen, sobald sie etwas Entscheidendes herausgefunden hatte.

Die Wörter in Großbuchstaben und die Abkürzungen waren kaum zu entziffern. Sie machte sich eine Liste: *TY, UNITY, BL, AB, MA, BPV, AL.*

Dann konsultierte sie ihren Laptop. Die Abkürzung BPV war noch am einfachsten herauszufinden – es war der Name eines Medikaments, das bei Wiederbelebungen Verwendung fand. Eine Linie verband es mit *TY*, und unter der Linie stand die Zahl fünfzehn. *BL* bedeutete höchstwahrscheinlich »Baseline«. Für *TY* oder *UNITY* fand sie keine plausible Entsprechung.

AB schien für Andreas Biotech zu stehen, den größten Sponsor von Baseline. *MA* war möglicherweise Michael Andreas, der Firmengründer. Von ihm führte ein dicker Pfeil zu *BPV*.

Sie ging online und informierte sich über Michael Andreas. Zumindest sein Gesicht war ihr bekannt. Als Baseline gegründet wurde, war er ständig in den Medien gewesen, da seine Firma erhebliche Gelder und Fachkräfte zur Verfügung gestellt hatte. Sie erinnerte sich, dass manche der Berichte leise an dem Mann gezweifelt hatten, der damals noch keine vierzig gewesen war – erschreckend jung, um ein derartiges Vermögen gemacht zu haben. Fünf Jahre vor Baseline hatte eine öffentliche Bekanntmachung seiner persönlichen Pläne für Gelächter gesorgt: Andreas hatte behauptet, dass der Tod innerhalb eines Jahrhunderts der Vergangenheit angehören würde.

Bekanntermaßen hatte er in die Kryotechnikforschung investiert, indem er eine Einrichtung in Nevada übernommen hatte, in der menschliche Körper eingefroren wurden – die ausnahmslos wohlhabenden Kunden hofften so, der trostlosen Endgültigkeit des Grabes zu entgehen.

Als er sich in Baseline eingekauft hatte, waren hämische Stimmen laut geworden, die ihm unterstellten, er wäre vom Tod regelrecht besessen. Nach der Lektüre mehrerer Artikel fragte sich Annabel, wieso es so eine große Überraschung darstellte, dass der wichtigste Beitrag zur Erforschung der Wiederbelebung von einem Mann stammte, der geradezu fanatisch gegen seine eigene Sterblichkeit kämpfte. Eine Obsession, die manche Journalisten auf den Tod seiner ersten großen Liebe neun Jahre vor der Entdeckung der Wiederbelebung zurückführten. Ihre Artikel bewerteten diesen schmerzlichen Verlust sehr unterschiedlich – entweder sprachen sie vom Ende einer herzzerreißenden Liebe oder vom Anfang einer ungesunden Fixierung.

Ohne seine Beteiligung wäre Baseline nie so weit gekommen. Die Wiederbelebung stieß auf die Skepsis der Öffentlichkeit, der Politik und der Wirtschaft. Die meisten Firmen wollten nicht damit in Verbindung gebracht werden – dasselbe galt für internationale Förderorganisationen. Selbst die Regierung der Vereinigten Staaten distanzierte sich eilig davon, sobald die anfängliche Faszination abgeklungen war.

Andreas hatte genau das Gegenteil getan, was ihm erst den Beifall und dann den Zynismus der Presse eingebracht hatte. Warum investierte er derart hohe Summen? Was führte er im Schilde? Er wurde wegen seiner morbiden Obsession angegriffen, der Profitgier und Geschäftemacherei bezichtigt. Als Baseline schließlich geschlossen wurde, fragten sich viele, ob Andreas aufgegeben hatte, zumal er sich seitdem aus der Öffentlichkeit zurückgezogen hatte und die Kameras scheute, was die Medien auf seinen verletzten Stolz zurückführten.

Annabel starrte auf die Notizen ihres Vaters. Andreas war eine Schlüsselfigur in der Entwicklung von BPV gewesen, jenem Medikament, das dem Äquivalent einer Posttraumatischen Belastungsstörung bei den Revivern vorbeugte. Allerdings hatte sie keine Ahnung, warum ihr Vater diese Verbindung für so wichtig erachtete.

Die Abkürzung *AL* hob sie sich bis zum Schluss auf, weil sie eine Vermutung hatte, die ihr ein mulmiges Gefühl in der Magengegend bescherte. Die einzig plausible Lösung war »Afterlifers«. Im Notizbuch waren um das Kürzel *AL* mehrere Worte gruppiert, die sie nicht entziffern konnte. Immerhin gelang es ihr, einen Pfeil zu *TY* zu identifizieren, der mit *Abscom?* beschriftet war. Eine weitere Websuche führte sie zu einem alten Artikel über Afterlifer-Extremismus.

»Abscom« war die Bezeichnung gewesen, die sich eine der extremsten Gruppierungen der Afterlifer selbst verliehen hatte. Abscom. *Absolute Commitment.* Völlige Hingabe. Der Begriff wurde auch als Verb gebraucht, ein Euphemismus für: tun, was getan werden musste. Ohne zu zögern. Eine Drohung für alle, die Schwäche zeigten oder den Behörden Informationen weitergaben. Jeder, der ins Zaudern geriet, wurde krankenhausreif geschlagen – oder Schlimmeres.

TY war also eine Person, schlussfolgerte sie. Jemand, den ihr Vater getroffen hatte und mit dem er ein weiteres Treffen vereinbart hatte, bei dem derjenige nicht erschienen war. Jemand, der so viele alte Verbindungen zu den Afterlifers hatte, dass er in Gefahr geriet, wenn er mit einem Journalisten sprach.

Jemand, der der Polizei höchstwahrscheinlich bereits bekannt war.

»Dad, in was zur Hölle bist du da nur reingeraten?«, sagte Annabel.

Sie rief Detective Harrington an, erklärte ihm atemlos, was sie entdeckt hatte, und bemerkte die völlige Stille am anderen Ende der Leitung erst, als sie geendet hatte.

»Miss Harker«, sagte der Detective mit fester Stimme, die Annabel stark beunruhigte. »Annabel. Der Fall liegt nicht mehr bei uns. Es gab bestimmte Entwicklungen, aber …«

»Welche Entwicklungen?«, fragte Annabel. Sie konnte das Unbehagen am anderen Ende der Leitung deutlich spüren.

»Bitte warten Sie einen Moment.« Sie sah vor ihrem geistigen Auge, wie er seine Kollegen hektisch um Rat fragte. Dreißig Sekunden vergingen. Sie umklammerte das Telefon noch fester. Dann klickte es, und Harrington war zurück. »Annabel«, sagte er vorsichtig und zögerlich. »Annabel, jemand wird gleich bei Ihnen sein. Es dauert …«

»Sagen Sie es mir. *Bitte.*«

Nach einer langen Pause hatte Harrington seine Entscheidung getroffen.

»Man hat vor vier Stunden einen Leichnam gefunden«, sagte der Detective. »Wir vermuten, dass es sich um Ihren Vater handelt.«

KAPITEL 16

Detective Ray Johnson fror. Er stand im Seziersaal des FRS-Büros in Richmond und wurde Zeuge einer Madenjagd.

Daniel Harkers Leichnam war in einem gemieteten Einfamilienhaus in Warrenton, Virginia gefunden worden. Die Miete war für zwei Monate im Voraus bezahlt worden. Der Besitzer hatte seit Tagen versucht, den Mieter zu erreichen, da er einen Baum im Garten fällen wollte. Weil er niemanden ans Telefon bekam, hatte er sich entschlossen, persönlich vorbeizuschauen. Er fand ein verlassenes Haus und einen seltsamen Geruch vor, der aus dem Keller zu kommen schien.

Im Geldbeutel in Harkers Gesäßtasche befand sich ein Ausweis. Da großes Medieninteresse zu erwarten war, entschieden zunehmend höhere Stellen, wer mit der Ermittlung betraut werden sollte: erst die Stadt, dann der Bezirk und schließlich die Regierung des *Bundesstaats* nahmen sich der Sache an. Bei einer nachlässig durchgeführten Ermittlung war ein PR-Desaster zu erwarten, das keine der betreffenden Parteien in ihrem Zuständigkeitsbereich wissen wollte.

Da bereits der Wood-Fall einige Tage lang von den Medien hochgespielt worden war, entschied man, Crenner aufgrund des Sympathiebonus, den er sich dadurch erworben hatte, mit den Ermittlungen zu betrauen.

Und so war Johnson an diesem Morgen Detective Crenner und Peter Rierson, dem zuständigen Gerichtsmediziner, in den stinkenden, düsteren Keller hinunter gefolgt. Auf Riersons Anraten hin hatte Johnson eine weiße Atemmaske angelegt. Der Keller war bis auf den Polizeifotografen und die Leiche leer. Eine einsame nackte Glühbirne hing von der Decke.

Mitten im Raum lag ein umgefallener Stuhl, an den eine Gestalt mit auf dem Rücken gefesselten Händen gebunden war. Ihre Haut hatte sich lila und schwarz verfärbt, der Gestank war unerträglich. Johnson bemerkte eine Bewegung – eine Made kroch über die Wange des Leichnams.

»Herrgott«, sagte er und unterdrückte ein Würgen.

Rierson nickte. »Ich bin schon seit zehn Minuten dabei, die kleinen Biester einzusammeln, und hab erst die Hälfte erwischt. Mir ist's nämlich lieber, wenn meine Leichen ruhig liegen bleiben.« Er ging in die Hocke, holte eine Plastikdose und eine Pinzette aus der Tasche und sammelte eine Larve nach der anderen ein.

»Scheiße«, sagte Crenner. »Wer weiß, ob er das überhaupt ist.«

Johnson starrte das aufgedunsene, deformierte Antlitz der im Stuhl zusammengekrümmten Leiche an.

»Wie lange ist er schon tot?«, fragte Crenner.

»Dazu müssten wir erst mal wissen, wie warm es nachmittags hier unten wird«, sagte Rierson. »So ein Keller ist eigentlich recht kühl, aber bei den warmen Nächten und heißen Tagen in letzter Zeit kann man alle Faustregeln vergessen. Die Maden jedenfalls fressen schon seit ein paar Tagen an ihm. Sie sind ungefähr zwei bis vier Tage nach der Eiablage geschlüpft, das ist abhängig von der Spezies und der Temperatur. Es sind auffällig wenige Maden. Möglicherweise war nur ein einziges Insekt mit ihm im Keller, als er starb. Oder es ist später irgendwie hier reingekommen. Der Keller ist gut isoliert, sonst würde es von den Viechern mittlerweile hier drin nur so wimmeln. Mindestens fünf Tage, würde ich sagen. Eher länger, dem Zustand der Leiche nach zu urteilen. Vielleicht handelt es sich auch um eine Spezies, die ihre Eier nicht auf frischen Kadavern ablegt. Manche warten nämlich, bis sie etwas weicher werden, und nisten sich dann in bereits bestehenden Wunden ein. Da reichen ein paar tiefe Kratzer in der Haut. Wenn der Entomologe einen Blick drauf geworfen hat, sind wir schlauer.«

»Fünf Tage Minimum. Und das Maximum?«

»Mann, sehen Sie sich den mal an. Zehn Tage, unter Umständen sogar zwei Wochen. Er ist ziemlich hinüber. Sie spekulieren doch nicht etwa auf eine Wiederbelebung, oder?« Riersons Gesichtsausdruck sprach Bände – er hielt einen derartigen Versuch für vergebliche Liebesmüh.

»Der Verbindungsbeamte vom FRS-Nordostbüro müsste bald hier sein«, sagte Crenner. »Mal sehen, was er dazu meint.«

Wie sich herausstellte, war die Einschätzung des Beamten alles andere als ermutigend. Eine Wiederbelebung vor Ort war unmöglich. Unter den günstigsten Bedingungen räumte er selbst den besten Revivern des Landes nur eine fünfprozentige Erfolgschance ein. Alle hochrangigen Reviver des Nordostbüros, in dessen Zuständigkeitsbereich sie sich befanden, befanden sich in der Erholungsphase. Crenner würde Verstärkung von außerhalb anfordern müssen, wenn er die Wiederbelebung noch heute durchführen wollte. Und er wusste bereits, wen er anrufen würde.

Die Entscheidung war gefallen. Harkers Leichnam wurde mitsamt des Stuhls in Polyäthylenfolie gepackt und transportfähig gemacht. Im Seziersaal des FRS wurden endlich seine Fesseln gelöst sowie die Kleidung entfernt und zur Untersuchung freigegeben.

Die Haut hatte sich besonders stark an Kopf und Hals schwarz verfärbt. Auf der helleren Haut des restlichen Körpers schlugen grüne Adern Pfade der Verwesung. Am linken Oberarm befand sich eine Tätowierung – ein einfaches keltisches Muster. Damit war die Leiche identifiziert, obwohl die Ergebnisse der Zahnabdrucks- und DNA-Untersuchung erst in ein paar Tagen eintreffen würden. Die Tätowierung war deutlich auf einem Foto zu erkennen, das Harkers Tochter zur Verfügung gestellt hatte. Crenner fuhr umgehend los, um Annabel Harker die schlechte Nachricht persönlich zu überbringen – ohne zu ahnen, dass sie bereits davon erfahren hatte.

Somit blieb Ray Johnson nichts anderes übrig, als Peter Rierson eine weitere Stunde lang bei seiner Untersuchung zuzusehen und auf ein paar Maden hinzuweisen, die dieser übersehen hatte.

»Wie lange wird es noch dauern?«, fragte Johnson.

Rierson sah auf. »Sobald ich den letzten Kameraden hier eingesammelt habe, brauche ich ungefähr zwanzig Minuten, um die restlichen vorläufigen Proben zu nehmen, mit denen wir die Todesursache besser bestimmen können.«

»Eine erste Vermutung?«

»Es war kein schöner Tod. Er war schwer dehydriert, hat wahrscheinlich tagelang nichts gegessen oder getrunken, aber um das zu bestätigen, müssen wir in ihn reingucken. Sieht so aus, als hätten sie ihn gefesselt und einfach zurückgelassen.«

Johnson schüttelte den Kopf. »Scheiße. Wie lange hat's gedauert?«

»Kommt wie gesagt drauf an, wie warm es in dem Keller wird. Er hat wahrscheinlich nach drei oder vier Tagen das

Bewusstsein verloren und ist einen oder zwei Tage später gestorben. Er war bombenfest verschnürt. Es gibt eindeutige Hinweise darauf, dass er versucht hat, sich zu befreien.«

»Grundgütiger.« Sein Handy klingelte. Es war Bob Crenner. Johnson hörte einen Augenblick zu, dann teilte er Crenner mit, dass sie in einer halben Stunde fertig wären. Er legte auf, ging zur Leiche zurück und betrachtete sie nachdenklich. »Harkers Tochter ist auf dem Weg hierher«, sagte er schließlich. »Sie will bei der Wiederbelebung anwesend sein.«

Rierson hob die Augenbrauen. »Die Leiche hat nicht gerade Bestatterqualität«, sagte er, während er mit den Fingern auf Harkers Hals herumdrückte. »Wir haben die Maden entfernt, mehr können wir nicht tun.«

Sie schwiegen, bis Rierson seine Arbeit beendet hatte. Johnson trat zurück und bemerkte etwas auf der Haut des Leichnams. Eine schwarze Verfärbung erstreckte sich über den Unterschenkel und den Fuß und schien sich um den Knöchel herum zu verdichten. Eine dunklere Stelle stach eindeutig daraus hervor, und er nahm sie näher in Augenschein.

»Was ist das denn?«, fragte er und deutete auf den kaum zentimetergroßen Fleck.

»Ein Tattoo«, sagte Rierson, ohne aufzusehen. »Ist mir vorhin schon aufgefallen. Die Tochter hat es nicht erwähnt, aber vielleicht wusste sie auch nichts davon.«

»Was soll das darstellen?«, fragte Johnson. »Ich kann nichts erkennen.« Die schwarzen Linien der Tätowierung waren vor der geschwärzten, sich ablösenden Haut kaum auszumachen.

»Konnte ich auch nicht, aber wir hatten ihn ja schon durch die andere Tätowierung identifiziert. Ich hab gar nicht genau hingesehen.«

Johnson starrte auf die Tätowierung. Plötzlich erkannte er das Motiv. Es war ein winziges Rotkehlchen. *Robin.*

Als Bob Crenner mit Annabel Harker im FRS-Büro eintraf, wartete bereits ein Opferschutzbeamter auf sie. Crenner ließ Annabel in der Obhut des Beamten, der sich mit ihr in den Beobachtungsraum setzte. Die Vorhänge vor dem großen Sichtfenster zum Wiederbelebungsraum waren geschlossen. Crenner ging in den Seziersaal hinüber, um alle Anwesenden auf den neuesten Stand zu bringen.

»Hallo, Chef«, sagte Ray Johnson und nickte.

Peter Rierson war damit beschäftigt, die Proben, die er genommen hatte, zu beschriften. Außerdem war das FRS in Gestalt von Hugo Adler, Never Geary und Pru Dryden anwesend. Crenner war zunächst enttäuscht gewesen, dass Pru und nicht Jonah die Wiederbelebung durchführen würde, aber er vertraute dem Urteil des FRS.

»Folgendes ist bisher bekannt«, sagte Crenner. »Daniel Harker wurde vor sechzehn Tagen als vermisst gemeldet. Der letzte nachweisbare Kontakt fand zehn Tage zuvor statt. Anfangs schien sein Vermögen das wahrscheinlichste Motiv, doch inzwischen ziehen wir auch die Möglichkeit in Betracht, dass die Afterlifers oder eine ähnliche Gruppierung ihn entführt haben. Die zuständigen Detectives wollten dies der Tochter gegenüber nicht erwähnen und hielten sich bedeckt. Daniel wurde heute Morgen gefunden. Wahrscheinlich wurde er gefesselt in dem Kellerraum zurückgelassen und ist verdurstet.

Sein Auto wurde von einer Überwachungskamera in Greensboro, North Carolina gefilmt, wo ein unbekannter Mann Geld mit seiner Bankkarte abhob. Dieselbe Karte wurde einige Tage später in Atlanta benutzt. Das Auto wurde bis dato noch nicht gefunden, aber alles deutet darauf hin, dass die Abhebungen vorgenommen wurden, um uns in die Irre zu führen. Wir sollten denken, dass die Täter das halbe Land durchquert hätten. Stattdessen befand sich Daniel Harker nur eine zweistündige Autofahrt von seinem Haus entfernt. Wenn es den Entführern tatsächlich um Geld ging, haben wir es mit Amateuren zu tun. Sollte er aus politischen Gründen umgebracht worden sein, dann hätte man seinen Tod als Botschaft inszeniert. Beide Hypothesen scheinen nicht recht zu passen.«

Während er fortfuhr, umrundete Crenner die Leiche mit bedächtigen Schritten. »Wenn sie darauf gehofft haben, dass wir eine Wiederbelebung durchführen – beispielsweise, um ihn eine vorher auswendig gelernte Botschaft wiedergeben zu lassen –, ist der späte Zeitpunkt der Auffindung völlig unlogisch. Vielleicht haben sie es vermasselt. Heute Morgen stieß seine Tochter auf Hinweise, dass Daniel möglicherweise an einer Story über die Afterlifers gearbeitet hat. Er verschwand wenige Tage nach einem fehlgeschlagenen Treffen mit einem Kontaktmann. Wenn es hier eine Verbindung gibt – etwa weil sie ihn verschleppt haben, weil er etwas in Erfahrung brachte –, warum haben sie ihn auf diese Weise sterben lassen? Wenn er etwas wusste, weshalb haben sie seine Wiederbelebung riskiert und ihn nicht sofort getötet und enthauptet? Bis jetzt wurden in dem Haus, in dem er gelegen hat, keine weiteren Spuren gefunden. Im Garten befinden sich die Überreste mehrerer Lagerfeuer. Haufenweise Fingerabdrücke, aber noch keine Übereinstimmung mit unseren Datenbanken. Der Hausbesitzer hat den Mieter als völlig unauffällig beschrieben. Wir haben keinerlei Fahrzeuginformationen. Zehn Detectives arbeiten an diesem Fall und kommen nicht weiter, und es ist nur eine Frage der Zeit, bis die Medien Wind von der Sache bekommen. Diese Wiederbelebung ist entscheidend. Wenn sie gelingt, müssen wir die Umstände der Entführung, eine Beschreibung der Entführer und Details darüber in Erfahrung bringen, woran Harker gearbeitet hat. Hugo?«

»Detective, Pru wird ihr Bestes tun, um ihn zurückzubringen.« Er sah Pru an, die ihm schüchtern zulächelte, dann sprach er sie direkt an. »Pru, die Detectives Crenner und Johnson werden bei mir und Never im Technikraum sitzen. Annabel Harker besteht darauf, mit ihrem Vater zu sprechen. Die Wahrscheinlichkeit, dass es dazu kommt, ist zwar äußerst gering, aber bitte reden Sie trotzdem kurz mit ihr, während wir Harker in den Wiederbelebungsraum bringen und die Vorbereitungen abschließen.«

Pru Dryden nickte. Bob Crenner sah ihr hinterher, bis sie den Raum verlassen hatte, dann ertappte er sich dabei, wie er auf die Leiche starrte. Dryden bereitete sich auf die Herausforderung vor, diesen Körper wiederzubeleben. Crenner hatte tatsächlich Angst um sie.

Pru brach sechsundachtzig Minuten nach Beginn der Wiederbelebung zusammen. Never hatte alles aus dem Technikraum genau mit angesehen: Daniel Harkers nackten Körper, schwarz und grün und verkrümmt auf dem gepolsterten Tisch im Wiederbelebungsraum. Prus Gesicht, die Augen die meiste Zeit über geschlossen, die Stirn gerunzelt. Nur selten huschte der Anflug einer Gefühlsregung über ihr Gesicht.

Er hatte von Anfang an ein schlechtes Gefühl bei der Sache gehabt. Pru hatte seiner Meinung nach viel zu erschöpft gewirkt – der Druck dieses äußerst wichtigen Falls in Kombination mit der extrem schwierigen Wiederbelebung hatte ihr spürbar zugesetzt.

Er hatte eine Kamera direkt auf Pru gerichtet. Er sah, wie sie sich immer stärker anstrengte, immer unbehaglicher zu fühlen schien. Als der Versuch fehlschlug, war er als Erster zur Stelle, rannte zur Tür, bevor die anderen überhaupt etwas mitbekamen. Daniels Hand rutschte aus Prus Griff. Sie kippte vornüber von dem Stuhl und landete auf dem Boden, bevor Never sie auffangen konnte. Er drehte sie um. Das Blut aus einer aufgeplatzten Lippe hinterließ einen Schmierer auf dem weißen Fliesenboden.

Hugo folgte ihm auf den Fersen. Sie legten sie auf eines der Feldbetten im Ruheraum am Ende des Flurs.

Crenner stand daneben. »Wie geht's ihr?«, fragte er.

»Nichts Ernstes«, sagte Hugo. »Never, ruf oben an. Jemand soll auf sie aufpassen.«

Als Never den Hörer aufnahm, setzte sich Pru auf. »Scheiße. Tut mir leid. Die Welle war zu stark für mich.«

»Du warst nahe dran. Gute Arbeit«, sagte Hugo.

»Stacy kommt gleich runter«, sagte Never.

Crenner wirkte besorgt. »Was ist mit Harker? Kann sie es nochmal versuchen?«

Hugo sah Pru an. Sie schüttelte den Kopf. Er nickte ihr bestätigend zu. »Du bleibst hier, bis Stacy Entwarnung gibt, Pru. Dann fährst du nach Hause und ruhst dich aus.«

Als Stacy hinzukam, gingen Never, Hugo und Crenner in den Technikraum zurück.

»Wir wussten ja, dass es nicht einfach wird«, sagte Hugo.

Crenner fluchte. »Wir brauchen diese Wiederbelebung. Sie haben doch gesagt, dass …«

»Ich *weiß*, was ich gesagt habe.« Hugo wandte sich von Crenner ab und starrte auf den Boden. »Bitte lassen Sie uns das kurz unter vier Augen besprechen, Detective.«

Crenner nickte und ging in den Flur.

»Wer konnte denn ahnen, dass es so weit kommt«, sagte Hugo zu Never. »Ich hätte gedacht, dass es Pru entweder schafft oder eben nicht. Sie war *nahe dran*. Das bedeutet, dass es möglich ist. Uns läuft die Zeit davon.«

»Was hast du Crenner erzählt?«, fragte Never und kniff die Augen zusammen.

Hugo seufzte. »Als er anrief, verlangte er ausdrücklich nach Jonah. Ich sagte ihm, dass ich Jonah als Ersatzmann eingeteilt hätte und dass Stacys und Jasons Erholungsphasen noch bis morgen dauern würden. Also blieben nur Pru und Jonah übrig. Und ich sagte, dass ich Jonah lieber nicht einsetzen würde, es sei denn ...«

»Es sei denn, wir hätten keine andere Wahl«, sagte Never.

Hugo nickte. »Die Uhr tickt. Wir müssen den zweiten Versuch in den nächsten neunzig Minuten durchführen. Jonah kommt doch sowieso morgen wieder zur Arbeit. Er wird es schon schaffen.«

»Ich bezweifle, dass so ein Fall in seiner derzeitigen Situation das Richtige für ihn ist, Hugo.«

»Was meinst du?«

»Ich meine ...«, begann Never, bevor er ernsthaft darüber nachdachte. »Ich meine, dass Sam niemals so etwas von Jonah verlangen würde, wenn er hier wäre.« Obwohl Hugo nichts darauf erwiderte, konnte Never in seinen Augen sehen, dass er genauso dachte. »Aber ich bin auch der Meinung, dass es uns Jonah niemals verzeihen würde, falls wir ihn nicht fragen.«

Als das Telefon klingelte, stand Jonah in seinem Schlaf-T-Shirt und Boxershorts in der Küche, machte sich eine Tasse Kaffee und aß eine Scheibe Toast. Er ließ den Anrufbeantworter anspringen, ging jedoch sofort ran, als er Nevers Stimme hörte.

»Hey, Never.« Er hörte Gemurmel im Hintergrund. »Bist du im Büro?«

»Ja, ich bin im Büro«, sagte Never vorsichtig. Jonah wusste sofort, dass etwas im Busch war.

»Was gibt's?«

»Hast du schon mal von Daniel Harker gehört?«

»Natürlich.«

»Er ist vor ein paar Wochen verschwunden.«

»Das wusste ich nicht.«

»Es wurde auch unter Verschluss gehalten.«

Never hätte nicht so herumdrucksen müssen. Jonah kannte die Frage bereits, die er ihm stellen wollte. Laut Stephanie Graves hatte er lange genug ausgeruht und war arbeitsfähig. Andererseits wusste er, dass sie ihn nicht anrufen würden, wenn sie eine andere Wahl hätten. Was auf einen schwierigen Fall hindeutete.

Jonah holte tief Luft. »Seit wann ist er tot?«

»Schon etwas länger. Er sieht ziemlich übel aus. Selbst Pru hat's nicht geschafft. Aber sie war nahe dran.«

»Geht's ihr gut?«

»Sie ist völlig durch den Wind. So schlimm war's noch nie.«

Jonah schwieg. Er wollte sich nur ungern dem stellen, dem sie sich gestellt hatte. »Wieso eine Wiederbelebung, Never? Wonach sieht es denn aus?«

»Nach Mord.«

Jonah dachte einen Augenblick lang darüber nach. »Dann hören wir uns mal an, was er dazu zu sagen hat.«

Er legte auf und zog sich an.

Dreißig Minuten später war er im Büro. Die Vorstellung, einen halbverwesten Leichnam wiederzubeleben, hätte ihm normalerweise eine Riesenangst eingejagt, doch in dem Moment, in dem Never angerufen und um seine Hilfe gebeten hatte, war ihm eines klar geworden: So ungewiss seine Zukunft auch sein mochte, diesen Auftrag konnte er unmöglich ablehnen. Harker hatte einen entscheidenden Beitrag dazu geleistet, dass die Wiederbelebung gesellschaftlich akzeptiert wurde. Jeder Reviver stand in seiner Schuld.

Er ging die Treppe ins zweite Untergeschoss hinunter und direkt zu Never in den Technikraum. Die Tür zum Beobachtungsraum am Ende des Flurs stand offen. Dahinter stand Hugo Adler, der hitzig mit ein paar anderen Leuten diskutierte. Ein paar Schritte von ihnen entfernt saß eine junge, erschöpft aussehende Frau.

Er betrat den Technikraum.

»Hi, Kumpel«, sagte Never. »Bist du jetzt sauer auf mich?«

»Quatsch. Wir haben keine andere Wahl, oder? Wie geht's Pru?«

»Die liegt im Ruheraum.«

Jonah nickte. »Dann werf ich mal meine Pillen ein und erkundige mich, was ihr passiert ist. In zehn Minuten kann's losgehen. Es ist doch alles vorbereitet, oder?«

»Nach Prus Versuch haben wir die Raumtemperatur abgesenkt. Ich werde die Heizung wieder einschalten. Sonst ist alles bereit.«

Jonah deutete auf das Bild der Aufnahme aus dem Beobachtungsraum. »Wer wird zusehen?«

Never zählte die betreffenden Personen auf und deutete dabei auf den Bildschirm. »Bob Crenner und Ray Johnson. Die werden wir anscheinend nicht mehr los. Sie werden während der Wiederbelebung hier bei mir sitzen. Das hier ist Peter Rierson, der Rechtsmediziner. Und *das da* ist Daniel Harkers Tochter.«

Jonah schüttelte den Kopf. »Das muss ein grauenhafter Anblick für sie sein. Will sie wirklich …?«

»Ja.«

Jonah beobachtete sie. Mochte er vorher Bedenken an der Wiederbelebung gehabt haben – jetzt war er wild dazu entschlossen. Sie wirkte am Boden zerstört und wollte noch ein letztes Mal mit ihrem Vater sprechen. Wäre der Tote ein Unbekannter gewesen, hätte sich Jonah unter Umständen einreden können, dass er tatsächlich eine Wahl hatte. Doch wenn er mit leidenden Angehörigen zu tun hatte, konnte er keinen Rückzieher machen. Tess hatte recht gehabt. Er war ein Idealist. Obwohl ihn das nur in Schwierigkeiten zu bringen schien.

Jonah klopfte an die Tür zum Ruheraum. Stacy öffnete ihm.

»Ist sie wach?«, fragte er. Stacy nickte. Jonah folgte ihr hinein und war schockiert, als er Pru Drydens leichenblasses Gesicht sah. Die Wiederbelebung musste sie extrem angestrengt haben. Trotz ihres zierlichen Körperbaus konnte Pru sehr gut auf sich aufpassen. Sie hatte eine Tochter von einem langjährigen Partner, der irgendwann angefangen hatte, sie zu schlagen. Sie hatte sich von ihm getrennt und musste nun zusätzlich zu ihrem Vollzeitjob ihre Tochter allein aufziehen. Sie war Schwierigkeiten gewohnt – doch jetzt wirkte sie unglaublich zerbrechlich.

»Hast du ein paar Tipps für mich?«, fragte er.

»Ich dachte, du hättest Urlaub«, sagte Pru.

»Habe ich auch.«

»Dann hast du dir aber ein beschissenes Reiseziel ausgesucht« Sie versuchte ein Lächeln und scheiterte. »Die Welle war stark und kam völlig unerwartet. Hat mich völlig überrumpelt. Wenn dir das was hilft.«

Er nickte. Sie war nahe dran gewesen. »Danke.«

Jonah bediente sich am Wasserspender in der Ecke. Er war bereits an seinem Schreibtisch gewesen, um die Medikamente zu holen. Die Wirkstoffe wurden für jeden Reviver individuell zusammengestellt. Seine neue Medikation würde erst in ein paar Tagen eintreffen, doch da Graves ihm nahegelegt hatte, die BPV-Dosis um fünfzig Prozent zu erhöhen, hatte er einfach eine Tablette zusätzlich eingenommen.

Stacy und Pru wünschten ihm viel Glück. Er versuchte, die Besorgnis in ihren Augen nicht weiter zu beachten.

Jonah betrat den Beobachtungsraum. Vor der Wiederbelebung gab es noch eine letzte Sache zu erledigen. Er ging vor Annabel Harker in die Hocke.

»Miss Harker …«

»Annabel. Bitte.«

»Ich bin Jonah Miller. Ich werde einen weiteren Versuch unternehmen, Ihren Vater wiederzubeleben. Hat Ihnen die erste Reviverin die Situation erklärt?«

»Hat sie. Geht es ihr gut?«

»Sie ist bald wieder wohlauf. Habe ich Ihre Bestätigung, dass Sie mit Ihrem Vater reden wollen?«

»Haben Sie.«

»Sie sind sich im Klaren darüber, dass die Erfolgschance äußerst gering ist? Selbst wenn ich ihn zurückhole, kann ich nicht garantieren, dass Sie mit ihm reden können. Wenn ich das Zeichen gebe, wird man Sie in den Wiederbelebungsraum führen. Sie sagen mir, was ich ihm sagen soll. Es wird sich um eine nichtvokale Wiederbelebung handeln. Sie können die Antworten auf diesem Bildschirm ablesen, sobald ich sie eingetippt habe. Wenn Sie tatsächlich die Gelegenheit bekommen, mit ihm zu reden, werde ich exakt das wiederholen, was er mir sagt. Verstanden?«

»Verstanden.«

Jonah nickte und wollte gerade aufstehen, als Annabel den Arm ausstreckte und sein Handgelenk packte. Er zuckte zusammen – nur ganz leicht –, doch der Hauch blieb aus. »Jonah«, sagte Annabel. »Bitte. Geben Sie Ihr Bestes.«

»Versprochen. Wenn ich bemerke, dass die Zeit abläuft und Sie nicht mehr mit ihm sprechen können, kann ich ihm gerne eine Botschaft von Ihnen übermitteln. Wenn Sie das möchten.«

Tränen rannen aus Annabel Harkers Augen. »Sagen Sie ihm, dass es mir leidtut.«

»Ist ja eiskalt hier«, beschwerte sich Ray Johnson und verschränkte die Arme.

»Die Temperatur wird automatisch abgesenkt«, sagte Never. »Während der Wiederbelebung erhöhen wir sie, aber das kann ein paar Minuten dauern.«

»Damit das Fleisch schön frisch bleibt, nehme ich an.«

Jonah sah zu den Lämpchen an der gegenüberliegenden Wand auf, die die aktiven Audiokanäle anzeigten. Erleichtert bemerkte er, dass das Licht des Beobachtungsraums rot leuchtete. »Nur damit Sie's wissen«, sagte er. »Das rote Licht da bedeutet, dass die Tochter des Verstorbenen Ihre Bemerkung nicht gehört hat.«

Johnson hob die Hände. »Entschuldigung.«

»Können wir dann?«, fragte Jonah. Die anderen wandten sich ihm zu. »Okay, ich habe den vorläufigen Bericht der

Spurensicherung gelesen. Jetzt brauche ich nur noch Ihre offizielle Einwilligung. Irgendwelche Einwände? Dr. Rierson?«

»Nein.«

»Detective Crenner?«

»Legen Sie los. Viel Glück.«

»Ich werde mein Bestes geben. Bei einem zweiten Wiederbelebungsversuch lassen sich die Chancen nur schwer kalkulieren, aber Pru war nahe dran, also ist alles möglich. Setzen Sie sich und machen Sie es sich bequem. Das hier könnte etwas länger dauern.«

Als er allein war, setzte sich Jonah in den Stuhl und stellte ihn auf die richtige Höhe ein. Der Vorhang zum Beobachtungsraum war zurückgezogen, die Tonübertragung jedoch noch nicht aktiviert. Er dehnte die in der kalten Luft steifen Finger der linken Hand und legte sie dann auf die Tastatur. Die Stenografiermaschine beherrschte er im Schlaf. Alle Reviver, die nichtvokale Wiederbelebungen vornahmen, mussten regelmäßig an Fortbildungen teilnehmen, um in Übung zu bleiben. Alles laut zu wiederholen, was der Leichnam von sich gab, hatte sich als viel zu umständlich erwiesen. Er tippte einige Phrasen ein, um die Tastatur zu überprüfen. Die Worte erschienen in Klarschrift umgewandelt auf einem Bildschirm über ihm. Jonah legte das Headset neben der Tastatur an.

»Test, Test«, ertönte Nevers Stimme.

Jonah hob den Daumen. »Alles klar. Ich bin bereit.«

Obwohl er sich mit einem Mal alles andere als *bereit* fühlte. Er warf einen Blick auf Harker. Die ungeheure Schwierigkeit der vor ihm liegenden Aufgabe war nicht zuletzt am Zustand der Leiche deutlich sichtbar. Sie war verkrümmt und aufgedunsen, schwarze Adern verliefen unter der sich ablösenden Haut. Wie konnte er jemals behaupten, bereit für so etwas zu sein?

Er streckte den Arm aus. Daniel Harkers Hand fühlte sich eiskalt und gummiartig an. Im Gegensatz zum restlichen Körper war die Hand gesäubert worden, um optimalen Kontakt zu gewährleisten. Jonah ließ den Blick über den verwesenden Leichnam vor ihm schweifen. Dann sah er auf. Das rote Licht brannte noch. Außer Never konnte ihn niemand hören. »Ich habe ihn mal getroffen«, sagte er.

»Echt?«, fragte Never.

»Als ich ein paar Monate bei Baseline war, hat er mich interviewt. Hat mich über den Unfall befragt, bei dem meine Mutter starb. Ich habe mit niemandem sonst so ausführlich darüber gesprochen. Es war richtig kathartisch. Am nächsten Tag hab ich ihn angerufen und ihn gebeten, das Interview nicht zu verwenden. Er hat ohne große Anstalten eingewilligt. Ein anständiger Mann.« Er atmete tief durch. Die kühle Luft beschränkte den Verwesungsgestank auf ein Minimum. »Du kannst die Aufnahme jetzt einschalten.«

Die Lichter auf der gegenüberliegenden Wand färbten sich nach und nach grün.

»Nichtvokale Wiederbelebung von Daniel Harker durch den zuständigen Reviver J.P. Miller.«

KAPITEL 17

Jonah hatte Daniel Harkers Hand in die seine genommen. Wie überall auf dem schwarzen, aufgeblähten Torso löste sich die tote Haut auch von den Fingern. Der grünlich gefärbte Bauch war mit dicken Adern überzogen, das aufgedunsene Gesicht verzerrt, die Augen geschwollen.

Jonah schloss seine eigenen Augen und ließ seinen Geist über den Leichnam wandern, berührte die losen Hautfetzen, schmeckte das ranzige Salz der Wunden um Daniels Handgelenke und die furchigen Rillen an seinem Hals, wo sich die Maden gütlich getan hatten, spürte das gelatineartige Fleisch seines Bauchs.

So vergingen mehrere Minuten. Dann war er bereit, tiefer einzudringen, sich in der Dunkelheit von Harkers Körper zu verlieren. Dabei spürte er, wie sein eigenes Fleisch verfaulte. Seine Eingeweide lösten sich langsam in einem wimmelnden Bakterienmeer auf. Seine Augäpfel schrumpften durch den Flüssigkeitsverlust zusammen. Seine Haare lösten sich von der Kopfhaut. Die Totenstarre erfasste seine Glieder, bevor sie mit der fortschreitenden Zersetzung der Muskelproteine wieder nachließ.

Die Zeit schlich in der Finsternis und Stille dahin. Jonah fühlte sich so tot, wie man nur sein konnte. Sein Mund – Himmel, er war trocken, *so trocken* gewesen – wurde von Verwesungsflüssigkeit benetzt.

Dann zuckte sein Fleisch, begann um den Hals herum zu zittern, als die Maden schlüpften und zu fressen begannen, sich tief in den Körper gruben, eine zappelnde, stets anwachsende Masse, die ihn zu verschlingen drohte.

Es war zu viel. Jonah kam auf dem Boden zu sich. Die Verbindung zu Harker war unterbrochen. Er schluchzte, während Never versuchte, ihn zu trösten. Als Jonah die Fassung wiedererlangt hatte, setzte er sich auf und sah auf die Uhr. Zweiundsiebzig Minuten seit Beginn der Wiederbelebung. Es kam ihm viel länger vor.

Hugo betrat den Wiederbelebungsraum. »Es reicht«, sagte er. »Ich hätte das niemals von dir verlangen dürfen.« Er trat auf den Leichnam zu und griff nach dem baumelnden Arm, um ihn wieder an Harkers Seite zu legen.

»Nicht anfassen!«

Hugo drehte sich erschrocken zu Jonah um, bestürzt über die laute Stimme und den Trotz in den Augen des zu Tode erschöpften Jonah.

»Nicht anfassen«, wiederholte Jonah etwas leiser, sobald er sich wieder in der Gewalt hatte. »Ich bin nahe dran.« Er stand auf und wischte sich mit der linken Hand den kalten Schweiß aus dem Gesicht. Er war sogar so nahe dran gewesen, dass die Erfolgschancen nicht beeinträchtigt wurden, wenn er auf der Stelle den nächsten Versuch startete. »Ich brauche noch eine Minute. Ich hatte es fast geschafft.«

Hugo schüttelte eher aus Resignation als aus Ablehnung den Kopf. »Fünf Minuten. Mal sehen, wie es dir dann geht.«

Die ersten zwei dieser fünf Minuten verbrachte Jonah würgend auf der Toilette. Never wartete nervös vor der Kabine. Jonah öffnete die Tür, spülte sich den Mund aus und rieb sich den Nacken. Er spürte immer noch das Wimmeln der Maden unter seiner Haut, ein unangenehmes Jucken, das ihn noch tagelang begleiten würde. Er trank direkt aus dem Hahn, schluckte einen Mundvoll kaltes Wasser nach dem anderen.

Dann richtete er sich auf und trocknete sein Kinn mit einem Papierhandtuch ab. »Durst«, sagte er atemlos. Kein Wunder: Harker war verdurstet.

Jonah kehrte in den Wiederbelebungsraum zurück und setzte sich. Er wartete, bis sich sein Magen beruhigt hatte und sich seine Haut nicht mehr anfühlte, als würden Maden darunter wimmeln. Die Aufnahme wurde fortgesetzt. Er nahm Daniels Hand, und sobald er die Augen schloss, waren auch die Maden wieder da.

Diesmal war er darauf vorbereitet und überstand die langen Minuten, bis die Maden verschwanden und die Umkehr einsetzte, bis sich sein Fleisch straffte und regenerierte.

Langsam füllten sich seine Augen. Die verflüssigten Innereien setzten sich wieder zusammen, sein Körper ließ die Verwesung hinter sich. Er war Daniel Harker, unversehrt und makellos, und jetzt versuchte er, an Harkers Essenz zu gelangen – was sie auch immer sein mochte, wo sie auch immer sein mochte. Er wartete, bereitete sich auf die Welle vor.

Und hörte eine Antwort. Dann befand er sich in freiem Fall, trudelte unkontrolliert, während die Bilder seinen Verstand überschwemmten. Er war nicht so weit gekommen, um jetzt aufzugeben. Er hielt stand. Einige Augenblicke später war Harker bei ihm.

Jonah öffnete die Augen. Er saß immer noch auf dem Stuhl und hielt die Hand einer verwesten Leiche, die nun mehr als eine Leiche war. Er spürte das Bewusstsein darin, das allmählich Gedanken formte. Wieder sah er auf die Uhr. Vierzig Minuten seit Beginn der Wiederbelebung. Insgesamt war er seit etwa zwei Stunden beschäftigt.

Er war erschöpft. Jetzt konnte die eigentliche Arbeit beginnen.

»Daniel? Mein Name ist Jonah Miller. Wissen Sie, was mit Ihnen passiert ist?«

Harkers Gedankenstrudel lichtete sich langsam. Bis zum Zerreißen gespannt wartete Jonah auf die Antwort.

»Ja. Ich bin gestorben.«

Jonahs geübte linke Hand tippte die Antwort in Sekundenschnelle in die Tastatur. So konnten die Anwesenden im Technik- und Beobachtungsraum Harkers Beitrag zur Unterhaltung mitverfolgen.

»Ich bin Reviver beim FRS. Ich möchte Ihnen einige Fragen über das stellen, was Ihnen zugestoßen ist.«

»Jonah. Ich erinnere mich an Sie. Sie waren der Junge, der seine Mutter zurückgeholt hat. Wo bin ich? Wer ist noch hier?« Harker hatte sofort geantwortet. Seine Präsenz war nun viel stärker und deutlicher. Ein Zeichen, dass ihnen möglicherweise Minuten blieben und nicht nur Sekunden.

»Sie befinden sich in einem Wiederbelebungsraum im FRS-Büro in Richmond. Der Beamte, der die Ermittlungen leitet, heißt Bob Crenner.«

»Ist Annie hier? Meine Tochter?« In diesen Worten lag eine Seelenqual, die Jonah unmöglich wiedergeben konnte – und eine zunehmende Distanz, die ihn beunruhigte. Er musste so schnell wie möglich das Thema wechseln.

»Ja, sie ist da«, sagte Jonah. »Wenn wir fertig sind, können Sie mit ihr reden. Ich verspreche Ihnen, dass dafür noch genug Zeit bleibt.« Er hielt inne. Harker wurde wieder schwächer. Jonah fragte sich, ob er dieses Versprechen halten konnte.

»Vielen Dank, Jonah. Stellen Sie Ihre Fragen. Wir haben nicht viel Zeit.«

»Bitte erzählen Sie uns, was an dem Tag passiert ist, an dem Sie entführt wurden. Beschreiben Sie die Täter so detailliert wie möglich.«

Wieder eine Pause. Jonah hoffte, dass Harker nur seine Gedanken ordnete. Als er erneut sprach, tat er dies präzise und zielgerichtet. Er wusste, dass die Zeit drängte. »Mittwochnachmittag gegen dreizehn Uhr dreißig. Es klopfte an der Tür. Ein Mann, Mitte dreißig. Kurzes schwarzes Haar, langes, extrem schmales Gesicht mit einer spitzen Nase und kalten Augen. Kleine runde Brille mit dicken Gläsern. Eine tiefere Stimme als erwartet. Sehr selbstbewusst. Wortgewandt. Ich hielt ihn für einen Fan. Er war nicht ohne Grund gekommen. Er kannte mich, wusste, wer ich war.

Dann nannte er einen Namen. Da war mir klar, dass ich in Schwierigkeiten steckte. Es war der Name eines Mannes, den ich getroffen und der mir Dinge erzählt hatte, für die ihn andere Leute töten würden. Die Türkette war nicht vorgelegt, wofür ich mich verfluchte, obwohl ich nicht glaube, dass sie ihn lange aufgehalten hätte. Als ich die Tür wieder zuschlagen wollte, hatte er schon den Fuß dazwischen.

Er drückte so stark dagegen, dass ich umfiel. Ich wollte zum Telefon, aber er war schneller und nahm es mir weg. Ein weiterer Mann betrat das Haus. Er war kleiner, hatte kurze rote Haare. Ernstes Gesicht, ein Körperbau wie eine Bulldogge, nervöse Augen. Jung, Mitte zwanzig. Ich war wie gelähmt.

Der erste Mann sagte, dass er mich respektieren würde, dass sie verschwinden würden, sobald ich ihm versprochen hätte, nichts von dem, was ich erfahren hatte, weiterzuerzählen. Er streckte die Hand aus. ›Nichts für ungut‹, sagte er. Verwirrt nahm ich sie. Er drückte immer fester, bis es schmerzte. Seine Augen waren ohne Mitleid. Er packte meinen Arm, der kleinere Mann trat hinter mich, packte mich ebenfalls und hielt mich fest. Der Dunkelhaarige holte eine Spritze aus der Tasche und injizierte mir etwas in den Arm, ein kurzes scharfes Stechen, das mir den Ernst der Lage so richtig bewusst machte. Dann wurde ich ohnmächtig.«

Harker hielt inne. Jonah wartete ein paar Sekunden und hoffte erneut, dass er sich nur sammelte. Bob Crenner fragte nach dem Namen von Harkers Informanten.

Immer mit der Ruhe, dachte Jonah und verzichtete darauf, die Frage weiterzugeben. Harker würde schon von selbst darauf zu sprechen kommen.

»Was ist als Nächstes passiert?«, fragte Jonah.

»Ich kam auf diesem beschissenen Stuhl zu mir, das ist passiert. Ich hatte Krämpfe am ganzen Körper, war geknebelt. Der Rothaarige war da und noch ein anderer Typ, fett und groß, braunes Haar. Der Rothaarige sagte dem Fettsack, dass ich aufgewacht sei. Sie fragten mich nach der PIN-Nummer meiner Bankkarte. Ich funkelte sie wütend an. Ich hasste sie. Ich war *stinksauer*. Annie würde bald kommen, und ich wollte mir gar nicht ausmalen, welche Sorgen sie sich machen würde. Ich nannte ihnen die Nummer.

Die beiden bewachten mich abwechselnd. Den ersten Mann, den dünnen mit den kalten Augen, sah ich nicht wieder. Sie gaben mir erst gegen Abend etwas zu essen und entfernten dazu nur den Knebel, aber nicht die Fesseln. Ich schrie sofort los, obwohl ich nicht glaubte, dass mich jemand hören würde. Ich konnte einfach nicht anders. Der Rothaarige schlug mir in den Bauch. Fest. Dann knebelten sie mich erneut, und er redete mit mir wie mit einem Kind. In der Nacht ließen sie mich allein. Am nächsten Tag wollten sie mich wieder füttern. Inzwischen war ich so hungrig, dass ich mich von dem Rothaarigen löffelweise mit einem ungenießbaren Eintopf füttern ließ. Danach durfte ich etwas schale Cola trinken.«

Harker hielt inne. Plötzlich begriff Jonah, dass ihn die Erinnerung an das Getränk hatte verstummen lassen. Angesichts der Art und Weise, wie er gestorben war, musste die fade Limonade der Himmel auf Erden für ihn gewesen sein.

Nach zwanzig Sekunden der Stille wurde Crenner ungeduldig. »Ist er noch da?«, fragte er.

Die Antwort, die Jonah tippte, war nur für den Technikraum bestimmt. »Ja.« Er wollte Harker nicht drängen, doch nach weiteren zehn Sekunden fing er selbst an, sich Sorgen zu machen. »Daniel?«, fragte er.

»Tut mir leid«, antwortete Daniel. Er sprach langsam und beunruhigend schleppend. »Wo waren wir?«

Jonah fragte sich, wie viel Zeit ihnen noch blieb und ob seine Tochter auch an die Reihe kommen würde. Er formulierte die Antwort so, dass er das Getränk nicht erwähnen musste. »Sie wurden gefüttert. Was geschah dann?«

Wieder eine Pause. *Die Zeit drängt,* dachte Jonah. »Sie haben mich geknebelt und meine Füße mit einer kurzen Kette an der Wand befestigt. Anschließend machten sie mich vom Stuhl los. Meine Hände blieben gefesselt. Die meiste Zeit über war ich allein. Sie sahen im Abstand von etwa ein, zwei Stunden nach mir. Ein Eimer diente mir als Toilette. Sie mussten mir dabei helfen. Ich versuchte, eine so große Schweinerei wie möglich zu veranstalten, damit sie mir die Hände losmachen würden – zumindest ein paar Minuten lang. Ich bekam nur den Rothaarigen und den Fettsack zu Gesicht, hörte aber noch mindestens zwei andere Personen im Erdgeschoss. An manchen Tagen verließ jemand das Haus, und ich hörte einen Wagen wegfahren. Nach ein paar

Stunden war er wieder zurück. Wenn sie alle zusammen wegfuhren, fesselten sie mich vorher an den Stuhl. Ich wurde nur ein Mal am Tag gefüttert. Dabei versuchte ich, mit ihnen zu reden. Leider waren sie nicht sehr gesprächig.

Da im Keller ständig das Licht brannte, wusste ich nur durch das Vogelgezwitscher, wenn der Morgen angebrochen war. Nach fünf Tagen schleppten sie mehrere Kisten nach unten. Der Rothaarige behauptete, dass die Klimaanlage kaputtgegangen und der Keller der einzig kühle Raum im ganzen Haus sei. Sie kamen in regelmäßigen Abständen, um etwas aus den Kisten zu holen. Danach hörte ich im Garten seltsame Geräusche, wie Blindgänger oder Fehlzündungen. Sobald sie mir den Knebel abnahmen, fragte ich sie danach. Sie haben nur gelächelt. Aber irgendetwas, das der Rothaarige sagte ...«

Er hielt inne. Jonah wartete gespannt, spürte, dass sich Harker an etwas sehr Wichtiges zu erinnern versuchte, etwas, das er nicht recht zu fassen bekam. Jonah fühlte deutlich Harkers Anstrengung, die Erinnerung zu greifen, doch sie verblasste. Je mehr Mühe er sich gab, umso schwächer wurde sie. Dies konnte zur Folge haben, dass sie Harker ganz verloren. Jonah musste ihn schnell auf andere Gedanken bringen und später noch einmal darauf zurückkommen.

»Wer war Ihr Informant, Daniel?«

Nichts. Nur die Verzweiflung, mit der Harker mit der Erinnerung kämpfte. Jonah musste an seine Gefühle appellieren.

»*Daniel.* Warum haben sie Sie dort sterben lassen?«

Das kam wie ein Schlag ins Gesicht. Der Sturm in Harkers Gedanken legte sich, sein Verstand konzentrierte sich auf diese eine Frage.

»*Warum haben sie mich dort sterben lassen?*«

In diesen Worten lagen Schmerz und Angst. Immerhin war Harker wieder konzentriert. Jonah holte tief Luft. Er bedauerte seine Taktlosigkeit, doch er hatte keine andere Wahl gehabt.

»Erzählen Sie mir, was passiert ist.«

»Eines Morgens kamen der Rothaarige und der Fettsack zu mir runter und sagten mir, dass sie für ein paar Stunden wegfahren würden und bald zurück wären. Sie fesselten mich an den Stuhl. Aber sie kamen nicht wieder. Ich hatte den ganzen Tag Krämpfe und bald starke Schmerzen. Und Durst. Es kam mir wie eine Ewigkeit vor. Am Morgen darauf hatte ich Todesangst. Am Abend halluzinierte ich. Ich sah Robin, meine tote Frau, und sprach mit ihr. Ich sprach mit Annie. Als ich wieder klar denken konnte, begriff ich, dass ich sterben würde. Ich versuchte, mich zu befreien, und wurde so wütend, dass ich mit aller Kraft gegen die Fesseln ankämpfte. Der Stuhl fiel um, und ich verlor eine Zeit lang das Bewusstsein. Als ich aufwachte, geriet ich in Panik. Ich zappelte so lange herum, bis ich so erschöpft war, dass ich in einen Dämmerzustand abglitt. Zum Glück. Dann bin ich wohl gestorben. Ich kann mich nicht daran erinnern.«

Harker verstummte. Einen Augenblick später meldete sich Bob Crenner. »Wir brauchen den Namen seines Informanten, Jonah. Was hat er ihm erzählt?«

»Wer war Ihr Informant, Daniel?«

»Sein Name ist Tobias Yarrow. Er schickte mir einen Brief und bat um ein Treffen. Irgendetwas Geheimes, Unheimliches wäre damals bei Baseline geschehen, und er kannte die Leute, die es aufhalten wollten. Ich wurde neugierig, weil ich schon ähnliche Gerüchte gehört hatte. Für Verschwörungstheoretiker war Baseline ein gefundenes Fressen. Ich dagegen fand es schon immer faszinierend, wie diese

Leute aus den winzigsten Gerüchten und Spekulationen derart bizarre Wahnvorstellungen konstruieren können. Ich war vor geraumer Zeit mit den Afterlifers aneinandergeraten, doch diese Spinner interessierten mich noch viel mehr. Menschen, die unerschütterlich an die lächerlichsten Dinge glauben. Yarrow gehörte für mich eindeutig zu dieser Sorte.

Ich hatte mir schon öfter überlegt, einen Artikel oder vielleicht sogar ein Buch über dieses Thema zu schreiben. Jetzt bot sich mir eine ideale Gelegenheit. Ich war so begeistert, dass ich deswegen sogar das Haus verließ. Wenn Sie mich näher kennen würden, wüssten Sie, was für eine große Ausnahme das darstellte. Wir vereinbarten ein Treffen, bei dem er jedoch nur in Andeutungen sprach. Yarrow hatte die Bekanntschaft eines gewissen ›Fünfzehn‹ gemacht, der ihm Informationen über die Entwicklung von BPV gegeben hatte. Ich fragte ihn, ob dieser ›Fünfzehn‹ bei Andreas Biotech gearbeitet hatte, aber entweder wusste Yarrow das nicht oder wollte es mir nicht verraten. Aufgrund dieser Informationen jedenfalls stießen Yarrow und seine Kumpane auf das sogenannte Projekt Unity. Er wollte mir nicht sagen, worum es sich dabei handelte, nur dass er und seine Mitstreiter dem ein Ende bereiten wollten, weil es außer Kontrolle geraten wäre. Er war der Meinung, dass ich ihm dabei helfen könnte. Mehr konnte ich damals nicht aus ihm herauskitzeln. Den Rest würde er bei unserem nächsten Treffen erzählen. Ich war einverstanden. Er sagte mir, dass ihn seine Komplizen umbringen würden, wenn sie von unserem Gespräch erführen. So, wie er das formulierte, brachte es mich darauf, dass all das etwas mit den Afterlifern zu tun haben könnte. Bei unserem nächsten Treffen tauchte er nicht auf. Ich war enttäuscht, aber kaum überrascht und erwartete, bald von ihm zu hören. Ich kenne andere Leute seines Schlags und weiß, dass sie zur Melodramatik neigen. Deshalb ging ich davon aus, dass er maßlos übertrieben hatte. Wie sich herausstellte, habe ich mich geirrt.«

Jonah wartete ein paar Sekunden ab. »Vielen Dank, Daniel«, sagte er, als er sicher war, dass dieser tatsächlich zum Ende gekommen war. Jonah überkam tiefe Erschöpfung. Ein Zeichen dafür, dass Harker schnell schwächer wurde. Er hörte durch das Headset, wie Crenner und Johnson flüsternd über die Informationen diskutierten, die sie erhalten hatten.

Das war noch nicht alles. Er musste Harker irgendwie dazu bringen, sich an dieses eine wichtige Detail zu erinnern. Doch damit setzte er die verbleibende Zeit aufs Spiel und würde das Versprechen brechen, das er Harker und seiner Tochter gegeben hatte.

»Was ist los?«, fragte Crenner. »War das etwa alles?«

Jonah tippte eine Botschaft für den Technikraum. »Nein.«

Er war sich nicht sicher, wie stark Harkers Präsenz noch war. »Konzentrieren Sie sich, Daniel.« Er war schwach, aber anwesend. »Was hat der Rothaarige gesagt? Erinnern Sie sich?«

Stille.

»*Ich kann mich nicht …*«

»Bitte, Daniel. Reden Sie mit mir. Sie können sich erinnern, das weiß ich.«

Jonah versuchte, sich zu beruhigen und stärker auf Harker zu konzentrieren. Die Erinnerung war ganz nahe; er spürte, wie Harker sie erneut zu fassen bekommen wollte. Dann tauchte plötzlich und unerwartet ein verwirrendes Bild vor Jonahs innerem Auge auf. Eine umgeworfene Kiste auf dem

Kellerboden. Jonah war zutiefst schockiert. So etwas hatte er während einer Wiederbelebung noch nie erlebt.

»Die Kiste ist umgekippt«, sagte Harker.

Jonah konzentrierte sich mit aller Kraft. Mit äußerster Anstrengung gelang es ihm, Harker zurückzuholen. Die Worte sprudelten nur so aus ihm heraus, sodass Jonah Mühe hatte, sie einzutippen.

»Eines Abends waren die anderen weggefahren, und nur der Rothaarige war noch da. Er war betrunken. Er kam runter und sagte, dass die Kisten wegmüssten. Er trug eine nach der anderen aus dem Keller. Bei der letzten Kiste stolperte er und fiel die Treppe herunter. Die Kiste landete direkt vor mir. In der Kiste waren kleine Plastikschachteln. Er hob die Kiste schnell wieder auf, sah sich ihren Inhalt und dann mich an. Er hatte sehr traurige Augen. Bevor sie mich gehen ließen, würden sie mir alles sagen, behauptete er, damit ich darüber schreiben könne. Ich müsse der Welt erklären, was sie da taten. Er sagte, er wäre nicht stolz darauf, aber so wäre es eben. Manchmal, sagte er, manchmal müssen Menschen sterben.«

Crenner fluchte.

»Daniel, was meinte er damit?«, fragte Jonah. »Was war in dieser Kiste?« Der entscheidende Moment stand kurz bevor. Die Erinnerung, die Daniel Harker vorhin nicht hatte greifen können, war ganz nahe, und Harker wurde mit jeder Sekunde schwächer.

»Ich weiß nicht, was in den Schachteln war, Jonah. Tut mir leid. Aber ich habe den Adressaufkleber gesehen. Die Firma hieß Alpha Chemicals oder so ähnlich. Als ich das Datum darunter las, schien die Zeit stillzustehen. An diesem Tag ist sie gestorben, Jonah. An diesem Tag starb Robin.«

Das war alles. Ein Datum auf einer Schachtel. Der Todestag seiner Frau. Jonah begriff Harkers damalige Verzweiflung über ein derart unwichtiges Detail. Die Erinnerung reichte aus, um Harker erneut in tiefste Trauer zu stürzen. Seine Präsenz verblasste viel zu schnell.

Vielleicht konnte ihn der Gedanke an seine Tochter zurückholen. »Daniel? Bitte. Ihre Tochter ist hier. Annie ist hier.« Noch während er sprach, wusste er, dass es hoffnungslos war.

Harkers Stimme war nicht einmal mehr ein Flüstern. *»Werde ich Robin wiedersehen? Werde ich sie wiedersehen?«*

»Bitte, Daniel.« Jonah konzentrierte sich. *»Annie ist hier.«*

Doch Daniel Harker war verschwunden.

Als Jonah die Formulare unterzeichnete, kroch ihm die Kälte im Raum doch noch in die Knochen. Er musste sich irgendwo aufwärmen. Die Aufzeichnung wurde beendet. Er stand auf, starrte auf den Boden und wartete, bis der leichte Schwindelanfall vorüber war. Dann ging er in den Flur und hob den Kopf, als sich die Tür zum Beobachtungszimmer öffnete. Es war Annabel Harker. Sie sah ihn wütend und verwirrt an, öffnete den Mund, fand jedoch keine Worte.

Er wandte sich ab und ging an ihr vorbei.

Ich garantiere Ihnen, dass dafür noch genug Zeit bleibt. Versprochen. Zitternd ging er auf die Toilette, hielt den Mund unter den Wasserhahn und trank, bis ihm übel wurde. Er schleppte sich in die nächste Toilettenkabine und erbrach Wasser und Galle, bis sein Magen so leer war wie sein Kopf.

Dann ging er zum Waschbecken und wusch sich die Hände und den juckenden Hals. Eine Viertelstunde später öffnete sich die Tür.

Es war Never. »Wo steckst du denn, Mann? Alles klar?«

Er achtete immer darauf, dass Jonah nach einer Wiederbelebung genug Privatsphäre hatte. Seinem besorgten Blick nach zu urteilen schien er es diesmal kaum ertragen zu haben, ihn so lange allein zu lassen.

»Mir ging's schon besser.« Jonah packte eine Handvoll Papiertücher und trocknete sich mit wütenden Bewegungen den Hals ab. Dann sah er sein Gesicht im Spiegel. Wut. Enttäuschung.

»Jetzt mach mal halblang, Jonah. Das war gute Arbeit. Bob Crenner war zufrieden, obwohl er jetzt wohl alle Hände voll zu tun haben wird.«

Jonah erwiderte nichts darauf.

»Du kannst es nicht immer allen recht machen«, sagte Never und sah ihn lange und durchdringend an. »Manchmal können sich die Angehörigen eben nicht verabschieden. Das ist nicht deine Aufgabe. Das Wichtigste ist, Informationen zu sammeln.«

Jonah nickte. Never kannte ihn besser als irgendjemand sonst, doch insgeheim dachte er, dass *gerade* der Abschied das Wichtigste war. Jetzt wollte er einfach nur nach Hause. »Ist seine Tochter noch da?« Er würde Annabel Harkers enttäuschte Miene kein zweites Mal ertragen können.

»Sie war noch eine Zeit lang im Beobachtungsraum, ist aber vorhin gegangen.«

»Dann mache ich mich auch in ein paar Minuten auf den Heimweg. Und lege mich ins Bett.«

»Willst du dich nicht hier ausruhen?«

Jonahs schüttelte den Kopf. Never nickte langsam, ohne Widerspruch einzulegen.

»Warum haben sie mich dort sterben lassen?«, fragte Jonah sein Spiegelbild. Er schlug mit der flachen Hand gegen die Wand und fluchte.

Als er in seiner Wohnung ankam, wollte sich Jonah sofort ins Bett legen, zwang sich jedoch, vorher etwas zu essen. Trotz der Erschöpfung war er hungrig, und mit vollem Magen würde er besser schlafen. Deshalb warf er ein Spaghetti-Fertiggericht in die Mikrowelle. Während es aufwärmte, öffnete er sich ein Bier.

Er schüttete es hinunter und war danach noch durstiger als vorher. Er kippte einen Krug Wasser hinterher, dann hielt er inne.

»Scheiße«, sagte er. Der Durst war unerträglich, eine Nachwirkung von Harkers Wiederbelebung. Alles Wasser der Welt konnte ihn nicht löschen. Er setzte sich hin, atmete kontrolliert und versuchte sich zu entspannen, bis das Gefühl vorbei war.

Als die Mikrowelle klingelte, zuckte er zusammen.

Er schlang das Essen hinunter. Marmite bedrängte ihn so lange, bis er ihn fütterte, wobei er versuchte, nicht an den heutigen Tag zu denken – eine Fähigkeit, die er während seiner Jahre als Reviver bis zur Perfektion kultiviert hatte. *Denk nicht drüber nach. Lenk dich ab.*

Doch dann brach alles über ihn herein, und er dachte an Annabel Harkers enttäuschte Miene und das Versprechen, das er gebrochen hatte. Und an die Frage, auf die er immer noch keine Antwort hatte.

Warum haben sie mich dort sterben lassen?

Hinter der Küchentür konnte er einen dunklen Fleck im Wohnzimmer sehen, der keinen Sinn ergab. Ein Schatten, der gar nicht da sein durfte, weil es dort nichts gab, was ihn werfen konnte. Plötzlich war ihm eiskalt. Gedankenverloren kratzte er sich den Nacken.

Er schloss die Augen, holte erneut tief Luft und öffnete sie wieder. Der Schatten war verschwunden.

KAPITEL 18

Detective Ray Johnson lümmelte in einem unbequemen Plastikstuhl, der auf die enge Ladefläche des Überwachungswagens geschraubt war. Bob Crenner saß zu seiner Linken. Es war drei Uhr morgens an einem der längsten Tage seines Lebens, und er brauchte dringend einen Kaffee. In einem zweiten Wagen vor ihnen bereitete sich gerade eine Antiterroreinheit darauf vor, ein etwa zweihundert Meter entferntes Haus zu stürmen – jenes Haus, das Crenner und die anderen Ermittler dank Daniel Harkers Wiederbelebung hatten lokalisieren können.

Vor ihm zeigte eine Reihe von Bildschirmen Liveaufnahmen von den Helmkameras der Spezialeinheit. Die bewaffneten Männer wirkten hochkonzentriert und warteten auf das Signal. Der Augenblick, in dem dieser Einsatz genehmigt worden war, hatte den aufregendsten Moment seiner Polizeikarriere dargestellt, doch das war auch schon wieder sechs Stunden her.

Er hätte nicht gedacht, dass ein Spezialeinsatz so lange dauern würde. Fast drei Stunden hatte er damit verbracht, fünf Minuten vom Zielort entfernt in einem Überwachungswagen herumzusitzen. Dann hatte er eine Stunde gewartet, bis die Beobachter gemeldet hatten, dass das letzte Licht im Haus gelöscht worden war. Zwei Stunden später war es endlich so weit. Die ständige Anspannung zerrte an seinen Nerven.

Harkers Wiederbelebung hatte ihnen jede Menge Informationen geliefert. Tobias Yarrow war im Zusammenhang mit mehreren Afterlifer-Protestaktionen vor fünf Jahren aufgefallen – er hatte sich bei verschiedenen Demonstrationen kleinere Delikte zuschulden kommen lassen.

Der Adressaufkleber, den Harker erwähnt hatte, war ihnen zuerst als heiße Spur erschienen. Bis sie herausfanden, dass allein in den USA fünf Firmen »Alpha Chemicals« oder ähnlich hießen. Diese Firmen hatten am fraglichen Tag über zweihundert Sendungen verschickt.

Aufgrund der »Fehlzündungen«, von denen Harker gesprochen hatte, hatte sich Bob Crenner eine Liste von gefährlichen, aber frei erhältlichen Chemikalien geben lassen, aus denen man Sprengstoffe herstellen konnte.

Durch gute alte Polizeiarbeit hatten sie das Netz immer weiter zusammengezogen, bis sie ihr Ziel gefunden hatten.

Eine Firma namens Alper Chemicals hatte sechs Schachteln mit Aluminiumpulver an einen neuen Kunden verschickt. Die Bestellung war online eingegangen. Außerdem waren mit derselben Kreditkarte in den letzten zwei Monaten eine Reihe verschiedener Chemikalien bei anderen Firmen geordert worden. Substanzen, die sich ausnahmslos auf Crenners Liste fanden und mit denen man Sprengstoff und Brandsätze basteln konnte. Alles war an dieselbe Adresse geschickt worden – an jenes Haus, das sie gleich stürmen würden.

Höchste Zeit also, die Spezialisten hinzuzuziehen. Die Antiterroreinheit wollte losschlagen, bevor die Öffentlichkeit erfuhr, dass Harkers Leiche gefunden worden war. Bob und Ray war es gestattet worden, den hochgerüsteten Spezialtrupp bei der Arbeit zu beobachten. Immerhin war es ihr Mordfall.

Die Heckklappe des Lieferwagens vor ihnen öffnete sich, und der Kommandant der Spezialeinheit trat heraus.

»Fünf Minuten«, sagte er.

Rays Aufregung erreichte einen neuen Höhepunkt. Die Zeit schien unendlich langsam zu vergehen.

Endlich setzte sich das Fahrzeug der Spezialkräfte in Bewegung. Ray beobachtete auf den Bildschirmen, wie der Lieferwagen das Haus erreichte und die Beamten mucksmäuschenstill ausstiegen. Einer trug einen Rammbock, den sie zweimal gegen die Vordertür schlugen. Dann hatten sie sie aufgebrochen. Das Team drang in das Haus ein. Als der Anführer gerade die Treppe hinaufstürmen wollte, ertönte ein einzelner Schuss. Eine Frau schrie, ratterndes Gegenfeuer folgte. Die Beamten gingen in Deckung.

»Was ist da los, West?«, fragte der Kommandant.

»Swan hat's erwischt, Sir«, ertönte eine Männerstimme über Funk. »Ich hol sie raus.« Ray beobachtete auf Wests Kamera, wie dieser den Arm der verwundeten Beamtin packte und sie mit sich schleifte.

»Wo ist der Angreifer?«, fragte der Kommandant.

Ein gedämpfter Schrei. Alle Köpfe wirbelten in Richtung Treppe herum. Ein weiterer Schrei. »Ich komme runter.«

»Hände über den Kopf«, bellte eine Männerstimme. »Langsam näher kommen. *Langsam.*«

Der Mann machte vorsichtig einen Schritt nach dem anderen. Die Taschenlampen auf den Gewehren der Einsatzkräfte richteten sich auf ihn.

»Er hat irgendwas bei sich«, sagte eine andere Stimme.

Ray sah es ebenfalls. Der Mann nahm die Hände vom Kopf. In einer hielt er ein kleines Plastikröhrchen. Die andere war zur Faust geballt.

»Bleiben Sie, wo Sie sind«, rief ein Beamter.

Der Mann blieb stehen und öffnete die Faust, sodass jeder sehen konnte, was sich darin befand – ein Fernzünder.

»Alle Mann raus«, rief der Kommandant. »*Sofort!*«

Eine Pattsituation, dachte Ray, doch der Mann hatte andere Pläne. Noch bevor die Einheit das Haus verlassen konnte, löste sich das Plastikröhrchen in grellem Licht auf. Ein entzündliches Gel spritzte daraus hervor und auf den Mann.

»Los!«, rief der Kommandant seinem Fahrer zu. Ray hielt den Atem an.

»Das Zeug ist auf mir«, ertönte ein Schrei über Funk. »Scheiße, es frisst sich durch meinen *Stiefel!*«

Ein Krachen ertönte. Explosionen.

Das Einsatzfahrzeug blieb stehen. Der Kommandant packte ein Sturmgewehr und stieg aus.

»Sie bleiben hier«, befahl er.

Ray sah an ihm vorbei zu dem Haus auf der anderen Straßenseite hinüber, das sich bereits in ein Inferno verwandelt hatte.

Es würde eine lange Nacht werden.

Jonah hielt sich gegen die Morgensonne eine Hand über die Augen, als er aus dem Auto stieg und die Ruine vor sich betrachtete. »Ist wohl nicht so gut gelaufen«, sagte er.

Es war eine ruhige Straße in einem Vorort. Die Häuser waren weit voneinander entfernt und mit gepflegten Gärten umgeben, die für ausreichend Privatsphäre sorgten. Jetzt war die Straße zu beiden Seiten abgesperrt, die Bewohner hatte man evakuiert. Der Hubschrauber eines Nachrichtensenders schwirrte über sie hinweg.

Hugo Adler gesellte sich zu ihm und verzog das Gesicht. »Verdammt, wie das stinkt.«

Jonah nickte. Unter dem beißenden Rauch lag ein petrochemischer Geruch, doch am schlimmsten war der Gestank verbrannten Fleisches.

Jonahs Nacht hatte aus einem unangenehmen Wechselbad zwischen Erschöpfung und Angst bestanden. Dabei waren der immer wiederkehrende Durst und das Jucken im Nacken noch die geringsten seiner Probleme gewesen. Viel schlimmer war, dass sich alte Albträume mit neuen verbanden. Er hatte von früheren Wiederbelebungen geträumt, von seiner Mutter und Lyssa Underwood. Und jedes Mal hatte sich der Leichnam in Alice Decker verwandelt, deren tote Augen ihn aus ihrem zerschmetterten, von schrecklichem *Leben* erfüllten Gesicht angestarrt hatten.

Er war früh ins Büro gekommen. Nach der gestrigen Wiederbelebung hätte man ihm jederzeit Urlaub gewährt, aber da es sein erster offizieller Arbeitstag nach der Suspendierung war, hatte er ordentlich aufzuholen. Außerdem wollte er nach dieser Nacht lieber nicht allein sein.

Um neun Uhr dreißig hatte Bob Crenner angerufen und die Besichtigung eines Leichnams angefordert, der in einem exklusiven Wohnviertel in Gaithersburg gefunden worden war. Obwohl der Fall bereits landesweit für Schlagzeilen gesorgt hatte, waren kaum Details bekannt – weder über die Opfer noch über etwaige Festnahmen. Die Anwohner machten wirre und zum Teil widersprüchliche Angaben. Selbst vor dem Anruf hatte Jonah bereits vermutet, dass die Sache etwas mit Harkers Wiederbelebung zu tun hatte. Seine Vermutung wurde bestätigt, als Bob Crenner in den Nachrichten auftauchte.

Das FRS-Nordostbüro hatte einmal mehr wegen Unterbesetzung absagen müssen. Ihre besten Reviver befanden sich in der Erholungsphase und waren erst in zwölf Stunden wieder einsatzfähig. Crenner hatte sich direkt an Hugo gewandt, war aber immerhin so ehrlich gewesen, ihn darauf hinzuweisen, dass das Ganze wahrscheinlich Zeitverschwendung war. Allerdings war der Fall so wichtig, dass seine Vorgesetzten auf einer Wiederbelebung bestanden.

Da sowohl Stacy als auch Jason ausgeruht waren, hatte Hugo unter dem Vorbehalt zugestimmt, die Situation von einem der vier in Richmond stationierten Verbindungsbeamten einschätzen zu lassen. Er beauftragte Beth Sheridan damit, und aus Sorge um sein Team beschloss er, die Sache persönlich in Augenschein zu nehmen.

Jonahs erste Reaktion war, in Hugos Büro zu marschieren und auf seiner Teilnahme zu bestehen – als ein weiterer Beobachter, der Beths Einschätzung bestätigen konnte.

»Seit wann ergreifst du die Eigeninitiative?«, fragte Never auf dem Weg zum Tatort. Jonah saugte sich eine wortreiche Antwort aus den Fingern, ohne selbst von seinen Argumenten überzeugt zu sein. Die einfache Wahrheit war: Er wollte es mit eigenen Augen sehen.

Sobald sie in Gaithersburg ankamen, duckten sich Jonah, Hugo und Beth unter dem Absperrband hindurch, das das ausgebrannte Haus umgab. Jonah sah Crenner und Johnson. Crenner bemerkte ihn und winkte, dann kamen die beiden Detectives zu ihnen herüber. *Die sehen aus, als hätten sie noch weniger Schlaf abbekommen als ich,* dachte Jonah. Und das wollte etwas heißen.

»Morgen«, sagte Bob. »Den kann nicht mal mehr Jesus zurückholen, Jonah.«

»Ich werde die Wiederbelebung nicht durchführen, falls es überhaupt dazu kommt, Detective. Ich bin nur in beratender Funktion hier.«

»Und wie es sich anhört, ist das hier nur eine Formsache, oder?«, fragte Beth.

Bob nickte und wandte sich dem lächelnden Hugo zu. »Und weshalb sind Sie hier?«

»Moralische Unterstützung«, sagte Hugo. »Danke für die Vorwarnung.«

Bob zuckte mit den Schultern. »War mir ein Vergnügen. Tut mir leid, dass Sie für nichts und wieder nichts hier rausgefahren sind. Befehl von ganz oben. Ich habe eine Wiederbelebung sofort ausgeschlossen, aber was weiß ich schon? Seht's euch selbst an. Der Betreffende liegt hier irgendwo unter einer weißen Plastikfolie. Verhaltet euch unauffällig.« Er nickte in Richtung des Fernsehteams, das am Rande der Absperrung lauerte.

»Was ist passiert?«, fragte Jonah, und Bob informierte sie über die Ereignisse der vergangenen Nacht.

»Das Feuerwerk war *spektakulär*«, sagte Bob, als er die Stürmung des Hauses schilderte. »Keine Ahnung, was für ein Zeug das Haus in Sekundenschnelle in eine derartige Flammenhölle verwandeln kann. Es gab auch ein paar kleinere Explosionen. Es hat sechs Stunden gedauert, bis das Feuer gelöscht war. Alles, was einer Leiche auch nur entfernt ähnlich sieht, liegt unter dieser Plane da.« Er gähnte. »War eine lange Nacht.«

Sie erreichten die Plastikfolie.

»Wie viele waren es insgesamt?«, fragte Beth.

»Fünf«, sagte Ray Johnson. »Der hier ist aus einem Fenster im ersten Stock gesprungen. Er war völlig mit dem Brandmittel überzogen, das sie hier hergestellt haben. Und jede Sekunde bei vollem Bewusstsein. Unvorstellbar. Selbst der Sturz hat ihn nicht ausgeknockt. Er lag hier und schrie um Hilfe, doch wegen des Feuers konnten wir ihm nicht helfen. Als die Feuerwehr anrückte, war er schon tot.«

Beth beugte sich vor und packte die Plane. »Dann wollen

wir mal«, sagte sie und hob die Folie so weit auf, dass sie einen Blick darunter werfen konnten.

Von der Hüfte abwärts war alles verkohlt. Unterhalb des Brustkorbs waren schwarze Knochen sichtbar. Von dort bis zum Hals war die Kleidung mit dem Körper verschmolzen. Das Gesicht war so gut wie unversehrt, was wahrscheinlich der Grund war, weshalb man eine Wiederbelebung nicht sofort ausgeschlossen hatte. Der übrige Kopf war versengt, das Haar verbrannt.

»Scheiße«, sagte Beth. »Der sieht mir nicht gerade gesprächig aus. Jonah?«

Jonah starrte die Leiche an. »Das muss der Rothaarige sein, den Harker erwähnt hat.«

»Sind Sie sicher?«, fragte Bob. »In dem Zustand würde sich der Typ nicht mal selbst erkennen.«

»Ich bin mir sicher«, bestätigte er beunruhigt und handelte sich einen besorgten Blick von Hugo ein, aber er konnte es nicht leugnen: Das Gesicht vor ihm machte ihn wütend, genau wie es Harker wütend gemacht hatte. Er hatte den Rothaarigen nicht aufgrund von Harkers Beschreibung erkannt, sondern durch eine tief sitzende, schwer zu erklärende Ahnung.

»Also ist eine Wiederbelebung definitiv ausgeschlossen?«, fragte Bob.

»Definitiv«, sagte Beth. »Der ist gut durch.«

»Das habe ich mir gedacht.«

»Und was jetzt?«, fragte Hugo.

»Wir müssen rausfinden, was sie mit dem Zeug vorhatten. Drei der Opfer sind vorläufig identifiziert, aber es wird noch eine Weile dauern, bis wir die endgültige Bestätigung haben. Wir werden bald die Medien darüber informieren, dass Harker tot ist. Dann müssen wir alle aufspüren, die irgendwie darin verwickelt sind. Alle Identifizierten hatten Verbindungen zu den Afterlifers. Solange wir nichts Genaueres wissen, müssen wir wohl alle FRS-Büros unter Beobachtung stellen.«

Beth breitete die Plane wieder über die Leiche. Jonah war sich sicher, dass er eine Wiederbelebung hätte durchführen können, wenn auch nur die geringste Aussicht auf Erfolg bestanden hätte. Doch nun sah es ganz danach aus, als würde Harkers letzte Frage unbeantwortet bleiben.

Beth, Hugo und Jonah gingen zum Auto zurück.

Als Jonah auf der Rückbank Platz nahm, bemerkte er etwas. Auf der gegenüberliegenden Seite stand jemand im Schatten eines Baumes und beobachtete sie. Da die Sonne direkt hinter ihnen stand, war es zu dunkel, um die Person genauer erkennen zu können. Es war eine gebückte Figur in einem langen Mantel, die die Arme an die Seiten hielt. Jonah sah genauer hin und spürte, wie sich die Härchen auf seinem Arm aufstellten. Ein kalter Hauch fuhr ihm in den Nacken. Die Gestalt sah ihn völlig reglos an. Er spürte ihre starrenden Augen und dachte an Alice Deckers zerschmettertes Gesicht. Doch das war nicht Alice.

»Fahren wir«, sagte Beth.

Jonah sah sie an, dann wieder zur Gestalt hinüber. Sie war verschwunden.

Am nächsten Morgen ging Jonah mit mehreren Auszubildenden die Aufnahmen sechs verschiedener Wiederbelebungen durch. Nur eine davon hatte er vor vier Jahren persönlich durchgeführt. Ein bewaffneter Einbrecher war erst von der Polizei erschossen und dann von Jonah in die Mangel genommen worden. Während der Wiederbelebung hatte eine eisige Stimmung geherrscht, da die Komplizen des Toten geflohen und dabei einen Unbeteiligten und einen Polizisten schwer verletzt hatten. Die Wut und der Drang nach Vergeltung hatten Jonah viel zu aggressiv vorgehen lassen.

Als er sich die Aufnahme seiner vielen Fehler ansah, verzog er das Gesicht. Sein jüngeres Ich hatte keinen der Hinweise darauf bemerkt, dass seine Verhörtaktik zum Scheitern verurteilt war. Das Zusehen fiel ihm schwer, doch da er diesen Fall bei seiner Rede auf der Tagung Ende nächster Woche zur Sprache bringen wollte, musste er sich wohl oder übel daran gewöhnen.

Er hielt die Aufnahme an, um seinen Schützlingen Gelegenheit für Kommentare zu geben. Sie begriffen schnell, worum es Jonah ging, und als er endlich seine Strategie änderte, waren sie tief beeindruckt, wie sich aus seinen behutsamen Schmeicheleien ein Gespräch entwickelte, in dessen Verlauf er Vertrauen aufbaute und der Mann in wertvollen Sekunden genug Informationen preisgab, damit die Polizei seine Komplizen festnehmen konnte.

Jonah nahm sein Mittagessen am Schreibtisch ein, ließ die Gedanken abschweifen und sah dabei aus dem Fenster.

Auf der anderen Straßenseite warf die Nachmittagssonne tiefe Schatten. Unter der Markise der Bäckerei, in der er am Morgen seine Sandwiches gekauft hatte, genau dort, wo es am dunkelsten war, stand eine Gestalt. Sie war in der Finsternis kaum zu erkennen, und Jonah musste länger hinsehen, um sich zu vergewissern, dass sie überhaupt da war.

Dann stellten sich ihm die Nackenhaare auf. Sie war da, zweifellos – dieselbe Gestalt, die er gestern schon gesehen hatte. Er beugte sich näher zum Fenster vor, und da schoss ihm ein Gedanke durch den Kopf: *Pass auf, dass sie dich nicht sieht.* Er kam sich lächerlich vor.

Da hob die Gestalt den Kopf. Jonah schreckte so weit vom Fenster zurück, bis sie ihn nicht mehr sehen konnte.

Er zuckte zusammen, als sich eine Hand auf seine Schulter legte. *»O Gott!«*

»Holla«, sagte Never. »Was ist denn mit dir los?«

»Nichts«, murmelte Jonah und spähte nochmals aus dem Fenster. Die dunkle Silhouette im Schatten war verschwunden.

»O-*kay* … wie lief's heute Morgen mit den Grünschnäbeln?«

»Ganz gut«, sagte Jonah, der mit den Augen und dem Verstand noch bei der Gestalt unter der Markise war. Er blendete sie aus und drehte sich zu Never um. »Wann bist du mit Babysitten dran?«

»Sollte heute Nachmittag ein Einsatz anstehen, werde ich drei von ihnen mitnehmen.«

»Sie wirken ganz tüchtig. Die werden dir keine Probleme machen.«

»Ja, das wird schon. Hör mal, Beth hat mir von dem Haus erzählt, das ihr euch gestern angesehen habt. Ziemlich krass. In den Nachrichten wird nichts Genaueres berichtet, und Harker haben sie auch noch nicht erwähnt.«

»Hoffentlich ist es bald so weit. Die Neugier bringt mich um.«

»Weiß man schon, was diese Typen vorhatten?«

»Angeblich waren das Afterlifers. Vielleicht hatten sie einen Brandanschlag geplant. Hugo will unser Sicherheitspersonal aufstocken, zumindest vorübergehend. Und wenn …« Plötzlich verspürte er den Drang, ein weiteres Mal nachzusehen. Er warf einen Blick zur Bäckerei hinüber und erstarrte. Die Gestalt war zurück. »Schau mal bitte aus dem Fenster.«

»Was soll da sein?«

»Steht da jemand im Schatten vor der Bäckerei?«

Never legte die Hand über die Augen und sah in die Richtung, in die Jonah deutete. Als er das tat, sah die Gestalt auf. Jonah konnte ihren Blick auf sich spüren. Am liebsten hätte er sich wieder vom Fenster entfernt, doch er blieb, wo er war.

»Siehst du ihn, Never?« Jetzt war er viel deutlicher zu erkennen. Hochgezogene Schultern, langer Mantel. Das war keine Einbildung.

»Da ist niemand, Kumpel.«

Jonah sah ungläubig auf die Straße hinunter.

»Du siehst müde aus, Jonah. Alles okay?«

Jonah holte tief Luft und wandte sich wieder Never zu. »Ich weiß nicht so recht. Ich glaube …« Wieder blickte er auf die Straße hinunter, in den Schatten, wo – jetzt – nichts mehr zu sehen war. »Ich glaube, ich bin noch nicht so ganz über die Harker-Wiederbelebung weg.«

»Am besten, du gehst nach Hause. Du bist hier doch sowieso fertig, oder?«

»Ich hab noch ein paar Sachen zu erledigen.«

»Ach was, der Quatsch kann warten. Geh nach Hause. Nimm dir ein paar Tage frei. Ich sag Hugo Bescheid.«

»Und was ist mit den Azubis?«

»Um die kümmern wir uns, Jonah. Geh heim.«

Als er das FRS-Büro verließ, überquerte er die Straße und stellte sich in den Schatten vor der Bäckerei, den er von seinem Büro aus beobachtet hatte. Erst spürte er gar nichts. Dann sah er zu seinem Büro auf.

Die Gestalt stand im Fenster und schaute auf ihn herab.

Auf dem Nachhauseweg schien ihn aus jeder Ecke ein Augenpaar zu beobachten, und immer wieder erkannte er die

Gestalt in den verschiedensten Schatten. Er senkte den Kopf. Sein Herz raste, und kalter Schweiß lief an ihm herab, als er seine Wohnungstür erreichte. Als er eintrat, tapste sein schnurrender Kater unbeschwert auf ihn zu.

Um sich zu entspannen, verbrachte Jonah den restlichen Nachmittag damit, in der Taschenbuchausgabe von *David Copperfield* zu lesen, die Sam ihm zu Weihnachten geschenkt hatte und die er seit drei Monaten nicht mehr aufgeschlagen hatte. Es kam oft vor, dass er ein Buch in mehreren Etappen las. Nur wenn ihn seine Arbeit nicht zu sehr forderte, hatte er die nötige Muße dafür, und das kam leider allzu selten vor. Da die Wiederbelebung von Daniel Harker so anstrengend gewesen war, würde Hugo mindestens drei Wochen abwarten, bevor er ihn auf seinen nächsten Einsatz schickte. In dieser Zeit konnte er eine Menge lesen, wenn ihm nichts Besseres einfiel.

Nach drei Stunden trieb ihn der Hunger in die Küche. Er warf ein Hühnercurry in die Mikrowelle, öffnete sich eine Dose Cola und setzte sich vor seinen PC, um die neuesten Nachrichten abzurufen. Als er sah, dass die Polizei mit Harkers Tod endlich an die Öffentlichkeit gegangen war, setzte er sich auf. Die Verbindung zum ausgebrannten Haus war offenbar noch nicht bekanntgegeben worden.

Er spielte den jüngsten Nachrichtenclip ab.

Nach einigen Aufnahmen des FRS-Gebäudes, der Auffahrt zu Harkers Anwesen und des Hauses, in dem er gefunden worden war, fasste der Kommentar aus dem Off die wenigen Informationen zusammen, die die Medien bisher erhalten hatten: »Daniel Harkers Leichnam wurde im Keller eines gemieteten Hauses gefunden. Trotz des Zustands der Leiche wurde vor zwei Tagen hier im Forensic Revival Service eine Wiederbelebung versucht. Die Polizei berichtet, dass sie erfolgreich war, gab sonst jedoch keine weiteren Details bekannt. Eine weitere Stellungnahme der Behörden wird für morgen erwartet.

Mr. Harkers Tochter, die nach dem Verschwinden ihres Vaters aus England angereist war, nahm angeblich an der Wiederbelebung teil. Sie verweigerte jeden Kommentar.«

Eine Aufnahme von Harkers Tochter wurde eingespielt. Sie fuhr die Auffahrt zu Harkers Haus hinauf, während die Reporter sie mit Fragen bombardierten. Im Vorbeifahren erhaschte die Kamera eine Nahaufnahme ihres grimmigen Gesichts.

»Diese Wiederbelebung ist das ebenso tragische wie ironische Ende Daniel Harkers – jenes Mannes, der vor zwölf Jahren durch die Berichterstattung über Eleanor Preston, die erste bekannte Reviverin, internationale Berühmtheit erlangte.«

Es folgte ein aus Archivmaterial zusammengestellter Überblick über Daniel Harkers Leben. Obwohl Jonah die meisten Einzelheiten bereits kannte, sah er trotzdem wie gebannt zu. Er störte sich an kleinen Details, journalistischen Freiheiten, die die Story reißerischer machten. Besonders ärgerte ihn, dass Harker als Opportunist und seine Karriere als auf einem Zufallstreffer beruhend dargestellt wurde: Angeblich war er zur richtigen Zeit am richtigen Ort gewesen und hatte danach so viel Kapital wie möglich aus seiner Entdeckung herausgeschlagen. Dabei wurde verschwiegen, dass er der Akzeptanz der Wiederbelebung in der Öffentlichkeit den Weg geebnet hatte.

Seine Romane wurden noch nicht einmal erwähnt. Jonah erinnerte sich, dass die ersten drei Bücher einigermaßen erfolgreich gewesen waren, das vierte jedoch weltweit die Bestsellerlisten gestürmt hatte. Sein Pseudonym war ein offenes

Geheimnis gewesen. Jonah war tief enttäuscht, dass der Bericht dies verschwieg.

Von seinem nächsten Buch existierten bisher nur handschriftliche Notizen im Büro in seinem Haus, doch die Idee nahm langsam Gestalt an und …

Fluchend stieß Jonah die Cola um.

Genau wie bei Nikki Wood waren diese Gedanken nicht seine eigenen gewesen.

Jetzt fiel ihm ein, wer die Gestalt im Schatten gewesen war. Er wusste, wer dort gestanden hatte, wer ihm folgte, seit er das ausgebrannte Haus besucht hatte.

Es war Daniel Harker.

KAPITEL 19

Am nächsten Morgen rief Jonah Stephanie Graves an. Gegen Mittag lag er erneut unter dem Scanner. Graves hatte seine Entschuldigung, dass er ihr so viele Umstände machte, einfach beiseitegewischt.

Nach dem Scan rief sie ihn zu sich ins Büro. »Wir haben Hinweise auf ein Residuum gefunden«, sagte sie. »Eindeutige Hinweise. Es hätte bei dieser Wiederbelebung nicht auftreten dürfen, obwohl sie so kompliziert war. Ich weiß nicht, weshalb wir das mit der BPV-Erhöhung nicht in den Griff bekommen haben.«

Jonah spürte, wie seine Wangen brannten. »Tut mir leid. Ich habe einfach die bisherige Dosis genommen und noch eine halbe Pille extra.«

Graves runzelte die Stirn, öffnete den Mund, um etwas zu sagen, schüttelte dann aber den Kopf. »Das war nicht gerade schlau von Ihnen, Jonah. Nichtsdestotrotz war es die richtige Dosis, da hätte nichts passieren dürfen. Vielleicht hätte ich Ihnen eine längere Ruhepause oder nur leichte Fälle verordnen sollen. Wie dem auch sei – das Wichtigste ist jetzt, dass Sie sich richtig erholen. Der Residuum-Effekt nach der Wiederbelebung des Mädchens war nur von kurzer Dauer. Hoffen wir, dass das bei Daniel Harker auch der Fall ist. Ich werde Ihnen eine dreitägige Medikation verschreiben, die dabei helfen sollte. Seien Sie vorsichtig – die Nebenwirkungen können ziemlich heftig sein. Es ist ein hochwirksamer Erinnerungsblocker, der wird Sie ordentlich müde machen. Nehmen Sie ihn jeden Abend vor dem Schlafengehen. Orientierungslosigkeit und Müdigkeit am nächsten Morgen sind ganz normal und werden sich bald legen. Genau wie Ihre Symptome. Und wenn das nicht der Fall sein sollte, geben Sie mir bitte sofort Bescheid. Ich werde mit dem für Sie zuständigen Psychologen sprechen. Sie werden einen wöchentlichen Termin vereinbaren. In einem Monat stecken wir Sie nochmal in die Röhre. Diesmal will ich wirklich hundertprozentig sicher sein, dass sich das Residuum zurückgebildet hat. Sobald die Testergebnisse diesbezüglich positiv sind, werden Sie zunächst einfache Wiederbelebungen durchführen. Dann sehen wir weiter.«

»Sie haben gesagt, dass das Residuum sehr stark war. Wie stark?« Graves druckste etwas herum. Er spürte ihr Zögern, den Widerwillen, ihm zu antworten. »Wie stark?«

»Extrem stark, Jonah. Ich habe schon stärkere gesehen, aber nicht viele.«

»Wie schlimm kann das noch werden? Das hat mir Angst gemacht. Ich habe das Gefühl, beobachtet zu werden. Ich sehe eine Gestalt, die mir folgt …«

»Ihr Verstand versucht, diese unzusammenhängenden Eindrücke zu verarbeiten. Das ist verstörend, geht jedoch wieder vorbei.«

»Als ich Harkers Gedanken im Kopf hatte … das war, als würde ich einem Fremden beim Denken zusehen. Ich hatte keine Kontrolle mehr. Ich war nur Beobachter. Wie ist so etwas möglich?«

»Die meisten Forscher halten die Residuen lediglich für ungebetene Erinnerungen, Jonah. Wie Flashbacks bei einer Posttraumatischen Störung. Wir beide wissen selbstverständlich, dass sie mehr sind als das. Es gibt da eine Theorie, die besagt, dass wir andere Menschen nur deshalb verstehen, weil wir ein Modell von ihnen in uns abgespeichert haben, eine vereinfachte Simulation ihrer Persönlichkeit. Sobald unsere Gehirne weit genug entwickelt waren, führte diese Fähigkeit zu einer explosionsartigen Komplexität der menschlichen Kommunikation. Je besser wir einen anderen Menschen kennen, umso detaillierter ist die Simulation des Betreffenden. Wir werden bald in der Lage sein, die Arbeitsweise des Gehirns mit einer derart feinen Auflösung zu betrachten, dass wir diese Simulationen sehen können. Bisher können wir sie noch nicht von den gewöhnlichen Gedanken unterscheiden. Es liegt auf der Hand, dass sich das Gehirn bei der Erstellung dieser Simulationen an unserem eigenen Bewusstsein orientiert. Bei einem Residuum in seiner extremsten Ausprägung muss das Gehirn mit äußerst ungewöhnlichen Formen von Aktivität und den dadurch ausgelösten, ihm bisher unbekannten Erinnerungen fertigwerden. Und das tut es, indem es diese Aktivitäten sozusagen in Quarantäne steckt – der ideale Nährboden für ein Residuum. Sie haben sich doch sicher schon einmal vorgestellt, was eine bestimmte Person in einer bestimmten Situation fühlen oder sagen würde. Was Sie gerade durchmachen, ist eine extremere Form des Versuchs, sich in einen anderen hineinzuversetzen. Die Illusion, dass Ihre Gedanken nicht Ihre eigenen sind, rührt daher, weil Sie die äußerst detaillierte Simulation einer Person im Kopf haben, die Ihnen eigentlich völlig fremd ist. Was im Grunde ein ganz normaler kognitiver Prozess ist und nichts, wovor Sie Angst haben müssten. Das Medikament, das ich Ihnen verschreibe, wird diese Erinnerungen so weit zurückdrängen, dass sie sich ganz von selbst auflösen.«

»Wie viel schlimmer kann es noch werden, Dr. Graves?«, wiederholte Jonah.

Sie seufzte. »Hören Sie auf meinen Rat: Ruhen Sie sich aus, und alles wird wieder in Ordnung kommen. Wir haben die Gefahr rechtzeitig erkannt.«

Die Gefahr, dachte Jonah und fragte sich, was genau sie damit meinte. »Ist es denn schon einmal vorgekommen, dass sie sie nicht rechtzeitig erkannt haben?«

Graves hielt inne und starrte einen Augenblick lang ins Leere. Dann nickte sie. »Ein Mal, vor sechs oder sieben Jahren. Ein hochbegabter Reviver. Er hatte kurzzeitig für die Forensik in Toronto gearbeitet, bis gewisse Probleme auftauchten und er sich in den USA von einer Privatfirma anheuern ließ. Die Wiederbelebungsagentur, die ihn angestellt hatte, verwies ihn an mich, weil er der Witwe eines Toten, den er wiederbelebt hatte, nachgestellt hatte. Er wurde in betrunkenem Zustand verhaftet und beharrte darauf, ihr Ehemann zu sein. Die Untersuchungen zeigten, dass er zu diesem Zeitpunkt von vier verschiedenen, deutlich zu erkennenden Residuen geplagt wurde. Eines war stark genug, um ihn derart zu verwirren, dass er sich zeitweise für eine andere Person hielt. Das war der schlimmste Fall, der mir je untergekommen ist. Sein Wahngebäude war beeindruckend. Er brauchte Monate, um sich davon zu erholen.«

Jonah nickte. Er konnte seine Neugier nicht im Zaum halten. »Was ist mit ihm passiert? Hat er wieder als Reviver gearbeitet?«

»Davon habe ich ihm abgeraten.« Graves ging zu einem Regal hinüber, nahm ein durchsichtiges Pillenfläschchen heraus und reichte es Jonah. In dem Fläschchen befanden sich drei gelbe Tabletten, die aussahen, als wären sie nur schwer zu schlucken. »Bitte. Die wirken ganz hervorragend. Der zweitschlimmste Fall betraf einen forensischen Reviver. Mit diesen Tabletten und einem Monat Auszeit konnte sich der Patient vollständig erholen und ohne Rückfall weiterarbeiten. Das wird schon wieder, Jonah. Vergessen Sie nicht: eine vor dem Zubettgehen. Wenn Sie die genommen haben, wird Ihnen Daniel Harker keinen Ärger mehr machen.«

Sobald er wieder in seiner Wohnung angekommen war, setzte Jonah eine Mail an Hugo Adler auf, in der er ihm Bericht über den Arztbesuch erstattete. Während er schrieb, fragte er sich, ob er Never ins Vertrauen ziehen sollte. Doch er entschied, dass es wohl besser wäre, ihn nicht unnötig zu beunruhigen und ihm die Details zu ersparen.

Er dachte an Stephanie Graves und wie eilig sie es gehabt hatte, die kostspielige Scanner-Untersuchung an ihm durchzuführen und ihm eine weitere in Aussicht zu stellen. Vielleicht sah sie in ihm die Gelegenheit zu einer Fallstudie – wie schon sechs Jahre zuvor.

Dann fiel ihm siedend heiß ein, dass Graves vor sechs Jahren noch bei Baseline gewesen sein musste. Der Fall damals hatte einen forensischen Reviver betroffen. Aufgrund der engen Verbindungen zwischen FRS und Baseline war es durchaus wahrscheinlich, dass irgendwo in den FRS-Archiven Aufzeichnungen über diesen Fall schlummerten. Es war natürlich fraglich, ob Jonah die dafür erforderliche Zugangsberechtigung hatte – besonders von seinem Heimcomputer aus –, aber einen Versuch war es wert.

Ohne die Mail an seinen Chef zu beenden, loggte er sich in das FRS-System ein, rief das Archiv auf und machte sich daran, geeignete Suchworte einzugeben. In der Trefferliste entdeckte er ein von Stephanie Graves verfasstes Dokument mit dem Titel »Zusammenfassung der Faktoren, die einer

BPV-Erinnerungsunterdrückung entgegenwirken«. Er klickte auf das dazugehörige Aktenzeichen.

Ein Fenster poppte auf, das ihn darüber informierte, dass der Inhalt der Datei vertraulich war und persönliche medizinische Informationen enthielt. »Bitte öffnen Sie das Dokument nur in einer geschützten Umgebung«, riet ihm das Fenster. Jonah sah sich um. Marmite hielt auf der Couch ein Nickerchen.

»Ich hoffe, du behältst das für dich«, sagte Jonah zur Katze. Dann klickte er auf »Ok«.

Eine Fehlermeldung erschien. »Sie haben nicht die erforderliche Berechtigung, um dieses Material einzusehen.«

Jonah fluchte leise und zuckte plötzlich zusammen, als das Telefon neben ihm klingelte.

Es war Never. »Hey, Jonah! Ich hab gesehen, dass du eingeloggt bist, da wollte ich mal durchrufen. Wie geht's?«

»Spionierst du mir hinterher?«, fragte Jonah in einem heiseren Flüstern. Er bemerkte, dass er aus Wut darüber, dass er ertappt worden war, überreagierte.

»Äh … Okay«, sagte Never nach einer kurzen Pause. »Ich lass dich wohl lieber mal in Ruhe. Ich wollte dir nur ausrichten, dass ich Hugo breitschlagen konnte, dir eine Woche lang freizugeben. Du solltest diese Auszeit wirklich in Anspruch nehmen. Home Office zählt nicht.«

Jonah ließ den Kopf sinken. »Scheiße, Mann. Tut mir leid. Ich bin müde. Wie war dein Tag?«

»Schon vergessen, Kumpel. Heute Morgen hatten wir eine echt harte Nuss. Junge Frau, frisch geschieden, erwürgt. Ihr Freund lag im Raum nebenan. Zu Tode geprügelt. Mit einer Brechstange oder so.«

»Wie furchtbar.«

»Und eine Riesensauerei. Stacy und Terry haben am Tatort eine Doppelwiederbelebung vorgenommen. J.J. und ich waren dabei.«

»War es der Exmann?«

»Das dachten wir auch zuerst. Immerhin war er spurlos verschwunden. Das Ganze war aber dann doch komplizierter. Ihr Freund ist auf sie losgegangen, und sie hat es noch geschafft, ihren Ex anzurufen. Als er eintraf, war sie bereits tot. Er hat ihren Freund ermordet und ist verschwunden. Anscheinend sind die beiden Typen vom gleichen Kaliber. Die Frau hatte wirklich ein prima Händchen. Na ja, egal. Wie geht's dir? Besser als gestern? Siehst du noch, äh, Sachen?«

»Ich brauche einfach etwas Ruhe, Never.«

»Du würdest mir doch erzählen, wenn du ein Problem hättest, oder?«

Jonah wusste genau, weshalb sich Never so große Sorgen machte: Er konnte in seinem Freund lesen wie in einem Buch. Es war ihm gegenüber nicht fair, den Ahnungslosen zu spielen.

»Ich bin da an etwas dran. Wahrscheinlich nichts Wichtiges. Ich erzähl dir alles später, versprochen. In der Zwischenzeit tu mir bitte den Gefallen und lass mich das allein machen, okay?«

»Okay«, sagte Never argwöhnisch. »Aber versprochen ist versprochen, und ich werde mich regelmäßig bei dir melden. Wenn ich irgendetwas für dich tun kann …«

Jonah kam eine Idee. »Na ja … ich wollte mir einen alten Fall genauer ansehen. Er ist im FRS-System gespeichert. Ich habe keine Zugangsberechtigung. Du bist doch Systemadministrator, oder? Könntest du vielleicht …«

»Aha, daher weht der Wind. Also gut, geh und mach dir einen Kaffee. Wenn du wieder zurück bist, hast du deinen Zugang. Aber sag's nicht weiter, okay?«

Jonah tat wie ihm geheißen. Mit der Tasse in der Hand setzte er sich wieder vor den Rechner, gab dieselben Suchwörter wie zuvor ein und klickte auf den Link.

Diesmal erschien der Fallbericht auf seinem Bildschirm.

Der Name des Revivers lautete Victor Eldridge. Wie Graves ihm erzählt hatte, war er eingeliefert worden, nachdem er die Witwe eines Mannes belästigte, den er eine Woche zuvor wiederbelebt hatte. Da sich die Frau nicht direkt bedroht gefühlt hatte, hatte sie auf eine Anzeige verzichtet. Die Firma, für die er tätig gewesen war, hatte Graves kontaktiert. Eldridge war einer ihrer besten Reviver gewesen – sie hatten großes Interesse an seiner geistigen Gesundheit.

»Zum gegenwärtigen Zeitpunkt«, stand in dem Bericht, »gehen wir von der Annahme aus, dass der Residuum-Effekt eine abgeschwächte Verkörperung der Erinnerungen und Gefühle darstellt, die während der Wellenphase der Wiederbelebung auftreten. Dieser Patient allerdings erlebte bestimmte Episoden, in denen er sich für den Toten selbst hielt. Im klinischen Umfeld wurden fünf dieser Episoden beobachtet, von denen die längste siebenundzwanzig Minuten anhielt. Der Patient war währenddessen in der Lage, Fragen zusammenhängend und detailliert zu beantworten, und besaß Kenntnis von gewissen Informationen, die nur dem Wiederbelebten bekannt sein konnten. Nach jeder Episode wurde der Patient nach seinem Bewusstseinszustand befragt und gab zu Protokoll, dass er zwar bei Bewusstsein gewesen war, diese Gedanken jedoch ohne sein Zutun in ihm aufgestiegen seien. Dies könnte darauf hindeuten, dass der Residuum-Effekt – vorausgesetzt, er äußert sich stark genug – eine Art parasitäre Intelligenz hervorruft, bei der die Denk- und Verhaltensmuster des Wiederbelebten den Verstand des Wirts übernehmen. Wie langlebig diese Effekte ohne entsprechende Behandlung sind, ist derzeit unmöglich abzuschätzen. In diesem Fall war die längerfristige Gabe einer hohen Dosis von Novadafinil und Propranolol erfolgreich.«

Jonah holte tief Luft. Genau das hatte er auch erlebt. Obwohl Dr. Graves die Sachlage in diesem Bericht ganz anders interpretierte. Ihm gegenüber hatte sie lediglich behauptet, dass sein Gehirn unter Stress etwas fehlgedeutet hätte, was angeblich einen ganz natürlichen mentalen Prozess darstellte.

Sie hatte ihn nur in Sicherheit wiegen wollen. Halluzinationen. Nichts, worüber man sich Sorgen machen musste.

Dabei war es viel mehr – etwas, das Graves als »parasitäre Intelligenz« bezeichnet hatte.

Eine Form der Besessenheit.

Er bemerkte einen Link neben dem Absatz, den er zuletzt gelesen hatte. Als er ihm folgte, erschien eine Liste älterer Videodateien, die jeweils mit »Interviewauszug« und einer fortlaufenden Nummer benannt waren. Er öffnete die erste Datei und fragte sich, gegen wie viele Gesetze er dabei wohl verstieß.

Eine einzelne Kamera war auf einen nervösen Mann mit weit aufgerissenen Augen gerichtet, bei dem es sich offenbar um Eldridge handelte.

»Waren Sie sich bewusst, dass Sie gesprochen haben?«, fragte eine gedämpfte Stimme, die wie die von Dr. Graves klang.

»Ja«, sagte Eldridge. Seine Ernsthaftigkeit, seine Offenheit und sein Lächeln ließen auf tiefe Verunsicherung schließen. Er wirkte erschreckend fragil. »Ich konnte jedes Wort hören. Ich konnte die Gedanken hören, die den Worten vorausgingen, und es waren nicht meine Gedanken. So ist es immer. Ich kann sie nicht beeinflussen. Ich bin in meinem Kopf gefangen und kann nur untätig zusehen.« Obwohl er tapfer weiterlächelte, klang seine Stimme äußerst verzweifelt. Dann war das Video zu Ende. Jonah wandte sich wieder Graves' Bericht zu, der jedoch nichts weiter als das enthielt, was ihm die Ärztin bereits erzählt hatte. Eldridge war ein Wrack. Zwar war nur ein Residuum stark genug gewesen, um seine bewussten Handlungen zu beeinflussen, doch die Untersuchungen hatten auf weitere Residuen schließen lassen.

Jonah dachte an den Begriff, den sich Graves dafür ausgedacht hatte: »Geisterspuren«. Plötzlich kam ihm dieser Ausdruck unheimlicherweise sehr passend vor.

Eine halbe Stunde lang beschäftigte er sich mit dem Bericht und den Videos, wobei er zunehmend nervöser wurde – was einerseits ihrem Inhalt und andererseits der Tatsache geschuldet war, dass er diese Daten ohne die nötige Berechtigung abrief. Eldridges Gesichtsausdruck allerdings beunruhigte ihn am meisten. Der Mann schien alle Hoffnung verloren zu haben.

Er las den Abschnitt über die verabreichten Medikamente.

»Der Patient durchlebte mehrere Episoden hochgradiger Paranoia«, las er. »Er berichtete von einer externen Macht, die ihm angeblich folgen würde.« Sofort kam Jonah Harkers bedrohliche Gestalt in den Sinn. Er stieß auf einen weiteren Videolink.

Erneut erschien Eldridges erschöpftes Gesicht auf dem Bildschirm. Er befand sich in demselben Sprechzimmer wie zuvor.

»Wovor haben Sie Angst, Victor?«, fragte eine Stimme aus dem Off.

»Irgendetwas beobachtet mich. Etwas, das *in mir* ist.«

»Spüren Sie es in diesem Moment?«

»Ja. Wie soll ich sagen … es kratzt an meinem Hinterkopf. Einmal hat es mir etwas zugeflüstert. Manchmal glaube ich, dass ich es immer noch hören kann.«

»Wann haben Sie es zum ersten Mal bemerkt?«

»Bei der Wiederbelebung von Ruby Fleming. Da war etwas *anderes* zugegen.« Den letzten Satz flüsterte Eldridge hektisch und sah sich dabei um, als würde ihn jemand belauschen.

Jonah lief es eiskalt den Rücken hinunter. Dies erinnerte ihn nicht an das Residuum nach Harkers Wiederbelebung.

Es erinnerte ihn an Alice Decker.

Er wandte sich wieder dem Bericht zu: »Besagte Wiederbelebung fand statt, als der Patient noch in der forensischen Abteilung in Toronto tätig war. Seine Vorgesetzten vermuteten, dass die Symptome auf Eldridges eigenen mentalen Zustand zurückzuführen seien, den er auf die Wiederbelebte übertragen hätte, sodass diese in Panik ausgebrochen war und den Kontakt unterbrochen hatte.«

In der Annahme, einen weiteren Interviewauszug über diesen Fall zu hören, klickte Jonah auf den nächsten Link. Doch stattdessen erschien eine Aufnahme der Wiederbelebung selbst.

Die kanadischen Behörden hielten sich bei der Dokumentation der Wiederbelebungen mehr oder weniger an die Vorgaben des FRS. Man hatte drei Kameras benutzt, von denen eine die Totale filmte, woraus Jonah auf die Position der anderen Kameras und die Szenerie an sich schließen konnte.

Eine enge Gasse, von der eine geöffnete Tür in einen erleuchteten Flur führte. Schwarze Müllsäcke stapelten sich daneben. Am äußersten Bildrand erkannte Jonah Absperrband, wie es zur Tatortsicherung verwendet wurde. Auf dem Boden neben der Tür lag eine Frau. Ihre toten Augen starrten ins Nichts. Sie wies keine sichtbaren Verletzungen auf.

Eldridge duckte sich unter dem Absperrband hindurch und trat ins Bild. Bestürzt registrierte Jonah, wie gesund und vital er wirkte. Er war von kräftiger Statur, fast übergewichtig. Ein selbstbewusster Mann, der kaum Ähnlichkeit mit dem zitternden Nervenbündel in den anderen Videos hatte.

Eldridge nannte seinen Namen und verschiedene Falldetails, dann griff er nach der Hand der Leiche.

Unbewusst umklammerte Jonah mit der linken Hand den Schreibtisch. Er musste sich irgendwo festhalten. Er wollte nicht hinsehen, konnte den Blick aber auch nicht abwenden. Mehrere Minuten vergingen, in denen sich Eldridge auf die Wiederbelebung vorbereitete. Jonah schaltete auf Schnellvorlauf, bis sich der Leichnam bewegte. Er spulte wieder ein Stück zurück und startete die normale Wiedergabe.

Der Brustkorb der Frau hob und senkte sich in der für die Toten typischen langsamen, übertriebenen Atembewegung.

»Ruby«, sagte Eldridge. »Können Sie mich hören? Ich heiße Victor.«

Als die Wiederbelebung voranschritt, verstärkte sich Jonahs Griff um die Tischkante. Er spannte jeden einzelnen Muskel seines Körpers an.

Eldridge war gut. Sehr gut sogar. Er hatte die Tote mit angemessener, wenn auch nicht atemberaubender Geschwindigkeit wiederbelebt. Das darauffolgende Verhör jedoch führte er meisterhaft.

Ruby kooperierte nach Kräften, beschrieb die Attacke und den Mann, der sie überfallen hatte und an einen Kunden in der Bar erinnerte, in der sie kellnerte. Eldridge sagte ihr, dass genau dieser Mann von einer Überwachungskamera gefilmt worden war. Ihre Aussage würde entscheidend dazu beitragen, ihn zu finden und zu verurteilen. Schließlich bedankte er sich bei ihr.

»Ich habe zu danken«, sagte Ruby. Dann änderte sich ihr Tonfall – nur leicht, fast unmerklich, doch Jonah kam es trotzdem so vor, als wäre es im Raum schlagartig kälter geworden. Er fröstelte.

»Hier ist etwas«, sagte Ruby. »Da ist etwas in der Gasse. Ich kann es spüren. Es ist so dunkel, ich kann nichts sehen. *Hier ist etwas.*«

Eldridge wirkte verblüfft. Ratlos starrte er in die Kamera und zuckte mit den Schultern. Die Stimme des zuständigen Ermittlungsbeamten ertönte aus dem Off: »Wir haben fast alles, was wir brauchen, Victor«, sagte sie. »Komm noch einmal auf den Mann zu sprechen, bevor du sie verlierst.«

»Ruby, können Sie mir mehr über den Mann erzählen, der Sie angegriffen hat?«

Ruby holte langsam und tief Luft. »Es glänzt im Dunkeln. Es stinkt. Ich kann es nicht richtig sehen. Ich kann es nicht sehen. Bitte, lassen Sie mich gehen.«

»Na los, Victor«, sagte der Beamte. »Komm zum Punkt oder mach Schluss.«

»Ruby, ich möchte über diesen Mann sprechen.«

»Es *stinkt*. Es stinkt so sehr. *Grässlich*. Wie verfaultes Fleisch.«

»Bitte. Der Mann hat etwas gesagt, als er Sie gewürgt hat, nicht wahr? Können Sie sich noch daran erinnern?«

»Ich … es ist *hier*. Bitte, lassen Sie mich gehen.«

»Keine Angst, Ruby. Hier ist nichts. Hier ist überhaupt nichts.«

»Aber es ist *hier!* Bitte! Helfen Sie mir! Ich kann es nicht sehen! Ich kann es nicht sehen! Es kommt näher.«

»Ruby, hören Sie auf meine Stimme. Beruhigen Sie sich bitte.«

»Bitte, es kommt näher. ICH SPÜRE ES, ES IST DIREKT UNTER MIR, ICH ...«

Rubys Körper erstarrte. Dann senkte sich langsam ihr Brustkorb.

»Ruby? Ruby, können Sie mich hören?« Eldridge wandte sich der Kamera zu und sprach direkt zu den Zuschauern. »Ich weiß nicht, was da gerade passiert ist. Ich glaube, sie ist weg. Ruby?«

»Hast du sie verloren? Ist der Kontakt abgebrochen?«

Eldridge hob die Rechte, die immer noch Rubys Hand umklammert hielt. »Der Kontakt ist nicht abgebrochen, sie ist mir auch nicht entglitten. Sie ist einfach weg. Sie ist nicht mehr da.« Verstört schüttelte er den Kopf.

Das Video war zu Ende. Jonah starrte wie gebannt auf das letzte Standbild, in dem Eldridge mit einer Miene in die Kamera blickte, die bereits die ohnmächtige Verwirrung erahnen ließ, die ihn später völlig übermannen sollte. Jonah verspürte Schmerzen in der Hand. Er hatte die Tischkante so fest umklammert, dass er einen Krampf bekommen hatte.

Ich kann es nicht sehen, dachte er. *Es kommt näher.* Alice Decker hatte ganz ähnliche Worte geäußert. Viel zu ähnlich für seinen Geschmack.

Er versuchte, den restlichen Abend nicht mehr daran zu denken. Ständig meinte er, eine Bewegung in der Ecke wahrzunehmen, und fuhr beim geringsten Geräusch zusammen. Wieder und wieder musste er sich einreden, dass es keinen Grund gab, Angst zu haben. Überhaupt keinen.

Es half nichts – das Video war der Beweis, dass Alice Deckers Worte keine Halluzination gewesen waren. Was da zu ihm gesprochen hatte, hatte die Toten schon früher heimgesucht. Bei Eldridge hatte man es noch mit einem Panikanfall der Wiederbelebten erklärt. Er fragte sich, wie oft in den Jahren seit dem Aufkommen der Wiederbelebungen etwas Ähnliches geschehen und nicht weiter beachtet worden war.

Eldridge hatte behauptet, dass dieses Ding ihm etwas zugeflüstert hätte. Jonah fragte sich, was.

Sein Hals juckte, und er war durstig – deutliche Anzeichen dafür, dass das Harker-Residuum noch in ihm steckte. Zeit für die Medikamente, die Stephanie Graves ihm gegeben hatte. Zeit, Harkers penetranter Gegenwart ein Ende zu bereiten.

Die Pillen lagen neben dem Schlüsselbund auf dem Regal neben der Wohnungstür, wo er sie beim Hereinkommen hingeworfen hatte. Er beschloss, sofort eine zu nehmen und dann zu Bett zu gehen. Warum warten?

Er ging in die Küche, um sich ein Glas Wasser zu holen. Als er die Hand zum Wasserhahn ausstreckte, spürte er eine plötzliche Kälte und hielt inne. Er drehte sich um und starrte durch die Küchentür ins Wohnzimmer.

Alles war dunkel. Nur in der Küche brannte Licht. Gerade war seine Wohnung noch hell erleuchtet gewesen, jetzt war sie nur noch eine Ansammlung dunkler Schatten.

Er rieb sich den Nacken und verscheuchte die Vorstellung, dass sich unter der Haut etwas bewegte.

Der Phantomdurst war jetzt stärker. Und er spürte etwas anderes, das er zunächst nicht einordnen konnte. Als er das Gefühl erkannte, rutschte ihm das Herz in die Hose.

Jemand war in der Wohnung. Etwas war in der Wohnung, und es beobachtete ihn.

Er ging langsam zur Küchentür zurück, wobei sein Körper einen Schatten vor sich warf. In der dunkelsten Ecke des Wohnzimmers stand eine Gestalt an der Wand.

»Hallo?«, sagte er und tat einen Schritt auf sie zu. »Hallo?«

Er starrte konzentriert darauf, um Einzelheiten ausmachen zu können. So wenig Licht, und doch – ineinander verschränkte Hände. Da – dunkle Flecke, die Augen. Da – funkelndes Weiß. Das mussten die Zähne sein.

Die Gestalt atmete.

»Daniel?«, sagte er fast flehentlich. *Bitte nicht Alice,* dachte er. *Lieber Gott, bitte nicht Alice.* Er tastete mit den Fingern nach dem Lichtschalter, ohne den Blick von der Gestalt abzuwenden.

Die Gestalt bewegte sich beinahe unmerklich.

»Was willst du?«, fragte er mit wachsender Panik. Dann schaltete er das Licht ein.

In der Ecke stand niemand.

Er lief zur Wohnungstür, holte das Pillenfläschchen und kehrte in die Küche zurück.

Nur eine Halluzination, sagte er sich, während er ein Glas mit Wasser füllte. *Setz dich und guck ein bisschen fern, bis du dich wieder beruhigt hast. In so einem Zustand ist an Schlaf nicht zu denken, und …*

Die Furcht schoss wie Eiswasser durch seine Adern. Er richtete sich auf. Das Glas fiel ihm aus der Hand und zerschellte auf dem Boden. Hinter ihm. Es war hinter ihm. Langsam drehte er sich um, um ihm in die Augen zu sehen.

Daniel Harkers stinkender, aufgedunsener Leichnam stand nur eine Armeslänge von ihm entfernt in der Küche. Er hatte den Kopf gesenkt und trug denselben langen Mantel. Jonahs Beine wollten ihm nicht mehr gehorchen. Die Leiche schlurfte auf ihn zu, der tote Kopf hob sich, die Augen im ausdruckslosen Gesicht waren geschlossen. Der Mund klappte auf, und mit einem zischenden Seufzen entwich faulige Luft. Das Licht verlosch, als der Leichnam die Arme hob und sie auf Jonahs Schultern legte. Seine Haut schien sich zu verflüssigen. Irgendwie löste sich Harkers Körper zu einer Masse aus Schleim und ohrenbetäubendem Lärm auf, die alles verdunkelte, das mit ihr in Berührung kam.

Jonah wollte schreien, doch es war zu spät.

KAPITEL 20

Kurze Bewusstseinsblitze, eine Mischung aus Erinnerungen und Träumen.

Der Augenblick, in dem er die Hand seiner Mutter losließ.

Er saß im Auto, fuhr auf einer Straße, die ihm gleichzeitig unbekannt und völlig vertraut war.

Die Familie, die Dominic Pritchard getötet hatte.

Eine sich öffnende Tür, der verwirrte Gesichtsausdruck einer jungen Frau.

Die verblüffenden Antworten Lyssa Underwoods auf die Fragen, die er ihr auf Befehl hin stellte.

Und dann, kalt und real: Er war Daniel Harker, in einem dunklen Keller an einen Stuhl gefesselt. Vor ihm war das Gesicht, das Jonah vor zwei Tagen verkohlt und entstellt unter einer weißen Plastikplane gesehen hatte; lebendig, aber wütend, mit betrunkenen, glasigen und vor Angst geweiteten Augen.

»Niemand weiß es, nur wir«, sagte der Rothaarige. Er trank gierig aus der Wodkaflasche in seiner Hand. »Wir allein können es aufhalten. Etwas ist aus dem Dunkel gekommen. Es kommt aus der Finsternis und *spricht* zu ihnen.«

Jonah riss die Augen auf. Er hatte Kopfschmerzen, und die Maden wollten nicht aufhören zu jucken. In seinem Mund war ein grässlicher Geschmack. Wie wild rieb er seinen Nacken. Die ungebetenen Träume beherrschten noch immer seinen Verstand. Er setzte sich auf, sah sich verwirrt und frierend und benommen um. Er fühlte sich, als hätte er die ganze Nacht kein Auge zugetan.

Dann fiel ihm schlagartig auf, dass er keine Ahnung hatte, wo er sich befand.

Der Raum war ihm sowohl vertraut als auch fremd. Jede sichtbare Oberfläche war mit irgendwelchem Krempel vollgestellt. In der Ecke stand ein großes Fernsehgerät, Bücherregale lehnten an den Wänden. Vorsichtig verließ er das Sofa, auf dem er gelegen hatte. Seine Jacke hing über seinem Sessel. Seine Autoschlüssel lagen darauf. Als er sie aufheben wollte, bemerkte er in einem der Regale eine gerahmte Fotografie. Daniel Harker mit Frau und Tochter. Das Bild daneben hatte er schon einmal gesehen. Es war dasselbe wie auf den Innenklappen von Harkers Büchern über die Wiederbelebung und zeigte ihn mit dem Meer im Hintergrund auf einem windgepeitschten Kiesstrand.

Langsam fügte sich das Puzzle in Jonahs Kopf zusammen. Er dachte an Harkers Leichnam, der auf ihn zugekommen war. Es lief ihm kalt den Rücken hinunter. Harker hatte ihn hierhergebracht. Jonah war dasselbe widerfahren wie Eldridge. Das Residuum hatte die Kontrolle übernommen.

Mit einem Unterschied: Eldridge war bei vollem Bewusstsein, aber machtlos gewesen. Jonah dagegen hatte keine Ahnung, was Harker getan hatte, nachdem er seinen Körper übernommen hatte. Die Bruchstücke von Träumen und Erinnerungen an die vergangene Nacht waren die einzigen Hinweise, die er hatte – und sie entglitten ihm zusehends. Jetzt konnte er sich nur noch an undeutliche Bilder von Harkers Tochter erinnern.

»Etwas ist aus dem Dunkel gekommen«, sagte er laut und fragte sich, wo er diese Worte gehört hatte. Dann erinnerte er sich an Harkers Entführer, an die schreckerfüllten Augen und die Angst in seiner Stimme.

Erinnerung? Konnte man es wirklich so bezeichnen? Es waren Harkers Erinnerungen, nicht seine eigenen. *Es kommt aus der Finsternis und* spricht *zu ihnen.*

Ein Geräusch aus dem Nebenraum ließ ihn zusammenfahren – das scharfe Klirren von Glas zerschnitt die Stille. Er ging in den Flur, drehte sich um und erkannte die schlafende Annabel Harker, den Kopf auf dem Küchentisch, neben sich eine Flasche Whisky und ein umgekipptes Glas.

Er musste von hier verschwinden. Schnell holte er seine Jacke und seine Schlüssel. Er wollte nach Hause und diese verdammten Pillen nehmen, bevor so etwas noch einmal passierte. Beim Gedanken an das Pillenfläschchen durchsuchte er seine Taschen.

Weg. Natürlich. Das war vermutlich Harkers Werk – er hatte die Pillen loswerden wollen, bevor Jonah *ihn* loswerden konnte. Jonah wusste, was das bedeutete. *Harker will wiederkommen,* dachte er.

Er ging zur Vordertür und hielt inne. So sehr er dieses Haus auch verlassen wollte, die Neugier zu erfahren, was in seiner Abwesenheit geschehen war, war übermächtig. Er drehte sich um und ging in die Küche.

»Miss Harker …«

Sie regte sich.

»Miss Harker?«

Sie öffnete ein Auge. Verzog das Gesicht und richtete sich auf. »Sie sind wach. Sie sind Sie.« Sie beobachtete ihn argwöhnisch und mit feindseliger Miene.

Er bemerkte, dass er zitterte. »Was ist hier passiert?«

»Setzen Sie sich.« Sie wirkte erschöpft. Teilnahmslos.

Jonah nahm ihr gegenüber Platz. Sie zog das vermisste Pillenfläschchen aus der Tasche. Er hielt es hoch und betrachtete überrascht die gelben Tabletten darin. Es waren nur noch zwei. Eine fehlte. *Er will nicht, dass ich sie alle nehme,* dachte Jonah.

»Eine fehlt«, sagte er.

Annabel Harker blickte ihm geschlagene zehn Sekunden in die Augen, und was sie sah, gefiel ihr offenbar ganz und gar nicht. »Hier.« Sie schob ihm ein Handy über den Tisch hinweg zu. Er hob es auf. Eine pausierte Video-App erschien auf dem Display. Er sah sich das Standbild an. Es zeigte ihn, genau auf dem Stuhl, auf dem er in diesem Moment saß. Mit einem Whiskyglas in der Hand und dem Pillenfläschchen vor sich.

»Spielen Sie es ab«, sagte Annabel. Sie stand auf und ging ins Wohnzimmer hinüber.

Jonah starrte auf das Gesicht auf dem Display, holte lange und tief Luft und drückte auf den Touchscreen, um die Aufnahme zu starten.

»Guten Morgen«, sagte der Jonah auf dem Bildschirm und nahm einen großen Schluck Whisky. *Deshalb tut mir mein Kopf so weh,* dachte der wirkliche Jonah. »Was für eine Nacht. Ich wollte nicht, dass das passiert. Glaub mir. Ich wusste nicht, was ich tat, geschweige denn, *wie* ich es fertigbrachte. Aber immer der Reihe nach. Erst mal will ich mich vorstellen. Ich bin Daniel. Aber das weißt du ja bereits. Meine Tochter war da schon schwerer zu überzeugen.« Daniel Harker seufzte. »Wir müssen reden, Jonah Miller. Doch zunächst muss ich mich bei dir entschuldigen. Es tut mir leid. Himmel, es tut mir wirklich leid. Was habe ich getan?« Harker betrachtete ungläubig seine *(Jonahs)* Hände. »Wenn dieser Zustand von Dauer ist, könnte man dem Tod tatsächlich ein Schnippchen schlagen, meinst du nicht? Ich habe dich beobachtet. Als du bei Stephanie Graves warst und sie dir *die hier* gegeben hat …« Er nahm die Pillen auf und rollte das Fläschchen zwischen den Fingern hin und her. »Ich wollte mich von meiner Tochter verabschieden. Diese Gelegenheit hast du mir nicht geben wollen. Ich war wütend, und dann … O Gott. Hier bin ich. Und das ist noch nicht alles. Ich will es wissen, verstehst du? Meine Tochter will es wissen. Was die Leute, die mich umgebracht haben, aufhalten wollten. Yarrow nannte es Unity. Ich dachte, das Ganze wäre nur ein Hirngespinst. Bis sie mich entführt haben. *Nur wir wissen davon,* haben sie gesagt. *Nur wir können es aufhalten.* Ich habe die Furcht in ihren Augen gesehen. Ich will wissen, was Unity ist. Ich will wissen, wie sie es aufhalten wollten. Aber am allermeisten … will ich wissen, wieso ich in diesem Keller *sterben* musste.«

Harker unterstrich seine letzten Worte, indem er das Fläschchen auf den Tisch knallte. Er holte tief Luft, bevor er fortfuhr. »Hilf meiner Tochter. Ich kann nicht mehr auf sie aufpassen, also wirst du das für mich tun. Das bist du uns schuldig, Jonah. Pass auf sie auf. Um Annabels willen. Im Gegenzug wird sie dir helfen.«

Harker hielt inne, um einen weiteren Schluck Whisky zu trinken.

»Wobei?«, fragte Jonah das Display.

Sein gestohlenes Gesicht grinste zurück. »Eldridge. Du willst mit Victor Eldridge reden. Du willst wissen, warum mit dir dasselbe geschieht wie mit ihm. Aber am dringendsten interessiert dich doch wohl, was aus ihm geworden ist, damit du nicht mehr so eine verfluchte Angst vor deiner eigenen Zukunft haben musst. Also, bitte. Hilf ihr.« Harker hob das Fläschchen und musterte es. Jonah sah die Angst in seinen Augen. Es waren die Pillen, von denen Stephanie Graves behauptet hatte, dass sie Daniel Harker den Garaus machen würden.

Entsetzt beobachtete er, wie Harker das Fläschchen öffnete und eine Pille herausnahm. Sein zweiter Tod. Harker drehte sie wortlos zwischen den Fingern. Dann wandte er sich wieder der Kamera zu. »Was bin ich? Graves zufolge bin ich nur ein Flickenteppich, ein zusammengewürfelter Haufen von Erinnerungen. Das Produkt deiner Fantasie. Ich bin ein *Traum*. Obwohl es sich nicht im Mindesten so anfühlt, das kann ich dir versichern.« Sein Blick löste sich allmählich von der Kamera. »Das größte Mysterium der Wiederbelebung. Wir kennen es jetzt schon so lange, und doch ist uns seine Bedeutung noch unklar. Was es für das *Danach* bedeutet. Das Jenseits. Ich bin kein gläubiger Mensch, Jonah. Ganz im Gegenteil, wenn ich ehrlich sein soll. Das habe ich natürlich niemals öffentlich zugegeben. Wer hätte schon geglaubt, dass der Mann, der Eleanor Preston entdeckte, Atheist ist? Meine Frau wusste es. Sie fragte mich, wie ich an meiner Überzeugung festhalten könne, wo ich doch herausgefunden hätte, dass es ein Leben nach dem Tod gibt? Das wissen wir nicht, habe ich ihr gesagt. Die Wiederbelebung könnte nur eine Zugabe sein. Ein Scherz. Ein Witz. Die Summe dessen, was wir waren und getan haben, die Summe unserer Erinnerungen, die sich einbildet, ein Bewusstsein zu haben.« Er blickte wieder in die Kamera und lächelte milde und leicht amüsiert. »Aber vielleicht sind ja auch die Lebenden nie mehr als das.«

Er steckte die Pille in den Mund und spülte sie mit Whisky hinunter. »Gute Nacht, Jonah Miller«, sagte er und griff zur Kamera, um die Aufzeichnung zu beenden.

Jonah brauchte volle fünf Minuten, bis er genug Mut zusammengenommen hatte, um ins Wohnzimmer hinüberzugehen. Annabel Harker saß auf dem Sofa und starrte aus tränenfeuchten Augen ins Leere.

»Miss Harker, ich muss Ihnen etwas sagen. Die Männer, die Ihren Vater entführt haben, wurden gefunden. Bisher weiß die Öffentlichkeit nichts davon, und ihre Identität ist mir nicht bekannt, aber …«

Sie sah ihn an. Die Feindseligkeit war verschwunden. Jetzt war sie nur noch unendlich müde. »Ich weiß.«

»Woher?«

»Ich habe herausgefunden, wen ich bestechen muss, und ich habe mich nicht lumpen lassen. Tun Sie nicht so überrascht. Mein Vater war ein reicher Mann. Ich bin eine Journalistin, die plötzlich zu Geld gekommen ist. Eine gefährliche Kombination.«

Sie lächelte ihn an, und zu seiner Überraschung erwiderte er trotz seiner Erschöpfung das Lächeln. Er war ausgelaugt und zerschlagen und hundemüde. Dass er so neben sich stand, lag nicht nur an dem Alkohol, den Daniel Harker zu sich genommen hatte. Es lag auch an dem Medikament – genau wie Graves es ihm prophezeit hatte. Er setzte sich ans andere Ende des Sofas und schloss die Augen.

»Ich glaube nicht, dass ich Sie schon mal habe lächeln sehen«, sagte Annabel. »Steht Ihnen.«

Jonah öffnete die Augen und sah sie an, erinnerte sich an die Erschöpfung auf ihrem Gesicht kurz vor der Wiederbelebung ihres Vaters. Und an die Wut danach, die die Erschöpfung überdeckt hatte. Nein, auch er konnte sich nicht erinnern, sie schon einmal fröhlich gesehen zu haben. Und selbst ein halbherziges Lächeln war ihm weit lieber als die grimmige Miene von davor. »Ihnen auch.«

»Obwohl es dafür überhaupt keinen Grund gibt.« Das Lächeln blitzte noch einmal auf und verschwand. Eine Träne fiel aus ihrem Auge. »Immerhin konnte ich mich von ihm verabschieden.«

Jonah senkte den Kopf. »Tut mir leid. Ich wollte nicht …«

»Nein, *mir* tut es leid. Ich dachte, es wäre nur ein winziger Gefallen, ein kleiner Trost, der mir versagt wurde. Aber Sie haben getan, was Sie tun mussten. Ihre Aufgabe war es herauszufinden, was passiert ist, und diese Aufgabe haben Sie erfüllt.«

»Trotzdem habe ich Sie enttäuscht.«

Sie lächelte ihm durch die Tränen zu und streckte den Arm aus, um nach seiner Hand zu greifen. Er zuckte bei der plötzlichen Berührung zusammen und zog seine Hand ein paar Zentimeter zurück, obwohl er keinen Hauch gespürt hatte. Ihr Lächeln verschwand einen Augenblick lang aus ihrem Gesicht, doch sie blieb hartnäckig und nahm schließlich trotzdem seine Hand. »Sie müssen so etwas jeden Tag machen, und dennoch ist Ihnen das alles nicht vollkommen egal. Das muss furchtbar anstrengend sein. Wie viel Kraft das kosten muss. Und dann kommt auch noch jemand wie ich daher und sieht Sie an, als ob das alles *Ihre* Schuld wäre …« Sie schüttelte den Kopf. »Nehmen Sie meine Entschuldigung an?«

»Angenommen«, sagte er und fühlte sich unglaublich müde. Er ließ den Kopf auf das Kissen neben sich sinken.

Wieder öffnete er die Augen. Er hatte geschlafen, wusste jedoch nicht, wie lange. Seinen Rückenschmerzen nach zu urteilen bestimmt mehrere Stunden. Annabels Kopf lag auf seinem Schoß. Sie schlief ebenfalls und hielt noch immer seine Hand. Er beobachtete sie argwöhnisch. Die Tatsache, dass sie ihn nur wegen Jonahs merkwürdiger Verbindung zu ihrem Vater immer festhielt, war ihm unangenehm.

Einige Minuten später schob er vorsichtig ein Kissen unter ihren Kopf und stand auf. Er ging in die Küche, machte zwei Tassen Kaffee und brachte sie zusammen mit einem Milchkännchen und einer Zuckerdose auf einem Tablett ins Wohnzimmer.

Als er eintrat, wachte sie auf. Verwirrt setzte sie sich hin und errötete leicht.

»Ich wusste nicht, wie Sie Ihren Kaffee trinken«, sagte er.

»Schwarz, ein Stück Zucker.« Sie warf einen Blick auf die Wanduhr hinter Jonah. »*Meine Güte.* War das ein Winterschlaf oder was?«

Jonah folgte ihrem Blick. Es war halb drei. »Mist«, sagte er und suchte nach seinem Handy. Es war abgeschaltet, also schaltete er es wieder ein. Wie erwartet hatte Never versucht, ihn zu erreichen.

»Zehn entgangene Anrufe«, murmelte er. *Ich werde dich im Auge behalten*, hatte Never gesagt. Jonah ging in den Flur und wählte seine Nummer.

»Wo zum Teufel hast du gesteckt?«, fragte Never.

»Lange Geschichte. Mir geht's gut, flipp nicht gleich aus.«

»Das sagst du so leicht. Ich versuche seit heute Mittag, dich zu erreichen.«

»Alles in Ordnung, wirklich. Ich erzähl's dir später.«

Er musste Never noch einige Male gut zureden, bis er endlich Ruhe gab. Jonah legte auf.

»Wer war das?«, fragte Annabel. »Ihre Frau?«

Jonah schüttelte lächelnd den Kopf. »Ein Freund von mir. Er hat sich Sorgen um mich gemacht.«

Annabel nippte an ihrem Kaffee. »Er hält sich wohl für

Ihre Mutter?« Sie hatte nur einen flapsigen Kommentar abgeben wollen, doch einen Augenblick später verzog sie das Gesicht. »Verflucht, Jonah, ich wollte nicht …«

Er brauchte einige Sekunden, bis er es kapierte. »Woher wissen Sie von meiner Mutter?«

Sie sah zu Boden. »Mein Dad hat mir vor Jahren von Ihnen erzählt. Nachdem er Sie interviewt hat. Obwohl er mir Ihren Namen erst letzte Nacht verraten hat. Wie alt waren Sie damals?«

»Sechzehn. Und vierzehn, als meine Mutter starb.«

»Das muss furchtbar für Sie gewesen sein. Sie haben beide Eltern verloren, und …«

Jonah entgegnete nichts darauf, ließ Annabel den Gedanken selbst zu Ende führen. Sie schloss einen Augenblick lang die Augen.

»Mist«, sagte sie schließlich. »Also, kriegen wir Waisen irgendwo Rabatt oder so?«

Jonah lachte laut und lange. »*Das* ist jetzt aber wirklich etwas derb.«

Annabell zuckte mit den Schultern. »Der Fachbegriff dafür lautet Stimmungsinkongruenz. Soll heißen, dass man so eine Art Galgenhumor entwickelt, wenn einem die Scheiße bis zum Hals steht.«

»Anscheinend stecken wir *wirklich* tief drin.«

Sie nickte lächelnd, dann tranken sie schweigend ihren Kaffee.

Annabel stellte die Tasse ab. »Weshalb macht sich Ihr Kumpel Sorgen um Sie?«

Jonah sah sie an. Verblüfft bemerkte er, wie sehr er sich danach sehnte, darüber zu reden. »Er hat mich gerettet. Vor zwei Jahren war ich extrem überarbeitet und stand unter immensem Druck. Dann geschah etwas, das die Situation eskalieren ließ. Ich nahm mir frei und zog mich zurück. Er rief mich jeden Tag an. Das gefiel mir gar nicht, aber ich wusste nicht, dass er etwas bemerkt hatte, das allen anderen entgangen war. Eine Woche später ging ich nicht ans Telefon. Er brach meine Wohnungstür auf und fand mich bewusstlos im Badezimmer – in einer Pfütze aus erbrochenem Alkohol und so ziemlich jedem Medikament, das ich auftreiben konnte. Und seitdem macht er sich Sorgen um mich.«

»Hat er denn Grund dazu?«

Jonah wandte sich ab. »Jetzt nicht mehr. Ich bin drüber weg.«

Er wartete auf die naheliegende Frage und fragte sich, ob er sie beantworten würde.

Sie holte tief Luft. »Was ist passiert? Was hat Sie so tief verzweifeln lassen?«

Schweigend starrte er auf den Boden. Es hatte ihm nichts ausgemacht, über seinen Selbstmordversuch zu reden, doch er brachte es nicht über sich, Dominic Pritchard zur Sprache zu bringen. Was hatte das zu bedeuten?

»Ich hätte das nicht fragen sollen«, sagte sie. »Entschuldigung.«

Nach längerem Schweigen stand Jonah auf. »Ich muss gehen«, sagte er.

»Wenn Sie darauf bestehen«, sagte sie. »Oder Sie bleiben und tun, worum mein Dad Sie gebeten hat. Helfen Sie mir.«

»Ich bin ein Reviver. Das ist alles, was ich kann. Ich wüsste nicht, wie ich Ihnen helfen sollte.«

»Sie könnten noch einen Kaffee machen«, sagte sie und grinste.

Seine trübselige Stimmung heiterte sich gerade so weit auf, dass er zurücklächeln konnte. *Warum eigentlich nicht,* dachte er. Wenn er schon Buße tun musste, konnte er das genauso gut jetzt und auf der Stelle erledigen. »Also schön, ich helfe Ihnen. Wo fangen wir an?«

Annabel beugte sich über die Sofakante und hob einen dicken Aktenordner auf, den sie mit einem lauten Knall auf den Couchtisch fallen ließ. »Hiermit«, sagte sie.

KAPITEL 21

Annabel öffnete den Aktenordner, und Jonah starrte ungläubig auf das Foto auf dem ersten Blatt.

Es war ein Bild des Mannes, der an jenem Tag bei Daniel Harker geklingelt hatte. Obwohl sein Gesicht auf der Aufnahme voller und nicht so abgehärmt war, wie er es in Erinnerung hatte. Die Augen funkelten jedoch genauso kalt. »Haben Sie das, äh, Ihrem Vater gezeigt?«

Annabel nickte. »Er hat ihn auch gleich erkannt«, sagte sie. »Auf der nächsten Seite findet sich das Foto eines Mannes namens Peter Welsh. Sie gehen davon aus, dass er derjenige ist, den mein Vater den Rothaarigen genannt hatte.«

»Ich habe Welshs Leiche gesehen. Ich war am Tatort.«

Annabel machte große Augen. »Hat man versucht, ihn wiederzubeleben?«

»Wen, Welsh? Das hätten sie gerne getan. War aber unmöglich.« Sie zeigte ihm weitere Bilder von Dingen, die er an jenem Tag nicht gesehen hatte. Nahaufnahmen von den verkohlten Leichen im Inneren des Hauses. Das verbrannte Fleisch war vom Knochen gebröckelt, sodass man die weißen Schädel darunter deutlich erkennen konnte. Jonah blätterte zurück, zum Bild des Mannes mit den kalten Augen. Der Text darunter nannte den Namen Felix Hannerman. Es folgte das Porträt eines grinsenden Mannes, den Daniel als den Fettsack bezeichnet hatte: Brad Grimmet.

»Den erkennen Sie also auch wieder«, sagte Annabel.

Es war keine Frage, sondern eine Feststellung, da es Jonah deutlich anzusehen war. »Also kennt die Polizei ihre Identität«, sagte er.

»Sie halten diese Informationen vorerst unter Verschluss. Sechs Leichen. Da das Haus nicht völlig ausgebrannt ist, fanden sich genug Gegenstände, mit denen man die Männer identifizieren konnte. Sie alle standen in Verbindung zu den Afterlifer-Demonstrationen. Hannerman saß zweimal deshalb im Gefängnis. Trotzdem – das waren nur Bagatelldelikte. Nichts wies darauf hin, dass sie zu so etwas fähig sein könnten.«

»Was ist mit Tobias Yarrow?«

»Über Yarrow gab es so gut wie keine Informationen. Er war achtundvierzig Jahre alt und geriet vor zehn Jahren in eine Kneipenschlägerei. Ansonsten hat er eine weiße Weste. Er war Alkoholiker und hatte sich damals gerade von seiner Frau getrennt, mit der er seit zehn Jahren verheiratet gewesen war. Er ist unter den sechs Opfern in diesem Haus. Man konnte ihn leicht identifizieren, da sein Gesicht unversehrt war.«

Jonah setzte sich erstaunt auf. »Was? Von einer unversehrten Leiche war nie die Rede.«

»Die Beamten entdeckten ihn erst dreißig Stunden nach der Stürmung, als das Haus gesichert und ausreichend abgekühlt für eine gründliche Durchsuchung war. Er lag in einer Gefriertruhe, vermutlich schon seit Wochen. Man hatte ihm in den Kopf geschossen und ihn dann enthauptet. Anscheinend wollten sie wirklich sichergehen, dass er mit niemandem mehr redet.«

»Hat man Hinweise darauf gefunden, was sie dort geplant haben?«

»Immerhin waren sie fest entschlossen zu töten – und auf eine Weise zu sterben, die eine Wiederbelebung mit Sicherheit ausschließt. Sie haben Dutzende von Brandsätzen gebaut. Ich glaube, dass sie im großen Stil Feuer legen wollten.«

»Hannerman und seine Kumpane hatten vor etwas ganz Bestimmtem Angst: Unity. *Das* muss ihr Ziel gewesen sein.«

»Einverstanden. Dummerweise begehen die Behörden denselben Irrtum, dem auch mein Dad aufgesessen ist. Für die Polizei sind diese Leute Wahnsinnige. Ihre *Motivation* ist den Ermittlern mehr oder weniger egal, sie gehen einfach von irgendwelchen paranoiden Hirngespinsten aus. Sie wollen in erster Linie weitere Hintermänner ausfindig machen, und bis jetzt sind sie der Meinung, dass niemand sonst involviert war. Anscheinend hat jeder einzelne Täter den Kontakt zu Familie und Freunden schon vor mindestens einem Jahr abgebrochen. Hannerman war vermögend genug, um die ganze Operation zu finanzieren. Die einzige Person, von der wir Antworten erwarten dürfen, ist diejenige, die Yarrow ›Fünfzehn‹ nannte. Jemand, der über die Entwicklung von BPV Bescheid wusste.«

»Geht die Polizei der Sache nach?«

»Die Polizei ist aus der Sache raus. Die Mordermittlung ist so gut wie beendet, und jetzt hat eine Inlandsterrorismuseinheit des FBI übernommen. Die werden natürlich versuchen, jemanden mit dem Alias oder Spitznamen ›Fünfzehn‹ ausfindig zu machen, aber … na ja, Dad hat mir letzte Nacht gesagt, dass sie wohl keinen Erfolg haben werden.«

»Warum?«

»Dad hat mitbekommen, dass Yarrow sich den Namen ausgedacht hat. *›Nennen wir ihn einfach Fünfzehn.‹* Dabei sah er recht selbstzufrieden aus. Dad glaubte, der Deckname war Yarrows Erfindung. Ein kleiner Insiderscherz. Wenn wir wirklich weiterkommen wollen, müssen wir Fünfzehns Identität wohl auf eigene Faust aufdecken.«

Jonah betrat um kurz vor achtzehn Uhr seine Wohnung. Er schloss die Tür hinter sich und war grenzenlos erleichtert, wieder in den eigenen vier Wänden zu sein.

Marmite kam aus einer Ecke getigert und sah ihn argwöhnisch an. Jonah ging in die Knie und streckte den Arm aus, zuckte aber zurück, als die Katze misstrauisch an seiner Hand schnupperte. Schließlich miaute Marmite und rieb sich schnurrend an seinen Beinen.

Jonah entspannte sich. Mit der Katze im Schlepptau ging er in die Küche. Er fluchte, sobald er die Scherben des Glases sah, das er fallen gelassen hatte, als Daniel Harker auf ihn zugekommen war. Es kam ihm wie eine Ewigkeit vor, obwohl seitdem nur wenig Zeit vergangen war.

Er legte Annabel Harkers Aktenordner auf den Küchentisch, fegte die Scherben zusammen und stellte Marmite sein Futter hin. Er hatte den Kater als Vorwand genommen, um sich von Annabel zu verabschieden, was diese ziemlich amüsant gefunden hatte. Doch in Wahrheit war ihm die Situation über den Kopf gewachsen, und er hatte so schnell wie möglich in eine vertraute Umgebung gelangen wollen.

Nach der Wiederbelebung von Alice Decker hatte er gelegentlich geglaubt, den Verstand zu verlieren. Bei Daniel war ihm *genau das* passiert. Und wie sehr sich Daniel auch dafür geschämt hatte: Jonah war wütend. Wut und Schuldgefühle – keine gute Mischung.

Er setzte sich mit einem Bier an den Küchentisch und öffnete den Aktenordner. Annabel hatte noch eine digitale Kopie der Informationen auf ihrem Laptop gespeichert. Jonah hatte ihr versprochen, das Material bis zum morgigen Abend durchzusehen, damit sie ihre Notizen vergleichen konnten.

Plötzlich fielen ihm die Pillen ein, und er nahm das Fläschchen aus der Tasche, stellte es auf den Küchentisch und beäugte es ebenso kritisch wie Daniel Harker in der Nacht zuvor. Später, dachte er. Wenn er sein Arbeitspensum für heute erledigt hatte.

Bevor er sich verabschiedete, hatte Annabel ihm von weiteren Ergebnissen ihrer Recherche berichtet. Angesichts der Verbindung zwischen BPV und Andreas Biotech, die auch schon ihrem Vater aufgefallen war, hatte sie eine Vielzahl von Zeitungsartikeln über Michael Andreas und die Firmen, die ihm gehörten, aufgestöbert. Außerdem hatte sie eine alte Mitarbeiterliste seines Firmenimperiums aufgetrieben.

»Himmel«, sagte Jonah. »Erst die Polizeiakte und jetzt das? Legal ist das nicht, oder?«

»Ich kenne da einen Typen in London«, sagte sie und lächelte verschwörerisch.

»London?«

»Willkommen im Informationszeitalter, Jonah. Heutzutage kann man die Gesetze eines anderen Landes brechen, ohne überhaupt seinen Schreibtisch zu verlassen.«

Er hatte den Kopf geschüttelt. Obwohl ihm bei dieser illegalen Informationsbeschaffung nicht wohl war, beschäftigte ihn eine andere Sache weit mehr: Als sie *Ich kenne da einen Typen in London* gesagt hatte, hatte sich etwas in ihm geregt.

Eifersucht.

Und in diesem Moment hatte er es kaum erwarten können, nach Hause zu fahren.

Jonah arbeitete sich durch die Akte. Eine Zeit lang betrachtete er das Bild von Felix Hannerman und dachte an das schmale Gesicht und die kalten Augen des Mannes, der vor Daniel Harkers Tür gestanden hatte. Über Hannerman waren mehr Informationen als über die anderen zu finden. Was nicht überraschte, da er bereits mehrmals verurteilt worden war. Er wirkte wie ein verzogenes, verwöhntes Kind, das zu einem orientierungslosen, wütenden Mann herangewachsen war. Nach dem Tod seiner Mutter war eine misslungene Wiederbelebung durchgeführt worden, die die ganze Familie in die Katastrophe gestürzt hatte und wohl auch erklärte, weshalb er allen Revivern mit solchem Hass begegnete. Als Felix zwanzig Jahre alt war, nahm sich sein Vater das Leben und ließ ihn und seine Schwester Julia praktisch allein zurück. Julia hatte dies verarbeitet, indem sie rastlos um die Welt gezogen und nirgendwo länger als ein, zwei Jahre geblieben war. Sie hatte so gut wie keinen Kontakt zu ihrem Bruder und wurde derzeit in Neuseeland vermutet. Noch hatte man sie nicht erreicht, um sie vom Tod ihres Bruders zu unterrichten.

Jonah stellte sich vor, wie es sein musste, wenn eine so schreckliche Nachricht schlagartig ihr Leben auf den Kopf stellte. Er hatte so etwas schon oft erleben müssen – bei den Angehörigen von Menschen, die gestorben waren, nachdem sie selbst ein schreckliches Verbrechen begangen hatten. Sie versuchten, das Ganze zu verstehen, waren überwältigt von Scham und schrecklichen Schuldgefühlen. Als würden sie sich mitschuldig machen, wenn sie um den Verstorbenen weinten. Das war ihm immer als die schlimmste Form der Trauer erschienen.

Er las die Artikel über Michael Andreas und die Firmen, die er gegründet oder aufgekauft hatte. Da Andreas einer der Hauptgeldgeber von Baseline gewesen war, kam ihm das alles vage bekannt vor. Woran er sich jedoch deutlich erinnerte, war das Interesse der Medien an Andreas' morbiden Obsessionen, die Andeutung, dass er dem Tod ein Schnippchen schlagen wollte – insbesondere durch die Kryotechnik. Schon bei der Wiederbelebung von Lyssa Underwood hatte Jonah den Einsatz einer derartigen Technik vermutet, als er die Maschine gesehen hatte, mit der ihr Körper konserviert worden war.

Dem Tod ein Schnippchen schlagen. Genau diese Worte waren Daniel über Jonahs Lippen gekommen.

Um Mitternacht hatte er bereits zwei Bier intus und war mit dem dritten beschäftigt. Inzwischen war er auf das bequemere Sofa übergesiedelt und hatte alles durchgelesen – bis auf die Mitarbeiterliste, was ihm ziemlich sinnlos erschien. Sie enthielt weder Informationen über Gehälter noch die Position oder Tätigkeit der Mitarbeiter oder wie lange sie schon bei Andreas beschäftigt waren. Nur vierzig eng beschriebene Seiten mit unsortierten Namen, Sozialversicherungsnummern und einer Vielzahl von Abkürzungen.

Natürlich konnte die Liste eine potenzielle Informationsquelle darstellen, wenn Annabel bestimmte Personen kontaktieren und befragen wollte. Doch zuerst hatte sie Jonah gebeten, die Liste durchzusehen. Vielleicht erkannte er ja jemanden, der früher bei Baseline gearbeitet hatte und möglicherweise eher bereit war, mit Jonah zu reden als mit einer Journalistin, die aus heiterem Himmel anrief. Erst als sie diesen Vorschlag gemacht hatte, war Jonah der Verdacht gekommen, dass seine Vergangenheit bei Baseline möglicherweise der Grund war, weshalb ihn Daniel Harker für so nützlich hielt.

Jonah vermutete, dass die Abkürzungen neben den Namen die jeweilige Tochterfirma in Andreas' Imperium bezeichnete, für die der Betreffende gearbeitet hatte. Dies deckte sich mit den Informationen, die Annabel über diese Firmen beigelegt hatte: Andreas Biotech, Reese-Farthing Medical, Sankley OptiSen, MLA Research. Letztere war mit lediglich achtzig Beschäftigten die kleinste der Firmen. Die Liste beinhaltete so viele Namen, dass Jonah bald den Eindruck bekam, dass ausnahmslos jeder dort verzeichnet war, der irgendwann für eines dieser Unternehmen gearbeitet hatte. Und wieder staunte er darüber, wie Annabel an derartige Informationen gelangt war.

Er überflog die Liste. Als er bei der Hälfte angelangt war, wurde er durstig und nahm einen großen Schluck Bier, was jedoch nicht zu helfen schien. Er las weiter, dann hielt er inne und stellte die Flasche ab. Besorgt holte er das Pillenfläschchen vom Küchentisch.

Das war kein gewöhnlicher Durst.

Mit den Pillen in der Tasche kehrte er zum Sofa zurück. Der Durst war eine Sache, doch wenn er nur der Vorbote weit *schlimmerer* Dinge war, wollte er lieber kein Risiko eingehen. Er würde sofort eine Pille nehmen und bald ins Bett gehen.

Als er am Ende der Liste angelangt war, war es zwei Uhr nachts. Er gähnte müde.

»Das reicht für heute«, sagte er. »Morgen geht's weiter.« Er nahm das Pillenfläschchen aus der Tasche und wollte es öffnen.

Dann hatte er einen Einfall und stellte es wieder auf den Tisch zurück. *Was für ein Blödsinn*, dachte er sich, nahm trotzdem erneut die Liste zur Hand und durchforstete das mittlere Drittel – jenen Teil, den er gelesen hatte, als er plötzlich durstig geworden war.

Und wieder spürte er den Durst, obwohl es unmöglich war, ihn mit einer bestimmten Seite in Verbindung zu bringen. Doch was das Ganze zu bedeuten hatte, lag auf der Hand.

Harkers Residuum war noch präsent und wollte Jonah auf etwas hinweisen, das er übersehen hatte.

»Was willst du mir sagen, Daniel?«

Er nahm die sechs Seiten heraus, die er durchgesehen hatte, bevor er Durst bekommen hatte, und ging sie noch einmal durch, wobei er jede Seite so lange betrachtete, bis er bis sechzig gezählt hatte. Auf Seite drei suchte ihn der Durst heim.

Er las die Namen auf der Seite laut vor, und dabei fiel ihm auf, dass viele französisch klingende Namen darunter waren. Möglicherweise Frankokanadier, die bei MLA Research arbeiteten. Armand Dion. Isabeau Poulin. Lafayette Girard. Xavier Vernet. Delphine Lavoie. Das deckte sich mit dem, was er über die Firma in Erfahrung gebracht hatte. Sie war tatsächlich in Kanada registriert, in Montreal gegründet und vor zehn Jahren nach Toronto übergesiedelt.

Victor Eldridge hatte für die dortige forensische Wiederbelebungsabteilung gearbeitet. Ob er einer Nebenbeschäftigung nachgegangen war? Natürlich stand sein Name nicht auf der Liste, aber was, wenn …

Jonah schüttelte den Kopf. *Zufall,* dachte er. *Mehr nicht.*

Oder wollte ihn Harker genau darauf hinweisen?

Er las die Namen noch einmal laut vor, wobei er nach jedem sechzig Sekunden abwartete.

Armand Dion.

Isabeau Poulin.

Lafayette Girard.

Xavier Vernet.

Durst.

Er starrte auf den Namen. Sprach ihn noch einmal laut aus. *Xavier Vernet.* Auf diesen Namen wollte Harker ihn also hinweisen – auch wenn Jonah nicht wusste, warum. Sollte er diesen Namen noch aus Baseline-Zeiten kennen? Vielleicht konnte Daniel etwas mit ihm anfangen, aber Jonah?

Er sprach ihn noch einmal laut aus: Xavier Vernet.

Dann fiel es ihm wie Schuppen von den Augen, und fluchend griff Jonah nach einem Stift. Er zog einen Kreis um den Namen und schrieb die Initialen daneben, drückte fest auf, fuhr die Linien nach, bis sie immer dicker wurden.

Er lachte.

»Scheiße, Daniel. Und ich dachte, das mit Eldridge wäre weit hergeholt. So viele Namen. Die Wahrscheinlichkeit, dass wir den Gesuchten finden, war gleich null …«

Das also hatte ihm Daniel sagen wollen. Und womöglich hatten sie jetzt tatsächlich eine Spur.

Jonah nahm das Pillenfläschchen aus der Tasche und starrte es an. Er stand auf, ging zur Wohnungstür und stellte es neben seinen Schlüsselbund auf das Regalbrett. *Das kann warten,* dachte er. *Im Augenblick brauchen wir jede Hilfe, die wir kriegen können.*

Es war fast drei Uhr morgens, und er wurde immer müder. Jonah nahm die Seite mit Xavier Vernets Namen darauf mit ins Schlafzimmer und legte sie aufs Bett, bevor er sich zum Schlafengehen fertig machte. Lächelnd schlüpfte er unter die Decke. Selbst wenn es sich als falsche Fährte herausstellte – Annabel würde seinen Spürsinn zu schätzen wissen. Und das fühlte sich sehr gut an.

Xavier Vernet.

XV.

Fünfzehn.

KAPITEL 22

Am nächsten Morgen konnte es Jonah kaum erwarten, Annabel zu erzählen, was er herausgefunden hatte. Er rief sie noch vor zehn Uhr an. Allerdings verschwieg er ihr Daniels Hilfe und behauptete, zufällig auf den Namen gestoßen zu sein. Sie klang neugierig, aber auch leicht skeptisch. Zwei Stunden später meldete sie sich mit einer einzigen Anweisung: um dreizehn Uhr am Flughafen. Dann legte sie auf. Als er sie zurückrief, antwortete sie nicht.

Er hatte keine andere Wahl, als zum Richmond International Airport zu fahren. Was hatte sie vor? Sobald er dort ankam, versuchte er es erneut bei ihr. Sie nahm ab und nannte ihm die Nummer des Check-in-Schalters.

Dort empfing sie ihn mit einem Lächeln. Er lächelte zurück und versuchte, sich nicht allzu sehr darauf zu konzentrieren, wie gut sie aussah.

»Also«, sagte er. »Was soll das werden?«

»Es passt alles zusammen, Jonah. Vernet war an der Entwicklung von BPV beteiligt. Ich habe bei MLA Research angerufen und behauptet, dass ich bei der Personalabteilung eines großen Pharmakonzerns angestellt wäre. Ich habe sogar die Internetseite des Konzerns aufgerufen, falls sie nachfragen würden. Ich behauptete, Vernet hätte sich auf eine Stelle beworben und MLA als Referenz angegeben, und fragte, ob sie mir bestimmte Dinge bestätigen könnten.«

Jonah nickte beeindruckt. »Schlau. Und *bestätigen* heißt wohl, dass sie Ihnen lauter Informationen gegeben haben, die Sie noch nicht wussten.«

»Natürlich. Er kommt aus Südfrankreich, war drei Jahre lang bei einer Biotechfirma in Paris und wechselte dann zu MLA. Dort hat er tatsächlich an BPV gearbeitet. Vor fünf Jahren hat er gekündigt. Mehr wollten sie mir nicht verraten.«

»Sehr gut, Annabel. Aber warum sind wir hier?«

Sie zuckte mit den Schultern. »Ich habe seine Telefonnummer herausgesucht und ihn angerufen. Er lebt in Chicago. Wir nehmen den nächsten Flug.«

Er sah sie an und blinzelte. Es war ihr Ernst.

Während des Flugs unterhielten sie sich unverfänglich, machten Small Talk, was Jonah üblicherweise ziemlich viel Überwindung kostete.

Annabel nannte ihm verschiedene Bücher zum Thema Baseline, einschließlich derer, die ihr Vater verfasst hatte.

»Ich will auf dem neuesten Stand sein«, sagte sie. »Also erzählen Sie mir alles, was wichtig ist.«

»Weiß er, wer wir sind?«

»Ich dachte, es wäre unkomplizierter, wenn wir ihm das nicht sagen. Ich bin Sarah Townes, Sie sind John Sullivan. Wir sind Journalisten, die einen Artikel über die Anfangszeit der Wiederbelebung schreiben und dabei Leute befragen, die bisher nicht zu Wort kamen. So eine Art Heimliche-Helden-Geschichte.«

»Und das hat er Ihnen abgekauft?«

»Er will sich zumindest mit uns treffen. Obwohl er in den nächsten zwei Wochen nur heute einen Termin für uns frei hatte. Deshalb die Eile. Ich rede, und Sie hören aufmerksam zu, ob er sich eventuell verplappert. Noch weiß die Öffentlichkeit nichts von Yarrows Tod, daher werde ich versuchen, irgendwann seinen Namen zu erwähnen. Mal sehen, wie er darauf reagiert.«

Xavier Vernet wollte sie im Norden der Stadt treffen. Sobald sie den O'Hare Airport verlassen hatten, nannte Annabel dem Taxifahrer die Adresse des Cafés, das sie als Treffpunkt vereinbart hatten. Sie kamen zehn Minuten zu früh dort an und setzten sich mit ihren Cappuccinos in eine Ecke. So eine Reise hätte Jonah eine Woche im Voraus geplant. Annabel hatte sie einfach angetreten.

Sie warteten und beäugten neugierig jeden neuen Gast. Endlich betrat ein schlaksiger Mann in den Vierzigern das Café und sah sich um, bis er Annabel entdeckte. Sie lächelte ihm zu, und er trat näher.

»Sarah Townes?« Seine französische Herkunft war deutlich zu hören. »Ich bin Xavier.«

»Freut mich sehr. John, holst du Xavier einen Kaffee?«

»Einen doppelten Espresso bitte«, sagte Vernet.

Jonah ging zur Theke. Solange er auf den Kaffee wartete, hatte Annabel Gelegenheit, in Ruhe Vertrauen aufzubauen. Plötzlich klingelte sein Handy. Er sah aufs Display und ging ran.

»Hallo, Never.«

»Deine Katze war hungrig.«

»Du bist in meiner Wohnung? Beobachtest du mich?«

»Ich dachte, ich schau mal vorbei und sag Hallo, aber du warst nicht da. Wo bist du?«

»In einem Café.«

»Kann ich vorbeikommen? Ich mache mir Sorgen.«

»Das Café ist in, äh, Chicago.«

Never schwieg einen Augenblick. »Du bist in Chicago?«

Der doppelte Espresso war fertig. »Hör mal, Never, ich muss los. Ich werd dir alles in ein paar Tagen erklären, okay?«

Wieder Stille. »Das hast du mir schon mal versprochen. Ich gebe dir noch zwei Tage, und dann mach ich dir ein so schlechtes Gewissen, dass sich selbst deine *Scheiße* noch bei mir entschuldigen wird.« Er legte auf.

Jonah seufzte und schaltete das Telefon aus, falls Never noch einmal anrufen sollte. Er kehrte mit dem Kaffee zum Tisch zurück, wo Annabel und Xavier miteinander lachten wie alte Freunde. *Sie hat wirklich Talent,* dachte er.

Vernet nahm den Kaffee dankend entgegen.

»John, Xavier hat mir gerade erzählt, dass er tatsächlich an der Entwicklung von BPV beteiligt war«, sagte Annabel. »Ist das nicht unglaublich?«

Jonah nickte und vermied es nach Möglichkeit zu sprechen. Nicht, dass er sie aus Versehen noch Annabel statt Sarah nannte.

»Natürlich nicht von Anfang an«, sagte Vernet. »Ich kam nach etwa einem Jahr hinzu. Wir testeten verschiedene BPV-Varianten. Wir wollten es verbessern. Jeder, der darüber schreibt, behauptet ja, dass man das Medikament einmal erfunden hätte und fertig. Dabei ist BPV in Wahrheit ein Oberbegriff für eine ganze Gruppe von Wirkstoffen. Wir waren dafür verantwortlich, dass es heute doppelt so effizient wie zu Beginn ist.«

Annabel lächelte. »Genau darüber wollen wir berichten, Xavier. Der Mann, der uns an Sie verwiesen hat, sagte bereits, dass Sie über diese Dinge bestens Bescheid wissen.«

Jonah wäre bei diesem riskanten Manöver fast zusammengezuckt. Annabel redete offenbar nicht gerne um den heißen Brei herum.

»Darf ich fragen«, sagte Vernet, »wer dieser Mann ist?«

»Ein Bekannter eines Kollegen«, sagte sie, ohne Vernet aus den Augen zu lassen. »Tobias Yarrow.«

Vernet hob überrascht die Augenbrauen. »Tobias Yarrow?«

»Ja. Sie erinnern sich doch an ihn? *So lange* kann das ja nun auch nicht her sein.«

Vernet dachte nach. »Drei Jahre.«

»Aha. Ich habe ihn nicht persönlich getroffen, nur durch einen Kollegen von ihm gehört. Ich entschuldige mich im Voraus, falls ich da etwas durcheinanderbringe, aber offenbar haben Sie *ihm* ziemlich viel erzählt, und er erinnert sich sehr gut an Sie.«

Vernet wirkte immer noch etwas verwirrt. »Hat er Ihnen auch erzählt, wie wir uns kennengelernt haben …?«

Annabel nickte nur. Jonah war beeindruckt, wie selbstsicher sie wirkte – wenn man bedachte, dass sie nicht die geringste Ahnung hatte.

Vernet nickte ebenfalls und runzelte die Stirn. »Dann wissen Sie mehr über mich, als mir lieb ist.«

»Keine Angst, darüber werden wir nichts berichten«, sagte sie.

Vernet senkte die Stimme. »Ich habe Tobias Yarrow bei einem Treffen der Anonymen Alkoholiker kennengelernt. Wir sind danach einen Kaffee trinken gegangen. Und die Woche darauf auch. Anschließend habe ich ihn längere Zeit nicht gesehen.«

»Aber Sie erinnern sich an ihn. Also muss er irgendwie Eindruck auf Sie gemacht haben.«

»Er war sehr neugierig. Ich habe ihm ein paar Geschichten erzählt, und er wirkte äußerst interessiert. Etwas zu interessiert für meinen Geschmack.«

Jonah beugte sich vor. »Was für Geschichten?«

»Na ja, das Übliche, was die Leute über die Anfangszeit der Wiederbelebung eben wissen wollen. Ich komme ja eigentlich aus der Alzheimerforschung. Und dann hatte ich die Chance, die Wiederbelebung zu erforschen. Seinerzeit kursierten die wildesten Gerüchte – und ich arbeitete tatsächlich in demselben Gebäude, in dem das alles passierte. Heutzutage kann man sich kaum vorstellen, wie das damals war. Wie unheimlich das alles war. Aber so ist das nun mal. Man gewöhnt sich daran. Man gewöhnt sich sogar daran, mit den Toten zu reden. Damals trank ich ziemlich viel – das tue ich immer noch gelegentlich –, doch diese ersten Jahre in der Wiederbelebungsforschung waren die Hölle für mich. Und jetzt gibt's Leute, die … Gott, die gar nicht genug davon hören können. Die auf diese unheimliche Scheiße *abfahren*. Yarrow schien das Ganze einen richtigen Kick zu geben, also habe ich ihm ein paar Geschichten erzählt.«

Annabel nickte. »Was genau haben Sie ihm erzählt?«

»Es ging um den BPV-Herstellungsprozess. Ich habe vorhin schon erwähnt, dass wir das Medikament verbessern wollten. Das ist jetzt acht oder neun Jahre her. Wir hatten drei Lizenznehmer für BPV, deren Produkte in ihrem Wirkungsgrad variierten. Nicht stark, aber doch genug, um misstrauisch zu werden. Wir führten Qualitätskontrollen durch, konnten jedoch zunächst keine Unregelmäßigkeiten entdecken. Dann stellte sich heraus, dass manche Lizenzprodukte Enantiomere beinhalteten, also sozusagen identische Spiegelungen der ursprünglichen chemischen BPV-Struktur. Die Herstellungsprozesse unterschieden sich geringfügig, genau wie die Mischungsverhältnisse. Je nach Hersteller traten etwa ein bis vier Prozent Abweichung von der Originalversion auf. Ein paar Monate, nachdem wir das Problem identifiziert hatten, sollten wir untersuchen, welchen Effekt diese Enantiomere hatten. Wir erhöhten das Mischungsverhältnis und beobachteten seine Auswirkungen auf die Effizienz des BPV.«

»Die Effizienz?«, fragte Jonah. Annabel lehnte sich etwas zurück und signalisierte ihm so, dass er das Gespräch übernehmen konnte.

»Natürlich. BPV ist die Variante eines Medikaments zur Behandlung von Posttraumatischen Störungen. Es beeinflusst diejenigen Teile des Erinnerungsvermögens, die auch die PTBS hervorrufen. Es soll in erster Linie dafür sorgen, dass die Erinnerungen an ein traumatisches Ereignis nicht im Langzeitgedächtnis abgelegt werden – oder die an eine Wiederbelebung, die das Gehirn ja ebenfalls für ein Trauma *hält.* Kurz gesagt: Es unterdrückt den Residuum-Effekt. Um nachzuprüfen, was das spiegelbildliche Medikament bewirkte, versuchten wir es andersherum. Wir erhöhten die Dosis …«

»Und?«

»Und die Testpersonen … Himmel, die hat's ziemlich schlimm erwischt.«

»Es gab Reviver, die sich freiwillig dafür gemeldet haben?«

Vernet lächelte. »Sie wurden gut bezahlt. Erstaunlicherweise *erhöhte* das Medikament die Leistungsfähigkeit der Reviver. Normales BPV hat diesen Effekt ebenfalls, aber in weit geringerem Ausmaß; das Enantiomer war da um Längen wirksamer. Die Reviver – also diejenigen, die BPV einnehmen – lassen sich ihre Medikamente peinlich genau einstellen. Das Ziel lautet: Maximale Wirkung bei minimalen Nebenwirkungen. Außerdem kann man weitere Wirkstoffe hinzufügen, die diese Nebenwirkungen abmildern. Wir haben extreme Dosen des Spiegelbilds mit ebenso hohen Dosen von entgegenwirkenden Substanzen kombiniert. Doch das hat die Leistungsfähigkeit der Reviver kaum gesteigert. Schließlich sollten wir bestimmte andere BPV-Varianten testen, die sich in ihrer chemischen Struktur leicht unterschieden. Manche waren genauso effektiv, bei der Herstellung bildeten sich aber keine Enantiomere, wodurch man Medikamente von größerer Reinheit herstellen konnte. Unsere Aufgabe war es dagegen, die Wirkung *gerade dieser* Abweichungen zu untersuchen. Sie waren ziemlich schwierig herzustellen. Eine dieser gespiegelten Verbindungen erhöhte die Leistungsfähigkeit *massiv*. Leider gab es gravierende Probleme. Für die meisten Probanden war es völlig unverträglich, und die Nebenwirkungen machten es so gut wie unbrauchbar. Also gaben wir die Tests auf.«

Jonah wurde hellhörig. »Was waren das für Nebenwirkungen?«

»Halluzinationen. Problematische Residuum-Effekte. Psychische Störungen, solche Sachen. Einige der Probanden wollten nicht darauf verzichten, obwohl wir die Medikamente vernichten wollten. Mit einem derart leistungssteigernden Mittel ließe sich viel Geld verdienen, dachten sie. Natürlich waren keine hochklassigen Reviver darunter. Sie wollten einfach nur eine Stufe im Ranking aufsteigen. Trotz der verheerenden Nebenwirkungen. Das war reinster Irrsinn.«

Jonah schwieg, und Annabel beugte sich wieder vor. »Und mehr haben Sie Yarrow nicht erzählt?«, fragte sie.

Vernet sah sie argwöhnisch an. »Worauf wollen Sie hinaus?«

Annabel legte ihre Hand auf seine. »Es ist wichtig, Xavier. Bitte.«

Vernet schüttelte den Kopf. »Na ja, wenn Sie meinen. MLA

Research stellte die Arbeit an BPV ein. Wir konzentrierten uns auf chronische neurodegenerative Erkrankungen und entdeckten mehrere vielversprechende Ansätze, von denen wir sogar einige einigermaßen erfolgreich weiterentwickeln konnten. Ich war froh, wieder auf meinem eigentlichen Spezialgebiet arbeiten zu können, und blieb so gut wie trocken. Wie dem auch sei – ein paar Jahre nach der Arbeit an BPV erhielt ich einen guten Job hier in Chicago. Kurz darauf traf ich bei einer Konferenz ein paar Leute, mit denen ich bei MLA zusammengearbeitet hatte und die ebenfalls gekündigt hatten. An diesem Abend haben wir viel getrunken – wie gesagt, hin und wieder werde ich noch schwach – und versucht, uns gegenseitig mit immer wilderen Geschichten zu übertrumpfen. Irgendjemand behauptete, das BPV-Enantiomer wäre nach wie vor in Umlauf. Er sagte, dass es inzwischen so hochpotent wäre, dass bei einer Wiederbelebung etwas schiefgelaufen sei. Sie hatten den Verstorbenen zwar zurückgebracht, doch als er anfing zu reden, war es gar nicht er, sondern etwas, das schon lange tot ist, etwas, das nicht menschlich ist. Er behauptete, sie wollten es in unsere Welt bringen.«

Vernets Miene war anzusehen, dass er es todernst meinte. Er sah Jonah direkt an. Dieser spürte, wie ihm die Farbe aus dem Gesicht wich. Plötzlich brach Vernet in Gelächter aus. »Hey, tut mir leid. Das waren nur Gerüchte. Sie dürfen dieses Geschwafel nicht ernst nehmen.«

»Hat Tobias Yarrow es ernst genommen?«, fragte Annabel.

»Ja. Selbst als ich ihm versichert habe, dass das nur Blödsinn war. Er konnte nicht darüber lachen. Ich habe ihm gesagt, er solle sich entspannen, aber er war nicht gerade ein *entspannter* Typ.«

»Und mehr wussten Sie nicht?«, fragte Annabel und erhielt ein Nicken zur Antwort. »Haben Sie ihm verraten, wer Ihnen die Geschichte erzählt hat?«

»Ich sah Yarrow erst ein paar Jahre später wieder. Als ich die Geschichte hörte, war ich betrunken. Ich kann mich nicht erinnern, wer an jenem Abend überhaupt anwesend war, und schon gar nicht, wer sie erzählt hat. Ich bin mir jedoch sicher, dass derjenige sie auch nur vom Hörensagen kannte.«

»Haben Sie schon mal von Unity gehört?«

Vernet verneinte dies. Annabel und Jonah redeten noch weitere zwanzig Minuten mit ihm, erhielten aber keine weiteren wichtigen Informationen. Annabel gab ihm eine Karte, auf der der Name Sarah Townes und ihre Handynummer stand – für den Fall, dass ihm noch etwas einfiel.

Im Taxi auf dem Weg zum Flughafen dachte Jonah fieberhaft nach und versuchte vergeblich, das Puzzle zusammenzufügen. »Yarrow hat vor drei Jahren mit Vernet gesprochen. Warum hat es so lange gedauert, bis er etwas unternommen hat?«

Annabel schüttelte den Kopf. »Vielleicht hat er ja auch *schon vorher* etwas unternommen, Jonah. Vernet muss Yarrow auf eine heiße Spur gebracht haben. Yarrow könnte recherchiert haben und auf den Mann gestoßen sein, der Vernet die Geschichte erzählt hat. In diesem Fall stecken wir in einer Sackgasse – es sei denn, Vernet erinnert sich daran, was er Yarrow sonst noch erzählt hat. Und wenn Yarrow meinem Dad irgendeine wichtige Information vorenthalten hat, stehen wir genauso dumm da. Scheiße. Unglaublich – da stöbern wir Vernet auf, und alles, was wir zu hören bekommen, ist eine Gruselgeschichte fürs Lagerfeuer.«

Den Rest der Fahrt verbrachte sie in grimmigem Schweigen, machte sich Notizen und wirkte zunehmend frustrierter. Ihre schlechte Laune besserte sich auch auf dem Rückflug nicht. Als sich am Richmond International ihre Wege trennten, bemerkte Jonah besorgt, wie distanziert sie plötzlich wirkte.

»Gibst du mir Bescheid?«, fragte er, als sie sich verabschiedeten. »Wegen Eldridge?«

Sie murmelte etwas Unverbindliches und marschierte zu ihrem Auto. Jonah wusste nicht, was er davon halten sollte.

Sobald er wieder zu Hause war, machte er sich Chili in der Mikrowelle warm, aß es auf dem Sofa und zappte dabei ziellos durch die Kanäle. Marmite schmiegte sich an ihn und verlangte nach Aufmerksamkeit. Eigentlich hätte das Treffen mit Vernet auf keinen Fall ergebnislos verlaufen dürfen. Natürlich konnte er nachvollziehen, wie enttäuscht Annabel war, dass ihre heißeste Spur, so vielversprechend sie anfangs auch gewirkt haben mochte, im Sand verlaufen war. An ihrer Stelle hätte er sich auch zu Hause verkrochen und eine Zeit lang seine Wunden geleckt. Vielleicht war das ja das Ende der Geschichte. Wahrscheinlich war es das Beste, wenn sie die Sache auf sich beruhen ließen. Wahrscheinlich war es das Beste, wenn Victor Eldridge nie gefunden wurde.

Jonah musste unwillkürlich an Vernets Worte denken: *Etwas, das schon lange tot ist, etwas, das nicht menschlich ist. Sie wollten es in unsere Welt bringen.*

Er fragte sich, auf was er und Annabel noch stoßen würden, und dabei lief es ihm kalt den Rücken hinunter.

KAPITEL 23

Annabel kehrte mit einem gewissen Unbehagen aus Chicago zurück, und das lag nicht nur an dem, was Vernet ihnen erzählt hatte.

Die Enttäuschung darüber, dass ihre Nachforschungen einen toten Punkt erreicht hatten, wurde noch durch die Art und Weise verschlimmert, auf die Jonah sie angesehen hatte. Sie kannte diesen Blick, und sie wusste, dass sie seine Erwartungen dämpfen musste.

Ihre bisherigen Beziehungen waren nicht ohne Grund in die Brüche gegangen. Sie befolgte ein einfaches Prinzip: Fang nie etwas mit einem Typen an, den du wirklich gernhast. Nur so konnte sie die Distanz wahren, und die unvermeidliche Trennung war weniger schmerzhaft.

Sie mochte Jonah. Schon immer, wie ihr auffiel – seit ihr ihr Vater von dem Jungen erzählt hatte, der seine Mutter wiederbelebt hatte und Gutes mit einer Fähigkeit bewirken wollte, die die meisten Menschen wohl als Fluch begreifen würden.

Als sie am Tag der Wiederbelebung ihres Vaters seinen Namen gehört hatte, kam es ihr sehr passend vor, dass er der Reviver sein würde. Doch als sie ihn dann leibhaftig vor sich hatte, war sie ganz durcheinander gewesen. Damals hatte sie keinen Gedanken darauf verschwendet, warum das so war.

Das hatte sie erst am Morgen nach der Nacht herausgefunden, in der ihr Vater sich Jonahs Körper ausgeborgt hatte: sie konnte sich nur mit Mühe von seinen graublauen Augen lösen. Solche Probleme konnte sie jetzt überhaupt nicht gebrauchen. Sie fragte sich, was ihr Vater wohl zu diesem Dilemma gesagt hätte, wenn Jonah nicht die Tablette genommen und ihn so zum Verschwinden gebracht hätte.

Jonah durfte sich diesbezüglich keine falschen Hoffnungen machen. Er musste sich im Klaren sein, dass sie kein Interesse an ihm hatte. Angesichts der Höflichkeit, die sie von ihrer Mutter geerbt hatte, würde ihr das nicht leichtfallen, aber wenn alles so lief wie geplant, musste sie sich um dieses Problem bald keine Sorgen mehr machen.

Jonah war nicht allzu überrascht, als Annabel ihn um neun Uhr am nächsten Morgen anrief. Sie war ungewöhnlich wortkarg und bat ihn lediglich, zu ihr in das Haus ihres Vaters zu kommen, um den nächsten Schritt zu besprechen. Allerdings klang ihre Stimme euphorisch und begeistert. Er fragte sich, woher sie diese psychischen Kraftreserven bezog. Er für seinen Teil fühlte sich ziemlich ausgelaugt.

Sie begrüßte ihn an der Tür und führte ihn in die Küche.

»Tut mir leid wegen gestern, Jonah. Ich hatte mir wirklich große Hoffnungen gemacht. Aber seit heute Morgen habe ich einen anderen Plan.«

»Wie es weitergehen soll?«

»Entweder warten wir, bis Vernet doch noch etwas einfällt, oder wir stolpern zufällig über etwas anderes, das Yarrow herausgefunden hat. Keine der beiden Möglichkeiten kommt mir besonders vielversprechend vor. Also …«

»Auweia.« Jonah lächelte gekünstelt. Inzwischen kannte er den Blick, den Annabel ihm gerade zuwarf. Und er verhieß nichts Gutes.

»Es gibt noch jemanden, der Bescheid weiß. Jemanden, der uns unsere Fragen beantworten kann.«

»Nämlich?«

»Michael Andreas.«

Jonah lachte.

»Das ist mein Ernst. Andreas ist bekannt dafür, seine Forschungsprojekte genauestens zu überwachen. Er weiß bestimmt etwas.«

»Na, dann viel Glück. Weißt du, wofür er noch bekannt ist? Für seine *extreme Öffentlichkeitsscheu*. Selbst wenn du einen Termin bei ihm ergattern solltest, glaubst du wirklich, dass er dir etwas erzählen wird?«

»Jonah, was verlangt ein Reviver bei einer Wiederbelebung von den Toten?«

Jonah zuckte mit den Schultern. »Dass sie reden.«

»Ganz genau. Wenn sie reden, spürst du, ob sie lügen. Ob sie ausweichende Antworten geben. Ich bin Journalistin. Du sprichst mit den Toten, ich mit den Lebenden. Ich weiß, wie ich den Mann zum Reden bringen kann. Und was den Termin angeht – ich bin die trauernde Tochter, die einen Artikel über ihren Vater und seinen Beitrag zur Wiederbelebungsforschung schreiben will. Andreas hat sich damals so stark bei Baseline engagiert, dass er zwangsläufig eine der interessantesten Quellen darstellt. Ich hab schon mal die Angel ausgeworfen. Mit etwas Glück beißt er bald an.« Sie grinste.

Jonah schüttelte den Kopf und grinste zurück. »Du bleibst hartnäckig, selbst wenn kaum Aussicht auf Erfolg besteht. Das gefällt mir. Aber das hättest du mir auch alles am Telefon sagen können. Warum wolltest du, dass ich herkomme?«

»Einmal, um dich persönlich um Verzeihung zu bitten. Außerdem bin ich dir noch etwas schuldig. Du hast mir dabei geholfen, Vernet zu finden. Jetzt bin ich dran.« Sie nahm eine Mappe mit einigen wenigen Blättern darin von der Arbeitsfläche neben dem Spülbecken und reichte sie Jonah.

»Eldridge«, sagte er, sobald er die erste Seite aufgeschlagen hatte. »Stammt das wieder von diesem Typen aus London?«

Sie nickte. »Eldridge ist nicht gerade bei bester Gesundheit. Er hat die letzten vier Jahre mehr oder weniger durchgehend in einer Psychiatrie in North Carolina verbracht. Vor acht Monaten wurde Prostatakrebs bei ihm diagnostiziert. Er ist so krank, dass er inzwischen in einem Hospiz in Baltimore gelandet ist, das sich auf Patienten mit psychischen Störungen spezialisiert hat. Er ist seit vier Monaten dort. Eldridge hat nicht mehr lange.«

»Er wird uns doch bestimmt nicht sehen wollen«, sagte er. Annabel hob lächelnd die Augenbrauen. Jonahs Magen verkrampfte sich, als er wieder diesen Blick sah. »Verdammt, Annabel, du machst keine halben Sachen, oder? Wann?«

»Heute Nachmittag. Obwohl ich bezweifle, dass Eldridge schon von seinem Glück weiß. Diesmal brauchen wir keine Decknamen. Die Tarnung war nur dazu da, um Vernet nicht zu verschrecken, falls er noch Kontakt zu Yarrow gehabt hätte. Aber hier können wir dasselbe Spiel wie bei Andreas spielen: die trauernde Tochter schreibt über die Wiederbelebung und das Vermächtnis ihres Vaters. Dazu interviewt sie mehrere Reviver, und was könnte ergreifender sein als die Worte eines sterbenden Revivers? Schließlich hat Annabel Harker gegenüber Sarah Townes einen entscheidenden Vorteil.«

»Ich kann dir nicht folgen.«

»Das Hospiz behandelt seine psychisch gestörten Patienten nach Möglichkeit umsonst. Es fängt diejenigen auf, die durchs soziale Netz fallen, und das sind nicht wenige. Und dabei ist es auf Spenden angewiesen.«

Jonah sah sie verständnislos an.

»Ich werde bald eine sehr großzügige Spenderin sein, Jonah. In eineinhalb Stunden geht's los. Vorher muss ich aber noch etwas essen. Ich mache Pasta. Willst du auch?«

»Ja, warum nicht.«

»Sehr schön.« Sie führte ihn ins Wohnzimmer und deutete auf eine Tür. »Wird nicht lange dauern. Mach's dir gemütlich. Da drin steht ein Fernseher.«

Jonah konnte sich ein *Ich weiß* nur knapp verkneifen. »Danke«, sagte er.

Er ging durch die Tür und stand vor dem Billardtisch. Als er sich umsah, fühlte er sich fast wie *zu Hause*. Dann fiel ihm die Fernbedienung für den riesigen Fernseher an der Wand ins Auge. Er schaltete die Lautsprecher ein und zappte durch ein Dutzend Kanäle, bis er sich für Musik entschied und beschloss, seine Nervosität mit einer Partie Billard zu bekämpfen.

Zehn Minuten lang hantierte er ungeschickt mit dem Queue, dann schweiften seine Gedanken ab. In einer Ecke befand sich eine kleine Hausbar, auf der mehrere gerahmte Familienfotos standen.

Er hob eines auf. Daniel Harker mit seiner Frau.

»Robin«, sagte er. Robin Harker. Jonah verzog das Gesicht, dachte an seine endlose, herzzerreißende Trauer. Schnell stellte er das Bild wieder ab und zog die Hand zurück, als ob das Foto ihn beißen könnte. Er wandte sich wieder zum Pooltisch um, und eine weitere Erinnerung tauchte auf.

Annabel stand mit tränengeröteten Augen in der Tür.

»Hast du dich nicht gefragt, wie ich mich dabei fühle?«, sagte sie. Sie war viel jünger und sprach mit amerikanischerem Akzent als die Annabel, die Jonah persönlich kennengelernt hatte. »Ich hätte *gewollt*, dass du dabei bist. *Mom* hätte es gewollt.«

»Ich konnte nicht«, sagte Daniel mit dem Rücken zu ihr. »Ich konnte einfach nicht.«

»Sie hat es nicht verstanden, Dad.«

»Es tut mir leid.« Daniel drehte sich um. Zunächst kapierte Jonah gar nichts, dann begriff er: Robin war gestorben, und Daniel hatte es nicht verkraftet, zu ihrer Wiederbelebung zu gehen.

»Das war die letzte Gelegenheit, dich von ihr zu verabschieden, Dad. *Ihre* letzte Gelegenheit. Begreifst du nicht, wie weh ihr das getan hat? Sie hat dich *vermisst*, Dad. Verdammt nochmal, sie hat nach dir gefragt.«

Die Enttäuschung, mit der Annabel Daniel ansah, war unerträglich. Er musste sich abwenden.

»Scheiße, Dad. *Interessiert* es dich überhaupt, wie schlimm das für mich war?«

Daniel schwieg, bis seine Tochter sich umdrehte und davonlief. Dann fing er an zu weinen. »Es tut mir leid, Annie. Bitte.« Sie rannte zur Tür, ohne sich umzusehen. Daniel folgte ihr. »Bitte, Annie! Es tut mir leid. *Es tut mir leid.*«

Seine Tochter verschwand in der Nacht, ohne die Vordertür zu schließen, die ihm wie ein großes schwarzes Loch entgegengähnte. Seine Frau war tot. Seine Tochter hasste ihn. Daniel Harker sank auf die Knie. Er wusste nicht mehr weiter.

Mit einem Mal war Jonah in der Gegenwart, spürte noch immer Daniels wachsende Panik, seine Ratlosigkeit. Und er war durstig.

»O Gott«, sagte er und tastete seine Taschen nach dem Pillenfläschchen ab, das er für alle Fälle mitgenommen hatte.

Er hätte damit rechnen müssen. Eine vertraute Umgebung. Alte, schlimme Erinnerungen. Die alten, schlimmen Erinnerungen *einer anderen Person*. Immerhin war es nur ein gewöhnlicher Residuum-Effekt.

Annabel betrat mit zwei Pastaschüsseln in den Händen den Raum. »Alles klar?«, fragte sie. »Ich dachte, ich hätte etwas gehört.« Jonah schüttelte den Kopf und nahm seine Schüssel entgegen. Dabei berührten sich ihre Finger.

Reflexartig zog er seine Hand zurück, wobei ihm die Schüssel entglitt. Sie landete unversehrt zu seinen Füßen, doch ihr Inhalt ergoss sich auf den Boden. Sie sah ihn verwirrt an.

Jonah betrachtete erst die Bescherung, dann Annabel. Er war wütend auf sich. »Tut mir leid. Macht der Gewohnheit. Manche Leute spüren den Hauch ziemlich stark.«

»Aber ich nicht, das weißt du genau.«

»Ich weiß. Bei Körperkontakt werde ich irgendwie … nervös. Du bist doch bestimmt schon mal einem Reviver über den Weg gelaufen. Ich kann unmöglich das *abgefuckteste* Wrack sein, das dir jemals begegnet ist.« Er lächelte, ging dabei jedoch in die Knie – nur für den Fall, dass ihm die Antwort in ihrem Blick nicht gefallen würde – und kratzte die Nudeln vom Boden auf.

»Als Kind habe ich ein paar kennengelernt«, sagte sie. »In der Zeit, als Dad an seinem zweiten Buch schrieb, hat er öfter Reviver zu sich eingeladen. Manche Leute haben ja richtig Angst vor ihnen. Ich nicht. Vielleicht, weil ich den Hauch nicht spüre. Mom und Dad haben ihn auch nicht gespürt.«

»Tut mir leid«, sagte er und drückte ihr die Schüssel in die Hand. »Ich hole einen Lappen und …«

»Das kann warten, Jonah. Aber versprich mir eins.« Sie starrte ihn so lange an, bis er nickte. »Entschuldige dich nie wieder für Dinge, die nicht deine Schuld sind. Und schäm dich nie wieder für das, was du bist.«

Sie beobachtete ihn abwartend. »Okay«, sagte er schließlich.

»Prima. Komm mit.« Sie deutete auf seine Schüssel. »In der Küche sind noch Nudeln.«

Sie aßen schweigend am Küchentisch. Ihr Hunger war größer als gedacht.

Als Jonah fertig war, warf er einen Blick auf die Wanduhr. Bald würden sie losfahren, um Eldridge zu besuchen, und vorher musste er ihr noch eine Frage stellen.

»Annabel, hat dir dein Dad erzählt, warum ich so dringend mit Eldridge reden will?«

»Ihr habt beide Probleme mit dem Residuum-Effekt. Eldridge wurde ebenfalls von einer wiederbelebten Person übernommen.«

»Mehr hat er nicht gesagt?«

Sie schüttelte den Kopf.

»Vorher, vor dieser Sache, geschah noch etwas anderes. Während einer Wiederbelebung. Alle dachten, ich hätte halluziniert, weil ich überarbeitet war. Doch Eldridge hat eine ganz ähnliche Erfahrung gemacht – kurz bevor ihn der Residuum-Effekt in den Wahnsinn getrieben hat. Damals hieß es auch, dass die Überarbeitung dafür verantwortlich wäre. Da gibt es eine Verbindung, und ich will sie aufdecken.«

»Was ist passiert?«

»In beiden Fällen brachen die Wiederbelebten in Panik aus. Sie dachten, etwas würde auf sie *zukommen*, etwas Dunkles, Furchterregendes, wie ein Raubtier. Die Person, die Eldridge wiederbelebt hatte, verschwand einfach. Ich ließ meine vorher gehen. Dann … *sprach* es zu mir. Das kann niemand bezeugen. Und doch hat es zu mir gesprochen.« Er senkte die Stimme zu einem Flüstern. »Etwas, das schon lange tot ist, etwas, das nicht menschlich ist.«

Annabel starrte ihn an. Sie war leichenblass. »Also war das, was Vernet gesagt hat … nicht nur leeres Gerede.«

»Nein. Was es auch war, eins habe ich ganz deutlich gespürt. Es war *böse*. Ich würde gerne glauben, dass es dafür eine Erklärung gibt, dass ich mir das Ganze nur eingebildet habe. Aber so ist es nicht.«

Um kurz nach siebzehn Uhr erreichten sie das Walter-Hodges-Hospiz. Ein Großteil der Fassade des Hauptgebäudes war mit einem Baugerüst verkleidet, an dem eine Plakette angebracht war – ein Smiley mit einer einzelnen großen Hand daneben, die den Daumen gereckt hatte. »Vielen Dank für Ihre Spende«, stand darunter. Das Hospiz befand sich direkt neben einem größeren, moderneren Krankenhaus, das in einem viel besseren Zustand war als sein kränkelndes Nachbargebäude. Sie hielten auf dem Parkplatz hinter dem Klinikkomplex. Annabel hatte darauf bestanden, dass Jonah sein Auto stehen ließ und sie den roten Porsche Boxster ihrer Mutter nahmen. Er hatte auf der Fahrt die Informationen gelesen, die Annabels Hackerfreund ausgegraben hatte.

Sie gingen zum Haupteingang. Direkt gegenüber befand sich ein Werbeplakat für die Afterlifer. Jonah betrachtete es grimmig und fand die Ironie höchst unangebracht. Inzwischen präsentierten sich die Afterlifer der Öffentlichkeit als wohltätige, durch großzügige Spenden finanzierte Organisation. Ihre dunkle Vergangenheit war so gut wie vergessen.

Am Empfang ging es einigermaßen hektisch zu. Annabel meldete sich an, und nach zehn Minuten wurden sie von einem durchtrainierten, grauhaarigen Mann begrüßt. Er hatte ein derart ebenmäßiges Gesicht, dass Jonah unwillkürlich an das »Vorher«-Foto einer Anzeige für Haarfärbemittel denken musste.

»Ich bin Dr. Edward Buckle«, sagte der Mann. »Mein Beileid, Miss Harker.«

»Vielen Dank. Das hier ist Jonah Miller, mein Coautor.«

Buckle lächelte. »Annabel, Jonah, Sie sind hier mehr als willkommen. Ich werde alles für Sie tun, was in meiner Macht steht. Wir wissen Ihre Großzügigkeit sehr zu schätzen. Hospize erhalten generell nur wenige Spenden. Und Hospize für Menschen mit psychischen Problemen erst recht nicht.« Sein Blick wanderte zum Fenster und dem Werbeplakat dahinter. »Wie Sie sicher bemerkt haben, lassen wir gerade die Fassade reparieren. Das ganze Gebäude ist in einem ähnlich schlechten Zustand. Und trotzdem muss ich mir jeden Morgen auf dem Weg zur Arbeit dieses verdammte Plakat ansehen und an das viele Geld denken, das die Leute diesen Spinnern hinterherschmeißen. Diese Sorge um die Toten ist so scheinheilig, wo doch die Lebenden unsere Hilfe viel dringender bräuchten.« Während er sprach, führte er sie durch einen kurzen Flur in sein Büro. »Wahrscheinlich gehören die Leute, die den Afterlifers spenden, zur selben Sorte wie die, die ihr Geld lieber kranken Tieren als kranken Menschen geben. Wissen Sie, welche Organisationen am wenigsten Spenden überhaupt erhalten? Hospize und Psychiatrien. Sie können sich sicher vorstellen, was das für uns bedeutet.«

Annabel nickte. »Ich verstehe Sie sehr gut. Die Afterlifer sorgen dafür, dass sich die Öffentlichkeit nur für den Tod interessiert, dabei ist das der völlig falsche Ansatz.«

»Ganz genau!«, sagte Buckle, setzte sich hinter seinen Schreibtisch und bedeutete Annabel und Jonah, ebenfalls Platz zu nehmen. »Der völlig falsche Ansatz. Der Tod ist ein teures Geschäft. Zugegeben, inzwischen haben sich die Leistungen der Krankenversicherungen gebessert. Trotzdem nutzen sie jede Gelegenheit, die Zahlungen zu verweigern. Wir bieten so viele freie oder ermäßigte Plätze wie möglich an, aber es ist ein täglicher Kampf. Es gibt so viele Menschen, die an ihrem Lebensende nicht die nötige Pflege erhalten, und doch ist in den Schlagzeilen immer nur von der Wiederbelebung zu lesen. Vielleicht sollten Sie darüber einen Bericht schreiben, Miss Harker.«

»Das habe ich auch ernsthaft vor, Dr. Buckle. Aber um auf den Grund unseres Besuchs zurückzukommen …«

»Victor Eldridge«, sagte Buckle und faltete die Hände. »Victor hat viele Probleme. Die Schweigepflicht verbietet mir, Ihnen Genaueres mitzuteilen. Nur so viel: Er ist geistig völlig klar und durchaus in der Lage, eigene Entscheidungen zu treffen.«

»Ist er einverstanden, sich mit uns zu unterhalten?«

»Sie haben gesagt, dass Ihre Spende nicht von seinem Einverständnis abhängt. Ist das nach wie vor der Fall?«

»Ja«, sagte Annabel. Jonah hätte am liebsten laut losgeflucht, doch wenn Annabel ähnliche Gefühle hegte, so gelang es ihr meisterhaft, sie zu überspielen.

»Dann wäre das geklärt. Ja, Victor wird sich gerne mit Ihnen unterhalten. Er darf jederzeit Besuch empfangen, aber … nun, er hat nicht unbedingt viel Besuch. Tut mir leid, ich muss jetzt wieder an die Arbeit. Ich werde Ihnen jemanden vorbeischicken, der Sie zu ihm bringt.«

Sie warteten unruhig und nervös in Buckles Büro. Annabel stellte ihr Handy ab, um jede Störung zu vermeiden. Jonah hatte seines seit seinem Gespräch mit Never nicht wieder eingeschaltet.

Nach zehn Minuten erschien ein junger Krankenpfleger, der sie zu Eldridge bringen sollte. Während er voranging, wandte sich Jonah flüsternd an Annabel. »Der sieht aus, als wäre er gerade mal zwölf. Und arbeitet an einem solchen Ort.«

»Und?«

»Ich mache mir irgendwie Sorgen um ihn.«

Annabel zuckte mit den Schultern. »Ich glaube, mein Dad dachte dasselbe über dich, als du noch bei Baseline gearbeitet hast.« Sie holte zu dem Pfleger auf und warf einen Blick auf sein Namensschild. »Greg. Arbeiten Sie schon lange hier?«

»Sechs Monate.«

»Gehen Sie aufs College?«

»Stimmt. Hauptfach Psychologie.«

»Wird die Arbeit hier gut bezahlt?«

Greg verzog das Gesicht. »Na ja. Sagen wir mal so: Ich komme durch.«

»Was können Sie uns über Mr. Eldridge erzählen?«

»Dass ich Sie zu ihm bringen und vor der Tür warten soll.«

»Macht es ihm nichts aus, wenn er mit uns allein ist?«

»Keine Sorge. Er kann manchmal ein bisschen eigenbrötlerisch sein. *In letzter Zeit* war er ziemlich ruhig. Falls er mich braucht, schreit er oder drückt den Rufknopf.«

»Und was genau ist, ähem, nicht in Ordnung mit ihm?«

Greg blieb stehen und sah dermaßen erschüttert drein, dass ihm Jonah am liebsten tröstend auf die Schulter geklopft hätte, was er jedoch angesichts Annabels strengen Blicks bleiben ließ. Greg senkte die Stimme. »Ich … ich darf nicht über die Patienten sprechen. Wie viel er Ihnen verraten wird, bleibt Victor selbst überlassen.«

»Es ist nur … Sie sagten, er war *in letzter Zeit* ziemlich ruhig. Was wohl bedeutet, dass er auch *weniger* ruhig sein kann. Und wenn Sie mir das näher erklären könnten, wäre mir sehr geholfen.« Annabel schob einen Hundertdollarschein in Gregs Brusttasche. Greg nahm ihn wieder heraus und starrte schweigend darauf. »Das geht aufs Haus«, sagte

Annabel. »Aber ich lege nochmal vierhundert drauf, wenn Sie mir mehr erzählen.«

Greg ging wortlos weiter, was Annabel allerdings nicht groß zu stören schien. *Eine Journalistin mit Geld,* dachte Jonah. *Das ist tatsächlich eine gefährliche Kombination.*

Schweigend gingen sie durch das Gebäude, das genauso baufällig war, wie Buckle angedeutet hatte. Endlich öffnete Greg eine Tür, die wieder nach draußen führte. Sie traten ins Freie, und die Tür zum Hauptgebäude schloss sich hinter ihnen. Weit und breit war niemand zu sehen.

Hinter einem fast drei Meter hohen Maschendrahtzaun erkannten sie den Parkplatz, auf dem sie vor vierzig Minuten den Wagen abgestellt hatten.

»Victor Eldridge wohnt in Nummer elf«, sagte Greg. »Wir haben hier insgesamt zwölf abgeschlossene Wohneinheiten mit Bad, Schlaf- und Wohnzimmer. Normalerweise sind dort keine Patienten mit psychischen Problemen untergebracht, aber Victor ... na ja, er macht keinen Ärger, also warum sollte er nicht etwas Privatsphäre haben? Hier hat er seit langem mal wieder seine Ruhe.«

Annabel sah Greg erwartungsvoll an. »Geht das noch etwas genauer?«

Greg nickte sichtlich nervös. »Scheiße. Also gut. Bevor Victor Eldridge hier eingewiesen wurde, litt er unter einer ganzen Reihe von Symptomen, darunter akustische Halluzinationen und schwere Panikattacken. Er hatte öfter Anfälle und Angst vor allem und jedem. Er war völlig unberechenbar, ging gelegentlich auf die Pfleger los und musste immer wieder in die Geschlossene verlegt werden. Das änderte sich schlagartig, als der Krebs diagnostiziert wurde.«

»War das der Grund?«

Greg sah sich um und redete noch leiser. »Nicht nur. Er hatte immer mal wieder ruhige Phasen, und während einer dieser Phasen durfte er bei der Gruppenfreizeit mitmachen. Eines Tages wurde Bingo gespielt, und man teilte Bingocoupons und Bleistifte aus. Angeblich hat ein Mitpatient gesehen, wie er sich einen Stift ins Ohr gesteckt hat. Dabei blieb er völlig ruhig. Er steckte sich den Stift ins Ohr, bis nur noch ein paar Zentimeter herausguckten. Das hat mir ein Pfleger erzählt, damals, als sie Victor hierherverlegt haben. Der Stift muss das Trommelfell durchbohrt haben. Das sind höllische Schmerzen, aber wie gesagt, Eldridge blieb völlig ruhig. Er stand auf, ging zur Wand und schlug, so fest er konnte, mit dem Kopf dagegen, rammte sich den Stift in den Schädel. Eldridge brach blutend zusammen. Trotzdem hat er überlebt.«

»Hat er bleibende Schäden davongetragen?«

»Man konnte ihm das Ding rausoperieren. Seitdem ist er auf diesem Ohr taub. Der Stift ist fast drei Zentimeter in sein Gehirn eingedrungen. Von diesem Tag an war er ein anderer Mensch. Machte keinen Ärger mehr.«

»Keinen Ärger mehr?«, fragte Annabel. »Er ist doch nicht etwa …?«

Greg schüttelte den Kopf. »Er ist kein sabbernder Idiot, wenn Sie das meinen. Der Typ ist völlig normal. Höflich, ein bisschen still vielleicht. Er sucht ständig jemanden, mit dem er Schach spielen kann.«

»Wieso hat er das getan?«

»Um die Stimmen zum Schweigen zu bringen, hat er gesagt. Er behauptet, sie wären nur in diesem einen Ohr gewesen, und als er erfuhr, dass er nicht mehr lange zu leben hatte, wollte er den Rest seiner Tage in Ruhe verbringen.«

»Aber wenn die Stimmen in seinem Kopf waren …«

»Mehr kann ich Ihnen nicht sagen.«

»Danke«, sagte Annabel und gab ihm weitere vier Scheine. Greg ging wortlos weiter.

Die Wohneinheiten erinnerten Jonah an die kastenförmigen Bürogebäude von Baseline. Es waren insgesamt vier Häuser mit jeweils drei Wohnungen, getrennt durch gepflegte Rasenflächen und hübsche Blumenbeete, verbunden durch einen breiten Gehweg, der auch zum Hauptgebäude zurückführte.

Vor jeder Einheit stand eine Tafel mit Plastiktaschen darauf, in denen Zettel mit den von Hand geschriebenen Namen der Bewohner steckten.

Auf der Tafel vor der letzten Einheit war der Name »V Eldridge, Apt. 11« zu lesen. Greg klopfte an.

Eine Krankenschwester Ende dreißig öffnete ihnen. Sie trug ein Namensschild mit der Aufschrift »Jan«.

»Hi, Greg«, sagte sie.

»Hey, Jan. Besuch für Victor.«

»Hab schon gehört. Ich bin fertig.« Sie sah Annabel an. »Bitte nicht länger als eine halbe Stunde. Er ist heute zwar ziemlich müde, aber normalerweise auch recht gesprächig.«

Jonah blickte an der Frau vorbei. Die geöffnete Wohnungstür führte direkt ins Schlafzimmer, in dem wuchtige Überwachungsgeräte, Sauerstoffflaschen und ein Infusionsständer zu sehen waren. Jonah bemerkte, dass in der Küche zur Linken ein alter Mann herumschlurfte.

»Victor?«, rief die Schwester.

Der Mann drehte sich um. Verblüfft stellte Jonah fest, dass er gar nicht so alt war, wie er auf den ersten Blick aussah. Er bewegte sich langsam und war extrem dünn – beinahe ausgezehrt –, konnte aber nicht älter als fünfzig sein. Er verließ die Küche, wobei er vorsichtig einen Schritt vor den anderen setzte und beim Auftreten das Gesicht verzog. Jonah brauchte einen Augenblick, bis er den Mann aus dem Video wiedererkannte.

»Ist das der Besuch, Jan?« Eldridge zwang sich zu einem Lächeln. Er kam näher und griff nach einer Brille, die an einer Kette um seinen Hals hing.

»Genau. Wie Dr. Buckle angekündigt hat, Victor.«

Annabel trat vor. »Mr. Eldridge, ich bin Annabel Harker. Das hier ist Jonah Miller.«

Eldridges Lächeln wurde etwas freundlicher. »Freut mich, Annabel.« Dann wanderte sein Blick zu Jonah; er setzte die Brille auf und musterte ihn einen Augenblick lang unschlüssig. Seine Miene verfinsterte sich.

»Victor?«, fragte die Schwester besorgt.

Eldridge setzte erneut ein gekünsteltes Lächeln auf. »Keine Sorge, mir war nur einen Moment schwindlig. Du kannst gehen, Jan. Ich komme zurecht.«

»Wirklich?«

Eldridge lächelte sie an, dann wandte er sich Annabel zu. »Eine Seele von Mensch, aber manchmal wird man sie einfach nicht los.«

Lachend wandte sich die Schwester zum Gehen, als ihr noch etwas einfiel. »Oh, bevor ich gehe … möchten Sie etwas spenden? Wir sind für jeden Cent dankbar.«

Jonah sah Annabel an. »Darf ich?«, fragte er, holte seinen Geldbeutel heraus und gab der Schwester zwanzig Dollar. Er fragte sich, welche Summe Annabel wohl gespendet hatte.

Zufrieden steckte die Schwester das Geld in ihre Bauchtasche und zog einen kleinen Button daraus hervor, den sie Jonah überreichte. Auf dem Button war der Smiley mit dem hochgereckten Daumen abgebildet, den sie schon auf dem

Gerüst gesehen hatten. Jonah betrachtete ihn einen Augenblick lang. Offenbar missdeutete die Schwester seine Reaktion. »Wir haben auch Schlüsselanhänger oder Kühlschrankmagneten, wenn Sie möchten.«

»Nein, nein, das ist völlig in Ordnung.«

»Versprechen Sie mir, dass Sie ihn nicht zu sehr aufregen.«

Jonah nickte.

»Ich warte vor dem Hauptgebäude«, sagte Greg. »Wenn Sie fertig sind, lasse ich Sie wieder rein.« Greg und die Schwester entfernten sich, wobei sie miteinander plauderten.

Eldridges Lächeln war wie weggewischt, sobald sich die Tür hinter ihnen geschlossen hatte. »Gott sei Dank«, sagte er. »Man wird sie wirklich nur schwer los. Sie redet und redet …« Er sah zur Decke auf. »Kommen Sie mit, ich muss mich hinsetzen.«

Eldridge nahm in einem Lehnstuhl Platz. Auf dem Tablett, das an einer Armlehne befestigt war, stand ein Glas Orangensaft. Er nahm einen Schluck und sah sich zufrieden um. »Ganz nett hier, oder?« In seiner Stimme schwang weder Verbitterung noch Resignation mit. Es war eine nüchterne Feststellung. »Sie sind also Daniel Harkers Tochter. Der gute Doktor Buckle hat mir erzählt, worüber Sie schreiben. Aber ehrlich gesagt weiß ich nicht, was das mit *mir* zu tun hat.«

»Sie waren ein hochtalentierter Reviver, Victor«, sagte Annabel.

Eldridge lächelte, und doch umspielte ein bitterer Zug seinen Mund. »Ich bitte Sie. Sie wollen mit mir reden, weil ich im Sterben liege und Ihnen die Ironie des Ganzen nicht entgangen ist. Zu mehr ist die Presse heutzutage ja nicht in der Lage. Ironie und Zynismus.«

Annabel öffnete den Mund, brachte jedoch kein Wort heraus. Eldridges Offenheit hatte ihr die Sprache verschlagen.

»Deshalb sind wir nicht hier«, sagte Jonah.

Eldridge stellte das Glas ab und setzte sich gerade hin. Seine Gesichtszüge verhärteten sich. »Sondern?«

»Mein Name ist Jonah Miller.«

»Habe ich mitbekommen.«

»Ich bin ein Reviver.«

Eldridge schwieg einen Augenblick lang, dann nickte er. »Ich dachte mir doch gleich, dass mir der Name bekannt vorkommt. Was wollen Sie?«

»Erinnern Sie sich an Ruby Fleming, Mr. Eldridge?«

Eldridge wurde sichtlich unbehaglich zumute. Seine Hand fuhr zu seinem rechten Ohr, das er heftig mit dem Handballen rieb. »Ich kenne niemanden dieses Namens.«

»Sie wissen genau, von wem ich rede«, sagte Jonah.

Eldridge starrte ihn mit großen Augen und fast flehentlich an. Er schüttelte den Kopf. »Bitte …«

»Sie erinnern sich an Ruby. Wissen Sie was? Mir ist dasselbe passiert wie Ihnen. Und bei mir hieß es auch, dass ich überarbeitet wäre, dass ich mir alles nur einbilden würde. Dann haben die Toten, die ich wiederbelebt habe … nun ja. Sie können es sich sicher denken, oder?«

Eldridge war wie vor den Kopf gestoßen. »Sie sind bei mir geblieben. Ich war ihnen ausgeliefert.«

Jonah nickte. »Wir wurden von derselben Ärztin behandelt. Stephanie Graves.«

»Sie kam zu spät. Da konnte ich schon nicht mehr arbeiten. Niemand hat mir geglaubt. Ich sagte, da ist irgendetwas da draußen, aber sie haben mir gar nicht zugehört. Dabei konnte ich es noch deutlich hören. Ja, ich erinnere mich an Ruby Fleming. Ich erinnere mich, wie sie um Hilfe schrie.

Irgendetwas kam auf sie zu. Es kam näher, und ich konnte *nichts* für sie tun.«

Eldridges Hand fuhr wieder zu seinem Ohr. »Jetzt sind die Stimmen nicht mehr da, Victor«, sagte Annabel. »Was haben sie damals zu Ihnen gesagt?« Sie nahm seine andere Hand. »Victor?«

Eldridges Blick wurde leer und distanziert. »Nach Ruby habe ich das Flüstern gehört. Es wollte mit mir sprechen, aber ich war ... ich war nicht stark genug, um es zu verstehen. Gott sei Dank. Das Flüstern nahm kein Ende. Es versuchte, zu mir durchzudringen. Als ich erfuhr, dass ich sterben würde, wurde das Flüstern immer lauter. Deutlicher. *Stärker*. Ich wusste genau: Wenn ich seine Worte *verstehen* würde, dann wäre mein Ende gekommen. Dessen war ich mir hundertprozentig sicher.« Mit Panik in den Augen drehte er sich zu Jonah um und griff nach seiner Hand. Sobald er Jonahs Haut berührte, spürten beide den Hauch. Eldridge zog die Hand sofort zurück und rieb sie schockiert mit der anderen.

»Was sagt man dazu«, sagte Eldridge verdattert. »Ein Reviver, der den Hauch eines anderen Revivers spürt. Wie es aussieht, haben mich meine Kräfte verlassen. Liegt wahrscheinlich daran, dass ich dem Tod so nahe bin.«

»Was war mit dem Flüstern, Victor?«, fragte Jonah.

»Ich musste es zum Schweigen bringen. Aber es ist verdammt schwer, sich an einem Ort umzubringen, an dem genau das verhindert werden soll. Trotz meiner Krankheit musste ich es aufhalten, bevor ich es hörte. Also habe ich mir den Bleistift ins Ohr gerammt. Ich dachte, wenn ich ihn tief genug reinstecke, wird es schon irgendwann aufhören. Ich wollte mich umbringen. Hat leider nicht geklappt.«

»Das Flüstern ist nicht mehr da, oder?«

Eldridge nickte.

»Warum gerade Sie, Victor?«, fragte Jonah. »Oder kennen Sie andere Reviver, denen das passiert ist?«

Eldridge machte große Augen. »Nein. Vielleicht gibt es noch welche, keine Ahnung.«

»Ich weiß vieles über Sie«, sagte Jonah. »Nur eines verstehe ich nicht.« Annabel sah ihn fragend an. Er hatte etwas in den Aufzeichnungen entdeckt, das ihm keine Ruhe ließ, das er Annabel gegenüber jedoch nicht erwähnt hatte. Es ging um Eldridges Zulassung als Reviver in Kanada und später in den USA.

»Sie waren auf dem Höhepunkt Ihres Könnens, Victor. Privataufträge, die Arbeit in der Forensik – Sie waren für beide Seiten ein schmerzlicher Verlust. Da frage ich mich doch …«

Eldridge wurde zusehends nervöser. »Was denn?«

»Ihr Rating war viel zu niedrig. Ich habe Ihre Wiederbelebungen gesehen. Sie waren großartig. Niemand mit einem so niedrigen Rating ist so gut. Niemand mit so einem niedrigen Rating wird in der Forensik eingesetzt.«

»Ich wurde neu beurteilt. Fortbildungen und so weiter. Kommt vor.«

Es kam tatsächlich vor, wie Jonah wusste. Manche Reviver konnten sich durch stetige Übung verbessern. Aber der Zeitpunkt und der Ort, an dem Eldridge diesen Quantensprung gemacht hatte, konnten kein Zufall sein. »Sie erschienen wie aus dem Nichts. Natürlich, Sie waren ein berufsmäßiger Reviver. Trotzdem war Ihr Rating viel zu niedrig, am unteren Ende der Skala. Plötzlich gehören Sie zur ersten Liga. Und später leiden Sie mehr als jeder Reviver vor Ihnen unter dem Residuum-Effekt.«

Eldridge schwieg.

»Haben Sie schon mal von MLA Research gehört?«, fragte Jonah und starrte Eldridge direkt an. Einen Augenblick später senkte dieser den Kopf.

Annabel sah erst Jonah, dann Eldridge an. Sie beugte sich vor. »Waren Sie eine der Versuchspersonen?«

Eldridge vermied es, ihr in die Augen zu blicken. Annabel legte ihre Hand auf seine. »Bitte, Victor.«

Eldridge schüttelte den Kopf, brachte es aber immerhin fertig, sie anzusehen. »Als Reviver war ich eine Lachnummer mit einem unterirdischen Rating. In Toronto habe ich für einen Hungerlohn für eine Versicherung gearbeitet. Ich habe einen von drei Verstorbenen wiederbelebt, wenn's hochkommt, und das auch nur kurz. Das Ganze war ein Witz. Dann haben sie ein neues Medikament getestet, und ein paar von uns haben sich tatsächlich *verbessern* können. Ich habe was davon mitgehen lassen. Ich war einer der wenigen, die es vertragen haben. Vielleicht der *Einzige*, der es über einen längeren Zeitraum eingenommen hat. *Zwei Jahre lang.* Meine Leistungssteigerung habe ich mit der vielen Praxis erklärt. Das war nicht so ungewöhnlich. Ich erhielt ein höheres Rating und einen Job in der Forensik. Im Privatsektor hätte ich sicher mehr Geld verdienen können, aber ich war mir stets bewusst, dass das, was ich da tat, Betrug war. Ich wollte es wiedergutmachen, verstehen Sie? Gutes tun. Doch das Medikament hatte seinen Preis. Da ich von allen Versuchspersonen die geringsten Nebenwirkungen davontrug, dachte ich, ich hätte mich daran gewöhnt, eine Toleranz entwickelt. Tja, das war reines Wunschdenken. Irgendwann bekam ich die Quittung. Das mit dem Residuum wissen Sie ja, aber ich glaube, da war noch mehr. Durch das Medikament konnte ich tiefer vordringen als je zuvor. Wahrscheinlich habe ich es übertrieben. Da draußen ist etwas, da draußen im Dunklen.

Und ich glaube, ich weiß, was es ist. Ich konnte es hören. Und es wird *stärker.*«

Eldridge hielt inne. Er war am Ende seiner Kräfte. »Zum Glück werde ich bald sterben. Ich bin ihm so nahe. *Zu nahe.* Manchmal macht mir die Vorstellung Angst, allein im Dunkeln zu sein, allein mit den Schatten … dann denke ich an Ruby Fleming und wie der Teufel kam, um sie zu holen.«

KAPITEL 24

Kurz darauf verabschiedeten sie sich. Der sterbenskranke Mann war tief erschüttert, zwang sich aber dennoch zu einem Lächeln, als Greg zur Tür gelaufen kam, um nach ihm zu sehen.

»Und?«, fragte Annabel, als sie in den Wagen ihrer Mutter stiegen. »Bist du jetzt schlauer?«

Jonah schüttelte den Kopf. »Ich weiß nicht so recht. Er war völlig fertig, wie bei einem schweren Burnout. Überarbeitung. Regelmäßige Nervenzusammenbrüche. Er hat jahrelang ein Medikament genommen, das die negativen Auswirkungen der Wiederbelebungen extrem verstärkt hat. Mir ist etwas ganz Ähnliches passiert, weil ich mir zu viel abverlangt habe. Vielleicht ist das auch schon das Einzige, was wir gemeinsam haben.«

Annabel warf ihm einen Blick zu. »Aber das glaubst du nicht wirklich.«

»Er dachte, er wäre zu weit vorgedrungen. Ich *möchte* ja gerne glauben, dass wir bei der Wiederbelebung die Toten irgendwie in Panik versetzt haben. Andererseits könnten wir *beide* zu weit vorgedrungen sein. Diesem Ding … zu nahe gekommen sein.« Er schüttelte den Kopf. »Keine Ahnung.«

Annabel nahm ihr Smartphone heraus und schaltete es ein. Jonah ließ sein Handy stecken und fragte sich, wie lange er Never noch hinhalten konnte. Nicht mehr lange.

»Sieh einer an«, sagte Annabel.

»Was?«

Sie zeigte ihm eine Mail aus dem Büro von Michael Andreas.

Andreas hatte sich zu einem Interview für den Artikel bereiterklärt, den Annabel angeblich schrieb. Das Gespräch sollte am nächsten Tag in der Zentrale von Sankley OptiSen westlich von Philadelphia stattfinden.

Jonah verbrachte die Nacht bei Annabel. Nach einem einfachen Abendessen zog er sich auf das Sofa zurück, um am nächsten Morgen ausgeschlafen zu sein. Keiner von beiden dachte auch nur daran, in Daniels Bett zu nächtigen.

Das Sankley-OptiSen-Gebäude sah genauso aus, wie sich Jonah vor zwölf Jahren Baseline vorgestellt hatte. Jede sichtbare Oberfläche war auf Hochglanz poliert; selbst die Topfpflanzen wirkten eher designt als natürlich gewachsen.

Um exakt vierzehn Uhr wurden sie in das oberste Stockwerk geführt.

Michael Andreas öffnete ihnen die Tür zu seinem Büro. Er sah fast unverschämt gut aus und strahlte Vertrauenswürdigkeit, Zuversichtlichkeit und Leistungsfähigkeit aus. »Miss Harker«, sagte er und gab ihr die Hand. »Mir fehlen die Worte. Der Tod Ihres Vaters hat mich schwer getroffen.« Seine Trauer wirkte aufrichtig.

Jonah stellte fest, dass er ihn nicht leiden konnte.

Andreas bat sie herein. Jonah war allein von der Größe des Raums schwer beeindruckt.

»Ich bin froh, dass Sie mich kontaktiert haben«, sagte Andreas. »Ihr Vater verdient viel mehr Respekt, als ihm gegenwärtig zukommt. Es wäre mir eine Ehre, diesen Umstand zu ändern.«

»Vielen Dank. Wissen Sie noch, wie Sie meinem Vater zum ersten Mal begegnet sind?«

»Sam Deering stellte uns einander vor. Der Mann, der die forensische Wiederbelebung begründete.« Er sah Jonah einen Augenblick lang an. Dieser wurde sofort nervös. »Ich habe gehört, dass er vor kurzem in Rente gegangen ist. In den Anfangstagen war Sam der FBI-Verbindungsmann bei Baseline. Damals waren dort so viele Repräsentanten der verschiedenen Konfessionen aktiv, dass man manchmal den Eindruck hatte, die Wissenschaftler wären in der Unterzahl. Daniel dagegen vertrat eine rationale Herangehensweise. Ich fand ihn auf Anhieb sympathisch.« Andreas nahm einen Schluck Wasser aus einem kleinen Glas, das auf dem Schreibtisch vor ihm stand. »Er hat mich zweimal kurz interviewt. Beide Male ging es nur um Forschungsergebnisse, nicht um persönliche Dinge. Er wurde von allen respektiert. Soll ich das näher ausführen?«

Annabel nickte langsam. »Ja, vielleicht später. Zunächst wollte ich Sie fragen, ob Sie Kenntnis davon haben, dass MLA Research vor acht Jahren mit gefährlichen BPV-Varianten experimentierte.«

Andreas sah sie an, als hätte sie nicht mehr alle Tassen im Schrank.

Jonah folgte seinem Beispiel.

Andreas faltete die Hände und starrte sie stumm an. Dann seufzte er. »Warum sind Sie wirklich hier, Annabel?«

»Die Männer, die meinen Vater entführt und ermordet haben, glaubten, dass demnächst etwas Schreckliches passieren würde. Und zwar in Zusammenhang mit einem Medikament, das Ihre Firma entwickelt hat. Dazu hätte ich gerne Ihren Kommentar gehört. Vorhin haben Sie gesagt, dass Sie meinem Vater zu dem Respekt verhelfen wollen, den er verdient. War das ehrlich gemeint? Denn momentan scheinen die Beweggründe der Leute, die ihn ermordet haben, niemanden auch nur einen feuchten Dreck zu interessieren.«

Andreas stand auf und ging zu einem Fenster hinüber. »Das war ehrlich gemeint.« Einige Augenblicke später setzte er sich wieder und schenkte ihnen ein vorsichtiges Lächeln. »Anscheinend haben Sie seit dem Tod Ihres Vaters gewisse Nachforschungen angestellt. Um ehrlich zu sein, habe ich mir schon gedacht, dass Sie so etwas im Schilde führen – schließlich sind Sie in Begleitung des Mannes gekommen, der Ihren Vater wiederbelebt hat.«

»Ich dachte, das könnte Sie vielleicht interessieren.«

»Und Sie haben richtig vermutet.«

Jonah sah von Andreas zu Annabel. Er fühlte sich völlig machtlos. Selbstverständlich prüfte Andreas jeden Besucher, den er persönlich empfing, vorher auf Herz und Nieren. Annabel hatte ihn als Köder benutzt.

»Also, was sagen Sie dazu?«, fragte Annabel.

»Ich wusste über alles Bescheid. Wir beobachteten gewisse kaum erforschte Phänomene, deren nähere Untersuchung uns vielversprechend erschien. Die Forschung an den hochpotenten Medikamenten allerdings wurde sofort fallengelassen. Durch die Nebenwirkungen überwogen die Gefahren den Nutzen bei weitem.«

Jonah schaltete sich ein. »Wussten Sie, dass ein Teil dieser Medikamente entwendet wurde?«

»Nein.«

»Haben Sie von den Gerüchten gehört, dass die Medikamente dazu benutzt wurden, um etwas herbeizurufen, das schon lange tot ist? Etwas Nichtmenschliches?«

»Jonah, das hört sich an wie eine Gespenstergeschichte.«

»Eine Gespenstergeschichte, die Daniels Mörder für die

Wahrheit hielten. Eine Geschichte, die in gewissen Kreisen die Runde machte.«

»Oh, ich will nicht behaupten, dass ich nicht auch davon gehört hätte. Trotzdem ist und bleibt es eine Gruselgeschichte. Eine Horrorstory. Ein Fantasiegebilde. Ein Ablenkungsmanöver.«

»Also *haben* Sie davon gehört?«

»Wenn man etwas verstecken will, das bereits deutlich zu sehen ist und von dem manche Leute eine Ahnung haben, stiftet man Verwirrung. Eine uralte Taktik. Denken Sie an die Area 51, da waren es angeblich Aliens. Und bei der Wiederbelebung Gespenster.«

»Wie meinen Sie das?«

Andreas schüttelte den Kopf. »Das werde ich Ihnen nicht verraten.«

»Mein Vater wurde ermordet«, sagte Annabel. »Und ich will wissen, wovor die Täter Angst hatten. Was ihre Beweggründe waren.«

»Tut mir leid, aber …«

»Mein Vater war mein letzter lebender Verwandter. Das ist Ihnen offenbar scheißegal. Es ist Ihnen scheißegal, weil Sie das überhaupt nicht nachvollziehen können.«

Jonah bemerkte die Wut in Andreas' Blick. Annabel wollte ihn provozieren, dazu bringen, dass er etwas Unbedachtes sagte. Doch genauso gut konnte er sie sofort vor die Tür setzen.

Andreas schloss einen Augenblick lang die Augen. Als er sie wieder öffnete, wirkte er ruhig und gefasst. »Ich hatte nie eine Familie, Annabel. Aber ich war nahe dran. Mit zwanzig fand ich meine große Liebe, damals in Harvard. Mit vierundzwanzig hatte ich eine neue Methode zur DNA-Insertion entwickelt und zum Patent angemeldet. Dadurch verdiente ich genug Geld, um Andreas Biotech zu gründen. Zu jener Zeit wurde viel Geld in diesen Forschungszweig investiert, und ich konnte einen großen Teil davon abgreifen. Wir waren finanziell abgesichert und konnten tun und lassen, was wir wollten. Sobald wir auf die dreißig zugingen, planten wir, eine Familie zu gründen. Als sie starb, war sie im achten Monat schwanger. Eklampsie. Auch unser Sohn überlebte nicht. Wir waren nicht verheiratet.« Andreas verstummte und starrte auf den Boden. »Es entbehrt nicht einer gewissen Ironie, dass ich an der Speerspitze der fortschrittlichsten medizinischen Technologie in der Geschichte der Menschheit arbeitete und meine *Familie* an einer der ältesten bekannten Krankheiten überhaupt starb.

Als man die Wiederbelebung entdeckte, wollte ich ihre Bedeutung herausfinden. Die Regierung war auf der Suche nach Kooperationspartnern aus der Wirtschaft, allerdings gab es auch starke Bedenken. Alle wollten Antworten, aber keine Firma war bereit, offen mit einer Sache in Verbindung gebracht zu werden, die niemandem so recht geheuer war. Die Fördermittel flossen nur spärlich und unregelmäßig. Ich dagegen engagierte mich nach Kräften. Ich bezog Position. Anfangs behandelte mich die Presse deshalb wie einen Helden, obwohl auch sie die Wiederbelebung mit gemischten Gefühlen betrachtete. Dann geriet Baseline ins Kreuzfeuer, und plötzlich wurde meine Motivation hinterfragt. Auf einmal war ich kein Altruist mehr, sondern ein Geschäftemacher.

Es gab eine Zeit, in der ich tatsächlich an Profit interessiert war, Annabel. Aber nur, um meine Firmen zu stärken, nicht, um die Aktionäre oder mich selbst zu bereichern. Ich bin bereits ein reicher Mann. Und alle reichen Menschen, die ich bislang kennengelernt habe, gehören einer von zwei

Kategorien an. Manche werden süchtig danach, immer mehr Geld anzuhäufen, und diese Sucht frisst sie regelrecht auf. Die anderen haben verstanden, dass Geld nur ein Mittel zum Zweck ist, und schlagen ganz andere Wege ein.

Ich ertrug den Zynismus der Presse, bis sie den Tod meiner Frau ins Spiel brachte. Ein Artikel deutete sogar an, dass ich in die Kryoforschung investiert hätte, um ihren Körper vor dem Verfall zu retten, und dass ich so an der Wiederbelebung interessiert wäre, weil ...« Andreas sah zur Decke auf. »Einer nannte mich einen ›modernen Orpheus‹. Gott, wie wütend mich das machte. Vielleicht war ich auch so verärgert, weil das alles gar nicht so weit von der Wahrheit entfernt war. Ich hatte wirklich zwei Jahre nach ihrem Tod eine Kryotechnikfirma aufgekauft, aber dabei ging es nicht um meine Frau. Ich wollte, dass es aufhört, wollte, dass dieser *Schmerz* aus der Welt verschwindet. Es tut verdammt weh, wenn man einen nahen Angehörigen verliert. Das wissen Sie so gut wie jeder andere. Ich wollte der Trauer selbst ein Ende setzen.

Baseline stand kurz vor dem Zusammenbruch, und niemand wusste, wie es weitergehen sollte. Ich hatte vor, einen Teil der Forschung an meine eigenen Firmen auszulagern. Dann hätte es fast einen Riesenskandal gegeben, doch alle hielten dicht. Sam Deering hat mir alles darüber erzählt. Er wusste, dass ich es früher oder später selbst herausgefunden und meine Fördermittel sofort zurückgezogen hätte, wenn sie versucht hätten, es vor mir zu verschweigen. Sie wissen, von welcher Angelegenheit ich spreche, Jonah. Schließlich waren Sie dabei. Sie erinnern sich doch an Lyssa Underwood?«

Jonah nickte. »Sie hatten Schwierigkeiten, genügend Testobjekte aufzutreiben«, sagte er. Dann wandte er sich Annabel zu. »Es kam zu einigen sehr fragwürdigen Wiederbelebungen. Die Herkunft der Leichen war nicht ausreichend dokumentiert.«

»Es ging um mehr als nur Leichenraub«, sagte Andreas. »Die Frage lautete: Warum machten sie sich überhaupt diese Mühe? Was hatten sie vor? Ich weiß, dass diese Forschungen nicht aufgegeben wurden, als diese Gruppe Baseline verließ.«

»*Wussten* Sie denn, was sie vorhatten?«, fragte Annabel.

»Ich wusste gewisse Dinge, aber sie kehrten alles unter den Teppich. Und ich werde diese Sache bestimmt nicht wieder aufwärmen. Wie gesagt, ich habe von Ihrer Gespenstergeschichte gehört. Ich habe jedoch auch gehört, dass dieselben Leute, für die Sie die Underwood-Wiederbelebung durchführten, diese Geschichte überhaupt erst in Umlauf gebracht haben. Es war ihr Ablenkungsmanöver. Das Ganze klang so weit hergeholt, dass man auch dem Körnchen Wahrheit, das darin steckte, keinen Glauben schenken würde.«

»Bitte, Michael«, sagte Annabel. »Ich muss es wissen.«

»Sie haben mein Mitgefühl, aber ich muss auch an meine Interessen denken. Ich hoffe, Sie werden das jetzt für sich behalten, bis ich damit an die Öffentlichkeit gehe. Meine Prioritäten haben sich geändert, und ich werde meine Anteile an den Firmen abstoßen. Ich muss mich in den nächsten Tagen einer Operation unterziehen, und danach wird nichts mehr so sein wie zuvor.«

»Das tut mir leid.«

»Vielen Dank. Leider ist Ihre Zeit jetzt um.« Andreas stand auf und begleitete sie zur Tür.

Gerade als er sie hinter ihnen schließen wollte, hielt Annabel mit der Hand dagegen. »Wollen Sie es mir nicht doch verraten? Ist das etwa zu viel verlangt? Warum musste mein Vater sterben?«

Andreas senkte den Kopf. Als er wieder aufsah, waren seine Augen feucht. »Fragen Sie das Sam Deering«, sagte er. »Fragen Sie ihn nach Kendrick.«

Nachdem sie das Gebäude verlassen hatten, stellte Jonah Annabel zur Rede. »Ich war nur der Köder«, sagte er.

»Sei nicht beleidigt«, sagte sie gereizt. »Du wolltest dich doch nützlich machen, oder? Und ich wollte einen Termin bei Andreas. Also?«

Einen Augenblick starrte er sie fassungslos an. Die Tatsache, dass sie ihn ohne sein Wissen benutzt hatte, war schon schlimm genug. Aber jetzt schien es ihr auch noch völlig egal zu sein, wie es ihm dabei ging. Was immer er gestern zwischen ihnen gespürt zu haben glaubte – das war nur Wunschdenken gewesen. Damit musste er sich abfinden.

»Also gut«, sagte er. »Fahren wir zu Sam.«

KAPITEL 25

Sam öffnete ihnen in einem schlabbrigen T-Shirt die Tür. Sonnenverbrannte Haut löste sich von seinem Gesicht. »Jonah!«, sagte er. »Wieso hast du nicht vorher angerufen? Wir sind erst seit gestern zurück. Helen ist schon wieder in der Arbeit, und ich muss den Hausmann spielen. Du kannst dir ja denken, dass hier alles drunter und drüber geht. Was verschafft mir die Ehre?«

Nervös warf Jonah einen Blick auf sein Auto in der Einfahrt. Er hatte Annabel gebeten, dort zu warten und den Kopf einzuziehen, bis er mit Sam geredet hatte und einschätzen konnte, ob er in ihrer Anwesenheit gesprächsbereiter sein würde oder nicht. »Ich wollte nur mal vorbeischauen. Wie war der Urlaub?«

Sam strahlte. »Wundervoll. Wenn der Ruhestand ein langer Urlaub mit Helen ist, bin ich vollauf zufrieden. Außerdem kann ich jetzt endlich meinen Großvaterpflichten nachkommen und etwas mehr Zeit mit dem kleinen Jess verbringen. Kaum zu glauben, dass er schon sechs ist. Aber heute Morgen bin ich alleine hier und weiß nicht, was ich tun soll. Wahrscheinlich werde ich noch verrückt.«

»Was macht deine Rede?«

Sam sollte auf dem Symposium Ende nächster Woche die Eröffnungsansprache halten. Er zuckte unverbindlich mit den Schultern. »Ist so gut wie fertig. Damit bin ich wohl noch die nächsten paar Tage beschäftigt, trotzdem muss ich Helen so lange bearbeiten, bis sie in Frührente geht. Komm doch rein, ich kann Gesellschaft gebrauchen. Wolltest du wirklich nur einfach so vorbeischauen?«

Jonah blieb, wo er war. »Nicht ganz. Ich wollte mit dir sprechen, Sam. Ich hab eine weitere Wiederbelebung durchgeführt. Die erste nach Nikki Wood.«

»Wie ist es gelaufen? Gab's Probleme?«

»Es war Daniel Harker.«

Sams Miene verdüsterte sich. »Harker also. Ich habe von seinem Tod aus den Nachrichten erfahren und dann Hugo angerufen, um mich zu erkundigen, wie die Wiederbelebung gelaufen ist. Er hat wohl irgendwie vergessen zu erwähnen, dass *du* der Reviver warst.«

»Das war auch nicht so geplant. Wir hatten keine andere Wahl. Dabei ist etwas passiert, und jetzt brauche ich deine Hilfe. *Wir* brauchen deine Hilfe.«

»Wir?«

Jonah winkte Annabel zu. Er war sich zwar immer noch nicht sicher, ob ihre Anwesenheit gut oder schlecht war, trotzdem wollte er ehrlich mit Sam sein.

»Wer ist das?«, fragte Sam, während er beobachtete, wie Annabel aus dem Auto stieg und auf sie zukam.

»Annabel Harker. Daniels Tochter. Wenn du mit mir allein reden willst, geht das auch in Ordnung, aber sie hätte ein paar Fragen an dich ...«

Sam nickte. Als Annabel sie erreicht hatte, gab er ihr die Hand. »Mein Beileid. Bitte, kommen Sie doch rein und sagen Sie mir, wie ich Ihnen helfen kann.«

»Sind Sie als Journalistin hier, Miss Harker?«, fragte Sam. Sie saßen in seinem Wohnzimmer. Sam hatte sich einen ziemlich steifen Drink gemixt, Jonah und Annabel hatten abgelehnt.

»Momentan möchte ich einfach nur herausfinden, warum mein Vater ermordet wurde.« Sie sah Jonah auffordernd an.

»Daniel Harkers Entführer hatten jede Menge Brandsätze gebastelt«, sagte Jonah. »Als sie aufflogen, zündeten sie sie. Sie alle starben auf eine Art und Weise, die eine Wiederbelebung unmöglich machte. Das ist alles noch streng unter Verschluss. Sie planten irgendetwas. Die Polizei glaubt, dass sie einen Anschlag auf eine Wiederbelebungseinrichtung vorhatten, da sie ausnahmslos Verbindungen zu den Afterlifers hatten. Wir glauben, dass sie Daniel entführten, da ihn einer von ihnen kontaktiert und ihm von einer Sache namens Unity erzählt hat. Der Kontaktmann starb ebenfalls, und wahrscheinlich brachten sie Daniel in ihre Gewalt, um ihn am Reden zu hindern. Die Behörden halten das alles für die üblichen Verschwörungstheorien und haben der Sache keine weitere Beachtung geschenkt. Wir dagegen wollen herausfinden, was hinter Unity steckt.«

»Unity? Das sagt mir gar nichts.«

Jonah sah Annabel an. Sie nickte. *Nur zu.*

»Die Entführer hatten vor irgendetwas Angst«, sagte Jonah. »Sie hatten von einem alten Gerücht gehört. Angeblich hatte bei einer Wiederbelebung etwas anderes aus dem Toten gesprochen. Etwas, das schon lange tot und nicht menschlich ist. Etwas, das sie zurückholen wollen – wer immer *sie* auch sind. Und die Entführer wollten das verhindern.«

Sams Gesichtszüge wirkten wie versteinert, das Lächeln wie eingefroren. »Inwiefern ist das für den Fall relevant?«

»Was die Behörden davon halten, meinst du?«

»Ja.«

»Die wissen von gar nichts. Wir haben die Quelle auf eigene Faust aufgespürt. Die Gerüchte gehen auf die BPV-Forschung damals zurück. Das können wir bestätigen.«

»Wie das?«

»Michael Andreas«, sagte Annabel. Sie beobachtete Sam abwartend.

Sam war sichtlich nervös. »Ihr habt mit Andreas gesprochen?«

Annabel nickte. »Er sagte, dass das Gerücht nur ein Ablenkungsmanöver war. Er hat uns zu Ihnen geschickt. Wir sollen Sie nach jemandem namens Kendrick fragen.«

»Und nach Lyssa Underwood, Sam«, sagte Jonah. »Andreas behauptete, dass die Underwood-Wiederbelebung ebenfalls Teil des Unity-Projekts war. Und davor hatten die Leute, die Daniel Harker auf dem Gewissen haben, so große Angst. Bitte, Sam. Wenn du etwas darüber weißt, musst du es uns erzählen.«

Sam holte tief Luft. »Das ist geheim.«

»Dr. Deering«, sagte Annabel. »Ich will herausfinden, was diese Menschen antrieb. Sie sind für den Tod meines Vaters verantwortlich, doch der wahre Grund, warum er sterben musste, ist Unity.«

Sam sah sie an. »Miss Harker, ich stehe tief in der Schuld Ihres Vaters. Genau wie Baseline. Genau wie jeder einzelne Reviver auf der Welt. Ich werde Ihnen alles sagen, was ich weiß. Ich bitte Sie nur darum, mich nicht als Quelle zu nennen.«

Annabel nickte. »Versprochen.«

Sam nahm einen Schluck. »Miss Harker, wären Sie überrascht, wenn ich Ihnen sage, dass auch der militärische Geheimdienst Reviver eingesetzt hat?«

»Ich wäre überrascht, wenn das Gegenteil der Fall wäre.«

Sam lächelte grimmig. »Damals war das eine juristische

Grauzone. Inzwischen haben die Toten Rechte – in gewissem Sinne jedenfalls –, aber anfangs gab es diese Diskussion gar nicht. Uns war bewusst, dass sich niemand darum kümmern würde, was wir mit den Leichen anstellten. Wenn ein Opfer stirbt, behandelt man es mit Respekt. Und einen Mörder? Wir wussten bereits, dass nicht alle Wiederbelebten kooperierten, selbst wenn es in ihrem ureigensten Interesse war. Was sollten wir also mit denjenigen anfangen, die uns gegenüber feindselig eingestellt waren? Darum ging es bei Kendricks Projekt: um die Zwangsvernehmung der Toten.«

Jonah starrte ihn fassungslos an. Sam schaffte es nicht, ihm in die Augen zu sehen.

»Das Militär schickte uns eine Reihe von Beratern. Kendrick war Experte auf dem Gebiet der sogenannten *erweiterten Verhörmethoden*. Er war bei der Wiederbelebung von Lyssa Underwood anwesend. Ein eiskalter Typ, völlig ohne Mitgefühl. Und er trug immer einen schwarzen Anzug.«

Jonah dachte an das herzschlagähnliche Geräusch der kryogenischen Pumpe zurück, an den beunruhigenden Gesichtsausdruck des Mannes in Schwarz. »Ich erinnere mich.«

»Kendrick konnte ganz offensichtlich auf gewaltige Ressourcen zurückgreifen und die besten Leute anwerben. Dr. John Gideon beispielsweise, der zu den führenden Wissenschaftlern bei Andreas Biotech gehörte. Er leitete das Forschungsteam, das alle wichtigen Revival-Medikamente entwickelte, unter anderem auch BPV. Wie du weißt, war Will Barlow einer ihrer Reviver. Ich bekam nicht viel davon mit, aber genug, um mir zusammenreimen zu können, was Kendrick vorhatte. Sie suchten nach Gegenmaßnahmen, nach speziellen Ausbildungsmethoden, damit ihre Leute selbst nach dem Tod keine Informationen preisgaben. Und dann Gegen-Gegenmaßnahmen. Wie konnte man jemanden trotz einer derartigen Ausbildung zum Reden bringen? Sie wollten aus der Wiederbelebung eine Waffe machen.«

Jonah rief sich den Fragenkatalog in Erinnerung, den er Lyssa Underwood hatte vorlesen müssen, und die seltsamen Antworten, die sie gegeben hatte. »Mir haben sie erzählt, bei Underwood würden sie neue Konservierungsmethoden testen. Wie man Leichen am besten präpariert, um die Wiederbelebungswahrscheinlichkeit zu erhöhen. Irgendetwas lief dabei schief. Underwood war völlig durcheinander; ihre Antworten ergaben keinen Sinn.«

»Dann hatten sie sie vorher ausgebildet. Sie war eine gutbezahlte Freiwillige, die an einer tödlichen Krankheit litt. Diese Antworten waren Teil des Trainingsprogramms. Ich weiß nicht genau, was ihre Wiederbelebung mit Kendricks Projekt zu tun hatte, aber ich kannte sein Ziel. Kendrick entwickelte bestimmte Verhörmethoden bei Wiederbelebungen, die vermutlich derzeit von den Geheimdiensten der USA und möglicherweise auch ihrer Verbündeten im Einsatz sind. Selbst die wenigen Einzelheiten, die sie mir verrieten, überstiegen jede moralische Grenze und jedes Vorstellungsvermögen. Der Rest war streng geheim und extrem gut gesichert. Nachdem sie erste Ergebnisse erhalten hatten, machten sie völlig dicht.«

Sam kippte seinen Drink und stand auf. Er wirkte erst nachdenklich, dann entschlossen, als hätte er soeben eine Entscheidung gefällt. »Ich muss euch etwas zeigen.«

Er ging zu einem kleinen Schrank hinüber, in dem sich ein Safe befand. Nachdem er den Code eingegeben und ihn geöffnet hatte, nahm er einen großen, dicken Umschlag heraus.

»Jedes Forschungsprojekt bei Baseline war strikten Auflagen unterworfen, was die Beschaffung der Leichen anging.

Wir wollten schließlich nicht, dass man uns als moderne Grabräuber beschimpft. Alles musste genauestens dokumentiert werden. Nur Kendricks Team setzte sich darüber hinweg. Damals hast du mir von deiner Vermutung erzählt, dass es bei Lyssa Underwood möglicherweise nicht mit rechten Dingen zuging, weißt du noch? Du hattest recht. Ich stellte das Team zur Rede, und sie konnten keine Dokumente für sie nachweisen. Kein einziges. Sie behaupteten, dass sie die Akten verlegt hätten, aber mir war sofort klar, dass sie einfach nur nicht dazugekommen waren, sie zu *fälschen*. Ich glaube, dass sie ihre eigene Reserve von todkranken, gut ausgebildeten Patienten hatten. Patienten, deren Namen auf keiner Liste und keinem Dokument auftauchen durften. Kendricks Team packte in aller Eile seine Sachen zusammen, bevor ich ihnen schwerwiegendere Vergehen nachweisen konnte und Zugriff auf ihre Akten erhalten hätte. Bevor sie verschwanden, ging ich ein hohes Risiko ein, verschaffte mir Zugang zu Kendricks Büro und schnappte mir ein paar Dokumente. Die meisten waren so verklausuliert und zweideutig formuliert, dass man sie genauso gut für Formulare zur Bürobedarfsanforderung hätte halten können. Nur ein Dokument war etwas deutlicher.«

Er öffnete den Umschlag und reichte Jonah den Inhalt.

Die erste Seite war mit »Sitzungsbeurteilung« beschriftet.

Jonah las laut vor: »Gegenmaßnahmen zu aggressiven Visualisierungstechniken erfolgreich. Emotionsbombardement (Stufe 2) und Schmerztransferierung erwiesen sich in diesem Fall dennoch als wirksam. Subjekt gab bereitwillig pseudovertrauliche Informationen preis.

Empfehlung: Untersuchung des Widerstands gegen die aggressive Visualisierung, um die Effizienz der Konditionierung festzustellen. Genauere Erforschung des Emotionsbombardements der Stufe 2, obwohl sich intensive Schmerztransferierung als die weitaus wirksamste Methode erwiesen hat. Zur Beachtung: Alle Versuche, falsche Informationen weiterzugeben, wurden sofort registriert. Keine der Schlüsselinformationen wurde angezweifelt.«

Als Jonah das Papier an Annabel weitergab, bemerkte er, dass seine Hände zitterten. Unwillkürlich dachte er an Pritchard und die Wut, die er dem wehrlosen Mann entgegengeschleudert hatte. »Aggressive Visualisierung? Emotionsbombardement? *Schmerztransferierung?* Um Himmels willen, Sam, das sind keine Verhörmethoden. Das ist *Folter*.«

Sam nickte. »Bei einem lebenden Menschen ist so gut wie jede Information, die man unter Folter gewinnt, so unzuverlässig, dass sie praktisch wertlos ist. Und doch wird immer noch gefoltert. Bei einer Wiederbelebung allerdings *weiß* man, ob der Betreffende die Wahrheit spricht oder nicht. Eine Wiederbelebung ist die *einzige* Möglichkeit, dies wirklich mit Gewissheit sagen zu können. Da taten sich plötzlich ganz neue Möglichkeiten auf: erst töten, dann verhören.«

»Glaubst du wirklich, dass sie dazu fähig sind, jemanden umzubringen, nur um ihn zu verhören?«

Sam seufzte. »Aber natürlich, Jonah. Töten, wiederbeleben, foltern. Kendricks Team wollte alle drei Komponenten optimieren, um die Erfolgschancen zu maximieren. Sie wollten die Wiederbelebung unter militärischen Gesichtspunkten durchleuchten – wie man sie einsetzt und wie man andere davon abhält, sie gegen uns einzusetzen. Ich brachte sie immerhin dazu, Baseline zu verlassen, trotzdem weiß ich verdammt genau, dass sie das Projekt fortgesetzt haben. Und ich vermute, dass sie bereits direkt unter unserer Nase damit angefangen haben.«

Sam schenkte sich einen weiteren Drink ein. »Ich habe

noch zehn weitere Dokumente gefunden. Keine stichhaltigen Beweise natürlich. Behaltet sie, vielleicht könnt ihr irgendwann etwas damit anfangen.«

Jonah war am Boden zerstört. Seine eigene Maxime, die Toten mit Respekt zu behandeln, wirkte geradezu lächerlich angesichts dieser brachialen Methoden. Und er gehörte zu denjenigen, die all das erst ermöglicht hatten. Mehr noch, er hatte *Pionierarbeit* geleistet, hatte ihnen geholfen, neue Einsichten darüber zu gewinnen, wie man Wiederbelebungen an kürzlich Verstorbenen durchführte.

»Dr. Deering«, sagte Annabel, »könnte sich eines ihrer Forschungszentren in der Nähe befinden?«

»Gut möglich«, sagte Sam. »Langley ist nicht weit von hier. CIA und NSA besitzen viele Außenstellen in der Umgebung.«

Annabel wandte sich Jonah zu. »Womöglich hatten die Kidnapper diese Einrichtungen im Visier ... Jonah?«

Doch Jonah hörte nicht mehr zu. Er las konzentriert die restlichen Dokumente. Es widerte ihn an. Der Wortlaut war tatsächlich so vage und umständlich, dass auch eine völlig andere Interpretation möglich war, aber trotzdem verstand er genug, um zu begreifen, wie weit sie mit ihren Forschungen gekommen waren.

Das Problem des emotionalen Feedbacks, dem sich jeder Reviver zu Beginn seiner Karriere stellen muss, war sozusagen auf den Kopf gestellt worden. Üblicherweise bedurfte es einiger Übung, um sich nicht von der Panik und Verwirrung des Wiederbelebten anstecken zu lassen, was letztendlich zu einem Abbruch der Wiederbelebung führen konnte; der umgekehrte Prozess – wie er beispielsweise bei erschöpften, überarbeiteten Revivern stattfand – resultierte darin, dass der Tote vom Gemütszustand des Revivers beeinflusst wurde. Somit konnte ein psychisch labiler Reviver Panik und Paranoia beim Wiederbelebten hervorrufen.

Ein Satz sprang ihm sofort ins Auge: »Eine Atmosphäre kontrollierter, unmissverständlicher Feindseligkeit erlaubt es, das Zielobjekt effektiven externen Gefühlsextremen auszusetzen.« Er wusste, was hinter dieser Formulierung steckte, weil er diesen Effekt am eigenen Leib erlebt hatte. Genauso war er mit Pritchard umgesprungen.

Rachsüchtig, boshaft. Aber im Gegensatz zu dem unkontrollierten emotionalen Feedback eines ungeübten Revivers kanalisiert und zielgerichtet. Extreme Gefühle, mit der Präzision eines Skalpells geführt.

Als Annabel seinen Namen wiederholte, sah er auf. Jonah war tief erschüttert. Wie viel hatte noch bis zu einer Welt gefehlt, in der solche Wiederbelebungen die Norm waren, in der es allgemein akzeptiert war, die Toten bei ihrem letzten Kontakt mit der Welt der Lebenden derart zu terrorisieren? Es hätte mit den moralisch scheinbar eindeutigen Fällen angefangen, bei den uneinsichtigen Mördern, denen man so lange zugesetzt hätte, bis sie ihre Taten bereuten. Und dann hätte nach und nach jedes noch so läppische Verbrechen als Vorwand gedient. Sie waren nur einen Schritt von dieser Welt entfernt gewesen – und waren es vielleicht immer noch.

Gott sei Dank gab es Menschen wie Sam, die hohe moralische Standards aufrechterhielten und eine derartige Barbarei nicht zuließen. Wie schnell konnte das alles über den Haufen geworfen werden, wenn die Öffentlichkeit davon erfuhr? War dann eine Erosion dieser moralischen Prinzipien nicht unvermeidlich?

Jonah sah Sam an. »Wie konntest du überhaupt zulassen, dass Kendrick ein solches Projekt ins Leben rief? Hast du nicht gesehen, wohin das führt? Wieso hast du sie nicht aufgehalten?«

Sam wandte sich ab. Als er Jonah wieder ansah, erkannte dieser tiefe Scham in seinen Augen. »Weil nicht Kendrick das Projekt angestoßen hat«, sagte er. »Sondern ich.«

Jonah starrte ihn an. »Nein.«

»Wir waren erst dabei, das Potenzial der forensischen Wiederbelebung überhaupt zu begreifen. Wir *mussten* wissen, wie man mit feindseligen Wiederbelebten umgeht. Viele unserer damaligen Ergebnisse sind auch heute noch Bestandteil der FRS-Ausbildung. *Deiner* Ausbildung. Wenn ich es auch nur einen Augenblick lang für möglich gehalten hätte, dass …«

Jonah sah von Sam auf die Dokumente in seiner Hand. Was empfand er gerade? Plötzlich wusste er es: *Verrat.* »Nicht du, Sam. O Gott, nicht du.« Er stand auf.

Sam stand ebenfalls auf und legte eine Hand auf Jonahs Arm. »Bitte, Jonah, ich …«

Jonah zuckte zurück, als hätte er den Hauch gespürt. Er konnte nur stumm den Kopf schütteln. Dann stürmte er aus der Tür.

Annabel wollte ihm hinterhereilen, überlegte es sich aber doch anders. »Sind Sie sicher, dass wir diese Dokumente benutzen dürfen, Dr. Deering? Sie könnten dafür verantwortlich gemacht werden.«

Sam schüttelte müde den Kopf. »Das hätte ich auch nicht anders verdient. Ich habe zu lange damit gewartet, das Richtige zu tun, Annabel. Ich hoffe, er wird es eines Tages verstehen.«

Annabel ging ebenfalls. Jonah wartete im Wagen auf sie. Der Motor lief. Sobald er sie bemerkte, faltete er wütend Sams Dokumente zusammen und steckte sie in die Tasche.

Als sie auf den Beifahrersitz glitt, hatte sie die erste Seite der Akte, die Sam ihnen gegeben hatte, noch in der Hand.

»Jonah«, sagte sie. »Wenn wir damit an die Öffentlichkeit gehen …«

Jonah riss ihr das Blatt aus der Hand. Ihr blieb vor Schreck der Mund offen stehen. Er faltete es zusammen und steckte es zu den übrigen Papieren in seine Tasche. »Wir dürfen diese Dokumente niemandem zeigen, Annabel. Wenn wir damit an die Öffentlichkeit gehen, wird das den Ruf der Wiederbelebung auf ewig ruinieren.«

Die Fahrt zu Jonahs Wohnung verlief in unbehaglichem Schweigen. Er stieg aus und umrundete den Wagen, um ihr die Tür zu öffnen. Dabei vermied er mit ernster Miene jeglichen Blickkontakt. »Dein Auto steht gleich da vorne«, sagte er und deutete darauf.

»Jonah«, sagte sie, als sie ausstieg. »Das hier sind Beweise für ein Verbrechen, die publik gemacht werden müssen. Wir müssen diesen Experimenten ein Ende setzen. Was hast du mit diesen Dokumenten vor?«

Er ging zur Eingangstür seines Mietshauses hinüber und steckte den Schlüssel ins Schloss, ohne sie anzusehen. »Verbrennen. Manche Dinge sollten besser unter Verschluss bleiben.«

»Das darfst du nicht«, sagte sie. »Wir dürfen nicht einfach wegsehen, das hier ist zu *wichtig*.«

»Wenn diese Methoden zur Normalität werden …«

»Verflucht nochmal, Jonah. Das wird *niemals* geschehen.«

Er sah sie an. »Annabel, vor zehn Monaten habe ich eine Frau wiederbelebt, die vergewaltigt und ermordet wurde. Der Leichnam war so stark verbrannt, dass es fast nicht möglich gewesen wäre. Eine nichtvokale Wiederbelebung. Ich habe sie zurückgebracht, aber sie schrie vor Angst in meinem Kopf. Ich konnte sie nicht beruhigen. Der zuständige Beamte wollte, dass ich so lange weitermachte, bis sie entweder redete oder die Zeit ablief. Ich ließ sie gehen. Dafür kassierte ich eine offizielle Beschwerde. Die Anschuldigung wurde fallengelassen, obwohl ein Mitglied der Untersuchungskommission gegen mich stimmte. Derjenige war wohl der Meinung, dass es meine Pflicht gewesen wäre, der Frau Informationen zu entlocken. Um jeden Preis. *Um jeden Preis,* Annabel. So etwas passiert immer wieder. Ich will nicht, dass diese Dokumente solchen Leuten in die Hände spielen. Ich will nicht, dass so etwas Teil meiner Arbeit wird.« Er drehte sich um und öffnete die Tür.

»Die Leute sind nicht so skrupellos, wie du denkst, Jonah.«

Er hielt inne. »Das möchte ich gerne glauben, Annabel«, sagte er mit dem Rücken zu ihr. »Aber das kann ich nicht.« Er ging ins Haus und schloss die Tür hinter sich.

Eine Minute später stand Annabel immer noch davor und überlegte, ob sie ihn erneut zur Rede stellen sollte. Ihn zur Vernunft bringen konnte, bevor er etwas Unüberlegtes tat. Diese Dokumente waren hochbrisantes Material.

Sie streckte die Hand nach seinem Klingelknopf aus, zog sie jedoch sofort wieder zurück. Sie erkannte, dass ihre Story nicht der einzige Grund war, aus dem sie mit ihm reden wollte. Er war wütend, und sie wollte reinen Tisch machen.

Die Leute sind nicht so skrupellos, wie du denkst, Jonah.

Das möchte ich gerne glauben, Annabel. Aber das kann ich nicht.

Ob er auch sie damit gemeint hatte? War ihr Plan, ihn auf Distanz zu halten, am Ende zu gut aufgegangen? Sie dachte an die Enttäuschung in seinem Blick, als sie ihm erzählt hatte, dass sie ihn als Köder für Andreas benutzt hatte. Bei der Erinnerung krampfte sich ihr Magen zusammen.

Genau das war ihr Problem: Bei Jonah hatte der Plan funktioniert – aber nicht bei ihr.

Sie ging zu ihrem Wagen und fuhr davon.

KAPITEL 26

Er erzählte Never alles. Fast alles.

Er hatte ihn am nächsten Tag angerufen. Never war vor Neugier kaum zu bremsen gewesen und hatte so schnell vor seiner Wohnung gestanden, als hätte er sich dorthin teleportiert. Offenbar konnte er kaum abwarten, was Jonah ihm mitzuteilen hatte.

Bei seinem Bericht verschwieg Jonah Daniel Harkers Residuum wohlweislich. Wenn Never das erfuhr, vermutete Jonah, würde er Graves oder Hugo ins Vertrauen ziehen oder ihm selbst so viel Druck machen, dass er es ihnen beichtete. Stattdessen sagte Jonah einfach, dass Annabel ihn um Hilfe gebeten hätte, und hoffte, dass Never diese Lüge schluckte.

Jonah zeigte ihm Annabels Aktenordner. Never verzog das Gesicht, als er die Fotos der Leichen betrachtete.

»Scheiße«, sagte Never. »Konnten sie diese Kohlehaufen überhaupt identifizieren?«

»Keine Ahnung. Yarrow und Peter Welsh – das ist der, den Harker den Rothaarigen genannt hat – sind die einzigen Leichen, deren Identität zweifelsfrei feststeht. Die Medien wissen immer noch nichts davon, also gehe ich davon aus, dass sie noch ermitteln. Man denke nur an die armen Angehörigen. Hannerman hatte eine Schwester. Seine einzige lebende Verwandte. Und er stirbt einen so grässlichen Tod. Qualvoll. Ehrlos.«

Jonah erzählte ihm von Vernet und Eldridge. Eine leicht abgeänderte Version – ohne das mulmige Gefühl und die Furcht, die er verspürt hatte. *Etwas, das schon lange tot ist, etwas, das nicht menschlich ist.*

Endlich war er bei Andreas und Sam angelangt und spürte förmlich Nevers Enttäuschung, als er berichtete, dass die Gespenstergeschichte in Wahrheit nur ein Ablenkungsmanöver gewesen war.

»Jetzt brauche ich einen Drink«, sagte Never, woraufhin ihm Jonah ein Bier brachte.

»Was hältst du von der ganzen Sache?«, fragte Jonah.

»Unglaublich, dass man das so lange geheim halten konnte.«

»Mehr hast du nicht dazu zu sagen?«

»Willst du hören, wie empört ich bin? Verdammt, das bin ich allerdings. Natürlich. Aber sieh mal den Tatsachen ins Auge – überrascht es dich wirklich, dass das Militär so eine Scheiße abzieht? Dass diese Typen sofort jede noch so krumme Tour in Betracht ziehen? Damit gute Menschen Böses tun, bedarf es der Religion, heißt es. Oder der nationalen Sicherheit, schätze ich.«

»Das beschränkt sich nicht nur aufs Militär, Never. Wenn diese Methoden erst mal publik gemacht sind, werden sie auch das FRS dazu zwingen, sie einzusetzen.«

»Ist so etwas überhaupt möglich?«

»Soweit ich das verstanden habe, ist es sogar ziemlich einfach. Ich glaube, die meisten Reviver wären dazu in der Lage. Und irgendjemand wird es bestimmt für eine tolle Idee halten.«

»Jonah, Arschlöcher mit wahnsinnigen Plänen hat's schon immer gegeben. Trotzdem kann ich mir nicht vorstellen, dass sie damit weit kommen würden.«

Die nächsten Minuten saßen sie schweigend da und tranken ihr Bier.

»Ich kann's einfach nicht fassen«, sagte Never schließlich. »Annabel Harker. Also wirklich, Annabel *Harker*?« Er sah Jonah gespannt an.

Jonah starrte zurück und dachte im ersten Moment, dass Never seine Lüge – Annabel habe ihn um Hilfe gebeten – durchschaut hätte und ihm jetzt keine andere Wahl mehr blieb, als Never die Wahrheit zu sagen. »Was ist mit ihr?«

»Ist das überhaupt legal?«

Jonah schloss die Augen und schüttelte den Kopf. »Verdammt nochmal, Never. Es ist nicht so, wie du denkst.«

»Vielleicht nicht ganz deine Kragenweite, aber das muss nichts heißen, oder?« Er senkte die Stimme. »Sie mag dich. Das weiß ich, weil sie öfter als einmal mit dir geredet hat. Na ja, das war für mich immer ein untrügliches Zeichen.« Er grinste und wurde sofort wieder ernst, als er Jonahs Miene bemerkte. »Okay, tut mir leid. Ich wollte dich nur aufheitern.«

»Was ist mit *Sam,* Never? Bist du nicht wütend auf ihn?«

»Sam ist ein guter Mensch«, sagte Never leise, aber entschlossen. Jonah legte den Kopf schief und wollte schon widersprechen, doch Never hob die Hand. »Lass mich ausreden. Du kennst ihn. Damals war alles anders. Für viele seiner Entscheidungen hatte er gute Gründe. Und für die anderen? Für die schämt er sich jetzt. Mehr kannst du von ihm nicht verlangen, Jonah.«

Jonah senkte den Kopf. Wozu waren Helden da, wenn man nicht zu ihnen aufblicken konnte?

Bis zur Konferenz am Freitag war es nicht mehr lange hin. Jonah fiel es immer schwerer, seine Rede zu schreiben, und er fragte sich, ob er sie überhaupt halten sollte. Respekt vor den Toten. Er würde sich vor ein Publikum stellen und verkünden, dass der wichtigste Leitsatz für einen Reviver der Respekt vor den Toten war. Wie man auch zu dem Toten stand, was er auch getan hatte: Im Zweifel für den Angeklagten. Diejenigen, die behaupteten, dass eine aggressive Wiederbelebung das Mittel der Wahl wäre, waren im Unrecht. Er hatte Statistiken, die das bewiesen.

Aggression. Verachtung. Faktoren, die eine Wiederbelebung zum Scheitern verurteilten.

Ehrlichkeit. Respekt. Faktoren, die eine Wiederbelebung zum Erfolg führten.

Jonah hatte nicht einen einzigen Fall gefunden, bei dem eine aggressive Wiederbelebung Ergebnisse erzielt hatte, die man nicht auch mit einem behutsamen Vorgehen hätte erreichen können.

Eine aggressive Wiederbelebung funktionierte einfach nicht. Zu dieser These würde er felsenfest stehen.

Was für ein Witz.

Nein, ermahnte er sich. *Die Zahlen lügen nicht.* Er hegte tatsächlich die Hoffnung, dass Leute wie Shepperton aufgrund seiner Statistiken ihre Methoden ändern würden. Aggression war nicht das Mittel der Wahl.

Gesetzt den Fall, dass sie bei aggressiven Methoden haltmachten.

Wenn sie weiterdachten, so wie Kendrick, würden sie bald Mittel und Wege entdecken, die weit wirksamer als eine behutsame Befragung waren. Sie würden herausfinden, dass man den Toten die Wahrheit entreißen konnte – Moral hin oder her. Doch dazu reichte ein aggressives Vorgehen allein nicht aus. Dazu brauchte man Terror.

Würde gegen Terror. Er hatte beides versucht.

Deshalb arbeitete er so lustlos an seiner Rede.

Trotz Jennifer Earlys Zwischenberichten würde erst nach seinem nächsten Termin bei Stephanie Graves entschieden werden, wann er die nächste Wiederbelebung in Angriff nehmen konnte, und bis zu diesem Termin dauerte es noch eine Woche. Seit Daniel Harker sie auf Xavier Vernets Spur gebracht hatte, war er Jonahs Verstand ferngeblieben, obwohl dieser die Pillen, die Graves ihm gegeben hatte, nicht mehr einnahm. Langsam glaubte er, dass Harker auf Nimmerwiedersehen verschwunden war. In diesem Fall würde er sie sowieso nicht mehr brauchen.

Trotzdem trug er sie ständig bei sich. Vorsichtshalber.

Am Freitag wachte Jonah mit genau dem Maß an Selbstvertrauen auf, das er von sich erwartet hatte: ihm war schlecht vor Angst. Er machte sich fertig, wobei die Übelkeit nicht nachlassen wollte. Dann stand er auf der Straße vor seinem Haus und wartete mit einem Schnellhefter in der Hand, in dem sich die Notizen für seine Rede befanden, auf Never.

»Alles klar?«, fragte Never, als Jonah die Autotür hinter sich schloss.

»Alles klar«, antwortete Jonah, und während der Fahrt zum Konferenzzentrum wurde kein weiteres Wort gesprochen. Jonah ging noch einmal seine Notizen durch und fragte sich, ob er wirklich die Nervenstärke besaß, diesen Vortrag auch zu halten.

Am Haupteingang mussten sie mehrere Sicherheitskontrollen passieren, dann betraten sie das Hotelfoyer. Sie waren früh dran – die Tagung würde erst in vierzig Minuten eröffnet werden. Trotzdem füllte sich das Foyer nach und nach, mehrere Dutzend Menschen waren bereits eingetroffen. Jonah sah sich um. Die Reviver waren eindeutig in der

Überzahl. Viele hatte er schon einmal gesehen, einige kannte er persönlich. Fast alle waren in der Forensik beschäftigt, doch dazwischen tummelten sich auch ein paar gutbezahlte Reviver aus dem Privatsektor. Er musste wieder an Tess denken, wie sehr sie sich über Jonahs Gleichgültigkeit ihrem vielen Geld gegenüber amüsiert hatte. Wo sie jetzt wohl war? Er versuchte, sie aus seinen Gedanken zu verscheuchen – auch, weil er sich auf das, was zwischen ihnen vorgefallen war, immer noch keinen Reim machen konnte.

»Darf ich Ihre Einladung sehen?«, sagte eine strenge Stimme. Jonah sah zu seiner Rechten. Ray Johnson grinste sie breit an.

»Detective Johnson«, sagte Never. »Geschäftlich oder privat?«

»Ich bin aus fachlichem Interesse hier. Und wegen des Buffets natürlich. Bob wurde angewiesen, einen Repräsentanten der Polizeibehörde zu schicken, und hier bin ich. Ich glaube, nächstes Jahr sollen wir eine Rede halten, und Bob will das wohl auf mich abwälzen. Heute spricht eine Kollegin aus New York. Die werde ich mal aushorchen. Außerdem soll sie ziemlich hübsch sein.«

»Das ist wohl die Gefahr, wenn man plötzlich berühmt ist«, sagte Never. »Ich dachte schon, sie hätten Sie dazu verknackt, die Veranstaltung zu überwachen.«

Johnson sah sich um und zuckte mit den Schultern. »Immerhin wurde offiziell verkündet, dass der Fall abgeschlossen ist. Da hatte ich schon befürchtet, dass die Sicherheitsmaßnahmen hier katastrophal wären. Wie es aussieht, habe ich mich geirrt. Hier sind nicht nur Wachmänner, sondern auch haufenweise Beamte. Undercover natürlich. Also, bis später. Ich muss mich um die Kollegin kümmern.«

Ray Johnson verschwand in der Menge. Jonah sah sich

erneut um. Er konnte nur die stiernackigen Privatwachleute erkennen, aber Johnson würde sie bestimmt nicht angelogen haben.

Ein paar Leute winkten ihm zu. Jonah nickte zurück, dann stellte er sich mit Never vor dem Anmeldungsschalter an.

Während sich Never eintrug, warf Jonah einen Blick auf das Tagungsprogramm. Die verschiedenen Vorträge fanden in drei getrennten Tagungsräumen statt. Der kleinste befand sich im ersten Stock. Dort würde er um elf Uhr seinen Vortrag halten; es schwarz auf weiß vor sich zu sehen, vergrößerte seine Nervosität nur noch.

»Alles klar?«, fragte Never.

»Nein.«

»Wenn alles vorbei ist, geb' ich dir einen aus.«

Allein beim Gedanken an Bier wurde ihm ganz anders. »Das macht es jetzt auch nicht besser.«

»Tut mir leid. Aber ich habe mir fest vorgenommen, dich heute Abend königlich abzufüllen.«

Als jemand »Geary!« durch den Raum rief, horchten sie auf. Es waren J.J. Metah und die übrigen Mitglieder des FRS-Teams, die am Kongress teilnahmen: die Reviver Pru Dryden und Jason Shepperton sowie J.J. als Verstärkung der Technikerfraktion. Jonah und Never gesellten sich zu ihnen.

»Viel Glück bei der Rede, Jonah«, sagte Pru. »Ich war letztes Jahr dran.«

»Gehen wir später einen heben?«, fragte Never.

»Leider nicht«, sagte Pru. »Meine Mom passt auf Elsa auf, die will ich nicht zu lange warten lassen. Aber ich möchte wetten, dass die beiden hier mit von der Partie sind.«

Shepperton lachte. »Wir müssen uns den ganzen Tag Vorträge anhören. Da wird man zwangsläufig ziemlich durstig.«

»Äh, also«, sagte Jonah, »könnt ihr meinen Vortrag nicht einfach ausfallen lassen? Ich bin so nervös, da kann ich euch nicht gebrauchen.« *Und Jason will ich erst recht nicht unter den Zuhörern haben.*

Sie versprachen, sich nicht blicken zu lassen. Dann hörte Jonah eine Stimme hinter sich.

»Guten Morgen«, sagte Sam.

Jonah drehte sich um. Unwillkürlich verzog er das Gesicht.

»Jonah«, sagte Sam. »Vielleicht könnten wir …«

Jonah wandte sich von Sam ab. »Ich muss nochmal meine Notizen durchgehen«, teilte er den anderen mit und eilte davon, ohne sich noch einmal umzusehen.

Jonah stand alleine vor den Türen zum großen Saal. In Kürze würde Sam die Eröffnungsansprache halten. Er beobachtete, wie Sam sich am Pult vorbereitete und sich mit Never und den anderen unterhielt, die in der ersten Reihe Platz genommen hatten. Die Nervosität vor seiner eigenen Rede verblasste angesichts des Unbehagens, mit dem er Sam betrachtete. Ob sich die Dinge zwischen ihnen je wieder einrenken würden? Kurz vor Beginn der Rede wurden die Saaltüren geschlossen. Jonah blieb einige Minuten lang davor stehen, dann ging er in den kleineren Tagungsraum hinauf.

Während er die Treppe hinaufstieg, ließ er den Blick über das immer noch gutgefüllte Foyer schweifen. Verblüfft bemerkte er, dass er nach etwas ganz Bestimmtem Ausschau hielt. Die Sicherheitsleute waren ständig präsent, unauffällig, aber nicht zu übersehen. Ihre geübten Augen hatten auf dezente Weise alles im Blick. *Immer auf der Hut,* dachte Jonah. Vielleicht hatte er sich ja von ihnen anstecken lassen.

Der Raum im ersten Stock war um etwa zwei Drittel kleiner als der Saal im Erdgeschoss. Jonah hörte sich den gerade laufenden Vortrag an und verschaffte sich dabei einen ersten Eindruck von den Räumlichkeiten. Er hörte kaum zu, ging ein weiteres Mal seine Notizen durch und versuchte, sich zu konzentrieren.

Der Vortrag war viel zu schnell vorbei, und der Großteil des Publikums verließ den Vortragsraum. Jonah stellte sich ans Pult, sortierte seine Aufzeichnungen und musste einige Soundchecks über sich ergehen lassen. Dann konnte er nur noch warten.

Fünf Minuten vor Beginn füllte sich der Raum allmählich. Never erschien in der Tür und ging zu ihm hinüber.

»Ich weiß, ich hab dir versprochen, nicht hier aufzukreuzen«, sagte er. »Aber ich wollte dir nur viel Glück wünschen.«

Jonah lächelte. »Danke. Und jetzt raus mit dir.«

Das Grinsen auf Nevers Gesicht war breit und freundlich und stellte Jonahs einzigen Trost dar. »Ich hau schon ab«, sagte Never. »Wir sehen uns dann, ja?«

Jonah nickte. Ein Organisator teilte ihm mit, dass es gleich losgehen konnte, und scheuchte den grinsenden Never davon. Als sich die Tür hinter seinem Freund schloss, wurde das Licht gedimmt. Jonah nahm einen Schluck aus dem Wasserglas, das vor ihm stand. Vor Angst hatte er plötzlich einen staubtrockenen Mund.

Jetzt gab es kein Zurück mehr.

»Mein Name ist Jonah Miller«, sagte er mit stockender Stimme. Verflucht, er hatte diese Eröffnung *abgelesen.* Er musste lediglich seinen eigenen Namen vorlesen, und selbst das brachte er kaum fertig. Der Saal war nur zur Hälfte besetzt, das Publikum hatte sich im Raum verteilt. Die erste Reihe war leer geblieben. Würde er jetzt dort sitzen, würde er sich für den armen Teufel, der sich da vor aller Augen zum Hampelmann machte, gehörig fremdschämen.

Er nahm noch einen Schluck Wasser und beugte sich näher ans Mikrofon. »Als ich …« Zu nahe. Zu laut. Eine Rückkopplung kreischte. Er nahm einen weiteren Schluck und holte tief Luft. Dann räusperte er sich. Ihm war übel. *Das ist schlimmer als vor einer Wiederbelebung,* dachte er. »Als ich vor sieben Jahren als forensischer Reviver anfing, hatte ich endlich eine Tätigkeit gefunden, die mich erfüllte. Ich konnte etwas bewirken. Ich begriff, wie wichtig eine korrekt ausgeführte, respektvolle Wiederbelebung für die Angehörigen war; ich erkannte, wie wichtig ihr Beitrag zu den Ermittlungen sein kann.« Wieder hielt er inne, holte Luft und trank einen Schluck. Er traute sich nicht aufzusehen, sondern starrte stattdessen verbissen auf die Aufzeichnungen. »Der Respekt vor den Toten sollte immer oberste Priorität haben. Für die Reviver im Privatsektor ist dies eine Selbstverständlichkeit und stellt sozusagen die Definition ihrer Tätigkeit dar. Für alle anderen sollte dies das Ziel sein, auf das es hinzuarbeiten gilt.«

Er blätterte um, griff nach dem Glas und stellte überrascht fest, dass es leer war. Er füllte es aus dem Wasserkrug daneben nach, wobei er es immer noch vermied, einen Blick ins Publikum zu werfen. Seine Hand zitterte so stark, dass er etwas Wasser über seinen Notizen verschüttete. Er wischte es beiseite. »Aber es gibt auch jene, die von der Effektivität eines anderen Ansatzes überzeugt sind. Hin und wieder geht es uns allen wohl ähnlich. Viele von uns haben Tote wiederbelebt, die im Verdacht standen, grässliche Verbrechen verübt zu haben. Ein Vater in einem erweiterten Selbstmord. Ein betrunkener Autofahrer, der eine ganze Familie ausgelöscht hat.« Wieder trank er, hustete und bereute es, den Fall Pritchard angedeutet zu haben. Jetzt hatte er das Bild des zweijährigen Jungen mit dem verstümmelten Gesicht vor Augen und Pritchards Schreie in den Ohren.

Er nahm einen weiteren Schluck. Nun hatte er auch das zweite Glas geleert.

Und war immer noch sehr durstig.

Warum nur konnte er nicht von seinen Notizen aufsehen? Sein klopfendes Herz dröhnte in seinen Ohren. Das Adrenalin in seinem Körper verstärkte die Übelkeit. Er atmete tief durch und zwang sich, den Kopf zu heben.

Am gegenüberliegenden Ende lag eine Ecke in tiefem Schatten, obwohl der Raum selbst hell erleuchtet war. Und dort stand Daniel Harker.

Jonah senkte den Blick und versuchte verzweifelt, den Faden wiederaufzunehmen. »Viele von uns haben diese Erfahrung gemacht ... und ...« *Wo war er?* »Und ... wir haben diese Toten mit Verachtung gestraft. Vielleicht hat sich das *gerecht* angefühlt, aber wir alle müssen uns der Tatsache bewusst sein ...«

Er sah wieder auf. Der Schatten hatte sich in Richtung Tür bewegt.

Daniel hob einen Arm und deutete auf den Ausgang.

Jonah hustete. Seine Hände zitterten so stark, dass er das Glas nicht nachfüllen konnte.

»Wir müssen uns bewusst sein ...« Jonah schloss die Augen und wäre am liebsten im Erdboden versunken. Dann hob er erneut den Kopf. Harker war jetzt direkt vor der Tür.

»Entschuldigung«, sagte er, trat vom Podium und durchquerte die Halle. Das Murmeln im Publikum wurde lauter, sein Gesicht immer röter. Er spürte, wie die Panik in ihm aufstieg, schaffte es aber, sich zusammenzureißen. Harker war verschwunden.

Er stürmte durch die Tür auf den Flur und ging zur Galerie, von der aus man das belebte Foyer überblicken konnte. Ein kühler Luftzug schlug ihm entgegen. Er blieb am Metallgeländer stehen und betrachtete die Menge unter sich.

Dann schloss er die Augen. Frische Luft war jetzt genau das Richtige. Er atmete tief durch und wartete, bis sich die Panik legte.

Allmählich konnte er wieder klar denken. Die nächstliegende Frage war: *Was wollte Harker ihm zeigen?*

Er öffnete die Augen und betrachtete erneut die Gesichter in der Menge, ohne zu wissen, warum. Dann sah er Daniel Harker, der mit gesenktem Kopf in einer Ecke im Schatten stand.

Langsam hob er den Arm. Seine Hand war aufgedunsen, die Haut löste sich davon ab. Er deutete in die Menge.

Jonahs Blick folgte der Richtung, in die der ausgestreckte Arm zeigte. Er konnte nichts erkennen. »Was, Daniel?«

Und dann:

Ein schmales Gesicht. Getrimmter Bart. Extrem kurzes Haar. Schwarzes Hemd, schwarze Jeans. Presseausweis. Der Mann war nicht wiederzuerkennen – jedenfalls hatte er keine Ähnlichkeit mit dem Polizeifoto, obwohl Daniel während der Wiederbelebung betont hatte, dass er jetzt viel schlanker war. Doch Jonah erkannte das magere Gesicht sofort, erkannte es durch Daniels Erinnerung.

Felix Hannerman. Er war am Leben. Er war hier.

Wieso er noch lebte, konnte Jonah später klären. Jetzt interessierte ihn zunächst, weshalb er hier war. *Diese Tagung war ein mutmaßliches Ziel der Attentäter,* dachte er. *Daran hat sich offenbar nichts geändert.*

Das Adrenalin sorgte dafür, dass ihm der Kopf schwirrte. Sollte er Hannerman folgen? Er hatte ihn jetzt direkt im Blick. Wenn er die Treppe hinunterging, würde er ihn möglicherweise aus den Augen verlieren. Er holte sein Handy heraus. Kein Empfang.

Jonah beobachtete, wie Hannerman seinerseits die Menge mit fiebriger Erwartung beobachtete. Er sah sich fast verzweifelt um. *Er führt etwas im Schilde.*

Dann setzte sich Hannerman entschlossen in Bewegung. Jonah konnte nicht erkennen, wen oder was er erspäht hatte.

Jonah zögerte, aber ihm blieb keine andere Wahl, als ihm zu folgen. Er eilte die Treppe hinunter, tauchte in die Menge und bemühte sich, nicht die Fassung zu verlieren. Hannerman war verschwunden.

»Scheiße.« Er sah sich um und zuckte zusammen, als er Daniel vor der gegenüberliegenden Wand entdeckte, der aus den Schatten heraus auf etwas deutete. Jonah ging in die Richtung, wurde mit jedem Schritt schneller, obwohl er es nicht riskieren konnte, einfach loszurennen.

Hinter dem Empfangsschalter führte ein Korridor mit Glaswänden in den von einer Mauer umgebenen Gartenbereich des Hotels, in dem sich ebenfalls mehrere Gäste aufhielten. Als Hannerman den Durchgang betrat, bemerkte Jonah Sam, Jason Shepperton und Pru Dryden, die sich ebenfalls dort aufhielten.

Hannerman folgte doch wohl nicht ihnen?

Dass Hannerman das Risiko auf sich genommen hatte, persönlich hier zu erscheinen, bedeutete, dass er auf eigene Faust handelte. Die Verzweiflung in seiner Miene deutete darauf hin, dass er improvisierte. Offenbar war Hannerman fest entschlossen, den ihm so verhassten Revivern auf welchem Weg auch immer Schaden zuzufügen. Und Jason und Pru zählten zu den besten Revivern des Landes.

Oder er hat es auf Sam abgesehen, dachte Jonah. Sam hatte schließlich das Projekt genehmigt, das Hannerman unbedingt aufhalten wollte.

O Gott, nein, dachte Jonah. Erneut wählte er Nevers Nummer. Endlich hörte er ein Klingelzeichen.

»Jonah?«, flüsterte Never. »Hältst du nicht eine Rede?«

»Wo bist du?«

»Auf einer Technikvorführung in Halle 2. J.J. ist auch hier.«

»Felix Hannerman ist noch am Leben.«

»*Was?*«

»Hannerman ist hier, Never. Im Foyer, er geht gerade in den Garten. Er hat etwas vor. Ich glaube, er folgt Sam. Ich will ihn nicht verschrecken. Sag dem Sicherheitsdienst Bescheid.«

Eine kurze Pause folgte, in der Never die Informationen verarbeitete. *Kein Wunder,* dachte Jonah. Er brauchte anscheinend ein paar Sekunden, um zu entscheiden, ob sein Freund nun endgültig den Verstand verloren hatte. »Alles klar, ich bin dran«, sagte Never.

Sam und die anderen näherten sich dem Ende des Flurs. Jonah versuchte sich einzureden, dass Hannerman nicht ihnen folgte.

Ein Zettel löste sich aus der Mappe mit Aufzeichnungen, die Sam bei sich trug. Er blieb stehen und hob ihn auf, dann ging er weiter.

Hannerman blieb ebenfalls stehen, hielt den Abstand.

Sam war in Gefahr.

Jonah ging schneller. Was hatte Hannerman vor? Wie konnte er ihn aufhalten?

Sam und die anderen erreichten das Ende des Flurs und gingen um die Ecke in den Garten. Als Hannerman die Biegung erreichte, fiel Jonah auf, dass er langsam aufholte.

Hannerman ließ eine Hand in die Tasche gleiten und zog etwas heraus, das er zwischen den Fingern verbarg. Für einen winzigen Augenblick funkelte es in der Sonne. Eine Klinge? Wahrscheinlich hatte er im Hotel ein Messer versteckt, um nicht an der Sicherheitskontrolle aufgehalten zu werden.

Hannerman beschleunigte seinen Schritt. Jonah ebenfalls. Dann traf er eine Entscheidung und lief los. Hannerman drehte sich um, ihre Blicke trafen sich, und ein Ausdruck des Wiedererkennens zeichnete sich auf seinem Gesicht ab. Er wirbelte wieder herum und rannte so schnell los, dass Jonah den Anschluss verlor.

Nein, dachte Jonah. *NEIN.*

»Sam!«, rief er. »Lauf!« Er hörte einen Schrei hinter sich und warf einen kurzen Blick über die Schulter. Zwei Sicherheitsmänner stürmten in den Flur. Vor sich sah er Sam, der an Hannerman vorbei Jonah anblickte, Hannerman selbst jedoch überhaupt nicht bemerkte. Jonah dachte schon, dass sein Schrei die Lage noch verschlimmert hätte, doch Jason Shepperton hatte die Situation erfasst und ging auf Hannerman zu. Die Klinge hob und senkte sich.

Jonah war in fünf Schritten bei ihnen.

Hannermans Hand schoss immer wieder vor. Shepperton versuchte ihn mit wirbelnden Armen abzuwehren, Blut spritzte. Nun gingen auch Sam und Pru auf den Angreifer los. Jonah nutzte seinen Schwung, indem er in Hannermans Flanke krachte, ihn umklammerte und mit sich zu Boden riss. Jonah landete schwer auf ihm. Hannerman war mit Jason Sheppertons Blut bespritzt. Jonah spürte, wie es sein eigenes Hemd durchtränkte.

Der Griff um das blutverschmierte Messer löste sich. Es schlitterte außer Reichweite – es war nur ein kleines Gemüsemesser, das Hannerman wahrscheinlich aus der Hotelküche hatte mitgehen lassen.

Hannerman war bereits außer Atem, als ihn der Hauch traf. Jonah nutzte den Körperkontakt zu seinem Vorteil und legte seine Hände auf Hannermans Gesicht. Der Schock in den Augen des Mannes war deutlich zu erkennen, hielt aber nicht lange an, dann ließ Hannerman das Knie vorschießen. Er trat Jonah hart gegen den Oberschenkel und stieß ihn mit Leichtigkeit von sich. Für seine schmale Gestalt war der Mann überraschend kräftig. Bevor sie die anderen erreichen konnten, hatte er sich aufgerappelt und rannte davon. Die Umstehenden sprangen zur Seite, als er auf ein Tor in der Gartenmauer zustürzte. Er trat es auf und lief hindurch.

Jason Shepperton lag in seinem eigenen Blut auf dem Boden. Seine Arme waren mit Stichwunden bedeckt. Eine schien ziemlich tief zu sein; Jason hatte die andere Hand darübergelegt. Sofort waren mehrere Helfer bei ihm. Sam und Pru kauerten sich neben ihn. Auch sie waren mit Blut bespritzt. Sams aschfahles Gesicht tauchte über ihnen auf.

Als einer der Hinzugekommenen, den Jonah für einen Wachmann gehalten hatte, eine Pistole zog, bemerkte Jonah die Dienstmarke in der Brusttasche seines Jacketts. Er sprach eine Reihe schneller Anweisungen in sein Funkgerät und sah sich nach Hannerman um. »Wo ist er hin?«, rief er.

Jonah holte tief Luft. »Da lang«, sagte er und rannte los.

Jonah stürmte voraus durch das Tor, durch das Hannerman gerannt war, und fand sich auf dem Personalparkplatz des Hotels wieder. Er lief an mehreren Lieferanteneingängen vorbei, dann erblickte er Hannerman, der in einiger Entfernung um eine Ecke bog. Jonah und die anderen umrundeten sie ebenfalls und standen nun vor dem Haupteingang des Hotels. Von Hannerman keine Spur. Der Detective winkte andere Beamte und Sicherheitsleute zu sich, während Jonah die Umstehenden befragte, wohin Hannerman verschwunden war. Die starrten ihn nur schockiert an. Er sah an sich herab und bemerkte das viele Blut auf seinem weißen Hemd. Hannerman war ihnen durch seine dunkle Kleidung nicht aufgefallen.

Ein Auto fuhr die Einfahrt zum Hotel hinunter. Hannerman, der am Steuer saß, blickte Jonah kurz an, dann beschleunigte er.

»Da!«, rief er dem Detective zu, rannte ein paar Meter hinter dem Auto her und blieb schließlich stehen. Es war sinnlos.

Doch Hannerman hatte ein bisschen zu viel Gas gegeben. An der schmalen Abzweigung, die zur Hauptstraße führte, geriet sein Wagen ins Schleudern, sodass das Heck mit voller Wucht gegen einen Zaunpfosten aus Beton krachte. Hannerman drückte wieder aufs Gaspedal. Die Reifen quietschten, Kies spritzte auf. Das Auto hatte sich im Maschendraht verfangen und kam nicht mehr vom Fleck.

»Alle zurück ins Hotel«, befahl der Detective, ohne den Wagen aus den Augen zu lassen. »Ins Hotel. Sofort.«

Hannerman stieg aus, umrundete den Wagen und geriet außer Sichtweite, als er anfing, am Zaun zu zerren.

Jonah spürte, wie Wut in ihm aufstieg. Obwohl er Jason Shepperton nicht mochte, war er immerhin ein Kollege. Offensichtlich hatte er schwere Verletzungen davongetragen, die mit Sicherheit ihre Spuren hinterlassen würden. Der Angriff auf Sam hingegen brachte ihn so richtig in Rage. Sam gehörte zur Familie.

Der Zorn verlieh ihm förmlich Flügel, als er auf den Wagen zurannte. Jemand rief ihm etwas hinterher, doch er war taub vor Wut. Er lief so schnell wie noch nie zuvor in seinem Leben. Dann blieb er auf einen Schlag wie erstarrt stehen.

Hannerman hatte ihn bemerkt. Er richtete sich langsam und mit schreckgeweiteten Augen auf, eine Pistole in der Hand.

Ein weiterer Schrei erklang hinter Jonah, der mit einem Mal wie gelähmt war. Plötzlich begriff er die Ursache seiner unbändigen Wut. Daniel Harker war in ihm und setzte alles daran, seinen Mörder zur Strecke zu bringen.

Hannerman hob die Waffe.

Jonah sah aus den Augenwinkeln, wie etwas von rechts auf ihn zugestürzt kam. Ein Schuss ertönte. Jonah wurde zur Seite gestoßen, und die Kugel zischte an ihm vorbei. Die Wucht des Zusammenpralls katapultierte ihn über eine niedrige Mauer neben der Straße und in ein Durcheinander aus dürren Büschen und zerzausten Sträuchern.

Zitternd vor Panik rappelte er sich auf. Ein weiterer Schuss. In beängstigender Nähe spritzten Steinbrocken aus der Mauer. Er spürte Hände, die ihn packten und wieder auf den Boden drückten.

Es war Never Geary. Er keuchte und wirkte *zutiefst* verärgert. »Scheiße nochmal, *bleib unten.*«

Darauf konnte Jonah nichts erwidern. Er stellte sich vor, wie Hannerman auf die Mauer zurannte, sah ihn förmlich vor sich, wie er sich mit einem breiten blutigen Grinsen vor den beiden aufbaute und das Feuer auf sie eröffnete, bis ihre Gesichter von Kugeln durchsiebt waren. Jonah bebte vor Angst und Adrenalin. Er hörte eine Autotür zuschlagen. Sirenen in der Ferne. Schreie, die immer näher kamen. Weitere Schüsse. Reifenquietschen.

Dann hob Never langsam den Kopf und spähte über die Mauer.

»Alles klar bei euch?«, rief ein Mann.

Never hob eine Hand und nickte. Jetzt erst fiel ihm ein, sich nach Jonah zu erkundigen. »Geht's dir gut?«, fragte er. »Du bist völlig blutverschmiert. Ich hoffe, das ist nicht dein eigenes.«

Jonah betastete sich mit zitternden Händen. »Alles klar. Glaube ich zumindest.«

»Was zum Teufel sollte das?«, fragte Never. »Machst du einen auf Bruce Willis oder was?« Er stand auf und reichte Jonah die Hand, um ihm aufzuhelfen.

»Keine Ahnung. Ich habe irgendwie die Kontrolle verloren. Ich wusste nicht, dass er eine Waffe hatte. Sonst ...« Er fragte sich, ob er dann tatsächlich anders reagiert hätte. Ob *Daniel* anders reagiert hätte. »Mein Gott, Never, wenn du mir nicht hinterhergelaufen wärst ...«

»Keine Ursache. Um die Wahrheit zu sagen, habe ich auch erst kapiert, dass das Arschloch eine Pistole hat, als er damit auf uns geschossen hat.« Er lächelte Jonah halbherzig an. Jonah lächelte erleichtert zurück. Dann wurden sie schlagartig ernst, als ihnen gleichzeitig die anderen einfielen. Jason. Pru. Sam.

Mit grimmiger Miene liefen sie zum Hintereingang des Hotels zurück.

Immer mehr Schaulustige drängten in den Garten. Der Sicherheitsdienst und die Beamten hatten alle Hände voll zu tun, um die Menge zurückzuhalten.

»Jonah!«, rief Ray Johnson. »Was zur Hölle ist hier passiert?«

»Hannerman«, sagte Jonah.

»Hannerman ist tot«, entgegnete Johnson. »Soweit ich weiß, haben sie seinen Leichnam identifiziert.«

Jonah erinnerte sich an die verkohlte Leiche, die er nach der fehlgeschlagenen Erstürmung des Hauses gesehen hatte. Bob Crenners Worte fielen ihm wieder ein: *Alles, was einer Leiche auch nur entfernt ähnlich sieht, liegt unter dieser Plane da.* »Sie haben sich geirrt. Ich weiß nicht wieso, aber sie haben sich geirrt.«

Nun mussten sie sich durch die Menschenmenge kämpfen, die ihnen entgegen zum Haupteingang strömte.

»Falsche Richtung«, sagte ein Sicherheitsmann. Johnson zeigte ihm seine Marke, und sie drängten sich an ihm vorbei. Dahinter entdeckten sie einen Haufen blutgetränkter Handtücher, neben dem mehrere Personen standen. Ein Mann und eine Frau knieten neben Jason Shepperton. Sie trugen Namensschilder, waren also ebenfalls Teilnehmer der Tagung. Pru stand etwa zwei Meter neben ihnen. Die Sirenen wurden lauter. Die Rettung nahte.

Jonah sah Sam allein auf einer Bank sitzen. Totenbleich starrte er ins Leere. Er war in eine Decke gehüllt, die ihm das Personal gegeben hatte. Die Blutspritzer auf seinem Gesicht und seinen Ärmeln waren getrocknet. Jonah eilte zu ihm, während sich die anderen um Pru und Jason kümmerten.

»Sam?« Sam sah ihn verwirrt an. Seine Miene ängstigte Jonah. »Sam?« Jonah wandte sich um und winkte Never zu sich.

»Jason wird durchkommen«, sagte Never. »Es hat ihn schlimm erwischt, aber sie konnten die Blutung stoppen. Er ist außer Lebensgefahr.« Dann bemerkte er Jonahs Gesichtsausdruck. »Was?«

»Irgendwas ist mit Sam.«

Never ging neben Jonah in die Knie und berührte Sams

Arm. »Sam? Sam, sag doch was.« Sams Augen waren glasig. »Ich glaube, er steht unter Schock.«

Jonah nahm Sams Hand, die erschreckend kalt war. Er zog die Decke weg und keuchte erschrocken auf. Von der Hüfte abwärts war Sams Hose mit frischem Blut durchtränkt.

Bei näherer Betrachtung entdeckte Jonah den kleinen Schnitt im Jeansstoff, wo das Messer eingedrungen war. Er sah auf und erspähte zwei Sanitäter, die in diesem Moment um die Ecke bogen. Never war bereits losgelaufen, um sie zu Hilfe zu holen.

Jonah und Never saßen nervös und schweigend im Wartebereich des Krankenhauses. Das Blut auf Jonahs Kleidung war längst getrocknet und färbte sich allmählich braun. Zwei Polizisten bewachten den Eingang, ein weiterer wartete vor dem OP, in dem Sam gerade behandelt wurde. Eine wichtige Vorsichtsmaßnahme, da Hannerman noch immer auf freiem Fuß war. Doch angesichts der Tatsache, dass Sam ums Überleben kämpfte, kam Jonah diese Bedrohung fast unwirklich vor.

Man hatte Jason und Sam unverzüglich ins Krankenhaus gebracht. Jonah und Never waren ihnen gefolgt, sobald sie eine hastige Aussage gemacht hatten. Jonah hatte lediglich zu Protokoll gegeben, dass er Hannerman aufgrund Daniel Harkers Schilderung während der Wiederbelebung erkannt hätte.

Außerdem war es Jonahs traurige Pflicht gewesen, Helen Deering anzurufen. Schweren Herzens hatte er Sams Ehefrau erklärt, was vorgefallen war. Helen befand sich nun im Warteraum der Notfallchirurgie. Trotz Jonahs Einwänden hatte sie darauf bestanden, alleine zu sein.

Jasons Zustand dagegen hatte sich stabilisiert. Er war bereits aufgewacht, sodass ihn Jonah und Never in seinem Zimmer im ersten Stock besuchen konnten. Auch hier hatte ein Polizist vor der Tür Wache gestanden. Jasons Freundin saß neben seinem Bett. Jason hatte sich sofort nach Sam erkundigt. Die Wunden an seinen inzwischen verbundenen Armen hatten mit insgesamt siebenundachtzig Stichen genäht werden müssen. Eine Arterie oder Sehne war nicht beschädigt oder durchtrennt worden. Sam dagegen schwebte nur aufgrund einer einzigen Verletzung in Lebensgefahr. Jonah und Never waren in den Wartebereich zurückgekehrt, wo sie seitdem saßen.

»Ich sehe mal nach Helen«, sagte Never. »Vielleicht gibt's was Neues.«

Als er allein war, erinnerte sich Jonah daran, wie er wie eine Salzsäule auf der Straße gestanden und die Waffe angestarrt hatte. Es lastete schwer auf ihm, dass er mit Sam nach ihrer letzten Begegnung im Streit auseinandergegangen war.

Never kehrte zurück.

»Nichts Neues«, sagte Never. »Sie werden uns sofort Bescheid geben, wenn sich was tut.«

Drei Stunden später kam Helen mit betroffener Miene zu ihnen herüber. Sobald sie sie erreicht hatte, brach sie in Tränen aus und fiel in Jonahs Arme. Er hielt sie fest, während Schluchzer ihre Körper erzittern ließen. Nach einer Weile hatte sie sich wieder so weit in der Gewalt, um sprechen zu können.

»Er hat die Operation überstanden, aber sein Zustand ist noch kritisch. Sie wissen nicht, ob er es schaffen wird.« Mehr brachte sie nicht heraus, dann brach sie erneut in Tränen aus.

Jonah starrte auf den Sekundenzeiger der Uhr im Wartebereich. Es war Punkt sechs. Die Zeit wollte einfach nicht vergehen. Helen saß neben ihm, den Kopf auf die Hände gestützt, den Blick auf den Boden gerichtet. Sie versuchte, sich zu sammeln, bevor sie auf die Intensivstation ging, auf die sie Sam bald verlegen würden. Sam und Helens Sohn Robert, der in Florida lebte, war auf dem Weg hierher und sollte noch vor sieben landen. Jonah konnte kaum erwarten, dass jemand Helen den Trost und den Rückhalt zukommen ließ, den er vergeblich zu spenden versuchte.

Never war losgezogen, um Kaffee zu holen.

Hellen schniefte leise und sah ebenfalls zur Uhr auf. »Wir sind versichert, weißt du?«

Jonah drehte sich verwirrt zu ihr um. »Was?«

»Für den Fall, dass das Schlimmste eintritt.« Sie starrte weiter auf die Uhr. Ihre Stimme klang tonlos und seltsam distanziert.

»Was meinst du?«

»Eine Wiederbelebungsversicherung.«

Jonahs Blut gefror ihm in den Adern.

»Er hat mir immer gesagt, ich sollte mir keine großen Hoffnungen machen«, sagte sie. »Die Beiträge steigen, je älter man wird. Irgendwann kann man sich nur noch eine zweitklassige Behandlung leisten. Am Standard seiner eigenen Leute gemessen jedenfalls. Er ist so stolz auf euch. Vielleicht ist er deshalb ein bisschen verwöhnt.« Sie sah Jonah an und kicherte, ein misstönendes Geräusch der Verzweiflung. »Dreiundachtzig Prozent. Man hat uns eine dreiundachtzigprozentige Chance auf eine erfolgreiche Wiederbelebung garantiert. Im günstigsten Fall wohlgemerkt. Das ist wie ein Würfelspiel, bei dem man nur einen Wurf hat. Jedenfalls bei der Versicherung, die wir abgeschlossen haben. Eine einzige

Chance.« Sie sah Jonah an und versuchte zu lächeln. »Sam hat mir oft von deinen Wiederbelebungen erzählt, Jonah. Wie aufopfernd du dich um die Angehörigen kümmerst und wie sehr du ihnen hilfst.«

Jonah klopfte das Herz bis zum Hals. Seine Kehle war wie zugeschnürt.

»Ich weiß, es ist nicht fair«, fuhr Helen fort. »Das *weiß* ich. Er hätte es niemals von dir verlangt, aber tief in seinem Herzen hätte Sam sich gewünscht, dass du es machst.«

Jonah schwirrte der Kopf. Er sah in Helens tränenerfüllte, flehende Augen. »Er wird es schaffen, Helen. Er ist ein zäher Bursche.« Mehr fiel ihm nicht dazu ein.

Helen Deering nickte ohne große Überzeugung. »Ich weiß, dass ich kein Recht habe, dich darum zu bitten, aber ich könnte es nicht ertragen, ihn ohne Abschied gehen zu lassen. Bitte. Versprich es mir. Sorg dafür, dass ich mich von ihm verabschieden kann, wenn es so weit ist.«

Jonah wusste nicht mehr weiter. Er nickte.

Als Never mit dem Kaffee kam, entschuldigte sich Jonah, ging auf die Toilette und übergab sich, bis sein Magen leer war und er nur noch Galle spuckte.

KAPITEL 27

An diesem Tag lief für Ray Johnson einfach alles schief. Die Polizistin aus New York, die er am Morgen nach ihrer Rede hatte anbaggern wollen, war zwar tatsächlich hübsch, leider aber auch verheiratet gewesen. Dann brach plötzlich die Hölle los, und das Buffet hatte er sich abschminken können.

Sobald man Sam Deering in den Krankenwagen verladen hatte, wurde die Tagung beendet. Weitere Beamte trafen ein, um Vernehmungen durchzuführen, doch bei so vielen Teilnehmern musste man sich wohl oder übel darauf beschränken, Namen und Kontaktdaten aufzuschreiben und die Leute anschließend nach Hause zu schicken.

Obwohl das alles nicht in Rays Zuständigkeit fiel, war die Verbindung zu seinem eigenen Fall mehr als offensichtlich. Sein schlechtes Gewissen nagte an ihm. Er hatte die Identifizierung von Hannerman zwar nicht bestätigt, sein Foto allerdings so oft angesehen, dass er ihn sich auch so schlank hätte vorstellen können, wie Daniel Harker ihn während der Wiederbelebung beschrieben hatte. Da man Hannerman für tot erklärt hatte, war das Foto bei der Einsatzbesprechung des für die Überwachung der Tagung zuständigen Sicherheitsteams wahrscheinlich nicht gezeigt worden. Und selbst wenn, dann sicher nur beiläufig.

Ray war einer der wenigen gewesen, die ihn hätten erkennen können. Und er hatte ihn übersehen.

Er hatte mit Earl Pellman gesprochen. Der für den Fall zuständige Detective war ein mit allen Wassern gewaschener Cop, der so alt wie Johnsons Großvater aussah, aber noch zäh genug war, um die meisten Männer auf die Bretter schicken zu können. Ray erzählte ihm von Harker, doch wie sich herausstellte, war Pellham bereits im Bilde. Inzwischen ging man davon aus, dass Hannerman nicht in dem Haus gewesen war, als man es gestürmt hatte. Seither hatte er offenbar auf eigene Faust gehandelt und eine letzte Verzweiflungstat geplant.

Ob die Tagung das ursprüngliche Anschlagsziel gewesen war, war noch unklar. Jedenfalls war dies bestimmt nicht das raffinierte Attentat gewesen, das Harkers Entführer eigentlich vorbereitet hatten. Es sah ganz danach aus, als hätte Hannerman improvisiert.

»Ich glaube«, sagte Pellman, »dass er nicht damit gerechnet hat, lebend da rauszukommen.«

»Kann ich Ihnen irgendwie helfen, Sir?«, hatte Ray gefragt. »Ich weiß besser als jeder andere hier, wie Hannerman aussieht. Außerdem kenne ich Miller und Geary. Das ist was Persönliches.«

Pellham sah ihn einen Augenblick lang an. »Miller, ja? Der Reviver, der Hannerman gestellt und identifiziert hat? Ich habe seine Aussage gelesen. Sagen Sie mal, sind alle Revivier so lebensmüde?«

»Soweit ich weiß, nicht, aber es würde mich nicht wundern.«

»Das können Sie laut sagen. Passen Sie auf: Wenn Sie wirklich helfen wollen, dann werd' ich einen Teufel tun und Sie davon abhalten. Wir brauchen schnellstens Ergebnisse, bevor wir so aussehen, als könnten wir nicht ohne fremde Hilfe pissen. Ich habe ein paar Leute abgestellt, mal sehen, ob wir

Hannermans Fluchtweg irgendwie eingrenzen können. Wir wissen ja noch nicht mal, ob er Richmond verlassen oder sich irgendwo in der Stadt verkrochen hat. Überwachungskameras, Zeugen, *irgendwer* muss etwas gesehen haben, und je schneller wir das herausfinden, desto besser. Machen Sie sich irgendwo nützlich. Sie wissen, wie der Kerl aussieht, also können Sie Videobänder durchsehen oder so.«

Ray hatte sich bedankt, obwohl er bezweifelte, dass Pellham wirklich Verwendung für ihn hatte. Er vermutete, dass er ihn nur hatte trösten wollen.

Acht Detectives, vier Autos: Ray hatte sich dem Team angeschlossen, das nach Norden in Richtung Washington unterwegs war. Einerseits, weil er damit näher an seinem Zuständigkeitsbereich war. Andererseits, weil die Täter nach Harkers Entführung schon einmal eine falsche Spur in Richtung Süden bis nach Atlanta gelegt hatten. Wenn man schon ein derartiges Ablenkungsmanöver startete, dann würde es wohl so weit weg vom eigentlich beabsichtigten Ziel wie möglich führen. Manchmal war es am sinnvollsten, in genau der entgegengesetzten Richtung anzufangen.

Also fuhren sie nach Norden. Detective Ellen Pierce saß am Steuer, ihr Partner Dom Lloyd auf dem Beifahrersitz. Ray hatte auf der Rückbank Platz genommen.

Als die Nacht hereinbrach, meldete ein Streifenwagen aus Fredericksburg einen Wagen, der mit der Beschreibung des gesuchten Fahrzeugs übereinstimmte. Die Nummernschilder stimmten nicht mit denen von Hannermans Auto am Tatort überein – aber die schien Hannerman sowieso gestohlen zu haben. Laut Datenbank gehörten sie zu einem roten Nissan.

Die Beamten behaupteten, Einschusslöcher erkannt zu haben – eines in der Fahrertür, eines oder zwei im Heck, obwohl sie vor dem schwarzen Lack kaum sichtbar gewesen waren. Sie hatten Meldung gemacht und waren dem verdächtigen Fahrzeug in sicherer Entfernung gefolgt, bis dieses in eine Tankstelle auf dem Lafayette Boulevard gebogen war. Dann waren sie, ohne langsamer zu werden, daran vorbeigefahren und hatten sich einen unauffälligen Beobachtungsposten gesucht.

Als die Meldung hereinkam, wurden Pierce und Lloyd sofort benachrichtigt, da sie nur zehn Minuten von der Tankstelle entfernt waren. Sie erhielten die Anweisung, an dem verdächtigen Fahrzeug vorbeizufahren und Hannerman dabei so eindeutig wie möglich zu identifizieren. Anschließend sollten sie hinter dem Streifenwagen warten, bis Verstärkung eintraf.

Sobald sie die Tankstelle erreichten, bemerkte Ray einen Mann, der aus dem Tankstellenshop trat und sich sofort eine Zigarette anzündete. Es war zweifellos Hannerman. Deshalb hat er angehalten, dachte Ray. Um Zigaretten zu kaufen. Warum auch nicht. Es war schließlich ein aufregender Tag gewesen.

In der Tankstelle befanden sich keine weiteren Kunden. Das Verkehrsaufkommen auf der Straße davor hielt sich in Grenzen.

Hoffentlich bleibt das auch so, dachte Ray. »Das ist er.«

»Sind Sie sicher?«, fragte Detective Lloyd.

Ray verstand seine Zweifel. Lloyd orientierte sich an der Fotografie des weit fülligeren Hannerman. »Todsicher.«

Sie warteten neben dem Streifenwagen und hielten die Augen offen. Da Ray unbewaffnet und ohne offiziellen Auftrag anwesend war, konnte er natürlich nicht an der Verhaftung teilnehmen. Trotzdem würde es doch noch ein erfolgreicher Abend werden.

Hannerman stand ein paar Minuten da und inhalierte tief, bis er die Zigarette aufgeraucht hatte. Dann trat er die Kippe aus. *Na los, steck dir noch eine an,* dachte Ray. Die Verstärkung musste jeden Augenblick eintreffen.

Hannerman stieg wieder in den Wagen.

»Verflucht«, sagte Ellen Pierce und ließ den Motor an, um ihm zu folgen.

Das schwarze Auto stieß aus der Parklücke, hielt jedoch vor der nächsten Zapfsäule an. Hannerman stieg aus und öffnete den Tankdeckel. Ray bemerkte, wie der Angestellte im Tankstellenshop kurz aufsah und sich dann wieder abwandte. Ein Wagen fuhr an ihnen vorbei – ein Kombi mit den Eltern auf den Vordersitzen und schlafenden Kindern auf der Rückbank. Ray bemerkte, wie die Mutter auf etwas vor sich deutete, und ihm rutschte das Herz in die Hose.

»Scheiße«, sagte er. »Die wollen doch nicht etwa tanken, oder?«

Der Kombi wurde langsamer, bog in die Tankstelle und hielt vor einer weiteren Zapfsäule. Die Frau stieg aus. Währenddessen öffnete Hannerman die hintere Wagentür. Er nahm die Zapfpistole aus dem Tank und richtete sie in den Innenraum seines Autos.

Ray beobachtete mit großen Augen, wie Benzin aus dem Wagen auf den Asphalt floss.

»Himmel«, sagte er.

»Er will das Tatfahrzeug verbrennen«, sagte Dom Lloyd.

»Er wird die ganze *Straße* in Brand stecken«, sagte Ellen Pierce.

Sie konnten sich nicht zum Eingreifen durchringen – einerseits war der Mann bewaffnet, andererseits konnte die Verstärkung jeden Augenblick eintreffen. Dann bemerkte der Verkäufer im Tankstellenshop, was Hannerman tat, und auch die Frau sprang kreischend in den Kombi. Ihr Mann fuhr los, noch bevor sie die Tür hinter sich geschlossen hatte. Die Schreie erregten die Aufmerksamkeit einer Gruppe Jugendlicher, die sich langsam näherten.

»Scheiß drauf«, sagte Ellen. »Wir haben keine Wahl.«

Sie hielten in angemessener Entfernung von der Tankstelle. Pierce und Lloyd sprangen mit gezückten Waffen aus dem Wagen und verschanzten sich hinter den Fahrzeugtüren.

Ray stieg ebenfalls aus und versuchte, die Schaulustigen zu verscheuchen. »Um Himmels willen, nicht näher kommen!«, rief er. *»Polizei! Weg da!«* Diejenigen in der ersten Reihe hatten mitbekommen, was vor sich ging, und traten schnell zurück. *»Weg hier! SOFORT!«*

Hannerman hielt noch immer die Zapfpistole in der Hand. Er stand in einer Benzinpfütze, als er die Waffe zog. Ray erstarrte. Erst jetzt wurde ihm klar, dass er sich im Gegensatz zu Pierce und Lloyd in einer sehr ungeschützten Position befand. Was hatte Hannerman vor? Er hob den Arm mit der Waffe in die Luft und feuerte zwei Schüsse ab. Dann war das Magazin leer. Die Umstehenden rannten die Straße hinunter, um sich in Sicherheit zu bringen. Der Verkäufer stürzte auf den Hinterausgang des Shops zu.

Hannerman hielt sich die Zapfpistole vor die Brust und übergoss sich mit Benzin, bevor er sie auf den Boden fallen ließ. Er ging zur Fahrerseite des Wagens, wobei der Treibstoff unter seinen Schuhen aufspritzte. Unter dem Auto hatte sich eine dunkle Pfütze gebildet. Hannerman warf die Waffe beinahe verächtlich auf den Boden, öffnete die Autotür, setzte sich auf den Fahrersitz und zog sie hinter sich zu.

»Was verdammt nochmal macht er da?«, fragte Dom Lloyd, obwohl es nur allzu offensichtlich war. Hannerman wollte keine *Beweise* vernichten.

»Wohin er auch fliehen wollte, jetzt hat er sich's offenbar anders überlegt«, sagte Ray. »Der Mann ist am Ende.«

Dom Lloyd drehte sich zu den neugierigen Schaulustigen um. »Zurück!«, brüllte er. Pierce wandte sich ebenfalls kurz um. Als er wieder zurückblickte, war Ray bereits auf halbem Weg zur Tankstelle. Er hatte die Hände erhoben – zum Zeichen, dass er unbewaffnet war.

»Johnson! Was tun Sie da?«, bellte Pierce.

Das fragte sich Ray auch. Er wollte Hannerman zum Reden bringen. Das war es. Er wollte wissen, weshalb Harker sterben musste. »Pfeifen Sie die Verstärkung zurück und verschaffen Sie mir etwas Zeit«, rief er über die Schulter. »Das Blaulicht könnte ihn verschrecken.«

Ray ging langsam auf das Auto zu. Das Fenster auf der Fahrerseite war heruntergelassen. Hannerman steckte sich eine unangezündete Zigarette zwischen die Lippen.

»Geben Sie auf«, sagte Ray in ruhigem, sanftem Ton. »Das führt doch zu nichts.«

Hannerman sah ihn an. Ray hatte sein Foto so genau studiert, dass er davon ausgegangen war, ihn auch als die schlanke Person zu erkennen, die Daniel Harker beschrieben hatte. Aus der Nähe war die Veränderung geradezu schockierend. Der Mann war nicht nur dünner geworden – er war ein Schatten seiner selbst. Hannerman hustete auf seinen Handrücken und hinterließ einen frischen Blutschmierer darauf. Jetzt verstand Ray – das Einschussloch auf der Fahrerseite. Hannerman war getroffen worden, und irgendwann war er zu dem Schluss gekommen, dass seine Flucht zu Ende war.

»Im Gegenteil«, sagte Hannerman. »Sie würden mir nur Fragen stellen. Und im Moment bin ich nicht in Plauderstimmung.«

Die Benzindämpfe waren unerträglich. Ray bemerkte,

dass sich auf dem Beifahrersitz ein halbes Dutzend durchsichtige Plastikbehälter stapelten. Der Inhalt war bis auf ein paar Kabel nicht eindeutig zu erkennen. Offenbar war Hannermans Anschlag auf die Tagung doch nicht so improvisiert gewesen wie gedacht. »Tun Sie das nicht.«

Hannerman hielt inne. Dann seufzte er so laut, dass Ray die Haare zu Berge standen. Es klang wie ein Todesröcheln. Hannerman hob das Feuerzeug, legte den Daumen auf das Reibrad und sah Ray in die Augen. Mit einem Blick, in dem kühle Entschlossenheit und eine schreckenerregende Zielstrebigkeit lagen.

Ray spürte, wie eine Hand seine Schulter packte und ihn mit sich zerrte. Er spürte einen starken Luftzug und hörte den Schrei eines Mannes hinter sich. Ray rannte los und warf erst einen Blick über die Schulter, als er die Straße erreichte. Das Auto hatte sich in ein flammendes Inferno verwandelt, aus dem ein brennender Arm ragte. Ray blieb nicht stehen. Als er mitten auf der Straße war, änderte sich das Geräusch hinter ihm zu einem gellenden, immer lauter werdenden Pfeifton.

Irgendetwas krachte in seinen Rücken. Riesige Hände schlossen sich um seine Ohren und ließen die Welt verstummen. Er taumelte wild umher, während Glassplitter und Flammen vor seinen Augen tanzten. Dann schlug er auf dem Asphalt auf.

KAPITEL 28

Die Beerdigung fand im Regen statt. Es war ein schier unaufhörlicher Schauer nach der langen Hitzeperiode. Das war Jonah nicht unrecht. So konnte man die Tränen auf seinem sowieso schon feuchten Gesicht nicht erkennen.

Als Daniel Harkers Leichnam endlich in sein Grab gesenkt wurde, wurde Jonah klar, dass nicht alle Tränen seine eigenen waren. Harker weinte um seine Tochter, weinte um sich selbst. Weinte, weil er so ein schlimmes Ende gefunden hatte.

Doch auch Jonah hatte Grund zur Trauer. Er weinte um Sam, den man nach der Operation in ein künstliches Koma versetzt hatte. Neun Tage später stand immer noch nicht fest, ob er es schaffen würde. Und selbst wenn, würden die Komplikationen aufgrund der inneren Blutungen den Heilungsprozess deutlich verlangsamen.

Jonah hatte ihn nur ein Mal besucht. Bei dieser Gelegenheit hatte er Robert – Sams Sohn – mit Frau und Tochter getroffen. Die Familie so zu sehen, war für Jonah eine schwere Prüfung gewesen – sie erinnerte ihn daran, was er in seinem eigenen Leben so schmerzlich vermisste, und dass Sam zwar eine Vaterrolle für ihn eingenommen, diese Leerstelle aber nie vollständig hatte ausfüllen können.

Jason Shepperton dagegen befand sich auf dem Wege der Besserung und war nach nur zwei Tagen aus dem Krankenhaus entlassen worden. Er konnte den rechten Arm, der die meisten Verletzungen davongetragen hatte, nur eingeschränkt und unter Schmerzen bewegen. Seine Hände dagegen waren praktisch unversehrt. Jonah hatte ihn seither nicht mehr gesehen, doch Never berichtete, dass Shepperton es kaum erwarten konnte, seinen bereits geplanten Urlaub anzutreten. Angesichts der Umstände war sein Wunsch, in der Sonne zu liegen und sich von seiner Freundin verwöhnen zu lassen, nur zu verständlich.

Der Regen ließ langsam nach. Jonah stand ganz hinten, so weit wie möglich von den Trauernden entfernt, ohne Verdacht zu erregen. Er fühlte sich fehl am Platz, doch Annabel hatte darauf bestanden, dass er an der Beerdigung teilnahm.

Sie hatte ihm am Abend zuvor eine Mail geschrieben – seit Sam sie in seine Geheimnisse eingeweiht hatte, hatten sie ausschließlich auf diesem Weg kommuniziert. Sie hatte ihn zwar nach der Tagung angerufen, aber Jonah hatte den Anrufbeantworter anspringen lassen und ihr stattdessen per Mail darüber berichtet. Er hatte weder Sams Dokumente angerührt noch große Lust, darüber zu sprechen. Annabel schien Verständnis dafür zu haben. Jedenfalls hatte sie nicht weiter in ihn gedrängt.

Sie stand vor dem Grab und fragte, ob jemand ein paar Worte sagen wollte. Nach mehreren Trauerreden war sie an der Reihe. Sie erzählte, wie sehr sie ihren Vater geliebt hatte und welche Erinnerungen sie mit dem Mann verband, den sie hier zu Grabe trugen. Ihre Rede war nur kurz, und sie musste sichtlich darum kämpfen, nicht die Fassung zu verlieren, als sie sich bei allen Anwesenden bedankte. Sie nickte Jonah zu und verließ das Grab, in dem nun ihre beiden Eltern lagen.

Im Gegensatz zu den übrigen Trauergästen verließ Jonah den Friedhof so schnell wie möglich. Er hatte von vornherein klargestellt, dass er nur zum Begräbnis und nicht zum Leichenschmaus kommen würde. Ein Mann im dunklen Anzug löste sich aus der Prozession und kam auf ihn zu.

»Jonah«, sagte Bob Crenner, stellte sich neben ihn und starrte auf Harkers Grab. Er schwieg einige unbehagliche Sekunden lang. »Ich habe von Sam gehört. Tut mir leid.«

Jonah nickte. »Wie geht es Ray?«

»Er hatte Glück. Nur ein paar Schnitte und Prellungen, nichts Ernstes. Er behauptet natürlich, dass die Schmerzen unerträglich wären. Allerdings ist er so gut wie taub, und das wird in den nächsten Wochen auch so bleiben. Das Schlimmste für ihn ist, dass er nicht zur Arbeit gehen kann. Aber das geht Ihnen ja ähnlich, nicht wahr?«

Jonah lächelte ihn an. »Es ist die Hölle.« Er hatte am Tag zuvor einen Termin bei Stephanie Graves gehabt. Sie hatte keine Hinweise auf ein Residuum gefunden, obwohl Jonah nicht glauben konnte, dass ihn Daniel einfach so verlassen hatte. Jedenfalls hatte ihn Graves offiziell für gesund erklärt und ihm versuchsweise neue Pillen verschrieben, die er fünfmal täglich einnehmen musste. So wollten sie herausfinden, ob der Medikamentencocktail für ihn geeignet war. Was bedeutete, dass er die Tabletten ständig mit sich herumschleppen und dauernd daran denken musste, sie auch einzunehmen, was ihm nicht leichtfiel. Doch wenn er damit zurechtkam, würde er in drei Wochen wieder arbeiten können.

»Wir bleiben in Verbindung«, sagte Crenner und schloss sich den Trauernden an.

Jonah sah ihnen hinterher. Er stand allein im nachlassenden Regen und suchte in seinem Verstand nach einem

Hinweis auf Daniel Harkers Anwesenheit. Als er gerade gehen wollte, verspürte er plötzlich Durst. Nur schwach zwar, aber er war eindeutig vorhanden. Jonah drehte sich um. In etwa fünfzehn Metern Entfernung erkannte er eine Gestalt im Schatten eines großen Rhododendrons, die ihn beobachtete. Ein grauer Umriss vor schwarzem Hintergrund wie ein mit groben Strichen gemaltes Ölbild. Ein Pinselstrich *hier* deutete ein Lächeln an, ein anderer *dort* ließ einen Arm erahnen, der möglicherweise zum Abschiedsgruß erhoben war. Erst als die Gestalt in den Schatten verschwand, fiel Jonah ein, dass ihn jene fremden Erinnerungen, die er scheinbar seit Jahren – in Wirklichkeit waren es nur Wochen – mit sich herumtrug, bei Annabels Rede nicht in ihm aufgestiegen waren.

Vielleicht war Harker tatsächlich gegangen. Die Antworten, die sie erhalten hatten – die einzigen, die sie je erhalten würden –, verschafften Jonah weder Befriedigung noch den Eindruck, der Gerechtigkeit wäre Genüge getan.

»Tut mir leid, Daniel«, sagte Jonah, bevor er sich vom Grab entfernte.

Jonah traf um vierzehn Uhr im FRS-Büro ein, nachdem er zuvor in seiner Wohnung den regennassen Anzug gewechselt hatte.

»Hey«, begrüßte ihn Never, als er an dessen Schreibtisch vorbeiging. »War's lustig?«

Jonah runzelte die Stirn, musste aber dann doch unwillkürlich grinsen. »Ganz toll, ja. Ich hab Bob Crenner getroffen. Er sagt, dass Ray Johnson wieder einigermaßen auf dem Damm ist.«

»Und Annabel Harker?«

»Keine Ahnung. Ich hab nicht mit ihr gesprochen. Warst du heute schon im Krankenhaus?«

»Ja. Keine Veränderung. Soweit ich verstanden habe, ist das ein gutes Zeichen, obwohl sich alle furchtbare Sorgen machen. Sie werden Sam in fünf Tagen aus dem Koma holen. Das ist die kritische Phase. Robert hält uns bis dahin auf dem Laufenden.«

Jonah blieb das verregnete Wochenende über in seiner Wohnung und las.

Annabel bedankte sich per Mail für sein Erscheinen bei der Trauerfeier und teilte ihm mit, dass sie ihm Dokumente geschickt hätte, die ihn möglicherweise interessieren könnten.

Am Montagmorgen winkte ihn Never zu sich, sobald er das Büro betreten hatte. »Post für dich.«

Es war ein kleiner wattierter Umschlag von Annabel, in dem sich lediglich ein Memorystick befand. Wahrscheinlich waren die Dateien darauf zu groß oder zu heikel, um sie als Mailanhang zu versenden. Er steckte ihn in die Tasche. Erst da bemerkte er, dass Never ihn beobachtete. Jonah sah auf. »Was?«

»Ich habe gesehen, wer dir das geschickt hat, Jonah. Sie hat ihre Adresse auf den Umschlag geschrieben. Willst du nicht nachsehen, was drauf ist?«

»Das mach ich dann zu Hause«, sagte Jonah. Nevers Enttäuschung war mit Händen zu greifen.

»Später bei dir auf ein Bier?«

Jonah seufzte. War Never wirklich an dem Stick interessiert, oder wollte er nur den Babysitter spielen? Jedenfalls schien es inzwischen keine Möglichkeit mehr zu geben, ihn aus der Sache rauszuhalten.

Als Never an diesem Abend vorbeikam, beauftragte Jonah ihn damit, Marmite zu füttern und Bier aus dem Kühlschrank zu holen, während er seinen PC hochfuhr und die

Dateien öffnete, die Annabel ihm geschickt hatte. Von seinem Schreibtisch aus konnte er in die Küche sehen. Never schüttete Katzenfutter in die ungefähre Richtung des Fressnapfs, dann eilte er zum Kühlschrank und nahm zwei Bierdosen heraus.

Atemlos setzte sich Never neben ihn und beäugte neugierig den Monitor. »Los geht's.«

Sie begannen zu lesen.

Der Großteil der Dokumente drehte sich um Felix Hannerman, unter anderem waren auch die Ermittlungsergebnisse des Angriffs auf Jason und Sam darunter. Hannerman hatte peinlich darauf geachtet, bei seinem Selbstmord nichts dem Zufall zu überlassen und eine Wiederbelebung hundertprozentig auszuschließen.

In seinem Auto waren fünf Brandsätze gefunden worden. Genug, um ein Inferno auszulösen. Ob Hannerman ursprünglich geplant hatte, die Bomben bei der Tagung einzusetzen, würden sie wohl nie erfahren. Die verstärkten Sicherheitsmaßnahmen hatten jedenfalls dafür gesorgt, dass er sie nicht in das Hotel hatte schmuggeln können. Daher der Angriff mit dem winzigen Küchenmesser.

Die wichtigste Frage allerdings lautete: Wieso war Hannerman drei Wochen zuvor für tot erklärt worden? Da man davon ausgegangen war, dass alle Attentäter bei dem Brand ums Leben gekommen waren, hatte man nur halbherzige Nachforschungen angestellt. Hätten die Ermittler gewusst, dass Hannerman noch am Leben war, hätte das Ganze unter Umständen einen anderen Ausgang genommen.

Und dann entdeckte Jonah etwas in Annabels Dateien, das ihn laut fluchen ließ.

Nur vier der Leichen hatte man eindeutig identifizieren können. Bei Yarrow und dem Rothaarigen war es relativ einfach gewesen, bei zwei anderen hatte man DNA-Proben der Angehörigen hinzugezogen. Laut eines demnächst zur Veröffentlichung freigegebenen FBI-Berichts hatte man die übrigen Toten in Ermangelung brauchbarer DNA nur aufgrund ihrer persönlichen Habseligkeiten identifiziert. Man würde sich entschuldigen und zugeben, voreilige Schlüsse gezogen zu haben. Die Identität des Leichnams, den man für Hannerman gehalten hatte, war nach wie vor unbekannt.

Persönliche Habseligkeiten.

Annabels Dokumenten zufolge hatte man ein Handy bei einer der Leichen gefunden, das zu Hannerman zurückverfolgt werden konnte. Es war stark beschädigt, die SIM-Karte hatte den Brand allerdings unversehrt überstanden.

Als Never das gelesen hatte, sah er Jonah an. »Also haben sie behauptet, dass Hannerman tot wäre, obwohl sie nur sein Handy gefunden haben? Was für eine beschissene Schlamperei.«

Jonah nickte. Er war plötzlich sehr müde und bezweifelte, dass er heute noch die Dokumente lesen würde, die er aus dem Büro mitgenommen hatte. Er hatte in den nächsten Wochen einen Gerichtstermin. Es grenzte an ein Wunder, dass Hugo es geschafft hatte, ihm diese Termine während seiner Auszeit zu ersparen. Andererseits hatte diese Auszeit so lange nun auch wieder nicht gedauert.

»Also, äh«, sagte Never, »rufst du sie nochmal an, oder war's das? Schickt sie dir jetzt alles per Post?«

Diese Vorstellung gefiel Jonah überhaupt nicht. Sie hatten alles Menschenmögliche getan, und eigentlich gab es keinen Grund mehr, mit ihr Kontakt aufzunehmen. Jonah versuchte, sich nichts anmerken zu lassen, aber es war zu spät. Never war Jonahs erste, fast panische Reaktion nicht entgangen.

»Oh. Mein. Gott. Du und sie … da läuft doch was.«

»Da läuft gar nichts.«

»Wollen wir's abwarten. Du magst sie«, sagte er ohne den leisesten Spott in der Stimme.

Jonah nickte. »Das hat mir gerade noch gefehlt.«

»Ich sehe da kein Problem«, sagte Never. Dann verzog er das Gesicht. »Na ja, ich würde vorschlagen, dass du, äh, ein bisschen abwartest. Wegen der Beerdigung und so. Vielleicht ist das nicht unbedingt der *richtige* Zeitpunkt …«

Außerdem muss ihr Dad erst mal aus meinem Kopf, fügte Jonah in Gedanken hinzu. »Jetzt mach mal halblang«, sagte er, während er sich weiter durch die Dokumente klickte. »Am Anfang dachte ich, da wäre was zwischen uns. Das habe ich mir wohl nur eingebildet. Oder es lag daran, dass sie so viel durchmachen musste. Wäre ja irgendwie verständlich.«

»Oder du könntest – und entschuldige, dass ich so offen spreche – du könntest ein Mal, ein einziges Mal nur aufhören, so ein beschissener Angsthase zu sein und sie in ein paar Wochen anrufen. Jonah?«

Aber Jonah hörte gar nicht mehr zu. Mit großem Durst starrte er auf den Monitor und überflog die letzte Seite des letzten Dokuments. Der Durst bedeutete, dass sie etwas Wichtiges beinhaltete. Daniel Harker war immer noch präsent. Mischte sich immer noch ein.

»Da ist irgendwas Wichtiges auf dieser Seite, Never«, sagte er.

Es waren zwei Fotos, die die Polizei während der Durchsuchung von Hannermans Wohnung einen Tag nach dem Attentat geschossen hatte. Hannerman hatte sie über ein Jahr lang unter falschem Namen gemietet und nur gelegentlich benutzt. Offenbar hatte er sich jedoch nach dem Tod seiner Komplizen längere Zeit dort aufgehalten.

Bei dem ersten Bild handelte es sich unverkennbar um ein

Urlaubsfoto. Es zeigte Hannerman mit einer Frau in ungefähr gleichem Alter: blond, hübsch – ohne die etwas zu eng zusammenstehenden Augen und die lange spitze Nase wäre sie wohl als umwerfende Schönheit durchgegangen. Hannerman wirkte viel jünger und schlanker als auf dem Polizeifoto, sodass sein Gesicht eher demjenigen glich, das Daniel gesehen hatte. Dann bemerkte Jonah die Ähnlichkeit Hannermans mit der Frau, und er vermutete, dass es sich um seine Schwester Julia handelte. Da die Kanten des Fotos von anderen Papieren verdeckt waren, nahm Jonah an, dass das Bild auf einer anderen Oberfläche geklebt hatte, als es abfotografiert worden war.

Auf dem zweiten Bild war diese Oberfläche deutlich zu erkennen: es war eine Aufnahme der Küche in Hannermans Wohnung, so, wie sie die Polizei vorgefunden hatte. In der hinteren Ecke stand ein Kühlschrank, auf dessen Tür Jonah das Foto von Julia und Felix zwischen anderen dort angebrachten Zetteln erkennen konnte.

Dann sah er noch etwas anderes.

Ein Blatt Papier war mit einem gelben Gegenstand mitten auf der Kühlschranktür befestigt. Einem kleinen, unauffälligen Gegenstand. Einem Kühlschrankmagneten. Jonah sah ihn verblüfft an. Seine Form war unverkennbar.

»Jonah, was ist?«

Jonah starrte weiter darauf. Vielleicht irrte er sich. Er vergrößerte den Bildausschnitt. Die Auflösung war so hoch, dass er es deutlich sehen konnte. Jetzt hatte er keinen Zweifel mehr.

»Jonah!«

Auf dem Bildschirm erschien ein gelber Magnet, ein Smiley mit einer großen Hand daneben, die den Daumen in die Höhe hielt. »Danke!«, stand darunter.

Er hatte den Button, den er in Eldridges Hospiz bekommen hatte, noch in der Jackentasche. Er stand auf, holte ihn und hielt ihn Never hin. Das Logo war identisch. Genau wie der Button gab auch der Magnet keinen weiteren Hinweis auf seine Herkunft. Wer auch immer die Wohnung durchsucht hatte, hatte ihn nicht weiter beachtet, da er ja auch seine Bedeutung unmöglich kennen konnte. Jonah allerdings kannte sie.

Hannerman hatte das Hospiz besucht.

»Was ist das?«, fragte Never.

»Die Antwort«, sagte Jonah. Mit einem Mal lief es ihm eiskalt den Rücken hinunter. »Wenn wir bereit dafür sind.«

KAPITEL 29

Als Victor Eldridge die Tür öffnete, stand ein lächelnder Mann davor.

»Mr. Eldridge?«, fragte der Mann.

Ein irischer Akzent, wie Eldridge bemerkte. Er betrachtete ihn mit zusammengekniffenen Augen, da ihm die untergehende Sonne direkt ins Gesicht schien. Er nickte.

»Ich bin Detective O'Donnell. Dürfte ich kurz mit Ihnen reden? Das Personal sagt, das wäre kein Problem.« Der Mann holte etwas aus seiner Tasche und hielt es Eldridge hin. Es war eine Erkennungsmarke, die sich dunkel vor der strahlenden Sonne abzeichnete. Und dann war sie auch schon wieder verschwunden, viel zu schnell für Eldridges müde Augen. Er nahm an, dass sie echt war.

»Was wollen Sie, Detective?« Eldridge runzelte die Stirn.

»Darf ich?«, fragte der Mann, und Eldridge trat beiseite, um ihn einzulassen. Der Mann ging um ihn herum, und irgendetwas an seinem Verhalten gab Eldridge Grund zur Besorgnis. Jetzt wünschte er sich, er hätte den Dienstausweis genauer angesehen. Er streckte die Hand nach der Tür aus, um sie hinter seinem Besucher zu schließen, als sie erneut aufgestoßen wurde und heftig gegen seine Finger krachte. Mit einem Aufschrei zog er die Hand zurück. Eine zweite Gestalt betrat den Raum, schloss die Tür und kam auf ihn zu. Jetzt konnte er auch ihr Gesicht erkennen.

»Sie«, sagte er mit verächtlicher Stimme und ebensolchem Blick.

»Hallo, Victor«, sagte Jonah Miller, und Eldridge entging nicht, dass der verächtliche Blick erwidert wurde. »Ich hätte da noch ein paar Fragen.«

Jonah beobachtete Never. Er war sich wohl bewusst, wie unbehaglich seinem Freund seit dem Moment zumute war, an dem Jonah mit einer Plastiktüte und einer Drahtschere aus dem Baumarkt gekommen war. Seine Nervosität hatte ihren Höhepunkt erreicht, als Jonah den Zaun auf der Rückseite des Walter-Hodges-Hospiz durchgeschnitten hatte – die Sicherheitsmaßnahmen waren äußerst dürftig, und die einzige Kamera, die den näheren Bereich überwachte, besaß einen großen toten Winkel.

Jonah teilte seine Besorgnis, die jedoch durch einen selbstgerechten Zorn und eine von seiner Wut befeuerte Entschlossenheit gedämpft wurde. Er hatte keinen Zweifel daran, dass Hannerman hier gewesen war und Eldridge ihn von früher kannte. Und ihnen seinen Besuch verschwiegen hatte.

Ein Schweigen, das Sam unter Umständen das Leben kosten würde.

Eldridge sah noch gebrechlicher aus als vor zwei Wochen. Er funkelte Jonah böse an. »Ich muss nur um Hilfe schreien«, sagte er, »und ihr wandert sofort in den Bau.«

»Das bezweifle ich, Victor. Ich glaube, dass Sie verdammt gut wissen, weshalb wir hier sind. Und dass die Polizei so ziemlich das Letzte ist, was Sie momentan gebrauchen können. Setzen Sie sich hin.«

Sie drückten ihn in seinen Stuhl. Jonah nahm eine Rolle Isolierband aus der Tasche, fesselte damit Eldridges Unterarme an die Armlehnen und seine Füße an die Stuhlbeine.

Never, der hinter ihm stand, verfolgte das Ganze mit sichtlichem Unbehagen.

»Ich werde bald sterben«, sagte Eldridge. »Also habe ich von der Polizei nichts zu befürchten.«

»Genau so haben sie Daniel Harker gefunden«, sagte Jonah. Eldridge machte große Augen. »An einen Stuhl gefesselt und zum Sterben zurückgelassen. Ich will Ihnen nicht wehtun, aber wenn Sie mir nicht helfen, habe ich keine andere Wahl.« Er hoffte, dass Eldridge auf den Bluff hereinfiel – andererseits war die Wut in seiner Stimme nicht gespielt. Er hatte das Polizeifoto von Hannerman dabei und hielt es hoch. »Erkennen Sie ihn wieder? Er muss um einiges schlanker gewesen sein, also denken Sie scharf nach.«

Eldridge schüttelte den Kopf, doch Jonah erkannte deutlich die Lüge in seinen Augen.

»Strengen Sie sich an, Mr. Eldridge. Erkennen Sie ihn wieder?«

Erneut schüttelte er den Kopf, dann wandte er sich ab. Jonah hielt ihm das Foto erneut vor die Nase. »Der Mann auf diesem Bild ist verantwortlich für die Entführung und Ermordung von Daniel Harker. Und er hat einen Freund – einen *sehr engen* Freund – beinahe durch einen Messerstich getötet. Besagter Freund liegt zurzeit im Koma und ist immer noch nicht über den Berg.« Eldridge sackte zusammen und starrte ins Leere. »Vielleicht können Sie jetzt nachvollziehen, wieso wir so *scheißwütend* sind.« Eldridge fuhr zusammen, als Jonah plötzlich die Stimme erhob und mit dem Foto vor ihm herumwedelte. »Erkennen Sie ihn wieder?«

Eldridge schwieg.

»Sie können ihn nicht decken, Victor. Ich weiß, dass Sie das gerade vorhaben. Sie können ihn nicht mehr decken, weil er tot ist.« Jonah hielt nach einer Reaktion Ausschau und wurde nicht enttäuscht. Eldridges Widerstand bröckelte. »Er hat nach dem Anschlag auf meinen Freund Selbstmord begangen. Sich in Brand gesteckt, bevor ihn jemand nach dem Grund fragen konnte. Genau wie die anderen.«

»Sie sind alle tot …«, sagte Eldridge.

»Sogar Tobias Yarrow«, sagte Jonah und erkannte ein Wiedererkennen in Eldridges Blick, als er den Namen erwähnte. »Hat Hannerman Ihnen gesagt, dass er Yarrow umgebracht hat? Haben Sie Vernet die Geschichte erzählt?«

Eldridge schüttelte den Kopf und schloss die Augen. Jonah befürchtete schon, dass er weiterhin alles leugnen würde. Doch als Eldridge die Augen wieder öffnete, waren es diejenigen eines gebrochenen Mannes.

»Ich kenne keinen Vernet, aber ich kenne Tobias. Oder besser – ich *kannte* ihn. Hannerman hat gesagt, dass Tobias die Nerven verloren und sich abgesetzt hätte. Dass er ihn umbrachte, hat er mir nicht verraten. Tobias Yarrow hatte ein Gerücht gehört und Jahre damit verbracht, ihm nachzugehen. Doch der Mann, den er suchte, war bereits tot. Stattdessen stieß er auf mich, und ich erzählte ihm meine Geschichte.«

»Und er glaubte Ihnen.«

»Es war die Wahrheit.«

»Nein, Victor. Es war eine Gruselgeschichte, um von der Wahrheit *abzulenken*. Um davon abzulenken, dass so ein zwielichtiger Typ vom Militärgeheimdienst die Wiederbelebung in eine Waffe verwandeln wollte. Idiotensichere Verhöre, indem man die Leute, die man vernehmen will, vorher umbringt. Es war …«

Jonah verstummte. Eldridge hatte den Kopf gesenkt und zitterte leicht, sodass Jonah annahm, er würde lautlos weinen.

Doch Jonah hatte sich getäuscht. Als Eldridge aufsah, wurde deutlich, dass er lachte, bis das Lachen in einen Hustenanfall überging.

»Was ist daran so lustig, Victor?«

Eldridge starrte ihn wütend an. »Woher wollen Sie wissen, dass nicht beides der Wahrheit entspricht? Sie sind auf der Suche nach Antworten. Was werden Sie tun, wenn Sie sie erhalten haben? Hannerman hatte den Mut, der Wahrheit ins Gesicht zu sehen, alles dafür zu riskieren. Ihr glaubt, ihr wärt die Guten? Ihr seid nur Zuschauer. *Sie* waren die Guten. Und jetzt sind sie alle tot, und niemand kann es noch aufhalten.«

»Was aufhalten? *Raus damit!*«

»Projekt Unity.« Victor Eldridge sah Jonah in die Augen. »Machen Sie mich los. Dann werde ich Ihnen alles erzählen.«

Jonah dachte fieberhaft nach. Schließlich holte er ein Messer und durchtrennte das Isolierband.

»Als Jugendlicher in Vancouver hatte ich einen Kumpel namens Robert Durney«, begann Eldridge. »Ein begabter Automechaniker. Mit neunzehn ist er wegen eines Mädchens nach Boston gezogen. Sie verließ ihn, aber er fand dort Arbeit. Wir blieben lose in Kontakt. Zwei Jahre, nachdem die Wiederbelebung aufkam, tauchte er wieder in Vancouver auf. Ich hatte ihn eine ganze Weile lang nicht gesehen. Ich war damals vierunddreißig und hielt mich mit Gelegenheitsjobs über Wasser. Plötzlich war Rob zurück und verkündete, dass er jetzt ein Reviver sei und gutes Geld damit verdiene. Dann behauptete er, dass ich ebenfalls das Talent dazu hätte, dass er es gespürt hatte, als wir uns die Hand gaben. Er war viel besser als ich – sogar so gut, dass er bei Baseline anfing, während ich bei einer beschissenen Versicherung jobbte und bei meinen Wiederbelebungen meistens kläglich versagte. Er ließ mich all die Jahre niemals hängen, und ich traf ihn auch gelegentlich. Er hat mir auch den Job bei MLA Research besorgt, und die zahlten um einiges besser als die Versicherung.

Das ist jetzt, na ja, ungefähr acht Jahre her. Danach hörte ich längere Zeit nichts mehr von ihm. Vor etwa zwei Jahren verbrachte ich die Hälfte meiner Zeit in verschiedenen Psychiatrien. Ich wurde immer wieder entlassen, hielt aber nicht lange durch. Nicht, wenn ich das Flüstern hörte, wenn ich wusste, dass da draußen etwas lauert und auf uns wartet. Damals, als das mit Ruby Fleming passierte, als ich zum ersten Mal das Flüstern hörte, erzählte ich Rob davon. Im Gegensatz zu allen anderen hörte er mir wirklich zu, und genau wie alle anderen sagte er, dass ich mir das nur einbildete.

Bei unserem Wiedersehen hatte er große Angst. Er war zu mir gekommen, weil er mir jetzt glaubte. Er fragte mich, ob ich wüsste, worum es sich da handelte.

Tobias hatte die ganze Zeit über nach Rob Durney gesucht, doch als er ihm schließlich auf die Spur kam, war er bereits tot. Autounfall, vier Monate, nachdem er mich besucht hatte. Na ja, ob es wirklich ein Unfall war, weiß ich bis heute nicht. Ich war bei seiner Beerdigung. Yarrow war auch dort und hat mich sofort mit Fragen bombardiert.«

Eldridge hielt inne und deutete auf ein Wasserglas, das auf einem Tisch neben Jonah stand.

Jonah reichte es ihm und wartete, bis Eldridge getrunken hatte. »Was wusste Rob Durney?«

»Er hatte mit einem Mann namens Kendrick zusammengearbeitet. Der Typ vom Militär, den Sie erwähnt haben. Es ging um ein Geheimprojekt, Verhörmethoden bei Wiederbelebungen. Sie haben alles Mögliche erforscht, Gegenmaßnahmen, Gegen-Gegenmaßnahmen. Da war noch ein weiterer Reviver namens Barlow in Kendricks Team. Rob mochte ihn nicht. Er misstraute ihm. Er kam ständig mit neuen, verrückten Ideen daher. Diese BPV-Variante, die sie bei MLA erforscht haben, die ist auch auf seinem Mist gewachsen. Aber er hatte noch einen anderen Einfall. Einen völlig wahnsinnigen Einfall, der Kendrick jedoch sehr gut gefiel. O Gott, wahrscheinlich hielt er die Idee sogar für eine *humane* Alternative.

Sie wissen ja, eine Wiederbelebung ist die einzig sichere Methode, um festzustellen, ob jemand die Wahrheit sagt. Die *einzige* Möglichkeit. Bei einem normalen Verhör kann man getäuscht werden. Lügendetektoren sind leicht zu manipulieren, ob Sie's glauben oder nicht. Und Folter? Sehr unzuverlässig. Verzweifelte Menschen sind *äußerst* einfallsreich. Eine Wiederbelebung ist die einzig bekannte wasserdichte Methode, um die Wahrheit herauszufinden. Das Problem dabei ist nur, dass man erst mal eine Leiche braucht. Man muss den Betreffenden ermorden, was den Nutzen dieser Technik empfindlich einschränkt. Erstens handelt man sich nur Ärger ein, und zweitens hat man nur einen Versuch.«

Eldridge machte eine Pause, um einen weiteren Schluck Wasser zu trinken. »Vergessen Sie nicht, das alles fand bei Baseline statt. Es sollte nicht lange dauern, bis sie Verdacht erregten und rausgeworfen wurden. Aber das wissen Sie ja bereits, nicht wahr? Jonah Miller, ich weiß, wer Sie sind.«

Jonah starrte zurück. »Was hat das mit mir zu tun?«

»Als Sie mir Ihren Namen sagten, konnte ich es kaum glauben. Yarrow redete immer vom Schicksal. Das hat mich beunruhigt. Hannerman war genauso. Als Sie vorhin vor meiner Tür standen … sagen Sie, erinnern Sie sich an eine Person namens Underwood?«

Jonah spürte, wie ihm ein Schauer über die Haut lief. »Ja.«

»Rob Durney hat mir alles darüber erzählt. Kendricks schöner Plan schien nicht aufzugehen. Barlows verrückte Idee war nicht zu realisieren, also holte man Sie dazu. Anscheinend machten Sie hinterher viel Wirbel um die Sache. Eine interne Untersuchung fand heraus, dass die Dokumente für Underwoods Leiche gefälscht waren, und Kendrick und sein Team mussten Baseline verlassen – und nur deshalb, weil Sie dachten, dass es bei der Underwood-Wiederbelebung nicht mit rechten Dingen zuging.«

»Ja«, sagte Jonah. »Da war auch was faul. Irgendetwas.«

»Sie hatten recht. Die Dokumente waren gefälscht, weil es gar keine Leiche gab.« Er streckte die Hand aus und packte Jonahs Arm so fest, dass es wehtat, wobei er den Hauch, der sie beide durchfuhr, nicht weiter beachtete. Eldridges Miene wirkte besorgt, fast verzweifelt. Jonah wollte sich losreißen, doch er konnte sich nicht von Eldridges Blick lösen. »Sie war gar nicht tot, Miller. *Sie war nicht tot.*«

Schweigen. Jonah trat zurück und starrte Eldridge an. »Was?«, brachte er schließlich kaum hörbar heraus. Er sah den leichenblassen Never an, der jedoch seine Aufmerksamkeit ganz Eldridge widmete.

»Könnten Sie mir bitte die Tabletten da hinter Ihnen reichen?«, fragte Eldridge. Never gab sie ihm. Eldridge nahm zwei der Pillen, schloss einen Moment lang die Augen und atmete rasselnd.

Jonah wartete, bis sich sein eigener Schock gelegt hatte. »Was *genau* hatte Kendrick da vor?«

»Wie tot ist tot? Das war Barlows Frage, die das überhaupt

alles ins Rollen brachte. Man kann den menschlichen Körper herunterfahren, bis zur Leblosigkeit abkühlen. Es gibt Berichte über Menschen, die stundenlang im Eiswasser lagen und überlebten. Die Medizin verwendet bei komplizierten Operationen seit Jahren ähnliche Kühltechniken. Man bringt das Herz des Patienten zum Stillstand, führt die Behandlung durch und aktiviert es dann wieder. In diesem Zustand ist man praktisch eine Leiche. Also, wie tot ist tot? Wie tot muss man sein, damit man wiederbelebt werden kann?«

»Na, *tot* eben«, sagte Jonah.

»Das glauben Sie vielleicht, Miller. Nun, ich dachte genauso, als Rob Durney mir davon erzählte. Doch offenbar besaß Barlow eine gewisse Überzeugungsfähigkeit, und so ziemlich jeder hatte ein Interesse daran, dass dieses Experiment funktionierte: Kendrick hoffte, dass er damit eine sichere Verhörmethode bekommen würde, ohne töten zu müssen. Nicht, dass er zimperlich gewesen wäre; es hätte seine Arbeit nur etwas *vereinfacht*. Der Leiter des Projekts hieß Gideon, einer von Andreas' Spitzenmännern. Gideon war von der Idee fasziniert und hoffte, den präzisen Zeitpunkt definieren zu können, ab dem eine Wiederbelebung möglich war. Durch Michael Andreas' Forschungen auf dem Gebiet der Kryotechnik hatten sie Zugang zu den neuesten Entwicklungen der Klinischen Hypothermie. Sie holten sich die entsprechenden Apparate und experimentierten am lebenden Objekt. Ein Fehlschlag, doch Barlow war der Meinung, dass sie nahe dran wären. Sie versuchten es weiter. Vergeblich – bis sie irgendwann begriffen, wo das Problem lag.«

Jonah wusste bereits, worauf Eldridge hinauswollte. »Sie fühlten sich zu lebendig an.«

»Wenn es jemand geschafft hätte, dann Sie. Sie waren der einzige Reviver, der jemals eine Verstorbene nach Minuten wiederbelebt hatte. Der einzige Fall überhaupt. Sie waren einzigartig.«

»Meine Mutter.«

Eldridge nickte. »Sie sagten, dass sie nicht einmal zehn Minuten tot gewesen wäre, vielleicht sogar nur drei. Und Sie haben sie wiederbelebt. Damit nahm alles seinen Anfang.«

»Das ist doch Quatsch«, sagte der verwirrte Never abschätzig. »Wie zum Teufel soll man jemanden *wiederbeleben*, der gar nicht tot ist? Wie soll das denn *funktionieren*?«

Eldridge seufzte. »Es hat auch nicht funktioniert.«

Jonah sah ihn an. »Aber Sie sagten, dass Underwood …«

»Es hat nicht funktioniert. Erinnern Sie sich an die Antworten, die Sie auf Ihre Fragen erhalten haben, Miller? Die ergaben keinen Sinn. Denken Sie an das, was sie gesagt hat.«

Die Städte brennen. Der Schatten ist da. »Was meinen Sie?«

»Das war nicht *sie*. Das war etwas anderes. Die Wiederbelebung öffnet ein Tor, und auf der anderen Seite dieses Tores wartet die Seele der Person, die Sie wiederbeleben. Aber … wenn man das Tor öffnet, solange die Seele noch im Körper ist, dann steht es sperrangelweit offen, obwohl niemand davorsteht. *Das ist eine Einladung.*«

»Für wen?«

Eldridge sah sich panisch und verängstigt um. Erneut rang er nach Luft. »Für etwas, das lange tot war. Nach einem Weg nach draußen sucht. Nachdem Sie Alarm geschlagen hatten, verlagerte Kendricks Team seinen Standort. Rob folgte ihnen. Kurz darauf gaben sie die Wiederbelebungen von lebenden Menschen auf. Die Ergebnisse waren völlig unbrauchbar. Kendrick war überzeugt davon, dass es niemals funktionieren würde, dass man nur unsinnige Antworten erhielt. Ende der Geschichte. Gideon und Barlow gingen ihrer Wege. Rob verbrachte die nächsten Jahre mit Dingen, für die er gut bezahlt wurde, die er mir aber nicht verraten wollte. Dinge, für die er sich hätte schämen sollen, wenn er auch nur einen Funken Schamgefühl gehabt hätte.

Dann, vor zwei Jahren, hörte Rob, dass Gideon und Barlow kurz nach der Auflösung von Kendricks Forschungsprojekt bei Baseline Michael Andreas um Hilfe gebeten hatten. Gemeinsam hatten sie die ganze Zeit daran gearbeitet und waren bereit, etwas Uraltes und abgrundtief Böses in die Welt zu bringen. Sie hatten alles durchgeplant. Codename *Unity*. Nur wenige Reviver waren dazu überhaupt in der Lage, und selbst die waren auf die BPV-Variante angewiesen, die sie vor so langer Zeit entwickelt hatten. Das weckte Robs Interesse. Er erzählte mehreren Leuten davon, bevor er zu mir kam. Ich wusste ja schon seit einer Ewigkeit, dass da draußen etwas lauert, und endlich schenkte mir jemand Gehör.

Ich weiß nicht, ob sie Rob umgebracht haben, um ihn zum Schweigen zu bringen. Mag sein, dass Kendrick nie an das Projekt geglaubt hat, trotzdem durfte er nicht zulassen, dass Rob über die Forschungen plauderte, die er jahrelang durchgeführt hatte.

Ich erzählte Yarrow alles, was Rob mir erzählt hatte. Dann hörte ich nichts mehr von ihm, bis Hannerman vorbeikam. Er behauptete, dass er und seine Freunde sie aufgehalten hätten – vorerst. Andreas war nur auf eine einzige Reviverin gestoßen, die Projekt Unity hätte verwirklichen können, und Hannermans Leute hatten sie getötet. Nun suchte Andreas verzweifelt nach einem Ersatz, und Hannerman wollte herausfinden, wer dieser Ersatz war.«

»Wissen Sie, wieso Hannerman und seine Leute Brandsätze konstruiert haben?«

»Er ging nicht ins Detail, aber ich weiß, dass sie auf alle

Eventualitäten vorbereitet sein wollten. Er kam zu mir, weil sein Glaube ins Wanken geriet. Er wollte meine Bestätigung, dass er das Richtige tat. Ich sagte ihm, dass er sie aufhalten müsse. Um jeden Preis.«

»Um jeden Preis? Sie haben einen Unschuldigen getötet und einen weiteren schwer verletzt.«

»Trotzdem. Das nahm ich in Kauf. Weil ich es spürte. *Seit Jahren* spürte ich, dass da draußen etwas lauert. Es hat mich benutzt, um in Ruby Fleming zu schlüpfen, doch es konnte nicht aus ihr entkommen. Das Flüstern war grässlich, aber noch weit entfernt. Bei Ihrem letzten Besuch haben Sie Ruby erwähnt. Ihnen ist genau das Gleiche passiert, oder?«

»Richtig. Bei einer Frau namens Alice Decker.«

»Haben Sie … haben Sie das Flüstern gehört?«

»Es hat nicht geflüstert, Victor. Es hat gesprochen. Es hat durch Alice mit mir gesprochen.«

Eldridge schloss die Augen und schüttelte den Kopf. »Grundgütiger. Ob das bedeutet, dass es näher gekommen ist?« Er riss die Augen wieder auf und sah Jonah an. »Gott sei uns gnädig, wenn sie Erfolg haben. Was immer Andreas auch in diese Welt bringen will – jetzt kann ihn niemand mehr aufhalten.«

Stumm saßen sie in Nevers Auto. Nach zwanzig Minuten hatten sie sich weit genug vom Hospiz entfernt, dass Never den Mut aufbrachte, das Schweigen zu brechen.

»Glaubst du ihm?«

»Ja. Ich habe es auch gesehen, Never. Ich habe gesehen, was da draußen wartet. Obwohl mir jeder gesagt hat, dass es nur Einbildung war.«

»Wovon zum Teufel redet er überhaupt, Jonah? Was ist da draußen?«

»Ich weiß es nicht. Die Frage ist: Was sollen wir jetzt machen? Wem verdammt nochmal können wir das überhaupt erzählen?«

Sie schwiegen eine weitere Minute, bis Never erneut das Wort ergriff. »Warte mal. Weißt du noch, was Eldridge gesagt hat? Andreas war auf der Suche nach einem Ersatzreviver. Vielleicht hat Hannerman herausgefunden, wer das ist. Und dann hat er Jason Shepperton angegriffen.«

»Der es gar nicht erwarten konnte, aus dem Krankenhaus entlassen zu werden. Und erst mal Urlaub genommen hat. Glaubst du, dass er auf Andreas' Gehaltsliste steht?«

»Nur so lange, bis wir mit ihm gesprochen haben.«

Jonah holte das Telefon heraus und wählte Annabels Handynummer.

»Jonah«, meldete sie sich. Sie klang überrascht, aber auch erfreut.

»Wir haben etwas herausgefunden, Annabel. Ich war nochmal bei Eldridge. Er hat mir verraten, was Projekt Unity ist. Andreas steckt dahinter. Wo bist du gerade?«

»Zu Hause.«

»Ich bin mit Never auf dem Weg. Sie brauchen einen Reviver. Und wir wissen, wen sie angeheuert haben.«

Es war kurz vor Mitternacht, als sie bei Annabel ankamen. Ihr Porsche stand in der Auffahrt. Die Garagentüren waren geschlossen, das Licht vor dem Haus brannte nicht.

»Schönes Auto«, sagte Never und inspizierte den Sportwagen.

»Komm nach, wenn du mit Sabbern fertig bist«, sagte Jonah und ging zu Annabels Tür. Sie war einen Spalt weit geöffnet. Als er die Hand darauf legte, schrillten mit einem Mal alle Alarmglocken in seinem Kopf.

»Annabel?« Er drückte die Tür auf und trat in den dunklen Flur. Zu seiner Linken befand sich die geschlossene Tür zum Wohnzimmer. Licht drang durch einen Schlitz über dem Boden. Er öffnete sie. »Annab…«

Er hatte gerade noch Zeit, um Annabel zu sehen, die gefesselt und geknebelt auf dem Lieblingsstuhl ihres Vaters saß und ihn mit großen Augen anstarrte. Neben ihr standen große Männer, die dunkle Jacken und schwarze Jeans, Sonnenbrillen und steinerne Mienen trugen. Annabel riss den Kopf zur Seite, und plötzlich bemerkte er eine Bewegung hinter sich. Als er herumwirbelte, wurde er gepackt. Jonah bekam gerade noch mit, dass Never vor dem Fenster stand und alles mit angesehen hatte.

»Jonah! Was zum …«

»Da draußen ist noch einer. Holt ihn euch«, sagte der Mann, der Jonah festhielt.

»Lauf, Never!«, rief Jonah.

Während sich Never in Bewegung setzte, eilte der Mann zu Annabels Rechten an Jonah vorbei zur Eingangstür, wobei er in seine Tasche griff. Als Jonah die Waffe sah, fluchte er.

In einer flüssigen Bewegung hob der Mann den Arm und zielte auf Never.

Und dann eröffnete er ohne Vorwarnung das Feuer.

KAPITEL 30

Sie wurden hastig und grob durchsucht. Man nahm ihnen die Handys ab, dann drückte man sie auf die Rückbank eines schwarzen, unauffälligen Lieferwagens.

»Wir werden Ihnen nichts tun«, sagten sie, als sich die Wagentüren schlossen. Jonah war davon nicht unbedingt überzeugt.

Die Fahrt dauerte mehrere Stunden. Währenddessen erzählte Jonah Annabel alles, was er bei Eldridge herausgefunden hatte. Ihre Bitten nach einer kurzen Pause wurden lautstark abgelehnt. Im Innenraum des Lieferwagens brannte ein schwaches Licht. Never wurde immer ungehaltener. Sie hatten ihn mit einem Taser beschossen, woraufhin sich seine Blase entleert hatte. Jetzt gab er bei jeder Bewegung ein quietschendes Geräusch von sich.

»Ein *Taser*, verdammte Scheiße«, sagte er und versuchte, die Stelle unten an seinem Rücken zu reiben, an der ihn die Projektile erwischt hatten. »Ich hätte nicht gedacht, dass das so wehtut.«

»Eine Kugel wäre schlimmer gewesen«, sagte Annabel.

»Ich habe mich vollgepisst. Unglaublich«, sagte er niedergeschlagen und verängstigt. »Was soll das Ganze überhaupt? Was haben die mit uns vor?«

»Kommt darauf an, wer *die* sind«, sagte Annabel. »Vielleicht kommen wir mit einer Verwarnung davon.«

Jonah sah sie an, dann wandte er sich ab. *Das glaubt sie doch nicht im Ernst,* dachte er. Wahrscheinlich hatte sie das nur gesagt, um Never nicht zu beunruhigen. Er vermutete, dass entweder Andreas oder Kendrick hinter der ganzen Sache steckte. Immerhin schienen ihre Entführer mit ihnen reden und herausfinden zu wollen, was sie wussten. Sonst hätten sie sie schon längst beseitigt und alles wie einen tragischen Unfall aussehen lassen. Das hoffte Jonah zumindest.

»Jonah«, sagte Annabel. »Was glaubst du wirklich? Besteht die Möglichkeit, dass Eldridge *nicht* verrückt ist?«

»Nein, er ist verrückt. Und doch sagt er die Wahrheit. Nach der Wiederbelebung von Alice Decker wollte ich mir einreden, dass alles nur Einbildung war, aber inzwischen glaube ich, dass Eldridge durchaus recht haben könnte. Er hat behauptet, dass die Wiederbelebung einer lebenden Person ein Tor öffnet. Und wer weiß, was sich dahinter befindet?«

Als sie endlich anhielten, mussten sie sehr lange warten, bis die Türen des Lieferwagens geöffnet wurden. Sie befanden sich in einer großen Tiefgarage. Sechs Wachmänner führten sie durch eine Tür und ein Labyrinth aus Fluren in ein kleines Büro, das anscheinend als Lagerraum für allerlei ungenutztes Mobiliar diente. Vor der gegenüberliegenden Wand standen drei Schreibtische, auf denen drei weitere Schreibtische mit den Beinen nach oben gestapelt waren. Davor waren ein halbes Dutzend Bürostühle aufgereiht. Zu ihrer Linken befanden sich fünf leere Bücherregale. Die Zeiger einer Wanduhr standen auf sechs. Die Jalousien vor den beiden großen Fenstern waren heruntergelassen. Jonah wollte gerade eine hochziehen, als ein Wachmann auf der anderen Seite des Fensters erschien und einen großen Karton davorhielt. Ein anderer Wachmann riss etwas Klebeband von einer Rolle und befestigte den Karton vor der Scheibe.

Jonah schloss die Jalousie wieder. Sie hörten das gelegentliche Reißen des Klebebandes, während der Raum nach und nach verdunkelt wurde. Nur das kleine Fenster in der Bürotür blieb frei – wahrscheinlich, damit ihre Bewacher leichter nach dem Rechten sehen konnten.

»Sieht alles ziemlich improvisiert aus«, sagte Annabel. »Sie hatten wohl nicht viel Zeit.« Sie sah Jonah an. Er glaubte zu wissen, was sie dachte. Sie waren von auf eine Entführung völlig unvorbereiteten Leuten geschnappt worden. Genau wie ihr Vater.

»Hast du eine ungefähre Ahnung, wo wir sein könnten?«, fragte er sie.

Annabel ging zu den Schreibtischen und durchsuchte systematisch die Schubladen. Sie entdeckte ein zerknülltes Post-it, faltete es auf, betrachtete es und hielt es hoch. Auf den Zettel waren ein Firmenname und ein Logo gedruckt, das einer stilisierten DNA-Doppelhelix ähnelte.

»Reese-Farthing Medical. Eine von Andreas' Firmen. Ein Biotechunternehmen, das Viren- und Gentherapieforschung betreibt. Ich glaube, der Hauptsitz ist in der Nähe von Pittsburgh. Wenn dir das irgendwie weiterhilft.«

Zehn Minuten später öffnete sich die Tür. Zwei der Männer, die in Annabels Haus eingedrungen waren, positionierten sich zu beiden Seiten. Dann klappte Jonah vor Überraschung der Mund auf, als Will Barlow eintrat.

»Scheiße«, sagte Jonah.

»Also weißt du, Jonah … ich habe ja nicht gerade überschwängliche Wiedersehensfreude erwartet, aber so eine Reaktion kann einem echt wehtun.« Barlows Lächeln wirkte so ehrlich wie eh und je.

»Kennst du den?«, fragte Never.

»Ist lange her. Das ist Will Barlow.«

Dann betrat auch Michael Andreas den Raum. Er trug ein Käppi mit dem Andreas-Biotech-Logo. Jonah bemerkte, dass sein Schädel teilweise rasiert war. Das Käppi bedeckte die kahlen Stellen nur unzureichend, und in der Nähe seiner linken Schläfe spitzte ein chirurgischer Verband unter der Mütze hervor.

»Mr. Andreas«, sagte Jonah trocken. »Wie geht es Ihnen?«

»Mir geht es ganz großartig, Jonah«, sagte Andreas. »Ich muss zugeben, dass ich meine Konstitution etwas überschätzt habe, aber trotzdem danke der Nachfrage.« Wieder lächelte er jenes unglaublich einnehmende Lächeln, das er schon bei ihrem letzten Treffen zur Schau gestellt hatte. »Jonah, Annabel, ich muss mich bei Ihnen entschuldigen. Und ganz besonders bei Ihnen, Mr. Geary.« Er musterte Never von oben bis unten. »Bitte verzeihen Sie die unnötige Brutalität.«

»Lecken Sie mich am Arsch«, sagte Never und starrte ihn finster an. »Bestünde vielleicht die Möglichkeit, dass ich eine frische Hose kriege? Ich habe mich eingepisst, als mich Ihre Gorillas unter Strom setzten.« Er funkelte die Gorillas böse an, doch die verzogen keine Miene.

Andreas lächelte unverwandt weiter. Er wandte sich Will Barlow zu. »Will? Bitte sorgen Sie dafür, dass Mr. Geary duschen kann und frische Kleidung erhält.« Barlow nickte und machte sich auf den Weg.

»Was wird hier gespielt, Michael?«, fragte Annabel.

»Wir wollen Ihnen nichts tun, Annabel. Das müssen Sie mir glauben.« Er drehte sich zu den Wachmännern um. »Wartet draußen.« Sie verließen ohne ein weiteres Wort den Raum. Andreas schloss die Tür, setzte sich und bedeutete Annabel, ebenfalls Platz zu nehmen. Sie gehorchte. Jonah und Never blieben stehen. »Wir waren sehr interessiert an Ihren jüngsten Aktivitäten. So interessiert, dass wir leider auch Ihre Telefone anzapfen mussten. Zum Glück, möchte ich meinen. In dem Moment, als Sie drohten, uns in die Quere zu kommen, entschied ich einzugreifen. Unsere Pläne haben sich schon lange genug verzögert. Weitere Störungen konnten wir nicht riskieren, und wir konnten nicht einschätzen, wie viel Sie bereits wissen. Es schien mir sicherer, Sie hier als meine Gäste zu begrüßen. Sobald unser Projekt abgeschlossen ist, lassen wir Sie selbstverständlich gehen.«

»Ich weiß nicht, ob Ihnen die Bedeutung des Wortes *Gast* so richtig klar ist«, zischte Annabel.

Andreas wirkte wenig beeindruckt. »Schon bei Ihrem ersten Besuch wussten Sie so gut Bescheid, dass ich beschloss, Ihnen einen Knochen hinzuwerfen, um Sie zu beschäftigen. Dieser Knochen mag nur ein Teil der Wahrheit gewesen sein, aber es *war* die Wahrheit. Annabel, haben Sie mit Sam Deering gesprochen?«

»Habe ich.«

»Ich nehme an, dass er Ihnen erzählt hat, was die Behörden im Namen der nationalen Sicherheit unternommen haben?«

»Hat er.«

»Tote foltern und ihre Seelen verhören. Jonah, am Telefon sagten Sie, dass Sie mit Victor Eldridge gesprochen hätten und er Ihnen gesagt hätte, worum es bei Projekt Unity geht und dass ich dahinterstecke. Ich weiß, dass Eldridge schon seit Jahren behauptet, dass gewisse … *Dinge* da draußen wären, dass er ihr Flüstern gehört hätte. Als seine psychischen Probleme überhandnahmen, kontaktierte er verschiedene Leute bei MLA Research und gab zu, die BPV-Variante missbraucht zu haben, über die wir gesprochen haben. Andreas Biotech erklärte sich bereit, für seine Behandlung aufzukommen. Vor ein paar Jahren allerdings verzichtete er plötzlich auf unsere Großzügigkeit. Ich hatte keine Ahnung, dass er überhaupt etwas von Unity wusste, aber glauben Sie mir: Alles, was er Ihnen erzählt hat, ist falsch. Nun, ich würde vorschlagen, dass Sie mir jetzt sagen, was *Sie* wissen. Im Gegenzug werde ich Ihnen den Rest erzählen.«

Jonah lachte. »Und weshalb sollten Sie das tun?«

»Weil Sie uns nicht mehr aufhalten können. Wir werden Sie hierbehalten, bis das Projekt abgeschlossen ist, und dann verschwinden wir. Ich hätte es vorgezogen, Sie nicht so unmittelbar zu involvieren, aber Sie ließen uns keine andere Wahl. Mittlerweile bin ich zu dem Schluss gekommen, dass mir Ihre Gegenwart durchaus angemessen erscheint. Sie haben es verdient, die Wahrheit zu erfahren statt einer Lagerfeuer-Gespenstergeschichte. Ihr Vater ist unter tragischen Umständen gestorben, und Sie haben das Anrecht auf ein paar Antworten. Und was Sie angeht, Jonah … ob Sie es glauben oder nicht – Sie haben das alles hier erst möglich gemacht.«

Jonah ging wütend auf ihn zu. »Ich werde Ihnen sagen, was ich weiß. Ich weiß, dass Ihre Leute lebendige Menschen wiederbelebt haben. Sie haben mich dafür benutzt. Es ist noch etwas anderes da draußen, etwas, das einen lebenden Menschen als Wirt missbrauchen könnte. Ich weiß, dass Sie etwas Uraltes für immer in diese Welt bringen wollen.« Er war jetzt nur wenige Zentimeter von Andreas entfernt. Seine Stimme war ein raues Flüstern. »Ich habe dieses Ding *gesehen.* Es *gespürt,* seine Bösartigkeit, genau wie Eldridge. Ich weiß nicht, was Sie damit bezwecken, aber ich werde *alles* tun, was in meiner Macht steht, um Sie aufzuhalten.«

Andreas nickte. »Ich habe von Ihren Erlebnissen gehört, Jonah. Ihren Halluzinationen, die temporäre Suspendierung und …«

»Sie haben davon gehört? Offenbar wissen Sie eine ganze Menge.«

»Sie haben mich in meinem eigenen Büro zur Rede gestellt, Jonah. Mich *verhört.* Natürlich habe ich Nachforschungen angestellt.«

»Wussten Sie auch über Hannerman Bescheid?«, fragte Annabel. »Wussten Sie, dass er und seine Komplizen meinen *Vater* entführen wollten?«

Andreas runzelte die Stirn. »Um Himmels willen, Annabel, wofür halten Sie uns? Wir hatten keine Ahnung von Hannerman, bis Ihr Vater gefunden wurde. Wir begriffen, dass die Entführung mit unserem Projekt zu tun haben musste, so rudimentär und unzuverlässig Hannermans Informationen auch gewesen sein mochten. Wir änderten unsere Pläne, verlagerten unseren Standort und legten das Projekt auf Eis, bis die Gefahr vorbei war.«

»Ihre Pläne sind entweder wahnsinnig oder gefährlich«, sagte Annabel. »Verstehen Sie das denn nicht?«

»Ich wüsste nicht, wie ich Sie vom Gegenteil überzeugen könnte. Aber ich will zumindest *versuchen*, Ihnen zu zeigen, dass wir nicht so verrückt sind, wie Sie glauben. Denn das sind wir nicht.« Annabel sah ihn teilnahmslos an.

Jonah dagegen wurde immer wütender. »Andreas, meine Angst vor dem, was ich da gespürt habe, war mehr als *berechtigt.*«

»Sie waren überarbeitet.«

»Bitte. Tun Sie das nicht.«

»Die Welt wird nicht untergehen, Jonah. Das hier ist kein Armageddon.«

»Woher wollen Sie das wissen?«

»Wir sind auf etwas gestoßen, das mehr als nur Intelligenz besitzt, Jonah. Es besitzt *Weisheit*. Projekt Unity ist tatsächlich eine Vereinigung – und eine sehr gute Sache.«

»Unity«, schnaubte Jonah höhnisch.

»Die Bezeichnung, die wir sowohl für unser Projekt als auch für die Forschungsgruppe an sich verwenden. Unity steht für eine dauerhafte Verbindung, eine Vereinigung mit diesen Wesenheiten. Wir arbeiten nun schon seit sieben Jahren auf dieses Ziel hin.«

»Sie reden von dämonischer Besessenheit. Darauf läuft es doch hinaus.«

»Ich bitte Sie, Jonah, seien Sie nicht kindisch. Das sind keine *Dämonen*. Keine finstere *Bedrohung*. Wie gesagt – das hier ist kein Weltuntergang.«

»Wie können Sie sich da so sicher sein?«, fragte Jonah verzweifelt. »Woher wollen Sie wissen, dass diese *Kreaturen* nicht in dem Augenblick, in dem Sie die Vereinigung erfolgreich abschließen, ihre wahre Natur zeigen?«

Andreas' Lächeln wurde sanfter. »Weil wir es schon getan haben.«

Jonah blieb die Spucke weg. Er sah sich zu seinen Freunden um, die mit schreckgeweiteten Augen zurückstarrten. Als er sich wieder Andreas zuwandte, zitterte seine Stimme. »Wie meinen Sie das?«

»Wir haben es bereits getan. Die erste erfolgreiche Vereinigung fand vor sechzehn Monaten statt.« Er gönnte sich ein leises Lachen. »Keine Ungeheuer weit und breit.«

»Sie lügen«, sagte Jonah. Heißes, blankes Entsetzen überkam ihn.

»Vielleicht möchten Sie sich mit unserer ersten Testperson persönlich unterhalten?«

Jonah war starr vor Schreck.

Andreas schüttelte den Kopf. »Sie müssen keine Angst haben, Jonah. Im Gegenteil. Sie kennen die Dame bereits.«

Plötzlich drehte sich Jonah der Magen um, und ihm wurde schwarz vor Augen, noch bevor Andreas die Tür öffnete und sie den Raum betrat. In dem Augenblick, in dem Andreas ›die Dame‹ gesagt hatte, hatte er es gewusst.

»Hallo, Jonah«, sagte sie.

»Hallo, Tess«, erwiderte er.

KAPITEL 31

Jonah starrte sie an.

»Wer zum Teufel ist das?«, fragte Annabel Never flüsternd.

»Tess Neil«, sagte Never. »Jonahs, äh, Ex, mehr oder weniger. Ist noch nicht lange her.«

»Oh«, sagte Annabel und verzichtete auf weitere Fragen.

Jonah konnte seinen Blick nicht von Tess abwenden. Er holte tief Luft. In dem Augenblick, als er sie zum ersten Mal gesehen hatte, war er in helle Panik ausgebrochen, die noch immer nicht völlig abgeklungen war. Tausend Fragen schwirrten durch seinen Kopf, aber eine einzige musste er sofort stellen. »Was hast du mit uns vor?«

Sie sah ihn ehrlich überrascht an, fast gekränkt von der unterschwelligen Anklage. »Du musst keine Angst haben, Jonah. Wir behalten euch hier, bis das Projekt beendet ist, dann wirst du nie wieder etwas von uns hören. Wir lassen euch spätestens in zwei Tagen frei. Tut mir leid, dass ihr das durchmachen müsst und dass Never verletzt wurde.«

»Tess, ich weiß nicht, ob du das von Sam gehört hast. Er wäre beinahe *gestorben*. Sein Leben hängt immer noch am seidenen Faden.«

»Habe ich gehört, ja.«

Sie starrten sich an. Tess wandte den Blick zuerst ab. Er erkannte echten Schmerz, echtes Bedauern in ihren Augen.

Trotzdem war er so wütend, dass er sie am liebsten angeschrien hätte.

Michael Andreas ergriff wieder das Wort. »Kurz nachdem sich Will Barlow und John Gideon aus Kendricks Projekt verabschiedet hatten, sind sie zu mir gekommen und erzählten mir diese erstaunliche, fast unglaubliche Geschichte. Sie sagten, dass sie einige verlorene Seelen gefunden hätten, die gefangen und auf der Suche nach Hilfe wären. Sie wären schon so lange im Nirgendwo, dass sie sogar ihre Namen vergessen hätten. Und sie behaupteten, dass diese Wesen bestimmtes *Wissen* besäßen. Als sie mir zeigten, was sie entdeckt hatten, fühlte ich mich geehrt. Es war ein großes Privileg, einer der ersten Menschen überhaupt zu sein, der einen Blick auf diese Forschungen werfen durfte. Selbstverständlich bot ich ihnen meine Hilfe an. Es ist eine ziemlich komplizierte Prozedur. Durch eine gewöhnliche Wiederbelebung kann die Barriere zwischen den Welten nicht aufgehoben werden. Ein solches Projekt ist auf eine lebende Versuchsperson angewiesen, deren Körper so weit abgekühlt werden muss, bis das Herz zu schlagen aufhört und …«

»Ich kenne den Prozess.« Jonah stellte sich Tess vor, die genau wie Lyssa Underwood an Maschinen angeschlossen war, die künstliches Blut durch ihre Adern pumpten.

»Natürlich. Wenn die Testpersonen wieder zu sich kamen, spürten sie die Anwesenheit dieser Wesen in sich. Sie waren ein Teil von ihnen geworden. Sie wurden von Erinnerungen heimgesucht, zunächst verschwommen und durcheinander und voll bizarrer Bilder. Wir hofften, dass ihnen im Lauf der Zeit einfallen würde, wer sie sind. Und wir waren uns der Tragweite einer solchen Entdeckung bewusst.«

»Und wer sind sie, Andreas?«, fragte Annabel.

Andreas lächelte. »Eine uralte Spezies. Älter als die

Menschheit. Viel älter. Wir haben oft mit dem Wesen gesprochen, das Sie durch Lyssa Underwood in unsere Welt gebracht haben. Es war orientierungslos und verwirrt, redete aber ständig von einer großen Katastrophe, die seine Welt zerstört hätte. Es erzählte uns, dass es über großes Wissen verfügen würde. Und eine Warnung für alle hätte, die zu hören bereit waren. Es erzählte uns von den Dreizehn, auserwählt aus den letzten Überlebenden ihrer Spezies. Sie hatten sich freiwillig für diese heilige Aufgabe gemeldet. Alles Übrige, was wir von ihm erfahren haben, gibt Anlass zur Spekulation. Nun, meine Interpretation lautet folgendermaßen: Diese Wesen stellen einen lebenden Tresor für das Wissen ihrer gesamten Spezies statt. Die Dreizehn hatten den Auftrag, es weiterzugeben, und wir sind die Ersten, die es empfangen werden.«

»Irgendwo ist immer ein Haken«, sagte Annabel. Andreas funkelte sie wütend an.

»Machen Sie sich nicht lustig darüber, Annabel. Hier geht es nicht um mich. Hier geht es um *uns alle*. Wir haben Jahre gebraucht, um herauszufinden, wie wir diesen Wesen helfen können, sich daran zu erinnern, was sie wirklich sind. Sie waren eine unendlich lange Zeit allein, gefangen in der Finsternis. Jahrtausende, Jahrmillionen. Vielleicht sogar noch länger. Sie haben alles vergessen. Versuchen Sie sich die ewige Stille vorzustellen, die sie ertragen mussten. Will fand heraus, wie wir sie aus dem Dunkel holen können. Nach jeder Wiederbelebung waren die Wesen in den Köpfen der Testpersonen anwesend, doch dieser Effekt dauerte nur ein paar Stunden. Als wir dann erneut mit den Wesen sprachen, erinnerten auch *sie* sich an diese Wiederbelebungen. Es war eine tatsächliche Vereinigung – Unity –, nicht nur ein einfacher Residuum-Effekt. Für ein paar kostbare Stunden waren sie ein Teil von uns.

Wir machten allmählich Fortschritte. Die BPV-Variante, die Sie vorhin erwähnt haben, stellte sich als eine essentielle Komponente heraus. Sie verlängerte die Dauer der Vereinigung erheblich. Ohne sie wären wir in einer Sackgasse gelandet.

Stattdessen gelang es uns, den Effekt zu stabilisieren, sodass er nun Tage statt Stunden anhielt, aber auch das reichte nicht. Wir suchten nach einer permanenten Lösung, indem wir die Gehirne der Testpersonen mit bildgebenden Verfahren untersuchten. Nachdem wir die Gehirnareale identifiziert hatten, die für das Nachlassen des Effekts verantwortlich waren, planten wir kleine Läsionen an bestimmten Stellen und zogen einen Neurochirurgen hinzu, der ...«

»Ein Neurochirurg?«, platzte es aus Jonah heraus. Er dachte an die Narbe, die er in jener Nacht zwischen Tess' Haar gesehen hatte, und ihre Erklärung dafür. *Eine Operation. Nur ein kleiner Tumor. Gutartig.* Mehr hatte sie ihm nicht verraten wollen, was er auch respektiert hatte – in der Annahme, dass es ihr nicht leichtfiel, darüber zu reden. Im Gegenteil: Es war ihr nicht leichtgefallen, ihn anzulügen. Plötzlich verstand er auch die Operation, der sich Andreas unterzogen hatte, die kahle Stelle auf seinem Kopf. Jonah zitterten die Knie. »Himmel, Tess. Du hast dir an deinem verdammten *Hirn* rumschnippeln lassen?«

»Die Operation verlief problemlos«, sagte Tess. »Die Wiederbelebung erfolgte zehn Tage später, und die Vereinigung wurde vollzogen. Es hat funktioniert.«

Jonah sah sie verblüfft an. Er hatte Tess immer für eine selbstbewusste, unabhängige und intelligente Frau gehalten. Und jetzt gab sie offen zu, dass ihr Leben so zerrüttet und sinnlos gewesen war, dass sie sich freiwillig für diesen Wahnsinn unters Messer begeben hatte. *Wir alle sind verzweifelt,* dachte er. *Aber manche von uns können es einfach besser verbergen.*

»Genau«, sagte Andreas. »Es hat funktioniert. Allerdings brauchen diese Wesen Zeit, bis sie ihre Identität und ihre Erinnerungen wiedererlangen. Jedes Mal, wenn wir einen von ihnen zurückbrachten, wurde uns der Nächste enthüllt. Sie bildeten eine Reihe von Schutzschilden, wie die Schalen einer Zwiebel. Im Zentrum befindet sich der Dreizehnte. Jeder von ihnen war schwächer als der vorherige, und es wurde immer schwieriger, sie in unsere Welt zu bringen. Wir hatten es bis zum Letzten geschafft, als unsere beste Reviverin bei einem Autounfall starb. Eine Französin namens Grace Ferloux, die stärkste Reviverin, der ich je begegnet bin. Damals glaubten wir an einen Unfall, aber jetzt ... jetzt bin ich mir diesbezüglich nicht mehr so sicher. Wir brauchten sie dringend für die letzte Wiederbelebung. Das schwächste dieser Wesen ist gleichzeitig auch ihr Anführer. Der Älteste, wenn Sie so wollen.«

»Lassen Sie mich raten«, sagte Annabel. »Dem Verband auf Ihrem Kopf nach zu urteilen haben Sie sich für die Vereinigung mit dem Ältesten gemeldet, oder? Schließlich bezahlen Sie das Ganze, da wollen Sie natürlich auch das größte Stück vom Kuchen.«

Andreas sah sie verärgert an und beschloss, ihre Bemerkung zu ignorieren. »Nur ein sehr starker Reviver hat überhaupt eine Chance auf Erfolg. Grace war die einzige, die es hätte schaffen können. Wir suchten nach Ersatz und erstellten eine Liste mit mehreren Kandidaten. Allerdings verlangt die Prozedur die Einnahme der BPV-Variante, wozu nur wenige Reviver ohne gravierende Nebenwirkungen in der Lage sind. Um einen Reviver zu finden, der nicht unter diesen Unverträglichkeiten litt, mussten wir ... nun ja, zu etwas unorthodoxeren Methoden greifen. Alle Reviver weltweit benutzen die Präparate meiner Firma. Die stärksten Reviver erhalten maßgeschneiderte Dosen, eine individualisierte Medikation. Diesen Medikamenten fügten wir die Variante in kleinen Mengen hinzu, um herauszufinden, wer für unsere Zwecke geeignet war.«

Jonah warf ihm einen vernichtenden Blick zu. »Die Nebenwirkungen …«

»Eine derart geringe Dosierung hatte bei den meisten nur eine minimale Verringerung ihrer Erfolgsquote und eine kleine Verlängerung der Ruhephase bis zur nächsten Wiederbelebung zur Folge. Jeder dokumentierte Leistungsabfall wird uns routinemäßig gemeldet, um die Medikation anpassen zu können.«

»Aber manche litten unter … Halluzinationen. Und dem Residuum-Effekt.«

Andreas nickte nur.

Jonah vergrub den Kopf in den Händen. Es war genau das Medikament, das Eldridge als Erster getestet und das ihm den Residuum-Effekt beschert hatte. Das war also die Verbindung zwischen Eldridge und Jonah. Vor Daniel Harkers Wiederbelebung hatte Jonah die doppelte Dosis seines alten, manipulierten BPV genommen – und den bisher schlimmsten Residuum-Effekt seiner Karriere erlebt. »Ich stand auch auf dieser Liste. Sie haben mit meinen Medikamenten herumgepfuscht. Deshalb glauben Sie also, dass ich mir die Sache mit Alice Decker nur eingebildet habe.«

Andreas nickte wieder. »Das war eine außergewöhnlich heftige Reaktion. Die meisten haben kaum etwas gespürt. Sobald wir ein Dutzend Kandidaten zur Auswahl hatten, ließ ich Will Barlow die Reihenfolge bestimmen, in der wir sie kontaktierten.«

»Wieso gerade Will?«

»Er hat ein Händchen für so etwas. Er hat auch Grace entdeckt. Instinkt, behauptet er. Wie auch immer – es hat funktioniert. Ein Mitglied von Unity traf sich mit dem entsprechenden Kandidaten. Danach entschieden wir, ob er für unser Projekt geeignet war.«

Jonah wandte sich Tess zu. »Deshalb also das plötzliche Wiedersehen.«

Tess lächelte. »Du hattest bereits deutliche Nebenwirkungen auf das Medikament gezeigt, Jonah. Und selbst wenn nicht – du hättest unser Angebot niemals angenommen. Mit Geld hätten wir dich nicht locken können. Nein. Ich wollte dich tatsächlich noch einmal wiedersehen, bevor ich ging.«

»Wie viel wollten Sie mir anbieten?«

»Fünf Millionen.«

Jonah blieb die Spucke weg. Das hatte er nicht erwartet. »Grundgütiger.«

»Wir strichen einen Reviver nach dem anderen von der Liste, bis wir unseren Kandidaten gefunden hatten«, sagte Andreas. »Eine letzte Wiederbelebung, dann werden wir uns an einen Ort zurückziehen, an dem uns niemand aufspüren kann. Heute werden wir die letzte Vereinigung vollziehen, danach werden wir für immer verschwinden.«

Jonah sah wieder Tess an. »Also hast du mich nicht angelogen. Es war wirklich ein Abschied.«

»Ja, Jonah«, sagte sie. »Wir sind bald weg. Wenn du jetzt nicht hier wärst, hättest du mich nie wieder gesehen.«

Jonah sah ihr in die Augen. »Aber warum hast du …?«

Sie lächelte. »*Mir* zuliebe, Jonah. Ich hoffe, du bereust es nicht. Ich nämlich ganz bestimmt nicht.«

Er sah sie an und dann schnell auf den Boden, als er bemerkte, dass Annabel ihn beobachtete. »Und jetzt versucht ihr herauszufinden, wer ihr seid? *Was* ihr seid?«

»Genau. Und wir wissen nicht, wie lange das dauern wird.«

Er verspürte ein Gefühl tiefen Unbehagens, das er nicht abschütteln konnte, obwohl er jetzt eine Erklärung dafür hatte, was er bei der Wiederbelebung von Alice Decker gesehen hatte. Es ist nur Einbildung, hatten sie gesagt, und er hatte ihnen glauben wollen. Durch manipulierte Medikamente hervorgerufene Halluzinationen. Doch das hatte er ihnen damals nicht abgekauft – und jetzt auch nicht.

»Tess, da ist noch etwas anderes da draußen. Ich habe es gesehen.«

Sie schüttelte den Kopf. »Ich bitte dich, Jonah. Wir haben das jetzt bereits zwölf Mal gemacht. Glaubst du nicht, wir hätten inzwischen irgendetwas bemerkt? Wenn wirklich etwas Böses versuchen würde, in unsere Welt zu gelangen, wäre das nicht längst schon geschehen?«

Jonah sah ihr in die Augen und erkannte, dass er ihr es nicht ausreden konnte. Als ihm bewusst wurde, wie viel sie bereits in dieses Projekt investiert hatte, wurde ihm schwindlig. Entweder war sie völlig verblendet, oder sie hatte sich tatsächlich mit einer unbekannten Macht eingelassen. Und wenn das letztendliche Ziel dieser Macht die Heraufbeschwörung des Bösen war – welches Schicksal erwartete Tess?

»Wie denkst du *jetzt* darüber? Tess, was sind diese Wesen? Du kommst mir jedenfalls nicht anders vor als früher.«

»Es ist in mir, Jonah. Die meiste Zeit schläft es, aber nicht immer. Ich spüre es. Manchmal werde ich von seltsamen, überwältigenden Erinnerungen heimgesucht. Schon bald werde ich alles verstehen. Bei meiner ersten Begegnung mit diesem Wesen empfand ich Wärme, eine *Hoffnung*, ein Gefühl von Sicherheit und Aufrichtigkeit und Vertrauen … Jonah, als ich mein Elternhaus verließ, habe ich zwei Dinge mitgenommen: Geld und ein Bettelarmband, das meiner Großmutter gehörte. Meine Mutter hat es nie getragen, aber ich weiß noch, wie hübsch es an meiner Oma aussah. Ich hatte sogar einen Lieblingsanhänger, der mir besser gefiel als alle anderen.« Sie hob das linke Handgelenk und zeigte ihm besagtes Armband mit dem Anhänger in Form eines kleinen, einfachen Engels. »Nach meiner Begegnung mit dem Wesen hatte ich genau dieses Bild vor Augen.«

»Ein Engel«, sagte Jonah und versuchte, seine Skepsis zu verbergen. Was ihm nicht ganz gelang.

Tess blieb sein Tonfall nicht verborgen. Sie ließ den Arm sinken und bedeckte den Anhänger mit der anderen Hand. »Das mag dir naiv vorkommen, aber so war es.«

»Und das Wesen, das in dir ist, ist dasselbe, mit dem ich während der Wiederbelebung von Lyssa Underwood gesprochen habe?«

Tess sah ihn misstrauisch an, dann wandte sie sich Andreas zu.

»Nein«, sagte Andreas. »Tess war die Erste, die den Prozess überlebt hat, nicht die erste Versuchsperson. Der Erste von uns, der Pionier sozusagen, starb. Ein Herzfehler, der uns bei den Untersuchungen irgendwie entgangen ist. Alle Reanimationsversuche nach der Wiederbelebung blieben erfolglos. Am nächsten Tag versuchten wir, Kontakt mit dem Wesen aufzunehmen, mit dem er sich vereinigt hatte. Es war verschwunden. Es war mit ihm gestorben – ein tragischer Beweis dafür, dass wir eine vollkommene Verschmelzung erreicht hatten. Sobald sie aus ihrem Gefängnis befreit sind, sind sie so sterblich wie wir auch. Nun sind noch elf von uns mit der Vereinigung gesegnet und werden Zeuge der letzten werden.«

Annabel richtete das Wort an Tess: »Sie haben das Ding jetzt seit sechzehn Monaten im Kopf, und Sie wissen immer noch nicht, was es von uns will?«

Tess ließ betreten den Kopf sinken. »Ich versuche es ja«, sagte sie und sah wieder hilfesuchend zu Andreas hinüber. Jonah bemerkte einen Anflug von Ungeduld in dessen Augen, worauf sich Tess schuldig zu fühlen schien. »Es ist schwer zu beschreiben. Wir sind eine Einheit. Die Erinnerungen sind verwirrend und bizarr. Das Wesen in mir ist das stärkste von allen, aber es erscheint mir trotzdem nur in schwer verständlichen Träumen, die allerdings in letzter Zeit zunehmend deutlicher werden. Ich glaube, sie wollen uns retten. Einst lag ein gewaltiger Schatten auf allem, und sie haben herausgefunden, wie man ihn besiegen kann. Und dieses Wissen wollen sie an uns weitergeben.«

Jonah holte tief Luft, spürte, wie verzweifelt sie versuchte, ihn von ihrer Sache zu überzeugen, ihre Entscheidung vor ihm zu rechtfertigen.

Andreas stand auf. »Wir haben noch letzte Vorbereitungen zu treffen. Ich entschuldige mich noch einmal für die Freiheitsberaubung. Wir haben leider keine andere Wahl. Wir werden versuchen, Ihnen den Aufenthalt hier so angenehm wie möglich zu machen.«

»Und wann lassen Sie uns frei?«, fragte Jonah.

»Sobald die Unity-Gruppe das Land verlassen hat. Die Wiederbelebung findet um fünfzehn Uhr statt. Wenn alles nach Plan läuft, werden wir heute Abend hier feiern und übermorgen abreisen. Sie werden innerhalb von vierundzwanzig Stunden nach unserem Aufbruch freigelassen, aber nicht früher, so leid es mir tut. Danach müssen Sie selbst entscheiden, wie Sie weiter vorgehen. Es steht Ihnen frei, offen über alles zu sprechen, was hier passiert ist. Ob man Ihnen Glauben schenkt oder nicht – von uns haben Sie nichts zu befürchten. Ich würde Ihnen anraten, die Gelegenheit zu nutzen und den verpassten Schlaf nachzuholen. Wenn Sie heute Nachmittag Zeugen der Wiederbelebung des Ältesten sein wollen, sind Sie herzlich dazu eingeladen.« Er sah sie der Reihe nach an.

»Ich bin dabei«, sagte Annabel mit einer verschmitzten Skepsis, die ihr einen weiteren abschätzigen Blick von Andreas einbrachte.

»Ich passe«, sagte Never.

Jonah schwieg. Wenn er Gewissheit haben wollte, war das die Möglichkeit, es mit eigenen Augen zu sehen. Vielleicht war das manipulierte Medikament *doch* die Erklärung für das, was er gesehen hatte, und die Hoffnung, die Tess hegte, mehr als nur Wunschdenken. Vielleicht war das, was er bei der Wiederbelebung von Alice Decker erlebt hatte, tatsächlich nur eine Halluzination gewesen.

Aber Eldridge war da ganz anderer Meinung gewesen. Für ihn war es etwas sehr Konkretes und sehr Böses …

Und etwas sehr Geduldiges.

Wenn dies die letzte Wiederbelebung des Unity-Projekts darstellte, war es auch seine letzte Gelegenheit, sich zu zeigen.

Sobald Andreas und Tess gegangen waren, öffnete ein Wachmann die Tür. »Du da, mitkommen«, sagte er zu Never. »Ab unter die Dusche.«

Es war der Wachmann, der ihn mit dem Taser beschossen hatte. »Nur, wenn man die Duschkabine absperren kann. Ich traue Ihnen nicht.«

Der Wachmann ließ sich nicht provozieren. »Wenn du den ganzen Tag in deiner Pisse sitzen willst, nur zu.«

Jonah und Annabel verbrachten eine Viertelstunde in unangenehmem Schweigen, dann kehrte Never zurück. Sein Haar war feucht. Er trug OP-Kleidung und hatte einen Stapel Handtücher dabei.

»Als Kissenersatz«, sagte er. »Sie haben uns für heute Nacht was Besseres versprochen. Sieht so aus, als wären wir die nächste Zeit über hier.«

Er verteilte die Handtücher und schaltete das Licht aus. Da das Licht im Flur durch das Türfenster fiel, war der Raum alles andere als dunkel, aber wenigstens nicht mehr so grell erleuchtet. Sobald sie sich auf den Boden legten, spürten sie, wie der Stress und die Erschöpfung sie übermannten.

»Jonah, was sagt dir dein Bauchgefühl?«, fragte Never. »Glaubst du, was sie da verzapft haben?«

»Vielleicht sind sie ja wahnsinnig, aber immerhin haben sie offen mit uns geredet und wollen niemanden verletzen. Nur sich selbst. Das, was ich während der Wiederbelebung von Alice Decker gespürt habe, hat sich bis jetzt noch nicht gezeigt. Ich weiß auch nicht, was ich glauben soll.«

»Und was ist mit deiner, äh, *Freundin*?«, fragte Annabel.

»Ja«, sagte Never. »Was denkst du über sie?«

»Oder besser«, sagte Annabel, »vertraust du ihr?«

Jonah dachte darüber nach. Er wusste nicht, was er von Tess halten sollte. Er hatte sie als selbstbewusste, fast egozentrische Frau in Erinnerung gehabt. Jetzt hatte sie plötzlich sehr verletzlich gewirkt. Machte sie das nun vertrauenswürdiger oder nicht? »Keine Ahnung. Wir müssen jetzt erst einmal herausfinden, ob und was bei dieser Wiederbelebung durch das Tor tritt. Und das können wir am besten, wenn wir zusehen.«

Annabel nickte. »Also werden wir teilnehmen. Wir haben ja sowieso nichts anderes vor. Hoffentlich erleben wir dabei keine bösen Überraschungen. Ich habe nachgedacht – sie haben behauptet, dass sie uns nichts tun wollen. Andererseits können Wahnsinnige ziemlich schnell ziemlich verzweifelte Entscheidungen treffen. Wir brauchen einen Plan B.«

»Zum Beispiel?«, fragte Jonah.

»Kannst du uns hier rausbringen, Never?«, fragte sie. Never drehte den Kopf zu ihr um und grinste.

»Eine Flucht? Ja klar, sicher.« Dann bemerkte er den Ausdruck auf ihrem Gesicht, und sein Grinsen erlosch. »Du meinst das ernst.«

»*Du* bist der Technikexperte, oder etwa nicht? Du hast doch bestimmt eine Ahnung von den Sicherheitsmaßnahmen hier. Denk nach.«

»Du verwechselst mich anscheinend mit dem A-Team. Aber ich werde mich anstrengen.« Er setzte sich auf und ließ den Blick vom Boden bis zur Decke durch den gesamten Raum schweifen. Schließlich stand er auf, ging zu der der Eingangstür gegenüberliegenden Wand und verschränkte die Arme. Wenige Minuten später legte er sich wieder hin und schloss die Augen.

»Du gibst aber schnell auf«, sagte Annabel.

»Der Plan nimmt langsam Formen an. Ich muss nochmal drüber schlafen. Wie gesagt: Ich muss mir nicht unbedingt ansehen, wie sie Nummer dreizehn zurückholen. Tess hält sie für Engel, Andreas für Aliens. Ich bleibe lieber hier und tüftle an unserem Fluchtplan – nur für den Fall, dass *Eldridge* recht hat und wir den Antichrist zum Abendessen einladen.«

»Und wie lautet dein Plan, Houdini?«

»Erst einmal«, sagte Never, »müssen wir aus einem verschlossenen Raum entkommen. Problem Nummer eins.«

»Und dann?«

»Wir sind im Bürotrakt eines Forschungsunternehmens. Die Sicherheitsmaßnahmen sind dazu da, um die Leute *fernzuhalten,* und nicht, um sie *einzusperren.* Das hier mag zwar ein bisschen besser gesichert sein als ein normales Gebäude, trotzdem müssen sie die Brandschutzverordnungen befolgen.«

»Was bedeutet?« Jonah ahnte bereits, dass ihm das Folgende nicht gefallen würde

»Wenn ein Feuer ausbricht, werden sich die Notausgänge öffnen.«

»Also sollen wir ein *Feuer* legen?«

»Aber nicht doch. Wahrscheinlich öffnen sich die Türen, wenn wir einfach nur den Feueralarm auslösen. Und dazu brauchen wir *Rauch.* Sobald wir genug Rauch erzeugen, geht der Alarm los, bevor irgendjemand nach dem Rechten sehen kann. Heute Nacht, wenn es am ruhigsten ist – also so gegen drei, vier Uhr – werden wir uns hier rausschleichen, den Alam auslösen und zum nächsten Ausgang rennen, und *zack!,* sind wir weg.«

»Und wie kommen wir aus diesem Raum hier?«

»Die Klimaanlage«, sagte Never und deutete nach oben. »Die Lüftungsrohre sind in einer Zwischendecke verlegt. Wir klettern einfach über die Wand.« Er deutete auf diejenige, vor der die Schreibtische aufgestapelt waren. »Als ich duschen war, hab ich mich ein bisschen umgesehen. Wenn ich mich nicht irre, befindet sich auf der anderen Seite ein leeres Büro. Und falls wir Glück haben, ist es nicht abgeschlossen. Ansonsten arbeiten wir uns einfach weiter bis zum Flur vor. Das ist zwar riskant, aber machbar.«

»Und *woher* soll der Rauch kommen?«

»Jaja, ich arbeite dran. Der Plan ist noch nicht ganz rund,

das braucht seine Zeit. Mein Hirn muss sich jetzt erst mal ein paar Stunden ausruhen. Ich denke nach, während ihr euch Andreas' Show anguckt.« Er sah Jonah durchdringend an. »Wenn diesmal tatsächlich Satan persönlich auftaucht, dann versprich mit, dass du ganz laut schreist. In diesem Fall hätte ich nämlich gerne einen Vorsprung.«

KAPITEL 32

Jonah erwachte verwirrt und voller Angst im Halbdunkel des Büros. Er hatte von Lyssa Underwood geträumt. Sie hatte auf der Bahre gesessen und etwas von einer brennenden Stadt geschrien, als ihr Gesicht sich plötzlich in das blutige Antlitz von Alice Decker verwandelt hatte.

Laut der Uhr an der Wand war es elf. Er hatte vier Stunden auf den harten Teppichfliesen geschlafen, was er in allen Knochen spürte. Er stand auf und verzog das Gesicht, als sich seine Gelenke langsam wieder einrenkten. Dann ging er zur Tür hinüber und spähte durch das kleine Fenster. Gegenüber saß ein Wachmann und las eine Zeitschrift. Jonah klopfte, bis der Mann aufsah.

Als er von der Toilette zurückkam, waren auch Annabel und Never aufgewacht.

Auf ihre Bitte hin brachte man ihnen Sandwiches und eine Stunde später Snacks und Getränke.

»Die gehören dir«, sagte der Wachmann und warf Never eine Plastiktüte zu.

Never sah hinein. Es waren seine frisch gewaschenen Klamotten. »Hoffentlich war das enzymfreies Waschmittel«, sagte er. »Meine Haut ist sehr empfindlich.« Er warf dem Wachmann ein ganz besonders respektloses Grinsen zu, worauf dieser grunzte, den Raum verließ und wieder hinter ihnen abschloss.

Die drei Gefangenen verbrachten die Wartezeit größtenteils schweigend, während die Aktivität im Gebäude stetig zunahm. Annabel und Jonah hatten keinen Hunger und aßen nur, weil es ihnen vernünftig zu sein schien. Never dagegen schlang alles in sich hinein, was in Reichweite war.

Jonah sah ihn verblüfft an. »Ist dir schon einmal der Appetit vergangen? Nur ein einziges Mal?«

»Ich esse eben, wenn ich nervös bin«, sagte Never. »Und gerade bin ich *extrem* nervös.«

An seinen Augen erkannte Jonah, dass er die Wahrheit sagte. Ihm selbst ging es schließlich ähnlich.

Für die Nacht wurden sie mit Campingliegen und Schlafsäcken ausgestattet. Sie stellten die Liegen auf und vermieden es, über die bevorstehende Wiederbelebung zu sprechen.

Dann führte man Jonah und Annabel aus dem Büroraum. Never lehnte es ab mitzukommen, woraufhin der Wachmann mit den Schultern zuckte.

»Hier«, sagte er und reichte Never einen Eimer. »Den brauchst du wahrscheinlich. Im Moment hat keiner Zeit, um dich aufs Klo zu führen.«

»Wird schon gehen«, sagte Never. »Ich haue mich nochmal aufs Ohr. Ihr Arbeitgeber ist wahnsinnig, wussten Sie das?«

Einen Augenblick lang glaubte Jonah, den Anflug eines Lächelns auf dem Gesicht des Wachmanns zu erkennen. Er fragte sich, wie viel er und seine Kollegen wussten. Ob sie daran glaubten. Aber egal, ob sie von ihrer Sache überzeugt waren oder nicht – höchstwahrscheinlich wurden sie nicht schlecht bezahlt.

Sobald die Tür wieder verschlossen war, rückte Never die Liegen so zurecht, dass sie durch das Fenster kaum sichtbar waren. Er stopfte einen Schlafsack mit den Handtüchern aus, damit es auf den ersten Blick so aussah, als würde jemand darin schlafen. Dann schaltete er das Licht aus und setzte sich so hin, dass er von der Tür aus nicht zu erkennen war. Nach einer Viertelstunde machte er sich daran, ein Deckenpaneel zu lösen.

Jonah und Annabel wurden in einen langen, schlauchförmigen Beobachtungsraum gebracht, von dem aus man in den großen Saal darunter sehen konnte. Vor den riesigen Fenstern befanden sich zwei Stuhlreihen, die größtenteils bereits besetzt waren. Der Raum hallte von aufgeregten Gesprächen wider. Jonah beobachtete die Anwesenden und fragte sich, wie viele von ihnen den Unity-Prozess über sich hatten ergehen lassen – wer von ihnen eine geheime Seele in sich trug, die darauf wartete, sich zu offenbaren, ihre wahre Natur zu zeigen. Insgesamt waren es siebenundzwanzig Zuschauer. Vier davon gehörten ganz offensichtlich zum Wachpersonal: ernste Mienen und beeindruckende Muskeln. Tess war nicht darunter. Es bestand jedoch durchaus die Möglichkeit, dass die anderen zehn, die die Vereinigung erlebt hatten, direkt vor ihm saßen. Und keiner von ihnen wusste, auf was er sich eingelassen hatte.

Einer der Wachmänner deutete auf einen Sitz in der ersten Reihe, ganz in der Nähe der Tür. Als Jonah und Annabel Platz nahmen, setzte sich ein weiterer Wachmann zwischen sie.

Der Albtraum von heute Morgen hatte ihn nervös gemacht. Er wünschte sich jetzt mehr denn je, dass Tess recht hatte und seine Erfahrung mit Alice Decker nur dem manipulierten Medikament zuzuschreiben war. Das würde alles so viel einfacher machen: Michael Andreas bekam seine Vereinigung, und Jonah und seine Freunde konnten in eine Welt zurückkehren, in der es nichts zu fürchten gab.

Eine verführerische Vorstellung – denn wenn Tess falschlag, welche Konsequenzen hatte das dann für *sie*?

Er sah in den Saal hinunter. Ein Dutzend Assistenten eilte geschäftig umher; alle trugen ausnahmslos grüne OP-Kleidung und Mundschutz. Er vermutete, dass Gideon ebenfalls darunter war, obwohl er nur Will Barlow erkannte – seine Augen waren unverwechselbar.

Barlow stand neben einer gepolsterten Liege. Michael Andreas lag darauf, blass und nackt bis auf ein grünes Flügelhemd. Er war bewusstlos, und seine Augen waren mit Klebstreifen verschlossen. Auf einem Monitor neben der Liege wurden seine Vitalzeichen eingeblendet. Mehrere Schläuche führten in seine Arme und Oberschenkel und pumpten die Kühlflüssigkeit durch seinen Körper, durch die die Herz- und Gehirnfunktionen außer Kraft gesetzt wurden. Außerdem war er intubiert, was bedeutete, dass die Wiederbelebung nichtvokal durchgeführt werden musste. Das hatte Jonah nicht erwartet. Die ganze Anordnung bereitete ihm ein flaues Gefühl im Magen – die Erinnerung an Lyssa Underwood stand ihm wieder deutlich vor Augen.

Einen Augenblick lang fragte er sich, weshalb das medizinische Personal so zahlreich war und wieso derart aufwändige Vorbereitungen getroffen wurden. Dann fiel ihm ein, dass Andreas reanimiert und sein Körper langsam auf eine Temperatur erwärmt werden musste, die eine normale Herztätigkeit erlaubte. Wenn dieser Prozess fehlschlug, musste man zu drastischeren Mitteln greifen. Deshalb war die Anwesenheit eines eingespielten Notfallteams in einer sterilen Umgebung durchaus angebracht.

»Meine Damen und Herren«, ertönte Barlows Stimme aus einem Lautsprecher, woraufhin Jonah zusammenzuckte. Er sah zu Barlow und bemerkte, dass dieser ein Headset trug.

»Willkommen. Wir sind hier versammelt, um Zeugen eines historischen Ereignisses zu werden. Diejenigen, die die Vereinigung erlebt haben, wissen, wovon ich spreche. Alle anderen Gäste haben mein tiefstes Mitgefühl, denn sie werden an dieser Erfahrung nicht teilhaben können. Die letzte Vereinigung steht bevor. Dies ist zugleich ein glorreicher und ein trauriger Tag. Dergleichen wird nie wieder geschehen, und wir, die wir die Gelegenheit verpasst haben …« Barlow breitete die Arme aus. »Nun, es sollte nicht sein.«

Jonah sah sich um. Einige Zuschauer nickten, enttäuschte Mienen verrieten diejenigen, die auf eine Vereinigung gehofft hatten, die ihnen nun für immer verwehrt bleiben würde.

»Denjenigen, denen diese Gnade nicht zuteilwurde, möchte ich sagen, dass allein Ihre Anwesenheit ein Geschenk für uns darstellt – und einen Trost. Sie haben großen Mut bewiesen, indem Sie sich dieser Sache verpflichteten, dieser Suche nach Wissen. Schon bald werden wir an einem anderen Ort sein, um im Verborgenen unser Leben der Forschung zu widmen. Uns der Offenbarung zu öffnen. Als wir zum ersten Mal Kontakt mit jenen Wesen aufnahmen, die heute in uns sind, schien all das hier noch ein unmöglicher Traum. Doch der Traum ist Wirklichkeit geworden. Dies hier ist das Ende des Anfangs.«

Das Publikum applaudierte Barlow. In nicht wenigen Augen standen Tränen, und die Menschen warfen sich gegenseitig von aufrichtiger Freude erfüllte Blicke zu. Unwillkürlich dachte Jonah über Barlows verdrehte Floskel nach: *Das Ende des Anfangs. Der Anfang vom Ende.*

»Bald ist es so weit«, sagte Barlow. »Bis dahin bitte ich Sie um Ruhe und Geduld. Michael wird noch letzten Vorbereitungen unterzogen. In Kürze wird die finale Abkühlungsphase eingeleitet, die ungefähr zwanzig Minuten dauern wird. Danach wird sein Herz aufhören zu schlagen und sein Gehirn die Aktivität einstellen. Nach weiteren fünfzehn Minuten können wir beginnen.«

Das Gehirn stellt seine Tätigkeit ein, dachte Jonah. Dann war Andreas tot genug, damit sich das Tor öffnen konnte.

Wieder ertönte Applaus, bis ihn Barlow mit erhobener Hand zum Verstummen brachte. »Ich darf Ihnen nun die Person vorstellen, die den Platz der unglückseligen Grace einnehmen wird. Es war nicht einfach, einen geeigneten Kandidaten aufzutreiben …« Barlow grinste und lachte, und auch das Publikum brach in Gelächter aus. Jonah fühlte sich zunehmend unbehaglich. Victor Eldridge hatte vermutet, dass Hannermans Attentat auf der Tagung dem Ersatz für Grace Ferloux gegolten hatte. Jenem Attentat, bei dem Sam schwer verletzt worden war.

Als er an Sam dachte, verspürte er tiefes Bedauern. Er wusste nicht, ob man Sam erfolgreich aus dem Koma geholt hatte. Wieder erinnerte er sich an die Messerstecherei, an Jason Shepperton, der den Angreifer abzuwehren versuchte, an die entsetzten Mienen von Sam und Pru. Gleich würde der geldgierige, gewissenlose Shepperton den Saal betreten.

»Bitte begrüßen Sie unsere Reviverin«, sagte Barlow. Pru Dryden trat durch eine Tür in der Rückwand des Saals. Genau wie die anderen trug auch sie OP-Kleidung.

Jonahs Mund klappte auf. »*Scheiße …*«, hörte er sich selbst sagen. Er spürte, dass ihm das böse Blicke einbrachte. Der Wachmann beugte sich zu ihm vor und befahl ihm flüsternd, die Klappe zu halten.

Jonah funkelte Pru Dryden böse an. *Sie* war also Hannermans Ziel gewesen. Shepperton war einfach nur dazwischengegangen. Sollte er jemals hier rauskommen, schwor sich Jonah, würde er aufrichtig versuchen, dem Mann etwas mehr Sympathie entgegenzubringen.

Erneuter Applaus. Pru nahm Platz. Obwohl Jonah sie nicht aus den Augen ließ, sah sie kein einziges Mal zu ihm auf. Er fragte sich, ob sie überhaupt wusste, dass Zuschauer anwesend waren. Damit wäre sie sicher nicht einverstanden gewesen; andererseits war es ziemlich unwahrscheinlich, dass sie jemals wieder zum FRS zurückkehrte. Er dachte an das Geld, das sie bekommen würde – ein paar Stunden Arbeit im Tausch gegen ein sorgenfreies Leben für sich und ihre Tochter.

Das Murmeln im Publikum wurde hörbar lauter. Der Kontrast zwischen der freudigen Erwartung der Menschen um ihn herum und seiner eigenen wachsenden Panik verwirrte seine Sinne.

Jonah warf Annabel am Wachmann vorbei einen Blick zu. Sie hob die Augenbrauen. Offenbar war sie ebenso angespannt wie er.

Als Tess den Saal betrat, sah er wieder hinunter. Sie ging zu Michael Andreas hinüber und nahm seine Hand. Dann küsste sie seine Stirn und trat zurück.

»Die letzte Phase kann beginnen«, sagte Barlow, eher an seine Mitarbeiter als an das Publikum gewandt.

Leise verfluchte Never Geary seinen dicken Bauch.

Es war schon schwierig genug gewesen, sich überhaupt in die Zwischendecke zu quetschen, und jetzt steckte er auch noch fest. Etwas Zurückhaltung bei der letzten Mahlzeit wäre durchaus angebracht gewesen.

Dicke Kabelstränge führten an den Aufhängungen der Deckenpaneele entlang. Sie raubten weiteren Platz und verhinderten, dass er jedes beliebige Paneel hochheben konnte.

Heute Morgen auf dem Weg zum Duschraum hatte er seine Umgebung genau beobachtet. Seiner Meinung nach war das Büro auf der anderen Seite der Wand tatsächlich leer. Natürlich wusste er nicht, ob die Tür dazu abgeschlossen war oder nicht, aber er blieb optimistisch.

Oder war es zumindest bis eben gewesen. Jetzt schien die Situation hoffnungslos.

Er tastete durch das Halbdunkel. Das einzige Licht drang durch die Luke, durch die er sich gezwängt hatte. Er konnte seine Umgebung gerade so erahnen.

Mit einem Grunzen hob er das erste Paneel an. Das Büro darunter lag fast völlig im Dunkeln. Immerhin konnte er erkennen, dass er sich bis zur Höhe eines Schreibtisches zu seiner Linken vorarbeiten musste, wenn er nicht auf den Boden fallen wollte.

Er packte die Aufhängungen und zog, bis sich die scharfen Kanten der Metallstreben schmerzhaft in die Haut seiner Finger bohrten. Zu seiner Erleichterung schob sich sein Körper zentimeterweise vorwärts. Glücklicherweise musste er sich nicht allzu sehr anstrengen – er war sich sicher, dass ihm das irische Blut in seinen Adern früher oder später einen lautstarken Fluch entlockt hätte.

Und mittlerweile glaubte er, dass allein sein Atem meilenweit zu hören war.

Endlich landete er mit einem dumpfen und gefährlich lauten Plumps auf dem Schreibtisch des Nachbarbüros. Zwei Minuten lang verharrte er reglos und schnappte nach Luft.

Niemand schien etwas bemerkt zu haben.

Fünfzig Minuten nach Beginn der Veranstaltung ging Pru Dryden daran, ihre fünf Millionen zu verdienen.

Das Publikum war ungeduldig geworden, da es so lange hatte warten müssen, bis die optimalen Bedingungen für Andreas' Wiederbelebung hergestellt waren, doch in dem Moment, in dem Dryden sich auf den Stuhl neben ihm gesetzt und seine Hand genommen hatte, war auch das letzte Flüstern erstorben. Nun herrschte eine Atmosphäre gespannter Erwartung.

Jonah beobachtete Pru interessiert. Wann war er zum letzten Mal Zeuge einer Wiederbelebung geworden? Natürlich gehörte es zu seinem Alltag, Videoaufnahmen zu analysieren, um den Revivern die richtigen Fortbildungen empfehlen zu können (und plötzlich hatte er das unheimliche Bild von Eldridge in jener Seitengasse vor Augen), doch es war über ein Jahr her, dass er live dabei gewesen war, wie ein anderer Reviver eine Wiederbelebung durchgeführt hatte.

Da er nicht wusste, wie schwierig die Aufgabe war, die Pru erwartete, konnte er auch die Zeit nicht abschätzen, die sie dafür benötigen würde. Als er das Flüstern hörte, zuckte er vor Schreck zusammen.

Das unbestimmte Wispern kam anscheinend aus verschiedenen Richtungen. Pru Dryden sah auf. Ihre Augen bewegten sich offensichtlich mit den Geräuschen hin und her. Jonah ließ den Blick über die anderen Zuschauer schweifen. Er sah erwartungsvolle Gesichter, aber keine Anzeichen dafür, dass sie es ebenfalls hören konnten.

Das Flüstern wurde lauter. Jonah sah Annabel an, doch auch sie hatte ganz eindeutig nichts bemerkt. Sie beobachtete Dryden so nachdenklich, wie er es vor einem Augenblick ebenfalls getan hatte.

Will Barlow unten im Saal schien ebenfalls alarmiert, da er sich kerzengerade aufsetzte. Dann blickte er zum Zuschauerraum hinauf und schien Jonah mit einem kalten Lächeln in den Augen direkt anzustarren. Jonah wandte sich ab.

»Ich spüre es«, sagte Pru Dryden schließlich. »Er ist so weit.«

Bei diesen Worten brandete erneuter Applaus auf.

Barlow stand auf. »Jetzt werden wir warten, bis der Älteste uns gefunden hat.«

Und sie warteten. Es dauerte nur zwei Minuten, doch es kam Jonah wie eine Ewigkeit vor.

Dann spürte er etwas, das er noch nie gespürt hatte. Eine Wärme wie ein Atemhauch, süß und tröstlich, fuhr durch ihn hindurch. Er hörte einen Luftzug und sah sich um. Niemand sonst schien etwas Derartiges wahrzunehmen.

»Da war etwas …«, flüsterte er Annabel zu. Dieses Gefühl – die unerwartet positiven Empfindungen – hatten ihn völlig überrascht. »Es fühlte sich … *gut* an. Friedlich.«

Annabel sah ihn verwirrt an. »Was hat das zu bedeuten?«, fragte sie, doch jetzt riss dem Wachmann der Geduldsfaden. Er befahl ihnen, ruhig zu sein. Jonah sah sie an, zuckte mit den Schultern und schüttelte den Kopf. *Keine Ahnung.* Durfte er wirklich hoffen, dass Tess recht hatte?

Dann ergriff Dryden erneut das Wort. »Freund?«, sagte sie. »Freund? Bist du hier?«

Michael Andreas sagte nichts – es war schließlich eine nichtvokal Wiederbelebung – und bewegte sich auch nicht. Umso erstaunter war Jonah, dass er die Antwort trotzdem hören konnte. *Ja … ich bin hier.* Obwohl es wie Andreas' Stimme klang, wusste Jonah, dass nicht er es war. Da war er sich hundertprozentig sicher. Genauso wenig war es die Kreatur, die von Alice Decker Besitz ergriffen hatte, sondern etwas ganz anderes.

»Willkommen, Freund«, sagte Pru Dryden. Aufgeregtes Gemurmel ertönte im Publikum und verebbte sofort wieder.

Danke, sagte die Stimme.

»Ist es so weit?«

Ja. Jetzt. Bitte.

Pru hob die Hand, mit der sie Andreas hielt, in die Höhe.

Pru sah Barlow an, als wartete sie auf seine Bestätigung, dann öffnete sie die Finger. Plötzlich stieg Panik in Jonah auf, die rein professioneller Natur war. Er kannte zwar die genauen Abläufe einer solchen Vereinigung nicht, doch wenn Pru den Kontakt unterbrach, war die Wiederbelebung beendet. Hatte Pru vielleicht ganz eigene Pläne? Versuchte sie, das Ganze zu sabotieren?

Pru spreizte die Finger vollständig, sodass Andreas' Hand ihnen entglitt und herunterfiel.

Das Publikum keuchte auf. Jonah ebenfalls. Sein Sabotageverdacht zerstreute sich sofort, als sich das Keuchen um ihn herum in lauten Jubel verwandelte. Offenbar war die Unterbrechung des Kontakts ein entscheidender Teil der Prozedur.

Der Applaus wurde lauter, bis Barlow ihm Einhalt gebot. »Alles deutet darauf hin …«, begann er, sobald wieder Ruhe herrschte. Das Publikum wartete gespannt, und Barlow schien es zu genießen, die Zuschauer auf die Folter zu spannen. »… dass die Vereinigung vollzogen wurde.«

Die Leute standen auf und applaudierten. Nur Jonah, Annabel und der Wachmann blieben sitzen.

»Dann lassen Sie uns ja demnächst frei, oder?«, rief Annabel dem Wachmann zu. Sie musste die Stimme heben, um sich Gehör zu verschaffen.

»Ich kann es kaum erwarten, meine Teuerste«, sagte er mit einem zynischen Lächeln. »Ich kann es kaum erwarten.«

Zuerst hatte Never den Schreibtisch, auf dem er gelandet war, bis zu einem Paneel direkt neben der Wand verschoben. Das würde die Kletterpartie beschleunigen.

Er sah sich um. Genau wie sein Gegenstück auf der anderen Seite diente dieser Raum als Lager für ungenütztes Büromobiliar und anderen Krempel.

Die Lamellen der Jalousie vor dem Türfenster waren leicht geöffnet. Er schloss sie, dann spähte er durch den schmalen Schlitz am Fensterrand und legte die Hand auf den Türgriff. Er wartete ab – weit und breit war niemand zu sehen.

Schließlich versuchte er die Tür. Obwohl er fast damit gerechnet hatte, sie verschlossen vorzufinden, ließ sie sich öffnen. Er grinste und zog sie wieder zu, dann runzelte er die Stirn. Über die Wand zu klettern und die Tür zu überprüfen – mehr hatte er eigentlich nicht vorgehabt. Er sah zur Decke auf. Wo er das Paneel herausgehoben hatte, klaffte ein Loch. Plötzlich bemerkte er etwas in der gegenüberliegenden Ecke. Ein Telefon.

Er eilte darauf zu, hob ohne große Erwartungen den Hörer auf und vernahm zu seiner Überraschung ein Freizeichen. Sofort wählte er die erste Nummer, die ihm in den Sinn kam: die des FRS-Büros.

Das schnelle Tuten kam ihm bekannt vor. Die Telefone im Forensiklabor in Quantico hatten genauso gepiept, wenn man versucht hatte, ohne Amtsanschluss eine externe Nummer zu wählen. Er legte auf, hob wieder ab, wählte beim Freizeichen die Neun und fluchte laut, als eine Computerstimme einen Code verlangte. Die Codeabfrage war vermutlich nicht einmal eine Sicherheitsmaßnahme, sondern sollte verhindern, dass das Personal auf Kosten der Firma Privatgespräche führte. Doch wie dem auch sein mochte – das Telefon war nutzlos.

Er sah sich weiter um und entdeckte etwas anderes, das ihm ein Grinsen auf das Gesicht zauberte. Unter einem Schreibtisch stand ein funkelnagelneuer PC. Der Monitor und die zugehörigen Kabel lagen daneben.

Ohne sich allzu große Hoffnungen zu machen, zog Never den Computer hervor und schloss ihn an.

Es war zwar höchst unwahrscheinlich, doch *wenn* der Rechner funktionierte, *wenn* die LAN-Verbindungen freigeschaltet waren, *wenn* er sich einloggen konnte und *wenn* er dann ins Internet gelangte … konnte er vielleicht Hilfe rufen.

Ziemlich viele *Wenns,* aber einen Versuch war es wert.

Zunächst verweigerte der Computer jede Reaktion, als er ihn einschaltete. Nachdem er eine herumliegende Schere zu einem Schraubenzieher umfunktioniert und das Gehäuse geöffnet hatte, konnte er den Rechner zum Hochfahren bewegen. Er versuchte alle üblichen Allerwelts-Admin-Passwörter, bei denen jeder halbwegs fähige Netzwerkadministrator die Hände über dem Kopf zusammengeschlagen hätte. Beim neunten Versuch hatte er Erfolg.

Er wollte die Netzwerkkonfiguration aufrufen und sich im System umsehen, als seine Hoffnungen mit einem Schlag zunichtegemacht wurden. Auf der Festplatte des Computers war gerade mal ein Betriebssystem installiert – ohne die Software für den Netzwerkzugang. Er versuchte einige allgemeine Einstellungen, doch ohne Erfolg.

Das verdammte Ding war einfach zu jungfräulich.

»Mist«, fluchte er, als ihm klar wurde, dass er so nicht weiterkam. Er überlegte, sich in weiteren Büros nach anderen Rechnern umzusehen, und kam schließlich zu dem Schluss, dass er sich etwas vormachte. Wenn schon die Telefone gegen Missbrauch geschützt waren, würde es sich mit dem Internetzugang sicher nicht anders verhalten.

Er fuhr den Computer wieder herunter. Schmerzhaft wurde ihm bewusst, wie viel Zeit er damit verplempert hatte. Plötzlich hörte er Schritte auf dem Flur vor dem Büro. Vorsichtig spähte er aus dem Fenster.

Zwei Wachmänner. Jeder Muskel in Nevers Körper schien sich zu verkrampfen.

Sie blieben im Korridor stehen und unterhielten sich über den baldigen Beginn der Footballsaison, die mit einem Match der Pittsburgh Steelers gegen die Cleveland Browns eingeläutet werden würde. Atemlos hörte Never zu.

Anschließend redeten die Wachmänner darüber, wie sie an das Buffet gelangen konnten und wie viel Alkohol sie bei der Feier wohl »abgreifen« würden. Trotz seiner Nervosität musste Never grinsen. Angetrunkene Wachen würden ihre Flucht nicht unbedingt schwieriger gestalten.

»Ich werd mal draußen meine Runde drehen«, sagte der eine. »Bis später.«

»Alles klar«, erwiderte der andere. »Höchste Zeit, dass ich nach Geary sehe.«

Schlagartig erlosch das Grinsen auf Nevers Gesicht. Er drehte sich um und sah zum Loch in der Decke auf. Dann holte er tief Luft und setzte sich in Bewegung.

Der Applaus verstummte, als Barlow erneut um Ruhe bat.

»Meine Damen und Herren«, verkündete er, »der Champagner steht bereit. Wir werden unverzüglich den Reanimationsprozess in Gang setzen. In den nächsten vierzig Minuten werden wir Michaels Körpertemperatur langsam erhöhen und ihn erneut mit Blut versorgen. Anschließend werden wir sein Herz wieder schlagen lassen. Bis dahin werden Sie nichts verpassen. Die Feierlichkeiten werden im Obergeschoss stattfinden. Michael wird noch etwa eine Stunde bewusstlos bleiben und sorgfältig überwacht werden, bis wir sicher sein können, dass er sich vollständig erholt hat. Um Mitternacht wird er sich dann zu Ihnen gesellen und mit Ihnen feiern. Wenn Sie nun so nett wären und auch meinen Kollegen einen Applaus spendieren würden ...« Mit einer ausholenden Geste wies er auf das medizinische Personal. Nachdem die Leute aufgehört hatten zu klatschen, schaltete er das Mikrofon aus und machte sich wieder an die Arbeit.

Die Türen zum Beobachterraum öffneten sich, und mit Champagnergläsern beladene Tabletts wurden hereingetragen. Während die Getränke serviert wurden, war der Raum erneut mit aufgeregtem Geplauder erfüllt.

Annabel und Jonah beobachteten die Ärzte, die sich eifrig auf Andreas' Reanimation vorbereiteten. Tess beobachtete alles von der Seite aus. Pru Dryden stand neben ihr. Barlow wartete scheinbar ungerührt in der gegenüberliegenden Ecke.

»Ist hier etwas passiert, Jonah?«, fragte Annabel. Der Wachmann, der zwischen ihnen gesessen hatte, war aufgestanden, um sich die Beine zu vertreten. Endlich konnten sie ungestört reden.

»Ich habe es *gespürt,* Annabel. Irgendetwas ist durch das Tor gelangt – aber es hatte keine Ähnlichkeit mit dem, was ich zuvor erlebt habe. Es war nicht böse ...«

Er verstummte, als er ein kaum hörbares Geräusch wahrnahm. Ein Flüstern, genau wie bei der Wiederbelebung.

Nur dass sich diesmal das Flüstern in ein leises, hämisches Lachen verwandelte. Alarmiert sah er sich um.

»Was ist?«, fragte Annabel.

»Ich weiß nicht.«

Sie hörte nichts, das wusste er. Sie nicht und allem Anschein nach auch sonst niemand. Das Flüstern wurde lauter.

Ein Schatten fiel auf ihn. Er spürte Bewegung um und unter sich.

Es ist unter mir, hatte Ruby Fleming gesagt. Das Gefühl der Bewegung verstärkte sich, wanderte nach oben und durch den Raum, bevor es wieder abebbte. Das Flüstern war nun unerträglich laut.

»O Gott«, sagte er. Etwas anderes. *Etwas anderes war durch das Tor gekommen.*

Annabel ergriff seinen Arm. »Was ist denn, Jonah?«

Keiner der Anwesenden schien besonders beunruhigt oder auch nur irritiert. Sobald Jonah jedoch in den Saal hinunterblickte, bemerkte er Pru Drydens gequältes Gesicht. Ihre Augen schossen hin und her, als hielte sie nach irgendetwas Ausschau.

Jonah legte die Hand auf die Glasscheibe, und Pru sah zu ihm auf. Beide konnten die Furcht des anderen deutlich spüren.

Das Flüstern wurde so laut, dass er es nicht mehr aushielt. Seine Beine versagten, sodass er sich an der Scheibe und an Annabel abstützen musste.

Da spürte er die Bewegung erneut, diesmal hinter ihm. Etwas Großes, Dunkles und eindeutig Bedrohliches huschte am Rande seines Verstandes vorbei. Er ging in die Knie und schnappte nach Luft. Plötzlich roch er beißenden Verwesungsgestank.

Annabel half ihm auf die Füße. Wieder blickte er verzweifelt in den Saal hinunter.

Pru starrte Andreas' Körper an. Tess redete besorgt auf sie ein.

Während Jonah Andreas beobachtete, wurden einzelne Worte im beständigen Flüstern immer lauter, bis er sie deutlich verstehen konnte.

Wir sehen dich.

Andreas' Hand zuckte, öffnete und schloss sich immer wieder, bis sein Arm von der Liege fiel. Ein Arzt schlug Alarm und rannte auf ihn zu. Die anderen folgten ihm.

Mit einem Mal verließ Jonah alle Kraft. Der Älteste hatte das Tor passiert, doch etwas war ihm gefolgt.

Der Schatten ist hier.

Bevor Jonah schwarz vor Augen wurde, sah er Will Barlows Gesicht mit dem Hauch eines kalten, triumphierenden Lächelns darauf. Barlows Blick hob sich, bis er Jonah direkt in die Augen sah.

Wir sehen dich.

Dann fiel Jonah.

KAPITEL 33

»Ist er okay?«

Es war die eher ungeduldige als besorgte Stimme des Wachmanns. Jonah öffnete die Augen und versuchte panisch, sich aufzurichten.

»Langsam!«, sagte Annabel und hielt ihn fest. »Er ist ohnmächtig geworden, sonst nichts.«

Jonah sah sich orientierungslos um. Sie waren im Flur vor dem Beobachtungsraum.

»Sie haben dich rausgebracht«, erklärte Annabel. »Du hast ihnen die Stimmung verdorben.«

Jonah wurde noch ein kurzer Augenblick zur Erholung zugestanden, dann wurden er und Annabel zur Treppe gescheucht, die zu ihrem Gefängnisbüro führte. Als sie um die Ecke bogen, sah Jonah, wie eine Gruppe von Menschen aus einer Tür kam. Es waren mehrere Angehörige des Wiederbelebungsteams, unter ihnen auch Tess und Pru Dryden. Sie entfernten sich in entgegengesetzter Richtung.

Jonah riss sich los und rannte auf sie zu, bevor der Wachmann reagieren konnte.

»Tess!«

Sie blieb stehen. Tess wirkte müde, aber nicht sonderlich besorgt. Pru dagegen sah gar nicht gut aus.

»Jonah«, sagte Tess. »Warte hier. Ich bin in einem Moment zurück.« Sie schloss sich wieder den Ärzten an und unterhielt sich mit ihnen. Jonahs und Prus Blicke trafen sich, und sie blieb stehen.

»Du hast es gehört«, sagte Jonah. »Du hast es gespürt.«

Sie war kreidebleich. Schweigend ließ sie den Kopf sinken.

Er beugte sich zu ihr vor. »Hau ab, Pru«, flüsterte er. »Hau ab.«

Sie sah mit verwirrtem und ängstlichem Blick zu ihm auf, dann ging sie weiter.

Jetzt kam Tess wieder zurück. »Hast du es gesehen? Seine Bewegung vorhin? Das waren nur die Reflexe. Kein Grund zur Sorge.«

»Da war etwas, Tess. Am Anfang, als euer Ältester durch das Tor kam, habe ich gespürt, wie etwas Gutes durch uns fuhr. Es war wirklich da.«

»Und es war nicht bösartig, Jonah.«

»Nein. War es nicht. Ich glaube dir, Tess. Du hast die Wahrheit gesagt.« Sie lächelte ihn immer noch etwas skeptisch an. »Aber *nach* der Wiederbelebung … *kam noch etwas anderes durch das Tor*. Dasselbe Ding, dem ich schon einmal begegnet bin. Das, wovor Eldridge uns gewarnt hat, Tess. Hast du es nicht gespürt?«

Tess' Lächeln verschwand. »Es reicht, Jonah. Da war nichts. Du hast dich getäuscht.« Sie drehte sich um und marschierte davon. Er glaubte nicht, dass sie ihn anlog; sie hatte es tatsächlich nicht bemerkt. Weshalb hatten es unter den anwesenden Revivern nur Pru und er selbst gespürt? Vielleicht lag es an der BPV-Variante. Oder hatte der Vereinigungsprozess selbst Tess' Fähigkeiten verringert?

»Pru Dryden hat es auch gespürt«, rief Jonah, doch Tess schien nicht mehr interessiert. »Frag sie. Und behalte Andreas im Auge, Tess. Pass auf ihn auf.«

Dann trat Will Barlow aus der Tür. Er sah Jonah an, und da wurde Jonah klar, dass er es wusste. Er wusste alles. Natürlich – schließlich hatte er dieses Projekt von Anfang an geleitet, ständig die Zügel in der Hand gehabt. Er hatte die Reviver ausgewählt. Und offenbar hatte er nur Reviver vorgeschlagen, die dieser Kreatur *von Nutzen* waren.

Jonah fragte sich, wie lange Barlow schon der Drahtzieher hinter der ganzen Sache war. Offenbar war er dem Flüstern, das Victor Eldridge so gepeinigt hatte, schon vor langer Zeit erlegen.

Barlow ging an ihm vorbei, doch dann drehte er sich um und lächelte. Und ausnahmsweise erreichte das Lächeln seine Augen. Jonah lief es kalt den Rücken hinunter, als er die Dunkelheit darin erkannte.

»O Gott, Never«, sagte Annabel, sobald man die Tür hinter ihnen geschlossen und verriegelt hatte. »Was ist denn mit dir passiert?«

Über Never Gearys Hals zog sich eine lange, gerötete Schramme, die an manchen Stellen so tief war, dass sie blutete.

»Das ist noch gar nichts«, sagte Never. »Im Vergleich zu *dem hier.*« Er lüpfte sein Hemd. Eine Seite seines Körpers war mit weitaus tieferen Kratzern überzogen. »Ich musste Hals über Kopf zurückklettern. Sie hätten mich fast erwischt. Schon erstaunlich, wie schnell man sich bewegen kann, wenn man keine Rücksicht auf seine Sicherheit nimmt. Habt ihr euch auch so gut amüsiert wie ich?«

Jonah sah ihn eindringlich an.

»Ach du Scheiße«, sagte Never.

»Aber warum jetzt, Jonah?«, fragte Annabel. »Sie haben es doch so oft getan. Was war jetzt anders?«

»Ich weiß nicht«, sagte Jonah. »Vielleicht musste es abwarten, bis auch der Älteste das Tor passierte. Wie dem auch sei – es war dieselbe Kreatur, der ich schon einmal begegnet bin. Und ich glaube, sie ist jetzt in Michael Andreas.«

Es war achtzehn Uhr. Inzwischen musste Andreas bei Bewusstsein sein, dachte Jonah. Die Spannung im Raum war mit Händen zu greifen.

Um zwanzig Uhr betrat Tess den Raum.

»Michael will dich sprechen«, sagte sie. Jonah erstarrte. Annabel stand auf. »Nein, nur Jonah.«

Er sah seine Freunde an, die ratlos zurückstarrten. Ihre Mienen waren nicht gerade vertrauenserweckend – als hätten sie einen todgeweihten Mann vor sich. »Wünscht mir Glück«, sagte er.

In Begleitung eines Wachmanns fuhr Tess mit Jonah im Aufzug in den sechsten und obersten Stock. Als sie ankamen, hob Jonah erstaunt eine Augenbraue. Bisher war ihm das Gebäude wie ein Forschungslabor vorgekommen. Doch das oberste Stockwerk war eindeutig die Chefetage. Die überaus luxuriöse Einrichtung sollte offensichtlich Gäste beeindrucken und die Profitabilität des Biotechunternehmens demonstrieren. Sie betraten einen riesig scheinenden, mit poliertem Stahl und schwarzem Granit ausgekleideten Flur. Mehrere obsidianfarbene Türen mit schweren, jedoch nicht aktivierten Riegeln gingen davon ab. Durch Spiegel an beiden Enden wurde die Illusion vermittelt, dass sich der Flur bis in die Unendlichkeit fortsetzte.

»Hast du ihn beobachtet?«, fragte Jonah.

Sie lächelte ihn zuversichtlich an. »Er ist wohlauf. In jeder Hinsicht.«

Jonah hielt die Augen nach einem Fenster in einem der abgehenden Räume offen, damit er möglicherweise herausfinden konnte, wo sich das Gebäude überhaupt befand. Annabel hatte zwar eine ungefähre Ahnung von seiner Lage, doch wenn ihnen tatsächlich die Flucht gelang, hing der nächste Schritt stark von ihrer Umgebung ab. Auf einer belebten Straße konnten sie leicht untertauchen. Ein einsames Privatgrundstück dagegen war eher ungünstig. Vom Erdgeschoss aus hatten sie lediglich einen Blick auf einen Parkplatz und ein Gewirr aus Bäumen und Gestrüpp erhaschen können.

Als sie etwa in der Mitte des Flurs angekommen waren, standen sie vor den offenen Doppeltüren zu einem großen Raum. Die Tische waren mit umgedrehten Champagnergläsern beladen. Vor den ausladenden Fenstern stand ein Konzertflügel. Die Jalousien der meisten Fenster waren geschlossen. Trotzdem konnte er den ersehnten Blick auf die Außenwelt werfen. Andere Gebäude. Straßen. Nicht unbedingt dichter Verkehr, doch wenigstens befanden sie sich nicht mitten in der Pampa.

»Champagner, ja?«, sagte Jonah mit tonloser Stimme. »Anscheinend weiß die Unity-Gruppe, wie man feiert.«

»Wir verabschieden uns heute von vielen guten Freunden. Die meisten, die uns geholfen haben, können uns nicht an unseren Rückzugsort begleiten. Und für die anderen ist es die letzte Gelegenheit, so richtig einen draufzumachen, bevor wir unser altes Leben hinter uns lassen.«

Er sah Tess ausdruckslos an, obwohl sich seine Eingeweide vor Furcht zusammenkrampften. Einerseits, weil er gleich Andreas gegenübertreten würde, andererseits, weil er Angst um sie hatte.

Als sie die Tür am Ende des Flurs erreicht hatten, stellte sich der Wachmann, der sie begleitet hatte, mit entschlossener Miene daneben auf.

»Seitdem er aufgewacht ist, hat Michael pausenlos geredet, und er braucht vor der Feier heute Abend unbedingt etwas Ruhe. Trotzdem wollte er sich noch einmal persönlich bei dir entschuldigen. Du hast keine Ahnung, wie sehr ihn deine negative Einstellung verletzt.«

Ob sie Andreas von seiner Reaktion auf die Wiederbelebung erzählt hatte? »Keine Angst, ich werde mich zusammenreißen.«

Andreas lag vollständig angezogen auf einem Bett. Als sie eintraten, stand er auf.

Will Barlow lauerte in einer Ecke und bedachte Jonah mit seinem üblichen Halblächeln. Dieser hatte seine Aufmerksamkeit einzig und allein auf Andreas gerichtet. Andreas wirkte sehr müde, doch Jonah konnte nichts Falsches in seinen Augen erkennen. Nichts Bedrohliches. Vielleicht … vielleicht hatte Tess ja recht.

»Jonah«, sagte Andreas und hielt ihm die Hand hin. Jonah ignorierte sie – obwohl Körperkontakt wahrscheinlich die einzige Möglichkeit darstellte, es mit Sicherheit herauszufinden. Doch dafür war er noch nicht bereit.

»Michael, wenn du entschuldigst«, sagte Tess, »aber ich muss Vorbereitungen für später treffen. Versprich mir, dass du dich noch etwas ausruhst.«

»Versprochen«, sagte Andreas. »Geh ruhig.«

Jonah sah ihr hinterher. Er wollte nicht allein mit den beiden sein. Die Tür schloss sich hinter ihr.

»Wann lassen Sie uns frei?«, fragte Jonah.

Andreas seufzte. Er wirkte nervös und enttäuscht. »Verstehen Sie denn nicht, dass all das hier nichts Schlimmes ist? Sie haben keinen Grund, Angst vor uns zu haben.«

»Wann lassen Sie uns frei?«

Andreas schüttelte den Kopf. »Also gut. Heute Abend

wird die Unity-Gruppe die Vollendung des Projekts feiern. Um Mitternacht werde ich mich unters Volk mischen. Dies ist das erste Mal, dass die Gruppe vollzählig versammelt ist. Unser altes Ich wird noch einmal richtig den Moment genießen, trinken und feiern. Aber ehrlich gesagt habe ich vor, mich bald zurückzuziehen und schlafen zu legen. Alle anderen Mitglieder von Unity sind zehn Jahre jünger als ich, was mir in diesem Augenblick mehr als bewusst wird …« Das freundliche Lächeln auf Andreas' Gesicht wurde nicht erwidert. Jonah beobachtete ihn einzig und allein mit Argwohn. Andreas seufzte wieder. »Morgen reisen wir ab. Sie werden den Tag darauf freigelassen. Reden Sie, mit wem Sie wollen. Erzählen Sie alles.« Er setzte sich auf die Bettkante und rieb sich die Stirn. »Jonah, wenn ich Ihnen doch nur erklären könnte, wie wichtig diese letzten Tage für mich waren. Wie wichtig sie *sein werden*. Für alle Menschen.«

»Ich dachte, das stünde noch zur Debatte.«

»Wir … zugegeben, wir begreifen die Tragweite dieses Ereignisses nicht vollständig, aber das hier … das hier ist der Erstkontakt, verstehen Sie nicht? Egal, was sie uns zu sagen haben.«

»Der Erstkontakt. Mit einer ausgestorbenen Spezies.«

»Sie haben unvorstellbare Mühen auf sich genommen, damit sie ihr Wissen mit anderen teilen können. Das hier wird alles verändern. Wenn Sie doch nur …«

»Sind wir hier fertig?«

Andreas resignierte sichtlich. »Ja.« Er stand auf und hielt Jonah noch einmal die Hand hin. »Nichts für ungut, Jonah. Bitte.«

Jonah betrachtete die Hand. Er musste Barlow nicht einmal ansehen, um zu wissen, wie sehr ihn diese Unterhaltung amüsierte.

Er streckte den Arm aus und ergriff Andreas' Hand.

Dunkelheit.

Rauch umgab ihn.

Die Städte brennen, sagte eine Stimme.

Er hörte Schreie. Der Rauch lichtete sich.

Der Anblick war erschütternd. Er stand im Freien, in einer endlosen dunklen Wildnis. Der Wind heulte um ihn herum. Der Himmel war schwarz. Weit vor ihm waren Glassäulen in Flammen gehüllt. Es waren Gebäude. Gebäude, wie er sie noch nie zuvor gesehen hatte.

Er sah hinunter. Tief unter ihm rannten Menschen. Er konnte ihre Gesichter nicht genau erkennen, doch sie kamen ihm irgendwie *fremd* vor.

Eine große Hand ging auf die Fliehenden hernieder. Eine Klaue. Was immer sie berührte, ging in Rauch auf. Die Leute schrien.

Auf der trostlosen Landschaft vor ihm zeichnete sich ein gewaltiger Schatten ab.

Er wollte den Kopf drehen, um zu sehen, welche Kreatur ihn warf, bis er begriff: Es war sein eigener Schatten. Auch die Klaue gehörte ihm. Er öffnete den Mund zu einem Triumphschrei, der den Boden erzittern ließ.

Der Schatten ist gekommen, sagte eine Stimme.

Jonah ließ Andreas' Hand los. Die Vision hatte nur einen Augenblick gedauert, doch sie war so grässlich und real gewesen, dass seine Angst übermächtig war. Die Stimme hatte Lyssa Underwood gehört, und der Schatten war die Kreatur, die durch Alice Decker zu ihm gesprochen hatte.

Nun hatte er keinerlei Zweifel mehr. Tess hatte sich geirrt. Er blickte in Michael Andreas' Augen und sah die Kreatur.

Andreas starrte auf seine Hand, umklammerte sie mit der anderen, bis die Knöchel weiß hervortraten.

Jonah trat einen Schritt zurück und sah zu Will Barlow hinüber, der die Verwandlung, die in Andreas vorgegangen war, beinahe ehrfürchtig beobachtet hatte.

»Ist es … *geschehen?*«, fragte Barlow.

Andreas hob langsam den Kopf und wandte sich Barlow zu. »Ich bin schwach«, sagte er, als müsse er sich erst an die fremden Worte gewöhnen. »Er ist stark. Er leistet Widerstand, obwohl er sich dessen nicht bewusst ist. Nur Geduld. Morgen. Vielleicht früher. Aber dann für immer.«

Jonah hörte ihnen wie erstarrt zu. Offenbar sprachen sie von Andreas' wahrem Ich. Barlow kniete nieder, nahm Andreas' Hand und küsste sie.

Beide sahen mit einer verächtlichen, arroganten Miene zu Jonah hinüber.

Andreas wankte, taumelte zum Bett und setzte sich.

Jonah spürte, wie er rückwärts gegen den Türgriff stieß. Sein Instinkt befahl ihm, ihnen nicht den Rücken zuzukehren. Doch ein noch viel tieferer Instinkt schrie ihn förmlich an, die Flucht zu ergreifen. »Was immer ihr auch seid«, sagte er. »Wir werden euch aufhalten.«

Barlow lachte. »Wirklich? Wer soll uns aufhalten? Tess und ihre Freunde? Sie haben vergessen, wer sie sind. Äonen der Stille und Dunkelheit haben ihnen ihre Identität genommen. Ich freue mich darauf, ihre Gesichter zu sehen, wenn sie sich wieder erinnern.« Er machte einen Schritt auf Jonah zu.

Jonahs Angst verwandelte sich in Panik. Seine Beine drohten, ihm nicht mehr zu gehorchen. Er drehte sich um, riss die Tür auf und rannte direkt in Tess hinein, die gerade die Hand nach dem Griff ausgestreckt hatte.

»Jonah?«, sagte sie erschrocken. »Ich wollte nur …« Sie verstummte und sah an ihm vorbei. Wachsender Schrecken zeichnete sich auf ihrem Gesicht ab. Jonah drehte sich um und sah, dass Andreas auf dem Bett zusammengesackt war und von Will Barlow gestützt wurde. Andreas' geöffnete Augen wirkten orientierungslos, doch die Kreatur schien daraus verschwunden zu sein. *Vorerst.*

»Hilf mir«, sagte Barlow zu Tess, und sie eilte zu Andreas hinüber.

»Was …?«, fing sie an, als Barlow Jonah einen vernichtenden Blick zuwarf.

»Es war Miller. Er hat ihn wüst beschimpft, Tess.«

Tess sah Jonah enttäuscht, fast verärgert an.

»Tess«, sagte Jonah. »Du musst mir glauben, ich …«

»Ach, hör auf«, sagte sie, ging auf ihn zu und warf ihm die Tür vor der Nase zu, sodass er neben dem Wachmann im Flur stand.

Er wollte sie gerade wieder öffnen, als Barlow herauskam und hinter sich abschloss.

»Bringen Sie ihn zurück«, befahl er dem Wachmann. »Schließen Sie ihn ein. Die Gefangenen dürfen mit niemandem reden, noch nicht mal mit Ihnen, kapiert?« Er wandte sich Jonah zu. »Du solltest dich schämen, Miller. *Schämen.*«

Und da er wusste, dass ihn der Wachmann nicht ansah, grinste er Jonah triumphierend zu, und in Jonahs Kopf hallte der Siegesschrei der Kreatur über das schwarze Ödland.

Als Jonah zurückkam, lief Annabel zur Tür, um ihn in die Arme zu nehmen. Er sah die Erleichterung in ihren und Nevers Augen. Die Erleichterung darüber, dass er noch lebte.

Er erzählte ihnen, was passiert war. Sie wurden mit jedem Wort bleicher.

»Andreas – der *echte* Andreas – kämpft dagegen an«, sagte

er. »Uns bleibt so viel Zeit, bis dieser Kampf verloren ist. Hast du einen Plan, Never?«

»Ja, und das ist alles, was wir überhaupt haben. Wir warten, bis es völlig ruhig im Gebäude ist, so gegen drei oder vier Uhr nachts. Dann hoffen wir das Beste. Was zum Teufel ist Andreas, Jonah? Diese Vision – war das eine Vision der *Zukunft*?«

Jonah dachte an die großen brennenden Glassäulen und an die Gesichter, die ihm so fremd vorgekommen waren. »Ich glaube, dass das vor langer Zeit geschehen ist. Das war die Katastrophe, von der Andreas gesprochen hat. Als ihre eigene Welt unterging.«

»Uraltes Wissen«, sagte Annabel. »Hat Andreas zumindest behauptet. Eine Warnung an alle, die zuhören wollen. Vielleicht wollten sie uns vor dieser Kreatur warnen.«

»Scheiße«, sagte Never. »Das hat ja *prima* geklappt.«

Jonah schüttelte den Kopf. »Sie sind älter, als wir es uns vorstellen können. Anscheinend waren sie so eine Art Leuchtturm, die andere warnen sollten. Und im Laufe der Zeit haben sie ihre eigentliche Aufgabe völlig vergessen.«

»Und wurden zu einem Signalfeuer«, sagte Annabel. »Und das hat uns angelockt.«

Sie warteten. Jonahs Bitte, mit Tess zu sprechen, wurde nicht stattgegeben.

Irgendwann schalteten sie das Licht aus und stellten sich schlafend, lagen ängstlich auf ihren Liegen, bis es Mitternacht wurde – genau zu dieser Stunde würde sich Andreas der Unity-Gruppe zeigen.

»Ein ganz schlechtes Omen«, sagte Never, als Mitternacht kam und verstrich.

Jonah fragte sich, ob Andreas noch er selbst war. *Morgen,*

hatte die Kreatur gesagt. *Vielleicht früher. Aber dann für immer.*

Sie hörten, wie der Wachmann vor ihrer Tür mit seinen Kollegen lachte. Bierdosen wurden geöffnet; das Ende dieses seltsamen Auftrags war abzusehen, und der Zahltag rückte näher.

Um ein Uhr besprachen die Wachmänner, wer die Runden durchs Gebäude drehen sollte. Immer um halb, sagten sie, und tatsächlich machte sich der Wachmann vor der Tür um Punkt ein Uhr dreißig auf den Weg und kehrte fünfzehn Minuten später zurück. Dasselbe geschah eine Stunde später.

Als sich der Wachmann um halb vier entfernte, traten sie in Aktion.

Hastig stopften sie ihre Schlafsäcke mit den Handtüchern aus und kletterten hinter Never schnell und leise in das angrenzende Büro hinüber. Nervös, aber entschlossen warteten Jonah und Annabel vor dem offen stehenden Paneel, bis sie an der Reihe waren.

Der Plan war im Prinzip ganz einfach. Sie würden sich bis zu dem Lagerraum vorarbeiten, der Never beim Weg zur Dusche aufgefallen war. Dort wollten sie ein kleines Feuer in einem Papierkorb oder einem anderen Behälter entzünden und so viel Rauch wie möglich erzeugen.

Sie warteten im Nachbarbüro, bis sie sich sicher waren, dass niemand in der Nähe war.

Jonah packte den Türgriff und wollte ihn gerade herunterdrücken.

»Warte«, flüsterte Never. Jonah verharrte und lauschte. Einen Augenblick später hörte er es auch. Schritte. Obwohl sein Gesicht im Schatten des Büroraums verborgen war, hatte er durch das Fenster in der Tür einen guten Blick auf den

Korridor. Eine Frau in einem weißen Kittel marschierte zielstrebig an ihnen vorbei.

»Nachtschicht?«, flüsterte er. Irgendwie kam ihm die Frau bekannt vor, aber er wusste nicht, woher. Sie wäre fast als Schönheit durchgegangen, wären ihre Augen nicht zu nahe zusammengestanden und ihre Nase nicht zu lang und zu dünn gewesen. Er versuchte, diesen Gedanken trotz des leichten Durstes, der dabei in seiner Kehle aufstieg, zu verdrängen.

»Ich nehme an, dass jeder in diesem Gebäude entweder zu Unity oder zum Sicherheitsdienst gehört«, sagte Annabel.

Jonah wartete ab, packte dann erneut die Klinke und öffnete die Tür.

Eine Minute später hatte sie Never zum Lagerraum geführt. Auf einem Schild an der Tür stand »GEFAHR – Lagerraum. Zutritt nur durch befugtes Personal. Bitte die Sicherheitsmaßnahmen beachten.« Im Kleingedruckten darunter wurden diese Sicherheitsmaßnahmen erschöpfend aufgeführt, auch die Worte *ätzend* und *entzündlich* waren darunter. »Da wären wir«, sagte Never und streckte die Hand nach der Türklinke aus.

»Ist nicht abgeschlossen?«, Annabel schüttelte den Kopf.

Er drückte die Klinke und öffnete die Tür einige Zentimeter weit. »Ich hab schon mal in 'nem Labor gearbeitet«, sagte er. »Da sperrt man nur ab, wenn man Angst hat, dass was gestohlen wird.« Er stieß die Tür weit auf.

Mitten im Lagerraum standen zehn Reihen deckenhoher Metallregale. Die Tür schloss sich leise hinter ihnen, während sie an Feuerlöschern, Kartons mit Schutz- und Arbeitskleidung und einfachen elektronischen Geräten vorbeikamen. Dann erreichten sie eine Art Computerschrottplatz, der Nevers Aufmerksamkeit einen Augenblick lang in Beschlag nahm. Vor der rückwärtigen Wand standen vier große Metallschränke, die mit den üblichen Warnhinweisen beschriftet waren, sowie Dutzende verschiedener Behälter. In der Ecke befand sich ein Waschbecken mit einem einzelnen Wasserhahn und einer Flasche Natronlösung. Über dem Becken war ein Schild mit Sicherheitshinweisen für den Fall einer chemischen Verätzung angebracht. Zielsicher öffnete Never eine Schranktür nach der anderen, bis er alles zusammengesucht hatte, was er brauchte. Jonah und Annabel warteten geduldig.

»Okay«, sagte Never und stellte drei große Flaschen zu seinen Füßen ab. »Los geht's. Wir brauchen nur noch was zum Feuermachen. Vielleicht sind hier irgendwo Gasanzünder; wenn nicht, kann ich mit einer ganz normalen Steckdose Funken erzeugen. Ihr seht euch um, ich kümmere mich um das üble Zeug.«

Jonah kniff die Augen zusammen. »Das üble Zeug?«

»Wir wollen so viel Rauch machen wie möglich, und der soll ordentlich in den Augen beißen. Wenn jemand nachsehen kommt, wird ihn das aufhalten, und er wird nicht sofort bemerken, dass hier nur ein paar Mülleimer in Flammen stehen. Wir brauchen irgendetwas Ätzendes. Ihr dürft es nur nicht einatmen.« Als er die nächste Schranktür öffnete, hatte er sie plötzlich in der Hand. Vorsichtig setzte er sie wieder in die Angeln. »Hoppla ...«

Jonah schüttelte den Kopf. »Wäre gut, wenn du dabei das Gebäude nicht einreißt.«

»Kann ich ja wohl nichts dafür, dass der Hausmeister nichts taugt«, sagte Never und beugte sich vor. Mit einem kleinen Jubelschrei zog er eine Flasche hervor. »Formamid«, sagte er. »Extrem ätzend.« Auf dem Regal über seinem Kopf standen mehrere kleine Plastikflaschen mit Brennspiritus.

»Nur für den Fall«, sagte er und griff danach, zog jedoch sofort unter lautem Fluchen die Hand wieder zurück. Die Spiritusflasche landete krachend auf dem Boden, sodass Annabel zusammenfuhr.

»Pass doch auf!«, sagte sie.

»Da, äh, da oben ist was, das ihr euch ansehen solltet.«

Annabel und Jonah starrten erst ihn an und folgten dann mit den Augen seinem ausgestreckten Arm. Hinter den Flaschen stand eine kleine durchsichtige Plastikdose, in der ganz eindeutig mehrere Drähte zu erkennen waren.

Annabel richtete sich auf. »O Gott … ist das …?«

»Eine Plastikschachtel mit Drähten drin«, sagte Jonah und dachte fieberhaft nach. »Was glaubst *du* denn, was das ist?«

»Scheiße«, sagte Annabel. »Also hatte Hannerman die ganze Zeit über einen Maulwurf hier eingeschleust. Wenn sie Unity schon nicht aufhalten konnten …«

Jonah versuchte, sich an Hannermans Akte zu erinnern – ein penibler Typ, der ständig alle Möglichkeiten in Betracht zog. Nun, da das Projekt Unity abgeschlossen war, blieb als letzter Ausweg nur noch, alle in die Luft zu sprengen.

»Wir halten uns an den Plan«, sagte Never und betrachtete die Bombe inmitten der vielen Flaschen mit brennbarem Inhalt. »Wir suchen ein Feuerzeug, lösen den Feueralarm aus und sorgen für eine überzeugende Kulisse. Bis sie das Gebäude evakuiert haben, sind wir längst über alle Berge. Einverstanden?«

Jonah nickte, obwohl er hin und her gerissen war. Er wollte Andreas tot sehen, zweifellos. Um ehrlich zu sein, hielt ihn nur Tess' Anwesenheit davon ab, das Gebäude eigenhändig abzufackeln. Aber da war noch etwas anderes. Die Angehörigen der Unity-Gruppe waren womöglich die Einzigen, die wussten, was Andreas wirklich war – sofern sie ihre Erinnerung wiedererlangten. Vielleicht waren sie auch die Einzigen, die ihn aufhalten konnten.

»Einverstanden«, sagte Annabel und ging gemeinsam mit Jonah zum Ende der Regalreihen hinüber.

Dann hörten sie, wie die Lagerraumtür klickte und sich mit einem leisen Quietschen öffnete.

Annabel und Jonah standen mitten im Raum. Jonah hob den Arm und hielt Never die Handfläche hin. *Bleib zurück,* wollte er mit dieser Geste sagen. *Verhalte dich ruhig.*

Die Frau, die Jonah im Flur gesehen und die ihm so bekannt vorgekommen war, trat ein. *Scheiße,* dachte er. Das Durstgefühl war sicher eine Warnung von Daniel gewesen, denn jetzt erkannte er sie. *Sehr attraktiv. Bis auf die zu eng zusammenstehenden Augen und die lange spitze Nase wäre sie glatt als Schönheit durchgegangen.* Langes blondes Haar, genau wie auf dem Urlaubsfoto, auf dem sie neben ihrem Bruder stand.

Ja. Hannerman hatte tatsächlich einen Maulwurf eingeschleust, dachte er. *Gott allein weiß, wie sie das geschafft hat.*

Die Frau war Hannermans Schwester Julia.

Durch seinen Tod hatte Hannerman – wie seine Komplizen – eine Wiederbelebung unmöglich gemacht. Das war nicht nur ein letzter, sinnloser Akt des Widerstands gewesen, wie Jonah nun klar wurde. Er hatte gewusst, dass er schwer, möglicherweise tödlich verwundet war, und durfte das Risiko nicht eingehen, gefasst und wiederbelebt zu werden. Er hatte sich selbst getötet, um seinen letzten Trumpf zu schützen. Seine Schwester. Die gewartet hatte, bis sich die komplette Unity-Gruppe an einem Ort versammelt hatte.

Genau wie Jonah und die anderen hatte sie die tiefste Nacht abgewartet, wenn die Wahrscheinlichkeit, entdeckt zu werden, am geringsten und Unity am verwundbarsten war.

Julia Hannerman bemerkte sie. »Keine Bewegung«, sagte sie mit ängstlicher, zitternder Stimme.

»Nicht, Julia. Wir können Ihnen helfen«, sagte Jonah. »Nehmen Sie die Waffe runter.«

KAPITEL 34

»Bitte, Julia. Ich weiß, wer Sie sind. Mein Name ist Jonah Miller. Wir wurden hier gefangen gehalten.«

Julia Hannerman trat einen Schritt vor, sodass sich die Tür hinter ihr schließen konnte. »Ich weiß. Ich weiß über alles Bescheid, was hier gespielt wird.«

»Das hier ist Annabel Harker. Sie wissen sicher auch, was mit ihrem Vater geschehen ist.«

Julia Hannerman blickte einen Moment lang zu Boden. *Schuldgefühle?*, fragte sich Jonah.

»Bitte«, sagte Annabel. »Wir wollen einfach nur raus hier.«

Julias Waffe senkte sich kurzzeitig, doch dann hob sie sie wieder mit entschlossener Miene. »Das hier ist die einzige Möglichkeit. Sie sind alle hier und schlafen fünf Stockwerke über uns. Ich habe den Feueralarm deaktiviert. Alle manuellen Überbrückungsmaßnahmen ebenfalls. Die Notausgänge sind verschlossen.« Sie griff mit der freien Hand in die Tasche und holte eine Handvoll leerer Plastiktuben heraus, die sie Annabel vor die Füße warf.

Annabel hob eine Tube auf. »Cyanacrylat«, sagte sie. »Sekundenkleber.« Sie lachte leise. »Sie haben die verdammten Türen zugeklebt?«

»Mein Bruder hat an alles gedacht«, sagte Julia Hannerman. »Er war immer sehr gründlich, hatte stets einen Notfallplan. Er hat an alles gedacht. Er hat mich nicht nur hier eingeschleust, um sie zu beobachten und rauszufinden, was sie im Schilde führen.« Wieder griff sie in ihre Tasche und zog ein kleines schwarzes Kästchen heraus, auf dessen Vorderseite neben einem weißen Knopf ein Schalter angebracht war. Sie legte ihn um, und ein rotes Licht leuchtete auf. Dann hob sie das Kästchen zum Mund und zog mit den Zähnen eine kleine Antenne heraus. »Eigentlich hatten wir vor, den Anführer aufzuhalten, bevor er das Tor passiert. Allein das hätte bereits das Ende der Welt bedeuten können. Doch ich war allein, und mir blieb nur eine Wahl – ihn unsere Welt betreten zu lassen und mit den anderen einzuäschern.«

Jonahs Augen weiteten sich. »Ich verstehe Sie sehr gut. Aber in diesem Gebäude sind auch Unschuldige. Von uns mal ganz abgesehen.«

»Kollateralschäden. Opfer, die man bedauerlicherweise bringen muss.«

Bei diesen Worten spürte Jonah, wie die Wut in ihm aufstieg. Genauso hatte Julia Hannerman wohl auch über Daniel Harker gedacht. »Das ist nicht nötig. Wir müssen nur Andreas aufhalten.«

»Sie werden *alle* brennen. Der Ausgang auf diesem Flur ist der einzige Weg nach draußen, und außer mir kann ihn niemand öffnen. Ich habe im ganzen Gebäude Brandsätze verteilt. Sobald ich sie gezündet habe, werde ich durch diesen Ausgang das Gebäude verlassen und jeden niederschießen, der zu fliehen versucht. Wenn Sie mir nicht in die Quere kommen, nehme ich Sie vielleicht mit, solange Sie mir vom Leib bleiben. Aber glauben Sie nicht, dass Sie mir ausreden können, diese *Dinger* in die Hölle zurückzuschicken.«

Never kauerte auf dem Boden und öffnete so leise wie möglich den Verschluss der Formamidflasche.

Er sah zu Jonah hinüber, und Jonah nickte: Zeit für ein bisschen Ablenkung. Never öffnete die Flasche. Der Boden unter den Regalen war frei. Er legte die Flasche auf die Seite und gab ihr einen Stoß. Sie rollte und rollte, wobei sie eine Spur aus Flüssigkeit hinter sich herzog. Die ätzenden Dämpfe erreichten Nevers Augen und Kehle, sodass er husten musste. Er hatte nicht erwartet, dass das Zeug so stark war.

Julia Hannerman hörte erst das Husten und dann die Flasche, die klirrend gegen die Wand neben ihr stieß. Sie drehte sich um, sah weiße Rauchwolken vom Boden aufsteigen und atmete genau wie Never die giftigen Dämpfe ein. Hustend drehte sie sich um, doch da war Annabel schon losgesprungen und versuchte, ihr die Waffe aus der Hand zu reißen. Ein Schuss löste sich, die Kugel bohrte sich in die Decke. In dem kleinen Raum war der Knall ohrenbetäubend. Jonah holte aus und rammte Julia Hannerman die Faust ins Gesicht.

Sie taumelte nach hinten, bis ihr Kopf gegen ein Metallregal krachte. Bewusstlos ging sie zu Boden, wobei eine Hand in die ätzende Flüssigkeit fiel.

»O Gott«, sagte Annabel. Die Haut auf Julia Hannermans Hand war feuerrot und warf Blasen. Annabel schnappte sich eine Flasche mit Natronlösung sowie mehrere Papierhandtücher vom Waschbecken und machte sich an die Arbeit. Sie nahm die Hand aus dem Formamid und spülte sie mit der Natronlösung ab. Never kam mit einer weiteren Flasche hinzu. Er beugte sich vor, stellte die Formamidflasche auf und schraubte vorsichtig den Deckel darauf. Dann schüttete er Natronlösung auf den Fleck. Die Klimaanlage sorgte dafür, dass die Dämpfe nicht allzu dicht wurden. Trotzdem fiel ihnen das Atmen schwer.

Sobald sie Julia verarztet hatte, griff Annabel unter das Regal und hob die Waffe und das schwarze Kästchen auf. Sie steckte die Pistole ein und reichte Never die Fernzündung. »Stell das ab.«

»Äh … was?«, fragte Never und starrte das Kästchen ratlos an. Annabel streckte die Hand aus und legte den Schalter um, den Hannerman aktiviert hatte. Das rote Licht erlosch. Vorsichtig fuhr Never die Antenne ein und steckte das Kästchen in die Tasche.

Julia Hannerman stöhnte.

Jonah entdeckte mehrere Klebebandrollen auf einem Regal und schnappte sich eine. »Sie kommt zu sich.«

Doch bis es tatsächlich so weit war, hatte er bereits eine halbe Rolle Isolierband um ihre Beine gewickelt und den Rest dazu verwendet, ihre Arme hinter dem Rücken an eine dicke Regalstrebe aus Metall zu fesseln.

»Machen Sie keinen Fehler«, sagte Julia. »Lassen Sie mich frei. Wir müssen sie aufhalten, das wissen Sie genau.«

Annabel sah ihr in die Augen. »Wie kommen wir hier raus?«

»Das ist womöglich unsere letzte Chance! Andreas und seine Leute schlafen. Dafür habe ich gesorgt. Ich habe so viel Champagner wie möglich mit Schlafmittel versetzt. Als ich nachgesehen habe, war nur noch Andreas' *Nutte* wach und hat sich in einem leeren Zimmer die Augen ausgeflennt.« Julia Hannerman grinste hämisch. »Ich glaube, sie hat inzwischen kapiert, *was* sie ist.«

Annabel warf Jonah einen Blick zu, den er sofort interpretieren konnte – sie versuchte, seine Reaktion abzuschätzen. Dann wandte sie sich wieder Hannerman zu. »Sagen Sie uns, wie wir hier rauskommen. Wir nehmen Sie auch mit. *Wie kommen wir hier raus?*«

Julia Hannerman schwieg.

»Sie können mich mal«, zischte Annabel. »Wir schaffen das auch alleine.« Sie klebte Julia mit dem restlichen Isolierband den Mund zu und wickelte ihr die Rolle dreimal um den Kopf. Dann durchsuchte sie Hannermans Kittel. Als sie die Brusttasche erreichte, sprühten Julia Hannermans Augen förmlich vor Zorn – offenbar war Annabel auf etwas gestoßen. Sie zog eine Codekarte hervor.

Die einzige Feuerschutztür, die nicht zugeklebt war, befand sich am Ende eines kleinen Korridors um die Ecke. Annabel reichte Never die Magnetkarte. »Los«, sagte sie. »So wie ich ihren Bruder kenne, dürfte uns nicht mehr viel Zeit bleiben.«

Jonah starrte sie an. »Was?«

»Du hast doch gesehen, wie störrisch sie war.«

»Stimmt ...«, sagte Never, der mit einem Mal sehr besorgt wirkte. »Wir haben sie gefesselt, und sie hat nicht mal versucht zu verhandeln. Sie schien trotz allem nicht besonders beunruhigt. Offenbar weiß sie etwas, das wir nicht wissen.«

»Ganz genau«, sagte Annabel. »Wahrscheinlich eine Zeitschaltung. Ein weiterer Notfallplan.«

Tess ist noch da drin, dachte Jonah und traf in Sekundenschnelle eine Entscheidung. Er rannte wieder in das Gebäude hinein.

»Warte!«, rief Annabel. »Jonah!«

»Gebt mir fünf Minuten«, rief Jonah zurück. »Dann haut ohne mich ab.«

Jonah lief schnell, aber wachsam die Treppe zur Chefetage hinauf. Er nahm zwei Stufen auf einmal und wurde auf den letzten beiden Etagen langsamer, als seine Beinmuskeln protestierten.

Oben angekommen, spähte er den Flur hinunter, den er heute Nachmittag gemeinsam mit Tess durchquert hatte. Die Elektroschlösser an den Obsidiantüren waren geöffnet, die Riegel zurückgezogen. Der Korridor schien sich noch immer in die Unendlichkeit auszudehnen. Niemand war zu sehen. Nur in dem Raum, in dem die Feier stattgefunden hatte, brannte Licht. Er rannte darauf zu und spähte durch das Türfenster. Und da war sie, allein in einem Stuhl neben einem der mit leeren Flaschen, Gläsern und halbgeleerten Buffettellern vollgestellten Tische. Das Licht war gedimmt. Er öffnete die Tür und verzog das Gesicht, als die Angeln quietschten.

Sie sah auf und wischte sich die Tränen aus dem Gesicht. »Jonah?«, sagte sie mit großen Augen. »Irgendetwas ist mit Michael. Er hätte sich noch länger ausruhen müssen. Ich habe ihm ja gesagt, dass es zu früh ist …«

Er zog die Tür hinter sich zu und näherte sich ihr.

»Ich werde dich hier rausholen«, sagte er mit leiser Stimme.

»Er … er war *verwirrt*, Jonah. Seine Augen haben sich verändert. Und dann … dann nahm er meine Hand und bat mich, ihm zu helfen. Er hatte so große Angst. Er sagte, er würde ertrinken. Warum hat er das gesagt? Wir gingen aus dem Raum, und er hat mich angesehen und gelächelt, ein grässliches *kaltes* Lächeln. Er hat nur gelacht und ist wieder reingegangen …« Sie verstummte.

»Komm mit, Tess.«

Sie schüttelte den Kopf. »Er braucht mich. Er ist durcheinander. Er muss sich erholen.«

»Tess, irgendetwas anderes ist durch das Tor gekommen. Es ist in ihm. Und jetzt *komm bitte mit.*« Er streckte die Hand aus. Sie wollte danach greifen, als sie erstarrte und über Jonahs Schulter blickte.

»Jonah.« Will Barlow stand in der Tür. »Tut mir leid, aber die Party ist vorbei.«

Annabel und Never warteten neben dem Notausgang. Annabel wusste nicht, was sie denken sollte. Jonah hatte sich in größte Gefahr begeben, um eine Frau zu retten, die eine Schlüsselrolle in diesem verdammten Schlamassel spielte. Am liebsten hätte sie ihm dafür eine schallende Ohrfeige verpasst.

»Warum will er sie retten?«, fragte sie.

»Na, eines solltest du über Jonah doch mittlerweile rausgefunden haben: Der Penner hat Prinzipien. Normalerweise macht mich das nicht so scheißwütend. Blöde Schlampe hin oder her, sie ist eben eine alte Freundin. Du hast ja sein Gesicht gesehen, als Andreas sie reingerufen hat und sie uns erzählt hat, was passiert ist. Sagen wir's mal so: Sie ist keine Konkurrenz für dich, wenn dir das weiterhilft.«

»So hab ich's nicht gemeint.«

»Das sagt ihr beide ständig.« Er sah auf die Uhr und schüttelte den Kopf. »Scheiß drauf. Julia hat behauptet, dass sie den Feueralarm deaktiviert hat. Dann können wir zumindest schon mal die Tür aufmachen.« Er zog die Magnetkarte durch das Lesegerät neben der Tür. Das Wort »CODE« erschien auf dem kleinen LCD-Display.

»Gottverdammt«, sagte Never.

Annabel sah ihn an. »Können wir nicht …«

»Was?«, fuhr sie Never verzweifelt an. »Raten? Das verdammte Ding *hacken*?«

»Ich wollte *eigentlich* fragen: Können wir nicht einfach ein Fenster einwerfen, wenn der Feueralarm deaktiviert ist?«

Er hielt verdutzt inne, bevor er breit grinste. »Jetzt bin ich dir was schuldig«, sagte er.

»Sie mochten dich, Jonah«, sagte Barlow. Er lallte und torkelte leicht. Als er den Raum betreten hatte, hatte er nach einem der gefüllten Champagnergläser gegriffen, die noch übrig waren, und es in einem Zug geleert. Dann hatte er die Tür hinter sich zugezogen und die Verriegelung aktiviert. »Du warst anders als die anderen. Etwas Besonderes. Sie haben mit dir *Kontakt aufgenommen*, als du diese Psychologin wiederbelebt hast. Wie hieß sie doch gleich?«

»Alice. Alice Decker.«

»Richtig! Sie haben mit dir *gesprochen*. Das hat ihnen gefallen. Diese kurze Befreiung war zwar unerwartet, aber die Freiheit ist immer etwas Großartiges. Besonders nach so einer langen Zeit in der Dunkelheit. Sie haben gehofft, dass du unser Reviver sein würdest. Sie hofften, dass sie mit deiner Hilfe in voller Stärke durchs Tor treten könnten. Viel stärker, als sie es jetzt sind. Leider hast du deine Medizin nicht vertragen …«

Jonah sah sich zu Tess um, die immer noch dasaß wie ein Reh im Scheinwerferlicht.

»Was … was ist mit Michael?«, fragte sie. »Was hast du ihm angetan?«

Barlow sah sie mitleidig an, dann setzte er sich zu ihr. »Oh, Tess, wir hatten eine tolle Zeit. Weißt du, seit du auserwählt wurdest, beobachte ich dich ganz genau. Ich habe mich gefragt, wie lange es dauert, bis du es begreifst. Ich habe weiß Gott versucht, Michael auszureden, dich als zweite Kandidatin für das Unity-Projekt auszuwählen. Besonders nachdem ich dafür gesorgt hatte, dass der erste Proband nicht überlebte.« Er sah Jonah an. »Weißt du, das Wesen, das durch Underwood mit dir gesprochen hat, *wusste* es. Oder hätte es zumindest bald gewusst. Es war ganz nahe dran, sich zu erinnern, die Wahrheit herauszufinden. Ein Mord war kein

Problem, weitere wären schon schwieriger zu vertuschen gewesen. Glücklicherweise stellte sich das nächste Wesen als so viel schwächer heraus, dass ich glaubte, ich hätte alle Zeit der Welt. Und ich lag richtig. Von allen Wesen, die die Vereinigung überlebt haben, ist das in Tess am stärksten. Und trotzdem hat es keinen blassen Schimmer. Natürlich wäre ich bereit gewesen, Tess zu beseitigen, wenn es sich wieder erinnert und den ganzen Plan ruiniert hätte. Zum Glück musste ich das nicht tun, Tess. Ich möchte deine Gesellschaft schließlich auch in Zukunft noch genießen.«

Sie starrte Barlow an. »Was ist in ihm? Was ist in mir?«

»Ah! Die Erkenntnis. Endlich. Aber ich darf es dir nicht verraten. Sie wollen es dir selbst sagen.«

»›Sie‹, Barlow?«, fragte Jonah. »Von wem redest du? Von den anderen Unity-Teilnehmern?«

Barlow lächelte. »Du weißt genau, wen ich meine. Du hast sie gesehen, Jonah. Das ist mir nicht entgangen. Du hast sie gespürt, als du Michaels Hand geschüttelt hast. Du bist, was du isst, Jonah. Sie sind alle, die sie jemals verschlungen haben, und sie werden auch dich verschlingen. *Sie. Es.* Das ist ein und dasselbe. Einer und viele. *Legion.* Es wird dich verschlingen, und du wirst ein Teil von ihm werden.«

Jonah nahm Tess' Hand. »Komm mit mir, Tess. Wir gehen.«

Barlow stand lachend auf. »Das wird wohl nichts.«

Jonah starrte den Mann an, den er seit jeher gehasst hatte, weil Tess ihm den Vorzug gegeben hatte. »Wie lange, Will?«, fragte er. »Wie lange spielst du schon das Schoßhündchen?«

»Länger, als du denkst. Meine Belohnung wird ewig sein. Ich werde in seiner Gunst stehen. Mir wird jeder Wunsch erfüllt werden, während die Unwürdigen leiden.«

Jonah zog Tess auf die Füße. »Wir gehen.«

Barlow legte eine Hand auf Tess' Schulter und zwang sie auf den Stuhl zurück. »Du tust, was man dir verdammt nochmal sagt.«

Jonah bemerkte Barlow's glasigen Blick. »Tess, ich hoffe, du hast nicht zu viel Champagner getrunken«, sagte Jonah. Sie sah ihn verwirrt an. Barlow hob sein Glas, betrachtete es und schleuderte es durch den Raum.

»Was hast ...?«, begann Barlow.

So fest er konnte, rammte Jonah sein Knie in Barlows Unterleib, dann stieß er ihn grob zu Boden. Barlow litt einen Augenblick ziemlich unwürdig, bevor er das Bewusstsein verlor. Betrunken oder sediert, egal – Barlow war außer Gefecht, und Jonah hatte sich einen langgehegten Traum erfüllt.

»Und jetzt nichts wie raus hier«, sagte Jonah und streckte die Hand nach Tess aus.

»Was ist mit den anderen?«

»Wir werden sie warnen, sobald wir in Sicherheit sind.«

Sie gingen auf die Tür zu und blieben abrupt stehen, als hinter ihnen ein langsames Klatschen ertönte. Bevor sich Jonah umdrehte, überlegte – nein, hoffte er, dass es Will Barlow war, der irgendwie das Bewusstsein wiedererlangt hatte. Die Alternative wäre so viel schlimmer.

»Der edle Retter«, sagte Andreas, der sich in den Schatten im rückwärtigen Teil des zwielichtigen Raumes verbarg. Jonah konnte ihn erst sehen, als er hinter dem Flügel aufstand. Offenbar war er die ganze Zeit hier gewesen und hatte alles mitverfolgt.

Jonah umklammerte Tess' Hand noch fester, machte zwei entschlossene Schritte auf die Tür zu und deaktivierte den Riegel. Dann lag Andreas' Hand plötzlich darauf und schlug sie zu, nachdem Jonah sie nur wenige Zentimeter geöffnet hatte.

Jonah sah von Andreas zu der Stelle hinüber, wo er vor einem Augenblick noch gesessen hatte. Andreas bemerkte das Entsetzen in seinem Blick sehr wohl.

Er lächelte, wobei unverkennbar die kalte Finsternis in seinen Augen aufblitzte. Das war nicht mehr Andreas. Er drehte sich zum bewusstlosen Will Barlow um. »Armer Will«, sagte er. »Er wäre gerne der Auserwählte gewesen. Aber wer zahlt, befiehlt. Andreas wollte Will nicht riskieren. Doch einen anderen wollte Will nicht in sich tragen. Er wusste, was das für Wesen sind. Warum hätte er eine derart *unwürdige Kreatur* mit sich herumschleppen wollen?«

»Michael ...«, sagte Tess zitternd. »Ist Michael ... ist er tot?«

»Nein, Tess«, sagte Andreas. »Wir lernen uns hier drin so langsam kennen.« Er tippte sich gegen den Schädel. »Michael ist bei uns. Für immer.« Er verzog das Gesicht zu einer schrecklichen Fratze. Dann öffnete er mit einer Hand die Tür, während die andere vorschoss, Jonahs Hals umklammerte und mit unermesslicher Kraft zudrückte. Sofort überkam Jonah erneut die Vision des schwarzen Ödlands, der brennenden Stadt und der Kreatur, die vor Freude heulte, als sie eine Handvoll lebenden Fleisches nach der anderen in Flammen aufgehen ließ.

Die Vision verblasste, als Jonah durch die Luft geschleudert wurde. Er krachte an die gegenüberliegende Wand und fiel auf den Boden. Andreas kam auf ihn zu. Dabei packte er Tess' Arm, die vor Schmerz aufstöhnte. Er sah Jonah an und ging dann zur nächsten Doppeltür hinüber, die sich etwa zehn Meter entfernt befand.

»Ich glaube, wir brauchen etwas Privatsphäre«, sagte er, nahm eine Magnetkarte aus der Tasche und hielt sie gegen ein Lesegerät. Die Türen schwangen auf und versperrten so den Flur. Andreas tippte etwas in die Tastatur auf dem Lesegerät, woraufhin ein rotes Licht aufleuchtete.

Schnell warf Jonah einen Blick in die andere Richtung, wo der Flur zu Annabel und Never führte – immer noch ein möglicher Fluchtweg.

Andreas kam zurück und schleuderte Tess zu Boden, bevor er sich vor Jonah aufbaute.

»Was bist du?«, krächzte Jonah und rieb sich die schmerzende Kehle.

»Hast du Will nicht zugehört? Ich bin Einer und viele. In uns, in mir, wirst du das ewige Leben finden. Sie konnten mich schon damals nicht töten. Ich nahm ihnen ihre Welt und ihre Macht, doch sie hatten noch einen letzten Trick auf Lager. Durch ihr Opfer gelang es ihnen, mich zu binden. Der Älteste und seine zwölf Wächter erschufen eine Hülle um mich herum, die gleichzeitig zur Mauer ihres Gefängnisses wurde. Sie wurden allmählich schwächer. Die Zeit war mein Verbündeter. Sie hatten nicht begriffen, wie *alt* ich bin. Äonen vergingen. Zehntausend Jahre. Zehn Millionen. Sie waren wie eine Sekunde für mich und eine Ewigkeit für sie. Sie vergaßen sich selbst.

Ihre Gedanken drangen in die Träume der Menschen. Echos des Krieges, den wir ausgefochten haben. Eine Erinnerung an ihr Opfer, an das, was sie herausgefordert und besiegt hatten. Den Verschlinger der Seelen. Den großen Schatten. Die Menschheit kennt mich seit langem und fürchtet mich, seit die ersten Schamanen in dunklen grausamen Nächten ihre Geschichten erzählten. Jeder Glaube hat einen Namen für mich. Yama. Apophis. Ahriman. Teufel. Doch erst als die Barrieren zwischen den Welten dünner wurden, konnte ich meine Hand ausstrecken. Meine Hand ausstrecken und erneut *fressen*.

Was ich bin, Jonah Miller? Eure Wissenschaftler streiten sich noch darüber, wie man Leben definieren soll. Ist ein Virus lebendig, ein Bakterium, eine Ameise? Ich biete euch eine Definition an: Leben bedeutet, *Schmerz* empfinden zu können. Das Leben ist *Schmerz*. Schmerz bis zum Tod. Ist das nicht die Lehre aus der Evolution? Ich bin das Leben selbst, in seiner reinsten Form. In mir ist das Leben ewig, und die Qual nimmt kein Ende. Es gibt viele, die mich willkommen heißen werden. Jene müssen nicht mehr lange warten. Und alle Übrigen werde ich mit Gewalt bezwingen.«

Er beugte sich vor und packte Jonah erneut an der Kehle. Jonah hörte den Wind des schwarzen Landes um sich herum heulen. Mit äußerster Konzentration gelang es ihm, die Vision auszublenden und sich auf das Hier und Jetzt zu konzentrieren. Andreas drückte zu. Fester. Jonah krallte die Hand in Andreas' Arm. Er bekam kaum noch Luft, doch Andreas' Griff war stahlhart.

»*Lass ihn in Ruhe*«, sagte Tess und trat auf die beiden zu. Andreas holte aus und schlug sie so heftig, dass sie in den Festsaal geschleudert wurde und gegen einen Tisch krachte. Gläser zerbrachen auf dem Boden.

Jonah blieben nur Sekunden, dann würde er das Bewusstsein verlieren.

»MICHAEL!«, schrie Tess, und Jonah sah, wie sie mit einer leeren Champagnerflasche ausholte. Mit einem Übelkeit erregenden Knacken kollidierte sie mit Andreas' Kopf – das dicke Glas war stärker als der Knochen.

Tess ließ die Flasche fallen, trat zurück und legte die Hände auf den Mund.

Jonah spürte, wie der Griff schwächer wurde. Blut sickerte aus Andreas' Haar und rann sein Gesicht hinab. Andreas ließ los, taumelte zurück und ging in die Knie.

Verzweifelt versuchte Jonah, Luft zu holen. Tess ging entsetzt auf Andreas zu. Aus seinem Hinterkopf sprudelte Blut.

»Michael …«, sagte sie. »O Gott, was habe ich getan?«

Andreas blickte sie an. Jonah erkannte in seinen Augen, dass die Kreatur nicht mehr da war.

»Tess …«, sagte er. »*Lauf.*«

Tess beobachtete entsetzt, wie Andreas mit geschlossenen Augen vornüberfiel. Inzwischen hatte sich Jonah so weit erholt, dass er einen klaren Gedanken fassen konnte. »Raus hier«, sagte er und führte Tess zu der offenen Tür, die den einzigen Ausweg darstellte.

Sie erreichten die Treppe. Tess, die vor ihm lief, hielt nach wenigen Stufen inne und drehte sich um.

»Jonah, vielleicht können wir ihm helfen«, sagte sie verzweifelt. »Vielleicht kann er ihm widerstehen.«

Jonah warf einen Blick zurück. Andreas lag reglos an derselben Stelle wie zuvor. Dann wandte er sich wieder Tess zu. »Wir können nichts für ihn tun. Wir …«

Noch während er sprach, spürte er eine Bewegung und drehte sich um.

Andreas stand neben ihm. Sein blutverschmiertes Gesicht war zu einem breiten Grinsen verzerrt, die Augen dunkel und kalt. Jonah starrte ihn an, unfähig, sich zu bewegen oder auch nur vernünftig zu denken.

Andreas' Arme schossen vor. Er packte beide an den Haaren und zerrte sie in den Flur zurück. In der Tür blieb er stehen und schleuderte sie mit Macht von sich. Jonahs Aufprall war hart. Atemlos musste er mit ansehen, wie Andreas auch die andere Tür schloss. Jetzt waren sie gefangen.

»Wo waren wir?«, fragte Andreas, legte eine Hand auf den Hinterkopf und starrte sie dann an. Er schmierte sich das

Blut ins Gesicht und lächelte. »Ach ja«, sagte er und umklammerte wieder Jonahs Kehle, beförderte ihn so in das schwarze Land – nun war Andreas' Gesicht mit dem Antlitz der finsteren Kreatur verschmolzen, die über der verbrannten Erde aufragte.

»Verstehst du, Tess? Verstehst du nun, was du bist?«

Tess' Augen weiteten sich vor Schreck.

Andreas sah sie an. »Der Älteste ist in mir und schreit vor Verzweiflung. Aber keine Angst, ich werde so viele wie möglich von euch am Leben lassen, damit ihr Zeugen eures Versagens werden könnt, wenn ich auch diese Welt vernichte. Ihr habt versucht, mich aufzuhalten. Ihr wart meine *Kerkermeister*. Meine *Wächter*. Ich musste eine Ewigkeit warten, bis ihr vergessen habt, was ihr seid. Bis die Mauern schwächer wurden und ich die Ritzen darin fand, sie über Jahrhunderte hinweg allmählich verbreitern konnte. Bis ich hindurchgreifen und jemanden finden konnte, der bereit war, mich anzuhören. Jemanden, der mir *helfen* würde.«

»Nein ... bitte ... bitte *hör auf*. Du bringst ihn um ...« Tess stand auf und ging vorsichtig einen Schritt auf Andreas zu. Die Abstände zwischen Jonahs flachen Atemzügen wurden immer größer.

»Endlich fand man die Dreizehn, elend und verzweifelt. Sie wussten nicht, wer sie waren – sie wussten nur noch, dass sie euch etwas Wichtiges zu sagen hatten. An das sie sich jedoch ebenfalls nur undeutlich erinnern konnten ...« Andreas' kalte Augen funkelten amüsiert. »Einer nach dem anderen verließ seinen Posten, ohne sich dessen überhaupt bewusst zu sein. Sie glaubten, sie hätten die Erlösung gefunden, wären von dieser dunklen Leere befreit. Doch das bedeutete, dass sie wieder sterblich wurden. Das Opfer war umsonst. Als der letzte meiner Wärter verschwand, war ich frei. Ich wartete auf eine günstige Gelegenheit, das Tor zu durchschreiten. Und jetzt ist mein Gefängnis leer, und ich bin hier.«

»Lass ihn los. *Bitte ...*«

Andreas schlug wieder mit der anderen Hand zu, erwischte Tess an der Schläfe und schickte sie zu Boden. Resigniert sah sie zu ihm auf.

Andreas hob Jonah von den Beinen und drückte immer fester zu, bis graue Punkte am Rande von Jonahs Blickfeld tanzten. Er war der Bewusstlosigkeit sehr nahe.

Tess stand auf und ging einen Schritt auf Andreas zu. »Lass ihn in Ruhe.«

»Sieh dich an, Tess«, sagte Andreas. »In dir ist der Stärkste der Dreizehn. Und selbst jetzt, wo dir das *bewusst ist*, schlummert er weiter. Er weiß, dass er besiegt wurde.«

Sie setzte ihren Weg unbeirrt fort. Andreas hob die Hand, hielt jedoch inne, als er ihren Blick sah. Jonah bemerkte es ebenfalls. Unbändige Wut verzerrte ihr Gesicht. »Nein«, sagte sie. Irgendetwas schien sich in ihr aufzubauen. Jonah spürte, wie sich die Härchen auf seinem Arm aufstellten und die Luft um ihn herum vor statischer Elektrizität knisterte. »*NEIN!*«, schrie Tess.

Mit dem Schrei entlud sich ein Impuls aus reiner Energie, eine sichtbare Schockwelle breitete sich von ihr aus, die Andreas zu Boden warf, sodass er auf dem Rücken weit den Flur hinunterrutschte und gegen die Tür stieß. Jonah brach keuchend und um Atem ringend zusammen. Tess geriet ins Taumeln. Ihre Beine gaben unter ihr nach, und sie fiel ebenfalls. Immerhin schaffte sie es, den Kopf zu heben. Andreas lag scheinbar kampfunfähig am Ende des Flurs. Dann hörte Jonah, wie er etwas rief.

»Tess ...«

»Michael?«, fragte sie.

»Es ist zu stark. Ich kann nicht dagegen ankämpfen.«

»Michael …« Sie ließ den Kopf sinken und verlor das Bewusstsein.

Jonah rappelte sich auf. Andreas saß nun ebenfalls vor der Tür und wirkte unbeschreiblich müde. Selbst aus der Entfernung konnte Jonah in seinen Augen erkennen, dass er wieder er selbst war.

Und dann brach das Inferno los.

KAPITEL 35

Das Glas wollte nicht brechen.

Sobald Annabel ihren Vorschlag unterbreitet hatte, hatten sie sich auf die Suche nach dem nächsten unverschlossenen Raum mit Fenster begeben und ein kleines Büro in einem engen Seitenflur neben dem Lagerraum entdeckt. Doch was sie auch dagegenwarfen, die dicke Doppelverglasung hielt stand, ohne auch nur den kleinsten Kratzer aufzuweisen.

»Weißt du«, sagte Never, »so langsam glaube ich, dass Julia Hannerman genau wusste, was sie tat.«

Plötzlich ertönte das Geräusch, das Never schon die ganze Zeit hören wollte – splitterndes Glas. Allerdings kam es von woanders her.

»Der Lagerraum«, sagte Annabel, und sie rannten los.

Als sie die Tür zum Lagerraum öffneten, sahen sie die Frau im weißen Kittel, die sich von den Regalen entfernte; die zerbrochene Fomamidflasche; eine blutige Braunglasscherbe an der Stelle, an der Julia Hannerman gesessen hatte; Isolierband, das noch am Regalbein klebte und an den Schnittstellen ausgefranst war.

Annabel und Never rannten Hannerman hinterher. Sie ging vor den Metallschränken kurz in die Hocke. Ihr weißer Kittel war mit dem Blut aus den Wunden befleckt, die sie sich bei ihrer Befreiung selbst zugefügt hatte. Kleine Rauchwölkchen stiegen von ihren Schuhen auf – sie hatte gegen die Formamidflasche getreten, um sie zu zerbrechen. Beide Hände waren mit Blasen bedeckt, vor allem die Finger der rechten Hand.

»Die Pistole!«, zischte Never Annabel zu. Einen Augenblick lang kapierte sie nicht so recht, was er meinte, dann fiel es ihr wieder ein. Sie zog die Waffe aus der Tasche und reichte sie Never.

»Keine Bewegung«, sagte Never und richtete die Pistole auf Hannerman.

»Schnauze«, sagte Julia verächtlich, drehte sich um und stand auf. Sie hielt die Plastikschachtel mit dem Brandsatz in den Händen. »Ich kann das Ding jederzeit auslösen. Dann gehen wir alle drauf.«

»Unwahrscheinlich«, sagte er. »Sie fackeln einen kleinen Raum ab, und die, die Sie eigentlich erwischen wollen, kommen davon.«

»Ich habe überall im Gebäude Brandsätze verteilt. Wenn einer hochgeht, gehen alle hoch. Das wird zwar etwas länger dauern, aber glauben Sie mir: es reicht, um das alles hier in Schutt und Asche zu legen. Also treten Sie zurück.«

»Ich werde schießen.«

»Nein, das werden Sie nicht. Das kann ich in Ihren Augen sehen.«

Never wedelte betont selbstbewusst mit der Pistole herum, drückte jedoch nicht ab. Schließlich sah er Annabel an und reichte ihr wieder die Waffe. »Du musst auf sie schießen.«

Julia Hannerman trat auf sie zu. Annabel und Never wichen aus dem Lagerraum.

»Das ist mein Ernst«, sagte Never und nickte in Richtung Pistole. »Schieß ihr ins Bein oder so.«

Annabel funkelte ihn wütend an, bevor sie die Waffe auf

Hannerman richtete. »Das ist doch sinnlos, Julia. Wir haben den Fernzünder. Geben Sie uns den Türcode, dann können wir alle von hier verschwinden. Wir können Andreas auch mit anderen Mitteln aufhalten.«

»Zurück«, sagte Hannerman und hielt den Brandsatz in die Höhe. Sie gehorchten.

Julia Hannerman betrat rückwärts den Flur und ging weiter in das Gebäude hinein. Sie griff in ihre andere Jackentasche, wobei Never siedend heiß einfiel, dass Annabel *diese* nicht durchsucht hatte. Dann sah er, was sie daraus hervorzog, und mit einem Mal wusste er, weshalb sie so erschrocken gewirkt hatte, als Annabel sie gefilzt hatte. Jetzt verstand er, was Julia wusste und sie nicht.

Es gab keine Zeitschaltung. Julia besaß einen weiteren Fernzünder.

»Felix hat es nicht bis zu mir geschafft«, sagte Julia, ohne stehen zu bleiben. Die Erschöpfung war ihr deutlich anzuhören. »Es war zu spät. Aber er hatte immer einen Ersatz parat.« Grinsend hielt sie den Fernzünder in die Höhe und zog wie zuvor die Antenne mit den Zähnen heraus. »Genau wie ich auch.«

Plötzlich fiel Never etwas ein. Hannerman hätte die Fernzündung jederzeit betätigen können. Weshalb drohte sie ihnen überhaupt damit? *Wohin* wollte sie mit dem Ding?

»Schlechter Empfang«, sagte er und bemerkte, dass sich kurzzeitig Enttäuschung auf der Miene der Frau abzeichnete. Er hatte sie ertappt. »Wenn Sie sie von hier zünden, ist das Signal nicht stark genug. Wahrscheinlich müssen Sie bis zur Treppe gehen. Oder direkt in ein höheres Stockwerk.« Er nahm Annabel die Waffe ab. Wenn es hart auf hart kam, konnte er es tun. *Hoffentlich kann sie das auch in meinen Augen sehen. Und zwar JETZT,* dachte er. »Mein Kumpel ist noch da oben. Also legen Sie das verdammte Ding weg. *Sofort.*«

Julia Hannerman lächelte. »Wie Sie wollen«, sagte sie. »Versuchen wir es eben von hier. Wir werden alle gemeinsam draufgehen.« Ihr Daumen drückte den Knopf des Fernzünders.

Sofort explodierte der Brandsatz, den sie in der Hand hielt. Annabel und Never sprangen zurück und mussten entsetzt mit ansehen, wie brennende Flüssigkeit auf Hannermans Oberkörper spritzte. Schreiend wurde sie von den Flammen verschlungen.

Sie rannten in den Lagerraum, griffen sich die Feuerlöscher und leerten sie ohne große Wirkung auf die brennende Frau. Die Schreie wollten nicht aufhören. Endlich verloschen die Flammen. Julia Hannermans Arm zuckte noch einmal, dann blieb sie still liegen.

Annabel beugte sich über sie. Ihre leblosen Augen starrten ins Nichts – das Entsetzen auf ihrem toten Gesicht sprach Bände.

Never sah Annabel an und stellte die entscheidende Frage: »War das Signal stark genug? Sind die anderen Brandsätze hochgegangen?«

Sie lauschten. Und hörten über sich die Antwort.

Andreas drehte den Kopf herum. Jonah folgte seinem Blick. Er sah ein flackerndes Licht in dem Fenster der Tür, neben der Andreas stand. Die ersten Schreie ertönten. Andreas ging zur Tür, schrie ebenfalls und nahm die Magnetkarte aus der Tasche. Schlagartig sprang er zurück, als ein blendend grelles gelbes Licht hinter der Glasscheibe aufblitzte, sodass ihre Augen schmerzten.

»*Nein!*«, rief Andreas.

Und dann blieb er wie erstarrt stehen, holte tief Luft und ließ den Kopf sinken. Langsam ging er zu dem immer noch knienden Jonah hinüber.

»Jetzt bin ich der Tod geworden«, sagte Andreas mit heiserer Stimme und betrachtete seine Hände, als würde er sie zum ersten Mal sehen.

Voller Entsetzen beobachtete Jonah, wie Andreas den Kopf wieder hob, wartete darauf, diese kalten, dunklen Augen ein letztes Mal zu sehen, bevor sein Ende gekommen war.

Aber nein. Er war immer noch Andreas. Und in seinen Augen war nichts als Verzweiflung zu erkennen.

»Ich spüre, wie es stärker wird, Jonah«, sagte Andreas. »Es übernimmt die Kontrolle, und ich kann nichts dagegen tun. Der Älteste in mir ist zu schwach. Ich fühle nichts als seine Trauer. Es gibt keine Hoffnung mehr. O Gott, Jonah … ich wollte allem Leid ein Ende bereiten. Ich dachte, dass uns diese Kreaturen helfen würden, dieses Ziel zu erreichen. Und jetzt bin ich der Tod geworden, der Zerstörer der Welten.«

Ein Lichtblitz ließ ihren Blick den Flur hinunterwandern. Flüssiges Feuer tropfte von der Decke über der gegenüberliegenden Tür.

»Es hatte Angst«, sagte Andreas. »Als Tess es mit der Flasche traf. Die Vereinigung bringt Sterblichkeit mit sich, Jonah. Ich hätte nicht gedacht, dass das auch für dieses Ding gilt. Es ist sterblich. Aber wer weiß, wie lange noch.«

Sie hatten eine weitere Doppeltür erreicht. Andreas ging darauf zu und aktivierte sie mithilfe seiner Magnetkarte.

»Pass gut auf sie auf«, sagte er. Er legte die Karte neben Jonah auf den Boden und stellte sich auf die andere Seite der sich schließenden Türen – jene Seite, auf der das Feuer wütete und immer näher kam. »Der Code lautet 5972«, sagte er, bevor die Türen ins Schloss fielen.

Jonah stand auf und spähte durch das Glasfenster. Andreas sah ihn an und nickte, dann drehte er sich um und ging auf das Inferno zu.

Er weiß, was zu tun ist, dachte Jonah und fragte sich, ob er an Andreas' Stelle zu einem solchen Opfer fähig gewesen wäre.

Die entfernten Schreie wurden immer lauter, genauso wie das Brüllen des Feuers. Jonah beobachtete, wie Andreas in der Mitte des Flurs den Arm hob, um seine Augen vor der Hitze zu schützen. Die weiße Decke über ihm färbte sich schwarz. Jonah hörte ein seltsames knackendes Geräusch, und mit einem Mal brach die Decke in einem Feuerball zusammen und begrub Andreas unter sich. Mit einem markerschütternden Schrei schlug er auf die Flammen ein, die ihn erfassten.

Jonah sah zur Decke über sich auf und fragte sich, wie lange sie noch standhielt. Dann bückte er sich und hob Andreas' Magnetkarte auf.

Ein tiefes Dröhnen ließ das Gebäude erzittern. Die Lichter im Flur verloschen, die rote Notbeleuchtung sprang an. Die flackernden Flammen warfen lange zitternde Schatten.

Ein letztes Mal spähte er durch das Glasfenster in den dichter werdenden Rauch.

Plötzlich erschien Andreas' Gesicht vor der Glasscheibe. Feuer tropfte daran herunter, das Haar war versengt. Die Kreatur starrte Jonah mit trotziger Wut in den Augen an. Jonah war wie gelähmt. Sie blickten sich einige lange Sekunden an, dann hämmerte Andreas gegen die Tür.

Jonah beobachtete Andreas und das hinter ihm lodernde Feuer. »Brennen sollst du«, sagte er und trat zurück, wobei er Tess mit sich zerrte.

Andreas schlug mit langsamen, kalkulierten Schlägen von

unglaublicher Kraft gegen die Tür. Die soliden, schweren Türen erbebten mit jedem Schlag. Jonah betete, dass sie nicht nachgaben.

Inzwischen hatte das Feuer hinter Andreas fast den kompletten Flur vereinnahmt. Jonah lief schneller, während sich die Tür hinter ihm immer weiter ausbeulte – sie konnte jeden Moment aufspringen.

Andreas riss den Mund auf. Das unmenschliche Heulen des triumphierenden Ungeheuers aus dem schwarzen Land ertönte, wurde immer lauter, bis es selbst das Krachen der zitternden Tür übertönte. Bald war es so weit, das wusste Jonah genau. *Die Tür würde nachgeben.*

»Du sollst brennen!«, schrie Jonah.

Dann wurde Andreas von den Flammen verschlungen. Die Türen erzitterten wieder und wieder, doch der Schrei wurde zu einem Ruf der Verzweiflung und des Schmerzes. Der *Niederlage*.

»STIRB!«

Der Lärm verstummte abrupt. Die Türen erbebten ein letztes Mal. Im Fenster war nur noch Feuer zu sehen.

Es war vorbei. Jonah richtete sich atemlos und erschöpft auf.

Ein Knacken über ihm holte ihn in die Gegenwart zurück. Er zerrte Tess mit sich.

Hinter ihm brachen die Flammen durch die Decke und erreichten gerade die Tür am anderen Ende des Flurs, als Jonah die Karte zückte. Am Lesegerät brannte kein Licht. Das Display war schwarz. Er versuchte die Karte, gab den Code ein. Nichts.

»Nein«, rief er und drehte sich um. Das Feuer kam immer näher, der Rauch wurde dichter. Er musste in die Hocke gehen, um atmen zu können. Sie saßen in der Falle. Dann er-

zitterte auch diese Tür. Jonah wirbelte entsetzt herum und blickte durch das Türfenster. *Andreas,* dachte er, doch stattdessen erkannte er einen eine Feuerwehraxt schwingenden Iren. Jonah wäre am liebsten in Tränen ausgebrochen.

Nach zwei weiteren Hieben gelang es Never, die Axtklinge tief genug in die Tür zu treiben, um gegen den Griff zu drücken und die Tür aufzustemmen.

»Ich dachte, ihr könntet vielleicht Hilfe gebrauchen«, sagte Never. Nach einem weiteren Versuch glitten die Türflügel weit auseinander.

Never trug Tess zur Treppe. Jonah nahm die Axt an sich. Sie eilten an zwei in Flammen stehenden Stockwerken vorbei.

»Wir müssen ein Fenster einschlagen«, sagte Never. »Das ist gar nicht so leicht, aber mit der Axt müsste es gehen.«

»Was ist mit der Magnetkarte?«, fragte Jonah.

»Wir brauchen einen Code. Hannermans Code.«

»Ich habe Andreas' Karte und den Code.«

Als sie das Ende der Treppe erreichten, hörten sie ein lautes Krachen über sich. Jonah sah auf. Die Flammen hatten bereits auf das Treppenhaus übergegriffen.

Annabel wartete im Flur auf sie, der zum Lagerraum führte. Julia Hannermans Leichnam lag in einer Pfütze aus Löschschaum. Jonah starrte ihn fassungslos an.

Beim Notausgang angekommen zog Jonah die Karte durch das Lesegerät und gab 5972 ein.

»UNGÜLTIG.« Er brauchte einen Augenblick, bis er kapierte, dass es nicht funktioniert hatte. Er versuchte es noch einmal. Ungültig.

Er sah Never ratlos an.

»Sie hat die Türen deaktiviert«, sagte er. »Jetzt bleibt nur noch das Fenster. Da lang.«

Sie liefen in den Raum mit dem Fenster. Never setzte Tess neben der Tür ab, nahm die Axt und holte aus. Die anderen wandten sich ab. Die Axtklinge schlug gegen das Fenster und prallte heftig zurück, ohne mehr als einen Kratzer zu hinterlassen.

Hinter dem Fenster konnte Jonah die Autos auf dem Parkplatz erkennen, den dunklen Himmel mit dem ersten Schimmer des anbrechenden Morgengrauens. Nur Millimeter trennten sie von ihrer Rettung.

Annabel sah Jonah verzweifelt an. Never schwang die Axt ein weiteres Mal. Mit jeder Sekunde wurde das Brüllen der Flammen lauter.

»*NEIN!*«, schrie Never, als die Klinge erneut abprallte. Er versuchte es fluchend ein drittes Mal. Ein kleines Loch erschien im Glas.

Mit einem Zischen sprühten Funken aus der Decke in der gegenüberliegenden Ecke des Raums.

Ein weiterer Schlag. Das Loch wurde größer.

Jonah sah das Feuer näher kommen. Annabel dachte offenbar das Gleiche wie er – es war zu spät.

Ein Teil der Decke brach ein.

»Wir müssen hier raus«, rief Jonah. Never beachtete ihn nicht weiter, sondern holte erneut aus. Diesmal bohrte sich die Axt in die Scheibe, doch das Glas wollte einfach nicht zerbrechen. »Das darf nicht wahr sein«, schrie Never ungläubig, als er die Axt nicht mehr herausziehen konnte.

»Los«, rief Annabel und schob Tess durch die Tür. »Jetzt!«

Never gab auf und ließ die Axt los. Sie verließen den Raum einen Moment, bevor die Decke zusammenkrachte.

Dicker schwarzer Rauch drang aus dem Treppenhaus. Jetzt gab es nur noch einen Ausweg. Annabel und Never zerrten die bewusstlose Tess zum verschlossenen Notausgang und legten sie davor ab.

»Wo ist Jonah?«, fragte Annabel und sah sich im Flur um.

»Er war direkt hinter uns«, sagte Never. »*Jonah!*«, brüllte er.

Sie liefen zur Biegung im Flur. Ein schwarzer Rauchvorhang schlug ihnen entgegen. Er hatte bereits den Lagerraum erreicht. »Wo zum Teufel ist er hin?«, fragte Annabel.

Dann tauchte Jonah hustend aus dem Qualm auf. Never eilte ihm zu Hilfe. Jonah zerrte offenbar etwas hinter sich her. Als Never erkannte, was es war, starrte er Jonah entsetzt an. Julia Hannermans Leiche.

»Nimm ihre Beine«, sagte Jonah. »Aber pass auf, sie ist noch ziemlich heiß.«

»Du hast sie da *rausgeholt*?«

Jonah nickte. »Sie ist die Einzige, die den Code kennt.«

Als sie den Notausgang erreichten, hörten sie das Dröhnen einer Explosion in der Nähe.

»Der Lagerraum«, vermutete Never. Dunkler Rauch sammelte sich bereits in der Biegung, die sie soeben umrundet hatten.

Jonah zog den Streifen mit seinen Tabletten aus der Tasche. Jede der acht Pillen stellte ein Fünftel der Dosis dar, die für eine Wiederbelebung nötig war. Er schluckte sie alle. Es würde ein paar Minuten dauern, bis die Tabletten wirkten, doch so lange konnten sie nicht warten. Und er konnte sehr gut auf das Residuum dieser Frau in seinem Kopf verzichten.

Er kniete sich neben Hannermans Leichnam und nahm ihre rechte Hand. Die verkohlte Haut knisterte unter seinen Fingern. Nun hing alles davon ab, wie schwer ihre Brandverletzungen waren. Die Chancen standen schlecht. »Halt dich bereit, Never. Ich weiß nicht, ob es klappt, aber falls doch, musst du in der Nähe sein. Das wird eine nichtvokale Wiederbelebung, also werde ich dir den Code sofort weitersagen, wenn ich ihn höre. Drück mir die Daumen.«

Sie starrten in den näher kommenden Rauch. Tess gab ein Stöhnen von sich, blieb jedoch bewusstlos. »Okay«, sagte Never. Er nahm Hannermans Karte aus der Tasche und hielt sie hoch. »Bereit. Glaubst du wirklich, dass sie dir den Code verraten wird?«

»Sonst kommen wir nicht mehr hier raus. Wenn sie sich weigert, gibt es noch andere Methoden.«

»Wovon sprichst du?«

»Das weißt du *genau*«, sagte Jonah.

Er konnte es schaffen. Er konnte sie selbst Minuten nach ihrem Tod zurückholen. Und die Wahl zwischen dem Überleben seiner Freunde und der Aufrechterhaltung seiner Prinzipien fiel ihm leicht.

Er musste ausblenden, was um ihn herum geschah, die wachsende Hitze ignorieren. Unter dem Knistern der Flammen glaubte er Schreie zu hören. Das alles war nebensächlich. Er durfte sich jetzt auf nichts anderes als Julia Hannerman konzentrieren. Sie war ganz in der Nähe.

Mit einem Mal verspürte er eine sengende Hitze auf seinem Oberkörper und musste gegen den Drang ankämpfen, die Augen zu öffnen und nachzusehen, ob sie tatsächlich von der Wiederbelebung stammte oder bereits Realität war. Er behielt die Nerven, und nach wenigen Augenblicken hatte er sie zurückgeholt.

»Julia.«

»Felix?«

»Nein. Hier spricht Jonah Miller. Sie wissen, wer ich bin.

Wir stehen vor dem Notausgang. Wir brauchen den Code. Helfen Sie mir.«

»Nein.«

»Wir haben mit der Sache nichts zu tun, Julia. Wir sind unschuldig. Außer uns wird niemand das Gebäude verlassen, es steht sowieso schon fast vollständig in Flammen. Bitte.«

»Hier kommt niemand raus.«

Diese Selbstgerechtigkeit machte Jonah wütend. »*Sie* wären ja schon noch rausgekommen. So hatten Sie es doch geplant, oder etwa nicht? Der letzte Notausgang, den niemand sonst erreichen würde.« Er spürte ihre Zufriedenheit. Sie war stolz darauf. »Sie hätten niemanden sonst rausgelassen. Wir brauchen Ihren Code.«

»Ein paar Ziffern.« Sie klang so selbstgefällig, dass Jonah seinen Ärger nur mit Mühe im Zaum halten konnte. »Ein paar Ziffern, und ihr seid frei. Aber ihr seid mir in die Quere gekommen. Es ist eure Schuld, dass ich tot bin. Wieso sollte ich euch retten?«

»Weil wir unschuldig sind. Annabel Harker ist auch hier. Ihr Bruder ist verantwortlich für den Tod ihres Vaters. Sie sind ihr etwas schuldig.«

»Hier kommt keiner raus. Ausgeschlossen.«

Diese Worte klangen so endgültig, dass er anscheinend keine andere Wahl hatte. Julia Hannerman würde ihnen nicht freiwillig helfen. Jonah dachte an die Baseline-Dokumente, an die dort niedergelegten Konzepte, die ihn so erschreckt hatten. Er dachte an den toten Pritchard in seinem Auto, wie ihn die Erinnerung an den Tod seiner Mutter aller Vernunft beraubt hatte, sodass er all seine Ängste, seinen Hass und seine Wut auf den Toten projizierte, bis dieser vor Verzweiflung geschrien hatte.

Jonah versuchte, dieses Gefühl erneut heraufzubeschwören. Die Wut über den Tod seiner Mutter. Den blinden, reinen Zorn angesichts dessen, was Felix Hannerman Sam angetan hatte. Die Empörung, die er mit Daniel Harker über dessen Tod teilte. Die Angst angesichts des Rauchs und der Flammen um sich und seine Freunde herum.

»Was …?«, fragte sie. »Was ist das?«

Er wollte Julia Hannerman einen Albtraum bereiten. Er dachte an die Kreatur, die Will Barlow herbeigerufen hatte, jene Kreatur, der er vor so langer Zeit bei der Wiederbelebung von Alice Decker begegnet war – an jene Kreatur, die mit Michael Andreas ihr Ende gefunden hatte. Er dachte an ihre Augen und an das verbrannte Ödland. An den Triumphschrei und den Gestank des Bösen.

Julia Hannerman war außer sich vor Angst. »Was ist das? Eine von diesen *Kreaturen*? O Gott, Felix, *was ist das*?« Sie war verwirrt – und genau darauf hatte er gehofft.

»Julia? Ich bin's, Felix. Ich bin hier«, sagte Jonah. »Es ist eine von *ihnen*. Sie kommt. Sie kommt, um dich zu holen.«

»Hilf mir, Felix! Bitte! Sie ist ganz nahe!« Jonah bemühte sich nach Kräften, vor seinem geistigen Auge ein Panoptikum von Bildern und Gefühlen entstehen zu lassen. Er spürte die Furcht, die stetig in ihr wuchs.

»Es kommt, um dich zu holen, Julia. Wir müssen die Tür öffnen. Wir müssen hier raus.«

»Felix, ich verstehe nicht …«, rief sie.

Er bemühte sich noch einmal, sie in Furcht und Angst zu ertränken. Er spürte, wie ihr Verstand sie verließ, wie sie selbst ihren eigenen Tod vergaß. Sie war in der Finsternis, ein verängstigtes Kind, aber ihr Bruder war bei ihr. Ihr Bruder konnte ihr den Weg nach draußen zeigen. Er brauchte nur den Code. Das war alles. Nur ein paar Ziffern. »*Bitte, Felix. Ich habe solche Angst!*«

»Sag mir den Code, Julia. Sag mir den Code.« Sie schrie ihn heraus.

Jetzt konnte er sie gehen lassen. Er *musste.* Doch sein Zorn war noch nicht verraucht und hatte ein weiteres Ziel. Wieder sandte er ihr eine Flut von Bildern: Daniel Harkers schwarzen Leichnam auf dem Stuhl. Felix Hannerman, der schreiend in einem brennenden Auto saß. Er schickte ihr Bilder von starker, unverfälschter *Trauer.*

Absoluter Trauer.

Er stellte seine Frage und spürte (oder bildete er sich das nur ein? War das nicht egal?) Daniel Harkers beobachtende, teilnahmslose Anwesenheit. Auch er zeigte keine Spur von Mitleid – wie auch, wollte er doch die Antwort genauso dringend hören.

Er fischte diese Antwort aus einer Flut von Bildern. Es war die nackte Wahrheit, die ihn einen Augenblick lang zutiefst erschütterte.

»Jonah!«, rief Never. *»Beeil dich!«*

Nun war er fertig mit Julia Hannerman. Er entließ sie in das, was auch immer auf sie warten mochte. Dann löste er die Finger von ihrer verbrannten Hand und öffnete die Augen. Der Rauch um ihn herum wurde immer dichter, die Flammen brüllten. Er konnte kaum etwas sehen oder hören.

»Hast du den Code?«, brüllte Never und zog ihn zum Lesegerät.

Jonah nahm Never die Magnetkarte ab und tippte die Zahlenreihe ein.

Die Tür öffnete sich.

Sie taumelten ins Freie, wobei Annabel und Never Tess an den Armen mit sich zerrten. Jonah sah sich um. Die Flammen schossen durch den Rauch aus der Tür, durch die sie gerade gerannt waren.

Sie liefen, bis sie sich in Sicherheit wähnten – am Ende des Parkplatzes vor dem Forschungszentrum. Dort gingen sie in die Knie.

Menschen schrien auf dem Dach des brennenden Gebäudes.

»Herr im Himmel«, krächzte Never.

KAPITEL 36

Sie lagen keuchend neben Tess und konnten kaum genug Luft in ihre rauchgefüllten Lungen saugen. Never spürte etwas Hartes in seinem Rücken und nahm Hannermans Pistole und den Fernzünder aus den Gesäßtaschen. Er warf die Waffe beiseite und starrte den Zünder an. Tess neben ihm stöhnte. Sie kam allmählich zu sich.

»Können wir ihnen helfen?«, fragte Never. »Können wir denn gar nichts tun?«

Jonah schnappte neben ihm nach Luft und beobachtete das Grauen vor sich. »Nein«, sagte er und sah Never weinen. Dann wurde ihm klar, dass er ebenfalls Tränen vergoss.

»Hört doch mal!«, rief Annabel. Sirenen. Sie bekam einen schweren Hustenanfall. Jonah eilte hinzu, um ihr zu helfen, und fragte sich dabei, ob er ihr jemals die Antwort auf die letzte Frage verraten konnte, die er Julia Hannerman gestellt hatte: *Warum haben sie Daniel Harker sterben lassen?*

Er bemerkte eine Bewegung hinter sich und wandte den Kopf. Tess stand orientierungslos auf und sah sich um. Sie weinte, war wütend und richtete die Waffe in ihren zitternden Händen auf Never.

»*Was habt ihr getan? Was habt ihr getan?*«, rief sie, und plötzlich wurde Never bewusst, dass er noch den Fernzünder in der Hand hielt. Er ließ ihn zu Boden fallen und hob die Arme. Dann warf er Jonah einen Blick zu und trat vor.

»Wir haben gar nichts getan. Es war Hannermans Schwester. Nicht wir.«

»*Was habt ihr getan?*«

Jonah spürte, wie eiskalte Furcht sein Herz ergriff. Tess war verwirrt und völlig verstört. Sie hatte nur mitbekommen, dass Never einen Fernzünder bei sich trug und die Mitglieder des Projekts Unity in diesem Augenblick auf qualvolle Weise ihr Ende fanden. Alle bis auf sie. Und jetzt gab sie Never die Schuld.

»Schluss damit«, rief Jonah und trat vor Never. »Tess? Bitte. Das waren nicht wir. Bitte.«

Tess ließ den Arm nur leicht sinken. »Wo ist Michael?«

Jonah schüttelte den Kopf.

»Er hätte dagegen ankämpfen können«, sagte sie leise. »Er hätte es geschafft. Wir hätten das alles wieder *hinbiegen* können, oder?«

Jonah ging auf sie zu. »Bitte, Tess. Bitte.«

»Du wolltest, dass er stirbt«, sagte sie entschieden und richtete die Pistole auf ihn. »Du wolltest seinen *Tod*. Versuch nicht, das zu leugnen.«

»Bitte, Tess.« Er tat einen weiteren Schritt. »Er hat dagegen angekämpft. Und auf die einzig mögliche Weise gewonnen.«

Sie sah ihn an, und er erkannte das Verständnis in ihren Augen. Dann blickte sie in Richtung der Schreie vom Dach. Jonah drehte sich ebenfalls um. Als er sich ihr wieder zuwandte, war sie bereits losgerannt.

Er wollte ihr folgen.

»Lass sie laufen«, sagte Never.

Jonah zögerte einen Augenblick. Trotz all ihrer Schwächen hatte sie doch etwas mit ihm gemeinsam: Auch er war einst verzweifelt und einsam gewesen, und sie hatte ihm geholfen.

Und jetzt war er an der Reihe, Trost zu spenden. »Sie soll wissen, dass sie nicht allein ist«, sagte er und lief los.

Sie rannte durch die Reihen der geparkten Autos auf die Straße zu. Jonah war ein paar Reihen hinterher und konnte sie gerade noch erkennen. Der Parkplatz war mit mehreren Grünstreifen unterteilt, auf denen kleine Bäume und Gestrüpp wucherten. Tess verschwand im Dickicht. Jonah erstarrte, als er näher kam. Sie war stehen geblieben und hatte die Waffe auf etwas zu ihrer Rechten gerichtet. Sie redete mit jemandem. Er schlich sich näher, um sie belauschen zu können, ging hinter der Motorhaube eines großen Geländewagens in Deckung und spähte durch eine Lücke zwischen den Büschen.

» … Sie Arschloch«, sagte sie.

Ein Mann in dunklem Anzug trat ins Blickfeld. Er hatte Jonah den Rücken zugewandt. Tess hatte die Pistole direkt auf ihn gerichtet. Seine Körperhaltung ließ darauf schließen, dass auch er eine Waffe im Anschlag hatte.

»Kommen Sie mit mir, Tess«, sagte der Mann.

»Bleiben Sie mir vom Leib.«

»Wir haben euch beobachtet. Alles im Auge behalten. Wir wollten wissen, was zum Teufel ihr Leute da treibt. Jetzt tun Sie nicht so überrascht. Offiziell gelten Sie zwar als psychotisch, aber glauben Sie mir, Tess: der Kontakt mit einer *unbekannten Lebensform* ist eine Angelegenheit der nationalen Sicherheit von höchster Priorität, die wir durchaus ernst nehmen.«

»Sind Sie dafür verantwortlich?«

»Für das Feuer? Meine Güte, nein. Wir haben Andreas lange genug beobachtet, um zu wissen, dass er etwas Großes vorhatte, dass er das, was er so lange geplant hat, endlich in die Tat umsetzen wollte. Ich habe mich beeilt, aber leider habe ich nicht die geringste Ahnung, was heute Nacht hier passiert ist – ich weiß nur, dass Sie das Ganze überlebt haben. Wenn Sie jetzt also bitte mit mir kommen würden. Wir werden Sie beschützen. Wir sind die Einzigen, denen Sie vertrauen können.«

Der Mann hob langsam die Hände, öffnete sie, nahm die Waffe mit der linken Hand am Lauf und legte sie auf den Boden.

Jonah beobachtete Tess' Gesicht. Sie schien sein Angebot ernsthaft in Betracht zu ziehen. *Nicht,* dachte Jonah. Er wusste genau, wie sie sie beschützen würden: hinter Schloss und Riegel.

Tess ließ die Waffe sinken. Jonah konnte sie retten, wenn er wollte. Er zögerte nur einen kurzen Augenblick. Never hätte ihn bestimmt dafür zurechtgewiesen, dass er ein solches Risiko für eine Frau einging, die ihn wie den letzten Dreck behandelt hatte.

Er erinnerte sich daran, wie er Felix Hannerman zu Boden gerungen hatte. Etwas Schwung, mehr brauchte es nicht. Er rannte los, so schnell er konnte, und versuchte, dabei möglichst kein Geräusch zu verursachen. Der Mann drehte sich erst um, als Jonah ihn fast erreicht hatte. Auf den Gesichtern der beiden Männer zeichnete sich der Schock des Wiedererkennens ab, während sich Jonahs Arme fest um seinen Gegner schlossen. Kendrick landete hart auf dem Asphalt.

»Lauf, Tess«, rief Jonah. Tess setzte sich in Bewegung. Die Ausfahrt zum Parkplatz lag direkt vor ihr. Da bemerkte er eine Bewegung zu seiner Rechten. Jetzt erst begriff er, dass ein zweiter Mann die ganze Zeit über nur wenige Meter daneben gestanden hatte. Er war so auf Tess und Kendrick konzentriert gewesen, dass er ihn gar nicht gesehen hatte.

Der Mann zog seine Waffe, legte an, zielte …

Jonah sprang auf, stellte sich in die Schusslinie und hob die Handfläche. »*Nicht*«, rief er.

Ein Schuss ertönte. Jonah holte Luft – es schmerzte.

Der Mann ließ die Waffe sinken und schüttelte ärgerlich den Kopf.

Jonah wirbelte herum. Tess hatte die Ausfahrt erreicht und bahnte sich einen Weg durch den spärlichen Verkehr. Sie verschwand in der Zuschauermenge, die sich versammelt hatte, um die Feuersbrunst zu begaffen.

Die Beine versagten unter ihm, und er fiel erst auf die Knie und dann auf die Seite. Die Schmerzen wurden stärker. Er sah Blut auf seiner Brust. Er konnte sich nicht mehr bewegen und nur mühsam, abgehackt und unter Schmerzen atmen.

Der zweite Mann rannte auf die Einfahrt zu.

»Lassen Sie sie laufen«, sagte Kendrick und kniete sich neben Jonah. Er sah aus, als hätte er einen schlechten Geschmack im Mund. »Die kriegen wir schon noch.«

»Was ist mit dem da, Sir? Sollen wir ihn erledigen? Verschwinden lassen?«

Kendrick wirkte entsetzt. »Ich kenne ihn. Er ist einer von den Guten.« Er überlegte einen Augenblick. »Wir nehmen ihn mit. Ob er nun draufgeht oder nicht – ich will wissen, was verdammt nochmal er hier zu suchen hatte.«

»Er kennt Sie?«

»Niemand kennt mich. Wir existieren gar nicht.« Kendrick hob die Hand zum Mund. »Holt uns bei Einfahrt B ab«, sprach er in seinen Ärmel. Dann lauschte er, und seine Miene änderte sich. »Wann? Sind Sie sicher? Wir sind unterwegs.« Er sah seinen Untergebenen an. »Auf geht's. Planänderung. Wir lassen ihn hier. Mal sehen, was er der Polizei zu berichten hat.«

»Was ist passiert?«

Kendrick zuckte mit den Achseln. »Wir hatten Glück.« Er warf Jonah einen letzten Blick zu. »Wurde auch höchste Zeit.«

Jonah hörte, wie sich ihre Schritte entfernten. Er konnte nicht einschätzen, wie viel Zeit vergangen war, bis er Schreie und weitere Schritte hörte.

Annabel und Never knieten neben ihm, weinten und riefen verzweifelt seinen Namen.

»*Nein*«, sagte Never. »*Du musst wach bleiben.*«

Jonah hörte, wie die Sirenen immer lauter wurden. Endlich erreichten die Rettungsfahrzeuge das Gebäude. Ein Löschzug. Und Krankenwagen.

Er war so müde.

»*Jonah, bitte halt durch*. Die Sanitäter sind im Anmarsch. Sie sind gleich hier.« Das war Annabels Stimme. Bei ihrem Klang verspürte er Bedauern.

Er war so müde.

»*Bitte.*«

Zeit zu schlafen.

KAPITEL 37

Er war nirgendwo.

Er war sich weder seines Körpers noch seiner Umgebung bewusst. Irgendein *Raum*. Eine *Leere*. Er versuchte zu sprechen, doch nichts geschah. Die Erinnerung an Annabels Stimme und Never Gearys breites Grinsen versetzte ihm einen Stich ins Herz. Er vermisste sie.

Dann packte ihn die Furcht. Er stellte sich vor, an diesem seltsamen Ort von einer großen, bedrohlichen Präsenz verfolgt zu werden – genau wie es Ruby widerfahren war, als Eldridge sie wiederbelebt hatte. Er konnte die Kreatur beinahe sehen, ein großer schwarzer Hai, undeutlich in der Finsternis.

Aber hier war nichts. Nicht jetzt. Seine Furcht legte sich. Er war ganz ruhig. Was würde als Nächstes geschehen?

Eine andere Angst ergriff ihn, ein Schwindelgefühl: War das alles? Unendliches Bewusstsein, bis in alle Ewigkeit? So, wie es die Dreizehn hatten erdulden müssen? Die Vorstellung war schrecklich.

Nein, dachte er. *Davon hatte noch kein Toter berichtet. Keiner war Stunden oder Wochen mit seinen Gedanken und Erinnerungen gefangen gewesen. Alle hatten gesagt, dass sie nur eine kurze Zeit bei Bewusstsein gewesen waren, direkt vor …*

Direkt vor ihrer Wiederbelebung.

Ein Wirbel aus Lärm und Licht zog zu schnell vorbei,

als dass er Genaueres hätte erkennen können. Dann wieder Dunkelheit und Stille.

Er fragte sich, wer die Wiederbelebung durchführte. Pru Dryden höchstwahrscheinlich nicht. Entweder war sie im Gebäude gewesen, als die Brandsätze detonierten, oder – was wahrscheinlicher war – mit dem Geld längst über alle Berge. Jason Shepperton kam auch nicht in Frage – er erholte sich im Urlaub von seinen Verletzungen. Stacy Oakdale möglicherweise, doch aller Wahrscheinlichkeit nach war es einer von den neuen, jemand, den er nicht kannte.

Was sie ihn wohl fragen würden? Natürlich mussten sie ihn zurückbringen. Das Ganze war zu wichtig. Sie mussten ihn verhören, selbst wenn das zu nichts führte. Er hatte selbst viele Fälle bearbeitet, die reine Formsache gewesen waren. Sollte er eine Geschichte bestätigen, die zwei glaubwürdige Zeugen bereits zu Protokoll gegeben hatten? Was sollte das bringen? Sie würden die Angelegenheit sowieso als die Wahnvorstellungen einer fanatischen Gruppierung abtun. Die Teilnehmer des Unity-Projekts mochten vielleicht geglaubt haben, dass sie die Wirte uralter Seelen gewesen waren – doch wer würde ihre Ansicht teilen?

Er wurde wiederbelebt, um sinnlose Fragen zu beantworten. Und um sich zu verabschieden.

Ich will nicht zurück, dachte er. *Bitte nicht.*

Der Sog wurde stärker. *Jetzt,* dachte er. *Jetzt ist es so weit.*

Erinnerungsfetzen holten ihn ein. Er saß auf einem schlammigen Acker und starrte in den Himmel. Seine tote Mutter saß in dem Auto hinter ihm. Er war in einem kalten Raum und hielt Daniel Harkers verwesende Hand. Er blickte in Sams graues Gesicht, und dessen Jeans waren blutgetränkt. Er rannte vor Alice Deckers Wiederbelebung davon. Er war wieder bei Baseline und weinte in Tess Neils Taschentuch. Er wachte in seiner Wohnung auf und stellte fest, dass Tess gegangen war, als er noch geschlafen hatte. Er beobachtete, wie der Bus mit dem Auto zusammenprallte und die Lippen seiner Mutter stumm das Wort *Nein* formten.

Bitte, dachte er. *Lasst mich schlafen. Lasst mich gehen.*

Weiterer Lärm. So laut. Und länger diesmal. Es war, als würde etwas an ihm zerren. Er wollte bleiben, wo er war. Grelles Licht umfing ihn, und er begann stumm zu weinen.

Er öffnete die Augen.

Er lag in hohem Gras. Über ihm der helle, diesige Himmel. Es war warm.

Er stand auf. Das Gras reichte bis zu seinen Knien. Er sah sich um und erkannte den Ort wieder. Es war der Acker, auf dem er seine Mutter wiederbelebt hatte. Bis auf den Unterschied, dass er letztes Mal viel schlammiger gewesen war. Das verbeulte, völlig verrostete Auto seines Stiefvaters stand neben ihm – Beweis dafür, dass die Szenerie nicht real war.

»Bin ich tot?«, fragte er laut.

»Nein«, sagte eine Stimme hinter ihm.

Jonah drehte sich um und stand Daniel Harker gegenüber. Mit seinem langen dunklen Mantel sah er genauso aus wie auf den Umschlagfotos seiner Bücher.

Daniel lächelte. »Also, wenn *du* tot bist, was bin *ich* dann? Verflucht, wenn ich schon das Produkt der Einbildung von jemand anderem sein muss, sollte dieser andere auch bitte schön am Leben sein.«

Jonah lächelte zurück. »Freut mich, dass wir uns endlich treffen, Daniel. Persönlich, meine ich.« Er hielt ihm die Hand hin, und Daniel schüttelte sie. »Tut mir leid. Ich meine, was Julia Hannerman über deinen Tod gesagt hat.«

Daniel schüttelte den Kopf. »Ich wollte es wissen. Es ist nicht deine Schuld, dass die Wahrheit schmerzt.«

Jonah sah sich um, bewunderte die überaus detailreiche Umgebung und fragte sich, wo er war. Jedenfalls nicht kurz vor der Wiederbelebung, so viel stand fest. Es war wohl so etwas wie ein Traum, obwohl er noch nie einen derartigen Traum gehabt hatte. »Es ist alles so real.«

»Wem sagst du das«, sagte Daniel und betrachtete erstaunt seine Hand.

»Daniel, Andreas … Andreas hat etwas gesagt. Die Kreatur, die von ihm Besitz ergriffen hatte. Sie hat behauptet, dass jedes Lebewesen, das sie verschlungen hat, in ihr weiterleben würde. Das hat mich …«

»An den Residuum-Effekt erinnert. An mich.«

Jonah nickte.

»Ich weiß nicht, was das für ein gottverdammtes Ding war, Jonah. Jetzt ist es jedenfalls tot. Verschwunden.«

Jonah schwieg. Da war er sich nicht so sicher.

»Warum«, sagte Jonah und strich mit der Hand über die Grashalme. »Warum *hier*? Warum an diesem Ort?«

»Keine Ahnung«, sagte Daniel. »Aber wenn wir schon mal hier sind …« Er nickte und deutete an Jonah vorbei.

Er drehte sich um und sah sie. Unversehrt und mit einem Lächeln, das er seit dem Tod seines Vaters nicht mehr auf ihrem Gesicht gesehen hatte.

»Ich verstehe nicht«, sagte er zu Daniel.

»Vielleicht ist das noch von ihr übrig. In deinen Gedanken. Das, an das du dich erinnerst. Die natürlichen Residuen, von denen Graves gesprochen hat. Oder auch mehr als das. Das möchte ich zumindest gerne glauben, aber ich bin in dieser Hinsicht naturgemäß parteiisch.«

Mit Tränen in den Augen lief Jonah zu seiner Mutter.

Sie fielen sich in die Arme.

»Mein kleiner Junge«, sagte sie. »Mein lieber Junge.«

Schluchzend hielt er sie so fest er konnte.

»Ich war so allein, als du gestorben bist.«

»Du bist nicht allein.«

»Du meinst, du bist …«

»Nein.«

Sie hielten sich fest, und er dachte an gar nichts, nur an die Freude, wieder bei ihr zu sein – was immer das auch zu bedeuten hatte. Endlich versiegten seine Tränen. Er löste sich von ihr, um sie erneut ansehen zu können.

»Es ist Zeit«, sagte sie. »Du musst mich gehen lassen.«

»Ich will aber …«, fing er an. Sie legte einen Finger auf seine Lippen.

»Pst«, sagte sie lächelnd und strich ihm das Haar aus der Stirn. »Du musst mich gehen lassen.«

Er nickte, schloss die Augen und umarmte sie erneut, versuchte, die Fassung wiederzugewinnen. Als er die Arme von ihr nahm, spürte er, wie sie sich auch von ihm entfernte. Einige Augenblicke später öffnete er die Augen. Sie war verschwunden.

Er drehte sich um.

Daniel stand jetzt neben ihm. »Ich muss dann ebenfalls mal wieder«, sagte Daniel. »Wohin auch immer. In die Ewigkeit oder ins ewige Nichts. Egal, hoffentlich gibt's dort was zu trinken.« Sie lächelten sich an.

»Viel Glück, Daniel. Hoffentlich … hoffentlich siehst du Robin wieder.«

Daniel wandte sich einen Moment von ihm ab und kämpfte mit seinen Gefühlen. »Danke, Jonah. Und dir auch viel Glück. Pass gut auf dich auf. Und auf Annabel.«

Jonah grinste. »Wieso sagst du das?«

»Ich weiß nicht genau. Nur so eine Ahnung«, sagte Daniel. »Sieh dich mal um.«

Jonah drehte den Kopf, aber da war nichts. Er wandte sich zurück zu Daniel.

Daniel war verschwunden.

Jonah war müde. Er setzte sich ins trübe Sonnenlicht, dann legte er sich hin. Plötzlich hatte er das Bedürfnis zu schlafen. Er schloss die Augen und fragte sich, ob er wohl jemals wieder aufwachen würde, und wenn ja, an welchem Ort.

Er spürte eine Bewegung unter sich. Rotes Licht drang durch seine Augenlider. Ein Motorengeräusch. Die Vibrationen eines fahrenden Autos. Er hatte eine Maske auf dem Gesicht.

Er öffnete die Augen. Eine Sanitäterin sah ihn an.

»Entspannen Sie sich, Jonah«, sagte sie. »Sie sind außer Lebensgefahr. Wir sind gleich da.«

Jonah spürte, dass eine Hand die seine hielt. Er drückte sie. Er konnte den Kopf nicht drehen und rollte die Augen so weit nach rechts wie möglich. Er sah Never. Annabel saß neben ihm und hatte den Arm ausgestreckt. Sie drückte als Antwort seine Hand.

»Halt durch«, sagte Never. »Halt durch.«

Jonahs Mutter hatte recht gehabt.

Er war nicht allein.

KAPITEL 38

Es folgten Schmerz und dunkle Träume; dann ein langsamer Aufstieg ans Licht, und schließlich öffnete er die Augen und fand sich in einem leeren Krankenzimmer wieder.

Er kramte nach seiner letzten Erinnerung. Ihm fiel ein, dass er sowohl nach dem Tod seiner Mutter als auch nach der Wiederbelebung von Nikki Wood in einem Krankenhaus aufgewacht war. Endlich dachte er an Andreas. An das Feuer. An Tess.

Er erkundigte sich nach den anderen. Man hatte Never und Annabel eine Nacht lang hierbehalten und anschließend entlassen. Sobald er in stabilem Zustand gewesen war, hatte man Jonah in das VCU Medical Center in Richmond verlegt – jenes Krankenhaus, in dem auch Sam behandelt wurde.

Schließlich hatten ihm die Ärzte das Ausmaß seiner Verletzungen erklärt.

Die Kugel hatte eine Rippe getroffen. Knochensplitter hatten die Lunge durchlöchert und eine innere Blutung hervorgerufen, die durchaus tödlich hätte enden können. In den ersten Tagen war es nicht gut um ihn gestanden. Eine Woche später hatte er immer noch in Lebensgefahr geschwebt. Jetzt, in der dritten Woche, war er über den Berg.

Jonah hörte zu und konnte nur vorsichtig atmen. Man hatte ihm ein Schmerzmittel verabreicht – immer, wenn er längere Zeit ruhig dalag, verspürte er eine leichte Euphorie.

»Ihr Herz hat nichts abbekommen«, sagte der Arzt. »Angesichts Ihrer Verletzungen hatten Sie großes Glück.«

Bei diesem Wort dachte Jonah an die Äußerung, die Kendrick von sich gegeben hatte. Was er wohl damit gemeint hatte?

Die Ärzte sprachen ausführlich über die Langzeitfolgen, die er zu erwarten hätte, und wie wichtig eine sorgfältige Rehabilitation war. Jonah wurde müde und schlief bald ein.

Wieder Dunkelheit, wieder Träume. Als er erneut aufwachte, dauerte es einen Augenblick, bis er erkannte, dass die Gesichter vor ihm real waren.

»Hey«, sagte er.

»Hey«, sagte Sam, der in Schlafanzug und Morgenmantel neben seinem Bett saß. Er war blass und dünn und wirkte sehr zerbrechlich. Annabel und Never standen hinter ihm. »Um ein Haar hätten wir dich verloren«, sagte Sam.

»Oder dich.«

»Ich bin froh, dass sie dich hierherverlegt haben, Jonah. So kann ich dich im Auge behalten. Ich und Never haben eine Wette laufen, wer wohl zuerst entlassen wird.«

»Ich habe auf Sam getippt«, sagte Never.

Jonah fiel ein, dass Never bei seinem letzten Krankenhausaufenthalt seine Wohnung saubergemacht hatte. Das brachte ihn auf etwas anderes, und er runzelte besorgt die Stirn.

»Was?«, fragte Sam und richtete sich alarmiert auf.

»Hat jemand nach meiner Katze gesehen?«

»Marmite geht's prima«, sagte Never lachend. »Ich habe mich um ihn gekümmert. Unglaublich – da ist so viel passiert, und du fragst zuallererst nach deinem bescheuerten Kater.«

Sie saßen einen Augenblick lang schweigend da.

Dann stand Sam auf. »Ich muss mich ausruhen«, sagte er. »Ich werde später nochmal vorbeischauen, okay?«

Sam griff nach seinen Krücken und humpelte mit langsamen, sichtlich schmerzhaften Schritten aus der Tür. Jonahs Magen krampfte sich bei dem Anblick zusammen.

Annabel und Never nahmen zu beiden Seiten des Bettes Platz. Annabel nahm seine Hand.

»Du hast uns Angst gemacht«, sagte sie.

»Habt ihr noch etwas von Tess gehört?«, fragte Jonah.

»Nein«, sagte Never. »Und die kann von mir aus auch bleiben, wo der Pfeffer wächst.«

Annabel beugte sich vor. »Wir dachten erst, Tess hätte auf dich geschossen. Dann haben wir erfahren, dass zwei Männer vor Ort waren. Niemand weiß, wer sie waren.«

»Kendrick«, sagte Jonah.

»Ja, ich hab mir gedacht, dass Kendrick sie geschickt hat.«

»Nein, einer von ihnen *war* Kendrick. Sie haben irgendwie mitbekommen, dass Andreas etwas plante, und wollten Näheres herausfinden. Er hat gesagt, dass sie alles nur beobachten wollten. Das Feuer hat sie völlig überrascht.« Die Bilder des Infernos stiegen in ihm auf. »Wie viele sind gestorben? Hat es noch jemand rausgeschafft?«

»Es hat um die dreißig Opfer gegeben«, sagte Never. »Das Feuer war so heiß, dass man es wohl nie herausfinden wird. Zwei Wachmänner des Gebäudeschutzes und einer von Andreas' sechs Gorillas haben schwer verletzt überlebt. Sonst niemand. Inzwischen hat man mehrere Leichen geborgen und sogar identifiziert.«

»Was ist mit Pru Dryden? Barlow? Andreas?«

»Pru war schon zu Hause. Sie ist wohl gleich abgehauen. Von Barlow fehlt jede Spur, aber Michael Andreas' Leichnam wurde vor ein paar Tagen identifiziert. Durch die Zahnabdrücke. Der DNA-Test steht noch aus.«

Jonah dachte an die Hitze und die Flammen und schloss die Augen. Dreißig Tote, darunter auch Andreas. Er hoffte, dass Michael sich nicht umsonst geopfert hatte, dass die Kreatur tatsächlich sterblich war.

Dann fiel ihm etwas ein. »Wurde jemand … o Gott, haben sie *Andreas* …«

»Wiederbelebt?«, ergänzte Never.

Jonah nickte. Er hatte es kaum denken, geschweige denn aussprechen können, doch offenbar war Never derselbe Gedanke gekommen.

»Nein. Deshalb hat sich Hannerman wohl für die Brandsätze entschieden. Als man die Leichen schließlich bergen konnte, war eine Wiederbelebung von vornherein ausgeschlossen.«

»Dreißig Tote. Ich weiß nicht, was ich davon halten soll.«

»Denk nicht darüber nach, Kumpel. Was vorbei ist, ist vorbei.«

Jonah nickte, obwohl er verdammt genau wusste, dass er in den kommenden Wochen und Jahren ziemlich gründlich darüber nachdenken würde.

»Was ist dann passiert?«, fragte er. »Was habt ihr den Medien erzählt? Nur etwas über diese Verhörmethoden oder auch über das Unity-Projekt?«

Annabel und Never sahen sich an.

»Na ja, die Sache ist die«, sagte Annabel. »Die Polizei will sich erst deine Geschichte anhören. Deshalb müssen wir dafür sorgen, dass sich unsere Aussagen nicht widersprechen.«

»Was meinst du? Wir erzählen ihnen einfach alles, was wir wissen.«

»Wir können mit Unity nicht an die Öffentlichkeit gehen, Jonah. Ich brauche Zeit, um alles vorzubereiten. Wenn wir jetzt damit herausrücken, werden sie uns auslachen. Und unsere Quellen werden abtauchen.«

»Und was habt ihr ihnen dann erzählt?«

»Wir haben uns an Andreas' Geschichte gehalten. Er hat behauptet, er würde ein privates Treffen für eine ausgewählte Gruppe von Freunden und Investoren abhalten. Ich habe gesagt, dass ich aus Respekt vor den Leistungen meines Vaters eingeladen wurde. Ich durfte zwei Freunde mitbringen. Dich und Never.«

Jonah traute seinen Ohren nicht. »Was, und das Feuer ist einfach so ausgebrochen? Haben sie Pru nicht verhört?«

»Sie wissen überhaupt nicht, dass Pru anwesend war«, sagte sie. »Und was das Feuer angeht: Vor ein paar Tagen erhielt die *New York Times* ein Bekennerschreiben. Offenbar ist eine bisher unbekannte Gruppierung für das Feuer verantwortlich und hat auch ihre Gründe dafür aufgezählt. Es klingt nicht nach einem Scherz. Außerdem könnte es bedeuten, dass noch weitere Personen involviert sind. Andererseits besteht auch die Möglichkeit, dass jemand einfach nur den Brief aufbewahrt und zu einem bestimmten Zeitpunkt abgeschickt hat.«

»Was stand in dem Schreiben?«

»Ohne Quellen zu nennen, behauptet diese Gruppierung, dass Andreas das Böse in die Welt tragen wollte. Sie würden sich auf einen Krieg vorbereiten, wenn sie ihn nicht aufhalten könnten. Du musst dir nur mal die Reaktionen darauf anschauen, dann bekommst du einen Vorgeschmack, wie die Wahrheit bei der Öffentlichkeit ankommen würde.«

»Nicht gut?«

»Das kannst du laut sagen«, sagte Never. »Alle denken,

dass es sich um einen durchgeknallten Haufen paranoider Verschwörungstheoretiker handelt, die eines der größten Genies Amerikas auf dem Gewissen haben.«

»Wenn mich die Polizei verhört, soll ich also sagen, dass ich auf einer *Party* war?«

»Mehr oder weniger«, sagte Annabel. »Und wenn sie nachbohren, kannst du dich einfach an nichts mehr erinnern.«

»Wissen sie von Tess?«

»Sie wissen, dass eine Frau den Flammen entkommen konnte, aber sie kennen ihre Identität nicht. Die Schießerei geschah in den Wirren des Anschlags. Du darfst auf keinen Fall Kendrick erwähnen.«

»Und Kendricks Pläne, Annabel? Morden, um zu verhören? Was ist mit den Unterlagen, die Sam uns gegeben hat? Hast du darüber auch geschwiegen?«

»Das liegt an dir, Jonah. Vielleicht wird man uns Glauben schenken, vielleicht auch nicht. Wenn wir es öffentlich machen wollen, dann müssen wir es geschickt anstellen. Und dazu brauche ich diese Dokumente. Du hast sie doch noch, oder?«

Jonah nickte. »Aber du bekommst sie nur unter einer Bedingung: Niemand darf jemals erfahren, *wie* es funktioniert. Ich werde alle Unterlagen, die das beschreiben, verbrennen.«

»Einverstanden. Und mit Unity müssen wir uns Zeit lassen. Verschiedene Personen haben Kenntnis davon, und jetzt, wo Michael Andreas und die anderen tot sind, haben sie unter Umständen den Mut auszusagen. Ich weiß nicht, wie ich das anstellen soll, ohne dass alle uns für verrückt halten. Du musst den Tatsachen ins Auge sehen, Jonah. Ich könnte einen noch so guten Artikel schreiben, und es interessierte womöglich niemanden. Ich würde nicht damit rechnen, dass wir auf dem Cover des *Time*-Magazins landen. Und außerdem: Wenn die Welt uns jemals Glauben schenken sollte, wird die Wiederbelebung an sich in die Kritik geraten. Dann haben die Afterlifer die Oberhand.«

»Die Wiederbelebung ist nicht das Problem.«

»Es fällt mir schwer, dir das zu sagen, aber die Leute werden *genau das* denken.«

Er schwieg. Sie hatte recht. Er wusste, dass die Wiederbelebung an sich kein Risiko darstellte. Selbst wenn da draußen noch etwas anderes war, brauchte es eine ähnlich fanatische, wild entschlossene Gruppe wie Unity, um es in die Welt zu bringen. Nur die Wiederbelebung einer lebenden Testperson konnte das Tor öffnen. Er dachte an die verheilte Narbe auf Tess' Kopf und die frische auf Andreas'. Ohne diese aufwändigen Vorbereitungen konnte nichts auf Dauer in dieser Welt bleiben, selbst *wenn* es das Tor passierte. Von der Wiederbelebung ging keine Gefahr aus. Das wusste er ganz sicher.

Die Öffentlichkeit davon zu überzeugen war jedoch eine ganz andere Sache.

Er nickte langsam. Dieser Aufgabe würde er sich irgendwann stellen müssen.

Doch zunächst musste er mit Annabel alleine reden. Er wartete, bis er Nevers Aufmerksamkeit hatte, und sah dann zur Tür hinüber. Never machte große Augen. Endlich fiel der Groschen, und er nickte.

»Ich … ich hol mir mal einen Kaffee«, sagte Never. »Willst du auch was, Annabel?«

Sie lehnte ab, und Never verließ den Raum.

Annabel sah Jonah an. Er erwiderte den Blick. Es war ihm sichtlich unangenehm, so gemustert zu werden. Sie nahm seine Hand. Ihre Augen waren feucht, ihre Stimme zitterte. »Du siehst gut aus«, sagte sie. »In Anbetracht der Umstände.«

»Quatsch. Ich sehe beschissen aus. Und du müde.«

»Ja. Ich habe seit Wochen nicht richtig geschlafen. Ich werde bald nach London zurückfliegen. Da werde ich wahrscheinlich erst mal eine Woche durchpennen, bevor ich wieder zur Arbeit gehen kann.«

Jonahs Herz wurde schwer. Sie würde in ihre eigene Welt, in ihr eigenes Leben zurückkehren.

»Alles klar?«, fragte sie, als sie die Verzweiflung in Jonahs Gesicht bemerkte.

Jonah zwang sich zu einem Lächeln. »Ich dachte nur gerade daran, wie …«, fing er an, konnte sich dann jedoch gerade noch zurückhalten. *Wie ich meinen Namen auf der Titelseite des* Time-*Magazins gelesen habe,* hatte er sagen wollen. Offenbar würden ihn einige von Daniels Erinnerungen für immer begleiten. Diese Vorstellung machte ihm keine Angst mehr. Es fühlte sich nicht mehr so an, als wäre eine weitere Person in seinem Kopf. Diese Erinnerungen waren aus zweiter Hand, wie Ereignisse, die er gelesen, aber nicht selbst erlebt hatte. »Ich dachte an das Foto von deinem Dad auf dem *Time*-Cover«, sagte er. »Das ist ewig her.«

»Mir kommt schon das, was *letzten Monat* geschehen ist, wie eine Ewigkeit vor.«

Jonah nickte und versuchte, sich aufzusetzen, wobei er vor Schmerz das Gesicht verzog. »Die *Time*-Ausgabe erschien sechs Monate vor dem Tod meiner Mom, bevor ich herausfand, was ich bin. Ich weiß genau, wie … ja, wie aufgeregt ich war. Dass es immer noch Magie gibt, Geheimnisse. Ich habe mit meiner Mom darüber gesprochen, und sie war ganz meiner Meinung. Mein Stiefvater war nicht da, und wir hatten ein Wochenende, an dem alles *normal* war …« Er verstummte. Dann sah er sie mit finsterer Miene an. »Annabel, als ich Julia Hannerman wiederbelebte und sie mir den Code gab …«

»Du musst nicht darüber reden, Jonah. Du hattest keine andere Wahl.«

»Trotzdem, deshalb werde ich immer ein schlechtes Gewissen haben. Aber das meine ich nicht. Ich habe sie noch etwas anderes gefragt. Ich habe sie gefragt, weshalb dein Vater sterben musste. Warum sie ihn in diesem Keller zurückließen.«

Annabel starrte ihn sprachlos an.

»Sie hat es mir nicht direkt gesagt. Es sprudelte irgendwie aus ihr heraus, und mit einem Mal wusste ich es.«

Er hielt inne. Annabels erwartungsvoller Blick setzte ihn unter Druck.

»*Und?*«, fragte sie.

»Sie brauchten ein neues Versteck. Eines Nachts sahen sie sich in der Gegend um und bemerkten, dass ihr Wagen verfolgt wurde. Sie konnten den Beschatter abschütteln, aber nun steckten sie in einem Dilemma. War ihr Versteck bereits aufgeflogen? Sollten sie das Risiko eingehen und zurückfahren, um Daniel zu holen? Wenn sie es nicht taten, war das sein Todesurteil. Man würde Daniel nicht rechtzeitig finden, doch sie hätten den Vorsprung, den sie brauchten. Sie stimmten darüber ab – so funktionierte die ganze Organisation. Felix Hannerman hat vielleicht so getan, als wäre er der Anführer, aber wenn Entscheidungen anstanden, hatte jeder das gleiche Stimmrecht. Und wie auch immer die Entscheidung ausfiel, sie würden sich daran halten. Also stimmten sie ab. Es ging unentschieden aus. Zwei dafür, zwei dagegen. Felix Hannerman hatte die entscheidende Stimme. Und er war dafür, ihn zurückzulassen.«

Annabel nickte. Sie saßen lange schweigend da. »Danke«, sagte sie schließlich.

»Ich wusste nicht, ob …«

»Es ist besser, es zu wissen, Jonah. Viel besser.«

Jonah nickte und fragte sich, ob er richtig gehandelt hatte. Immerhin war es nur eine kleine Lüge gewesen – und die Wahrheit war so viel unerträglicher.

Die Abstimmung hatte *tatsächlich* mit einem Unentschieden geendet. Zwei dafür, zwei dagegen – und eine Enthaltung. Hannerman hatte sich gleich zu Anfang dafür ausgesprochen, Daniel zurückzulassen. Nein. Die entscheidende Stimme war nicht die seine gewesen. Als sie sich zu einer Gruppe zusammengefunden hatten, hatten sie eine Regel für den Fall eines Unentschieden aufgestellt, und nach dieser Regel wurde die Entscheidung getroffen.

Daniel Harker war durch einen simplen Münzwurf zum Tode verurteilt worden. Das musste sie nicht wissen.

»Also fliegst du nach England zurück«, sagte Jonah.

Sie nickte seufzend. »Ja. Am Freitag.« In zwei Tagen. Das tat Jonah mehr weh als alle körperlichen Schmerzen.

»So bald schon?«

»Ich bin in ein paar Wochen wieder zurück, um den ganzen Kram zu regeln. Zum Glück habe ich die doppelte Staatsbürgerschaft, das macht vieles einfacher. Außerdem habe ich hier ein Zuhause. Vielleicht ziehe ich mich eine Zeit lang dorthin zurück. Dad scherzte oft, dass er sich immer nur ein paar Wochen wegen seiner Depression in seinem Haus einigelte – und den Rest des Jahres deshalb, weil es ihm so gut gefiel. Ich dachte, das sagte er nur, um mich zu trösten, aber jetzt … ich glaube, jetzt weiß ich, was er damit gemeint hat.«

Jonah lächelte und verkniff sich jeden Kommentar. So,

wie er Annabel kannte, würde ihr das Einsiedlerdasein bald langweilig werden. Das war wohl der größte Unterschied zwischen ihnen. Er dachte nur an seine Wohnung, daran, die Tür hinter sich zu schließen. Er konnte es kaum erwarten.

»Wann wirst du entlassen?«, fragte sie.

»Nächste Woche. Dann habe ich einen Monat Urlaub.«

»Und danach gehst du wieder zur Arbeit?«

»Zur Arbeit?« Zurück zum FRS, nach allem, was geschehen war? Darüber hatte er noch gar nicht nachgedacht. Musste er aber auch nicht.

»Was soll ich denn sonst tun?«, fragte er grinsend.

Die Türglocke klingelte. Als Jonah durch die Gegensprechanlage hörte, wer ihn besuchen wollte, war er überglücklich – und gleichzeitig panisch angesichts des Zustands, in dem sich seine Wohnung befand. Er drückte den Türöffner und verbrachte die vierzig Sekunden Gnadenfrist, die Annabel bis zur Wohnung hinauf brauchte, mit vergeblichen Aufräumversuchen.

»Du hättest mich vorwarnen sollen!«, sagte er, als er die Tür öffnete. Sie umarmten sich.

»Bin heute Morgen angekommen. Ich wollte dich überraschen.«

»Das ist dir gelungen.« Er bat sie herein. »Wirf den Müll auf dem Sofa einfach auf den Boden. Wenn ich das gewusst hätte, hätte ich aufgeräumt.«

»Ich dachte mir schon, dass du dir dann meinetwegen Umstände machen würdest. Deshalb habe ich nicht angerufen.« Sie stellte das kleine Paket ab, das sie in der Hand hielt, und sah sich mit verschmitztem Grinsen um. »Hat hier eine Bombe eingeschlagen? Wie lange bist du jetzt schon zu Hause? Zwei Wochen?«

»Ist gar nicht so einfach, in einer so kurzen Zeit eine solche Unordnung hinzubekommen.«

Annabel griff nach einem Bademantel, der auf der Sofakante lag. Ein gefauchter Protest ließ sie innehalten. Marmites Kopf lugte aus dem Mantel. Annabel lachte. »Hallo.« Marmite beobachtete sie argwöhnisch, bis sie das Kinn des verschlafenen Katers kraulte.

»Er ist zurzeit ziemlich aufgedreht, pass auf, dass er nicht …«

»Au!« Annabel versuchte, die Hand zurückzuziehen. Marmite hielt sie mit ausgefahrenen Krallen fest und knabberte an ihren Knöcheln. Als er sie losließ, konnte sie der Versuchung nicht widerstehen, seinen Bauch so lange zu kraulen, bis er erneut angriff.

»Ja, so ist er nun mal. Willst du einen Kaffee?«

»Ich kann nur ein paar Minuten bleiben. Ich wollte schnell nach dir sehen und nicht länger stören. Du hältst ja gerne Winterschlaf, oder?«

Jonah errötete leicht. »Zugegeben, ich gebe nicht die beste Gesellschaft ab. Dafür bin ich zu müde. Liegt wohl an den Schmerztabletten. Wie war's zu Hause? In London, meine ich.«

»Anstrengend. Toll. Mein Zuhause hier mag ich aber auch sehr gerne. Schon komisch, dass das Haus jetzt mir gehört.« Marmite schlug wieder nach ihrer Hand, erhielt jedoch keine Reaktion. Beleidigt sprang er vom Sofa und trottete in die Küche.

»Wirst du kündigen? Eine Weltreise machen?« Jonah sah sie mit erhobenen Augenbrauen und einem spöttischen Lächeln an.

»Ganz und gar nicht, das weißt du verdammt genau. Ich muss einen Artikel schreiben. Und wenn ich verreise, dann nur geschäftlich.« Sie gab ihm das Paket. »Ich weiß nicht, ob es dir gefällt, aber du hast mal so etwas angedeutet. Und ich weiß, dass Dad es so gewollt hätte.«

Er wickelte es aus. Es war das gerahmte *Time*-Cover mit Daniels Foto darauf. Jonah erinnerte sich daran, wie aufgeregt er gewesen war, als er es das erste Mal zu Gesicht bekommen hatte. Und es seiner Mom gezeigt hatte. »Ja. Danke. Vielen Dank.« Er streckte den Arm aus, und ihre Finger berührten sich. Eine lange Zeit sahen sie sich einfach an.

Dann stand Annabel auf und ging zur Tür. »Ich muss jetzt wirklich los.«

»Jetzt schon?«, sagte er und stand ebenfalls auf. Er versuchte so zu tun, als würde er sich nicht ganz so verzweifelt nach ihrer Gesellschaft sehnen.

»Tja, die Arbeit ruft. Aber ich bin ja bald zurück.« Sie beugte sich vor. Jonah zuckte zurück, als ihr Kopf sich seinem näherte.

»Daran musst du noch arbeiten.« Sie küsste ihn auf die Wange. Es war himmlisch.

»Macht der Gewohnheit. Das ist schwer abzulegen.«

»Vielleicht kann ich da behilflich sein. Den Kuss können wir nochmal üben. Erst will ich zum Abendessen ausgeführt werden.« Sie lächelte, und da war noch etwas anderes, das so untypisch für sie war, dass Jonah einen Augenblick brauchte, bis er es erkannte. Sie war nervös. »Wie wär's?«

Jonah war sprachlos. Annabels Nervosität war ansteckend. Trotzdem grinste er über beide Ohren.

»Was meinst du?«, bohrte Annabel nach.

Er schüttelte den Kopf. »Ich weiß nicht, ob ich schon so weit bin …«

»Ich bitte dich, ein Abendessen? Nur ein Essen? Diese Woche? Bevor ich zurückfliege?«

»Ich weiß nicht, Annabel. Ich bin einfach nicht …«

Sie hob die Hand. »Sag wenigstens, dass du es dir überlegen wirst.«

Er sah sie einen Moment lang an. »Schon möglich«, sagte er.

Sie beugte sich wieder vor. Jonah konzentrierte sich so fest darauf, nicht zurückzuweichen, dass sie ihn einfach überrumpelte, indem sie ihn mitten auf den Mund küsste. Plötzlich war er so verwirrt, dass er zurückküsste.

»Jetzt bist du mir aber *wirklich* ein Abendessen schuldig«, sagte sie. »Ich rufe dich morgen an.«

Jonah schloss die Tür hinter ihr. Marmite kam wieder angetrabt und verlangte nach Futter. »Komme schon«, sagte er, ließ seine Hand jedoch noch eine Weile auf der Tür liegen, dachte an Annabel und spürte ihren Lippen nach. Würde er wirklich den Mut aufbringen, jemanden so nahe an sich heranzulassen?

Schon möglich, hatte er gesagt.

Das war immerhin ein Anfang.

EPILOG

»Haben wir es erhalten?«, fragte Kendrick, obwohl er die Antwort an der Bitterkeit in ihren Augen ablesen konnte. Seine Chefs wurden wohl langsam alt, dachte er. Alt und müde, und dessen waren sie sich auch bewusst. Priestlys Gesicht war runzlig und faltig, ihr graues Haar wurde immer dünner; Wellmans Wampe ließ ihn weit weniger bedrohlich wirken als früher. Mit Verachtung hatten sie all die Jahre über Kendricks steile Karriere beobachtet.

Wellman und Priestly sahen sich an. Priestly nickte, woraufhin Wellman in die Jacketttasche griff.

»Hier«, sagte Wellman und reichte Kendrick einen weißen Umschlag, den dieser, ohne zu zögern, öffnete. Wellman machte große Augen.

»Moment!«, sagte er. Priestly schüttelte den Kopf.

»Lass ihn, Howard. Er darf ihn öffnen.«

Die drei saßen in der sogenannten »Konferenzsuite«, einem trostlosen, viel zu kleinen Raum. Wellman und Priestly gefiel es hier überhaupt nicht, wie Kendrick wusste. Sie hielten die ganze Einrichtung für einen schmutzigen Ort, und üblicherweise vermieden sie Drecksarbeit. So konnten sie die selbstgerechte Illusion aufrechterhalten, dass es die Sicherheit der Nation niemals erforderte, sich die Hände schmutzig zu machen. Dass sie einer gerechten Sache dienten.

Eine solche Scheinheiligkeit fand Kendrick unerträglich.

Man konnte daran glauben, dass ihre Arbeit notwendig war. Aber nicht, dass sie *gerecht* war. Nicht, wenn man diesen Begriff auch nur mit einem Funken Ehrgefühl gebrauchte.

Man machte sich immer die Hände schmutzig.

Genau deshalb hatte er darauf bestanden, dass sie ihn hier persönlich trafen.

Kendrick las den Brief. Er entsprach Wort für Wort seinen Wünschen – zwei einseitig beschriebene Seiten mit einer Unterschrift oben auf der zweiten. Diese Unterschrift ließ ihn schmunzeln, bewies sie ihm doch, dass sie es ernst meinten.

Kendricks offene Freude ließ Wellman amüsiert die Augenbraue heben. Kendrick kniff seine Augen sofort zusammen, erlaubte sich jedoch, einen weiteren Moment die Unterschrift zu bewundern. »Was haben sie ihm erzählt?«

»Genug«, sagte Priestly.

»Trotzdem Zeitverschwendung«, sagte Wellman. Kendrick starrte ihn so lange an, bis der alte Mann errötete und die müden Augen senkte. Diese Leute, diese Dinosaurier, hatten schon viel zu lange über seine Karriere bestimmt. Wie oft sie seine Anträge abgelehnt hatten. Und diese Mission hatten sie ihm nur übertragen, weil sie damit gerechnet hatten, dass er sich bis auf die Knochen blamieren würde.

Stattdessen konnte er sich jetzt in seinem Triumph sonnen.

»Dann wollen wir mal, oder?«, sagte Kendrick und stand so abrupt auf, dass Priestly zusammenzuckte.

»Ja«, sagte sie. »Bitte.« Kendrick war die kaum verhohlene Skepsis in ihrer Stimme nicht entgangen. Kein Wunder, hatte er doch auf eigene Faust und über ihre Köpfe hinweg gehandelt.

Vier Wachmänner warteten bereits auf sie und begleiteten sie einen Flur hinunter und durch drei mit einem extern gesteuerten Schließmechanismus versehene Türen hindurch, bis sie eine weitere Tür mit der Nummer 438 darauf erreichten. Ein Wachmann öffnete sie und bezog davor Position, während der Rest der Gruppe eintrat.

Kendrick konnte sich ein Grinsen nicht verkneifen, als er die Nummer bemerkte. Die Zellen dieser Einrichtung wurden willkürlich nummeriert, um den Insassen eine falsche Vorstellung von ihrer tatsächlichen Größe zu vermitteln. In Wahrheit gab es nur fünf Zellen.

Hinter der Tür befanden sich ein Beobachtungsfenster und eine weitere Tür, vor der sich die übrigen Wachmänner postierten. Wellman und Priestly stellten sich so weit wie möglich vom Fenster entfernt auf. Sie wirkten unbehaglich und schienen nicht besonders erfreut darüber zu sein, ihren Gefangenen zu sehen. Kendrick ging zur Glasscheibe und spähte hindurch. Im Gegensatz zum übrigen Gebäude war die Zelle makellos – ungemütlich, weiß und leer. Auf dem Boden lag eine Schlafmatte, daneben war eine Stahltoilette angebracht. Ein weißer Tisch und ein weißer Stuhl waren mit dem Boden verschraubt. Der Mann, der auf dem Stuhl saß, trug einen orangefarbenen Overall und war mit langen dicken Ketten an Händen und Füßen gefesselt. Ihm gegenüber standen drei weitere Stühle.

Kendrick beobachtete den Gefangenen. Er wurde ausschließlich so demütigend wie möglich behandelt – eine drastische, aber sehr effektive Methode. Der Mann starrte scheinbar zurück, bis Kendrick einfiel, dass das Fenster auf seiner Seite verspiegelt war. Trotzdem. Der Mann sah ihn an. Kendrick spürte, wie er selbst etwas unruhig wurde.

»Wenn Sie so weit sind, Ma'am«, sagte eine Wache zu Priestly, »wird ein Kollege Sie hineinbegleiten.«

Priestly wollte schon antworten, doch Kendrick kam ihr

zuvor. »Danke, aber ich gehe allein. Keine Wachen«, kommandierte er. Priestly funkelte ihn böse an, schwieg jedoch.

»Einer von uns muss Sie begleiten, Sir«, sagte der Mann. »Das ist Vorschrift.«

»Heute nicht«, sagte Kendrick und blickte dem Mann ins ausdruckslose Gesicht. Er hatte viel Übung darin, andere niederzustarren.

Der Wachmann sah zu Priestly hinüber, die fast unmerklich nickte.

Kendrick trat ein und rückte die beiden überflüssigen Stühle umständlich gegen die Wand. Danach warf er einen Blick auf die verspiegelte Glasscheibe, bevor er sich setzte. Erst jetzt sah Kendrick den anderen Mann an, erwiderte beeindruckt seinen überaus einschüchternden Blick.

Seit der Mann hier war, hatte er noch kein Wort gesprochen. Er hatte um nichts gebeten und keine einzige Beschwerde geäußert. Er hatte gegessen, was man ihm vorgesetzt hatte, und die restliche Zeit mit Leibesübungen verbracht, soweit ihm dies möglich war. Obwohl man Kendrick versichert hatte, dass der Mann unglaubliche Schmerzen litt, war davon nichts zu bemerken. Die eiternden Brandwunden bedeckten seinen Körper fast völlig, verheilten aber schnell. »Ungewöhnlich schnell«, hatte im letzten Bericht gestanden. Sie alle wussten, dass das hier mehr als nur ungewöhnlich war. Es war *unmöglich.*

Kendricks Team hatte den Mann aufgespürt und ihn inmitten des Durcheinanders in einen falschen Krankenwagen gebracht. In den folgenden Tagen hatten sie ihre Spuren auf professionelle Weise verwischt, getan, was getan werden musste, und zuverlässig dafür gesorgt, dass die ganze Aktion durch eine Reihe bedauerlicher Fehler erklärt werden konnte. Immerhin hatten sie noch einen gewissen Einfluss.

Kendrick wandte sich von dem Gefangenen ab. Der Zeitpunkt war gekommen. Es war besser, das Vertrauen des Mannes zu gewinnen, als ihn einzuschüchtern. Wenn das überhaupt möglich war.

Er wusste fast nichts darüber, was vor dem Brand geschehen war. Nur einer Sache war er sich gewiss: Andreas hatte sein Ziel erreicht und war kurz davor gewesen, sich aus der Geschäftswelt zurückzuziehen. Dann wäre jede Information, die er und seine Komplizen diesen seltsamen Kreaturen entlockt hätten, außerhalb von Kendricks Reichweite gewesen. Und das konnte er nicht zulassen.

Seine offizielle Mission war gewesen, so viele Mitglieder von Andreas' Gruppe wie möglich dingfest zu machen. Kendrick vermutete, dass ihm Wellman und Priestly diese Erlaubnis nur erteilt hatten, weil die Aussagen dieser Personen eindeutig bewiesen hätten, dass Kendrick einem Phantom hinterherjagte.

Schließlich jedoch hatte er improvisiert. Seine Vorgesetzten waren entsetzt über seine Handlungen gewesen, aber da war es bereits zu spät.

Natürlich hielten sie Andreas für einen gutherzigen Mann mit Prinzipien. Sie hatten einige wenige Informationsfetzen über Andreas' Vorhaben zusammentragen können, Informationen, die die Grundlage ihrer Skepsis bildeten: Andreas hatte angeblich mit lächerlich irrwitzigem Optimismus versucht, ein neues Zeitalter der Menschheit einzuläuten.

Nachdem sie Kendrick jahrelang für ebenso wahnsinnig wie Andreas gehalten hatten, mussten sie ihre Meinung angesichts der enormen Geschwindigkeit, mit der sich der Gefangene von seinen offensichtlich tödlichen Verletzungen erholte, revidieren.

Jetzt galt der Gefangene nicht mehr als wahnsinnig, sondern als Bedrohung der nationalen Sicherheit – obwohl sie diese Bedrohung nicht im Geringsten verstanden. Kendricks Vorgesetzte hassten Dinge, die sie nicht verstanden. Und wenn sie etwas hassten, ließen sie es von der Bildfläche verschwinden. Kendrick fragte sich, wie lange sie diesen Mann noch hier festhielten, bevor sie ihn auf Nimmerwiedersehen verschwinden ließen. Bis dahin konnten Jahre vergehen, aber Kendrick bezweifelte dies. Nicht mehr lange, dachte er. Dann würden die ersten Gerüchte die Runde machen, und man musste die Zeugen beseitigen. Und vielleicht zählte Kendrick auch dazu.

Vorerst waren sie jedoch an den Informationen interessiert. Je mehr, desto besser. Alle Einschüchterungsversuche waren vergeblich, und was hatte es für einen Sinn, einen Mann zu foltern, der keinen Schmerz empfand? Wellman und Priestly hätten es nie laut ausgesprochen, doch Kendrick wusste, dass sie den Gefangenen am liebsten umgebracht und dann wiederbelebt hätten. Selbst wenn sie dabei nichts erfahren hätten, wäre die Angelegenheit so zu einem Ende gekommen. Man hätte das ganze Trauerspiel vergessen und Kendrick kräftig in den Arsch treten können.

Die einzige Alternative dazu bestand darin, den Gefangenen zur Mitarbeit zu bewegen.

»Guten Morgen«, sagte Kendrick. Der Mann starrte ihn an. Kendrick war sich bewusst, dass seine Vorgesetzten alles mit Vergnügen beobachteten. Kendrick würde scheitern. Nichts und niemand hatte diesen Mann bisher dazu bringen können, auch nur ein einziges Wort zu sagen. »Ich hoffe, man behandelt Sie gut. Für etwaige … Missstände möchte ich mich in aller Form entschuldigen.«

Der Mann schwieg, doch Kendrick bemerkte einen Anflug von Belustigung um seine Augen. Er hielt den Umschlag in die Höhe. »Hier. Das könnte Sie interessieren.« Er nahm die beiden Blätter heraus. Unter der Unterschrift am Ende war Platz für eine weitere. Er legte das Papier und einen Stift auf den Tisch.

Der Mann blickte Kendrick unverwandt an, und einen Augenblick lang befürchtete dieser, er hätte die Situation völlig falsch eingeschätzt. Er spürte, wie ihm der Triumph entglitt. Wahrscheinlich würde dieser Mann lieber sterben, als ihnen irgendetwas zu verraten.

Dann senkte der Mann den Blick und bewegte die Arme. Die Ketten rasselten in den Metallringen, ein fast erschreckender Lärm in der Stille. Er nahm den Brief und las. Kendrick beobachtete sein Gesicht. Seine Miene blieb teilnahmslos, bis er zur Unterschrift auf der zweiten Seite kam. Jetzt war er eindeutig belustigt.

Der Brief garantierte ihm Schutz, Hilfe und alle nötigen Ressourcen. Verrate uns deine Geheimnisse, stand darin. Sag uns, weshalb wir dich als Verbündeten und nicht als Bedrohung behandeln sollten. Gewinne unser Vertrauen, und du bist frei.

Der Mann legte den Brief zur Seite und sah Kendrick interessiert an. Kendrick spürte, wie er gemustert wurde.

Und dann griff der Mann nach dem Stift und unterschrieb. Kendrick konnte seine Freude kaum im Zaum halten, als er an die Wut und die Frustration derjenigen dachte, die in diesem Moment seinem Triumph beiwohnten.

Information. Information war Kendricks *Geschäft*. Information war *Macht*.

Und jetzt würde er Zugang zu Informationen haben, die außer ihm niemand kannte. Jetzt war der Gefangene in seinen Händen. Alle Resultate würden ihm zugeschrieben werden. Seine Karriere würde einen Quantensprung machen.

»Eine Hand wäscht die andere, nicht wahr?«, sagte Kendrick.

Die Kreatur, die das Gesicht von Michael Andreas trug, sah auf und lächelte.